Buch

Sommer 1916: Captain John Hallows, einziger Sohn und Erbe von Lord Powerstock, kehrt von einer Patrouille nicht mehr zurück. Leonora, seine junge Frau, trauert. Doch knapp elf Monate nach Hallows' Tod bringt sie ein Kind zur Welt. Auf Meongate, dem Familiensitz, tritt neben die Trauer der unglaubliche Skandal. Und Olivia, die männerverschlingende zweite Frau von Lord Powerstock, wittert ihre Chance. Dann geschieht plötzlich ein Mord auf Meongate.
Der geheiligte Familienbesitz wird zu einem Kabinett des Schreckens. Alle Beteiligten verstricken sich in einem ausweglosen Labyrinth aus Intrigen, Erpressung, Laster, Mord und Wahn. Bis, wie ein Blitz in heller Nacht, die Lösung der Geheimnisse um Meongate auftaucht.

DIE KRALLEN DER KATZE
»Eine 600seitige Bombe« (Daily Mirror) von Robert Goddard, dem Spannungsprofi aus England

Autor

Robert Goddard, 1954 in Hampshire geboren, studierte Geschichte in Cambridge und ist seit 1986 hauptberuflicher Schriftsteller. Er ist verheiratet und lebt in Exeter.

Von Robert Goddard im Goldmann Verlag erschienen:

Dein Schatten, dem ich folgte. Roman (9856)

ROBERT GODDARD

Die Krallen der Katze

Roman

Aus dem Englischen
von Werner Waldhoff

GOLDMANN VERLAG

Die englische Originalausgabe erschien unter dem Titel
»In Pale Battalions« bei Bantam Press, London

Umwelthinweis:
Alle bedruckten Materialien dieses Taschenbuches
sind chlorfrei und umweltfreundlich.
Das Papier enthält Recycling-Anteile.

Der Goldmann Verlag
ist ein Unternehmen der Verlagsgruppe Bertelsmann

Made in Germany · 1. Auflage · 1/93
Taschenbuchausgabe mit freundlicher Genehmigung
des Schweizer Verlagshauses, Zürich

Umschlaggestaltung: Design Team München
Umschlagillustration: Loh Productions, Heidelberg
Satz: IBV Satz- und Datentechnik GmbH, Berlin
Druck: Elsnerdruck, Berlin
Verlagsnummer: 9857
AK · Herstellung: Sebastian Strohmaier
ISBN 3-442-09857-2

IN MEMORIAM

Frederick John Goddard, Erstes Bataillon, Hampshire-Regiment,
geboren 18. August 1885 in Kimpton, Hampshire, vermißt,
wahrscheinlich gefallen in Ypern, Belgien,
27. April 1915

SEIN NAME LEBT AUF EWIG

PROLOG

Wenn durch deine Träume
Millionen sprachloser Toter
In bleichen Bataillonen ziehn,
Sprich keine Worte voller Mitleid
Wie andere Männer es getan haben,
Denn es ist nicht nötig.

Dies ist der Tag und dies ist der Ort, wo ein Traum eine plötzliche Wendung nimmt und ein altes Geheimnis gelüftet wird. Dies ist Thiepval, wo der beklemmende Nebel eines Herbstmorgens das Mahnmal unseres kollektiven Gewissens, ein mächtiges, geschwungenes Gebilde aus Backstein, kaum mehr verbergen kann: das Soldatendenkmal der Schlacht an der Somme. Und dies ist der Ort, wohin Leonora Galloway ihre Tochter gebracht hat, um ihr das zu erzählen, was sie ein Leben lang beschäftigt hat.

Für Monsieur Lefebvre, Taxifahrer aus Amiens, ist es lediglich eine weitere Fahrt, wenn auch eine einträglichere als die meisten anderen. Mutter und Tochter, beide elegant gekleidet, die ihre Eisenbahnfahrt von Calais nach Paris unterbrachen und ihn in stockendem Französisch mit englischem Akzent baten, sie die achtundzwanzig Kilometer in nordöstlicher Richtung über die schnurgerade Straße nach Albert zu fahren und dann weiter in die Hügel über dem Ancretal zum »Memorial Britannique de Thiepval«. Natürlich lehnte er nicht ab, obwohl für ihn die Erinnerung an einen derart lang zurückliegenden Krieg keinerlei Reiz hat. Für Monsieur Lefebvre existiert die Vergangenheit so gut wie nicht, und er fühlt sich so auch wohl. Gehorsam ist er zu dem Ort gefahren – der Nebel hat sein Tempo nicht im geringsten beeinflußt –, und nun sitzt er im Taxi, raucht eine Zigarette und beobachtet, wie die Uhr seines Taxameters tickt. Gelegentlich schnippt er Asche zu den Platanen, die den Parkplatz säumen, und sinniert der müßigen Frage nach, wie lange seine Fahrgäste wohl an diesem gottverlassenen Fleckchen Erde verweilen wollen.

Sie sind schon vor einiger Zeit aufgebrochen und den Kiesweg zum Mahnmal hinaufgegangen, das vom Nebel verhüllt und von Tannen umrahmt wird. Oben ragt es aus seinem Leichentuch: riesig, unproportioniert, merkwürdig fremd in der schweigenden Demut der Landschaft. Die beiden Besucherinnen breiten Anoraks auf die lange geschweifte Steinbank dem Mahnmal gegenüber und setzen sich. Sie schauen zu, wie es allmählich aus dem Nebel auftaucht, der von der Sonne weggebrannt wird.

Leonora Galloway ist eine siebzigjährige Dame von feiner Herkunft, groß, schlank und grauhaarig. Ihre Tochter Penelope, fünfunddreißig Jahre jünger, sieht ihr verblüffend ähnlich: die gleiche Größe, das gleiche offene Gesicht mit den hohen Backenknochen, strohblonde, bis auf die Schultern fallende Haare, die eines Tages genauso grau und kurz geschnitten sein werden wie die ihrer Mutter. Vielleicht ist sie nicht so entschlossen, nicht so energisch, möglicherweise aber geduldiger, sanfter, vielleicht auch zuverlässiger. Ein Teil von Penelopes Charme liegt darin, daß sie frühzeitig die Tugenden älterer Menschen angenommen hat, Leonoras Charme beruht hingegen darauf, daß sie sich ihnen widersetzt.

Leonoras Ehemann war zu Beginn des Jahres völlig überraschend in ihrem Cottage in Somerset gestorben. Sie trug es mit der Kraft und Fassung, die man von ihr erwartete. Sechs Monate später ist sie nun zu einem Urlaub nach Paris aufgebrochen, der ihr helfen soll, sich an das einsame Leben zu gewöhnen. Von ihren beiden Kindern wählte sie Penelope als Begleitung, da diese schon lange an ein ebenso einsames Leben gewöhnt ist und im Gegensatz zu ihrem verheirateten und gutsituierten Bruder eine Eigenschaft besitzt, auf die Leonora großen Wert legt: die Fähigkeit zu denken.

Aus Penelopes Sicht sprach ebenfalls nichts gegen dieses Abenteuer. Während der dreißig Jahre, an die sie sich recht gut erinnern kann, hat sie ihre Mutter nie durchschaut. Über ihre eigene Vergangenheit hat sie sich stets merkwürdig zurückhaltend und ausweichend geäußert. Neugierde nagt an Penelope, was diese seltsam distanzierte Frau anbelangt, die ihre Mutter ist – eine Neugierde, die jetzt vielleicht endlich gestillt wird, zumindest sagt ihr das ihr Instinkt. Und ihre Erwartungen scheinen sich zu erfüllen. Die Unterbrechung der Reise in Amiens war nicht geplant, die Taxifahrt nach Thiepval kam überraschend. Hier, da ist sie sich sicher, kann sie mit Erklärungen rechnen.

»Ich vermute, du wunderst dich, weshalb wir hierhergefahren sind«, bemerkte Leonora, den Gedankengang ihrer Tochter unterbrechend.

»Natürlich. Aber ich bin überzeugt, du wirst es mir erzählen, wenn du dazu bereit bist.« Sie erinnert sich an die Worte ihres Vaters, eines geduldigen, bescheidenen Mannes, der ihr vor langer Zeit den guten Rat gegeben hat: »Deine Mutter vertraut sich dir an, wenn sie es will, nicht, wenn du es willst.«

Der Nebel hat sich gelichtet, das steinerne Mahnmal offizieller Trauer wird deutlicher, als der Hintergrund sich allmählich von verwaschenem Grau zu einem dunstigen Blau wandelt. Die beiden Betrachterinnen wirken winzig vor diesem Bauwerk, das sie mit seiner massiven Präsenz einschüchtert.

»Die Sonne wird bald herauskommen«, sagte Leonora. »Sollen wir seinen Namen suchen gehen?«

»Wessen Namen?«

»Den Namen meines Vaters. Deshalb sind wir hier, verstehst du.«

Sie erhebt sich von der Bank, überquert die Kieszufahrt und geht über die große Rasenfläche vor dem Denkmal. Ihre Füße hinterlassen dunkle Spuren in dem feuchten Gras. Geduldig wie immer folgt ihr Penelope. Für sie ist die Somme-Schlacht eine unter vielen sinnlosen Schlachten des Ersten Weltkriegs. Sie weiß, daß hier Tausende gestorben sind, weil sie davon gelesen hat – unter ihnen auch ihr Großvater. Als sie sich jetzt dem Mahnmal nähert, sieht sie, daß in die Backsteinsäulen, die den zentralen Bogengang tragen, sorgfältig Namen eingraviert sind. Penelope starrt zu den endlosen Listen hinauf, die höher reichen als ihr Blick. Sie ist entsetzt. Natürlich hat sie davon gelesen, doch niemand hat sie auf 73 412 Männer ohne Grab vorbereitet.

Leonora ist vorausgegangen, über die Fliesenschwelle unter den Säulen, und überfliegt mit ihren Blicken schnell die Wände auf der Suche nach dem einen Namen. Am Fuße einer kranzgeschmückten Namenskolonne hält sie inne. Penelope erreicht sie und folgt mit ihren Augen der Blickrichtung ihrer Mutter. Nahe der Säulenspitze sind die Namen der Hampshire Light Infantry in der Reihenfolge der Dienstgrade verzeichnet. Ganz oben stehen die Captains Arnell, Bailey, Bland, Cade, Carrington, Cromie... und Hallows, Leonoras Mädchenname. Das ist er also. Plötzlich überkommt Penelope das Gefühl, daß sie einen sehr weiten Weg zurückgelegt haben, bloß um das zu sehen.

»Warum bist du nicht schon früher hierhergekommen, Mutter? Für Verwandte muß es doch Besuchsfahrten gegeben haben. Wir hätten alle zusammen fahren können.«

»Das glaube ich kaum.«

»Und warum um alles in der Welt nicht?«

»Weil wir hier etwas gefunden hätten.«

»Wie meinst du das?«

»Komm und sieh selbst.«

Die beiden Frauen gehen zu den Stufen zurück, die sie vorhin zum Denkmal hochgestiegen sind. Am Fuße von jeder der beiden gigantischen Säulen, die die Stufen flankieren, ist eine Metalltür in die Wand eingelassen. Leonora öffnet die linke Tür. Im Inneren gibt es mehrere mit Eselsohren versehene Bände, das Denkmalregister. Sie blättert einen Band durch, bis sie die richtige Stelle gefunden hat, und hält ihn dann Penelope entgegen, damit sie mitlesen kann.

»HALLOWS. Captain the Hon. John, Sohn von Edward, Lord Powerstock, von Meongate, Droxford, Hampshire. Vermißt, wahrscheinlich im Kampf gefallen, Mametz, 30. April 1916, im Alter von 29 Jahren.«

Die entfernte Verbindung der Familie mit der Aristokratie ist für Penelope nicht neu. Der Powerstock-Titel endete, wie sie weiß, mit diesem Tod an der Somme. Leonoras Mutter starb nur wenige Tage nach der Niederkunft; Leonora wurde von ihren Großeltern aufgezogen. Nach deren Tod wurde der Meongate-Besitz aufgelöst. Leonora erhielt weder Geld noch Titel, noch hatte sie irgendwelche Erinnerungen an eine aristokratische Kindheit an Penelope weitergegeben.

»Was soll da nicht stimmen?« fragt sie, nachdem sie verständnislos die Eintragung angestarrt hat.

»Komm schon, Penny. Mein Vater wurde am 30. April 1916 getötet, aber ich wurde erst am 14. März 1917 geboren. Verstehst du jetzt?«

»Ah.« Penelope lächelt. »Das ist es also. Nun, derartige Dinge passieren doch recht häufig in Kriegszeiten, oder?«

»O ja, recht häufig, möchte ich sagen.« Leonora legt das Buch wieder hin und schließt die Tür. »Aber darum geht es gar nicht. Ich habe immer gewußt, daß mein Vater... nun ja, nicht mein Vater war. Lady Powerstock sorgte schon dafür, daß ich es wußte; sie sorgte auch dafür, daß Tony es wußte.«

»Dann..., wo ist dann das Problem?«

»Es gäbe keins, wenn es so einfach wäre.«

Leonora dreht sich um und geht durch den Bogengang zurück, vorbei an der Säule mit dem Namen ihres Vaters und weiter zu den Stufen hinter dem Denkmal. Diese führen zu dem Friedhof der unbekannten Soldaten. Links liegen die Gräber der Franzosen, mit einem Kreuz markiert, rechts die Briten, mit schlichten Steinplatten gekennzeichnet. Die Steine leuchten weiß und schmerzhaft grell in dem immer stärker werdenden Sonnenschein. Hinter den Tannen, die den Friedhof zu drei Seiten begrenzen, sieht man die sanften Täler der Ancre und der Somme, wo einst heftige Kämpfe tobten und wo so viele den Tod fanden. Die beiden Frauen stehen auf der obersten Stufe und blicken auf die friedliche Landschaft hinab.

Penelope bricht das Schweigen. »Ich weiß, daß ich mir nicht vorstellen kann, wie es ist, wenn man keinerlei Erinnerung an seine Eltern besitzt, aber ich würde es gern versuchen. Du hast mir nie diese Chance gegeben, du hast, selbst wenn man dich drängte, nie über deine Kindheit gesprochen.«

»Ich wollte, daß du und Ronald die Sicherheit und Beständigkeit hattet, die ich immer vermißt habe. Ich wollte einfach nicht, daß die Schatten meiner Kindheit eure Kindheit verdunkelten. Ich dachte, ich könnte so tun, als wäre es nie geschehen, wenn ich euch nichts davon erzählte.«

»War es wirklich so schlimm? Ich meine, zu wissen, daß du ein illegitimes Kind warst.«

»Die Unehelichkeit spielte in diesem Fall nur eine kleine Rolle, Penny. Heutzutage hat sie fast gar keine Bedeutung mehr. Lady Powerstock tat natürlich ihr Bestes, um mich damit zu quälen, aber sie besaß weitaus wirksamere Waffen gegen mich.«

Sie gehen zurück. Penelope weiß, daß sie ihre Mutter jetzt besser nicht drängt. Sie selbst kann sich an Lady Powerstock nicht erinnern. Wann immer Leonora von ihr sprach – was selten genug der Fall war –, geschah es stets mit der gleichen verhaltenen Bitterkeit. Jetzt jedoch scheint sie bereit zu sein, mehr zu sagen. Und als sie das Denkmal hinter sich gelassen haben, nimmt sie den Faden auch wieder auf.

»Seit mehr als fünfzig Jahren wollte ich diesen Ort besuchen. Seit mein Großvater mir davon erzählt hat.«

»Und was hat dich daran gehindert? Lag es daran, daß du herausgefunden hattest, daß er nicht dein richtiger Vater war?«

»Man könnte sagen, das sei der Grund gewesen.«

»Du mußt es mir nicht erzählen, wenn du nicht willst. Aber hast du je entdeckt, wer dein wirklicher Vater war?«

»O ja.«

Die Schritte der beiden Frauen knirschen auf dem Kies. Langsam entfernen sie sich von dem Mahnmal, gehen auf den Eingang zu. Diesmal kann sich Penelope nicht zurückhalten.

»Wer also war mein Großvater?«

»Das gehört auch zu dem, was ich dir in diesem Urlaub erzählen wollte. Aber ich möchte dich warnen; es ist eine lange Geschichte.«

»Keine Sorge. Ich habe lange darauf gewartet, sie zu hören.«

»Und sie handelt ebenso von mir wie von meinem Vater.«

»Auch darauf habe ich lange gewartet.«

Sie erreichen das Taxi und steigen hinten ein. Monsieur Lefebvre fährt zurück nach Amiens. Er erkundigt sich nicht, ob sie den Besuch genossen haben, auch macht er sich nicht die Mühe, der älteren seiner beiden Fahrgäste zuzuhören, die in ausdruckslosem, gedämpftem Englisch zu sprechen beginnt.

»Wir hatten nie viel Zeit füreinander, nicht wahr, Penny? Manchmal bekümmert es mich, daß ich nicht die Mutter war, die eine gute Tochter verdient hätte.«

»Es hat mir nie etwas gefehlt.«

»Bis auf die Wärme, die ich dir nicht geben konnte, weil ich selber nicht wußte, wer ich bin. Tonys Tod war natürlich ein Schock für mich, aber er hat noch etwas anderes ausgelöst: Er zerstörte die langjährige Illusion, daß ich vor unserer Hochzeit gar nicht existiert hätte. Ich redete mir ein, du und Ronald, ihr wäret glücklicher, wenn ihr all das nicht wüßtet, was es über mich zu wissen gibt – und in Ronalds Fall bin ich überzeugt davon, daß es richtig war. Aber im Grunde war natürlich ich diejenige, die vergessen wollte. Jetzt, so glaube ich, ist die Zeit gekommen, mich zu erinnern.«

Eine halbe Stunde später, als Monsieur Lefebvre im Vorstadtverkehr von Amiens das Tempo verringern muß, hat Leonora ihren Bericht noch nicht beendet. Vage wird ihm bewußt, daß sie immer noch redet, während die andere Dame seit der Abfahrt in

Thiepval nichts gesagt hat; doch er beachtet ihre Worte genausowenig wie die unter der Straßenbrücke träge dahinströmende, breite Somme. Er fährt weiter, immun gegen die Vergangenheit, während Penelope weiterhin aufmerksam lauscht. Denn Leonora ist noch nicht am Ende. Um die Wahrheit zu sagen, sie hat gerade erst begonnen.

ERSTER TEIL

1

Kindheitserinnerungen haben ihr eigenes, kompliziertes Muster. Sie widersetzen sich dagegen, daß wir ihnen unsere heutige Sicht der Vergangenheit aufzwingen wollen. So könnte ich sagen, daß ich als Waise gar nicht dankbar genug sein konnte für das Zuhause, das Lord und Lady Powerstock mir in Meongate gaben, daß ein silberner Löffel problemlos das Lächeln meiner Mutter ersetzte. Ich könnte das sagen – doch jede Erinnerung an meine frühen Jahre würde diese Worte Lügen strafen.

Meongate muß einst das vor Leben überschäumende Haus einer fröhlichen Familie gewesen sein, so wie die Hallows einst eine solche Familie gewesen sein müssen. Die Natur war sehr verschwenderisch gewesen hier, wo das Hügelland von Hampshire auf die Weiden des Meontales trifft; die Menschen hatten ihr in nichts nachgestanden, als sie Haus und Park gestalteten. All das diente als Heim für ein kleines Kind.

Und doch war es nicht genug. Als ich zu Beginn der zwanziger Jahre in Meongate aufwuchs, war ein Großteil der Pracht längst verschwunden. Viele der Räume standen leer oder waren abgeschlossen, der Park war bis auf einen kleinen Rest in Ackerland verwandelt worden. Und all die lachenden, glücklichen Menschen, die in meiner Phantasie die leeren Räume mit Leben füllten und die vernachlässigten Rasenflächen pflegten, waren in einer Vergangenheit jenseits meiner Reichweite entschwunden.

Ich wuchs mit dem Wissen auf, daß meine Eltern beide tot waren. Mein Vater war an der Somme gefallen, meine Mutter war wenige Tage nach meiner Geburt an einer Lungenentzündung gestorben. Man hielt das vor mir nicht geheim, sondern erinnerte mich dauernd daran. Ich wurde mit Andeutungen konfrontiert, daß ich in irgendeiner Weise die Schuld trug an dem Schatten dieses Kummers oder noch etwas Schlimmerem, was ihre Erinnerungen verdüsterte. Dieser Schatten, verursacht durch das Unbekannte, lastete schwer auf mir, und in meinem Herzen wuchs die Gewißheit heran: Ich war in Meongate nicht erwünscht, man hieß mich hier weder willkommen, noch liebte man mich.

Vielleicht hätte es anders ausgesehen, wenn mein Großvater nicht der ernste, in sich gekehrte, ewig melancholische Mann gewesen wäre, der er nun mal war. Da ich ihn nicht als jungen Mann erlebt hatte, konnte ich ihn mir nur als an den Rollstuhl gefesselten Bewohner der Erdgeschoßräume vorstellen, den seine Krankheit und ein Schlaganfall aller menschlichen Wärme beraubt hatten. Wenn Nanny Hiles mich wie üblich zum Gutenachtkuß zu ihm brachte, dann wünschte ich mir nichts weiter, als der kalten, flüchtigen Berührung seiner Haut entfliehen zu können. Wenn ich auf dem Rasen spielte und merkte, wie er mich von seinem Fenster aus beobachtete, dann wäre ich am liebsten vor der fragenden Trauer in seinen Augen fortgerannt. Später dann spürte ich, daß er wartete, bis ich alt genug war, um ihn zu verstehen, daß er in der Hoffnung wartete, diesen Tag noch zu erleben.

Lady Powerstock, zwanzig Jahre jünger als er, war nicht meine wirkliche Großmutter. Diese lag auf dem Dorffriedhof begraben, ein weiteres Gespenst, das ich nicht kannte und das mir nicht helfen konnte. Ich stellte sie mir als das genaue Gegenteil ihrer Nachfolgerin vor – freundlich, liebevoll und großzügig –, aber das nützte mir auch nichts. Olivia, die Frau, die ich an ihrer Stelle mit Großmama anreden sollte, war einst wunderschön gewesen. Selbst jetzt, mit fünfzig, sah sie immer noch gut aus, ihre

Figur war makellos, und sie besaß einen erlesenen Geschmack, was ihre Kleidung anbelangte. Daß wir keine Blutsverwandten waren, stellte für mich keine befriedigende Erklärung dar, weshalb sie mich nicht liebte. Ich konnte nicht begreifen, warum sie mich haßte – und das tat sie zweifellos. Sie gab sich nicht einmal die Mühe, diese Tatsache zu verbergen. Unausgesprochen hing ihr Haß wie eine Drohung über mir, sie ließ ihn wachsen wie eine lautlose Bestätigung, daß auch sie nur wartete, auf den Tod ihres Mannes wartete, damit sie jegliche Zurückhaltung mir gegenüber aufgeben konnte. Eine Aura von Lasterhaftigkeit umgab sie, die den Männern alle Lebenskraft auszusaugen schien, eine Aura wollüstigen Vergnügens über ihre eigene Verderbtheit, die ihren Haß auf mich fast als Instinkt erscheinen ließ. Und doch steckte noch mehr dahinter. Was für eine Rolle sie in der Vergangenheit dieses Hauses auch immer gespielt haben mochte, sie hatte daraus ihr Gift gesogen und es für mich reserviert.

Mein einziger Freund in dieser Zeit, mein einziger Führer durch Meongates verborgene Gefahren, war Fergus, der wortkarge, zurückhaltende Majordomus, den Olivia als »verschlagen« bezeichnete. Ganz sicher war er nicht so ehrerbietig, wie er es hätte sein sollen, aber er war mein einziger Vertrauter. Sally, das mürrische Hausmädchen, und das humorlose Kindermädchen Hiles erstarrten beide in Ehrfurcht vor Olivia, doch Fergus begegnete ihr mit einer Selbstsicherheit, die an Respektlosigkeit grenzte, was ihn zu meinem Verbündeten machte. Er war ein vorsichtiger, pessimistischer Junggeselle, der wenig vom Leben erwartet und sich somit eine Menge Enttäuschungen erspart hatte; vielleicht hatte er Mitleid mit einem einsamen Kind, dessen Zwangslage er besser verstand als es selbst. Er nahm mich mit auf heimliche Geländeexpeditionen oder hinunter zu den baumbestandenen Ufern des Meon, wo er einen ruhigen Nachmittag mit Angeln verbrachte, oder er fuhr mit mir nach Droxford, wo er mir eine Brause kaufte und mich draußen auf der

Mauer vor Wilsmers Sattlerei warten ließ, während er drinnen um neues Zaumzeug für das Pony feilschte. Ich schlug mit meinen Absätzen gegen Mr. Wilsmers Mauer und trank meine Brause im Sonnenschein; in diesen Momenten war ich einfach nur glücklich, doch sie dauerten nie lange.

Es war Fergus, der mir als erster den Namen meines Vaters zeigte, zusammen mit anderen Toten des Dorfes auf einer Tafel an der Kirche eingraviert. Ihr Name lebe auf ewig, hieß es in der Inschrift, doch es war allein sein Name – Captain the Honourable John Hallows –, der für mich lebte. Ich starrte ihn stundenlang an und versuchte dabei den lebenden, atmenden Vater, der er mir nie gewesen war, heraufzubeschwören, aber ich sah immer nur diese steifen, ausdruckslosen, uniformierten Gestalten, wie sie auf Fotos in alten Exemplaren der *Illustrated London News* abgebildet waren. Von seiner wahren Person jenseits der akkuraten Buchstaben seines Namens bekam ich nichts zu sehen.

Was meine Mutter anbelangte, so gab es von ihr weder irgendwelche Aufzeichnungen noch ein Grab, noch Erinnerungsstücke. Als ich Fergus danach fragte, machte er Ausflüchte. Das Grab meiner Mutter, falls sie eins hatte, war weit entfernt – und er wußte nicht, wo. Auch für ihn, so gab er mir zu verstehen, existierten Grenzen dessen, was er mir erzählen konnte. Ich weiß nicht mehr, ob er den Vorschlag machte, jedenfalls beschloß ich aus irgendeinem Grund, Olivia zu fragen. Ich erinnere mich nicht mehr, wie alt ich zu dem Zeitpunkt war. Ich folgte ihr in die Bibliothek, die sie oft aufsuchte, um ein dort hängendes Gemälde zu betrachten.

»Wo ist das Grab meiner Mutter?« fragte ich ganz direkt. Die Frage war zumindest teilweise auch als Herausforderung gedacht. Jeder Haß wird mit der Zeit erwidert, und ich haßte Olivia ebenso, wie sie mich haßte. Mir war damals noch nicht klar, was für ein gefährlicher Feind sie sein konnte.

Ihre Antwort erfolgte nicht verbal. Sie wandte sich von dem gewaltigen, hohen, dunklen Gemälde ab und versetzte mir einen derart heftigen Schlag ins Gesicht, daß ich beinahe zu Boden gestürzt wäre. Ich stand da, eine Hand auf die sich rötende, mißhandelte Wange gepreßt, vom Schock des Schmerzes zu sehr gelähmt, um weinen zu können, und sie beugte sich mit funkelnden Augen über mich. »Wenn du mir je wieder diese Frage stellst«, sagte sie, »wenn du je wieder deine Mutter erwähnst, dann wirst du es mir büßen.«

Und so wurde das Geheimnis um meine Mutter zur fixen Idee meiner Kindheit, eine geheime, allgewaltige Besessenheit. Der Tod meines Vaters hatte trotz allem eine tröstliche Schlichtheit an sich. Jedes Jahr im November veranstaltete unser Dorf eine Parade zum Tag des Waffenstillstands, zum Gedenken an das Opfer von Captain the Honourable John Hallows und vieler anderer. Ich durfte mich zwar nicht der Pfadfindergruppe anschließen, die an der Parade teilnahm, bekam aber die Erlaubnis, zuzusehen. Ich stellte mir vor, wie ich zusammen mit all den anderen kleinen Mädchen marschierte, die ebenfalls ihren Vater verloren hatten. Doch am Ende der Parade gingen sie heim zu ihren Müttern; ich konnte mich nicht einmal an meine Mutter erinnern.

Manchmal jedoch glaubte ich mich an sie erinnern zu können. Natürlich war das unmöglich, wenn das, was man mir von ihr erzählt hatte, der Wahrheit entsprach, doch Olivia hatte es geschafft, daß ich allem und jedem mißtraute, was ich nicht selbst erlebt hatte. Es existierte eine vage Erinnerung, die bis zur Morgendämmerung meines Gedächtnisses zurückzureichen schien und das stützte, was ich glauben wollte.

Ich stand am Bahnsteig des Bahnhofs von Droxford. Es war ein heißer Sommertag. Ich spürte die Hitze des Kieses, die durch meine Schuhe drang. Der Zug vor mir stieß große Dampfwolken aus. Der neben mir stehende Mann, der meine Hand gehalten hatte, hob mich hoch und nahm mich auf den Arm, damit ich dem Zug nachschauen konnte. Er hatte weiße Haare und war von kräftiger Statur. Ich erinnere mich an seine tiefe, dröhnende Stimme und an den Rand seines Strohhuts, der meinen Kopf berührte, als er mit seiner freien Hand winkte. Auch ich winkte – ich winkte einer Frau im Zug, die das Fenster heruntergekurbelt hatte und die ebenfalls winkte und lächelte und gleichzeitig weinte. Sie trug etwas Blaues und hielt ein weißes Taschentuch in der Hand. Und der Zug trug sie fort. Und dann weinte ich auch, und der kräftige, alte Mann umarmte mich, wobei sich die Messingknöpfe seines Mantels kalt gegen mein Gesicht preßten.

Eines Tages erwähnte ich Fergus gegenüber diese Erinnerung, als wir vom Pilzesuchen heimkehrten. Dann fragte ich ihn, ob er eine Ahnung hätte, wer der alte Mann gewesen sein könnte.

»Hört sich nach Mr. Gladwin an«, erwiderte er. »Der Vater der ersten Lady Powerstock. Er lebte hier... bis *sie* ihn fortgeschickt hat.« Mit *sie* meinte Fergus stets Olivia.

»Warum hat sie das getan?«

»Sie wird zweifellos ihre Gründe gehabt haben.«

»Wann ist er gegangen?«

»Im Sommer des Jahres 1920. Da warst du drei. Zurück nach Yorkshire, heißt es. Ein ordentlicher Kerl, dieser Mr. Gladwin.«

»Wer war die schöne Dame, Fergus?«

»Das weiß ich nicht.«

»War sie... meine Mutter?«

Er blieb stehen und schaute stirnrunzelnd auf mich herab. »Das war sie nicht«, sagte er langsam und sehr entschieden. »Deine Mutter starb wenige Tage nach deiner Geburt. Das weißt du. Ganz egal, wie sehr du es dir wünschst, du wirst dich nicht an sie erinnern können.«

»Aber... wer war dann die schöne Lady?«

Sein Stirnrunzeln wurde unfreundlich. »Ich sagte es dir schon: Ich weiß es nicht! Dieser Mr. Gladwin – er war ein verschlossener Bursche. Und jetzt paß auf dein Tuch auf, sonst wirfst du noch dein Essen in den Dreck – und meins dazu.«

Wenn die schöne Lady nicht meine Mutter war, wer war sie dann? In was für einer Beziehung stand sie zu Mr. Gladwin, meinem Urgroßvater? Ich konnte keine Antworten darauf finden.

Mir blieb nur die geheime Hoffnung, daß meine Mutter vielleicht gar nicht wirklich tot war, sondern... nur fortgeschickt worden war wie der alte Mr. Gladwin.

Auch ich sollte bald fortgeschickt werden, und zwar in die Vorschule in North Wales. Ich kam in den Juniorflügel von Howell's. Einige der Mädchen fanden, daß es hier recht streng zuging, doch ich fühlte mich vom ersten Augenblick an heimisch. Über der Schule hingen keine drohenden Schatten, und keine unausgesprochenen Geheimnisse aus der Vergangenheit bedrängten mich. Es waren die Ferien, die ich zu fürchten begann, die Zeiten, in denen ich nach Meongate zurück mußte, wo Olivia mit ihrem bösartigen Lächeln auf mich wartete. Mein Großvater wirkte jedesmal noch ein bißchen zerbrechlicher, noch schweigsamer, und Fergus wahrte immer mehr Distanz zu der eingebildeten jungen Dame, zu der ich mich seiner Ansicht nach entwikkelte.

Da ich mit acht Jahren in eine Internatsschule geschickt wurde, kannte ich praktisch niemanden in Droxford – weder Gleichaltrige noch andere Personen. Vermutlich erfuhr ich deswegen erst so spät von dem Mord in Meongate, von diesem Teil unseres Familiengeheimnisses.

Ich glaube, es war der Junge der Cribbins, der es mir zuerst erzählte. Er pflegte während der Sommerferien im Garten zu helfen und gehörte zu den wenigen Dorfkindern, mit denen ich etwas zu tun hatte. An einem warmen, wolkenverhangenen Nachmittag wurde ich mit einem Glas Limonade in den Obstgarten geschickt, wo er die Brombeerhecken beschnitt. Wir unterhielten uns ein bißchen, während er trank. Er fragte mich, wie das Haus innen aussehe.

»Warst du nie drin?« entgegnete ich mit einem Schuß Hochmut. Howell's Erziehung trug Früchte.

»Würd' ich nicht reingehen«, sagte er zwischen zwei Schlukken. »Mein Dad hat's mir erzählt.«

»Was erzählt?«

»Von dem Mord.«

»Was für ein Mord?«

»Wissen Sie das nicht, Miss? Vor Jahren ist in Meongate ein Mord geschehen. Mein Dad hat's mir erzählt.«

»Oh, das?« erwiderte ich. »Natürlich weiß ich *darüber* Bescheid.« Ich konnte ihn unmöglich merken lassen, daß ich nichts davon wußte.

Es war naheliegend, Fergus danach zu fragen. Ich fand ihn in der Küche, wo er das Silber putzte.

»Mord, sagst du? Nun, vielleicht gab's einen, vielleicht auch nicht. Was weiß Cribbins schon?«

»Hör auf, dich über mich lustig zu machen, Fergus.«

Er legte die Messer beiseite und brachte seinen Mund dicht an mein Ohr. »Ich mache keine Witze«, flüsterte er. »*Sie* würde mir die Haut bei lebendigem Leib abziehen, wenn sie hörte, daß ich darüber spreche. An das Thema rührt man besser nicht.«

Natürlich wußte er, daß ich mich damit nicht zufriedengeben würde. Am nächsten Nachmittag folgte ich ihm hinunter zum Fluß, zu seinem Lieblingsplatz, wo ich sicher sein konnte, daß man uns nicht belauschte.

»Nun? Hier kannst du es mir erzählen.«

»Was erzählen?«

»Von dem Mord.«

Er grunzte und warf die Leine aus. »Sie beißen heute nicht.«

»Fergus!«

»Ich seh' schon, ich kriege keinen Frieden, bevor ich's dir nicht gesagt hab'. Es passierte während des Krieges. Einer der Gäste Seiner Lordschaft. In seinem Schlafzimmer erschossen.«

»In welchem Schlafzimmer?«

»Keine Angst. Deins war's nicht. Es war eines der Zimmer, die jetzt geschlossen sind.«

»Wer war er?«

»Ich sagte dir doch schon: ein Gast. Seinen Namen hab' ich vergessen.«

»Wer hat ihn getötet?«

»Das hat man nie erfahren.«

»Meine Güte. Du meinst, der Mord ist nie aufgeklärt worden?«

»Bis zum heutigen Tag nicht.«

»Wie aufregend!«

»Ich würde es nicht gerade aufregend nennen.«

»Du würdest nichts aufregend nennen.«

Er lächelte. »Nun ja, merk dir jedenfalls eins: Erwähne es *ihr* gegenüber nicht. Sie würde es dir nicht danken.«

»Der Ermordete war also ein Freund von ihr, ja?«

Fergus kicherte. »*Sie* hat keine Freunde. Das solltest du wissen. Und jetzt verschwinde, bevor du mir alle Fische im Fluß verschreckst.«

Ich sprach Fergus noch ein paarmal auf die Sache an, erfuhr aber nichts mehr. Jemand anders wagte ich nicht zu fragen. Die Bediensteten waren anscheinend extra deswegen ausgewählt worden, weil sie für Klatsch gar nichts übrig hatten. Vielleicht machte das in Olivias Augen ihre anderen Mängel wieder wett. Sie würden mir nicht helfen, da war ich mir sicher. Außerdem war ich nur Fergus gegenüber bereit, zuzugeben, wie wenig ich über die Geschichte meiner Familie wußte. Andeutungen und vage Erinnerungsfetzen waren alles, was mir zur Verfügung stand.

Ich muß Fergus mit meinen endlosen, unbeantworteten Fragen furchtbar auf die Nerven gegangen sein. In welchem Zimmer war der Mord geschehen? Welches Zimmer hatte meinen Eltern gehört? Warum gab es keine Fotos von ihnen? Wo lag meine Mutter begraben? Wie hatte sie ausgesehen? Warum war Mr. Gladwin fortgeschickt worden? Wer war die schöne Lady? Fergus zupfte lediglich an der Nase, meinte, er könne sich nicht erinnern oder dürfe es mir nicht sagen, und lenkte mich dann durch eines seiner Rätselspielchen mit Schnur und Streichhölzern ab.

Selbst die wenigen Dinge, die er mir verriet, hätten höchstwahrscheinlich für seine fristlose Entlassung ausgereicht, wenn Olivia davon erfahren hätte. Kehrte sie von einem ihrer Ausflüge nach London zurück, die im Laufe der Jahre immer häufiger wurden, so ignorierte sie mich zuerst und unterzog mich dann einem vernichtenden Verhör. Was hatte ich getan? Mit wem hatte ich gesprochen? Was für Bücher hatte ich gelesen? Als ich älter wurde, fragte sie mich gelegentlich nach meiner Meinung über ein Kleid, das sie gerade gekauft hatte, oder über irgendwelche funkelnde Bereicherungen ihrer Schmuckschatulle. Manchmal machte ich den Fehler, den Gegenstand zu bewundern.

»Es sieht gut aus, weil ich es zu tragen verstehe«, pflegte sie dann zu sagen. »An dir wäre es... Verschwendung.«

Mir fiel nie auf, daß sich Olivia für Kunst interessierte, mit Ausnahme des Gemäldes in der Bibliothek. Sie hielt sich oft in diesem Raum auf, und da sie nie etwas anderes als Modezeitschriften las, konnte es nur des Bildes wegen sein. Es war ein düsteres, scheußliches Bild, auf dem ein Mann im Kettenpanzer zu sehen war, der das Schlafgemach eines Schlosses betrat, in dem ihn eine nackte auf dem Bett liegende Frau erwartete. Ich bekam eine Gänsehaut, wenn ich es ansah.

Ich verstand meine Abneigung gegen das Bild selbst nicht, bis zu dem Tag, an dem Olivia fort war und Sally ihren freien Nachmittag hatte. Ich schlich mich heimlich in ihr Schlafzimmer, aus dem bloßen Vergnügen heraus, ihr zu trotzen, indem ich etwas Verbotenes tat.

Ich erinnere mich noch, daß die blauen Samtvorhänge zum Schutz vor der Sonne zugezogen waren. Sie bewegten sich leicht in der sanften Brise, die durch das halbgeöffnete Fenster drang. Es fielen schräge Sonnenstrahlen auf das breite Bett und den Toilettentisch, der mit Parfümfläschchen und Cremetöpfen, schildpattbesetzten Bürsten und Spiegeln mit silbernen Rahmen übersät war, all den Utensilien für Olivias gepflegtes, gut konserviertes Erscheinungsbild. In diesem Moment wünschte ich mir nur, im Schlafzimmer meiner Mutter zu stehen und die Gewißheit zu haben, daß sie bald zurückkehren werde. Aber das konnte nicht sein. Olivia war die einzige Herrin, die Meongate kannte, und ich war ihre Feindin. Ich betrachtete die Schicht aus Staub und Puder, die Sally auf dem Spiegel übersehen hatte – und lächelte grimmig.

Als ich mich von dem Toilettentisch abwandte, fiel mein Blick auf ein Gemälde an der gegenüberliegenden Wand. Ich hielt den Atem an. Es handelte sich bestimmt um eine Kopie des Bildes in der Bibliothek. Doch nein. Als ich es näher betrachtete, stellte ich fest, daß zwar Szene und Figuren identisch waren, jedoch in anderer Anordnung. Der Mann lag nun ebenfalls auf dem Bett, liebkoste die Frau, küßte eine ihrer Brüste, während er die andere streichelte. Die Frau hatte den Kopf leicht seitlich gewandt und ihr Gesicht – das Gesicht der Frau war Olivias Gesicht, als sie noch jünger gewesen, als ihre Schönheit noch nicht auf all die Hilfsmittel angewiesen war. Auf dem Gemälde war sie nackt, wie ich sie noch nie gesehen hatte, doch ihr Gesichtsausdruck war mir nur zu vertraut. Er zeigte die nur ihr eigene Mischung aus Langeweile und Haß.

Wie gelähmt starrte ich minutenlang das Bild an, versuchte die Bedeutung dessen zu erfassen, was ich da vor mir sah. Ich fühlte mich abgestoßen und angezogen zugleich von dem, was mir da so überdeutlich entgegensprang – die sich windenden, verschlungenen Glieder, der Mund des Mannes, der sich auf die sich ihm willig darbietende Brust der Frau preßte, und über allem die höhnische Gleichgültigkeit auf diesem Gesicht, das ich kannte.

Noch Tage danach spukte mir das gemalte Bild von Olivia im Kopf herum. Wenn sie mir beim Essen gegenübersaß und zwischen den einzelnen Happen unaufrichtige Bemerkungen zu Lord Powerstock machte, dann sah ich nichts weiter als ihre nackte Gestalt. Wenn ich in ein Zimmer kam, in dem sie sich befand, und sie meine Gegenwart mit einem kühlen, mißbilligenden Blick zur Kenntnis nahm, dann spürte ich nur den abgewandten, zynischen Blick, den sie auf dem Gemälde zeigte. Und als ich erneut das Bild in der Bibliothek betrachtete, sah ich es in einem ganz neuen Licht.

Wer war der Künstler, so fragte ich mich, und warum hatte er Olivia als Modell gewählt? Danach konnte ich nicht einmal Fergus fragen. Ich konnte es nur der Liste der unbeantworteten Fragen hinzufügen, die ich in meinem Kopf herumschleppte.

Außerdem fand meine Neugierde bald ein anderes Ziel. Ich hatte mich nie für den sechseckigen Aussichtsturm interessiert, der sich über dem Flügel des Hauses erhob – die Tür, die man über eine Wendeltreppe erreichte, war stets verschlossen gewesen –, bis Fergus eines Tages die Bemerkung herausrutschte, daß mein Vater ihn als Observatorium benutzt habe und sein Fernrohr, soweit er wüßte, sich noch oben befinde. Sofort faßte ich den Entschluß, das Fernrohr in Augenschein zu nehmen. Ich quälte Fergus so lange, mir den Schlüssel zu geben, bis er ihn mir schließlich unter strengster Verpflichtung zum Schweigen überließ. Ich stimmte zu. Es würde unser Geheimnis bleiben.

Das Observatorium selbst erwies sich als Enttäuschung. Es standen nur einige verstaubte Möbelstücke und ein auf einem Gestell befestigtes Messingfernrohr herum. Doch das Teleskop selbst bot mir die Möglichkeit zur Flucht von Meongate. Nachdem ich gelernt hatte, damit umzugehen, konnte ich beobachten, wie die Eichhörnchen auf den Bäumen im Park herumkletterten oder wie die Kaninchen über die Koppel hoppelten. Ich konnte einen Schäfer studieren, der seine Herde die Wiese hinabtrieb, und ich konnte nach Einbruch der Dunkelheit unentwegt den funkelnden Sternenhimmel anstarren. Ich konnte hier in diesem sicheren Versteck sitzen und mir vorstellen, wie mein Vater sich Notizen über die Anordnung ferner Sterne machte, und mich dabei fragen, ob er derjenige gewesen war, der die halbleere Streichholzschachtel auf dem Sims hatte liegenlassen. Manchmal weinte ich leise vor mich hin, wenn mich Zweifel und Trauer niederdrückten, und ich wünschte mir nichts mehr, als durch das Teleskop zu schauen und ihn Hand in Hand mit meiner Mutter über den Rasen unseres Heimes schlendern zu sehen.

Nur mit meinen Wünschen und Träumen konnte ich sie zurückholen. Meinen Schulfreundinnen gegenüber behauptete ich, daß mein Vater noch nach seinem Tode den DSO verliehen bekommen habe und daß meine Mutter an gebrochenem Herzen gestorben sei. Ich beschrieb sie als die schönste Frau, die ich je gesehen hätte. Soweit ich das beurteilen kann, glaubten sie mir. Manchmal glaubte ich es beinahe selber. Solange ich in Howell's war, konnte ich erzählen, was ich wollte. Erst wenn ich wieder nach Meongate zurück mußte, hatte das ein Ende.

2

Den Tag, an dem ich das erstemal von Thiepval hörte, werde ich nie vergessen. Es war ein Samstag im August des Jahres 1932, ein schwüler, drückend heißer Tag. In der Ferne grollte der Donner, ohne sich zu nähern, und im Verlaufe des Tages lud sich die feuchte Luft um Meongate mit einer immer stärker werdenden Bedrohlichkeit auf. Olivia gab an diesem Abend eine Party. Früher war das äußerst selten vorgekommen, doch in diesem Sommer hatte es bereits einige Anlässe gegeben. Der Ehrengast und Olivias hauptsächlicher Tanzpartner war jedesmal Sidney Payne gewesen, der reiche Bauunternehmer aus Portsmouth.

Ich war damals fünfzehn und besaß genügend falschen Hochmut, um auf diese plötzliche Einführung großer Fröhlichkeit verächtlich herabzusehen. An dem Tag, an dem ich von Howell's zurückgekehrt war, um die Sommerferien hier zu verbringen, war ich Mr. Payne vorgestellt worden, einem häßlichen, dunklen Mann mit aufgedunsenem Gesicht, angeklatschtem Haar und dünnem Schnurrbart. Ich haßte ihn vom ersten Blick an nicht nur wegen seiner schwitzenden Vulgarität und seinen gierigen, kleinen Schweinsäuglein, sondern weil ich spürte, daß Olivia ihn sich ausgesucht hatte als den Mann, der nicht zu wählerisch war und genügend Geld besaß, um sie im Alter unterstützen zu können. Diese Partys, diese Invasion grobschlächtiger Fremder, erfolgten nicht seinetwegen, obwohl er das bestimmt annahm, sondern zu ihrem Nutzen. Olivia sorgte für die Zukunft vor.

An diesem Samstagnachmittag besuchte ich meinen Großvater. Normalerweise hätte ich das nicht getan, doch die Vorbereitungen für die Party waren in vollem Gange. Lord Powerstocks abgeschiedene Räume boten mir eine Zufluchtsstätte. Ich trat unter dem Vorwand bei ihm ein, daß ich ihn seit meiner Rückkehr von Howell's kaum gesehen hatte. Er schien direkt erfreut über meinen Anblick. Er saß am Fenster in seinem Rollstuhl, eine Decke über dem Schoß, das Gesicht grau trotz der Hitze, den verschwommenen Blick auf die Seiten des Magazins gerichtet und sie mit der einen Hand umblätternd, die er noch benutzen konnte.

»Hallo, Großpapa«, sagte ich. »Was liest du da?«

Er hielt das Magazin hoch, damit ich den Titel sehen konnte: *Illustrated London News.* Als ich neben ihm niederkniete, sah ich, daß er die erste Seite aufgeschlagen hatte. Der Prinz von Wales in Militäruniform inspizierte in Begleitung eines ausländisch aussehenden Gentleman im Frack eine Ehrengarde.

»Wer ist der Mann neben dem Prinzen von Wales?« fragte ich.

»Der französische Präsident. Sie inspizieren französische Truppen in Thiepval. Weißt du, wo Thiepval liegt, Leonora?«

»Irgendwo in Frankreich?«

»Nicht nur das. Es liegt im Zentrum des Schlachtfeldes an der Somme. Der Prinz von Wales war dort, um das neue Denkmal für die Vermißten zu enthüllen.«

Mein Blick heftete sich auf zwei Fotos auf der Umschlagseite.

Das obere Bild war eine Luftaufnahme und zeigte ein weitläufiges Backsteinmonument aus Bögen, Säulen und erhöhten Blökken, die über nackten Feldern aufragten; der Platz davor war mit Zuschauern und parkenden Autos gefüllt. Das zweite Foto war aus der Menge heraus geschossen worden. Man sah den hohen, schlanken Mittelbogen des Monuments, auf dem die britische und die französische Flagge wehten. Davor hatten eine Reihe Soldaten Haltung angenommen. Im Vordergrund befand sich die Menge der Zuschauer, von denen sich einige mit Kameras eine günstige Position zu erkämpfen suchten, während sich andere unter Regenschirmen versteckten.

»Was bedeutet das, Großpapa – ein Denkmal für die Vermißten?«

»Es dient zur Erinnerung an die Männer, die in der Schlacht an der Somme gefallen sind und die kein bekanntes Grab haben. All ihre Namen sind da festgehalten.«

»Aber warum ist es so groß?«

»Weil es so viele Namen gibt. Siehst du, da steht, wie viele es sind.«

Ich las den Text unter den Fotos. Da stand die Zahl: 73 412 Männer, deren letzte Ruhestätte unbekannt war.

»Dein Vater ist einer dieser Männer, Leonora. Sein Name wird dort verzeichnet stehen. Eines Tages werde ich vielleicht mit dir hinfahren, damit du es selbst sehen kannst.«

Angesichts seines Gesundheitszustandes war es ein absurder Vorschlag, doch für mich war es Ermutigung genug, da er nur selten meinen Vater erwähnte. Ich nahm meinen Mut zusammen und stellte weitere Fragen.

»Heißt das, mein Vater hat kein Grab?«

Er runzelte die Stirn und schob das Kinn vor. »Ja, ich fürchte, das heißt es.«

»Was ist mit meiner Mutter? Hat sie ein Grab?«

Sein Gesichtsausdruck wurde weicher. »O ja. Natürlich hat sie ein Grab. Wie kommst du zu dieser Frage?«

»Dann…, wo ist es?«

Er wandte das Gesicht ab und blickte mit zusammengekniffenen Augen zum Fenster hinaus. »Es ist… weit weg.«

»Willst du mir nicht sagen, wo es ist?«

»Vielleicht…, wenn du älter bist.«

»Wieviel älter?«

Er sah mich an. »Wenn ich denke, daß du bereit bist.«

Wir sprachen nicht mehr nur vom Grab meiner Mutter. Ich glaube, wir wußten beide, daß er mir eben die Antwort auf all meine Fragen versprochen hatte.

»Ich bin jetzt müde, Leonora. Geh und laß mich schlafen.«

Ich durfte die *Illustrated London News* mitnehmen. Ich ging hoch auf mein Zimmer, legte mich aufs Bett und verschlang jedes Wort des Artikels, studierte jede Gestalt auf dem Foto. Du hast das Denkmal jetzt gesehen, genauso wie ich. Damals konnte ich mir nur ausmalen, wie es sein würde, konnte mir nur vormachen, daß mein Großvater eines Tages sein Versprechen halten würde. Immer wieder las ich die Zitate aus der Ansprache des Prinzen von Wales, bis sie in mein Gedächtnis eingebrannt waren. Bis zum heutigen Tag erinnere ich mich an seine Worte.

»Diese Myriaden von Namen dürfen nicht nur ein Buch der Toten sein. Sie müssen das Eröffnungskapitel eines neuen Buchs des Lebens darstellen – die Grundlage und der Führer für eine bessere Zivilisation, in der es keine Kriege mehr gibt.«

Nette Worte für 73412 Männer ohne Grab. Und mein Vater war einer von ihnen.

Als es dunkel wurde, füllte sich das Haus mit Menschen. Man hörte Gelächter, Stimmengewirr und Jazzmusik aus dem Grammophon. Wagentüren knallten, als weitere Gäste ankamen. Von irgendwo hörte ich Paynes laute, brutale, vom Alkohol schon undeutliche Stimme. Es war zuviel. Kaum war das letzte Licht vom Himmel verschwunden, da suchte ich im Observatorium Zuflucht. Hier konnte ich dem Lärm entfliehen, hier konnte mich niemand finden.

Wahrscheinlich hätte ich mich damit zufriedengegeben, die Sterne zu beobachten und auf das Ende der Party zu warten, wären nicht in einem der hinteren Schlafzimmer des Haupthauses die Lichter angegangen. Überrascht sah ich Olivia an einem offenen Fenster auftauchen, denn es war nicht ihr Schlafzimmer, und die Party war immer noch in vollem Gange. Voller Neugierde und insgeheim erfreut, sie zumindest auf diese Weise in der Hand zu haben, richtete ich das Fernrohr auf sie.

Sie hob den Kopf und rieb sich über die Kehle, atmete dabei ein paarmal tief durch. Sie trug ein enganliegendes, pinkfarbenes, mit Spitze besetztes Seidenkleid, das ihre Figur sehr vorteilhaft zur Geltung brachte.

Sie wandte sich vom Fenster ab. In dem Moment kam ein Mann in mein Blickfeld. Es war Sidney Payne. Er durchquerte das Zimmer, packte sie an der Taille und küßte sie voll auf den Mund, dann auf den Nacken. Ihr Kopf schwang zurück, und sie lachte. Er ließ seine rechte Hand über ihre Hüfte und ihren Schenkel gleiten, dann küßte er die Ansätze ihrer Brüste über dem tiefen Ausschnitt ihres Kleides. Sein Gesicht wurde rot und häßlich vor Begierde, doch auf Olivias Gesicht war jetzt, da Payne es nicht mehr sehen konnte, etwas viel Schlimmeres wahrzunehmen: der gleiche Ausdruck, den ich auf dem Gemälde gesehen hatte, dieser unverwechselbare Abscheu. Dann bewegten sie sich, immer noch aneinandergeklammert, mit ungeschickten, taumelnden Schritten durch das Zimmer, auf das Bett zu, vermutete ich, in jedem Fall aber aus meinem Blickfeld hinaus.

Ich selber hätte den Blick nicht abwenden können, aber plötzlich war ich dankbar, daß sie aus meiner Sicht verschwunden waren. Allein im Observatorium, begann ich zu weinen – nicht weil mich der Anblick der Szene so entsetzt hatte. Olivia hatte mir einen kurzen Einblick in meine Zukunft gegeben, einen Vorgeschmack darauf, wie das Leben auf Meongate für mich aussehen würde, sobald sie hier die Alleinherrscherin war. Ich hätte mir ohnehin denken können, wie es sein würde. Jetzt wußte ich es.

Ich fand meine Befürchtungen früher als erwartet bestätigt. An einem Nachmittag im November dieses Jahres wurde ich in Howell's vom Hockeyplatz in das Büro der Direktorin geholt. Für gewöhnlich war sie streng und herrisch, deshalb war ich sofort auf der Hut, als sie sich bei dieser Gelegenheit sanft und milde gab. Mein Großvater hatte einen tödlichen Schlaganfall erlitten, und ich sollte auf der Stelle heimkehren.

Gleich am nächsten Morgen wurde ich von meiner Hausaufseherin nach Wrexham zum Schnellzug nach London gefahren. Ich glaube, meine vollkommen gefaßte Haltung verwirrte sie, aber ich konnte es nicht ändern. Mein Großvater hatte sich mir gegenüber nie so weit geöffnet, daß ich jetzt echte Trauer um ihn empfinden konnte. Und doch war meine gefaßte Haltung zum Teil nur Mittel zum Zweck. Ich wollte mich gegen all die Veränderungen stählen, die nun kommen würden, ich wollte Olivia nicht die Befriedigung gönnen, zu wissen, daß ich um meine Zukunft fürchtete, in der ich ihr auf Gedeih und Verderb ausgeliefert wäre.

Es war gut, daß ich mich vorbereitet hatte, denn in Meongate herrschte bereits Sidney Payne. Fergus war überzeugt davon, daß Paynes ständige Anwesenheit den Tod seines Herrn beschleunigt hatte. Wir waren solidarisch in unserem Haß auf diesen Eindringling, der uns beide bedrohte, doch wir waren hilflos. Der Powerstock-Titel war zusammen mit meinem Großvater gestorben, und Adel und Würde verließen Meongate im wahrsten Sinne des Wortes mit seinem Leichenzug.

Nach der Beerdigung begleitete uns Mayhew, der Familienanwalt, zurück zum Haus zur Testamentseröffnung. Mayhew war ein hagerer Mann, der nur wenige Worte machte. Nachdem er einen Sherry abgelehnt hatte, verlas er mit schneller, ausdrucksloser Stimme das Dokument. Sein Publikum bestand aus Olivia und mir, obwohl Olivia kaum zuzuhören schien, während sie hinter ihm auf und ab ging. Im Gegensatz dazu lauschte ich angespannt, um zu erfahren, was mein Großvater mir vermacht hatte. Ich hatte bereits erfahren, daß mein Erbe, was immer es auch sein mochte, treuhänderisch verwaltet würde, bis ich volljährig war. Es würde also sechs Jahre dauern, bis ich von Olivia unabhängig war. Eine unerfreuliche Zeit, das war mir klar, aber nicht unerträglich.

Mayhew kam zum Ende der Einleitung. Olivia schob sich langsam hinter seinen Stuhl. »Ich vermache all meinen Besitz und mein gesamtes persönliches Vermögen nach Bezahlung meiner anerkannten Schulden und der Begräbnis- und Testamentskosten meiner Frau Olivia und ernenne sie hiermit zur alleinigen Vollstreckerin dieses meines Testaments.«

Das war alles. Ich wurde überhaupt nicht erwähnt, für sein einziges Enkelkind hatte er nichts übriggelassen.

»Und damit erkläre ich alle vorangegangenen Testamente, die ich bis zum heutigen Tag, dem 1. Mai 1917, unterschrieben habe, für ungültig. Unterzeichnet: Powerstock.«

Ich war sprachlos. Wie konnte er seine Enkelin so vollkommen ignorieren? Er hatte das Testament verfaßt, als ich zwei Monate alt gewesen war. Mayhew begann seine Papiere einzusammeln. Endlich fand ich die Sprache wieder. »Ich verstehe nicht.«

Mayhew blickte mich an. »Was verstehen Sie nicht, junge Dame?«

»Sie haben meinen Namen nicht erwähnt.«

»Da gab es nichts zu erwähnen.«

»Aber... ich bin seine Enkelin.«

Olivia blieb abrupt stehen und schaute mich an. Sie stand nun am Fenster und hatte das Licht hinter sich, so daß ich ihren Gesichtsausdruck nicht erkennen konnte. »Edward hat dein Wohlergehen in meine Hände gelegt, Leonora.«

In ihrer Gegenwart gab es dazu nichts mehr zu sagen. Ich schritt auf dem Rasen auf und ab und versuchte einen klaren Gedanken zu fassen. Ich war Lord Powerstocks einzige Blutsverwandte, das einzige noch lebende Mitglied seiner Familie, und doch – nichts! Meongate, mein Zuhause, das Heim meiner Familie, gehörte mir, gehörte uns nicht mehr. Ich schaute zu dem Fenster, von dem aus er mich so oft beobachtet hatte. Hätte er mir das eines Tages erzählt, wenn er lange genug gelebt hätte? Ich würde es nie erfahren.

Als ich mich wieder dem Haus zuwandte, steig Mayhew gerade in seinen Wagen. Ich rannte auf ihn zu, hielt eine Hand hoch, um seine Aufmerksamkeit zu erregen.

»Mr. Mayhew!«

»Ja, junge Dame?« Sein Gesichtsausdruck stimmte mich nicht gerade zuversichtlich.

»Können Sie mir sagen... weshalb mein Großvater mich in seinem Testament ignoriert hat?«

»Das kann ich nicht.«

»Aber... es ist nicht richtig.«

»Ich habe das Dokument selbst als Zeuge unterschrieben. Lord Powerstocks Absichten waren unmißverständlich.«

»Bin ich denn zu gar nichts berechtigt?«

Er überlegte einen Moment. »Sie sind berechtigt, das Testament anzufechten. Als Minderjährige benötigen Sie dazu jedoch die Einwilligung Ihres Vormunds – Lady Powerstock.«

So war das also. Mayhew fuhr los und ließ mich allein zurück, Olivia ausgeliefert. Die Rechte, die mir zustanden, konnte sie mit einer Handbewegung vom Tisch fegen. Lord Powerstock hatte ihr die Zukunft überschrieben und mir nichts.

Was diese Zukunft mir bringen würde, wurde bald schon deutlich. Als ich für die Weihnachtsferien nach Meongate zurückkehrte, war eine Party im Gange. In der Kälte eines Dezembernachmittags marschierte ich allein vom Bahnhof zum Haus. Alle Fenster waren hell erleuchtet. Musikfetzen und Gelächter wehten in die Dunkelheit heraus. Fergus begrüßte mich mit der Warnung, mich auf das Schlimmste vorzubereiten. Olivia hatte Anweisung gegeben, daß ich mich sofort nach meiner Ankunft der Party zugesellen sollte.

Ungefähr ein Dutzend Gäste hatte sich im Salon versammelt. Holzscheite prasselten im Kamin, Jazzmusik plärrte aus dem Grammophon, Ginwolken und Zigarettenqualm hingen in der Luft. Sidney Payne stand mit rotem Gesicht da und lachte über einen Witz, den er gerade erzählt hatte. Einige der Leute kannte ich; es waren Geschäftsfreunde von Payne, die zuvor schon in Meongate gewesen waren. Männer mit rauhen Stimmen, die Unmengen von Alkohol tranken und kichernde, um zwanzig Jahre jüngere Frauen am Arm hatten. Ich glaube nicht, daß einer von ihnen mein Eintreten bemerkte.

Mit Ausnahme von Olivia. Sie ruhte, in karmesinrotem Seidenkleid und eine Zigarette in einer Spitze rauchend, auf einer Chaiselongue und erhob sich nun, um mich mit wachsamem Lächeln zu begrüßen. »Willkommen daheim, Leonora«, sagte sie, laut genug, um die Gespräche in ihrer unmittelbaren Umgebung zum Schweigen zu bringen. »Du kommst gerade rechtzeitig für einen Toast. Sidney, ein kleines Glas Champagner für Leonora.«

Payne trat vor und reichte mir ein Glas, wobei er mir Zigarrenrauch ins Gesicht blies. Ich schaute ihn nicht an. Mein Blick blieb auf Olivias Gesicht geheftet, auf dem sich hämischer Triumph abzeichnete.

»Sidney und ich haben unsere Verlobung bekanntgegeben«, sagte sie. »Ich möchte, daß du auf unser Glück trinkst.«

»Ich gehöre jetzt zur Familie«, sagte Payne, was ich irgendwo am Rande meines Bewußtseins mitbekam.

Ich trank – oder besser gesagt, ich nippte – und fragte, ob ich wieder gehen dürfe, doch Olivia bestand auf meiner Anwesenheit. Also setzte ich mich, immer noch in meiner Schuluniform, auf einen harten Stuhl, umklammerte mein Glas Champagner, ohne davon zu trinken, und beobachtete den Fortgang der Party.

Ein Paar begann in der Mitte des Raumes Charleston zu tanzen, ein anderes küßte sich auf einem Sofa in der Ecke. Die Stimmen wurden lauter, die Gesichter röter, das Gelächter hysterischer. Getränke wurden verschüttet, brennende Zigaretten in den Teppich getreten. Meine Augen begannen zu tränen, in meinen Ohren dröhnte es. Und während all der Zeit blieb Olivia auf ihrem Platz sitzen, trank wenig und lachte noch weniger, beobachtete mich, wie ich die grelle Schamlosigkeit ihres seltsam freudlosen Sieges ertrug. Denn das alles hier war mehr als nur eine Party, mehr als nur die Verkündigung ihrer Verlobung. Es war eine Absichtserklärung.

Gegen Ende zu war Payne sehr betrunken. Ich bemerkte, wie er eines der Mädchen in eine Ecke quetschte und ihr etwas ins Ohr flüsterte, was sie zum Lachen brachte. Er hob den Saum ihres Kleides und schob ihr eine Fünf-Pfund-Note oben in den Strumpf. Wieder lachte sie laut auf.

Dann schaute ich zu Olivia und bemerkte, daß auch sie ihn beobachtet hatte. Als ihr Blick sich wieder auf mich richtete, trug ihr Gesicht ganz deutlich den Ausdruck der Frau auf dem Gemälde, an den ich mich so genau erinnerte. Sie erhob sich von der Couch, kam auf mich zu und nahm mir das Glas aus der Hand.

»Du kannst jetzt gehen«, sagte sie.

Zu Ostern waren sie verheiratet. Paynes Sohn aus erster Ehe machte den Trauzeugen. Von mir wurde nicht verlangt, daß ich zu der Zeremonie heimkehrte, die in einem Standesamt in Portsmouth stattfand. Wie Fergus mir erzählte, folgte darauf eine sich über das ganze Wochenende erstreckende Party in Meongate.

Egozentrisch, wie ich damals war – und wer ist mit sechzehn schon nicht egozentrisch? –, hatte ich mir eingeredet, daß Olivia diese lieblose, abstoßende Ehe nur aus Haß auf mich eingegangen war. Im Rückblick bezweifle ich das allerdings. Ihr extravaganter Geschmack und Lord Powerstocks unzureichende Verwaltung seiner Finanzen hatten wahrscheinlich eine einträgliche Verbindung notwendig gemacht, falls sie weiter im gewohnten Stil leben wollte. Denn Payne hatte, neben all seinen offensichtlichen Mängeln, im Bauboom der Nachkriegszeit genügend Geld verdient, um ihr dieses Leben zu ermöglichen. Zumindest muß sie sich das so ausgerechnet haben.

Doch die wahren Konsequenzen ihrer Eheschließung übertrafen sämtliche Vermutungen bei weitem. Payne, sein widerlicher Sohn und deren ganzer Bekanntenkreis machten mich zu einer Fremden in meinem eigenen Haus. Zumindest hatte ich in Fergus einen Verbündeten und in Schulzeiten eine Zufluchtsstätte. Als mir dann eines Tages Angela Bowden, eine Schulfreundin, deren Vater eine Kette von Immobilienbüros entlang der Südküste besaß, erzählte, Payne sei in einen Bauskandal verwickelt, dachte ich mir kaum etwas dabei. Als sie mir einen Zeitungsartikel zeigte, in dem vom Absinken des Bodens unter einigen Häusern die Rede war, die er in Portsdown Hill errichtet hatte, erheiterte mich das anfangs lediglich. Was die Anschuldigungen bezüglich bestochener Beamter der Baubehörde und korrupter Stadträte bedeuteten, verstand ich nicht wirklich. Alles, was Payne schaden konnte, war mir höchst willkommen.

Die wahre Bedeutung dieser Ereignisse dämmerte mir erst, als ich Weihnachten 1933 nach Meongate zurückkehrte. Genau ein Jahr war seit Olivias Verlobungsparty vergangen, genau ein Jahr, seit sie, wie sie dachte, sich ihren Wohlstand bis zum Ende ihrer Tage gesichert hatte. Während ich vom Bahnhof heimging, fragte ich mich, was ich dort vorfinden würde. Jede nur vorstellbare Aussicht erschreckte mich, doch ich erriet nicht einmal annähernd, was mich tatsächlich erwartete.

Diesmal war keine Party im Gange. Keine Kerzenleuchter funkelten, kein Kaminfeuer prasselte. Nicht einmal Fergus war zu meiner Begrüßung erschienen. Ich ging in den Salon, in dem ein einziges Licht brannte, und traf auf Payne, der laut schnarchend und nach Whisky stinkend in einem Sessel schlief. Ich ließ meine Tasche krachend zu Boden fallen, aber er wachte nicht auf.

Verwirrt läutete ich die Glocke. Nach einigen Minuten tauchte Sally auf. Ihr Gesicht war noch mürrischer und verkniffener als sonst.

»Wo ist Fergus?« wollte ich wissen.

»Er hat uns verlassen, Miss. Hat's Ihnen die Herrin nicht erzählt?«

»Nein. Wo ist sie?«

»Wahrscheinlich im Arbeitszimmer.«

Dort fand ich sie, am Schreibtisch meines Großvaters sitzend. Sie sah müde und viel älter aus, als ich sie in Erinnerung hatte. Ihre ganze Begrüßung bestand aus einem eisigen Blick.

»Sally erzählte mir, Fergus sei gegangen«, sagte ich.

»Fergus wurde entlassen.«

»Warum?«

»Er hat einmal zu oft hinter mir hergeschnüffelt.«

»Aber er ist bei der Familie seit...«

»Zu lange. Viel zu lange. Hier wird sich einiges ändern, Leonora. Fergus ist nur ein Beispiel dafür.« Sie erhob sich und ging zum Fenster hinüber. Zum erstenmal bemerkte ich, daß ihre ungeheure Selbstbeherrschung sie im Stich ließ. Sie war zornig, wenn auch ausnahmsweise nicht auf mich. »Mein Mann hat seinen Bankrott erklärt.«

»Bankrott?«

»Ich dachte, du habest davon gehört.«

»Du meinst diese Häuser in Portsdown?«

»Du *hast* davon gehört. Ja. Diese Häuser in Portsdown. Anscheinend besaß das Vermögen meines Mannes ein ebenso schlechtes Fundament wie sie. Er ist ruiniert und wird angeklagt werden. Aber das ist das kleinste Problem. Meine Hauptsorge ist, zu vermeiden, daß ich mit ihm zusammen ruiniert werde.« Sie drehte sich so schnell um, daß ihr meine unmittelbare Reaktion nicht entging. »Und glaube bloß nicht, du seist in die Sache nicht verwickelt.«

»Ich habe nichts damit zu tun.«

»O doch. Nach Weihnachten wirst du nicht mehr nach Howell's zurückkehren. Ich kann mir das Schulgeld nicht leisten. Ich habe gerade eben deiner Direktorin geschrieben.«

»Nicht... zurückkehren? Das kannst du nicht...«

»Und ob ich das kann, Leonora.« Sie kam näher. »Als dein Vormund kann ich genau das tun, was ich will. Deine Ausbildung ist nun eine unnötige Extravaganz.«

»Aber was... was soll ich tun?«

»Jetzt, wo Fergus nicht mehr da ist, wird es sehr viel für dich zu tun geben. Du kannst Sally helfen.«

Ich war also in meinem eigenen Haus nichts Besseres mehr als eine Dienerin. Das waren ihre Pläne für mich. Ich rannte aus dem Haus hinunter zum Fluß, wo Fergus so oft geangelt hatte. Die herabhängenden Äste waren nackt und kahl, der Frost fraß sich allmählich in das Gras. Ich legte meinen Regenmantel über einen umgestürzten Baumstamm und schluchzte über all das Elend, das Olivias wegen über mich gekommen war. Kein Fergus mehr, dem ich mich anvertrauen konnte, keine Schulfreundinnen, keine Hoffnung auf Besserung. Schließlich trocknete ich mir die Tränen und beschloß, Olivia gegenüber keine Anzeichen von Schwäche zu zeigen, ihr keinen Hinweis zu liefern, daß sie mich untergekriegt hatte. Ich würde meine Zeit abwarten – und ihr dann entrinnen.

In den folgenden Monaten hingen finanzielle Ungewißheit und unausgesprochene Feindseligkeit wie eine dunkle Wolke über Meongate. Payne verbrachte seine Tage im Trunk und wartete auf seinen Gerichtsbeschluß, der seinen anderen Übeltaten vielleicht noch Bestechung und Korruption hinzufügte. Olivia hatte so viele Besprechungen mit Mayhew, daß sie sich kaum um mich kümmern konnte. Unser einziger Besucher war Paynes Sohn Walter, ein dreißigjähriger Mann ohne jeden Charme, der nur noch etwas mehr Selbstvertrauen benötigte, um ein Ebenbild seines Vaters zu werden. Ich ging allen aus dem Wege und hing meinen eigenen Gedanken nach. Wann immer es mir möglich war, begab ich mich nach Droxford. Dort hörte ich aus verschiedenen Gesprächen heraus, daß Fergus als Fahrstuhlführer in einem Kaufhaus in Portsmouth arbeitete (die Posthalterin hatte ihn dort gesehen) und daß Paynes Fall im April vor Gericht kommen würde (seine Verurteilung wurde als sicher angesehen).

Am 14. Mai 1934 wurde ich siebzehn. In Meongate wurde mein Geburtstag von niemandem beachtet. Olivia war nach Winchester gefahren, vermutlich um Mayhew zu besuchen. Wegen eines heftigen Regens ans Haus gefesselt, betrat ich die Bibliothek, um mir ein Buch zu suchen. In diesem Winter hatte ich die Bibliothek mehr genutzt als je zuvor. An diesem Nachmittag machte ich eine neue Entdeckung. Ich zog einen Roman von Walter Scott hervor und bemerkte dabei ein Buch, das hinter die anderen gerutscht war. Es trug den Titel »Betrachtungen über das Diözesankomitee für die Armenhilfe in Portsea«. Ich schlug es an einer beliebigen Stelle auf. Das Büchlein wirkte nicht gerade interessant. Doch dort, zu Beginn eines neuen Kapitels, stand die Überschrift »Not im Überfluß« und der Name der Autorin: Miriam Hallows, Lady Powerstock. Darunter befand sich auch eine Widmung: »In Erinnerung an eine wunderbare Frau, die so gestorben ist, wie sie gelebt hat, und die nie der Selbstzufriedenheit verfallen ist.« Es war von meiner Großmutter geschrieben worden, Lord Powerstocks erster Frau. Olivias Vorgängerin. Oft genug hatte ich auf dem Friedhof ihren Grabstein betrachtet und mir gewünscht, sie könnte zu mir sprechen. Und jetzt sah ich die Worte vor mir, die sie geschrieben hatte.

Ich klappte das Buch zu und eilte mit ihm nach oben, in die Abgeschiedenheit meines Zimmers, um dort zu lesen, was meine Großmutter geschrieben hatte.

Ich hatte mich gerade auf mein Bett gesetzt und wollte das Buch aufschlagen, als plötzlich Payne hereinmarschiert kam. Er war wie immer betrunken, sein Gesicht war gerötet, sein Kragen stand offen, seine aufgedunsenen Lippen mühten sich mit Wörtern ab. Von der anderen Seite des Raumes aus konnte ich den Whisky in seinem Atem riechen.

»Olivia hat mir gesagt, heute sei dein ... Geburtstag.« Er versuchte zu lächeln, brachte aber nur ein wirres Grinsen zustande.

»Ja.«

»Du wächst schnell heran.« Quer durch das Zimmer kam er auf mich zugeschwankt.

Ich schloß das Buch und stellte meine Füße auf den Boden. »Ich glaube schon.«

Er ließ sich auf das Bettende fallen. Es sackte unter seinem Gewicht nach unten. »O ja. Wirst schnell erwachsen.« Er fuhr sich mit der Hand über das Gesicht, als wollte er seinen verschwommenen Blick schärfer machen. »Wächst heran... zu einer... einer wunderschönen jungen Dame.«

Ich strich meinen Rock glatt, der sich hochgeschoben hatte, und starrte zu Boden, in der Hoffnung, er würde gehen, wenn ich nicht antwortete.

»Und du hast Geburtstag. Wir hätten... hätten eine Party machen sollen.«

»Es spielt keine Rolle.«

»O doch.« Er lehnte sich über das Bett und klatschte seine schwitzige Handfläche auf meine in meinem Schoß ruhende linke Hand. »Ich möchte... dir eine Freude machen.« Ich spürte die Wärme seines fauligen Atems auf meiner Wange. »Wie wär's mit einem Geburtstagskuß?«

Ich drehte mich ihm zu, um dankend abzulehnen, aber er ließ mir keine Chance. Er preßte seine feuchten Lippen auf meinen Mund und stieß mich auf das Bett. Ich spürte, wie seine Bartstoppeln über mein Gesicht kratzten, spürte, wie seine rechte Hand an meinen Brüsten zerrte. Ich versuchte zu schreien, doch das Gewicht seines Körpers und sein Mund hinderten mich daran.

Meine ausgestreckte rechte Hand hielt immer noch das Buch umklammert. Mit der Kraft der Verzweiflung schlug ich es ihm seitlich an den Kopf. Es knallte lauter, als ich erwartet hatte. Er rutschte von mir herunter, glitt zu Boden und schüttelte benommen den Kopf. Dann fand er die Sprache wieder.

»Du Miststück!« dröhnte er. »Du verräterisches... Miststück.« Er schwankte hoch, packte mich bei den Schultern und schleuderte mich mit dem Gesicht nach unten auf das Bett.

Für einen Moment blieb mir die Luft weg. Dann begriff ich, was er vorhatte. Er hatte meinen Rock hochgezerrt, bis über die Hüften, und beugte sich schwer atmend über mich. »Du Miststück«, sagte er noch einmal. »Stolzierst hier mit deinem verdammten hochmütigen Getue rum, schaust auf mich runter. Ich werd's dir zeigen...« Ich versuchte mich umzudrehen, doch er packte mich mit der linken Hand am Genick und preßte mein Gesicht nach unten. Dann zerrte er mir mit der anderen Hand die Unterhosen herunter. Ich glaube, ich war zu schockiert, um Widerstand zu leisten. Als ich den ersten brennenden Schlag auf meinen nackten Pobacken spürte, wurde mir klar, daß er mich mit seinem Gürtel bearbeitete. Die Matratze sackte unter der Wucht des Schlages durch. Die erste Schmerzwelle überflutete mich erst einen Augenblick später. Ich schrie auf.

Ich weiß nicht mehr genau, was dann geschah. Er schlug mich noch zwei- oder dreimal. Dann ertönte eine andere Stimme – die von Olivia. Payne richtete sich auf und schwankte zur Tür, seinen Gürtel in das Zimmer schleudernd. Die Tür knallte hinter ihm ins Schloß. Ich kniete mich aufs Bett. Zum erstenmal in meinem Leben war ich froh über Olivias Anblick. Doch in ihrem Gesicht lag kein Hauch von Mitgefühl.

»Du schamlose kleine Nutte«, sagte sie. »Was hast du getan?«

»N-nichts«, stammelte ich. »Er... er ist hier eingedrungen.«

»Und du hast für ihn deine Höschen fallen lassen. Wie die Mutter, so die Tochter.«

»Wa... was?« Ich konnte nicht verstehen, was sie sagte, konnte vor Schmerz weder denken noch etwas durch meine Tränen hindurch sehen.

»Das hat sie oft genug getan. So hat sie dich empfangen. Was also könnte ich von dir schon anderes erwarten?«

»Nein... verstehst du denn nicht? Er hat mich angegriffen.«

»Mit einem Gürtel?« Ihre Lippen verzogen sich verächtlich.

»Genau so hat es deine Mutter auch gern gehabt. So hat sie sich während der Abwesenheit ihres Mannes amüsiert, mit meinen Freunden.«

»Nein. Das ist nicht wahr.«

»Woher willst du das wissen? Hast du wirklich gedacht, du seist Lord Powerstocks Enkelin?«

»Aber das bin ich.«

»Haben sie dir in Howell's nicht das Rechnen beigebracht? Stell doch mal fest, wann dein sogenannter Vater gestorben ist. Dann wirst du...«

Sie brach ab. Es klopfte an der Tür, dann ertönte Sallys panikerfüllte Stimme. »Ma'am, es hat einen Unfall gegeben, Mr. Payne.«

Olivia riß die Tür auf. »Was ist passiert?«

»Er liegt unten im Flur. Muß die Treppe runtergefallen sein. Er rührt sich nicht mehr.«

»Bleib bei Leonora.« Olivia rauschte an ihr vorbei.

Sally trat zögernd in das Zimmer und schloß die Tür hinter sich. Sie sagte nichts, beobachtete nur schweigend, wie ich meine Kleidung richtete. Unsicher erhob ich mich und ging zum Toilettentisch, wo ich mir das Gesicht mit einem Taschentuch abwischte. Ich versuchte verzweifelt meine Tränen zu stoppen, ich wollte nicht mehr zittern und schluchzen, aber ich konnte es einfach nicht.

»Ist ja gut«, sagte sie schließlich. »Hat Sie die Herrin bei etwas erwischt? Mr. Payne hätte stürzen können, weil er betrunken war, vielleicht aber war er auch aufgeregt..., weil er ertappt worden ist.«

Ich drehte mich nicht zu ihr um. Normalerweise sprach sie nie mit mir. All das Gift ihrer feindseligen Blicke lag nun in ihren Worten.

»Vielleicht haben Sie uns allen einen Gefallen getan.«

Im Spiegel sah ich plötzlich, daß sie unmittelbar hinter mir stand.

»Sie haben mich immer für eine alberne Gans gehalten, nicht wahr, Miss? Aber es war Fergus, den sie auf die Straße gesetzt hat, und ich hab's hier weiter bequem. Deswegen tue ich, was sie sagt. Also keine Sorge: Ich werde niemandem was von der Sache sagen.«

Ich starrte immer noch ungläubig auf das Spiegelbild ihres verkniffenen Gesichts, als Olivia in das Zimmer zurückkam.

»Laß uns allein«, sagte sie. Sally gehorchte sofort.

Ich schaute zu Boden, um ihrem Blick auszuweichen. Beim Kampf hatte ich einen meiner Strümpfe ruiniert; an meinem rechten Knie befand sich ein großes Loch. Ich starrte es an, fest entschlossen, nicht aufzuschauen. Olivia muß Paynes Gürtel aufgehoben haben, denn ich hörte das leise Klirren der Schnalle, als sie durch das Zimmer ging. Dann verstummte es, als sie neben dem Bett stehenblieb.

»Was macht dieses Buch hier?«

»Ich hab' es mitgenommen... aus der Bibliothek.«

»Da ist Blut auf dem Buchrücken. Wessen Blut ist es?« Ich sagte nichts. Plötzlich stand sie neben mir, zog mein Kinn hoch und zwang mich so, sie anzusehen. »Du hast ihn geschlagen, nicht wahr? Das ist sein Blut.«

»Ja.«

»Dann sollst du eines wissen: Er ist tot. Sidney Payne ist tot.« Sie sprach von ihm so unpersönlich, als wäre sie niemals mit ihm verheiratet gewesen.

»Es ist nicht meine Schuld.« Ich hoffte, sie würde das flehende Bitten in meinen Augen sehen, doch falls sie es zur Kenntnis nahm, dann nur als ein Zeichen von Schwäche, die sie ausnutzen konnte.

»Es wird eine Menge Fragen geben – eine Untersuchung, einen Leichenbeschauer. Aber ich werde dich aus allem heraushalten. Wir erwähnen nichts von dem, was hier geschehen ist – unter einer Bedingung: Von nun an tust du, was ich dir sage. Hast du verstanden?«

»Ja.«

»Andernfalls muß ich die Wahrheit über deine Mutter sagen. Wie sie sich jedem Mann hingab, der sie haben wollte. Daß ich nicht mal sagen kann, welcher von ihnen dich gezeugt hat. Daß du ihre perversen Neigungen geerbt und geholfen hast, meinen Mann zu töten. Willst du, daß all dies ans Licht kommt?«

»Nein.«

»Du verstehst also?«

»Ja, ich verstehe.«

»Gut.« Sie erhob sich. »Wasch dein Gesicht nicht, bevor der Doktor da ist. Ein paar Tränen werden ihn beeindrucken.« Sie ging zurück zum Bett und nahm das Buch an sich. »Das werd' ich behalten – für den Fall, daß es gebraucht wird.« An der Tür drehte sie sich noch einmal um. »Übrigens – alles Gute zum Geburtstag, Leonora.«

Allein in meinem Zimmer, hatte ich die ganze Nacht Zeit, darüber nachzudenken, was geschehen war und was Olivia gesagt hatte. Das alles war in wenigen Minuten passiert, in nicht mehr als fünfzehn. Doch es hatte ausgereicht, um Sidney Payne sterben zu lassen und mit ihm meine Träume von den Eltern, die ich nie gekannt hatte. Ich war nicht die Tochter meines Vaters? Das erklärte, weshalb nie von meiner Mutter gesprochen worden war, weshalb sie irgendwo in Schimpf und Schande gestorben war, weshalb mein Großvater mich enterbt hatte. Es erklärte alles – und gleichzeitig nichts.

Selbst in meiner tiefen Verzweiflung und unter dem Schock der Ereignisse wußte ich, daß Olivia alles hatte schlimmer klingen lassen, als es in Wirklichkeit gewesen war. Und warum? Weil sich ihr jetzt eine Möglichkeit bot, mich auf Meongate festzuhalten. Ich hatte nichts Unrechtes getan, aber ich zweifelte keinen Moment daran, daß sie alles in einem anderen Licht erscheinen lassen konnte. Was würden sie tun, wenn sie mich für Paynes Tod verantwortlich hielten? Eine Irrenanstalt – dafür würde Olivia schon sorgen. Außer... ich gehorchte ihr aufs

Wort. Payne und ich hatten dafür gesorgt, daß sich alles zu ihren Gunsten wandelte. Jetzt, da er tot war, würde es keine skandalträchtige Gerichtsverhandlung mehr geben. Ich durfte ihr keinen Widerstand mehr leisten, nun, da sie mich als seine Mörderin hinstellen konnte. Ein blutbeflecktes Buch, das ich nie gelesen hatte, eine Mutter, die ich weder verleugnen noch verteidigen konnte, ein Vater, den ich nicht länger für mich in Anspruch nehmen konnte. Ihr Sieg war vollständig.

Am nächsten Morgen teilte Sally mir mit, daß Olivia mich zu sehen wünsche. Sie befand sich im Arbeitszimmer.

»Ich glaube, es ist am besten, wenn wir beide uns verstehen«, sagte sie, beim Fenster auf und ab gehend, während ich niedergeschlagen neben dem Schreibtisch saß. »Du besitzt keinerlei Rechte in diesem Haus – doch ich erlaube dir zu bleiben. Solltest du versuchen, das Haus zu verlassen, werde ich mich gezwungen sehen, den Behörden mitzuteilen, welche Rolle du beim Tod meines Mannes gespielt hast. Als Gegenleistung dafür wirst du tun, was ich von dir verlange – in jeder Beziehung. Ist das klar?«

»Ja.«

»Gut.« Sie stellte sich hinter meinen Stuhl. »Mir ist in den Sinn gekommen, du könntest die absurde Vorstellung haben, ich hätte dich, was deine Eltern anbelangt, in die Irre geführt. Sollte das der Fall sein, dann werden dich vielleicht die Dokumente vor dir auf dem Schreibtisch interessieren. Lies sie.«

Ich griff nach dem kleinen, zerknitterten Briefumschlag, der auf der Schreibtischkante lag, und zog den Inhalt heraus: ein Telegramm, adressiert an Lord Powerstock, datiert vom 4. Mai 1916.

»DAS KRIEGSMINISTERIUM BEDAUERT, IHNEN MITTEILEN ZU MÜSSEN, DASS IHR SOHN CAPT JOHN HALLOWS VERMISST, WAHRSCHEINLICH GEFALLEN IST. 30. APRIL.« Olivia hatte also die Wahrheit gesagt. Er war mehr als zehn Monate vor meiner Geburt gestorben. Er war nicht mein Vater.

Vielleicht dachte sie, ich würde sie anflehen, mir zu verraten, wer mein wirklicher Vater sei, aber ich kannte sie gut genug, um zu wissen, daß sie es mir nie sagen würde, selbst wenn sie es wußte. Ich legte das Telegramm auf den Schreibtisch und ging langsam aus dem Zimmer, mühsam den letzten Rest meiner Würde wie einen Schild vor mich haltend.

Die Untersuchung zur Feststellung der Ursache von Paynes Tod ergab, daß der Treppensturz zu einer Gehirnblutung, verstärkt durch die zuvor konsumierte Alkoholmenge, geführt hatte. Der Spruch lautete auf Tod als Folge eines Unfalls. Niemand schien Paynes Tod zu bedauern, Olivia am allerwenigsten. Selbst der ekelhafte Walter wirkte in erster Linie gleichgültig; er gab Plattheiten von sich und stopfte sich nach der Beerdigung im Haus mit Sandwiches voll. Olivia ließ keinen Zweifel daran, daß er sich nicht mehr die Mühe zu machen brauchte, uns zu besuchen. Sie hatte sogar dafür gesorgt, daß sein Vater verbrannt wurde, eine Seltenheit zu dieser Zeit, so als wollte sie sichergehen, daß nichts mehr von ihm übrigbleiben würde, nicht einmal ein Grab.

Ich bewegte mich die ganze Zeit über wie in Trance, betäubt von den Geschehnissen und der Ahnung, was sie zu bedeuten hatten. Ich hatte die Eltern verloren, die ich mir erträumt hatte, und im Austausch dafür erfahren, daß allein Ehebruch die Grundlage meiner Existenz war. Einer derartigen Vergangenheit konnte ich nicht ins Gesicht sehen. Ich schob die Gedanken daran in den hintersten Winkel meines Geistes, zusammen mit den Erinnerungen an meinen siebzehnten Geburtstag und all den anderen Fragen, auf die ich einst Antworten gesucht hatte.

Angela Bowden schrieb mir aus Howell's, daß sie von Paynes Tod gehört habe und es ihr leid tue, daß ich so plötzlich von der Schule abgegangen war, und ob ich sie über Ostern zu Hause besuchen möchte? Ich antwortete nicht. Nicht nur, daß Olivia es mir verboten hatte – ich selbst wollte nicht. Die Welt hatte mich mißhandelt und mit Schande überschüttet. Also versteckte ich mich vor der Welt. Mit der Zeit entwickelte ich mich mehr zu einer Hausdienerin als zu einer Tochter des Hauses. Mit anderen Worten, ich tauschte eine Rolle, auf die ich nicht länger Anspruch hatte, gegen die Rolle, die Olivia mir aufgezwungen hatte. Ich wurde, genau ihrer Absicht entsprechend, schüchtern und einsam und zog mich immer mehr in mich zurück. Und vor allem gehorchte ich jedem ihrer Befehle.

Olivias Drohungen schüchterten mich so ein, daß ich mir – geschweige denn ihr – nicht ein einziges Mal die Frage stellte, weshalb sie mich denn überhaupt hier behielt. Es wäre leicht genug gewesen, mich auf die Straße zu jagen. Bei ihrem Haß auf mich schien das die nächstliegende Lösung zu sein. Doch nein, sie wollte mich in Meongate halten, innerhalb ihrer Reichweite. Es mußte ein Motiv dafür geben, daß sie mich beherrschen wollte, ein Motiv, das über alles, was ich bis dahin wußte, hinausging. Es diente irgendeinem Zweck, der tief in den Mysterien dieses Hauses wurzelte.

Nach und nach wurde Meongate zu unserer Welt. Da wir beide – aus unterschiedlichen Gründen – niemanden sahen und nirgendwohin gingen, konnten wir so tun, als hätte Sidney Payne niemals existiert. Später, als der Dorfklatsch sich längst ein anderes Ziel gesucht hatte, blieben unsere Schutzschilde doch an Ort und Stelle. Isolation war zu einer Geisteshaltung geworden.

3

Lediglich sieben Jahre nach der Rede des Prinzen von Wales in Thiepval strafte der Ausbruch des Zweiten Weltkriegs dessen Friedensbotschaft Lügen. In dem abgeschiedenen, in festen Bahnen erstarrten Leben, das wir in Meongate führten, stellte das eine der seltenen Abwechslungen dar, obwohl der Krieg anfangs kaum Eindruck auf uns machte.

Olivia erhielt mehrere amtliche Briefe, in denen die Möglichkeit angesprochen wurde, in unserem Haus Evakuierte aufzunehmen, doch nachdem sie an eine bestimmte Person geschrieben hatte, an »jemanden, der sich an mich erinnern wird«, hörten die Briefe auf. Sally nahm Arbeit in einer Munitionsfabrik in Portsmouth an. Olivia suchte keinen Ersatz für sie. Als ihr zu Ohren kam, daß ich – eine junge, gesunde, unverheiratete Frau – irgendeine für unsere Kriegsbemühungen wichtige Arbeit zu leisten hätte, überredete sie ihren Arzt zur Ausstellung eines Attests, wonach sie wegen ihrer Gebrechlichkeit ständige Pflege benötigte. Das kam der Wahrheit sogar ziemlich nahe, denn ohne Sally gab es sehr viel Arbeit für mich, und außerdem verließ Olivia nur höchst selten das Haus. Nicht etwa, daß ihr körperlich etwas gefehlt hätte. Sie haßte lediglich den Ansturm des Alters und den Verlust ihrer Schönheit, der sich jetzt mit keinen Mitteln mehr verbergen ließ. Ihre Eitelkeit also war es, die sie – und mich mit ihr – in ein abgeschiedenes, zurückgezogenes Leben trieb. Der Krieg ging nicht einfach an uns vorüber, sondern verstärkte sogar noch unsere Isolation.

All das änderte sich in den Monaten vor dem 6. Juni 1944, dem Tag der Landung der Alliierten in der Normandie. Auf den Straßen und Wegen um Droxford herum drängten sich getarnte Lastwagen und Panzer. Suchscheinwerfer wurden im Hügelland installiert. Truppen lagerten auf den Feldern. Meongate, so schien es mir, konnte von all dem nicht länger verschont bleiben.

An einem schönen Morgen gegen Ende April kehrte ich durch den Obstgarten von meinem Spaziergang zurück. Schon aus einiger Entfernung bemerkte ich den Fremden: eine große, ziemlich kantige Gestalt in Armeeuniform – seiner Mütze nach zu schließen ein Offizier. Er lehnte, eine Zigarette rauchend, an einem Apfelbaum und schaute zum Haus hinüber, das hinter der Rhododendronhecke hervorlugte. Er hatte mir den Rücken zugewandt und hörte mich nicht kommen. Als ich nur noch zehn Schritt von ihm entfernt war, brach ich einen kleinen Zweig vom nächsten Baum ab. Völlig überrascht wirbelte er herum.

»Was zum... Oh!« Er lächelte. »Guten Morgen.«

Mein erster Eindruck war, daß er älter war, als ich angenommen hatte. Er sah ohne Zweifel gut aus, besaß ein strahlendes Lächeln, doch sein gestutzter Schnurrbart wies bereits einen Hauch von Grau auf. Anhand der drei Sterne auf seinen Epauletten identifizierte ich ihn als Captain; in diesem ersten Moment unserer Bekanntschaft war er für mich nichts weiter als irgendein Repräsentant des Militärs. Wie er mich einschätzte, in meinem unförmigen alten Mantel und den derben Schuhen, in der Hand ein paar Schlüsselblumen, das wagte ich mir gar nicht vorzustellen.

»Was führt Sie her, Captain?« fragte ich.

»Wohnen Sie hier, Miss?«

»Ja.«

»Dann erlauben Sie mir, mich zu erklären. Mein Name ist Galloway.« Er streckte mir die Hand entgegen, und ich schüttelte sie kräftig. »Mein Bataillon verlagert sich heute im Laufe des Tages in diese Gegend. Genaugenommen erkunde ich einen Lagerplatz.«

»Ich bin Leonora Hallows«, sagte ich so frostig wie möglich. »Das Haus gehört meiner Großmutter. Sie mag keine Besucher.«

»Ich dachte, wir könnten uns hier unten verstecken – ein ganzes Stück abseits von Ihnen.«

»Selbst dann...«

»Um es deutlich zu sagen, Miss Hallows«, wieder lächelte er, »wir benötigen nicht die Einwilligung des Besitzers. Natürlich begeben wir uns lieber dorthin, wo wir willkommen sind, aber...«

»Ich verstehe. Wann wird Ihr Bataillon ankommen?«

»Ungefähr zur Teezeit – so unauffällig wie möglich.«

»Ich werde es meiner Großmutter mitteilen.«

»Ich bin Ihnen zu Dank verpflichtet.« Er schaute hinüber zum Haus. »Es ist ein schönes Gebäude.«

Ich trat neben ihn. »Es freut mich, daß es Ihnen gefällt.«

»Ich möchte wetten, es ist recht geschichtsträchtig.«

»Meine Familie lebt hier seit über hundert Jahren.«

»Auf dem Kriegerdenkmal am Friedhof bemerkte ich den Namen Hallows. Ihr Vater?«

Ich musterte ihn mißtrauisch. Derartige Detektivarbeit deutete auf mehr als nur auf reine Erkundung hin. »Ja.«

Er erwiderte meinen Blick. »Widerstrebt es Ihnen deswegen, dem Militär zu helfen?«

Ich warf den Kopf zurück. »Wer sagt denn, daß es mir widerstrebt?«

»Entschuldigen Sie, ich hätte Sie das nicht fragen sollen. Ihre Motive gehen mich nichts an.«

»Das stimmt. Wenn Sie mich jetzt entschuldigen würden, ich muß ins Haus. Ich bin sicher, Sie finden allein den Weg zurück.«

»Selbstverständlich.«

Schnell und ohne mich umzublicken, ging ich auf das Haus zu, damit er auch wirklich merkte, daß ich Anstoß genommen hatte. Ich war entschlossen, ihn nicht sehen zu lassen, wie sehr mich unsere Begegnung verwirrt hatte. Er war der erste vollkommen Fremde, mit dem ich seit Jahren gesprochen hatte – höflich, gutaussehend und gebildet. Ich hätte mich zu ihm hingezogen gefühlt, selbst wenn ich nicht so oft schon davon geträumt hätte, daß solch ein Mann mich eines Tages aus meinem Einsiedlerleben retten möge.

Beim Frühstück erzählte ich Olivia die Neuigkeiten.

»Bleibt uns wohl keine andere Wahl, was? Nun, sie können kommen – aber mit einem Willkommensgruß brauchen sie nicht zu rechnen. Sorg dafür, daß ihnen das klar ist. Ich will sie nicht sehen – keinen einzigen von ihnen.«

»Wird das nicht ziemlich schwierig sein?«

»Nein. Du wirst dafür sorgen, daß sie Abstand wahren.«

»Sehr wohl.«

»Nicht, daß es eine Rolle spielen würde. In ein paar Wochen sind sie alle verschwunden – die meisten werden tot sein.«

Olivias Worte kamen mir später wieder in den Sinn, als ich von der Haustür aus den Konvoi der mit Planen bedeckten Lastwagen beobachtete, die an unserem Haus vorbei durch den Park fuhren. Die gelegentlichen Bombenangriffe auf Portsmouth waren bis jetzt unser einziger Kontakt mit dem Krieg gewesen. Und jetzt marschierten unreife junge Soldaten über unseren Rasen zu ihrem letzten sicheren Aufenthaltsort. Ein Jeep fuhr vor, und Captain Galloway sprang heraus. Er salutierte elegant.

»Ich hoffe, es gibt keine Probleme, Miss Hallows?«

»Bis jetzt noch nicht, Captain.«

»Lassen Sie es mich wissen, falls es Schwierigkeiten geben sollte.«

»Darauf können Sie sich verlassen.«

Es gab keine Probleme; dafür sorgte er schon, indem er jede Einzelheit mit mir besprach. Wo ihre Zelte aufgestellt werden sollten, wie sie es vermeiden könnten, den Rasen aufzuwühlen, ob der Lärm Lady Powerstock belästigte. Es gab immer einen Vorwand für eine kleine Unterhaltung oder einen kleinen Spaziergang. Er war höflich, aufmerksam und charmant; er hörte mich mit der gleichen Begeisterung über Blumen sprechen, wie er Spekulationen darüber anstellte, was er nach Kriegsende tun würde. Meine ganze Zurückhaltung löste sich nach und nach auf, und bald erkannte ich, daß ich einen Freund gefunden hatte, den ersten seit meiner Schulzeit.

Eines Morgens, als ich mich auf dem Weg nach Droxford befand, hielt er an, um mich in seinem Jeep mitzunehmen, und erzählte mir, was für einen Eindruck Meongate das erstemal auf ihn gemacht hatte.

»Ich bin in London geboren und aufgewachsen, aber ich habe immer von einem Haus auf dem Land geträumt. Vermutlich hätte ich bei meiner Ankunft direkt zur Haustür kommen müssen, aber ich konnte nicht widerstehen, mich etwas umzuschauen. Sie müssen sehr glücklich sein, ein solches Zuhause zu haben.«

»Es ist kalt, abgeschieden und einsam.«

»Wenn man es anschaut, wirkt es nicht so. Als Sie mich im Obstgarten überraschten, fragte ich mich gerade, wie Sie wohl sein würden. Ich hätte nicht gedacht, daß ich es so schnell herausfinden würde.«

»Warum hätten Sie sich diese Frage stellen sollen?«

Er lächelte. »Nun, ich war so frei, ein paar Fragen im Dorf zu stellen. Man erzählte mir, daß Sie und Ihre Großmutter etwas... zurückgezogen leben würden.«

»Was hat man noch erzählt?«

»Daß Ihr Vater im letzten Krieg gefallen ist.«

»Und?«

»Oh, den Rest habe ich vergessen.«

»Das glaube ich Ihnen nicht.«

»Also gut. Sie sagten, ich würde feststellen, daß Sie unnahbar und unkooperativ seien.«

»Und das haben Sie dann auch festgestellt.«

»Nur am Anfang.«

Wir hatten das Dorf erreicht. Er stoppte, und ich kletterte hinaus. Plötzlich überkam mich der Impuls zuzugeben, daß all das stimmte, was er über mich gehört hatte. »Ich bin genau das, was man Ihnen von mir erzählt hat.«

»Jetzt bin ich es, der Ihnen nicht glaubt.«

Warum glaubte er mir nicht – oder dem Klatsch über mich? Später würde er mir erzählen, daß ich und mein Geheimnis sich unverrückbar in seinem Gedächtnis eingeprägt hatten, als ich so überraschend im Obstgarten hinter ihm auftauchte, während er von Meongate und seiner jüngeren Bewohnerin träumte. Aber so wie es einem stets schwerfällt zu glauben, daß eine so langweilige Person, wie man selbst es ist, einen anderen Menschen faszinieren kann, so unmöglich schien mir der Gedanke, daß ich nach all den trostlosen Jahren in Meongate Zuneigung – sogar Liebe – erregen konnte, und zwar auf so eine zufällige, absichtslose Art und Weise, wie es bei mir der Fall gewesen war. An diesem

Abend betrachtete ich mich im Spiegel in meinem Schlafzimmer und dachte: Nein! Es kann nicht wahr sein. Er sieht in mir lediglich einen amüsanten Zeitvertreib für die Wochen, die er hier verbringen muß. Ich gebe mich nur irgendwelchen Illusionen hin.

Nichtsdestoweniger verbrachten wir immer mehr Zeit miteinander, sahen uns scheinbar zufällig. Er begegnete mir unten am Fluß, oder er fuhr an der Straße mit seinem Jeep vorbei und nahm mich mit. Er erzählte mir von seiner Familie, seinem bisherigen Leben, seiner Arbeit vor dem Krieg, seinen Plänen danach. Von mir erzählte ich kaum etwas, und er fragte auch nicht, als wüßte er, daß ich dazu noch nicht bereit war. Was er nicht wissen konnte, war meine geheime Befürchtung, daß ihm Olivia früher oder später mehr mitteilen würde, als er ertragen konnte. Momentan tolerierte sie unsere Freundschaft nur deswegen, um sie später mit um so größerem Vergnügen beenden zu können.

Abgesehen davon war ein anderes Ende in Sicht: der nicht festgelegte, aber stets unmittelbar bevorstehende Tag der Invasion, der Tag, an dem Tonys Bataillon sich nach Frankreich einschiffen würde und mit ihm meine Hoffnungen über das Meer entschwänden. An einem Sonntagnachmittag Anfang Juni, als wir oben auf Winchester Hill ein Picknick machten und über das sonnige Tal hinweg nach Meongate blickten, sprach er von unserer unvermeidlichen Trennung.

»In ein paar Tagen wird der Ballon hochgehen«, sagte er. »Um genau zu sein, am Dienstag.«

»Du meinst die Invasion?«

»Ja.«

Allein der Gedanke schien unvorstellbar, hier in dieser Umgebung, auf der Schafweide, mit den jubilierenden Lerchen und der flimmernden Hitze, dem Picknick auf dem karierten Tischtuch und der friedlichen Hampshire-Landschaft unter uns.

»Dafür, daß ich dir das Datum genannt habe, könnte ich erschossen werden.«

»Warum hast du es mir dann gesagt?«

»Weil ich mich nicht wie ein Dieb in der Nacht davonstehlen will. Um ehrlich zu sein, ich möchte überhaupt nicht weg.«

»Früher oder später mußte es so kommen.«

»Die Männer sind rastlos – sie wollen es so schnell wie möglich hinter sich bringen. Ich dagegen wünsche mir, das Warten würde den ganzen Sommer lang dauern.«

»Ich auch.«

»Wirklich?«

»Ja. Du hast mich glücklicher gemacht, als ich mir je hätte vorstellen können. Und jetzt heißt es adieu.«

»Aber nicht für immer. Ich komme wieder.«

»Du mußt das nicht sagen.«

»Ich meine es so. Ich möchte wiederkommen – und dich dann fragen, ob du mich heiraten willst.«

»Was?«

Er lächelte. »Ich glaube, du hast mich verstanden.«

Es war ein Traum, dem ich inbrünstig nachgehangen, aber stets befürchtet hatte, er könnte Wirklichkeit werden: der wunderbare Segen eines liebenden Gefährten. All das bot er mir an – und all das, so fürchtete ich immer noch, würde Olivia mir entreißen.

»Warum weinst du?«

»Weil das, was du mir versprichst – was ich mir so heiß ersehne –, niemals sein kann.«

»Warum nicht?«

»Es gibt so vieles über mich, was du nicht weißt.«

»Nichts, was ich erfahren würde, könnte meine Meinung ändern.«

»Wirklich? Ist das wirklich so?«

»Es ist wirklich so, Leonora. Du mußt nichts weiter als Vertrauen zu mir haben. Du brauchst nur auf meine Rückkehr zu warten – und dann meinen Antrag anzunehmen.«

Und so vertraute ich ihm, für mich eine noch unglaublichere

Erfahrung als die Liebe. Zwei Tage später, am 6. Juni 1944, einem Dienstag, erwachten die Dorfbewohner von Droxford und stellten fest, daß all die Lastwagen, die ihre Straßen verstopft hatten, und all die Truppen, die auf ihren Feldern kampiert hatten, verschwunden waren. Ich hatte sie kurz vor Mitternacht an Meongate vorbeirollen hören und dann wach in meinem Zimmer gesessen, in diesem fremden, wiedererstandenen Schweigen, das durch Tonys Weggang ausgelöst wurde. Es war gerade erst sechs Wochen her, da hatte ich mir nichts anderes als das abgeschiedene Leben vorstellen können, das Olivia und ich führten. Und es hatte sich auch nichts verändert – bis auf die Hoffnung, die ich in ihn gesetzt, bis auf das Vertrauen, das er in mir entfacht hatte.

»Er ist also fort«, sagte Olivia beim Frühstück.

»Was meinst du damit, *er* ist fort?« erwiderte ich. »Sie sind alle fort.«

»Du weißt, was ich meine.« Ihr Tonfall wurde plötzlich heftig. »Du hast doch nicht etwa angenommen, daß mir dein Techtelmechtel mit dem tapferen Captain entgangen ist?«

Sie hatte es also die ganze Zeit über gewußt. Ich stellte meine Tasse mit entschlossener Präzision auf der Untertasse ab und sagte nichts.

»Was hat er dir erzählt? Daß er zu dir zurückkehren wird? Das wird er nicht. Da kannst du ganz sicher sein. Ob es nun eine deutsche Kugel oder eine französische Hure ist, das spielt keine Rolle. Du hast ihn verloren.«

Ihre Worte trafen mich, aber ich ließ mir nichts anmerken. Sie sollte nicht sehen, wie verzweifelt mein Wunsch war, ihm zu glauben. Ich sagte immer noch nichts.

»Und selbst wenn er zurückkehrte, würde es nicht für lange sein, denn dann müßte man ihm die Wahrheit über dich mitteilen. Du siehst also: Du verlierst ihn in jedem Fall.«

Dann verriet mich meine Hoffnung. »Woher willst du wissen, daß ich ihm nicht bereits die Wahrheit gesagt habe?«

Sie stand vom Tisch auf und ging zum Fenster. Dann drehte sie sich um und schaute mich an; ein rätselhaftes Lächeln spielte um ihre Mundwinkel. Ich erwiderte ihren Blick so gefaßt, wie ich nur konnte. Keiner von uns sprach ein Wort. Es gab auch nichts zu sagen. Olivia und ich hatten in diesem Haus unsere bittersten Kämpfe immer schweigend ausgetragen. Dieses Schweigen zeigte laut genug die Verachtung, die sie für mich empfand, und den Trotz, den ich ihr entgegenbrachte.

In den darauffolgenden Monaten stellten Tonys Briefe, die in unregelmäßigen Abständen im Postamt des Dorfes eintrafen, meinen kostbarsten Besitz dar. Ich bewahrte sie wie ein Heiligtum auf und las sie wieder und wieder, bis die Blätter auseinanderzufallen drohten, holte sie aus ihrem Versteck, wann immer mich Vertrauen und Zuversicht im Stich zu lassen drohten. Sie bestärkten mich in dem, woran Olivia mich zweifeln machen wollte: daß er mich liebte und mich eines Tages als seine Frau heimführen würde.

Seine Briefe verrieten mir allerdings nicht, ob er irgendwelchen Gefahren ausgesetzt war. Darüber konnten mir nur die Zeitungsartikel Auskunft geben und die Landkarte, die Mr. Wilsmer in seinem Schaufenster hatte und auf der er die Fortschritte der Invasion festhielt. Er muß sich gefragt haben, weshalb ich so oft und so lange die bunten Stecknadeln anstarrte, die er in die Karte bohrte. Er konnte ja nicht ahnen, daß ich einfach nur zu erraten suchte, welche der Nadeln wohl Tonys Regiment sein mochte.

Die Zeit verging, der Krieg ging weiter, und meine Ängste ließen nach. Halb bewußt hegte ich die Vermutung, daß ich mir Tonys Rückkehr gar nicht wünschte, daß die Hoffnung dem Moment vorzuziehen war, in dem er die Wahrheit über mich erfuhr. Die ereignislosen Tage in Meongate schienen merkwürdig leicht zu ertragen zu sein, nun, da ich nicht mehr glaubte, hier für immer bleiben zu müssen.

Wieder kam ein Frühling, doch diesmal tauchte kein Bataillon auf, um in unserem Obstgarten zu kampieren. Der Krieg in Europa war zu Ende. Die Gefahr war vorbei, doch ich erhielt weiterhin Briefe. Anfang Juli kam dann ein Telegramm:

»BIN ZU HAUSE. ANKOMME DROXFORD BAHNHOF MORGEN MITTAG. IN LIEBE. TONY.«

In weniger als zwei Stunden würde er bei mir sein! Ich gab mir verzweifelt Mühe, Olivia nichts von der Bestürzung zu zeigen, die ich empfand. Als ich später am Vormittag das Haus mit einem Korb am Arm verließ, hätte sie durchaus denken können, ich würde irgendeine beliebige Besorgung machen. Doch als ich viel zu früh auf dem Bahnsteig saß und auf Tonys Zug wartete, wußte ich, daß es in Wirklichkeit um das wichtigste Ereignis in meinem Leben ging. Meine Gedanken wanderten fünfundzwanzig Jahre meines achtundzwanzigjährigen Lebens zurück, genau an den gleichen Ort, als ich damals einer Vergangenheit nachwinkte, die ich nicht verstand, genau so wie ich jetzt darauf wartete, eine Zukunft begrüßen zu dürfen, auf die ich nicht zu hoffen wagte.

Plötzlich war er da, sprang aus der Tür am Ende des Zuges, der in einer Dampfwolke zum Halten kam. Eine schlanke, ziemlich unauffällige Gestalt in einem schlecht sitzenden Anzug. Zuerst dachte ich, er könne es nicht sein. Dann warf er seine Zigarette auf genau die gleiche Art und Weise weg, wie er es beim erstenmal im Obstgarten getan hatte, und grüßte mich mit einem blitzenden Lächeln.

Ich hätte ihn umarmen oder küssen sollen. Statt dessen blieben wir dicht voreinander stehen und starrten uns ungläubig an.

»Ich bin wieder da«, sagte er schließlich.

»Du hast abgenommen.«

»Das habe ich bald wieder drauf.«

»Ich habe dich in Uniform erwartet.«

»Ich habe bei meiner Schwester übernachtet. Diese Kreation ist eine Aufmerksamkeit der Regierung.«

»Es ist sehr...«

»Schick?«

Dann lachten wir, und plötzlich wirbelte er mich in seinen Armen herum. Auf einmal war es Wirklichkeit: Er war zu mir zurückgekommen.

Wir fuhren nicht nach Meongate. Statt dessen schlenderten wir in der Mittagshitze Hand in Hand den Felsweg entlang auf Droxford zu. Es hätte das Paradies sein müssen, doch meine so lange unterdrückten Ängste drängten wieder an die Oberfläche. Ich fühlte mich hin- und hergerissen; diese Stimmung entging ihm nicht.

»Gilt dein Versprechen vom letzten Jahr noch?« fragte er.

»Das weißt du doch.«

»Warum dann so nachdenklich?«

»Weil ich dich gewarnt habe, daß es viele Dinge gibt, die du von mir nicht weißt. Jetzt wirst du sie erfahren müssen. Dann änderst du vielleicht deine Meinung.«

»Was für Dinge?«

»Zum einen: Dieser Captain Hallows, dessen Namen du auf dem Friedhof bemerkt hast, ist nicht mein richtiger Vater. Es war jemand anderes – ich weiß nicht, wer.«

»Du hast doch meine Briefe gelesen, nicht wahr?«

»Natürlich hab' ich das.«

»Wie kannst du dann glauben, daß eine solche Sache mir etwas ausmachen könnte? Ich liebe dich, Leonora.«

Ich blieb mit gesenktem Kopf stehen. Unehelichkeit war schließlich bloß eine Kleinigkeit im Vergleich zu dem, was ich ihm noch zu sagen hatte. »Das ist noch nicht alles. Ein Mann namens Payne ...«

»Ich weiß über ihn Bescheid.« Er lächelte. »Meine erste Nacht im ›White Horse‹. Eins von den örtlichen Klatschmäulern hat mir alles über Freund Payne erzählt. Es spielt wirklich keine Rolle.«

»Du verstehst nicht.«

»Ich möchte dich heiraten, Leonora. Lade zur Hochzeit einen

ganzen Schrank voller Skelette ein, wenn du magst. Mir macht es nichts aus.«

»Meine Großmutter...«

»Ein Drachen – ich weiß. Aber du bist über einundzwanzig. Wir brauchen ihre Einwilligung nicht.«

»Das ist es nicht.«

Plötzlich packte er mich an beiden Schultern. »Hör zu. Ich gehe jetzt zu ihr hoch und sage ihr, daß ich dich heirate, ganz gleich, was sie mir erzählt.«

»Aber...«

»Nein! Mein Entschluß steht fest. Du gehst weiter und wartest im ›White Horse‹ auf mich. Es wird nicht lange dauern.«

Bevor ich antworten konnte, lief er quer über das Feld davon. »Tony! Warte!« rief ich hinter ihm her, aber er blieb nicht stehen.

Ein paar Minuten lang verharrte ich am selben Fleck, nachdem er meinen Blicken entschwunden war. Natürlich hätte ich ihm nachrennen können, hätte ihn zwingen können, sich meine Darstellung der Ereignisse anzuhören, aber ich tat es nicht. Ein Jahr lang hatte ich geplant, wie ich es ihm beibringen könnte, und jetzt hatte ich die Gelegenheit ungenützt verstreichen lassen. Ich hatte Olivia die Bühne überlassen.

Schließlich schlenderte ich zum Dorf und ging ins »White Horse«. Ich bestellte mir ein Ginger Ale und setzte mich ans Fenster, nippte an meinem Glas und schaute auf die Straße hinaus. In der Erinnerung erscheint mir das als die schlimmste Wartezeit. Unsere Liebe hatte ein Jahr der Trennung überlebt, aber konnte sie auch Olivias wohlgewählte Worte überleben?

Ich muß in eine Art Tagtraum verfallen sein. Plötzlich und viel früher, als ich erwartet hatte, stand er neben mir. Er muß durch die Hintertür hereingekommen sein, denn er hatte sich bereits etwas zu trinken besorgt und hielt das Glas hoch, als würde er einen Toast ausbringen. Er strahlte über das ganze Gesicht.

»Was hat sie gesagt?« Ich hörte, wie meine Stimme brach.

»Die Frage ist: Was sagst du? Ich habe aus London eine Sondergenehmigung mitgebracht. Wir könnten morgen dort heiraten. Meine Schwester freut sich schon auf dich.«

»Aber... was ist mit Olivia?«

»Ich glaube nicht, daß sie bei der Hochzeit dabeisein möchte.« Er setzte sich und stieß sein Glas gegen mein Glas. »Was meinst du?«

»Was hat sie dir erzählt – über Payne?«

»Nichts. Ich erzählte ihr, daß ich dich heiraten wolle, und sie sagte: ›Tun Sie, was Sie wollen.‹ Ich möchte nicht gerade behaupten, daß sie mir ihren Segen gegeben hat, aber es hat mir gereicht.«

»Sie hat nichts gesagt?«

»Kein weiteres Wort. Also, bleibt es bei morgen?«

Meine Gedanken schienen das, was er gesagt hatte, nicht erfassen zu können. Olivia hatte ihm nichts erzählt, absolut nichts. Ich hatte ihr die Chance gegeben, mich zu ruinieren – und sie hatte ihre Karten nicht ausgespielt. Es ergab keinen Sinn, und doch – mit Tonys lächelndem Gesicht so dicht vor mir – schien es die normalste Sache der Welt zu sein.

»Morgen? O ja, Tony. Die Antwort lautet ja. Beginnen wir unsere Zukunft – morgen.«

Selbst jetzt noch fällt es mir schwer, das Tempo und das Ausmaß der Veränderungen zu begreifen, die die folgenden Tage mit sich brachten. Tonys Schwester Rosemary hieß mich in ihrem Heim und ihrer Familie mit jener natürlichen, zurückhaltenden Herzlichkeit willkommen, die ich niemals zuvor erlebt hatte. Sie bestand darauf, daß die Hochzeit erst einige Tage später stattfand, damit sie eine Art Empfang arrangieren konnte. Sie schleppte mich in ein Geschäft, um mir ein Kleid zu kaufen. Es hatte den Anschein, als hätte sie die Hochzeit ihres Bruders schon eher als er selbst vorausgesehen und zu diesem Zweck Rationierungsmarken gehortet.

Dank Rosemary segelte ich in einem Taumel der Begeisterung in den Hafen der Ehe. Tonys Trauzeuge, Jimmy Dare, ein Freund aus der Armee, bot ihm anstatt eines Hochzeitsgeschenks einen Managerposten in der Textilfabrik seines Vaters in Wells an. Innerhalb einer Woche waren wir dort auf der Suche nach einem Haus. Als ich Olivia das nächstemal sah, hatten wir bereits das Haus in der Ash Lane, in dem du geboren wurdest, gekauft.

Wir waren nach Meongate zurückgekehrt, um meine restlichen Habseligkeiten abzuholen. Jetzt schon fühlte ich mich hier wie eine Fremde. Ich konnte mir nicht mehr vorstellen, daß mein jetzt so wunderbares Leben einst von den Mauern dieses Hauses begrenzt worden war. Olivia hatte eine Krankenschwester eingestellt, die im Haus lebte, eine Miss Buss, die uns sehr kühl empfing und keinen Zweifel daran ließ, daß sie eine Einmischung in ihr Regime nicht dulden würde.

Nachdem wir den Wagen beladen hatten, ging ich zu Olivia, um mich zu verabschieden. Ich fand sie im Wintergarten; sie hatte sich hinter dunklen Brillengläsern verschanzt und schien meinem Besuch gegenüber völlig gleichgültig zu sein.

»Ich gehe jetzt«, sagte ich.

Sie antwortete nicht.

»Ich wollte nur sagen ..., wie dankbar ich bin.«

Sie nahm die dunkle Brille ab und warf mir einen rätselhaften Blick zu. »Wofür solltest du dankbar sein?«

»Du hättest versuchen können, mich aufzuhalten. Du hättest versuchen können, Tony zu überzeugen ...«

»Wovon?«

»Ich bin einfach nur dankbar, daß du es nicht getan hast. Das ist alles.«

»Mußt du nicht.« Sie schob die dunkle Brille wieder auf ihre Nase, als wollte sie mir jeden Einblick in ihren unergründlichen Akt der Nächstenliebe verwehren. Ich war dankbar, aber gleichzeitig auch mißtrauisch.

»Miss Buss scheint sehr tüchtig zu sein.«

Wieder kam keine Antwort.

»Also dann... adieu.«

Keine Antwort. Dies war, so teilte mir ihr sorgfältig abgeschirmter Blick mit, das Ende meiner Dienerschaft, aber es war kein Ende, das ich genießen durfte. Mit langsamen Schritten verließ ich den Wintergarten, befreit von der Macht, mit der sie mich in der Hand gehabt hatte, doch der Augenblick meiner Befreiung war von Zweifeln durchsetzt. Ich war frei, doch dem Warum war ich keinen Schritt nähergekommen.

Später dachte ich, daß Olivia vielleicht doch nicht so menschenfreundlich gehandelt hatte, wie es mir vorgekommen war. Indem sie schwieg, hatte sie ein Geheimnis zwischen Tony und mich geschoben. Vielleicht war ihr von Anfang an klar gewesen, daß diese Enthüllung unsere Eheschließung nicht verhindern würde. Oder vielleicht spürte sie, daß ein Geheimnis zwischen uns im Laufe der Jahre bedrohlicher werden würde, nicht umgekehrt. Wie auch immer, ich war jedenfalls bereit gewesen, Tony alles zu erzählen, doch dank Olivia hatte es sich erübrigt. Nie wieder würde ich dafür in dem Maße bereit sein.

4

Ronalds Geburt im Jahre 1948 war eine Krönung unserer Ehe und schenkte Tony den Sohn, den er sich so sehr gewünscht hatte. Jimmy Dares Vater bot ihm zur Feier des freudigen Ereignisses eine Teilhaberschaft an. Für mich persönlich bedeutete deine Geburt jedoch mehr, einfach aus dem Grund, weil du meine Tochter warst, für die ich die Art von Mutter sein konnte, die mir selbst stets gefehlt hatte. Ich vermutete, zu der Zeit faßte ich mehr oder weniger unbewußt den Entschluß, meine Vergangenheit abzustreifen, sie nicht einfach nur zu vergessen, sondern sie zu etwas zu machen, was nie existiert hatte. In der Welt, die

Tony für mich geschaffen hatte, schien das nicht nur möglich, sondern unvermeidlich zu sein.

Olivia blieb in Meongate. Ich besuchte sie nicht, sie besuchte mich nicht. In regelmäßigen Abständen überprüfte Tony das Haus, um zu sehen, ob alles in Ordnung war. Das bildete unseren einzigen Kontakt – ich wollte es auch nicht anders.

Anfang Januar 1953 meldete Miss Buss, daß sich Olivias Gesundheitszustand verschlechtert habe. Einen Monat später teilte sie uns mit, daß Olivia nur noch wenige Tage zu leben habe. Miss Buss machte den Vorschlag, Tony sollte an meiner Stelle kommen: Sie befürchtete, ich könnte ihre Patientin aufregen. Ich widersprach nicht. Ich war froh, daß mir ein letztes Zusammentreffen erspart blieb. Und so saß Tony an Olivias Bett, als sie starb. Ich blieb zu Hause in Wells und spielte mit den Kindern.

Ich erinnere mich, daß ich während Tonys Abwesenheit überlegte, was Olivias Tod für mich bedeuten mochte: meine endgültige Lösung von der Vergangenheit, der endgültige Beweis, daß sie nicht länger existierte. Ich hatte mir ein neues Leben geschaffen, das sich in dir und Ronald verwirklichte, und hatte keinerlei Sehnsucht, an alte Zeiten erinnert zu werden.

Was Meongate selbst anbelangt, so wünsche ich mir heute, ich hätte alle Räume nach Familienrelikten durchsucht. Erinnerungen an meine Eltern, Zeichen aus meiner Vergangenheit, aber damals empfand ich nichts weiter als ein überwältigendes Gefühl der Erleichterung, daß ich endlich unter diesen schrecklichen Abschnitt meines Lebens einen Schlußstrich ziehen konnte. Ich glaube, ich wäre nicht einmal zu Olivias Beerdigung gegangen, wenn Tony nicht darauf bestanden hätte. Er nahm an, daß ich das Haus erben würde, und wollte zur Stelle sein, um den Verkauf zu arrangieren.

Der alte Mayhew war noch einmal aus seinem Rentnerdasein zurückgekehrt, um als Olivias Testamentsvollstrecker zu fungieren. Sie hatte für sich eine Feuerbestattung angeordnet, so wie sie es mit ihrem dritten Ehemann hatte machen lassen, dessen Sohn der einzige andere Trauernde war. Ich hatte Walter Payne neunzehn Jahre lang nicht mehr gesehen und erschrak bei seinem Anblick; er war das unheimliche, abscheuliche Ebenbild seines Vaters. Obwohl er sich bemühte, liebenswürdig zu erscheinen, konnte ich meinen Widerwillen kaum verbergen.

Anschließend fuhren wir nach Meongate, wo wir noch vor Mayhew oder Payne eintrafen. Geistig hatte ich mich auf diesen letzten Besuch des Hauses vorbereitet – und ich war fest entschlossen, daß es der letzte sein würde –, aber trotzdem zitterten meine Hände, als ich die Tür öffnete und eintrat. In der Halle standen eine Reihe von Kisten und Kartons, randvoll gefüllt mit Hausrat. Miss Buss tauchte im Gang auf und grüßte uns mit kühler Höflichkeit.

»Was hat das zu bedeuten?« fragte Tony und zeigte auf die Kisten.

»Anweisung von Mr. Mayhew. Ich sollte alles zum Transport bereitmachen.«

»Das erscheint mir fast schon unanständig eilig.«

»Ich dachte, es stehe mir nicht an, einen Kommentar abzugeben.«

»Mr. und Mrs. Galloway!« Mayhew tauchte hinter uns auf. »Ich hoffte hier zu sein, um Sie persönlich begrüßen zu dürfen. Möchten Sie Tee? Vielleicht wären Sie so nett, Miss Buss, uns Tee zu machen. Sollen wir in den Salon gehen?«

Ich folgte ihm mit weichen Knien; meine Gedanken wanderten zu einem ähnlichen Anlaß mehr als zwanzig Jahre zuvor, als ich erfuhr, daß Lord Powerstock mich enterbt hatte. Doch Tonys Gedanken befanden sich durchaus in der Gegenwart – und er sprach sie für mich aus. »Miss Buss sagte, Sie hätten ihr befohlen, alles zusammenzupacken.«

»Das ist richtig.«

»Woher nehmen Sie diese Autorität?«

Mayhew geleitete uns in den Salon und schloß die Tür. Die Unergründlichkeit seines schmallippigen, professionellen Lächelns war durch das Alter nicht gemildert worden. »Bedauerlicherweise ist Mr. Payne nicht in der Lage, uns Gesellschaft zu leisten. Ich denke, wir können deshalb mit einer formellen Testamentsverlesung fortfahren.«

Tony wurde allmählich ärgerlich. »Hätten Sie etwas dagegen, mir meine Frage zu beantworten?«

»Ich habe lediglich Mr. Paynes Anweisungen weitergegeben, Mr. Galloway. Er ist ebenfalls als Testamentsvollstrecker eingesetzt – und er ist der einzige Erbe.«

»Was?«

»Lady Powerstock hat ihren gesamten Besitz Mr. Walter Payne hinterlassen, ihrem Stiefsohn und engsten Verwandten. Das Erbe besteht aus diesem Haus samt Inhalt. Kapital ist so gut wie keines mehr vorhanden. Ich muß hinzufügen, daß Grund und Boden durch Landverkäufe an benachbarte Bauern beträchtlich verkleinert wurden.«

Ich hatte mich auf das Sofa gesetzt und ließ meinen Blick über die Möbel im Raum schweifen, die vermutlich für unseren Besuch noch an Ort und Stelle geblieben waren. Ich erinnerte mich an das Feuer, das in der Nacht von Olivias Verlobungsparty in dem Kamin gebrannt hatte. Fast hörte ich den ohrenbetäubenden Lärm, den das Grammophon gemacht hatte, schmeckte den Champagner, den zu trinken man mich gezwungen hatte.

»Wollen Sie mir damit etwa klarmachen«, sagte Tony, »daß meine Frau – Lady Powerstocks Enkelin ...«

»Das Testament nennt Zweifel bezüglich des Vaters Ihrer Frau, Mr. Galloway. Ich hielt es für besser, es nicht zu verlesen.«

Meine Augen brannten wie in jener Nacht, als wäre der Raum wieder voller Zigarettenrauch, als spürte ich wieder Olivias Blick auf mir ruhen, sah, wie sie ihren zukünftigen Ehemann beobachtete... Ich erhob mich vom Sofa, entschlossen, den bösen Zauber Meongates für immer zu brechen.

»Ich bin Ihnen für Ihre taktvolle Handhabung der Angelegenheit dankbar, Mr. Mayhew.«

Tony schaute mich verblüfft an. »Leonora!«

»Ich habe nicht die Absicht, das Testament anzufechten, Tony. Soll Walter doch alles haben. Hat er schon erklärt, was für Pläne er mit dem Haus hat, Mr. Mayhew?«

»Die Einrichtung soll versteigert werden. Was das Haus selbst anbelangt, so glaube ich, daß Mr. Payne es neu möblieren und modernisieren möchte. Er hat davon gesprochen, hier einen Country-Club zu eröffnen. Das Gelände möchte er in einen Golfplatz verwandeln.«

»Ich bin sicher, es wird ein großer Erfolg.«

»Da ist noch eine Sache.« Mayhew räusperte sich. »Mr. Payne als einzigen Erben zu bezeichnen war eine ganz kleine Übertreibung meinerseits. Auch für Sie existiert eine geringfügige Hinterlassenschaft.«

»Warum haben Sie das nicht gleich gesagt?« schnappte Tony.

»Ich bitte um Nachsicht. Es ist außerordentlich geringfügig. Fühlen Sie sich nicht wohl, Mrs. Galloway?« Mayhew hatte bemerkt, daß ich zitterte, und schoß einen durchdringenden Blick in meine Richtung.

»Es ist ziemlich kalt hier, das ist alles.« Ich zog den Kragen meines Mantels hoch, allerdings nicht als Schutz gegen die Kälte. Die Vorstellung von dem, was Olivia mir vererbt haben könnte, hatte mich erbeben lassen. Urplötzlich, zum erstenmal seit vielen Jahren, dachte ich an das blutbefleckte Buch, das sie mir in der Nacht von Paynes Tod weggenommen hatte. Hatte sie es, wie von mir erhofft, vernichtet? Und wieviel wußte Mayhew? Was hatte er in all den Jahren von Olivia erfahren, in denen er beruflich mit ihr zu tun gehabt hatte? Von seinem ausdruckslosen, verkniffenen Gesicht ließ sich nichts ablesen.

In dem Schweigen, das sich über uns senkte, schien er abzuschätzen, ob ich je die Kraft aufbringen würde, ihn nach Olivias Hinterlassenschaft zu fragen. Tony war es schließlich, der das Schweigen brach. »Verdammt noch mal, Mann, woraus besteht das Erbe?«

»Lady Powerstock drückte den Wunsch aus, Mrs. Galloway solle etwas erhalten, was sie an ihren früheren Vormund erinnert. Es handelt sich um... zwei Gemälde.«

»Gemälde?« In meiner Stimme schwang mehr Erleichterung als Überraschung mit.

»Ja. Ich habe sie hier.« Er begab sich in die entfernte Ecke des Raumes, wo ein großer, rechteckiger, mit einem Tuch bedeckter Gegenstand an der Wand lehnte. »Ich nehme an, sie besitzen keinen kommerziellen Wert. Sie wurden von Lady Powerstocks erstem Ehemann gemalt, einem Mr. Bartholomew. Sein Werk, fürchte ich, ist nicht in Mode.«

Tony ging hinüber, zog das Tuch ab und hielt die beiden Bilder auseinander, um sie zu betrachten. Ich brauchte sie mir gar nicht erst anzusehen. Ich wußte, um welche Gemälde es sich handelte, wo sie noch vor kurzem gehangen hatten und wessen Gesicht auf mich herabstarren würde.

»Ist das typisch für Bartholomews Arbeiten?« erkundigte sich Tony.

»Das kann ich nicht sagen«, erwiderte Mayhew. »Ich bin kein Kenner.«

»Ich will sie nicht«, hörte ich mich sagen. »Sie können mit den anderen Sachen versteigert werden.«

»Wenn Sie sich sicher sind.«

»Das bin ich.« Genauso sicher muß sich Olivia gewesen sein, daß ich sie nicht behalten würde. Es war ihre Abschiedsgeste – herausfordernd, geschmacklos, verabscheuungswürdig.

Tony deckte das Tuch wieder darüber und wandte sich mir zu. »Mal langsam, Liebling. Einem geschenkten Gaul schaut man nicht ins...«

»Mein Entschluß ist unumstößlich.«

Mein Gesichtsausdruck muß Tony klargemacht haben, daß ich mich nicht umstimmen lassen würde. »In Ordnung«, sagte er. »Nun, Sie haben es gehört, Mr. Mayhew. Sie kommen zusammen mit dem Rest unter den Hammer.«

Damit war die Testamentseröffnung vorbei. Während der ganzen Autofahrt zurück nach Wells ereiferte sich Tony darüber, daß Payne solchen Profit aus Meongate herausschlagen und er, der niemals auf Meongate gelebt hatte, nun der Besitzer werden würde, während ich mit zwei häßlichen Bildern abgespeist würde. Mir war es egal. Von mir aus konnte Payne alles haben. Ich hatte die letzte Peinigung erduldet, die Meongate für mich bereitgehalten hatte. Jeder Preis wäre mir recht gewesen, wenn ich dafür Meongate für immer den Rücken zuwenden konnte – wie ich es jetzt, so glaubte ich, auch getan hatte.

Drei Monate vergingen, drei Monate, in denen ich die letzten Befürchtungen abschüttelte, die Olivias Vermächtnis vorübergehend in mir wachgerufen hatten. Es war nicht schwierig. Ich war mit zu vielen anderen Dingen beschäftigt. Die Krönungsfeier der Königin war auf den 2. Juni angesetzt worden, und ich steckte bis zum Hals in den Vorbereitungen für ein Straßenfest zu diesem Ereignis. Ich hatte mich anerboten, große Mengen von Backwaren herzustellen; am Sonntag vor der Feier war ich mit meinem Zeitplan weit zurückgefallen. Tony, der beim Mittagessen meine angespannte Stimmung bemerkte, machte einen großmütigen Vorschlag.

»Würde es dir ein bißchen helfen, wenn ich mit den Kleinen den Nachmittag über in den Stoberry Park ginge? Wenn du uns los hast, kannst du in der Küche gut vorankommen.«

Also blieb ich allein zurück, was recht ungewöhnlich war. Bei einem Ehemann, zwei Kindern und Mrs. Jeffries, die häufig vorbeikam, passierte das nur höchst selten. Es war der letzte Tag im Mai, ein grauer, windstiller Tag. Durch das Küchenfenster hindurch sah der Garten feucht und verschlafen aus. Ich dachte an Tony, wie er im Park keuchend hinter einem Ball herrannte, obwohl er viel lieber über einer Zeitung gedöst hätte, und wandte mich lächelnd meiner Rührschüssel zu.

Ungefähr eine halbe Stunde später klopfte es an der Hintertür. Ein großer, melancholisch aussehender, ziemlich schäbig gekleideter Mann stand vor mir. Er entschuldigte sich, daß er an der Hintertür geklopft hatte. Vorne hätte ihm niemand aufgemacht. Zuerst hielt ich ihn für einen Vertreter: Lexika oder Nähmaschinen. Ich sagte, ich sei beschäftigt.

Dann sagte er: »Es handelt sich um Ihren Vater.«

Ich schaute ihn an: Vor mir stand nichts weiter als ein leicht heruntergekommener Fremder an einem Sonntagnachmittag, doch seine Worte hatten genügt, um ein begrabenes Leben wiederauferstehen zu lassen. Ich erinnere mich an die Gedanken, die mir durch den Kopf zuckten, während ich seinen forschenden Blick erwiderte. All die Jahre, in denen ich vergeblich dafür gebetet hatte, etwas über meinen verschwundenen Vater zu erfahren – und jetzt, da ich endlich gelernt hatte, ohne dieses Wissen zu leben, da ich gelernt hatte, daß es besser war, eine Illusion aufzugeben, jetzt, da das einst so heiß ersehnte Wissen nur noch ungelegen käme, jetzt sollte ich etwas über ihn erfahren.

»Wie meinen Sie das?« fragte ich. »Mein Vater ist vor vielen Jahren gestorben.«

Seine Antwort kam, als würde er etwas aus einem Register vorlesen, dem gleichen Register, das du und ich in Thiepval gelesen haben. »Captain the Honorable John Hallows. Vermißt, wahrscheinlich im Kampf gefallen, Mametz, 30. April 1916.«

»Wer sind Sie?«

»Mein Name ist Willis. Ich bin ein alter Freund Ihres Vaters. Ich sah Lady Powerstocks Todesanzeige. Das veranlaßt mich, Sie aufzusuchen.«

»Ich habe keine Todesanzeige aufgegeben.«

»Nein. Ein Mr. Payne hat das getan. Er gab mir Ihre Adresse.«

»Was wünschen Sie?«

»Einige Minuten Ihrer Zeit – falls Sie das erübrigen können.«

»Ich sagte Ihnen bereits: Ich bin beschäftigt.«

»So beschäftigt, daß es nicht einmal für ein paar Minuten reicht?«

Sein Ton war weder hartnäckig noch drohend. Er klang fast entschuldigend. Tief in mir spürte ich, wie Vorsicht und Neugierde aneinandergerieten, spürte, wie mein neu gefundenes, gefestigtes Erwachsenenleben die Frage nach der Wahrheit, die dem Kind so lange vorenthalten worden war, zu unterdrücken versuchte. Wir standen schweigend da, während die widersprüchlichsten Empfindungen durch meinen Kopf rasten: Olivia ist tot, dein Vater ist tot, Meongate ist verloren, die Einrichtung verkauft, und du bist frei. Mach diesem Besucher aus der Vergangenheit die Tür vor der Nase zu. Und doch, und doch, das ist vielleicht die einzige Chance, die du je haben wirst, die einzige Chance, etwas in Erfahrung zu bringen. Hör dir seine Geschichte an.

»Kommen Sie herein, Mr. Willis.«

Er folgte mir ins Haus, lehnte einen Tee ab und schaute sich verlegen um, bevor er sich setzte.

»Mein Mann wird bald wieder zurück sein«, sagte ich. »Er ist mit den Kindern im Park.«

»Sie haben Kinder?«

»Einen Jungen und ein Mädchen.«

Er nickte. »Nun, bis sie zurück sind, bin ich wieder verschwunden.« Wieder schaute er sich um. Diesmal blieb sein Blick an unserem Hochzeitsfoto hängen, das ich auf dem Radio stehen hatte. Er starrte es eine Weile an. »Ihre Hochzeit, Mrs. Galloway?«

»Ja.«

»Ich sehe Lady Powerstock gar nicht in der Gruppe.«

»Sie war bei der Hochzeit nicht dabei. Sie kannten also meine Großmutter?«

»Ja.«

»Und meinen Vater?«

»Ich war mit ihm zusammen in der Armee. Durch ihn habe ich Ihre Mutter kennengelernt und blieb auf Meongate. Dort bin ich Lord und Lady Powerstock begegnet.«

Er kannte sie also alle. Ein Fremder, der die Namen von Menschen und Orten, die in meinen frühesten Erinnerungen eingebrannt waren, ganz beiläufig aussprach: Es machte mich sehr nervös.

»Seit 1916 habe ich mit Ihrer Familie keinen Kontakt mehr gehabt«, fuhr er fort.

»Und warum jetzt?«

»Weil ich jetzt nach Lady Powerstocks Tod die Freiheit habe, Ihnen das zu sagen, was Sie meiner Meinung nach wissen sollten: die Wahrheit über Ihre Eltern und Ihre Großeltern, die Wahrheit über Meongate und was dort vor siebenunddreißig Jahren geschah. Vor allem sollten Sie die Wahrheit über Ihren Vater erfahren.«

Wer war die schöne Dame, Fergus? Wo ist das Grab meiner Mutter? Was für ein Mord? Die Antworten könnten wie ein Steinschlag auf mich herabstürzen. War der erste Stein erst einmal losgetreten, dann konnte man nur noch zusehen und nichts mehr aufhalten. Geriet das Räderwerk der Wahrheit erst einmal in Gang, dann konnten wir nicht mehr eingreifen. Das war die Wahl, die mein unerwünschter Gast mir ließ.

»Wie lautet die Wahrheit, Mr. Willis? Was wollen Sie mir erzählen?«

»Es ist eine lange Geschichte, aber einen Teil davon sollten Sie hören. Das steht Ihnen zu. Könnten Sie eine Stunde für mich erübrigen... bald schon?«

»Warum warten?«

»Weil Ihr Mann gleich zurück sein wird. Das haben Sie selbst gesagt. Wir dürfen nicht gestört werden, wenn ich Ihnen das erzähle.«

»Sie haben sich einen schlechten Zeitpunkt ausgesucht.«

»Der Zeitpunkt hat sich selbst gewählt. Ich bin im ›Red Lion‹ in der High Street abgestiegen. Könnten wir uns dort treffen?«

»Im Augenblick bin ich sehr beschäftigt. Die Krönung...«

»Ich kann bis Mittwoch bleiben.«

Ich wußte, daß ich ihn wiedersehen würde. Ich konnte vor dem, was er mir zu sagen hatte, nicht flüchten. »Also Mittwoch. Aber nicht im ›Red Lion‹. Ich kenne den Besitzer. Der Torweg, der vom Market Place zum Bishop's Palace führt. Er wird Bishop's Eye genannt. Am Mittwochmorgen um zehn Uhr.«

Wir einigten uns darauf. Nachdem er gegangen war, begann ich, an meinen eigenen Worten zu zweifeln. Er würde nicht auftauchen, oder ich würde nicht erscheinen. Aus irgendeinem Grund würde unser nächstes Treffen nicht zustande kommen. Als Tony euch beide vom Park zurückbrachte und lautstark nach Tee verlangte, begann ich zu glauben, daß ich mir Mr. Willis' Besuch nur eingebildet hatte, daß allein mein Wunsch, die Wahrheit zu erfahren, seine Existenz erzeugt hatte.

Und doch wußte ich, daß es nicht so war. Daß ich mir einredete, ich würde ihn nicht wiedersehen, war lediglich ein Vorwand, um Tony nichts sagen zu müssen. Nicht, daß Tony mir verboten hätte, mich mit Willis zu treffen. Es war nicht die Angst vor seiner Reaktion, die mich schweigen ließ – es war meine eigene Angst. Wenn man sich so lange etwas so sehr gewünscht und sich endlich selbst davon überzeugt hat, daß man es niemals haben kann, ja daß man es sich in Wirklichkeit gar nicht mehr wünscht, und dann bekommt man es angeboten, ohne daß man danach gefragt oder gesucht hätte – ich jedenfalls konnte damit nur fertig werden, wenn ich es geheimhielt.

Wie in Trance erlebte ich das Straßenfest am Krönungstag, eine Trance, die erst am nächsten Tag um zehn Uhr endete. Ich vereinbarte mit Mrs. Jeffries, sie solle den ganzen Tag kommen, damit ich freie Hand hatte. Ich marschierte durch die Wärme und den Sonnenschein eines milden, ganz gewöhnlichen Junitages. Die Nachbarn, denen ich zunickte, hatten keine Ahnung von der Verabredung, zu der ich ging. Am Market Place standen Arbeiter auf Leitern und nahmen die Girlanden von den Feierlichkeiten am Tag zuvor ab. Und im Schatten von Bishop's Eye stand Willis und wartete auf mich.

»Ich bin froh, daß Sie gekommen sind«, sagte er. Er wirkte noch hagerer und düsterer in der farblosen Morgenluft.

»Dachten Sie, ich würde nicht kommen?«

»Nein, ich wußte, daß Sie kommen würden.«

Wir gingen zum Bishop's Palace und folgten dem Fußweg um den Burggraben herum.

»Vorweg sollte ich Ihnen erst mal sagen«, begann er nach wenigen Schritten, »daß ich nicht immer Willis geheißen habe. Mein richtiger Name ist Franklin. Ich nehme an, er sagt Ihnen nichts. Der Grund, weshalb ich ihn nicht mehr trage, bildet den Kern meiner Geschichte. Und was ich Ihnen jetzt erzählen werde, habe ich noch nie jemandem mitgeteilt und werde es auch nie mehr tun.«

Wir schlenderten um den Graben, dann hoch zu Tor Hill und wieder zurück, dann um die Kathedrale. Wir gingen und redeten stundenlang. Er hatte mich gewarnt, daß seine Geschichte sehr lang sei, und das traf auch zu. Aber ich hörte begierig zu: Ich spürte nicht einmal, wie müde ich mit der Zeit wurde. Er war zu mir aus der mir verschlossenen Vergangenheit gekommen, und ich würde ihm nun folgen, wohin auch immer seine Worte mich bringen würden.

ZWEITER TEIL

1

Was soll ich Ihnen über Ihren Vater erzählen? Sollen wir gemeinsam in die Tiefen seiner Seele hinabsteigen? Das ist nicht möglich. Ich kann nicht mehr tun, als Ihnen das zu erzählen, was ich weiß.

Natürlich ist mein Wissen nicht identisch mit dem, was andere Leute vielleicht wissen, ich besitze nicht mehr als das, was ein Mann von einem anderen weiß, eine Facette, eine Perspektive, eine mangelhafte Erinnerung an jene kurze Zeit, in der wir in dieser Welt ein Stück gemeinsam gingen. Und was das anbelangt, eine Erinnerung an den besten Mann, den ich je gekannt habe.

Wir lernten uns als Offizierskollegen im Ersten Weltkrieg kennen: eine Zeit und ein Ort, wo alle Schönheiten dieser Welt außer der Freundschaft in Schlamm und Blut ertränkt wurden, wo es keine Hoffnung gab bis auf die Hoffnung, die Männer wie Ihr Vater für Männer wie mich bedeuteten.

Ich bin kein außergewöhnlicher Mann. Ich kann weder Voraussicht noch Weisheit für mich beanspruchen, damals wie jetzt. Der Krieg stellte ein gewaltiges Abenteuer dar, das man auf keinen Fall versäumen durfte. Ich war ein Narr, daß ich mir das 1914 einbildete, aber welcher Zweiundzwanzigjährige ist kein Narr? Ist es richtig, daß Dummheit einen solchen Preis fordert? Ich glaube nicht.

Also lassen Sie mich vom Krieg erzählen – und von mir selbst.

Ich war gerade von Oxford gekommen und verbrachte den Sommer im Haus meines Onkels in Berkshire, als es anfing. Er war beeidigter Bücherrevisor, ein langweiliger, aber wohlhabender Mann, der für meine Ausbildung aufkam, nachdem mein Vater uns verlassen und meine Mutter einen Nervenzusammenbruch erlitten hatte. Nie habe ich meinem Onkel seine Großzügigkeit verziehen, genausowenig wie er mir meine Schwäche. Ich erinnere mich, daß er mich jede Woche – mit seinem erbarmungslosen Pflichtgefühl – in die Anstalt in Reading schleppte, um meine Mutter zu besuchen. Jede Woche ging es ihr schlechter. Jede Woche stieg meine Abneigung gegen den Besuch.

Ein Oxford-Stipendium erschien mir als Gnade, verhieß Befreiung von all dem: ein Hauch frischer und in den Kopf steigender Luft. Ich war leicht anzustecken, leicht von dem Glitzer und Glanz zu beeindrucken. Vermutlich war es eine wunderbare Zeit, wenn man jung, männlich, clever und Brite war. Aber, bei Gott, ich zahlte einen hohen Preis dafür. Wir alle taten das.

Meine Mutter starb während meines zweiten Semesters in Oxford; danach verband mich nichts mehr mit meinem Onkel. Als Anfang August der Krieg ausbrach, erschien er mir wie eine Gottesgabe. Nachdem wir die Nachricht erhalten hatten, ging ich mit einigen Freunden in die Stadt und feierte – jawohl, wir feierten. Ich war in Oxford im OTC gewesen, im »Officers' Training Camp«, also war ich zuversichtlich, ein Offizierspatent zu erhalten. Ein Freund meines Onkels war ein pensionierter Colonel der Hampshire Light Infantry, und so schien mir das am nächstliegenden zu sein. Mein Onkel legte ein gutes Wort für mich ein – ich glaube, er war froh, mich gehen zu sehen.

Natürlich ging das alles nicht so schnell und einfach, wie ich es mir vorgestellt hatte. Es wurde Herbst, bis ich zum Leutnant ernannt wurde, und dann folgte ein sechsmonatiges Training in Aldershot. Gelegentlich sorgte ich mich, der Krieg könnte vorbei sein, bevor ich zum Einsatz kam. Erstaunlich, nicht wahr? Wie konnte ich nur so naiv sein? Es gab keinen Grund zur Eile. Der

Krieg würde schon auf mich warten. In der Zwischenzeit bot mir das Offiziersgehalt viele Unterhaltungsmöglichkeiten, und die Zeitungen lieferten mir all die falschen Bestätigungen, die ich brauchte.

Den Befehl zur Einschiffung erhielt ich kurz nach Ostern 1915. Ich hatte den Urlaub in London verbracht. Als ich am Dienstagabend wieder in die Offiziersmesse nach Aldershot kam, fand ich meinen Namen unter jenen, die nach Frankreich geschickt wurden. Einige andere Offiziere gratulierten mir, und ich schwärmte davon, endlich in das Kriegsgeschehen eingreifen zu können. Im Rückblick kann ich nicht glauben, daß ich das ohne jeden Vorbehalt tat, ohne jeden Hauch von Ironie. Doch ich tat es. Am folgenden Montag befand ich mich an Bord eines Truppentransporters, der von Southampton aus ablegte. Die meisten meiner Kameraden mußten tränenreiche Abschiede ertragen. Mir blieb nur ein pflichtgemäßes Winken von Cousine Anthea. Vielleicht ging ich auch deshalb gern über den Kanal.

Le Havre, eine große, hektische Stadt voller Truppen, stellte meine erste Begegnung mit Frankreich dar. Die meisten Männer wurden gleich weiter zur Front geschickt, doch wir Subalternoffiziere hatten uns im Divisionshauptquartier in Rouen zu melden und dort weitere Befehle abzuwarten. Wir trödelten dort ungeduldig einige Wochen herum, auf nichts anderes als Gerüchte angewiesen. Einem unserer Bataillone ging es in Ypern sehr schlecht. Die Deutschen hatten etwas Neues eingesetzt, eine Art Giftgas. Wir wußten nicht, was wir davon halten sollten. Erst als ich als Begleitoffizier für einen Transportzug eingeteilt wurde, der zurück nach Le Havre zu einem Hospitalschiff fuhr, sah ich mehr. Ich hatte mit Schußwunden gerechnet, doch Dutzende von Männern waren ohne jede sichtbare Verletzung. Ihr Husten und ihre gelbliche Haut erfüllten mich mit Angst und Schrecken. Zum erstenmal begann ich zu ahnen, was Krieg wirklich bedeutet.

Mitte Mai wurde ein weiterer Teil unseres Regiments nach

Frankreich verschifft. Ich erhielt das Kommando über einen Zug und bekam den Befehl, mit dem Dritten Bataillon in Béthune anzuschließen. Wir waren vierundzwanzig Stunden mit der Bahn unterwegs, doch diesmal lag über der Langeweile und dem endlosen Kartenspiel eine nervöse Spannung: Jetzt wurde es ernst, und diesmal hatte ich eine vage Ahnung, was uns erwartete.

Im Augenblick jedoch war Béthune nur eine weitere Zwischenstation, eine nette, kleine Stadt, ungefähr sieben Meilen von der Front entfernt. Zum erstenmal hörten wir das Donnern der Kanonen und sahen nachts das Granatfeuer. Hier sollten wir auf unsere Kompanie warten, die sich gerade auf dem Rückzug von Ypern befand. Ich wurde bei einer Metzgersfamilie nahe dem Bahnhof einquartiert. Jeden Tag sah ich, wie Truppen verladen wurden und wie neue Truppen ankamen, Männer mit frischen Gesichtern, die es kaum erwarten konnten, sich in das unbekannte Abenteuer zu stürzen, während sich an ihnen vorbei die Reihen der Männer schleppten, die von der Front zurückkehrten, graugesichtige, schweigsame, mürrische Gestalten. Der Druck meiner düsteren Vorahnungen wurde schwer und schwerer. Warum war ich hier? In was genau wurde ich so langsam und unausweichlich hineingezogen? Ich wußte es nicht. Ich marschierte über die Pflastersteine von Béthune und wartete darauf, es herauszufinden.

Das Bataillons-HQ war ein großes Haus mit grünen Fensterläden am Rande der Stadt. An einem milden Morgen Ende Mai wurde ich dort zu meinem Kompanieführer befohlen, der in der vergangenen Nacht angekommen war. Es war Ihr Vater: Captain the Hon. John Hallows. Ich hatte mit einem harten Veteranen gerechnet, nehme ich an, einem Ebenbild von Colonel Romney, vor dem wir Subalternen ehrfürchtig erstarrten, doch er war ganz und gar nicht so. Als ich eintrat, stand er rauchend am Fenster, ein gequälter, aber seltsam ruhiger Mann, nicht viel älter als ich selbst – fünf Jahre, um genau zu sein. Er hatte ungefähr meine Größe, war in den Schultern etwas breiter und trug einen Schnurrbart. Sein Gesicht ähnelte dem eines Gelehrten. Er wandte sich vom Fenster ab, um meinen Gruß zu erwidern, dann gab er mir die Hand.

»Wie war es in Ypern, Sir?« fragte ich.

»Ich kann Ihnen da nichts sagen, Franklin. Es war, wie es war. Ich möchte Sie mit meinen Eindrücken nicht beeinflussen. Das müssen Sie selbst herausfinden. Wir alle müssen das.«

»Ich kann es kaum erwarten, an die Front zu kommen.« Das war einer dieser dummen Sprüche, zu denen ich mich verpflichtet fühlte.

»Tatsächlich? Nun...« Sein Blick kehrte zum Fenster zurück. »Ich nehme an, mir ging es auch mal so.«

»Waren Sie seit Kriegsbeginn an der Front, Sir?«

Er lächelte. »Nein. Seit Februar.«

Das schockierte mich. Drei Monate hatten ausgereicht, um seine Stimme und sein Äußeres mit einem Schleier der Erschöpfung zu überziehen.

Er hatte recht. Ich fand es selbst heraus. Die Kompanie verbrachte zwei Wochen in einem Camp in der Nähe von Béthune und marschierte dann den La-Bassée-Kanal hoch, um einen Abschnitt nahe Givenchy zu übernehmen. Während dieser Zeit lernte ich Hallows besser kennen. Ich hatte ihn anfangs für einen Berufsoffizier gehalten, aber er belehrte mich bald eines Besseren. »Nur ein Amateur, wie Sie auch.« Ich vermutete, daß er im März die Kompanie übernommen hatte, als der frühere Captain von einem Scharfschützen getötet worden war. Sie waren in die Frontausbuchtung Yperns marschiert und hatten das Glück gehabt, den schlimmsten Gasangriffen zu entgehen, die von den Deutschen erstmals am 22. April gestartet worden waren. Davon sprach er, als würde er seine wahren Gedanken zurückhalten. »Was hier geschieht, ist nicht das, womit Sie gerechnet haben – auch nicht, was Sie zu Hause darüber gelesen haben.« Schon jetzt zweifelte ich die Wahrheit seiner Worte nicht mehr an.

Die Schützengräben vom La-Bassée-Sektor wurden in diesem Sommer zu unserem Zuhause. Es klingt merkwürdig, von einem derart düsteren und gefährlichen Ort als Heim zu sprechen, aber so war es: Das geschickt angelegte Labyrinth aus Gräben und Unterständen und Feuerleitern war unsere Wohnung, die von Béthune aus durch eine Landschaft aus zerstörten Straßen und Dörfern führte. Für mich war es neu und absolut schrecklich, eine von Menschenhand vernichtete Sommerlandschaft zu sehen, aber viele hatten sich längst daran gewöhnt. Das Leben in der Armee läßt einem nicht viel Zeit zur Besinnung. Der Verstand konzentriert sich aufs Überleben, zumindest für eine Weile. Und der Geist eines jungen Offiziers wendet sich – selbst in einer derart scheußlichen Umgebung – Gedanken über Abenteuer und persönlichem Ruhm zu. Mein Zug war ein mürrischer Haufen, und ich fühlte mich verpflichtet, mit gutem Beispiel voranzugehen. In diesen Sommernächten in der Nähe von La Bassée übernahm ich mehr als nur meinen Anteil an Patrouillen und schaffte mir eine ordentliche Reputation. Ich ging größere Risiken ein, als mir bewußt war.

Was Hallows anbelangte, so begegnete ich ihm mittlerweile mit einem gewissen Mißtrauen. Seine stille, tüchtige Art und sein leiser Fatalismus waren nicht das, was ich erwartet hatte. Er war zwar für Feindbeobachtungen dankbar, schien aber meinen wagemutigen Unternehmungen gleichgültig gegenüberzustehen und sprach sich gelegentlich gegen nächtliche Erkundungsgänge aus. Einmal unterbreitete ich ihm einen hirnrissigen Vorschlag für einen Überfall auf die deutschen Stellungen. Ich dachte mir, vielleicht ließen sich die Dinge ein bißchen schneller voranbringen. Er lehnte meinen Vorschlag freundlich, aber fest ab. »Vergessen Sie nicht, Franklin«, sagte er, »wir sind für Menschenleben verantwortlich. Das ist ein kostbares Gut, auch wenn dieser Krieg vielleicht auf das Gegenteil hindeutet.«

Ich hielt seine Vorsicht für mangelnden Mut, und er sank in meiner Achtung. Ich konnte nicht verstehen, wie dieses Stillhalten den Durchbruch bringen sollte, den wir alle herbeisehnten. Doch Hallows hatte bereits die Sinnlosigkeit eines Durchbruchs erkannt, hatte ihn als Illusion entlarvt, die nur noch in der Höhenluft des GHQ aufrechtzuerhalten war. Für ihn kam das Wohlergehen seiner Männer an erster Stelle. Er würde ihr Leben nur auf Befehl von oben riskieren. Und dieser Befehl kam bald genug.

Anfang September begannen Gerüchte über einen großen französisch-britischen Vorstoß durch unseren Sektor zu schwirren, über dessen Ausgang sich alle optimistisch äußerten. Neue Männer kamen, die Reserven an Granaten wurden aufgestockt, die Chance bot sich, diesmal die Deutschen Gas schlucken zu lassen. Der Sieg schien plötzlich in unserer Reichweite. Natürlich war der Sieg die größte und plumpste Illusion von allen. Nur die hohe Todesrate hielt diese Illusion am Leben, denn die Anzahl der Neuankömmlinge übertraf stets die Anzahl der wenigen Überlebenden, die es besser wußten.

Unsere Vorbereitungen waren beeindruckend – für mich. Jeden Tag wurden Gaszylinder in die vordersten Gräben geschafft. Jeden Tag verfestigten sich Gerüchte zu Fakten. Am 21. September begann das schwere Bombardement der deutschen Linien. Man nahm an, daß uns danach nur noch wenige Überlebende Widerstand leisten würden. In Wirklichkeit gab unsere Artillerie lediglich unseren Angriff bekannt, was die Deutschen selbstverständlich dankbar zur Kenntnis nahmen. Am 23. September kehrte Hallows vom Bataillonshauptquartier mit unseren Befehlen zurück. Er versammelte die Zugführer in einem Unterstand, verteilte Karten und las die detaillierten Befehle für einen Angriff vor, der in der Morgendämmerung des 25. September stattfinden und dem ein Gasangriff vorausgehen sollte. Unsere Operationsziele waren beeindruckend detailliert; allein ihre Präzision erfüllte mich mit Hoffnung. Das heißt: jedenfalls so lange, bis Hallows alles zusammenfaßte.

»Das sind unsere Befehle, meine Herren. Aufrichtig gesagt,

unsere Chancen, sie ausführen zu können, sind vernachlässigbar gering. Der Feind erwartet uns. Was ich von den Kompanien gesehen habe, deutet nicht darauf hin, daß sie einen effektiven Angriff zustande bringen. Die Windbedingungen am Morgen des 25. werden von äußerster Wichtigkeit sein, aber wie können wir garantieren, daß die gleichen Bedingungen entlang der gesamten Front herrschen? Vor einigen Stunden stellte ich Colonel Romney die gleiche Frage. Ich erhielt keine Antwort. Gott sei uns allen gnädig.«

Der 25. September dämmerte grau und feucht herauf. Es wehte nicht einmal ein leichtes Lüftchen. Insgeheim hatte ich Hallows wegen seines defätistischen Verhaltens kritisiert, aber jetzt kamen mir seine Worte wieder in den Sinn. Die Geschichtsbücher haben mich mittlerweile besser über die Schlacht von Loos informiert; sie stellen eine einzige Rechtfertigung Hallows' dar. Ich weiß jetzt, daß sich der Kompanieführer der Gaskompanie aufgrund der schlechten Bedingungen weigerte, in unserem Sektor das Gas abzulassen, bis ihm General Gough den direkten Befehl dazu gab. Was ich damals in der relativen Sicherheit eines Versorgungsgrabens mitbekam, war das entsetzliche Chaos eines totalen Fehlschlags. Dutzende von Männern wurden auf Tragbahren vorbeigetragen, die Gesichter von unserem eigenen Gas gelb verfärbt. Jene, die unbeschadet geblieben waren, wurden von Deutschen niedergeschossen, die das Gas nicht behelligt hatte. Als mein Zug vortrat, um sich der zweiten Welle anzuschließen, bot sich uns die Frontlinie wie eine Szene aus der Hölle dar: übereinandergetürmte Leichen, Gasschwaden überall, die Deutschen, die aus allen Rohren feuerten, zuckende Gestalten und Kreischen aus den Granatlöchern. An diesem Tag, an diesem Ort endete das patriotische Abenteuer für mich. Das war ein Gemetzel, durch militärische Wissenschaft zur Obszönität eines Schlachtfestes verfeinert. Daran wollte ich keinen Anteil haben.

Und doch mußte ich noch meine Rolle spielen. Ich hätte, entsprechend der Konditionierung durch die Armeedisziplin, meinen Zug ohne Zögern in die vergiftete Luft und damit in ein sinnloses Opfer geführt, hätte Hallows nicht ›halt!‹ gerufen. Er kam den Graben entlang auf mich zu, das Gesicht voller Zorn.

»Es wird keine zweite Welle geben, Franklin. Sichern Sie diesen Abschnitt, aber gehen Sie nicht vor.«

»Sind unsere Befehle geändert worden, Sir?«

»Nein. Aber ich schicke keine Männer mehr da hinein.« Mit einer Geste deutete er auf das Niemandsland. »Ich habe bei Romney eindeutige Instruktionen angefordert. Bis dahin warten wir.«

Als er sich abwandte, flüsterte mir mein Sergeant, der mitgehört hatte, zu: »Schätze, er hat unseren Hals gerettet, Sir.« Er hatte recht. Jetzt kam der Befehl vom HQ. Ein weiterer Angriff wurde verschoben. Nachdem wir die Verwundeten abtransportiert hatten, warteten wir.

Das Warten dauerte zehn Tage. Im Rückblick bin ich überrascht, daß ich diese Zeitspanne ohne ausreichende Deckung auf diesem stinkenden Schlachtfeld ertragen habe. Die gelegentlichen Bombardements hielten an. Endlich brachten wir einige erfolgreiche Gasangriffe zustande, aber unsere damit verbundenen Vorstöße wurden unter großen Verlusten sofort wieder zurückgeworfen. Unsere eigene Kompanie blieb in abwartender Lauerstellung, als wäre Hallows' Einschätzung der Lage bekannt und sollte nicht auf die Probe gestellt werden. Nachts führte er Rettungstrupps hinaus, um die Verwundeten zu bergen. Tagsüber tröstete er uns und heiterte uns auf. Dies war ein ganz anderer Mann als jener, dessen zynische Erschöpfung mir wenig Vertrauen eingeflößt hatte. Oder vielmehr: Es war derselbe Mann, nur ich hatte meine Perspektive geändert. Dies war der John Hallows, der mein Freund wurde.

Ich erinnere mich, wie ich eines Morgens mit ihm zusammen in einem Verbindungsgraben stand – es war der 1. Oktober – und über die Kraterlandschaft des Todes hinüber zu den deutschen

Linien blickte. Ich fragte, fast rhetorisch: »Warum sind wir hier?«

»Haben Sie nicht gehört, was die Männer singen, Franklin?« erwiderte er. »Wir sind hier, weil wir hier sind, weil wir hier sind.«

»Aber das ist nicht genug.«

»Für Sie muß es genug sein. Für Sie und mich gibt es kaum einen angemessenen Grund. Weshalb immer wir auch hergekommen sind – Pflicht, Ehre, *noblesse oblige* –, es reicht nicht aus für dieses Gemetzel, das sich Schlacht nennt, oder?«

Ich schüttelte den Kopf. »Nein. Aber es gibt keinen Ausweg, nicht wahr?«

»Keinen. Wir sind gefangen in dem mechanischen Irrsinn einer Nation, die sich im Krieg befindet.« Dann lachte er. »Entschuldigen Sie. Ich hätte nie gedacht, daß ich jemals solche Worte aus meinem eigenen Mund hören würde. Genau wie Sie dachte ich, es sei richtig, sich freiwillig zu melden. Ich hatte keine Ahnung, verstehen Sie. Und jetzt ist es zu spät.«

Wir unterhielten uns oft in den folgenden Tagen, so als wäre das Gespräch eine Art Gegengift zu dem, was um uns herum geschah. Ich nehme an, Hallows war froh, daß ihm ein gebildeter Mensch zuhörte, und ich war froh über sein Vertrauen. Er erzählte mir von seinem Zuhause in Hampshire, von seinem Vater – Lord Powerstock –, der über seine Ansichten zum Krieg entsetzt, und von seiner jungen Frau, die darüber eher glücklich wäre. Ich vernahm seine Meinung über das Oberkommando und dessen Kriegführung. Er erzählte mir, was er von der schönen Welt hielt, die eine derartige Scheußlichkeit zuließ. Kurz gesagt, er erzählte mir von sich.

Mitte Oktober wurde unser Bataillon von der Front abgezogen und konnte sich in der Nähe von Abbéville ausruhen. Es war ein Dreitagesmarsch, aber wir waren alle überglücklich, den Krieg hinter uns lassen zu können – zumindest für eine Weile. Wir wurden in dem Dorf Canchy einquartiert und konnten uns endlich entspannen. In dieser friedlichen Umgebung führten Hallows und ich viele philosophische Diskussionen bei einer Flasche Wein in der gemütlichen Kneipe von Monsieur Chausson. Wir marschierten gemeinsam über die Felder auf den Wald von Crécy zu, wo andere Engländer einst eine berühmte Schlacht geführt und gesiegt hatten. Hallows erzählte mir, daß sich in seiner Dorfkirche in Hampshire das Grab eines Ritters befand, der vor einigen Jahrhunderten in Crécy gekämpft hatte.

»Ich hab' es mir am Tag, bevor ich mich im letzten Jahr freiwillig meldete, angeschaut«, sagte er. »Von mir als dem Sohn des Gutsherrn erwartete man, daß ich mich sofort zur Armee meldete, was ich auch tat. Zuvor aber besuchte ich diesen Plantagenet-Ritter, um eine Art... Segnung von ihm zu erhalten. Ich fragte mich, wie es für ihn gewesen sein mochte. Ich frage mich immer noch. Glaubst du, daß er sich je gefragt hat..., wie es für mich sein würde?«

»Kaum.«

»Nein? Nun, vielleicht hast du recht. Andererseits – an einem solchen Ort wie hier ist die Vergangenheit einem näher, als du glaubst. Nahe Ypern gab es einen Grabensektor, wo die deutschen Linien nur dreißig Meter entfernt waren. Jeden Tag konnten wir sehen, wie sie sich in ihren Stellungen bewegten: graue, herumhuschende Gestalten, nicht unähnlich den Wölfen im Winter, vor denen sich dieser Ritter in Crécy bestimmt gefürchtet hatte.«

Wölfe im Winter: seltsame Gedanken, Gedanken, zu denen uns die Verzweiflung des Kriegs verführte. Doch Hallows brachte mir auch Dankbarkeit bei. Der Krieg, was immer er uns sonst antat, erweiterte unser Bewußtsein, machte aus Hallows mehr als nur einen selbstzufriedenen Sohn und reichen Erben, machte aus mir mehr als nur einen selbstgefälligen, besserwisserischen jungen Schnösel. In Frankreich begegneten wir der Substanz des Lebens. In Frankreich begannen wir in Frage zu stellen, was man uns gelehrt hatte zu erwarten.

Wölfe im Winter: ein passendes Bild, denn der Winter hielt tatsächlich seinen Einzug. Ende November waren wir wieder an der Front. Diesmal war es ein anderer Sektor, weiter südlich hinter Albert, aber in vieler Hinsicht absolut identisch mit unserem vorigen Standort. Der Schützengrabenkrieg war immer noch schrecklich, aber er war für uns nicht mehr neu. Ich gewöhnte mich an den Aufenthalt in den grimmig kalten Gräben, unterbrochen von Rückzügen zu der relativen Bequemlichkeit eines nahegelegenen Bauernhofs; ich gewöhnte mich, wenn man so will, an das Geschäft des Krieges. Nicht, daß es etwa je einfach oder leicht wurde. Scharfschützen und nächtliche Vorstöße forderten weiterhin ihre Opfer. Hallows brachte mir bei, ständig auf der Hut zu sein; ein bißchen Vorsicht genügte nicht. Der plötzliche Tod – und vor allem der Anblick des Todes – wurde zu einer ganz alltäglichen Angelegenheit.

Kurz vor Weihnachten erhielt Hallows Urlaub. Ich brachte ihn zum Zug nach Le Havre, wohl wissend, wie sehr ich ihn vermissen würde. Er war für mich zu einem Führer in der Dunkelheit geworden, vor allem aber zu einem Freund. Und eine im Krieg geschmiedete Freundschaft hat starke Bande. Doch nicht nur ich vermißte ihn. Die ganze Kompanie verließ sich auf ihn. In seiner Abwesenheit wurden die Männer nervös, als hätte allein seine physische Gegenwart ihnen Sicherheit garantiert. Ungefähr zu dieser Zeit hatte ich meine erste Anpassungsphase an den Krieg überstanden. Der Schock war verblaßt. Jawohl, es war möglich, daß Menschen und Nationen sich so etwas antaten. Die Toleranz ließ jetzt ebenfalls nach. Ich war seit neun Monaten in Frankreich und hatte längst realisiert, daß das, was hier geschah, weder patriotisch noch notwendig war: Es war lediglich kriminell.

Als Hallows Ende Januar zurückkehrte, sah ich, daß auch er sich verändert hatte. Es war nicht nur die übliche Depression nach dem Urlaub. Irgend etwas zu Hause muß ihn schwer getroffen haben. Andere hatten mir bereits erzählt, wie furchtbar einfältig und dumm zu Hause die Ansichten über den Krieg waren. Ich wußte, daß er sich darauf vorbereitet hatte, daß er nichts von der Wahrheit hatte sagen wollen, denn an einem Kamin in England würde die Wahrheit unglaublich erscheinen. Das also konnte es auch nicht sein. Was es wirklich war, wollte er niemandem anvertrauen – nicht einmal mir. Soviel war offensichtlich. Doch derartige Sorgen konnten in Frankreich tödlich sein. Sie ließen einen Mann unvorsichtig werden.

Hernus Bauernhof, an einem milden Tag Ende Februar: ein unschuldiger Tag voller trügerischer Wärme. Noch heute leuchtet er in meinem Geist wie ein Juwel. Die Männer ruhten in den Scheunen und auf den Feldern. Corporal Quinlan warf Stöcke für den Hund des alten Hernu, und Hallows saß in einem Korbstuhl, rauchte eine Zigarette und las einen Brief, der vor kurzem zusammen mit einem Valentinsgruß von seiner Frau gekommen war. Ein paar Hühner pickten nach Körnern. Kanonen dröhnten träge von weit her im stillen Nachmittag. Ich lehnte an den Streben eines Heuwagens und versuchte, meinen Freund aufzumuntern.

»Wie geht's deiner Frau?« fragte ich im Konversationston.

Er schaute auf. »Sehr gut, nehme ich an.«

»Sie muß dich vermissen.«

»Ja. So wie ich sie. Sei froh, daß du Junggeselle bist, Tom. In solchen Zeiten ist es am besten so. Ich stelle mir oft vor, was wohl mit Leonora geschieht, falls ich hier draußen sterbe. Vielleicht sollte ich sagen: *wenn* ich hier draußen sterbe.«

»Hör auf mit solchen Sachen.« Das war eine gutgemeinte Zurechtweisung. Er hatte ein ungeschriebenes Bataillonsgesetz gebrochen: Sprich vom Tod, wenn es sein muß, aber niemals von deinem eigenen. Das hielt man für eine sich selbsterfüllende Prophezeiung.

Er lächelte schief. »Entschuldige. Ich denke nur manchmal, das geht ewig so weiter.«

Ich sagte nichts. Den Gedanken hatte ich auch schon gehabt.

»Wenn sich die Amerikaner einmischen, würde das Gleichgewicht vielleicht zu unseren Gunsten verschoben. Glaubst du, sie tun es?«

Ich zuckte mit den Schultern. »Wenn die ›Lusitania‹ nicht ausgereicht hat, was könnte sie dann noch dazu bewegen?«

»Ich weiß nicht. Die Amerikaner sind ein merkwürdiges Volk. Ohne Geschichte, ohne... Verpflichtung.«

Ich begriff nicht, was er damit meinte, und er schien es zu merken. »Tut mir leid.« So viele Entschuldigungen waren nicht typisch für ihn. »Über Weihnachten hatten wir auf Meongate einen amerikanischen Hausgast. Er hat mir ein paar... Einblicke vermittelt.« Seine Konzentration schien zu schwinden, dann blickte er mich gespannt an. »In diesem Frühjahr wird eine große Offensive gestartet, Tom, da bin ich mir ganz sicher. Sollte ich nicht... durchkommen, würdest du dann meine Familie besuchen – würdest du meiner Frau erzählen, was passiert ist?«

»Selbstverständlich. Aber müssen wir an einem so schönen Tag solch düsteren Gedanken nachhängen?«

»Ich glaube nicht. Aber denk dran – das ist, was sie einen falschen Frühling nennen.«

Wie recht er hatte. Der Winter kam in die Picardie zurück, und wir kehrten in unsere gefrorenen Schützengräben zurück. Anfang April erhielt ich einen Monat Heimaturlaub. Ich verabschiedete mich von Hallows im Kompanieunterstand. Es war ein Morgen mit leichtem Schneefall. Er gab es auf, den Ofen zum Leben erwecken zu wollen, und begleitete mich ein Stück den Schienenstrang entlang auf Albert zu. Seine Abschiedsworte klangen unbeschwert, doch trotz alledem umgab ihn noch immer eine düstere Stimmung, die ich nicht ergründen konnte.

»Paß gut auf dich auf«, sagte ich, seine Hand schüttelnd.

»Gute Reise«, erwiderte er, als wollte er von meinen Worten ablenken. »Bring mir ein Osterei mit – und Frühlingswetter.«

»Ich werde mir Mühe geben.«

Der Heimaturlaub war nicht das Vergnügen, das er hätte sein sollen. Die Zugfahrt nach Le Havre und die Überfahrt nach Southampton waren das Beste, denn sie repräsentierten in ihrer nüchternen Alltäglichkeit eine gewisse Freiheit, zumindest für eine Weile. Aber daheim in England – das war eine ganz andere Sache. Es schien nicht mehr mein Zuhause zu sein, und ich konnte nichts mehr verstehen. Die Zeitungen kämpften einen anderen Krieg als den, an dem ich teilgenommen hatte, und von mir wollte niemand die Wahrheit hören. Ich stritt mit meinem Onkel, durchstreifte die Lambourn Downs und schrieb Hallows Briefe über meine Gefühlslage. In London war es kein bißchen besser – vielleicht sogar noch schlimmer. Ich begann mir zu wünschen, daß mein Urlaub bald vorbei wäre, obwohl ich genau wußte, daß ich es in Frankreich wieder bedauern würde. Der Krieg hatte mich heimatlos gemacht.

Im Mai 1916, über ein Jahr nach meiner ersten Ankunft, war ich wieder in Le Havre. Eine weitere lange Zugfahrt durch die vom Regen getränkte Normandie brachte mich einem Schicksal entgegen, das geduldig wartete. Zumindest konnte ich mich auf das Wiedersehen mit Hallows freuen: Ich hatte ihm tatsächlich sein Osterei mitgebracht.

Das Bataillon hatte seinen Standort verlagert und sein Quartier nun in dem Dorf Louvencourt aufgeschlagen. Ich entdeckte den Kommandostand in einem alten Kornspeicher und meldete mich bei Colonel Romney.

»Willkommen, Franklin«, sagte er steif. »Sie werden sich natürlich wieder der C-Kompanie anschließen. Sie haben einen neuen CO.«

»Neu, Sir? Captain Hallows...?«

»Hat's erwischt. Wußten Sie das nicht?«

Ich sagte nichts, salutierte mühsam und ging hinaus auf die Straße. Hallows war tot, und ich hatte es nicht gewußt. Für Romney bedeutete es nichts: nur ein weiterer Name, ein weiteres Opfer. Ich konnte es nicht glauben, konnte mir nicht vorstellen, daß Hallows tot war. Ich hatte dieses absurde Geschenk – ein Osterei – in meinem Gepäck, und Hallows würde es nie essen.

Später erfuhr ich die ganze Geschichte vom Sergeant Major der Kompanie. Sie sollten am 1. Mai vom Mametz-Sektor abgezogen werden. In der Nacht zuvor war Hallows mit Sergeant Box losgezogen, um das Telefonkabel zu überprüfen; er wollte es unseren Nachfolgern vom Surrey-Regiment in einwandfreiem Zustand übergeben. Keiner der beiden Männer kehrte zurück. Aus dem Niemandsland, in dem sie sich aufhalten mußten, wurden Gewehrschüsse gehört, und einige Leuchtraketen gingen hoch. Man nahm an, daß sie einer deutschen Patrouille in die Hände gelaufen waren. Sicherlich schossen die Deutschen nun auf alles, was sich bewegte. Ein Rettungstrupp in dieser Nacht kam nicht in Frage. Am nächsten Tag war keine Spur von ihnen zu entdekken. Danach mußte sich das Bataillon auf den Rückzug machen. Ein paar Tage später erreichte sie die Nachricht in Louvencourt: Eine der Surrey-Patrouillen hatte eine halb untergetauchte Leiche in einem überfluteten Granattrichter gefunden. Sie konnten den Leichnam nicht mitnehmen, hatten aber sein Notizbuch geborgen und schickten es nun an uns weiter. Es gehörte Hallows. Der Sergeant Major hatte das blutbefleckte Büchlein noch immer in seinem Besitz. Er berichtete mir, daß Hallows' Tod die Männer sehr mitgenommen habe. »War 'n schwerer Schlag für sie, Sir, sehr schwer.«

Nicht so schwer wie für mich, da war ich mir sicher. Mit Hallows ging auch mein Glaube an die Würde des Überlebens verloren. Wir waren hier – unter einem pervers strahlenden Frühlingshimmel – auf einer Straße ausgesetzt worden, die in den sicheren Tod führte. Ob er nun plötzlich kam, buchstäblich aus heiterem Himmel, oder sich in der Nacht heranschlich oder bei irgendeinem geplanten Gemetzel, das spielte keine Rolle. Der neue Kompanieführer, Captain Lake, der vom Ersten Bataillon zu uns versetzt worden war, betrachtete die bevorstehende Offensive viel zu optimistisch. Er hatte wenig Zeit für mich und ich noch weniger für ihn. Ich schrieb einen langen Brief an Hallows' Witwe und sorgte dafür, daß er abgeschickt wurde, bevor wir unsere Stellung in den Schützengräben an den Ufern des Ancre bezogen. Ich fragte mich, ob ich mein Versprechen, Hallows' Familie zu besuchen, je würde einlösen können. Ich bezweifelte es.

Der Juni näherte sich seinem Ende. Ein langes Bombardement begann, um die deutschen Linien zu erschüttern, was ich mit all der Skepsis eines Veteranen von Loos beurteilte. Der Tag Null war auf den 29. Juni festgelegt worden. Wegen des schlechten Wetters verschob man ihn dann auf den 1. Juli. Lakes Anweisung, ohne eine der Warnungen, die Hallows uns mit auf den Weg gegeben hatte, lief luftig und locker darauf hinaus, daß wir als Teil der großen Offensive den Hügelkamm östlich von Thiepval erobern sollten. Denjenigen von uns, die wußten, was für ein dichter Verteidigungsring um diesen Kamm lag, war klar, daß nun wir an der Reihe waren.

Der 1. Juli dämmerte strahlend herauf; es versprach ein sengend heißer Tag zu werden. Lake führte uns um 7 Uhr 30 aus den Gräben. Die Männer hatten Befehl, in gleichmäßigem Tempo durch das Niemandsland auf die feindlichen Linien zuzumarschieren, deren Verteidiger bis dahin ausgebombt sein sollten. Natürlich war das nicht der Fall. Statt dessen warteten sie nur darauf, die dichtgedrängten Reihen der sich langsam nähernden Truppen mit Maschinengewehrfeuer niederzumähen. Um Thiepval herum verschlimmerte das abfallende Gelände noch unsere Notlage. Ich wurde getroffen, bevor ich zehn Meter weit gekommen war. Vor mir sah ich Lake zu Boden stürzen, zusammen mit Dutzenden von weiteren Männern, die wie Weizenhalme unter der Sense des Feuers fielen. Überrascht, noch am Leben zu sein, kroch ich zu unserem Schützengraben zurück. Man könnte sagen, ich hatte Glück – das Glück, getroffen worden zu sein, bevor ich zu weit gekommen war, und mir dabei nur eine zerschmetterte Schulter eingehandelt zu haben. Doch keinen Mann, der an diesem Tag an der Somme kämpfte, sollte man mit dem Wort Glück in Verbindung bringen. Unheil begleitete uns auf all unseren Wegen. Nachdem Hallows tot war, glaube ich, spielte es für mich keine große Rolle mehr, ob ich lebte oder starb. Vielleicht habe ich deshalb überlebt.

Eine Woche später lag ich in einem Hospitalbett in London. England, im Sommer des Jahres 1916: Hier, nehme ich an, hat meine seltsame Geschichte ihren wirklichen Anfang.

2

Ich befand mich in keiner schlechten Verfassung. Mitte August wurde ich vom Hospital in ein Gästehaus in Eastbourne verlegt, das für genesende Offiziere in Beschlag genommen worden war. Wir waren eine merkwürdige Truppe, einerseits froh, wieder gesund zu werden, andererseits nicht gerade erpicht darauf, wieder nach Frankreich zurückzukehren. Die Schlacht an der Somme war schlecht für uns verlaufen – wie nicht anders zu erwarten gewesen war. Die tägliche Verlustliste las sich wie eine Petition gegen unmenschliche Generäle. Ich schlenderte die Strandpromenade entlang, zwischen alten Damen und jungen Männern in Rollstühlen hindurch. Manchmal glaubte ich die Kanonen über den Kanal hinweg donnern zu hören. Wer konnte schon in der strahlenden Sonne eines englischen Seebades glauben, daß es wirklich geschah?

Cousine Anthea besuchte mich mehrmals. Was hatte ich vor? Einige Zeit in Berkshire zu verbringen? Die Aussicht, die Somme-Schlacht mit meinem Onkel diskutieren zu müssen, erschien mir entsetzlich, doch ich mußte mich entscheiden: Meine Schulter heilte gut, und ich würde bald entlassen werden.

Anfang September kam die Rettung in Form eines Briefes einer Wohltätigkeitsvereinigung für verwundete Offiziere. Die Vorsitzende, Countess Kilsyth, sorgte dafür, daß Kriegsopfer – vorausgesetzt, sie waren von ordentlicher Herkunft – auf die

Landsitze ihrer titeltragenden Bekannten verlegt wurden, um sich dort in Ruhe erholen zu können. Ich saß in einem Liegestuhl auf dem Balkon des Gästehauses und las den Brief mit einer gewissen Erleichterung, die sich in Überraschung verwandelte, als ich mich der beiliegenden Note zuwandte. Sie stammte aus dem Haushalt, dem ich mich anschließen sollte. Auf dem Briefkopf stand: Meongate, Droxford, Hampshire. Der Absender war Lord Powerstock: »Nachdem ich von meinem gefallenen Sohn so viel über Sie gehört habe, hoffe ich, daß Lady Kilsyth Sie zu uns schicken wird.« Und das hatte sie auch getan. Ich sollte schließlich doch noch mein Versprechen halten können.

Am späten Vormittag eines herrlichen Herbsttages erreichte ich den Bahnhof von Droxford. Außer mir stieg niemand aus, obwohl der Zug eine Weile wartete, bis einige Kisten mit Brunnenkresse verladen worden waren. In einer Art Trancezustand marschierte ich aus dem Bahnhofsgebäude hinaus. Hinter mir ertönte ein Pfiff, und der Zug setzte sich wieder in Bewegung. Ein Fahrkartenkontrolleur, mit rotem Kopf von seiner Zweitrolle als Gepäckträger, kam mir nachgeeilt, nahm lächelnd meine Fahrkarte entgegen und machte eine Bemerkung über das Wetter. Dann stand ich allein auf dem Vorhof und fragte mich, was ich jetzt unternehmen solle. Man hatte mir gesagt, ich würde abgeholt, aber niemand ließ sich blicken. Der Zug verschwand weiter unten im Tal, und Schweigen legte sich in die hitzeflimmernde Luft. Ein Mückenschwarm hing unter den geschnitzten Dachrinnen des Bahnhofsgebäudes. Irgendwo gurrte eine Taube.

Dann ertönte auf der Straße Hufgetrappel. Ein Einspänner mit einem Pony davor kam in Sicht und fuhr in flottem Tempo in den Hof. Der Wagen hielt neben mir, das Pony kam in einer kleinen Staubwolke zum Stehen. Staub, der langsam durch die Luft trieb, ein bißchen wie Gasschwaden, aber er setzte sich schneller. Ich schaute zu dem Kutscher hoch: ein kräftiger alter Mann in einem verblichenen blauen Gehrock, verwaschenen Reithosen und einem Strohhut. Sein mit weißen Bartstoppeln besetztes Gesicht war von einer Röte, die nicht nur von der Hitze des Tages stammte.

Er begrüßte mich mit väterlicher Freude. »Guten Morgen, junger Mann, Sie müssen der berühmte Lieutenant Franklin sein.«

»Berühmt wohl kaum. Ich...«

»Nur keine falsche Bescheidenheit. Dafür bin ich zu alt. Warum wohl komm' ich Sie selber abholen, anstatt das einem Diener zu überlassen? Kommen Sie an Bord.« Sein augenzwinkernder Humor wirkte ansteckend. Er war ganz anders, als ich ihn mir vorgestellt hatte.

Ich verstaute meine Reisetasche und kletterte zu ihm hoch. »Verzeihen Sie mir, aber... sind Sie Lord Powerstock?«

»Mein Gott, nein.« Er stieß ein dröhnendes Gelächter aus, griff dann nach den Zügeln und steuerte auf die Straße hinaus. »Was halten Sie von Lucys Glöckchen?« Er deutete auf den Kopf des Ponys. Am Zaumzeug waren silberne Glöckchen befestigt, die während der Fahrt bimmelten. Es war das gleiche Geräusch, das ich bei seiner Ankunft gehört hatte – ein verwirrender Laut, der irgendwie nicht in das Farmland von Hampshire paßte.

»Sehr hübsch«, sagte ich lahm.

Wieder lachte er. »Das sind Troikaglocken. Aus Rußland. Ein persönliches Geschenk des Zaren.«

»Tatsächlich?«

»Nein. Nicht wirklich. Aber sie stammen aus Rußland. Ich war mal geschäftlich dort.« Er schaute mich an und zwinkerte. »Als ich in Ihrem Alter war. Vor langer Zeit.« Eine Weile fuhren wir schweigend weiter. Dann fing er wieder an, als wäre ihm etwas eingefallen, was er hatte sagen wollen. »Lord Powerstock? Ein guter Mann. Nein, ich bin nur ein Skelett in seinem Schrank, wenn auch noch ein recht fleischiges, wie Sie sehen können. Charter Gladwin ist mein Name, eine Art Relikt aus der Familiengeschichte.«

»Für ein Relikt können Sie recht gut mit dem Pferd umgehen, Sir.«

Wieder lachte er leicht und ungezwungen auf. »Haben Sie immer Respekt vor dem Alter, junger Mann? Ist eine ausgezeichnete Politik, obwohl ich selbst sie niemals befolgt habe. Aber schließlich, wer in dieser Gegend hier kann sich noch an die Krönungsfeier der alten Königin erinnern?«

»Niemand, vermute ich.«

»Genau. Aber Sie werden wissen wollen, was ich mit dem jungen John – Captain Hallows – zu tun habe. Nun, ich bin sein Großvater. Meine Tochter war seine Mutter. Jetzt sind die beiden tot. Nur ich bin noch übriggeblieben. Komisch, was?«

»Nun, ich kann kaum...«

»Nein, Sie haben recht. Es ist nicht komisch. Es ist eine verdammte Schande. Ich mochte John. Ein feiner junger Mann. Eine ganze Schar hat da draußen ihr Leben gelassen, möcht' ich sagen.«

»Ja«, erwiderte ich grimmig. »Eine ganze Schar.«

»Schlecht ausgerüstet, schlecht geführt, eine traurige Verschwendung. Ist das so ungefähr die Kurzfassung?«

»Sie scheinen gut informiert zu sein, Sir.«

»Überhaupt nicht. Aber genau das war's beim Krimkrieg. Ich glaube nicht, daß sich viel geändert hat.« Er lachte wieder, und diesmal lachte ich gegen meinen Willen mit.

Der Weg führte bergauf, zwischen hohen Hecken hindurch über einen sanften Kamm und dann wieder bergab, weg von der Eisenbahnlinie. Wir ließen die feuchten Wiesen des sich schlängelnden Meon hinter uns zurück und fuhren an Schafwiesen und Eichenhainen vorbei.

»Bald wird das Haus in Sicht kommen«, kündigte der alte Mann an. »Wenn wir ankommen, werde ich mein bestes Benehmen an den Tag legen. Würd' ich Ihnen auch raten.«

»Ich werde mich bemühen, niemandem zu nahe zu treten.«

»Seit Johns Tod hängt eine düstere Stimmung über dem Ort.

Ich will ja nicht sagen, daß man ihn vergessen soll, aber immerhin ist es vier Monate her. Edward – Lord Powerstock – scheint es nicht überwinden zu können. Und was Leonora anbelangt...« Er verstummte.

Ich bekam mit, daß es sich bei Leonora um Hallows' Frau handeln mußte. »Es muß sie ja hart getroffen haben.«

Gladwin grunzte und wandte sich der Straße zu. Wir hatten die andere Seite der grasbewachsenen Hügel erreicht und folgten einer schnurgeraden Allee von Kastanienbäumen. Rechts von uns verlief eine hohe, vielfach ausgebesserte Backsteinmauer. Von der Kutsche aus konnte ich zwischen den dichten Blättern hindurch gelegentlich ein großes Haus erkennen. Einige Minuten später bogen wir von der Straße ab, fuhren durch ein schmiedeeisernes Tor eine geschwungene Auffahrt hinauf, ließen schließlich die Bäume hinter uns und erreichten über ein offenes Parkgelände das Haus selbst.

»Willkommen in Meongate«, murmelte Gladwin. »Hoffentlich gefällt Ihnen der Ort so gut wie mir. Unter uns gesagt, das ist der Grund, weshalb ich meine Tochter in diese Familie einheiraten ließ.«

Ich konnte ihn gut verstehen. Meongate stand anmutig in dem Park, ein wohlproportioniertes, aber keineswegs protziges, L-förmiges Backsteingebäude. Die Auffahrt führte an der Hausfront vorbei, während am hinteren Ende ein Flügel abzweigte und dadurch ein Winkel entstand, der einen kunstvoll angelegten Garten einschloß. In der Mitte des Daches über dem Flügel erhob sich ein verglaster Turm mit einer Wetterfahne, der ebenso hoch aufragte wie die schlanken Schornsteine. Die Sonne spiegelte sich in der vergoldeten Figur der Wetterfahne, erwärmte die Backsteinmauern des Hauses und erleuchtete die efeuumrahmten Fenster. Hier hatte man in Stein- und Blattwerk all die tröstlichen Elemente englischen Heimatgefühls vor sich; an diesen Ort kehrte ich – ohne zu wissen, was mich erwartete – an Hallows' Stelle heim.

Wir hielten vor der offenen Eingangstür, und Gladwin schwang sich von der ächzenden Kutsche. Ein Mann erschien am Portal, um meine Reisetasche hineinzutragen, und Gladwin bellte ihm gut gelaunt zu:

»Nicht übel, Fergus, eh?« Er klappte seine Taschenuhr auf. »Hin und zurück in knapp über einer halben Stunde.«

»Sie haben das Pferd zu sehr angetrieben«, murmelte Fergus und trug meine Reisetasche hinein.

»Du bist ein altes Weib«, dröhnte Gladwin hinter ihm her. Er zwinkerte mir zu, während ich von der Kutsche kletterte und Fergus wieder auftauchte. »Lucy rennt gern mal ein Stück – was man von dir nicht sagen kann.«

Diesmal grunzte Fergus und führte das Pony weg. Wir wandten uns dem Haus zu. In der Tür stand eine Frau, um uns zu begrüßen.

»Stählen Sie sich«, flüsterte mir Gladwin aus dem Mundwinkel zu. »Die Lady höchstpersönlich.«

»Lady?«

»Die zweite Lady Powerstock. Der Paradiesvogel Seiner Lordschaft für die zweite Lebenshälfte.«

Wie in allen anderen Dingen, so übertrieb Gladwin auch hier. Die Frau, die vor mir stand, war eine elegante, italienische Schönheit, die ihre besten Jahre nur knapp hinter sich hatte. Hochgesteckte dunkle Haare, ein klassisches Gesicht mit hohen Backenknochen, ein geblümtes Kleid, das ihre Figur vorteilhaft zur Geltung brachte – nichts ließ auf ihr wahres Alter schließen. Gab es da etwas – vielleicht eine eisige Note in ihrem Lächeln? –, was mich hätte warnen können? Ich kann es nicht sagen.

»Lieutenant Franklin«, sagte sie und streckte mir die Hand so entgegen, daß ich mich danach bücken mußte. »Wie schön, Sie zu sehen.« Noch während ich erwiderte, wie sehr ich mich freute, hiersein zu dürfen, warf sie Gladwin einen Seitenblick zu und sagte mit harter Stimme: »Ich dachte, Fergus sollte Sie abholen.«

Der alte Mann gab keine direkte Antwort. Er grunzte und schaute mich an. »Ich komme nicht mit Ihnen hinein, Franklin. Hab' ein paar Dinge zu erledigen. Olivia wird sich um Sie kümmern. Wir sehen uns später.« Er marschierte davon; seine Hände umklammerten trotzig seine Jackenaufschläge, den Kopf hatte er hoheitsvoll zurückgeworfen.

Kaum war er weg, da führte mich Lady Powerstock durch das Portal in die Halle. Nach dem hellen Tageslicht war es hier dunkel. Im ersten Moment konnte ich das lackierte Holz eines großzügigen, kunstvoll verzierten Kamins kaum erkennen. Breite Treppen führten von zwei Seiten zu einem kreisförmigen Treppeneinsatz. Von oben fiel das Sonnenlicht in schrägen Bahnen ein und warf wechselnde Muster auf die üppigen Teppiche am Fußboden und auf die orientalischen Wandteppiche; ein Hauch von Exotik in dieser Stille, die nur von einer langsam tickenden Uhr durchbrochen wurde.

»Ich lasse Ihre Reisetasche auf Ihr Zimmer bringen, Lieutenant«, sagte sie. »Falls Sie nicht sofort auf Ihr Zimmer gehen möchten, würde Sie mein Mann sicher gerne kennenlernen.«

»Ganz meinerseits.«

»Dann folgen Sie mir bitte. Zu dieser Zeit wird er sich in seinem Arbeitszimmer aufhalten.«

Wir gingen durch einen Flur, der von der Eingangshalle zum Hausflügel führte. Ich bemühte mich um einen leichten Konversationston. »Ihr Haus scheint eine Million Meilen von dem Krieg entfernt zu sein.«

Sie lächelte. »Da sind Sie nicht der erste, der das sagt.«

»Nein?«

»Dank Lizzie Kilsyth war es uns möglich, viele junge Offiziere hier zu empfangen, die ähnlich empfunden haben. Im Augenblick haben wir zwei weitere Gäste hier. Sie werden sie später kennenlernen.«

»Ich bin sicher, sie empfinden den Aufenthalt hier genauso als Privileg wie ich.«

»Vielleicht. Um präzis zu sein, in Ihrem Fall fühlen wir uns privilegiert.« Wir waren an einer Biegung angelangt. Sie blieb vor einer Tür stehen und klopfte. »Mein Mann hat Sie sehnlichst erwartet.« Dann lächelte sie wieder. »Ich ebenfalls.«

Sie öffnete die Tür, und ich trat ein. Das holzgetäfelte, mit Bücherregalen vollgestopfte Arbeitszimmer befand sich in einer Ecke des Hauses. Die hohen Fenster gingen auf der einen Seite auf den Park und auf der anderen Seite auf eine Rasenfläche hinaus. Den Fenstern gegenüber stand ein Schreibtisch, hinter dem sich nun Lord Powerstock erhob, um mich zu begrüßen.

Er war ein großer, grauhaariger, gebeugter Mann mit einem zerfurchten Gesicht, dessen Ernsthaftigkeit sich zu Düsternis gewandelt hatte. Sein Sohn war nur etwas von vielem, woran er sich geklammert und was ihm der Krieg entrissen hatte. Das viktorianische Zeitalter war entschwunden und hatte ihn, gestrandet und aller Hoffnungen beraubt, in einer Welt zurückgelassen, die er nicht mehr verstand.

»Mein lieber Junge, seien Sie mir willkommen.« Seine Hand zitterte leicht, als ich sie schüttelte. »Wie geht es Ihnen?«

»Ich erhole mich gut, besten Dank.« Während ich sprach, schaute er zu seiner Frau, doch die Tür fiel bereits hinter ihr ins Schloß. Wir waren allein in einem Raum, in dem er, das spürte ich, immer allein war.

»Freut mich zu hören. Mein Sohn hat oft von Ihnen gesprochen.«

»John hat auch häufig von Ihnen gesprochen, Sir. Ich glaube, er hat sein Zuhause und seine Familie sehr vermißt.«

Lord Powerstock nickte langsam und ging zu einem Schränkchen neben seinem Schreibtisch, auf dem ein silbernes Tablett mit Gläsern und einer Karaffe stand. »Möchten Sie einen Drink, Franklin? Den Whisky kann ich wirklich empfehlen – falls Sie etwas für Whisky übrig haben.«

»Ich muß gestehen, in letzter Zeit trifft das zu.«

Er schenkte mir großzügig ein und füllte dann sein Glas.

»Heutzutage muß man lange suchen, um eine derartige Qualität aufzutreiben.«

»Dann trinken wir, falls Sie nichts dagegen haben, auf einen ehrenhaften Frieden.« Um seinetwillen fügte ich das »ehrenhaft« hinzu.

Er trank und sinnierte über den Toast nach. »Spricht hier die Armee, Franklin?«

»Ich kann nur für meine Person sprechen.«

»Ich denke, es kommt auf dasselbe heraus. John hat sich oft genug ähnlich geäußert.«

»Ich möchte nicht so tun, als wäre der Krieg irgend etwas anderes als eine schreckliche Sache.«

»Ich würde Sie weniger achten, wenn Sie das täten. Seit wir uns der Kilsyth-Stiftung anschlossen, hatten wir Dutzende von Offizieren hier. Die meisten von ihnen sind tapfere Männer, von denen man zu viel verlangt hat.« Er ging zu einem der Fenster, und ich folgte ihm. »Nehmen Sie zum Beispiel den jungen Cheriton.« Er deutete auf eine Gestalt, die einen Weg jenseits des Rasens entlangschlenderte, ein magerer, nachdenklicher Mensch, der eine Zigarette rauchte und dessen ruckartige Bewegungen auf ein Nervenleiden hindeuteten.

»Das Problem dabei ist, Sir, daß von uns allen zuviel gefordert werden wird, wenn der Krieg noch lange dauert.«

»Ist es das, was meinem Sohn widerfahren ist?«

»Nein. John konnte damit fertig werden. Er gab anderen von seiner Kraft und Stärke ab – mich eingeschlossen. Die Männer sahen ihn als eine Art Glücksbringer an. Und sie hatten recht: Ihre Glückssträhne lief aus, als er starb.«

Powerstock nickte ernst. »Da mag etwas Wahres dran sein. In der Art des Todes ... liegt vielleicht ein bißchen Trost. Möglicherweise ist das alles, was uns bleibt.« Seine freie Hand bewegte sich zögernd zu einem goldgerahmten Foto auf dem Schreibtisch: ein viktorianisches Hochzeitsporträt. Er kippte es in unsere Richtung.

»Johns Mutter?«

»Ja. Wenigstens ist ihr das erspart geblieben.« Seine Worte kamen noch langsamer, als würden seine Gedanken durch die Vergangenheit reisen und nur trostlose Ruinen vorfinden. »Arme Miriam... Eine solche Verschwendung... Und nun unser Sohn.« Dann schien er sich an meine Anwesenheit zu erinnern. »Ihr Vater lebt noch bei uns.«

»Er hat mich am Bahnhof abgeholt.«

»Tatsächlich?« Beinahe hätte er gelächelt. »Der gute alte Charter. Ein ziemlicher Brummbär, was?«

»Würde ich nicht sagen.«

»Nein. Vielleicht ist er das nicht.« Wieder die langsame, abwesende Sprechweise. »Mein Vater billigte die Verbindung nicht... Die Gladwins hatten mit Handel zu tun... Mußte hoch nach Whitby zu dem alten Gladwin... Blut wie Teer, sagte er, von all den Schiffen, mit denen er gesegelt war... All die Schiffe...« Er riß sich los. »Entschuldigen Sie. Sie werden genug von Charters Geschichten aus seinem eigenen Mund hören. Ich glaube, Sie können jetzt sicherlich etwas zum Lunch vertragen.« Er drückte auf einen Klingelknopf neben dem Kamin. »Ich fürchte, ich kann Ihnen nicht Gesellschaft leisten. Zur Zeit hab' ich keinen großen Appetit. Aber wir müssen uns später unterhalten... über meinen Sohn.«

»Ich freue mich darauf.«

»Das ist alles, was ich jetzt noch kann: über ihn sprechen.«

Dann kam das Mädchen und führte mich zu meinem Zimmer.

Es war ein schöner, luftiger Raum mit Blick auf den Park. Eine Vase mit frischgeschnittenen Chrysanthemen stand am Fenster. Das Bett war frisch bezogen und mit Kissen übersät, im angrenzenden Badezimmer hingen flauschige Handtücher an Wärmerohren, und die Füße der gewaltigen Badewanne glichen Löwenpranken. Die Umgebung war dafür geschaffen, sich zu entspannen und Vergessen zu finden. Falls ich je vergessen konnte..., ein in Eis erstarrtes Biwak in Flandern..., ein Schützengraben nach der Schlacht, in dem es nach verbranntem Fleisch und Kotze und Gas roch. Ich sog den Duft der Chrysanthemen ein und... ja, es war immer noch Sommer, und Meongate war weit vom Krieg entfernt. Ich befand mich in Sicherheit. Dachte Hallows an diesen Ort, sah er diesen Park, als er sich in der letzten Aprilnacht mit dem vertrauensvollen Sergeant Box durch das Niemandsland geschlichen hatte? Wanderten seine Gedanken zu diesem Ort – was durchaus der Fall gewesen sein mochte – und lenkten ihn so von dem letzten, tödlichen Moment ab? Wer konnte es sagen? Die Vergangenheit schlug ihren Mantelkragen hoch, und ich ging hinunter zum Lunch.

Der Lunch war eine merkwürdige Angelegenheit. Im Speisesaal war ein Nebentisch für vier Personen gedeckt worden. Von hier schaute man auf die Eibenhecken und die Rosenbeete des Gartens hinaus. Der immer noch nervös dreinblickende Lieutenant Cheriton erwartete mich, zusammen mit einem anderen im Haus wohnenden Offizier, der sich als Major Thorley vom Artilleriecorps vorstellte. Es blieb uns überlassen, uns miteinander bekannt zu machen und uns von der Anrichte zu bedienen.

Thorley war mir nicht sonderlich sympathisch: zu kumpelhaft und redselig auf eine leicht herablassende Art und Weise. Er konnte es kaum erwarten, seine Meinung über den Haushalt, der ihn so großzügig aufgenommen hatte, kundzutun. »Komische Leute hier, Franklin«, sagte er, den Mund voll mit kaltem Huhn. »Der alte Lord Powerstock rennt mit einem Gesicht wie ein Sargdeckel rum, während seine Frau mir intensive Blicke zuwirft und mich ins Grübeln darüber bringt, was sie mit den Worten ›Fühlen Sie sich wie zu Hause‹ meint. Verstehen Sie, worauf ich hinaus will?« Ich tat so, als würde ich nicht verstehen, aber das störte ihn nicht. »Dann gibt's noch irgendeinen verrückten alten Onkel und eine Schwiegertochter, die man kaum sieht. Aber kein Grund zur Klage. Immer noch besser als Baracken, oder?«

Endlich zog er übertrieben hinkend wieder los, und ich blieb allein mit dem blassen, jungen Cheriton zurück, der wesentlich weniger zu sagen hatte – und schon gar nichts über die Umstände, die ihn nach Meongate geführt hatten, doch seine zögernde Sprechweise und seine Gesichtszuckungen sagten mir genug. Es war schwierig, ein vernünftiges Gesprächsthema zu finden, wenn ich keine wunden Punkte berühren wollte.

»Wie lange wird der Major hierbleiben?« fragte ich und ließ deutlich durchblicken, was ich damit meinte.

»Oh... ja.« Cheriton brachte ein mühsames Lächeln zustande. »Ist ein bißchen... anmaßend, nicht wahr?«

»Das können Sie laut sagen.«

»Hören Sie... ich möchte Ihnen nicht zu nahe treten, aber Thorley hat mir erzählt, Sie seien hier kein Fremder.«

»Ich fürchte, der gute Major hat die Fakten durcheinandergebracht. Ich habe in Frankreich zusammen mit Lord Powerstocks Sohn gedient.«

Unvermeidlicherweise befanden wir uns damit wieder auf schwankendem Boden. »Ah... ja.« Er sagte nichts über Hallows' Tod, über den er sicherlich inzwischen Bescheid wußte.

»Sagen Sie, woher hat Thorley diese Information?«

»Oh – Mompesson, nehme ich an.«

»Mompesson?«

»Ein Amerikaner, geschäftlich hier, Freund von Lady Powerstock, macht oft Besuche.«

Mir fiel mein Gespräch mit Hallows auf Hernus Bauernhof vor sechs Monaten ein. Damals hatte er einen amerikanischen Hausgast erwähnt. Falls ich richtig verstanden hatte, tauchte dieser Mann auch jetzt noch als regelmäßiger Besucher auf und wußte anscheinend mehr über mich als ich über ihn.

In einem Punkt war ich mit Thorley einer Meinung. Wo war Leonora? In erster Linie hatte ich erwartet, sie auf Meongate kennenzulernen, doch das war noch nicht der Fall gewesen. In gewisser Weise fühlte ich mich ignoriert. Ich hatte ihr nach Hallows' Tod geschrieben, und sie hatte mir einen kurzen, aber dankbaren Brief gesandt. Ich war leicht gekränkt, daß sie keinen Versuch machte, mich zu sehen.

Allerdings mußte ich nicht mehr lange darauf warten. Ich machte ein Nickerchen in meinem Zimmer und unternahm anschließend einen Spaziergang auf dem Gelände. Beim näheren Hinsehen gab es genügend Anzeichen, daß der Besitz nicht mehr so gepflegt wurde, wie es einst wohl üblich gewesen war. Doch nur in so kleinen Dingen wie einer wuchernden Hecke, sinnierte ich, konnte man den Krieg hier entdecken.

Es war ein warmer Nachmittag. Thorley schlug ziellos einen Ball über den Krocketrasen und hätte mich sicher angesprochen, wenn ich ihm die Chance gegeben hätte. Statt dessen ging ich quer durch den Garten, wo ein versiegter Springbrunnen mit einem matt gewordenen Cherub von weiteren Sparmaßnahmen zeugte, zum Gewächshaus.

Und hier fand ich sie. Wilde Reben und Klematis hingen von dem Glasdach herab, Lilien- und Hortensientöpfe bildeten Farbtupfer auf dem Fliesenboden, und modrige, rosafarbene Geranien schmückten die von der Sonne rissigen Fenstersimse. Neben einer zwischen Kakteen schlafenden Katze trank Leonora Hallows in melancholischer Gelassenheit ihren Tee.

Sie trug ein blaues Kleid und eine cremefarbene Bluse mit schwarzer Krawatte und einen breitkrempigen Hut. Ihr Haar war strohblond, ihr Gesicht ruhig und zart wie das Porzellan auf dem Tablett. Sie schaute zu mir mit blauen, unglaublich ruhigen Augen auf – und erkannte mich sofort.

»Guten Tag, Mr. Franklin. Mein Mann sagte, daß Sie kommen würden.«

Es war eine irritierende Begrüßung, so als hätte sie eben noch mit Hallows gesprochen. Ich murmelte ein paar formelle Worte und verbeugte mich, als ich ihr die Hand entgegenstreckte. Sie nahm sie und drückte sie ganz leicht.

Sie bat mich, neben ihr Platz zu nehmen, und schenkte Tee ein. »Wie meinten Sie das?« brachte ich mühsam hervor. »Ihr Mann sagte, ich würde kommen?«

»Er schrieb es mir in seinem letzten Brief. Er sagte, falls ihm etwas zustoße, so würde sein Freund Lieutenant Franklin den Weg nach Meongate finden.«

Ich errötete. »Ich muß Ihnen ehrlich sagen, ich bezweifle, daß ich gekommen wäre, wenn nicht Lord Powerstocks Brief gewesen wäre.«

Sie lächelte. »Es spielt keine Rolle. Die Umstände überlagern oft die Absichten. Wie spät oder zufällig auch immer Ihr Besuch sein mag, Sie sind jedenfalls willkommener, als ich mit Worten ausdrücken kann.«

»Ich bin froh, daß ich hier bin, Mrs. Hallows, obwohl ich den Anlaß dafür sehr bedaure. Ihr Gatte war ein großartiger Mensch.«

»Das war er.« Ihr Blick glitt ab.

»Und vor allem ein guter Freund. Ich fühle mich durch seine Bekanntschaft geehrt. Alles, was ich in meinem Brief schrieb, entsprach der Wahrheit.«

»Ich danke Ihnen.« Dann wechselte sie das Thema, als wäre es für sie zu schmerzlich. »Wie gefällt es Ihnen auf Meongate?«

»Diese Ruhe…, es ist einfach herrlich.«

»Ruhig? So kommt es Ihnen vor? Erscheint Ihnen unser ganzer Haushalt nicht ein bißchen merkwürdig?«

»Nein. Bestimmt nicht.«

»Vielleicht sollte es das aber. Von uns vier, die wir noch übrig sind, ist keiner mit dem anderen blutsverwandt. Ist das nicht… ungewöhnlich?«

»Ich nehme an…«

»Verzeihen Sie mir. Ich wollte Sie nicht in Verlegenheit bringen. Ich weiß, daß Lord Powerstock darüber brütet, daß seine Familie ausstirbt, daß der Name erlischt. Er fragt sich, was aus uns werden soll und ob er uns allen nur Unglück gebracht hat.«

»Unglück?«

»Die Powerstocks waren immer sehr erfolgreich – bis jetzt. Die erste Ehe meines Schwiegervaters wurde nicht gebilligt. Selbstverständlich schenkte ihm seine Frau einen Sohn, aber sie lebte nicht lange genug, um ihn zum Mann heranwachsen zu sehen.«

»Wie ist sie gestorben?«

»Das ist eines der wenigen Themen, über die der gute Charter nicht sprechen mag. John erzählte mir, sie habe sich als Mitglied der freien Gesellschaft aktiv für die Armen eingesetzt. Sie widmete ihren adoptierten Familien in den Slums von Portsea mehr und mehr Zeit. Dort holte sie sich auch die Pocken. Sie ist vor mehr als zehn Jahren gestorben. Manchmal allerdings glaube ich, daß mein Schwiegervater immer noch um sie trauert.«

»Aber sicher hat doch seine zweite Ehe...«

Mit einem beredten Blick brachte sie mich zum Schweigen. »In gewisser Weise wiederholt sich jetzt alles. John und ich waren lediglich drei Monate verheiratet, als der Krieg ausbrach. In der Zeit hat Lord Powerstock auch seinen Sohn verloren.«

»Ganz offensichtlich leben wir in traurigen Zeiten.«

»Und wird es besser werden?«

»Wir müssen daran glauben.«

»Gibt es Grund dazu?« Dann lächelte sie wieder. »Es tut mir leid. Ich sollte einen Soldaten nicht auf solch düstere Gedanken bringen.«

»Das macht nichts. Es gibt genügend...«

»Ah, Lieutenant Franklin.« Wie ein Blitz aus heiterem Himmel tauchte Lady Powerstock hinter uns auf. Die Treibhaushitze, in der sich andere Kühlung zufächeln mußten, schien plötzlich genau die richtige Umgebung für sie zu sein. »Ich sehe schon, Sie haben sich mit Leonora bekannt gemacht. Hat sie Sie auch gut unterhalten?«

Leonora antwortete für mich. »Wir haben über den Krieg gesprochen, Olivia – und seine Auswirkungen auf dieses Haus.«

»Das Haus muß Ihnen etwas vernachlässigt erscheinen, Lieutenant, das ist sicher richtig. Uns fehlt es an allen Ecken und Enden. Aber der Krieg hat schließlich Vorrang.«

»Selbstverständlich. Ich habe nicht...«

»Ich hoffe, Sie haben Leonora nicht ermüdet. Der Doktor hat viel Ruhe angeordnet – angesichts der Umstände.«

Ich verstand den Hinweis. »Natürlich. Ich möchte nicht länger stören. Sie entschuldigen mich, Mrs. Hallows.« Ich erhob mich und verabschiedete mich.

Lady Powerstock folgte mir ins Haus. »Ich danke Ihnen für Ihr Verständnis«, sagte sie. »Leonora war völlig außer sich, als sie die Nachricht von Johns Tod erhielt. Der Doktor mußte ihr Beruhigungsmittel und Schlaftabletten verschreiben. Sie ermüdet immer noch sehr rasch und regt sich ganz plötzlich ohne jeden Grund auf. Ich bin sicher, Sie verstehen.«

»Natürlich.«

Um ehrlich zu sein, ich verstand nicht. Leonora war mir keineswegs hysterisch erschienen, und in dem Brief, den sie mir an die Front geschickt hatte, war die gleiche Gelassenheit zum Ausdruck gekommen, die sie jetzt ausstrahlte. Doch ich wollte mich nicht in irgendwelche Familienangelegenheiten einmischen. Abgesehen davon, daß sie, wie Leonora gesagt hatte, in Wirklichkeit gar keine Familie waren.

Meongates günstiger Einfluß machte sich bei mir bereits bemerkbar, und ich fühlte mich hier wesentlich wohler als bei den Invaliden von Eastbourne. Während ich mich an die bequeme, wenn auch manchmal etwas seltsame Routine zu gewöhnen begann, fragte ich mich, was das wohl für ein Geheimnis sein mochte, das schemenhaft in diesem Haus spürbar war.

Die Bewohner von Meongate kamen kaum miteinander in Berührung. Lord Powerstock verließ kaum sein Arbeitszimmer, obwohl er mich mehrmals zu sich lud, um mit mir über das Militärleben und die Fähigkeiten seines Sohnes als Kompanieführer zu sprechen; das schien ihn zu trösten. Er erzählte mir sogar etwas von seinem eigenen Leben, einschließlich der bitteren Tatsachen seiner ersten Ehe, die ich bereits von Leonora wußte. Von seiner zweiten Ehe sagte er nichts. Vielleicht dachte er, diese Ehe spreche für sich selbst, womit er möglicherweise recht hatte: keine Kinder, ein Altersunterschied von zwanzig Jahren, eine üppige Schönheit, die sich Gefilden zuwandte, die ich nicht näher zu erforschen wünschte.

Leonora hatte recht gehabt. Powerstock war ein Mann, der trauerte, nicht nur um seinen Sohn, sondern um sein ganzes Leben. Doch warum spendete sie ihm so wenig Trost, wenn sie das schon erkannt hatte? Das konnte ich nicht verstehen oder, pompöser ausgedrückt, verzeihen. Sie blieb ruhig und zurückgezogen und ging mir aus dem Weg. Ich grub den Brief aus, den sie mir geschrieben hatte, in dem sie sich für mein Beileid bedankte und zum Ausdruck brachte, daß es ihr, falls überhaupt möglich, ein Trost wäre, sich mit den Freunden ihres Mannes unterhalten zu können. Merkwürdig, daß es ihr nun, da sich ihr die Chance bot, anscheinend gleichgültig war. Vielleicht, so dachte ich, mag sie mich einfach nur nicht.

Inzwischen verfolgten Thorley und Cheriton ihre entgegengesetzten Wege. Thorleys Weg führte ihn regelmäßig ins »White Horse Inn« in Droxford. Mit schwerer Stimme lud er mich ein mitzukommen, was ich ablehnte. Cheriton, dessen Nerven ein Drink vielleicht gestärkt hätte, schlich wie ein blasses Gespenst durchs Haus und zuckte bei jedem Türenknallen zusammen. Ich fühlte mich zu keinem von beiden hingezogen. Thorley war nichts weiter als ein Schwätzer in Khakiuniform, und Cheritons Probleme konnte ich genausowenig lösen wie er selbst: Der Krieg lauerte auf uns alle, in Form von Träumen vom schlammigen Tod, die manchmal auch nicht mit dem Morgen endeten.

Charter Gladwin brachte einen willkommenen Hauch von Freude in all diesen Kummer. Er erzählte von seiner Kindheit in

Whitby, von alten Fischern, die sich noch an Captain Cook erinnerten, von der Holzverschiffung von Göteborg aus, wie er weißrussischen Prinzessinnen den Hof gemacht, die Tochter des Bürgermeisters von Scarborough geheiratet hatte, und wie das hübscheste Mädchen von Yorkshire herangewachsen war. Aber Charter Gladwin war schließlich, wie er oft genug selbst betonte, ein Überlebender aus einer anderen Welt und stellte keine wirkliche Hilfe in der jetzigen dar. Zumindest dachte ich das.

Nur zum Abendessen versammelten sich die Bewohner von Meongate. Wir Offiziere trugen Uniform und nahmen respektvoll Platz an einem Tisch, dem Lord Powerstock mit all den antiquierten Anstandsformen des Landadels vorsaß. Leonora erschien in einem schlichten Kleid und ließ sich bereitwillig von Lady Powerstock in den Schatten stellen, die gewagte edwardianische Abendkleider trug und die Konversation an sich riß. Manchmal waren Gäste anwesend, die ihrer Gesprächsleitung folgten und uns ihre dümmlichen Ansichten über den Verlauf des Krieges zukommen ließen. Frauen, deren Ehemänner sich noch dort befanden, wo auch wir noch vor kurzem gewesen waren, sagten wenig und gaben sich zurückhaltend. Ich wartete darauf, daß sich einer der Fremden als Mompesson vorstellte, doch ich wartete vergeblich.

An einem regnerischen Septembertag schlenderte ich auf der Suche nach leichter Lektüre in die Bibliothek. Wie ich mir hätte denken können, war kaum etwas in dieser Richtung zu finden: nur ein Massengrab ledergebundener Bände, von Seiner Lordschaft völlig vernachlässigt. Falls Lord Powerstock diesen Ort je aufgesucht hatte, so lag das jedenfalls schon lange zurück. Neben dem geteilten Fenster stand das große Sofa, in den Regalen standen die ungelesenen Bücher.

Doch nicht die Bücher waren das Merkwürdigste in diesem Raum, sondern das große Ölgemälde an der von Regalen freien Wand. Es zeigte eine mittelalterliche Phantasieszene, in vagem präraffaelitischen Stil gehalten; in dem wäßrigen Licht, das durchs Fenster fiel, nahm es nicht nur den Blick gefangen, sondern wirkte fast erregend. Im Schlafgemach eines Schlosses lag eine nackte Frau mit üppigen Formen sehnsüchtig hingestreckt auf einem Bett, während sie gleichzeitig einen offensichtlich erschrockenen Blick über die Schulter zur Tür warf, in deren Rahmen eine gepanzerte Männergestalt stand, die gerade den Schwertgurt ablegte und die Frau voller Begierde anstarrte.

Es war ein unerfreuliches Bild, nicht nur wegen des voyeuristischen Effekts, sondern auch wegen des Ortes, an dem es hing. In einer Bibliothek konnte man auf eine derart deutliche Darstellung doch wohl verzichten. Aber das war noch nicht alles. Während ich das Gesicht der Frau betrachtete, hatte ich einen Moment lang das Gefühl, daß ich sie kannte. Nur eine einzige Person kam in Frage, wenn sie auch damals noch wesentlich jünger gewesen sein muß: Olivia Lady Powerstock, so wie ich sie noch niemals gesehen hatte.

Am folgenden Abend verließen uns die Damen nach dem Dinner, und Cheriton erklärte sich widerwillig zu einer Partie Billard mit Thorley bereit, der stets Wetten abschloß und stets gewann. Lord Powerstock blieb ausnahmsweise noch mit einem Brandy neben dem Kaminfeuer sitzen; obwohl es eine milde Nacht war, schien er die Wärme nötig zu haben. Gladwin saß zwischen uns und paffte seine Zigarre, über die er sich auch langatmig ausließ.

»Mischen jetzt wohl Rhabarber in den Tabak. Schmeckt verdammt scheußlich... Die besten Zigarren, die ich je hatte, waren ein Geschenk von Fürst Nogrovny in St. Petersburg..., zum Abschluß eines Geschäfts mit ein paar Zobelfellen. Eine Tochter hatte er..., hab' mich wegen dieses Mädchens duelliert, müßt ihr wissen... Oder wegen der Zobel... Kann mich einfach nicht mehr erinnern, was es wirklich war... Der Winter von 1861... Die Flüsse hatten eine dicke Eisschicht...«

Bevor er mit seinen Erinnerungen fortfahren konnte, war er eingeschlafen. Powerstock lächelte nachsichtig, und ich nahm die Gelegenheit wahr, eine Frage zu stellen, die mir schon lange durch den Kopf gegangen war. »Ihr Sohn erwähnte einst einen Hausgast namens Mompesson. Besteht die Wahrscheinlichkeit, daß ich ihn kennenlerne?«

Powerstock runzelte die Stirn. »Mompesson? O ja. Ein Freund meiner Frau.« Mit offensichtlichem Abscheu nahm er einen Schluck von dem ausgezeichneten Brandy. »Sie hat viele Bewunderer, wissen Sie. Sie war so etwas wie eine Berühmtheit in der Gesellschaft, bevor wir heirateten.«

»Tatsächlich?«

Ausnahmsweise verfiel er nicht in sein übliches Schweigen. »Ja. Eine hübsche Frau, wie Ihnen sicherlich aufgefallen ist.«

»Ja.«

»In ihrer Jugend stand sie einigen der besten Künstler in London und Paris Modell.«

Ich hatte mich nicht geirrt. »Das Gemälde in der Bibliothek. Ist das...«

»Was für ein Gemälde?« Er schien irritiert. »Davon weiß ich nichts. Ich gehe nie dorthin... Was Mompesson anbelangt, Sie werden ihn bald treffen. Am Wochenende, zumindest sagt das meine Frau.«

Ich glaubte alles zu verstehen. Ein älterer Ehemann, der von seiner jüngeren Frau betrogen wurde. Kein ungewöhnlicher Fall. Vielleicht war das der Grund für Hallows' Besorgnis, als er aus seinem Weihnachtsurlaub zurückgekehrt war. Wenn es nur das gewesen wäre. Doch das Geheimnis von Meongate war von anderer Art. Von ganz anderer Art.

Am nächsten Morgen erwachte ich frühzeitig, nach einer dieser mir nur zu vertrauten Nächte, in denen die verstümmelten Kameraden zurückkehrten und vor mir salutierten. Ein Spaziergang vor dem Frühstück um den Besitz herum war mein übliches

Heilmittel dagegen, doch an diesem Tag – es war zeitiger als sonst und der Morgen strahlend hell – beschloß ich, mich etwas weiter hinauszuwagen.

Der September hatte mit seinem Nebel die sommerliche Morgendämmerung abgekühlt, doch eine schwache Sonne ließ den taubedeckten Rasen golden aufschimmern, als ich die Auffahrt von Meongate hinabging und die verheißungsvolle Luft des Tages tief in die Lungen sog. Ich marschierte flott auf Droxford zu. Keine Menschenseele begegnete mir. Nahe beim Dorf nahm ich eine Abkürzung durch den Wald zum Fluß hinunter, überquerte die Brücke und gelangte über einen Fußpfad zur Kirche. Hier hatte ich am Sonntag zuvor zusammen mit Lord und Lady Powerstock die Morgenandacht besucht. Ich bog ein, um etwas zu klären, wofür ich bis dahin keine Zeit gefunden hatte. Einige zwischen den Grabsteinen grasende Schafe flüchteten erschrokken, und eine Krähe stieg krächzend vom Dach in die Luft. Das waren die einzigen Anzeichen von Leben.

Im dunklen Innenraum ließen die schräg einfallenden Sonnenstrahlen den Staub aufleuchten. Ich schlenderte zwischen den Kirchenstühlen und Säulen herum, betrachtete Steine und Gedenktafeln, bis ich in einem kleinen Seitenflügel hinter der Chorempore das fand, was ich suchte: ein überdachtes Steingrab mit den Resten der Darstellung eines Ritters, der in voller Rüstung auf einem Kissen ruhte. Die Inschrift war stark verblaßt; ich bückte mich, um sie lesen zu können. Sie war in Latein verfaßt. Das meiste verstand ich nicht, doch der Name und die Daten waren klar. WILLIAM DE BRINON, RITTER VON DROXFORD (1307–1359); dazu in der Widmung noch ein Hinweis auf Crécy. Es gab keinen Zweifel. Dies war das Grab, von dem Hallows mir erzählt hatte.

Als ich mich aus meiner geduckten Haltung aufrichtete, hörte ich einen erstickten Aufschrei von der Empore. Überrascht schaute ich hinüber; hinter dem verzierten, hölzernen Wandschirm stand Leonora, eine Hand auf den Mund gepreßt.

»Oh... o Gott...«, sagte sie. Dann riß sie sich zusammen. »Mr. Franklin, Sie haben mich erschreckt.«

»Es tut mir leid. Ich las bloß die Inschrift.«

»Natürlich. Es war bloß... Ach, ich weiß selbst nicht.«

Mittlerweile war ich zu ihr hinaufgegangen. »Sie rechneten nicht damit, daß sich noch jemand hier befindet, nicht wahr? Um ehrlich zu sein, ich auch nicht.«

»Ich komme oft um diese Zeit her. Um sicher zu sein, daß ich allein bin.«

»Tut mir leid, daß ich Sie gestört habe.«

»Unsinn. Es ist Ihr gutes Recht. Es liegt lediglich daran, daß dieses Grab gewisse... Verbindungen hat.«

»Zu John.«

»Sie wissen Bescheid?« Sie sah mich an und trat dabei unwissentlich in ein Portal aus Sonnenlicht. Mit ihrem Filzhut und dem schlichten grauen Cape sah sie wunderschön aus, das wurde mir wieder einmal in aller Deutlichkeit klar. Was hätte ich nicht darum gegeben, jetzt in diesem Moment Hallows sein zu können, zurückgekehrt, um ihren Trauerschleier zurückzuschlagen.

»Er erzählte mir einmal davon, als wir in der Nähe von Crécy stationiert waren.«

»Ich verstehe.«

»Möchten Sie lieber allein sein?«

»Nein, nein.« Sie lächelte. »Wir könnten sogar gemeinsam zurück nach Meongate gehen, nicht wahr?«

Ich war sofort damit einverstanden, und wir machten uns auf den Rückweg, hinunter zum Fluß und dann durch den Wald. Ausnahmsweise schien Leonora einmal gesprächsbereit zu sein.

»Es tut mir leid, daß wir uns seit Ihrer Ankunft hier kaum gesehen haben«, sagte sie.

»Lady Powerstock erklärte mir, daß Sie sich schonen müßten.«

Sie lachte ohne jede Fröhlichkeit. »Ich bin überzeugt, daß Ihnen Olivia das gesagt hat, was Sie ihrer Meinung nach hören sollten. Ich möchte behaupten, daß alle hier weilenden Offiziere den gleichen Spruch zu hören bekommen. Beruhigungsmittel, um hysterischen Anfällen vorzubeugen. War es nicht das?«

»Nun ja, nicht ganz.«

»Da Sie der Freund meines Mannes waren, Mr. Franklin, sollten Sie wissen, daß seine Stiefmutter eine geborene Lügnerin ist.«

»Ich verstehe.«

»Wirklich?«

»Da ich, wie Sie sagten, der Freund Ihres Mannes war, würden Sie mich dann vielleicht Tom nennen? So wie er es auch getan hat?«

»Also gut... Tom. Sicherlich bringen Sie die Spannungen in Johns Familie in Verlegenheit.«

»Nein. Es ist nur...«

»Sie wissen nicht, wem Sie glauben sollen.« Sie lachte, blieb stehen und lehnte sich gegen einen Baumstamm. »Ich verstehe Ihr Problem.«

»Ich wollte sagen, daß ich als Gast des Hauses kein Recht habe zu beurteilen, wie es geführt wird. Aber ich habe keinerlei Schwierigkeiten, zu entscheiden, wem ich glauben soll.«

»Ich danke Ihnen.«

»John hat Sie sehr geliebt, das wissen Sie.«

Sie blickte schnell nach unten, als hätten meine Worte sie verstört.

»Tut mir leid. Ich hätte nicht...«

»Ist schon gut.« Sie lächelte spröde. »Entgegen Olivias Worten bin ich eher selbstbeherrscht. Natürlich denke ich stets an John. Um ehrlich zu sein, als Sie in der Kirche auftauchten, dachte ich für einen Moment...«

»Ich sei er?«

»Ja. Absurd, nicht wahr?«

»Nein. Das ist nur natürlich. Wenn es irgend etwas gibt, was ich für Sie tun kann, dann...«

»Es gibt nichts.« Plötzlich war ihr Gesicht streng. Sie ging schnell weiter, und ich folgte ihr. Zum erstenmal keimte in meinem Kopf der Gedanke, Leonoras Einsamkeit zu lindern, zusammen mit meiner eigenen Einsamkeit. Gemeinsam könnten wir eine Möglichkeit finden, dieser Trostlosigkeit zu entgehen. Zum erstenmal bot mir der Krieg die Aussicht – eine ferne, vage, ungewisse Aussicht – auf etwas Gutes, etwas Positives.

3

An diesem Abend kam Mompesson. Ich befand mich in meinem Zimmer, als ich das heisere Röhren eines Sportwagens hörte, der die Auffahrt hochgeschossen kam. Ich schaute zum offenen Fenster hinaus. Der Wagen kam in einem kleinen Schauer von Kieselsteinen zum Stehen, und das Grollen des Motors verstummte. Ich wußte sofort, daß das Mompesson sein mußte: ein großer, kräftiger, gutaussehender Mann mit einer karierten Mütze und einem dunklen Staubmantel. Er sprang aus dem Wagen, warf Fergus seine Reisetasche zu und eilte dann auf die Tür zu. Jemand wartete dort auf ihn: Lady Powerstock.

»Ralph! Wie schön, dich zu sehen.«

»Na klar doch. Wie geht's meiner Olivia?« Er beugte sich vor, um ihre Hand zu küssen, und murmelte dabei einige Worte. Ihr Lachen war fast ein Kichern.

Noch vor dem Abendessen wurde ich Mompesson vorgestellt. Er trug Abendkleidung und trank zusammen mit Thorley und Lord Powerstock im Salon einen Scotch mit Soda. Als ich eintrat, erhob er sich und gab mir die Hand.

»Sie sind Franklin, nicht wahr? Ich bin Ralph Mompesson. Freut mich, Sie kennenzulernen.«

»Ich glaube, ich habe Ihre Ankunft mitbekommen, Mr. Mompesson.«

»Sagen Sie Ralph zu mir. Der Motor ist ein bißchen laut, ich weiß. Erschreckt die Landbevölkerung, hat man mir berichtet.« Er lachte etwas zu laut, und Thorley stimmte mit ein – unnötigerweise, wie ich fand. Ich konnte mich nicht für diesen Amerikaner mit dem freundlichen Händedruck, dem blitzenden Lächeln und dem dunklen Pomadenhaar erwärmen.

»Sind Sie von weither gekommen?«

»Von London. Außer Sie haben meinen Heimatort gemeint. Das wäre dann New Orleans. Wie Sie wohl richtig vermuten, habe ich mit diesem europäischen Krieg nichts zu tun.«

»Dann sind Sie ein glücklicher Mann.«

»Ich schätze schon.« Er beugte sich näher zu mir. »Schlimme Sache, das mit John. Ich mochte ihn.«

»Ich auch.«

Falls Mompesson wirklich was für Hallows übrig gehabt hatte, so hatte das sicherlich nicht auf Gegenseitigkeit beruht. Ich hätte seinen überschäumenden Charme dem amerikanischen Wesen zuschreiben und meine Reaktion darauf als reines Vorurteil werten können. In seinen Bemerkungen lag jedoch ein gewisser Unterton – und in seinen Augen die heimliche Verstohlenheit des Jägers –, der mir sagte, daß dieser Charme lediglich Fassade war. Instinktiv mißtraute ich ihm.

Beim Abendessen machte sich dieses Gefühl noch stärker bemerkbar. Olivia saß neben Mompesson und lachte schrill und anstößig über seine Witze. Sie trug mehr Schmuck, und ihr Kleid war tiefer ausgeschnitten, als ich es je zuvor bei ihr gesehen hatte. Sie sprach dem Alkohol zu, wie es einer Dame nicht angemessen war. Falls Lord Powerstock das bemerkte, so sah man jedenfalls der Maske, die er sich über das Gesicht gezogen hatte, nichts an. Was die anderen anbelangte, so suhlte sich Thorley förmlich in der heute wesentlich ausgelasseneren Stimmung, während sich Cheriton in den tiefen Schatten seines Kummers zurückzog. Leonora sagte kaum etwas, obwohl sie auf Mompessons Bemerkungen mit angemessener Höflichkeit reagierte.

Gladwin hatte sich mit einer Schachpartie gegen einen Nachbarn entschuldigt, und so waren wir, was die leichte Unterhaltung anbetraf, auf Mompessons schlüpfrige Witze angewiesen. Und Witz hatte er tatsächlich, wenn auch wenig Humor. Schnell wurde klar, für welche Art von Witz er den Krieg hielt.

»Zeppelin ließ letzte Woche eine Bombe in erschreckender Nähe der Börse fallen«, dröhnte er. »Ansonsten sind wir Neutralen in letzter Zeit kaum behelligt worden.«

»Wie lange werden die USA noch neutral bleiben?« fragte ich. Mir fiel ein, daß Hallows die gleiche Frage gestellt hatte.

»Für immer, hoffe ich.«

»Ihr wollt uns die Kastanien aus dem Feuer holen lassen, was?« warf Thorley ein, der zu betrunken war, um daran Anstoß zu nehmen.

»Darauf können Sie wetten«, erwiderte Mompesson. »Die Leute, die Kriege gewinnen, sind jene, die sie aussitzen.«

Ich fragte ihn, wie er das meinte.

»Ich bin Geschäftsmann, Lieutenant, und der Krieg ist ein gutes Geschäft. Natürlich erkenne ich an, daß Sie nicht die Wahl hatten, sich herauszuhalten, aber mir reicht einmal. Ich diente 1898 in Kuba unter Roosevelt und lernte dort alles, was ich über den Krieg wissen muß. Ruhm für die Generäle und Tod für jene, die ihnen loyal folgen. Macht sich nicht mal bezahlt.«

Schweigen senkte sich über den Tisch. Ich vermute, wir waren alle verlegen, nicht so sehr wegen seiner Offenheit, sondern wegen der eisigen Genauigkeit seiner Analyse. Doch was konnten wir darauf sagen, wir, die wir immer noch das Image der patriotischen Pflicht pflegten? Natürlich fiel ich längst nicht mehr darauf herein, doch es war so ungefähr der einzige Trost für Hallows' trauernde Familie. Ich hatte nicht das Herz, diesen Trost zunichte zu machen. Warum fanden sie ihn sympathisch, fragte ich mich, warum luden sie ihn in ihr Haus? Ein charmanter Plauderer, der Lady Powerstock erheitern und die Tischrunde aufmuntern sollte? Da mußte mehr dahinterstecken.

Nach dem Essen bekam ich bei Brandy und Zigarren einen weiteren Einblick in Mompessons Charakter. Cheriton und Lord Powerstock hatten uns verlassen. Thorley war eingeschlafen und schnarchte unschön in einer Ecke. Doch Mompesson blieb frisch und munter und schlenderte im Salon herum, ohne einen Hauch der Zurückhaltung zu zeigen, die man von einem Gast wohl hätte erwarten dürfen.

»Es ist ein trauriger Gedanke«, sagte ich, »daß dieses Haus seinen Erben verloren hat.«

»Das trifft nicht nur auf Meongate zu, nicht wahr?« erwiderte er. »Das ist ein universeller Zustand. Mit diesem Krieg gibt Europa sein Erstgeburtsrecht auf.«

»Tatsächlich?«

»Selbstverständlich. In was Sie hier verstrickt sind, mein Freund, ist der Todeskampf einer Ära, das Ende Europas als Mittelpunkt der westlichen Zivilisation.«

»Und Sie glauben, Ihr Land werde diese Rolle erben?«

»Teilweise – das heißt, den britischen Teil. Und wir werden dieses Erbe besser verwalten, denn wir sind ein jüngeres, vitaleres Volk. Wir sind nicht an unsere Vergangenheit gefesselt.«

»Eine interessante Ansicht.«

Er lächelte. »Es ist sehr britisch von Ihnen, es so gelassen hinzunehmen. Was dieses Haus anbelangt, so wird es überleben, doch dazu muß es vielleicht einen neuen Besitzer bekommen.« Wieder lächelte er und überließ es mir zu erraten, was er wirklich damit meinte.

Ich blieb sitzen, nachdem Mompesson zu Bett gegangen war und Thorley sich fortgeschleppt hatte. Kurz vor Mitternacht tauchte Gladwin mit einem kräftigen Türknall auf.

»Immer noch wach, Franklin?« sagte er und eilte auf das fast erloschene Feuer zu, um sich zu wärmen.

»Bin auf dem Sprung ins Bett. Hab' über meine erste Begegnung mit Mr. Mompesson nachgedacht.«

»Er ist also gekommen.« Er grunzte und schwieg.

»Wie war die Schachpartie?«

»Wir haben uns vertagt. Ich bin nicht sicher, daß ich lang genug leben werde, um diese Partie zu Ende zu bringen.« Er starrte ins Feuer. »Sie hätten's für mich in Schwung halten können.«

»Tut mir leid. Kalt draußen?«

»Kalt und schön. Ganz klarer Himmel. In solchen Nächten ging John hoch in sein Observatorium, um die Sterne zu studieren. Jetzt geht niemand mehr hoch. Seit dem Kometen von 1910 war ich nicht mehr oben.«

»Ist es der Turm auf dem Dach des Seitenflügels?«

»Ja. Wußten Sie nicht, daß John unser Hausastronom war?«

»Ich glaube nicht, daß er es je erwähnt hat.«

Gladwin grunzte noch einmal und schaute trübselig vor sich hin. Die Erinnerung an Hallows als begeisterter Astronom schien ihn zu deprimieren. Er trottete zur Tür. »Ich mache mich auf den Weg ins Bett. Schlafen Sie gut.«

Kurz darauf begab ich mich ebenfalls nach oben. Das Haus lag jetzt dunkel und schweigend da. Ich schaute aus dem Fenster; wie Gladwin gesagt hatte, war es eine herrliche Nacht, mondlos und von samtener Schwärze, in der dicht gedrängt die Sterne funkelten. Ich fühlte mich hellwach. Mompessons Prophezeiungen hatten mich rastlos gemacht. Von der Nacht und Gladwins Erinnerungen angeregt, beschloß ich, einen Blick in Hallows' Observatorium zu werfen.

Die Gästezimmer befanden sich im ersten Stock des Hauptgebäudes gegenüber der Auffahrt. Die Familienräumlichkeiten lagen in dem Flügel des Hauses, von dem aus die Treppe zum Observatorium führte. Ich fühlte mich ein bißchen wie ein Eindringling, als ich mich so geräuschlos wie möglich vorantastete, um niemanden zu stören. Das ganze Haus schien zu ruhen, als ich die Wendeltreppe entdeckte und meinen Aufstieg begann.

Ich hätte mir den Weg sparen können. Die Tür, die oben zum

Observatorium führte, war versperrt – was angesichts der Umstände eigentlich nicht überraschend war. Eine leise Verärgerung unterdrückend, machte ich mich auf den Rückweg.

Ich war gerade am Fuß der Treppe angekommen, da huschte eine Gestalt in der Finsternis vorbei. Ich erstarrte, warf dann einen vorsichtigen Blick in den Durchgang. Es war Mompesson, da war ich mir ganz sicher, der sich schnell und lautlos von hier entfernte. Offensichtlich hatte er nicht gemerkt, daß er gesehen worden war. Ein Lichtstreifen unter einer Tür am Ende des Ganges schien sein Ziel zu sein. Ich behielt ihn im Auge.

Er drehte den Türknauf und stieß die Tür auf. Es war ein verschwenderisch eingerichtetes, sanft erhelltes Schlafzimmer. Für einen Moment konnte ich Mompesson deutlich erkennen. Als er den Raum betrat, sah ich, daß er erwartet wurde. Lady Powerstock erhob sich von ihrem Stuhl vor dem Toilettentisch und wandte sich ihm zu. Sie trug ein pinkfarbenes langes Seidenkleid, unter dem sie ganz offensichtlich nackt war. Ihr langes Haar fiel in dunklen Locken über ihre Schultern. Sie sagte etwas, und Mompesson gab eine Antwort, doch ich konnte nichts verstehen. Dann wandte sie sich ab. Mompesson ließ die Tür los, die langsam auf mich zuschwang und mein Blickfeld auf Lady Powerstock verengte. Sie zog an der Schärpe ihres langen Kleides und schüttelte es lässig von den Schultern. Darunter war sie tatsächlich nackt. Das Kleid glitt über ihren Rücken, blieb kurz an den Hüften hängen und fiel dann zu Boden. In jeder der üppigen, sinnlichen Kurven ihres Körpers kam deutlich zum Ausdruck, was sie Mompesson hier darbot. In diesem Moment schnappte die Tür ins Schloß, und ich blieb mit der flüchtigen Erinnerung an ihren nackten Körper in der Dunkelheit zurück.

Noch während ich in mein Zimmer zurückschlich, erschrak ich über meine eigene Reaktion. Ich empfand keine Empörung – schließlich ging es um einen toten Freund und dessen betrogenen Vater –, sondern eher einen heftigen Groll. Wieso um alles in der Welt sollte ein arroganter, unbeteiligter Amerikaner in ein vom Krieg heimgesuchtes Haus marschieren und sich dort mit seiner üppigen Geliebten amüsieren dürfen? Warum wurden wir, die wir monatelange Qualen und Entbehrungen erduldet hatten, zu Zuschauern degradiert, während er kam, seine Befriedigung suchte und wieder ging? Es war zuviel. Selbst als mich endlich nach langer Zeit der Schlaf überwältigte, besänftigte er meinen Zorn keineswegs, genausowenig wie die schreckliche, uneingestandene Begierde, die dahinter lauerte.

Wie bei rastlosen Nächten üblich, brachte erst der Morgen den Schlaf. Es war später Vormittag, als ich plötzlich vom Hufgetrappel in der Auffahrt hochschreckte. Ich erhob mich, streckte mich und ging zum Fenster.

Vermutlich hatte ich den Anblick von Fergus erwartet, der Lucy hinausführte, doch es waren zwei Pferde, die ich noch nie zuvor gesehen hatte. Das eine Tier war ein großer, schwarzer Hengst, in dessen Sattel Mompesson saß, der mit Zylinder und Gehrock eine imposante Erscheinung bot. Im Sattel eines anderen Pferdes – eines kleineren, ruhigeren Tieres – saß Leonora in schwarzem Reitrock und Cape, ein graues Tuch um ihren Hut gewunden. Ihre Garderobe und ihre Haltung drückten Trauer aus, doch weshalb ritt sie mit Mompesson aus? Alles, was ich seit meiner Ankunft in Meongate über sie erfahren hatte, hätte mich zu der Annahme verleitet, daß sie eine solche Einladung zurückweisen würde. Und doch ritten sie beide gemeinsam auf den Park zu. Ich dachte an die Ereignisse der vergangenen Nacht. Nun ritt Hallows' Witwe mit einem Mann aus, der sowohl für Lord Powerstock als auch für die Sache, um derentwillen Hallows gefallen war, nur Verachtung empfand. Irgend etwas stimmte hier nicht, das wußte ich. Irgend etwas stimmte ganz und gar nicht.

Ich badete, zog mich an und ging nach unten. Das Haus war in einschläfernden Sonnenschein getaucht. Die Stille wirkte bedrohlich, wie die Ruhe vor dem Sturm. In einer ähnlichen Atmosphäre mochte Sergeant Box in jener Frühlingsnacht in Frankreich Hallows vergeblich gewarnt haben, genauso wie ich die möglichen Zeichen nicht beachtete, als ich mich von dem Faden auf die falsche Spur locken ließ – ins Labyrinth.

Aus dem Frühstückszimmer drangen das zarte Klirren von Porzellan und der Duft von Kaffee. Ich fand Lady Powerstock und Cheriton vor. Sie trug Pink und wirkte – der Gedanke stieß mich ab – wesentlich jünger und vitaler. Es gelang ihr sogar, Cheriton ein kurzes, nervöses Lachen zu entlocken. Als ich eintrat, sah sie mich mit ihren unergründlichen Augen an, als könnte sie... Dann beschimpfte ich mich selbst, weil man mir meine leichte Verlegenheit wohl angesehen haben muß, und nahm ihre Einladung, ihnen Gesellschaft zu leisten, an.

»Ralph ist mit Leonora ausgeritten«, sagte sie munter.

»Ja. Ich habe sie gesehen.«

»Ich bin sicher, daß ihr etwas frische Luft guttut«, warf Cheriton ein.

»Bestimmt.« Olivia lächelte. Ich schaute sie an – die bezaubernde, aufmerksame Gastgeberin mit ihren jüngeren Gästen, die beim Morgenkaffee höflich Konversation machte – und dachte einen Moment lang, daß ich mich getäuscht, daß ich irgend etwas mißverstanden hatte. Aber nein. Was ich gesehen hatte, war unmißverständlich gewesen.

Ich beschloß, auf den Busch zu klopfen. »Mr. Mompesson hat offensichtlich wenig Respekt vor unseren Kriegsanstrengungen.«

»Es ist nicht sein Krieg«, erwiderte Olivia.

»Ihrer auch nicht?«

Ihre Brauen zogen sich etwas zusammen, doch ihre Stimme verriet nichts. »Wir Frauen tun, was wir können.«

»Das hab' ich nicht gemeint.«

»Nein? Nun, was meinen Sie, David?«

Cheriton errötete, als sie sich ihm zuwandte. Ich hatte bis jetzt noch nicht bemerkt, daß sie sich beim Vornamen nannten – Cheriton offenbar ebenfalls nicht. »Ich … ich weiß nicht.« Olivia lächelte, eine Mischung aus Triumph und Besänftigung. »Ich … ich denke, ich werde selber ein bißchen frische Luft schnappen.« Ruckartig erhob er sich von seinem Stuhl. »Lady Powerstock, Franklin, bitte entschuldigen Sie mich.«

Nachdem er gegangen war, schenkte Olivia uns nach und legte eine lange Pause ein, um mich glauben zu machen, sie würde das Thema wechseln. Doch sie tat es nicht. »In dieser traurigen Zeit war uns Ralph eine große Hilfe.«

»Tatsächlich?«

»Ich habe den Eindruck, Sie mögen ihn nicht.«

»Das möchte ich nicht sagen. Wie ist John mit ihm ausgekommen?«

»Kann ich nicht sagen. John war kein Mann, der seine Gefühle offen zur Schau trug. Vielleicht fanden Sie ihn zugänglicher.«

»Vielleicht.«

Ihre Kleider raschelten in der Stille des Zimmers, als sie sich vorbeugte, um ihre Tasse abzustellen. »Lord Powerstock erzählte mir, Sie hätten das Bild in der Bibliothek bewundert.«

»Es ist sehr … beeindruckend.«

»Mein erster Ehemann malte es.«

»Oh, Sie waren schon einmal verheiratet?« Jeder in diesem Haus, so schien es, hatte eine Vergangenheit.

»Ja. Er starb jung. Vor langer Zeit.« Sie lächelte. »Es gibt keinen Grund, weshalb Sie es hätten wissen müssen. Dieser Krieg hat den frühen Tod leider zu einer Alltäglichkeit gemacht.«

»Ja.« Sie entwaffnete mich mit der Erinnerung an ihre Witwenschaft, machte es mir unmöglich, in dem Modell des Bildes irgend etwas Unehrenhaftes zu sehen.

»Es ist ein Jammer, wo das Leben doch so viel Nettes zu bieten hat.«

Jetzt war ich darauf bedacht, das Thema zu wechseln. »Jungs wie Cheriton tun mir besonders leid.«

»Wir tun für alle unsere Offiziere, alles was in unserer Macht steht – solange sie hier sind.«

»Solange sie hier sind.« Mein Aufenthalt auf Meongate bot mir immer weniger Vergnügen und noch weniger Ruhe. Ich fühlte mich wie ein Zuschauer bei einer Sportart, deren Regeln er nicht versteht. Ich war mir nicht einmal sicher, wer die Spieler waren, und die Regeln schienen nur dazu dazusein, gebrochen zu werden. Dieses Wochenende – äußerlich so ruhig und angenehm, das ideale Landleben – zerrte an meinen Nerven. Mompessons Gegenwart warf ihren höhnischen Schatten über die Menschen und den Ort. An diesem Samstagabend kamen Gäste zum Diner; sie lachten über seine Scherze und sorgten dafür, daß zwei Bridgepartien zustande kamen. Leonora erklärte sich, ohne zu zögern, einverstanden, mit Mompesson zusammenzuspielen, und ich konnte ihr Spiel nur von der Seitenlinie aus beobachten, während der Ehemann von einer der Bridgeladys mir von seinem Sohn erzählte, der in Mesopotamien eine ruhige Zeit genoß. Es fiel mir sehr schwer, höflich zu bleiben.

Der Sonntag war ein warmer, wolkenloser Tag. Mompesson hatte eine Art von positiver, edwardianischer Fröhlichkeit nach Meongate gebracht, der außer mir kaum jemand widerstehen konnte. In düsterer Stimmung machte ich einen weiten Bogen um die Nachmittagsparty auf dem Krocketrasen und ging statt dessen im Park spazieren. Ganz hinten, wo der Park ans Ackerland grenzte, befand sich ein Obstgarten. Hier traf ich auf den alten Charter, der es sich auf einem Klappstuhl zwischen Fallobst gemütlich gemacht hatte und in der Sonne vor sich hindöste.

»Ah, Franklin«, sagte er, seinen Strohhut abnehmend.

»Ich wollte Sie nicht stören.«

»Nicht der Rede wert. Der Frohsinn auf dem Krocketrasen ist wohl nicht ganz nach Ihrem Geschmack?«

»Nein, nicht ganz.« Ich drehte eine Kiste um, die für die Äpfel gedacht war, und setzte mich darauf. »Um genau zu sein, Mr. Mompesson ist nicht ganz nach meinem Geschmack.«

Er stieß ein dröhnendes Lachen aus. »Eines muß Ihnen klar sein, Franklin: In einer Welt, in der es nur noch alte Kerle wie mich und verwundete Soldaten wie Sie gibt, müssen Burschen wie Mompesson den Damen natürlich den Kopf verdrehen.«

»Was würden Sie sagen, wenn ich Ihnen erklärte, daß ich seine Vertraulichkeiten Lady Powerstock gegenüber widerlich finde?«

»Ich würde Ihnen zustimmen, aber ich bin schließlich voreingenommen. Uns verbindet eine Feindschaft bis aufs Messer.«

»Sie erwähnte gestern, daß sie schon einmal verheiratet gewesen sei.«

»Wußten Sie das nicht?«

»Nein. Mit wem?«

»Mit einem Künstler – einem sogenannten. Bartholomew war sein Name. Sie haben bestimmt noch nie von ihm gehört. Als Edward sie kennenlernte, war Bartholomew bereits drei Jahre tot. Mehr haben wir nie erfahren.« Doch in seinem Blick lag ein leichtes Zwinkern.

»Sie sehen aus, als wüßten Sie mehr.«

»Um ehrlich zu sein, ja. Hab' einige Nachforschungen angestellt, als deutlich wurde, daß Edward sie heiraten wollte. Nicht, daß ihn meine Entdeckungen umgestimmt hätten. Zu dem Zeitpunkt war er ihr bereits zu sehr verfallen.«

»Was haben Sie herausgefunden?«

»Mr. Bartholomew ist ertrunken. Stürzte von einer Kanalfähre im Oktober 1903 und ward nicht mehr gesehen. Bizarr, nicht wahr? Niemand weiß, ob es sich dabei um einen Unglücksfall oder um Selbstmord handelte. Mit Olivia als Ehefrau ist alles möglich.«

»Sie mögen sie wirklich nicht, was?«

»Nein, junger Mann, ich mag sie nicht. Zum einen, weil sie mit meiner Miriam gar nicht zu vergleichen ist. Aber es gibt auch noch andere Gründe. Sie werden Ihnen nicht unbekannt sein, nehme ich an.«

»Sie meinen, sie ist es nicht wert, Lord Powerstocks Frau zu sein?«

Er grunzte spöttisch. »Wenn sie meine Frau wäre, ich wüßte schon, wie ich mit Knilchen wie Mompesson umspringen würde.«

»Tatsächlich?«

»Aber sie ist nicht meine Frau, also geht es mich verdammt noch mal nichts an.«

Genaugenommen ging es mich auch nichts an. Ich ließ Gladwin im süßlichen Duft des von Bienen umschwärmten Obstgartens weiterdösen und machte mich in freudloser Stimmung auf den Rückweg zum Haus. Ich konnte dem Krocketrasen nicht länger ausweichen, also marschierte ich tapfer zwischen den Rhododendronbüschen hindurch auf ihn zu.

Auf halbem Wege kamen mir auf dem Pfad zwei Gestalten entgegen: Mompesson und Leonora, in ein intensives Gespräch vertieft. Ich hätte sie anrufen können, aber irgend etwas hielt mich zurück. Ich verließ den Pfad und stellte mich hinter einen Rhododendronbusch. Sie konnten mich nicht sehen.

»Ich bin überzeugt davon, daß Sie einsehen werden«, sagte Mompesson gerade, »daß Ihnen keine andere Wahl bleibt.« Sein Ton war liebenswürdig, mit einem stählernen Unterton.

»Meinen Sie?« Leonoras Stimme klang kühl und defensiv.

»Wenn man die Wahl hat zwischen dem Abstoßenden und der Schande, dann weiß ich genau, wie sich eine junge Engländerin aus gutem Hause entscheiden wird.«

Keine zehn Meter von mir entfernt blieben sie stehen. Leonora blickte Mompesson an. »Ich verstehe Sie nicht.«

»Und ob Sie mich verstehen. Es ist nur so, daß Sie nicht glauben können, was Sie verstehen.«

»Es ist auch kaum zu glauben, daß jemand so . . . so schmutzig und abstoßend sein kann.« Sie sprach fast leidenschaftslos.

»Sie haben eine Woche, um sich an die Vorstellung zu gewöhnen. Morgen fahre ich nach London zurück. Am Freitag werde ich wieder dasein. Ich rechne damit, daß unser Handel dann abgeschlossen wird.«

»Wie können Sie das einen Handel nennen?«

»Weil es das für mich ist. Eine nette Sache zu einem guten Preis.«

Bei diesen Worten zerbrach Leonoras Selbstbeherrschung. Sie biß zornig die Zähne zusammen, während sich ihre rechte Hand zum Schlag hob. In letzter Sekunde hielt sie jedoch inne. Einen Augenblick lang starrte sie ihn an, und ich erkannte sofort, warum sie zögerte: Lächelnd erwartete er mit dem Schlag das Eingeständnis ihrer Niederlage.

Diese Befriedigung versagte sie ihm. Sie ließ die Hand fallen, senkte den Blick und sagte: »Wenn John jetzt hier wäre...«

»Aber er ist nicht hier. Deshalb werden Sie am nächsten Freitag auch auf mich warten.« Er tippte an seinen Strohhut, drehte sich um und marschierte zum Krocketrasen zurück. Leonora sah ihm nach, machte dann ein paar Schritte mit gesenktem Kopf. Ich glaubte sie schluchzen zu hören. Ich wollte hervorstürmen und sie trösten, doch die Vorsicht hielt mich zurück, als Lauscher mußte ich verborgen bleiben. Dann entschied Leonora die Angelegenheit für mich. Sie seufzte und entfernte sich langsam.

Der Gedanke, mich am nächsten Morgen von Mompesson verabschieden zu müssen, erschien mir unerträglich, deswegen machte ich einen Spaziergang, in der Hoffnung, meine Depressionen loszuwerden. Es war ein nebliger Tag mit einem Hauch von Herbst in der Luft. In halber Höhe der Auffahrt begegnete mir der Postbote auf seinem Fahrrad. Ich fragte ihn, ob er etwas für mich habe, und nachdem er das für Meongate bestimmte Bündel durchgeblättert hatte, reichte er mir einen Brief. Ich erkannte sofort den Armeeumschlag und riß ihn auf. Zur Zeit wirkten Nachrichten von der Front seltsam tröstend auf mich.

Doch dieser Brief brachte mir keinen Trost. Er stammte von Warren, dem Sergeant meines alten Zugs, der versprochen hatte, mit mir in Verbindung zu bleiben. »Die Jungs sind in letzter Zeit ganz schön rumgeprügelt worden, Sir, da gibt's nichts dran zu rütteln. Ich muß Ihnen mitteilen, daß von den Ihnen bekannten Offizieren keiner mehr bei uns ist; die meisten von ihnen werden auch nie mehr wiederkommen, wenn Sie verstehen, was ich meine. Um ehrlich zu sein, Sir, seit Captain Hallows gefallen ist, ist es nie wieder so geworden wie zuvor. Das war ein trauriger Tag für uns...«

Ich stopfte den Brief in meine Tasche. Der arme Warren und all die anderen, die immer noch Hallows und der Atmosphäre nachtrauerten, die er geschaffen hatte und die mit ihm zusammen verschwunden war, irgendwo dort draußen, wo die Kanonen dröhnten und die Granaten jaulten, weit entfernt von dieser heiteren, selbstzufriedenen Landschaft, in der ich mich versteckte, ohne Frieden zu finden. Langsam ging ich weiter. Um mich herum nahm ich nicht die sanften Hügel und grünen Wiesen von Hampshire wahr, sondern die grauen Felder und schwarzen Stümpfe einer zerstörten Landschaft.

Ein greller Hupton zerfetzte meine Tagträumereien. Erschrokken fuhr ich herum. Es war Mompesson, der früher aufbrach, als ich angenommen hatte, und nun hinter mir mit seinem Sportwagen auftauchte.

Er grinste breit. »Guten Morgen, Franklin. Kann ich Sie mitnehmen?«

»Ich gehe nur ins Dorf.«

»Na los, springen Sie schon rein.«

»Ich ziehe es vor zu laufen.«

»Ich möchte gern noch was mit Ihnen besprechen, bevor ich fahre. Zurück können Sie immer noch laufen.«

Was wollte er mir sagen? Die Neugierde überwand meine Abneigung. Ich kletterte in den Wagen. »Sie brechen früh auf.«

Wieder grinste er, als wir durch das Tor am Fuße der Auffahrt donnerten. »Sie sagen es. Tut mir leid, wenn ich Sie eben erschreckt habe.«

»Spielt keine Rolle. Ich war in Gedanken versunken.«

»Schätze, ihr Leute vom Militär habt eine Menge zum Nachdenken.«

»Ja, das haben wir.«

Er warf mir einen Blick zu. »Sie können mich nicht leiden, weil ich mit diesem Krieg nichts zu tun habe, nicht wahr?«

»Ich würde nicht...«

Er hob eine behandschuhte Hand. »Schluß mit den Höflichkeiten. Sie haben was gegen mich. Das ist verständlich. Ich an Ihrer Stelle würde vielleicht auch so empfinden. Ich bin ein reicher, unabhängiger Ausländer und gebe kein Ziel für die Kugeln der Krauts ab. Aber ist das vielleicht meine Schuld?«

»Natürlich nicht.« Wir kamen an die Stelle, wo er nach Droxford hätte abbiegen müssen. Statt dessen bog er nach rechts ab und fuhr auf einer Art Feldweg auf die Hügel zu.

»Das ist nicht der richtige Weg«, sagte ich.

»Ich will Ihnen etwas zeigen. Etwas, was Sie verstehen müssen. Ich weiß, weshalb Sie mich nicht mögen. Nicht nur, weil die Vereinigten Staaten neutral sind. Es liegt auch daran, daß Sie der Meinung sind, ich fühlte mich auf Meongate zu sehr zu Hause.«

»Ich weiß nicht, was Sie meinen.«

»Und ob Sie das wissen. Sie glauben, ich sei ein Eindringling auf Hallows' Besitz. Stimmt's?«

Ich wollte ihm nicht die Befriedigung gönnen, den Nagel auf den Kopf getroffen zu haben. »Ganz und gar nicht.«

Er fuhr auf die Grasnarbe und bremste heftig. Hinter einer Hecke fiel der Grund steil ab, und wir hatten einen klaren Blick auf den von Eiben gesäumten Gipfel des Old Winchester Hill. Mompesson stellte den Motor ab, und Schweigen senkte sich über uns herab.

»Weshalb haben Sie mich hergebracht?« fragte ich.

»Damit wir uns unterhalten können, von Mann zu Mann. Hallows hat mir mal erzählt, dieser Hügel sei vor Tausenden von Jahren als Festung benutzt worden. Man kann immer noch die Schanzen erkennen.«

»Was Sie nicht sagen.«

»Hallows war scharf auf solche Sachen. Nicht, daß es ihm irgendwas gebracht hätte.«

»Wie meinen Sie das?«

»Der Jammer mit Ihrem Land ist, daß es in seiner eigenen Geschichte ertrinkt, Franklin, daß es davon überflutet ist, wohin immer man auch blickt. Dieser Hügel, das Haus, das wir eben verlassen haben. Deshalb seid ihr in diesem verrückten Krieg. Deshalb ist Hallows gestorben. Deshalb muß Meongate vor sich selbst gerettet werden. Und ich bin der richtige Mann dazu.«

»Sie?«

»Warum nicht? Im Gegensatz zu euch Briten ist mir klar, daß man sich mit den Zeiten wandeln muß. Meine Familie hat das auf die harte Tour gelernt. Die Mompessons besaßen aus früher Zeit viel Land in Louisiana. Nach dem Bürgerkrieg änderte sich das grundlegend. Meinem Vater brach es das Herz, doch ich erkannte, an welcher Stelle er den falschen Weg eingeschlagen hatte. In diesem Leben bekommt man nichts, außer man kämpft mit letztem Einsatz darum.«

»Und worum kämpfen Sie?«

»Ich beabsichtige, Leonora zu heiraten.« Mein Gesicht muß völlige Ungläubigkeit gezeigt haben. »Ich sage Ihnen das nur, weil Sie der Freund ihres Mannes waren. Ich möchte nicht, daß Sie die Situation falsch einschätzen. Diese Lösung wäre das Beste für sie. Und für Meongate.«

Das also war es. Olivia stellte für ihn lediglich einen amüsanten Zeitvertreib dar. Leonora war das wirkliche Ziel, ein Ziel, auf das ich, wie er wahrscheinlich vermutete, bereits selbst ein Auge geworfen hatte. Unsere kumpelhafte Fahrt in die Hügel sollte eine abschreckende Warnung sein. Hätte ich das Gespräch vom

Tag zuvor nicht belauscht, ich hätte bestimmt wie vom Donner gerührt dagesessen, doch jetzt ergab seine Unterhaltung mit Leonora einen irritierenden, beunruhigenden Sinn. Er schien Leonora in irgendeiner Form in seiner Gewalt zu haben, er schien sie zwingen zu können, ihm willfährig zu sein. Sonst hätte er mir, da war ich mir ganz sicher, niemals soviel erzählt. Ich versuchte mich zu beherrschen. »Und was sagt Leonora dazu?«

»Ich habe sie noch nicht gefragt. Noch nicht direkt. Aber wenn ich sie frage, wird sie einverstanden sein. Daran gibt es nicht den geringsten Zweifel, mein Freund.«

Ich blickte ihn an und sah das Gesicht eines Mannes, der niemals von irgendwelchen Zweifeln heimgesucht wurde. »Nett von Ihnen, so offen mit mir zu sprechen.«

Er lächelte. »Nicht der Rede wert. Ich möchte einfach nicht, daß Sie sich zum Narren machen.«

Abrupt stieg ich aus dem Wagen. »Danke fürs Mitnehmen. Ich gehe zu Fuß zurück.« Es war höchste Zeit, daß ich verschwand, bevor ich zuviel sagte. In flottem Tempo marschierte ich den Weg entlang, ohne mich umzublicken. Kurz darauf hörte ich den Motor anspringen; sein Wagen entfernte sich in die andere Richtung, auf die Straße nach London zu.

Während ich zurück nach Meongate ging, fragte ich mich, ob Hallows bei seinem letzten Urlaub irgendwie gespürt hatte, daß Mompesson in sein Territorium einzudringen versuchen würde; möglicherweise hatte er das bei unserer Diskussion auf Hernus Bauernhof andeuten wollen. Vielleicht. Vielleicht hatte er gehofft, daß ich, falls es dazu kam, um seinetwillen intervenieren würde. Doch war ich der Aufgabe gewachsen? Ganz anders als Mompesson schleppte ich Zweifel wie einen Rucksack auf meinem Rücken herum. Er hätte gesagt, das sei der Engländer in mir, und hätte damit wahrscheinlich recht gehabt.

4

Am selben Vormittag besuchte ich Lord Powerstock in seinem Arbeitszimmer. Mit ernster Konzentration las er die *Times*, den Rücken dem Fenster und der Welt insgesamt zugewandt. Trotzdem schien er einigermaßen erfreut, mich zu sehen, bot mir einen Whisky an und meinte, er bedaure es sehr, daß wir nur so wenig Zeit füreinander hätten.

»Ich glaube, in letzter Zeit hat Mr. Mompesson die meiste Aufmerksamkeit für sich beansprucht«, sagte ich betont.

Er ignorierte die Anspielung. »Ermutigende Berichte in der *Times* aus Frankreich – haben Sie es gelesen?«

»Nein, Sir.«

»Sie warten mit irgendeiner Geheimwaffe namens Panzer auf. Scheint große Landgewinne zu bringen.«

Da ich in Frankreich gekämpft hatte, betrachtete ich Zeitungsberichte nicht nur mit Skepsis, sondern mit schlichtem Unglauben. »Ich fürchte, zu spät für die meisten meiner Kameraden.«

Er legte die Zeitung beiseite. »Zum Beispiel für meinen Sohn, meinen Sie.«

»Er bat mich, nach Meongate zu gehen – für den Fall seines Todes. Vor allem sorgte er sich um Leonora und was aus ihr werden sollte.«

»Natürlich.«

»Was wird mit ihr?«

»Wir werden uns selbstverständlich weiterhin um sie kümmern.«

»Sie hat keine eigene Familie?«

»Ihre Eltern befinden sich in Indien. Ihr Vater ist Hochkommissar im Pandschab, doch sie will nicht dorthin zurück. Wir möchten, daß sie hier bleibt.«

»Irgendwann, vermute ich, wird sie wieder heiraten.«

Er sah mich an, als wäre ihm diese Idee noch nie gekommen.

»Das wäre eventuell möglich.« Zumindest wußte ich jetzt, daß Mompesson bis jetzt noch nichts zu Seiner Lordschaft gesagt hatte. »Ich hab' schließlich auch wieder geheiratet.«

»Da wir gerade bei diesem Thema sind, sollte ich mich entschuldigen, daß ich Sie mißverstanden habe, als Sie mir von Lady Powerstocks Verbindung zur Welt der Kunst erzählten.«

»Mmm?«

»Ich hatte nicht realisiert, daß sie mit dem Maler Bartholomew verheiratet gewesen war.«

»Sie haben von ihm gehört?«

»Flüchtig.«

»Wenige haben von ihm gehört.« Danach verfiel er in Schweigen und machte mir so klar, daß er sich nicht weiter mit dem Thema Mr. Bartholomew – dem ertrunkenen Künstler – zu beschäftigen wünsche.

Je mehr ich herausfand, desto weniger verstand ich. Vielleicht hätte mir das Ereignis am nächsten Morgen klarmachen müssen, daß ich in dieser Beziehung nicht allein war.

Die Morgendämmerung schlich zögernd heran. Im Zimmer war es still und ruhig; das ferne Vogelgezwitscher sagte mir, daß ich noch einige Stunden vor einem jener Tage sicher war, die ich schon viel zu oft erlebt hatte.

Ich erhob mich und zog meinen Morgenmantel an. In dem Moment wurde die friedliche Stille jäh zerstört. Im Nebenzimmer ertönte ein schriller Schrei, drei aufeinanderfolgende Schläge krachten gegen die Wand, und ich hörte ein würgendes Geräusch. Ich rannte auf den Gang hinaus und lauschte an der Tür. Es war die Tür zu Cheritons Zimmer. Im ganzen Haus war es wieder still geworden. Ich klopfte gegen das Holz.

»Cheriton – ist alles in Ordnung?«

Keine Antwort.

»Cheriton?«

Erneut keine Antwort. Bei einem weniger nervenzerrütteten

Mann hätte ich mir kaum Sorgen gemacht. Ich bildete mir nicht ein, daß nur ich allein Alpträume hatte. Doch vielleicht ging es hier gar nicht um Träume. Ich klopfte noch einmal und trat ein.

Cheriton saß aufrecht in seinem Bett, den Kopf zwischen den Händen. Bei meinem Eintritt blickte er auf. In seinem Gesicht sah ich den Ausdruck eines zerbrochenen Mannes.

»Franklin!« Er riß sich sichtlich zusammen. »Was ist los?«

»Das wollte ich gerade Sie fragen. Ich hörte einen Schrei. Sie gaben keine Antwort, als ich klopfte.«

»Tut mir leid. Ich muß einen Alptraum gehabt haben. Sie wissen ja, wie's ist.«

»Ja. Ich denke, wir alle haben gelegentlich Alpträume.«

»Tatsächlich?« Der Gedanke schien ihn ein bißchen zu trösten. »Träumen Sie je davon..., wieder in Frankreich zu sein?«

»Oft. Außer ich bin dort. Dann träume ich von England.«

Es schüttelte ihn. »Ende des Monats muß ich vor eine medizinische Kommission. Sie prüfen, ob ich gesund genug für eine Rückkehr nach Frankreich bin.«

»Sind Sie es denn?«

Er sah mir offen in die Augen. »Ich weiß es nicht, Franklin. Ich weiß nur, daß ich nicht zurück kann. Es erscheint mir unvorstellbar.« Er zündete sich eine Zigarette an. Das Streichholz zitterte in seiner Hand.

»Uns allen geht es so. Wenn man erst einmal wieder drüben ist, kommt es einem nicht mehr so schlimm vor.« Er sagte nichts, sondern sog nur heftig an seiner Zigarette. »Sie sollten das Leben genießen, solange es Ihnen noch möglich ist.«

Er runzelte die Stirn. »Genießen? Mein Gott, manchmal denke ich, hier ist es keinen Deut besser als an der Front.«

»Wie meinen Sie das?«

Er schien es sich überlegt zu haben. »Egal. Tut mir leid. Hab' nur so dahergeredet. Wie gesagt, es war bloß ein Alptraum. Tut mir leid, daß ich Sie gestört habe. Ich werde wohl besser ein Bad nehmen. Das schafft einen klaren Kopf, was?«

»Dann lasse ich Sie jetzt allein.« Ich wandte mich zur Tür.

»Franklin.« Ich schaute zurück. »Ich wäre Ihnen sehr dankbar, wenn Sie... nichts davon erzählen würden. Den Powerstocks, meine ich. Ich möchte nicht, daß sie denken, sie hätten einen Verrückten am Hals.«

»Das würden sie nicht denken.«

»Trotzdem...«

»Ich sage nichts. Mein Wort drauf.«

»Danke.«

Ich schloß die Tür hinter mir. Was für einen Alptraum mochte Cheriton wohl gehabt haben? Der Krieg mit seinem alltäglichen Schrecken und Entsetzen? Oder etwas, was der Heimat näher lag, aber nicht weniger schrecklich war?

Für gewöhnlich nahm Leonora an schönen Nachmittagen ihren Tee im Gewächshaus ein; bis auf ihre Katze saß sie da allein mit ihren Büchern und ihren Gedanken. Es war die beste Chance für ein Gespräch mit ihr, und so nahm ich die Gelegenheit wahr.

Mit einer entschuldigenden Geste trat ich durch die Gartentür ein. »Darf ich Ihnen für einen Moment Gesellschaft leisten?«

»Selbstverständlich. Möchten Sie eine Tasse Tee?«

»Nein, danke.« Ich ließ mich ihr gegenüber nieder.

»Was verschafft mir dann das Vergnügen?«

»Das Wochenende über haben wir nicht viel voneinander gesehen.«

»Ich war die ganze Zeit hier.«

Ich brachte ein Lächeln zustande. »Nun, ich denke, unser amerikanischer Gast hat mich etwas in den Hintergrund gedrängt.«

»Das würde ich nicht sagen.«

»Reiten. Krocket. Bridge. Er hat Sie ziemlich mit Beschlag belegt.«

Sie runzelte die Stirn. »Darf ich Ihrem Ton entnehmen, daß Sie Mr. Mompessons Anwesenheit nicht billigen?«

»Nicht unbedingt. Darf ich Ihnen eine Frage stellen? War John mit Mr. Mompesson einverstanden?«

Eine leichte Röte schlich sich in ihr beherrschtes Gesicht. »Ich glaube nicht, daß John etwas dagegen hätte, daß ich gesellschaftlich unterhalten werde.«

»Selbstverständlich nicht. Doch aus einigen Dingen, die er mir gegenüber äußerte, ging hervor, daß ihn Mompesson beunruhigte. Er brachte das nach seinem Weihnachtsurlaub recht deutlich zum Ausdruck.«

Sie runzelte die Stirn; ich konnte nicht sagen, ob nun Irritation oder Überraschung der Anlaß dafür war. »Das wußte ich nicht.«

»Obwohl ich jetzt glaube, daß es in Wirklichkeit Mompessons Freundschaft zu Lady Powerstock war, die ihn beunruhigte.«

»Wie meinen Sie das?«

»Ich kann mir nicht vorstellen, daß Sie nicht wissen, was hier vor sich geht. Deshalb habe ich...«

»Genug!« Das war ein scharfer Befehl. »Ich hätte nicht erwartet, etwas Derartiges von Ihnen zu hören, Mr. Franklin. Ich möchte auf keinen Fall mehr davon hören.«

»Sie sagten selbst...«

»Ich habe alles gesagt, was ich in dieser Angelegenheit zu sagen beabsichtige.«

Ich konnte ihre plötzliche Loyalität Olivia gegenüber nicht einordnen, konnte sie aber auch nicht vom Tisch wischen. »Verzeihen Sie mir. Ich wollte Sie nicht aufregen. Ich glaube, ich habe mich falsch ausgedrückt. Ich wollte lediglich sagen, daß... falls Sie momentan irgendwelche Schwierigkeiten haben..., falls Sie unter irgendeinem Druck stehen... und meine Hilfe brauchen..., dann würde ich Ihnen sehr gerne helfen.«

»Es ist nicht notwendig.«

»John hätte es von mir erwartet.«

»Dann wollen wir um seinetwillen so tun, als hätte es dieses Gespräch nie gegeben. Trinken Sie eine Tasse Tee. Reden Sie über etwas anderes – ganz gleich was, solange es sich nicht um den Krieg oder um Mr. Mompesson dreht.«

Ich war selbst überrascht, daß ich die Einladung zum Tee annahm. Doch was hatte ich schließlich für ein Recht, ihr vorzuschreiben, in welcher Gesellschaft sie sich zu bewegen hatte? Nach Hallows' Tod war sie eine freie Frau. Durch meine Freundschaft mit ihrem Mann gingen keinerlei Rechte auf mich über. Ich versuchte, das Beste aus der Situation herauszuholen: eine unschuldige Unterhaltung mit einer wunderschönen Frau. Wir sprachen über unsere Familien und vergaßen die Probleme von Meongate – oder taten zumindest so.

Selbstverständlich klang das alles nicht ganz aufrichtig. Ich spürte, daß Leonora mich mochte, mir sogar vertraute. Sie war der erste Mensch gewesen, der mich auf das merkwürdige Leben, das die Bewohner von Meongate führten, hingewiesen hatte. Sie hatte sich nicht die Mühe gemacht, ihre Abneigung Olivia gegenüber vor mir zu verbergen. Warum jetzt die gespielte Empörung? Und falls sie wirklich über Olivias Beziehung zu Mompesson so viel wußte wie ich oder noch mehr, wieso war sie dann bereit, sich von einem solchen Mann den Hof machen zu lassen? Es ergab keinen Sinn. Oder falls doch, so blieb mir dieser Sinn verborgen. Und Leonora war eindeutig entschlossen, mir keinerlei Aufklärung zukommen zu lassen. Mompesson würde gegen Ende der Woche zurückkehren und ihr einen Heiratsantrag machen, den sie jeder Logik und jedem Gefühl nach empört zurückweisen müßte. Doch aus irgendeinem Grund wußte ich, daß dies nicht geschehen würde.

Selbst mir war klar, daß ich eine kurze Erholung von Meongate brauchte, daß ich einmal frischere Luft atmen mußte als diese von drohenden Vorahnungen erfüllte Atmosphäre. Die Küste schien die nächstliegende Lösung zu sein. Also fuhr ich am nächsten Tag mit dem ersten Zug von Droxford los und dann weiter mit der Fähre durch den Hafen hinüber nach Portsmouth.

Natürlich erinnerte mich Portsmouth an den Krieg, der nur darauf wartete, mich wieder in seine Klauen zu kriegen. Die gewaltigen, grauen Schlachtschiffe im Dock und die auf allen Kais herumrennenden Matrosen ließen gar nichts anderes zu. Ich wandte mich nach Süden, weg von den Docks, noch Southsea, wo ich den einzigen Urlaub mit meinem Vater verbracht hatte, der mir in Erinnerung geblieben war. Am verlassenen Strand warf ich Kieselsteine in die Luft, um meine Schulter zu testen, und starrte auf den Solent hinaus. Für eine Weile vergaß ich die Probleme von Meongate. Was gingen sie mich schließlich an?

Das sollte ich bald schon herausfinden. Am frühen Nachmittag kehrte ich zum Hafen und der Fähre zurück. Ich rechnete nicht damit, irgendeine mir bekannte Person zu sehen, doch dort vor dem Eingang zum Hafengebäude stand Leonora, schlank und in elegantes Grau gekleidet, und studierte den Fahrplan der Straßenbahn. Um sie herum drängte sich die Menge von der Fähre.

Ich überquerte die Straße und berührte ihre Schulter. Sie wirbelte herum und blickte mich erschrocken an. Dann zeichnete sich eine merkwürdige Erleichterung in ihrem Gesicht ab. »Tom! Was machen Sie denn hier?« Ihr Lächeln war steif und unsicher.

»Ich bin auf dem Rückweg nach Meongate. Ich bin in Southsea gewesen – um ein bißchen Seeluft zu schnappen.«

»Und wie war es?«

»Sehr... erfrischend. Was führt Sie...?«

»Einkäufe natürlich. Ich habe eine Schwäche für die großen Geschäfte in Southsea.« Doch ihr immer noch verkrampftes Lächeln besagte deutlich, daß dies nicht die Wahrheit war. »In Meongate kann man sich schrecklich isoliert vorkommen.«

»Nun, ich habe es mit der Rückkehr nicht eilig. Vielleicht darf ich Sie begleiten?«

Das hatte sie nicht erwartet. Ich konnte es an ihrem Gesicht erkennen. Doch wie sollte sie ablehnen? Sie nahm mein Angebot so gefaßt an, wie es ihr möglich war.

Ich verbrachte den Nachmittag in einem Zustand, der gefährlich nahe an Ekstase grenzte. Der Grund dafür lag nicht in dem, was wir taten oder wohin wir gingen, sondern ausschließlich in dem wachsenden Vergnügen, das mir Leonoras Gegenwart bereitete. Ich war kein unschuldiger Jüngling mehr – der Krieg hatte mich eher weit über meine Jahre hinaus zynisch werden lassen –, und so konnte ich die Symptome, die ich an mir entdeckte, unmöglich für die Symptome einer flüchtigen Liebelei halten. Ich konnte sie auch nicht als Sorge für das Wohlergehen der Witwe eines gefallenen Kameraden abtun. Die Wahrheit war klar und unwiderstehlich: Ich stand im Begriff, mich zu verlieben.

Was Leonora empfand, blieb mir, wie stets, ein Rätsel. Der Nachmittag schien zwar anders zu verlaufen, als sie geplant hatte, aber sie nahm mir meine Gesellschaft offensichtlich ganz und gar nicht übel. Als wir in einem ruhigen Café bei Zichorienkaffee und trockenem Teekuchen saßen, wirkte sie entspannter und offener, als ich sie je erlebt hatte. Die Entfernung von Meongate schien ihr gutzutun, all die damit verbundenen Ängste schienen von ihr abgefallen zu sein – zumindest für eine Weile. Sie war frei von der Last, die sie trug.

Allerdings hatte ich immer noch nicht den geringsten Hinweis darauf, was das für eine Last war. Ich hielt mich an unsere Abmachung und erwähnte Mompesson mit keinem Wort, als wir am frühen Abend nach Droxford zurückkehrten. Doch er ging mir die ganze Zeit über nicht aus dem Sinn. Im gleichen Maße, in dem meine Zuneigung Leonora gegenüber wuchs, vergrößerte sich auch meine Angst vor meinem selbstbewußten, prahlerischen Rivalen. Wir konnten so viel reden, wie uns beliebte, und ich konnte meine kühnsten Träume träumen, doch nichts davon konnte mich von der schrecklichen Überzeugung befreien, daß meine Liebe nichts gegen die Macht ausrichten konnte, die er in Händen hielt. Am Wochenende würde er wieder da sein, und ich hatte immer noch keine Möglichkeit gefunden, ihn aufzuhalten.

Am Donnerstag schrieb ich eine Antwort auf Warrens Brief und ging damit ins Dorf zur Post. Als ich am Schalter stand, warf ich einen Blick hinüber zu dem kleinen Erker mit dem öffentlichen Telefon. Thorley legte gerade den Hörer auf und kam auf mich zugerannt.

»Guter Gott!« sprudelte es nur so aus ihm heraus. »Franklin!«

»Hallo, Major.« Vielleicht hatte ich ihn fragend angeschaut, denn auch auf Meongate gab es ein Telefon, das wir ohne weiteres benutzen durften.

Thorley verfärbte sich. »Ich möchte das Telefon vom alten Powerstock nicht zu oft benutzen, verstehen Sie? Wird 'ne furchtbare Rechnung werden.«

»Sehr rücksichtsvoll von Ihnen.« Ich war mißtrauisch. Thorley war nicht der Typ, der seinen Gastgebern Kosten ersparte.

»Begleiten Sie mich zurück zum Haus?«

Ich erklärte mich einverstanden. Was blieb mir anderes übrig? Ich steckte den Brief draußen in den Briefkasten, und wir machten uns auf den Weg an der Kirche vorbei. Thorley schien sich von seiner momentanen Verlegenheit erholt zu haben.

»Hab' in letzter Zeit nicht viel von Ihnen gesehen, Franklin.«

»Ich war immer da. Natürlich hat unser amerikanischer Gast das Haus mehr oder weniger mit Beschlag belegt.«

»Hat was von 'nem Spieler, was?«

»Bestimmt spielt er ausgezeichnet Bridge.«

Thorley lachte etwas zu laut. »Sehr gut. Sehr gut. Schätze, Sie mögen den Kerl nicht.«

»Würde ich nicht sagen.«

»Kann ihn selber nicht ausstehen.«

»Wirklich? Sie schienen recht gut mit ihm auszukommen.«

»Nun ja, es macht sich bezahlt, solchen Kerlen ein bißchen um den Bart zu streichen, verstehen Sie?«

»Wenn Sie meinen.«

Er schwieg, während wir eine kleine Brücke überquerten, die

über ein Nebenflüßchen des Meon führte. Dann fuhr er fort: »Was ganz anderes, Franklin. Ich frage mich, ob ich Sie um einen Gefallen bitten dürfte, von Mann zu Mann.«

»Nur zu.«

»Tja. Es ist so, ich bin ein bißchen knapp bei Kasse – nur vorübergehend. Das heißt, bis der Zahlmeister den nächsten Scheck schickt. Ich dachte mir...«

Ich amüsierte mich. Der welterfahrene Major pumpte einen kleinen Lieutenant an. Ich reagierte so, wie er es sich wohl erhofft hatte. »Wieviel?«

»Könnten Sie... dreißig Pfund erübrigen?«

Ich starrte ihn verblüfft an. »Tut mir leid, Major. Ich würde Ihnen gerne helfen. Aber dreißig Pfund? Eine derartige Summe liegt weit jenseits meiner Möglichkeiten.«

Er lächelte kläglich. »Entschuldigen Sie. Hätte nicht fragen sollen.«

»Aber... vielleicht einen Teil davon?«

»Nein. Nein, lohnt sich nicht, alter Junge. Muß entweder alles oder nichts sein. Nett von Ihnen, aber vergessen Sie's.« Er straffte die Schultern, jetzt wieder ganz würdevoll, und marschierte voraus.

Es war Freitag, der 22. September. Die ganze Nacht hindurch hatte ein schwerer Sturm am Haus gerüttelt, der auch tagsüber kaum nachließ. Die stattlichen Ulmen schwankten und seufzten im Park, während sich über ihnen am Himmel weiße Wolken auftürmten und frühe Herbstblätter über den Rasen wirbelten. Ich betrachtete die Szenerie von meinem Fenster aus und dachte daran, wie sehr mich Warren und die anderen – in ihrem Biwak im flandrischen Regen – um diese Idylle auf Meongate beneiden würden. Dann sicherte ich das Fenster gegen die Windstöße und ging hinunter zum Frühstück.

Im Speisezimmer empfing mich lediglich der alte Charter. Er saß vor einer gewaltigen Platte mit Kedgeree, schaufelte das

Reisgericht mit Genuß in sich hinein und warf gelegentlich einen Blick hinaus auf den gerade draußen wieder prasselnden Regenschauer. Ich bediente mich von der Anrichte und setzte mich zu ihm.

»Guten Morgen, Franklin«, grüßte er mit vollem Mund.

»Guten Morgen. Scheußlicher Tag, nicht wahr?«

»Wird schon vorübergehen.« Er schaute mich an. »Falls Sie das Wetter gemeint haben.«

»Selbstverständlich. Was sonst?«

»Weiß nicht. Aber es gibt genügend Scheußlichkeiten in diesem Haus, um Ihren Worten eine andere Bedeutung zu geben, schätze ich.«

»Ich nehme an, Mr. Mompesson stößt heute abend wieder zu uns.«

Der alte Mann schnaubte. »Darauf können wir auch verzichten.«

»Werden Sie sich nicht auf Dauer an seine Gesellschaft gewöhnen müssen? Er macht ja kein Geheimnis aus seinen Absichten..., einer von der Familie zu werden.«

Er warf mir einen dunklen Blick zu. »Was für Absichten?«

Es war interessant herauszufinden, wieviel er wußte, doch seine Reaktion machte deutlich, daß er dasselbe Spiel mit mir spielte. »Er selbst hat zu mir gesagt, daß er Leonora heiraten möchte.«

Sein Lachen überraschte mich: ein tiefes, grollendes Gelächter, das ihn beinahe vom Stuhl warf. Doch trotz dieses äußerlichen Humors blieb nicht einmal der Anflug eines Lächelns auf seinem Gesicht zurück. »Das muß man Mompesson lassen. Nerven hat er. Vielleicht sonst nichts, aber Nerven – ja! Er will einfach was umsonst. Das erinnert mich... Nein, lassen wir das.«

»Sie scheinen nicht sonderlich überrascht.«

»Ich bin zu alt, um mich noch von irgendwas überraschen zu lassen. Aber ich schätze, ich kenne jemand, der überrascht sein wird.«

»Soweit ich weiß, hat er noch keinen Antrag gemacht..., ja er hat noch nicht einmal mit Lord Powerstock gesprochen.«

»Er ist kein Mann, der korrekt vorgeht.«

»Ich wollte damit sagen, wir dürfen keine voreiligen Schlüsse ziehen.«

»Das tue ich auch nicht, junger Mann.« Er zwinkerte. »Schätze, ich werd' mich aufraffen und die Schachpartie mit dem alten Jepson fortführen. Dann muß ich wenigstens nicht Mompessons Grinsen ertragen.« Er erhob sich. »Sie entschuldigen mich, ja? Ich muß los. Es hat aufgehört zu regnen.« Er warf einen Blick hinaus in den Garten. »Das könnte fast ein Regenbogen... Nein, er verblaßt.« Er lächelte vor sich hin und marschierte schwerfällig hinaus.

Ich saß da, lauschte dem an den Fensterläden rüttelnden Wind, der einen weiteren Regenschauer herantrug, schlürfte meinen Kaffee und fragte mich mit einer vagen Vorahnung, weshalb ich mein Wissen an Charter weitergegeben hatte, weshalb ich mich einfach nicht von den Problemen im Haushalt eines toten Freundes frei machen konnte. Doch Hallows war gar nicht der Grund, weshalb ich an seiner Familie hing. Es ging um mich selbst. Irgend etwas stimmte hier nicht – bei ihnen oder bei mir –, und ich mußte wissen, was es war.

Ich kann nicht sagen, was mich zur Bibliothek zog. Wer war wohl einmal in diesem vergessenen, mit Büchern tapezierten Gewölbe zu Hause gewesen? Lord Powerstock nicht – das hatte er selbst gesagt. Sein Sohn? Irgendwie schien das auch nicht zu stimmen. Ich ging die staubigen Reihen durch und fand keinen Hinweis. Bis ich auf einen weniger verstaubten, schmalen Band stieß, der den formellen Titel »Betrachtungen über das Diözesankomitee für die Armenhilfe in Portsea« trug. Er enthielt eine Reihe von Monographien, einige religiös, einige medizinisch, einige gesellschaftsorientiert. Unter letzteren befand sich »Not im

Überfluß« von Miriam Hallows, Lady Powerstock. Gedruckt, so hieß es in der Vorbemerkung, »in Erinnerung an eine wunderbare Frau, die so gestorben ist, wie sie gelebt hat, und die nie der Selbstzufriedenheit verfallen ist«.

»Interessieren Sie sich für die Bücher meines Mannes?« sagte eine sanfte Stimme hinter mir, und einen Moment lang hätte ich beinahe glauben können... Doch es war Olivia. Ich stellte das Buch zurück ins Regel und drehte mich um.

»Ich stöbere nur ein bißchen herum.«

Sie lächelte mir zu. »Selbstverständlich.« Ein leichtes Zittern einer Augenbraue deutete an, daß sie wußte, was ich gesucht hatte. »Obwohl mir Edward erzählte, daß es mehr die Kunst in diesem Raum ist, von der Sie sich angezogen fühlen.«

Ich trat auf das Gemälde an der Wand zu. »Es ist wirklich sehr schön. Ihr erster Mann hat es gemalt, sagten Sie?«

»So ist es.« Sie kam auf mich zu. Ihr Kleid raschelte in der Stille. »Er wäre bekannter geworden, glaube ich – wenn er länger gelebt hätte.«

»War dies sein letztes Werk?«

»Nicht ganz. Es gibt noch ein Pendant zu diesem Bild – unvollendet, fürchte ich.«

»Ein Pendant?«

»Ja. Eine Folge, wenn Sie so wollen. Beide Bilder zusammen erzählen eine Geschichte. Es sollte noch ein drittes Bild geben.«

»Ein Jammer, daß sie nicht vollendet wurden.«

»Das zweite Bild ist fast fertig. Möchten Sie es sehen?«

Ich sah sie an, wie sie steif und zurückhaltend in ihrem hochgeschlossenen Kleid dastand, und fragte mich – wie schon zuvor –, ob ich wirklich richtig gesehen hatte. Doch ich hatte richtig gesehen. Das Lächeln der nackten Gestalt auf dem Bett, die auf dem Gemälde zu sehen war, sagte mir, daß ich mich nicht irrte. »Ich würde es gern sehen. – Wenn es Ihnen nicht ungelegen kommt.«

»Aber keineswegs.« Sie hielt inne. »Ich bewahre es... in meinem Schlafzimmer auf.«

Es konnte nicht sein. Kein derart simpler Trick. Wir sprachen von einem Bild, nichts weiter. Und doch wußte ich, daß dem nicht so war. Die Sonne kam heraus, ihre Strahlen trafen auf die Wand neben uns. Der Körper auf dem Bett war plötzlich sonnenüberflutet, doch Lady Powerstock achtete nicht darauf, sondern lächelte lediglich engelhaft.

»Sagen wir... nach dem Tee – heute nachmittag?«

Was blieb mir anderes übrig, als zuzustimmen? Eine Weigerung meinerseits hätte meinen Verdacht offenkundig gemacht, daß hier mehr als nur die Betrachtung eines Gemäldes angeboten wurde. Außerdem trieb mich noch etwas anderes, was ich mir selbst nicht eingestehen wollte, zur Einwilligung.

»Sie wissen, wo mein Zimmer ist?«

»Äh... ja.«

Sie lächelte erneut. »Gut. Bis später dann.« Sie schien hinausgehen zu wollen, blieb dann aber noch kurz bei dem Regal stehen, in das ich das Buch wieder zurückgestellt hatte. »Haben Sie das Essay von der ersten Frau meines Mannes gelesen?« Sie schien es gemerkt zu haben.

»Ja, ich war gerade dabei, als Sie hereinkamen.«

»Ich dachte es mir. Traurig, nicht wahr?«

»O ja, sehr. Aber es ist gut, daß Sie und Lord Powerstock sich gegenseitig über Ihre Verluste hinwegtrösten konnten.«

Sie stellte das Buch zurück. »So hab' ich's nicht gemeint. Ich finde es ziemlich traurig, daß das Diözesankomitee seinen Namen für diese... zweckdienliche Fiktion hergegeben hat.«

»Fiktion? Aber die Lady hat doch etwas für die Armen getan?«

»Auf jeden Fall hat sie Portsea regelmäßig besucht.« Mit diesen Worten ging Olivia zur Tür und öffnete sie. »Die Frage ist nur: warum?«

Das Sonnenlicht verblaßte, und im Raum wurde es kalt.

Ich ließ das Mittagessen ausfallen und machte einen langen Spaziergang, um einen klaren Kopf zu bekommen. Es herrschte eine verwaschene Windstille; über den Hügeln im Westen drohten dunkle Wolkengebirge.

Mein Rückweg führte mich – möglicherweise zwangsläufig – durchs Dorf. In Gedanken war ich immer noch bei dem Buch in der Bibliothek, und ich sinnierte gerade Olivias abwertender Bemerkung nach, als ich den Friedhof betrat und zwischen den Grabsteinen hindurchschlenderte, auf der Suche nach ... Ich wußte, was ich finden würde. Ein großer, quadratischer, abgegrenzter Gedenkstein für drei verschiedene Lord Powerstocks, dazu in seinem Schatten ein kleinerer, neuerer Stein:

> IN LIEBEVOLLER ERINNERUNG AN MIRIAM ABIGAIL HALLOWS, LADY POWERSTOCK, GELIEBTE EHEFRAU, MUTTER UND TOCHTER. DER HERR HAT SIE FRÜHZEITIG ZU SICH GENOMMEN, 30. MÄRZ 1905, IM ALTER VON ACHTUNDDREISSIG JAHREN – WIR WERDEN SIE IMMER LIEBEN UND AUF EWIG VERMISSEN.

Hallows hatte sie mir gegenüber nie erwähnt, doch wie oft muß er als junger Mann vor diesem Grabstein gestanden und sich gefragt haben, wie alles gekommen wäre, wenn sie gelebt hätte? Ich wandte mich ab und ging auf das Tor zu, das zu dem Weg nach Meongate führte.

Im Südportal der Kirche tauchte eine Gestalt auf und schaute zu mir herüber. Es war Leonora in einem karierten Kleid und einem dunklen Cape. Sie zeigte ein schwaches Lächeln.

»Wir treffen uns schon wieder hier«, sagte sie.

Ich zog den Hut. »Doch diesmal bin *ich* überrascht. Darf ich Sie nach Meongate begleiten?«

»Aber natürlich.« Wir spazierten den Wiesenweg entlang, der zum Fluß hinabführte. »Haben Sie das Familiengrab inspiziert?«

»Ich hab's im Vorbeigehen bemerkt. Der Gedenkstein für Johns Mutter ist sehr bewegend.«

»Ich glaube, jeder hielt es für ungerecht, daß sie so starb, wie sie gestorben ist.«

»Ich kann mir vorstellen, daß es stets riskant ist, in derartigen Gegenden zu arbeiten. Kennen Sie Portsea überhaupt?«

Sie blickte mich an. »Nein. Überhaupt nicht.«

»Am Mittwoch waren Sie nicht weit davon entfernt.«

»Ja, das mag sein.«

Wir überquerten den Fluß und gingen dann durch den Wald auf den Weg zu, der über die Eisenbahnlinie und weiter in einem Bogen Richtung Osten nach Meongate führte. Ungefähr eine Meile vor unserem Ziel wurden wir von einem heftigen Regenschauer überrascht. Wir suchten in einer offenen Scheune am Straßenrand Unterschlupf und setzten uns auf zwei Strohballen.

Das war die Gelegenheit, die ich herbeigesehnt, aber auch gefürchtet hatte: Leonora eine Alternative zu Mompessons Vorschlag anzubieten, den sie unerklärlicherweise akzeptieren wollte. Natürlich war es viel zu früh, es war eine Mißachtung ihrer Trauer, aber ihre Worte, die ich im Rhododendrongebüsch mitgehört hatte und die mir seitdem nicht mehr aus dem Sinn gegangen waren, hatten mich davon überzeugt, daß ich sie bald für immer verlieren würde, falls ich sie nicht von der Tiefe meiner Gefühle überzeugen konnte.

Ich murmelte eine beiläufige Bemerkung. »Ich glaube nicht, daß es lange regnen wird.«

»Manchmal«, sagte sie leise, »glaube ich, daß es ewig regnen wird.«

Ich schaute sie an. »Vermissen Sie ihn so sehr?«

Sie wandte den Blick ab. »Mehr, als ich sagen kann.«

»Für Sie ist es natürlich am schlimmsten. Aber vielleicht hilft es Ihnen, wenn ich Ihnen sage, daß ich ihn auch vermisse. Die Männer unter seinem Kommando trauern immer noch um ihn. Erst vor kurzem hat mir das einer von ihnen geschrieben.«

Sie sah mich wieder an; ihre Stimme war gedämpft von Tränen, die sie mühsam zu unterdrücken versuchte. »Es ist schlimmer, als Sie sich möglicherweise vorstellen können.«

»Ich würde es gerne verstehen.«

»Das weiß ich. Aber ich glaube nicht, daß es möglich ist.«

»Warum nicht? Ich hoffe, ich bin nicht anmaßend, wenn ich sage, daß es sicherlich nicht Johns Wunsch war, daß Sie... zu lange um ihn trauern. Er würde nicht gewollt haben, daß Sie... das Leben aufgeben.«

»Nein. Das hätte er nicht gewollt.«

»Dieser Krieg wird nicht ewig dauern. Wenn er vorbei ist, werden wir alle unser Leben wieder neu aufbauen müssen. Vielleicht sollten wir jetzt schon damit anfangen. Vielleicht könnten wir es... gemeinsam tun.«

So hatte ich es nicht formulieren wollen, doch Leonora war so nachsichtig, mich deswegen nicht zu verurteilen. Sie schien jedoch niedergedrückt von einer Trauer, die in ihrem innersten Kern unerklärlich war, trotz all des Unglücks, das sie getroffen hatte. »Sie waren der Freund meines Mannes, Tom, und somit auch mein Freund. Mehr als das kann ich Ihnen nicht anbieten.«

»Solche Dinge brauchen ihre Zeit. Ich versuche nicht, Johns Platz einzunehmen. Das kann kein Mensch. Aber ich glaube, ich könnte Ihrem Leben wieder einen Sinn geben, so wie Sie dem meinen. Falls Sie je wieder eine... Heirat in Betracht ziehen, dann würde ich mich tief geehrt fühlen.«

Sie erhob sich von dem Ballen und ging langsam auf einen der Pfosten zu, die das Dach trugen. Sie legte einen Arm um ihn, als müßte sie nicht nur ihren Körper, sondern auch ihre Gedanken stützen. »Sie sind ein guter Mann, Tom. Zu gut für das, was hier geschieht. Ich kann Sie niemals heiraten. Bitte verstehen Sie das.«

Ich erhob mich ebenfalls. »Genau das ist es. Ich verstehe nicht. Es liegt doch nichts Unrechtes in der Vorstellung, daß eine junge Witwe...«

»Ich bin schwanger«, sagte sie leise, aber fest und brachte damit meine Worte und meine Gedanken zu einem abrupten Halt.

»Was?«

»Ich bin seit drei Monaten schwanger. Ich vermute, ich muß

Ihnen nicht extra sagen, was an der Vorstellung unrecht ist, daß eine junge Witwe im dritten Monat schwanger ist, wenn ihr Mann seit mehr als vier Monaten tot ist.«

Ich konnte nicht sprechen. Ich wußte nicht, was ich sagen sollte.

»Ich hatte gehofft, Sie damit verschonen zu können. Ich hatte gehofft, Sie würden Meongate verlassen, bevor es sich nicht mehr verbergen läßt.«

Zorn flammte in mir auf. »Es ist Mompesson, nicht wahr?«

»Ich habe Ihnen das gesagt, was Sie meiner Meinung nach zu wissen ein Recht haben. Das ist alles.«

»Er hat mir bereits mitgeteilt, daß er Sie zu heiraten beabsichtigt. Und jetzt bezweifle ich nicht mehr, daß Sie ihn heiraten werden, da Sie ja sein Kind tragen.«

Meine Worte schienen sie vorübergehend zu schockieren, doch dann riß sie sich zusammen. Sie atmete tief ein und sah mir in die Augen. »Das Thema ist abgeschlossen. Und jetzt entschuldigen Sie mich bitte. Sie haben sicher Verständnis dafür, daß ich allein nach Meongate zurückkehren möchte.«

Es hatte aufgehört zu regnen. Sie trat auf den Weg hinaus und ging langsam auf Meongate zu. Ich folgte ihr nicht, sondern schrie hinter ihr her, noch bevor die Bitterkeit meinen Zorn ersticken konnte: »Ich bin froh, daß John nicht hier ist und mit ansehen muß, wie Mompesson zuerst seine Stiefmutter und dann seine Frau verführt.« Doch Leonora drehte sich nicht um. Mit gleichmäßigen Schritten entfernte sie sich und verschwand bald aus meinem Blickfeld.

Ich zündete mir eine Zigarette an und lehnte mich gegen den Pfosten, an dem sie gestanden hatte. Ich verspürte nicht den Wunsch, sie einzuholen, mich noch einmal von ihr beleidigen zu lassen. Es war nicht ihre Schuld, daß ich mir so viel erhofft hatte, daß ich mich ihretwegen zum Narren gemacht hatte, doch tief in meinem Herzen gab ich ihr in diesem Moment düsterster Resignation die Schuld an jeder einzelnen Facette meiner Erniedrigung. Ich vergaß all die vielen Kleinigkeiten, die nicht in das Bild hineinpaßten, das ich mir nun von ihr und Mompesson gemacht hatte. Ich erinnerte mich nur an den Freund, den sie meiner Meinung nach verraten hatte. Ich sah die Vision einer Zukunft vor mir, die mir nun versagt bleiben würde.

Als ich die Zigarette fertig geraucht und am Pfosten ausgedrückt hatte, war ich entschlossen, mir Leonora und all die anderen Bewohner von Meongate, die mich so faszinierten und abstießen, endgültig aus dem Kopf zu schlagen. Das schien die einzige Möglichkeit zu sein, mir einen Rest von Würde zu bewahren und Hallows' Namen in Ehren zu halten. Ich schluckte meinen schlimmsten Groll hinunter und machte mich auf den Rückweg.

Am Nachmittag kam ich in Meongate an. Es ging kein Wind mehr, und das Haus stand schweigend da: Eine Siesta-Atmosphäre lag über allem. Ich begab mich auf mein Zimmer, froh darüber, niemandem zu begegnen, legte mich aufs Bett und starrte die Blumenmuster der Vorhänge und das verwaschene Blau des Himmels draußen vor meinem Fenster an. Ich fiel in einen leichten, unruhigen Schlaf.

Etwas kroch auf mein Bett zu. Ich konnte das langsame, qualvolle Gleiten und Rutschen über den Teppich hören. In einem Anfall von Panik wußte ich plötzlich, daß es Hallows war, der sich da blind und blutend aus dem Niemandsland zurückschleppte.

»Hallows?« Ich rief seinen Namen, als ich aus dem Bett schwankte. Benommen starrte ich um mich und merkte, daß es nur ein Traum gewesen war. Da war nichts – bis auf einen weißen Umschlag, der auf dem Teppich nahe der Tür lag.

Ich hob ihn auf. Während ich geschlafen hatte, muß ihn jemand unter der Tür durchgeschoben haben. Ich riß den Brief auf. Ein Schlüssel fiel auf den Boden, und ich hatte den Zettel in der Hand, in den er gewickelt gewesen war.

»Tom: Dies ist der Schlüssel zum Observatorium. Wenn Sie

verstehen wollen, was in diesem Haus vorgeht, dann gehen Sie heute abend um sieben Uhr dorthin. L.«

Ich steckte den Schlüssel in meine Tasche und verbrannte, ohne eine Sekunde zu überlegen, die Nachricht. Ich hatte nicht erwartet, je wieder von ihr zu hören, doch nun, da sie mir eine Nachricht geschickt hatte, verdrängte die schwache Hoffnung, alles könnte doch noch gut werden, meinen Entschluß, mit ihr nichts mehr zu tun haben zu wollen. Ich würde das tun, was sie mir aufgetragen hatte.

Ich schaute auf die Uhr. Es war Viertel vor fünf. Dann fiel mir meine Verabredung mit Olivia ein. Warum sollte ich sie nicht einhalten, dachte ich mir, und wenn es nur darum ging, Mr. Bartholomews berühmtes Gemälde anzuschauen und ihr zu sagen, daß ich abreisen würde.

Ich wusch mich, zog mich um und machte mich auf den Weg zum Flügel des Hauses. Immer noch herrschte tiefes Schweigen. Ich ging an den Stufen zum Observatorium vorbei und klopfte an der Tür, an der ich Mompesson vor gerade einer Woche gesehen hatte.

»Herein.« Olivias Stimme klang fern und gedämpft.

Ich öffnete die Tür und trat ein. Der Raum war leer. »Lady Powerstock?«

»Sind Sie das, Lieutenant?« Ihre Stimme kam aus dem angrenzenden Zimmer, zu dem die Tür einen Spalt offenstand. Ich hielt es für das Schlafzimmer.

»Ja. Sie sagten, ich könnte mir das Bild ansehen.«

»Natürlich. Es hängt an der dem Fenster gegenüberliegenden Wand. Ich bin gleich bei Ihnen.«

Ich drehte mich um. Es war unzweifelhaft ein Pendant zu dem Gemälde in der Bibliothek. Der schwere, vergoldete Rahmen paßte zu der reich verzierten, bronzenen Tapete. Ich ging hinüber, um es näher in Augenschein zu nehmen.

Eine Folge von Bildern, hatte sie gesagt. Sie hatte recht. Das gleiche Schlafgemach in irgendeinem mythischen Schloß, die gleiche schwüle, morbide Atmosphäre mittelalterlicher Leidenschaft und Besessenheit, doch alles noch etwas intensiver. Die Frau auf dem Bett hatte sich umgedreht und lag nun auf dem Rücken, ein Knie aufgestützt, um einen Rest von Anstand zu wahren. Der Mann im Panzerhemd hatte sich auf das Bett gekniet und beugte sich nun mit gesenktem Kopf über sie, um ihre linke Brust zu küssen. Sie hatte seine linke Hand gefaßt und preßte sie auf ihre andere Brust. Es war die Darstellung einer sexuellen Eroberung, absolut und peinigend zugleich, weil die Frau ihr Gesicht von dem Manne abgewandt hatte und mit einer Miene abstrakter Überlegenheit aus dem Bild schaute, als wäre sie, ebenso wie der Maler, lediglich eine Zuschauerin, eine Betrachterin der Täuschung eines anderen. War es Olivia? Ich musterte das Gesicht, war mir aber nicht sicher.

»Was halten Sie davon?«

Ich drehte mich um. Olivia war aus dem angrenzenden Zimmer aufgetaucht und betrachtete mich so intensiv, wie ich das Bild betrachtet hatte. Sie trug einen blaßgrünen, seidenen Morgenrock, locker über der Taille zusammengebunden. Ihr Haar hing offen herab, wie ich es bis jetzt nur einmal gesehen hatte.

»Ich hatte mich nach dem Bad ein bißchen hingelegt. Ich hatte ganz vergessen, daß Sie kommen wollten.« Die Lüge war so durchsichtig wie der Morgenrock.

»Tut mir leid. Ich wollte Sie nicht stören.«

»Macht nichts. Gefällt Ihnen das Bild?«

Was sollte ich sagen? Diese marktschreierische Darstellung mit ihrer häßlichen, uneingestandenen Anziehungskraft brachte mich zum Schweigen. »Ihr Gatte muß ein bemerkenswerter Mann gewesen sein.«

»Ja, aber er hatte schweren Kummer, vor allem gegen Ende zu – wie sich schon aus diesen Bildern schließen läßt.«

Sie machte einen Schritt, drehte sich leicht seitwärts, so daß sich der Morgenrock für einen Moment teilte und einen nackten, runden Oberschenkel enthüllte. Unsere Konversation diente nur als Vorwand; ich konnte nicht glauben, daß es passieren würde, und sie war entschlossen, nichts zu übereilen. »Er ertrank – wenn ich mich recht entsinne.«

»Ja – es war sehr passend.«

»In welcher Beziehung?«

»Philipp war sein Leben lang ein Ertrinkender.«

Sie schob sich näher an mich heran, betrachtete das Bild mit hingerissener Aufmerksamkeit. Jetzt, da sie dicht neben mir stand, lag ein schwerer Duft in der Luft; die Wärme ihres Körpers vermischte sich mit der Verlockung ihres Parfüms. Ich sah sie an, nicht das Bild, bewunderte das stolze, schöne Profil ihres Gesichtes, den hoheitsvollen Nacken, das Heben und Senken ihres Busens unter dem Morgenrock, die zarte Berührung der Seide, die sich an die Rundungen der Brüste schmiegte. Ich schaute sie an, wie es von ihr beabsichtigt war; mit nachlassender Kraft kämpfte ich gegen die aufsteigende Begierde an.

»Sie haben mir nicht die Frage gestellt, die mir die meisten Menschen stellen.«

»Und die wäre?«

»Ob ich die Frau auf dem Bild bin.« Sie sah mich, fing meinen Blick ein und wich ihm nicht mehr aus.

»Und sind Sie es?«

»Was glauben Sie, Lieutenant?«

»Ich weiß es nicht.«

»Sie ist wunderschön, nicht wahr? Und grausam. Hat mein Mann mich so gesehen? Denken Sie so von mir?«

Ich sah sie an. »Es könnte sein.«

Spöttisch schnalzte sie mit der Zunge. »Sie enttäuschen mich. Ich hätte Sie für entschlossener gehalten.« Sie warf den Kopf zurück und ging zum Fenster. Ich beobachtete sie, sah, wie sich der Stoff des Morgenrocks bei jeder Bewegung um ihre Hüften spannte, spürte, wie sich das leise Rascheln des Materials in meinen Körper drängte, und fühlte meine Unentschlossenheit wachsen.

Sie blieb zwischen Fenster und Schlafzimmertür stehen und schaute zu mir zurück. »Was wissen Sie von mir, Lieutenant?«

Ich griff nach der Chance, meine Würde wiederherzustellen. »Mehr, als Sie ahnen.«

Sie lächelte. »Das bezweifle ich. Für Sie bin ich die schamlose Frau eines älteren Mannes, die sich jedem jungen Mann an den Hals wirft, der über ihre Schwelle tritt. Ist es nicht so?«

»Das haben Sie gesagt.«

»Aber Sie haben das, was Sie dachten, während Ihres ganzen Aufenthaltes hier deutlich zum Ausdruck gebracht – meinem Mann, Leonora und dem senilen Charter gegenüber. Warum machen Sie jetzt nicht weiter?«

»Ich weiß nicht, was Sie meinen.«

»Kommen Sie. Warum geben Sie's nicht zu? Die falsche Reinheit von Leonora und die geheiligte Erinnerung an Johns Mutter hat Sie überwältigt: dieser ganze Schwindel von Familienehre, den wir hier vorführen.«

»Ist es ein Schwindel?«

»Was glauben Sie denn? Der Geist dieser Frau schleppt ihre guten Taten im Haus herum, bis mich allein schon der Klang ihres Namens krank macht. Und was ist bei diesen Taten herausgekommen? Was Sie schamlos nennen, bezeichne ich als ehrlich.«

Ihr Busen wogte in beherrschtem Zorn über all die Gründe, deretwegen sie verdammt wurde, doch wußte sie überhaupt, wie recht sie hatte? Kannte sie die Wahrheit über Leonora? Ich wagte nicht zu fragen. Ich konnte lediglich meinem wachsenden Schuldgefühl mit einer Anklage begegnen. »Ich weiß alles über Sie und Mompesson, Lady Powerstock. Falls es in diesem Haus Verderbtheit gibt, dann in diesem Zimmer.«

Sie lachte. »Sind Sie nicht deswegen hier?«

Jetzt wurde ich zornig. Quer durch den Raum ging ich auf sie zu. »Ich bin auf Ihre Einladung hier.«

»Nein. Sie sind hier, um zu beweisen, daß Sie mehr als nur ein Spanner sind, mehr als nur eine Klatschtante.«

»Warum haben Sie mich dann zu sich gebeten?«

»Ich wollte wissen, ob Sie als Mann wenigstens halb soviel wert sind wie Ralph Mompesson.«

Sie stand zwischen mir und dem Licht vom Fenster, zwischen mir und der Vernunft. Bevor ich wußte, was ich tat, machte ich einen Schritt auf sie zu und hob die Hand, um sie zu schlagen. Doch bevor ich zuschlagen konnte, stoppte mich die höhnische Herausforderung in ihren Augen. Meine Hand fiel auf ihre Schulter, dort, wo der seidene Morgenrock sich um ihren Nakken legte. Das war zuviel für mich – ich konnte mich nicht mehr zurückhalten. Meine Hand glitt in ihren Morgenrock und legte sich um die große, feste Brust, ich spürte, wie sich die Brustwarze zwischen meinen Fingern aufrichtete. Olivia lächelte und löste den Gürtel an ihrer Taille. Der Morgenrock öffnete sich; darunter war sie nackt. Ich sah meine eigene Hand, die sich auf ihre Brust preßte, und wußte, daß mein Entsetzen nicht mit dem Vergnügen mithalten konnte, das mir das dargebotene Fleisch verhieß. Auch sie wußte es. Ich spürte, daß dieses Wissen sie mehr erregte, als es meine Berührung je gekonnt hätte.

»Vielleicht«, murmelte sie, »hab' ich dich unterschätzt. Vielleicht bist du mehr als nur ein halber Mann.«

»Das werden wir herausfinden«, sagte ich. Meine Stimme war heiser vor Nervosität. Ich löste meine Hand von ihrer Brust und streifte den Morgenrock von ihrer linken Schulter. Der Stoff glitt über ihren Rücken und fiel zu Boden, als sie den rechten Arm streckte. Nackt stand sie vor mir; die üppigen Kurven und der Schmelz ihres Körpers rissen mich über den Punkt hinweg, an dem ich noch hätte umkehren können.

»Dann folge mir«, sagte sie sanft. Nur ihr Lächeln verriet, was für ein Vergnügen es ihr bereitete, mir Befehle erteilen zu können. Sie stieß die Tür zu dem angrenzenden Zimmer auf. Ich sah das vorbereitete Bett, so wie ich es mir gedacht hatte, schenkte dieser Tatsache jedoch wenig Beachtung. Mein Geist ergötzte sich inzwischen an der Vision, der er nicht widerstehen konnte:

Olivia Powerstock, die meine Begierden vollumfänglich geweckt hatte, ging langsam auf das Bett zu, und ich würde ihr, das war gewiß, gleich folgen.

Sie erreichte das Bett, stützte sich mit einem Knie auf das Laken und schaute zu mir zurück. Auf ihrem Gesicht lag der gleiche Ausdruck wie auf Bartholomews Gemälde, jenem Bild, das ich nun zum erstenmal begriff. Das Wissen um ihre Niederträchtigkeit reichte nicht aus. Trotzdem kapitulierten unser Verstand und unsere Hände vor der Kurve ihrer Schenkel, der dargebotenen Hüfte, dem halb zugewandten Rücken und dem Profil der Brust.

Als ich über die Schwelle trat, fing mein Blick kurz die Reflexion des Zimmers hinter mir in dem großen Drehspiegel am Fenster ein. Es war nichts weiter als eine huschende Bewegung, ein flüchtiger Schatten, und doch merkwürdig störend und irritierend. Abrupt blieb ich stehen, schaute den Bruchteil einer Sekunde genau hin, um das Bild klar und deutlich ins Auge fassen zu können. Die Tür zum Gang, von der ich mit Sicherheit wußte, daß ich sie geschlossen hatte, stand offen. Und in ihrem Rahmen sah ich Hallows, der mich streng und unverwandt anstarrte. Es war nur ein Blitz, ein Schnappschuß. Doch da stand er, Captain the Honourable John Hallows, mein toter Freund, mein für immer abwesender Gastgeber, da stand er und beobachtete mich, ausdruckslos, doch alles sehend.

Ich schrie auf und wirbelte herum. Nichts. Da war niemand. Die Tür war geschlossen – oder schloß sich gerade. Wer hätte schon sagen können, ob sich der Griff nicht noch leicht bewegte? Ich nicht. Nicht in diesem Moment. Meine Alpträume vom Krieg waren lebhaft genug, um zu wissen, was für Streiche einem der eigene Verstand spielen konnte, doch einen Augenblick lang schien es absolute Gewißheit gewesen zu sein, daß er mich beobachtete und das sah, was ich selbst nicht sehen wollte.

Ich rannte hinaus in den Vorraum und riß die Tür auf. Niemand war da; kein Laut, keine Spur im Gang deutete auf die Anwesenheit eines Menschen hin. Ich schloß die Tür und lehnte mich dagegen. Mein Herz hämmerte, und der Schweiß stand mir auf der Stirn. Die Vision hatte mir eines klargemacht: In diesem Haus, das einst sein Haus gewesen war, war ich in erster Linie und vor allem anderen Hallows' Freund. Wenn ich an diesem verräterischen Ort den Verlockungen der Sinne nachgab, dann verriet ich nicht nur ihn, sondern auch mich selbst.

»Was ist los mit dir?« Olivia kam hinter mir aus dem Schlafzimmer. Ihre Stimme war so hart wie ihr Gesicht, während sie hastig irgendeine Robe um sich schlang.

»Ich kann nicht...« Ich blickte zum Schlafzimmer, ohne den Satz beenden zu können. Ihr zorniger Gesichtsausdruck machte schnell Verachtung Platz. Sie hatte nichts bemerkt – nur daß ich plötzlich die Nerven verloren hatte. Ich versuchte es noch einmal. »Ich kann nicht..., ich kann nicht bleiben.«

Jetzt blieb mir nur noch die Flucht. Ich wich ihrem vernichtenden Blick aus, öffnete die Tür und rannte blindlings hinaus auf den Gang.

Ich brauchte unbedingt einen Drink. Ich ging hinunter in den Salon und schenkte mir einen Scotch ein. Es half nicht viel. Auch ein Spaziergang im Garten nützte nichts. Dunkle Wolken türmten sich erneut auf, als Vorboten einer weiteren stürmischen Nacht. Als ich Cheriton durch den Park auf mich zukommen sah, entschloß ich mich, ins Haus zurückzukehren.

Ich nahm den Weg über das Gewächshaus, in der Hoffnung, niemandem zu begegnen, doch als ich am Billardzimmer vorbeiging, rief mich Thorley durch die offene Tür.

»Lust auf ein Spielchen, Franklin?« fragte er. Er marschierte um den Tisch herum und stieß die Kugeln ziellos durch die Gegend.

Ich trat ein. »Tut mir leid. Ich bin zu unruhig.«

Er grinste grimmig. »Ich weiß, was Sie meinen.« Er verpaßte ein Eckloch. »Weiß genau, was Sie meinen.«

»Tatsächlich?«

»O ja.« Er beugte sich stoßbereit vor, richtete sich dann abrupt wieder auf. »Hören Sie das?«

Ich lauschte. Ganz schwach drang durch die hohen, mit Läden verschlossenen Fenster das Geräusch eines Motors. Ich wußte sofort, daß es Mompesson war.

Thorley lächelte und knallte das Queue in die Halterung an der Wand. »Unser amerikanischer Freund. Zeit, daß ich mich ein bißchen rar mache.« Auf dem Weg zur Tür blieb er kurz neben mir stehen. »Ich nehme nicht an... Nein. Vergessen Sie's.« Schnell ging er hinaus.

Ich schlenderte hinter ihm her auf die Hintertreppe zu. Ich hatte nicht den Wunsch, Mompesson zu begegnen. Irgendwo hörte ich eine Tür knallen und Lady Powerstock eine Begrüßung trällern... Ich schob den Gedanken beiseite. Wozu sollte es gut sein? Sie hatte mir meine Selbstachtung genommen, aber noch nicht all meine Ehre.

Ich blieb bis sieben Uhr in meinem Zimmer und überlegte, ob ich auf Leonoras Nachricht eingehen oder einfach dieses verfluchte Haus verlassen sollte. Der Gedanke war nichts weiter als eine Selbsttäuschung: Ich wußte sehr wohl, daß ich lange genug bleiben und von dem verschleierten Angebot Gebrauch machen würde, in irgendeiner Form die Wahrheit zu erfahren. Als es sieben schlug, lag der Schlüssel in meiner Hand.

Ich ging hinüber zum Flügel des Hauses. Olivia würde mit einiger Sicherheit unten sein und Mompesson bei einigen Aperitifs Gesellschaft leisten. Die Luft war rein. Ich wußte selbst nicht, was ich im Observatorium vorzufinden erwartete. Vielleicht hoffte ich gegen jede Wahrscheinlichkeit, daß Leonora Beweise hinterlassen hatte, die sie von jeder Schuld freisprechen würden – die vielleicht sogar mich auf irgendeine absurde Weise freisprechen würden.

Lautlos stieg ich die Treppe hoch, erreichte die Tür und schob den Schlüssel ins Schloß. Sie knirschte in den Angeln, war überhaupt nicht verschlossen gewesen.

Drei Stufen führten zum eigentlichen Observatorium hoch: ein hoher, schmaler, sechseckiger Raum unter dem Kupferdach, das die Wetterfahne trug. In der Mitte stand neben einem niedrigen Hocker ein modernes Messingteleskop. Ansonsten gab es noch einen Schrank, einen kleinen, viereckigen Tisch und einen reichlich mitgenommenen Sessel. Auch die verstreuten Karten und Bleistiftstummel konnten den Eindruck von Vernachlässigung, der in der modrigen Luft hing, nicht vertreiben.

Im Westen hatten sich dunkle Wolkenbänke vor die untergehende Sonne geschoben. Von meinem Platz aus sah ich zwischen schlanken Kaminen hindurch die Fensterreihen auf der Rückseite des Hauses und den Garten, den Cheriton immer noch durchstreifte. Der Wind wirbelte Blätter und Rosenblüten herum, zerrte an seinem Mantelkragen und brachte das Observatoriumsfenster zum Klirren. Nachts mußte das hier ein guter Aussichtspunkt für das Studium der Sterne sein. In dem jetzt herrschenden Zwielicht konnte man von hier aus lediglich Meongate beobachten. Und deshalb – so überlegte ich mir – hatte Leonora diese Zeit gewählt.

Ich dachte über ihre Nachricht nach. »Wenn Sie verstehen wollen, was in diesem Hause vorgeht...« Wo sollte man in einem verlassenen Observatorium danach suchen? Es schien keinen Sinn zu ergeben.

Dann fiel mein Blick auf das Teleskop. Merkwürdigerweise war das Glas nicht abgedeckt. Noch seltsamer allerdings war es, daß das Teleskop nicht auf den Himmel, sondern auf das Haus selbst gerichtet war. Ich berührte die Halterung: Sie war in dieser Position festgestellt worden.

Ich beugte mich vor und schaute durch das Okular. Tatsächlich, das Teleskop war auf eines der Fenster im oberen Stock am Ende des Hauses gerichtet und dann arretiert worden. Ich schaute genauer hin.

Es war Mompessons Zimmer. Er stand in einem dunklen Morgenrock am Fenster, rauchte eine Zigarette und betrachtete den Garten – ein Mann, der sich nach dem Bad entspannte. Das, so sagte ich mir, konnte nicht der einzige Grund sein, weshalb ich hier war.

Mompesson schaute sich plötzlich um und schien etwas zu sagen, entweder zu einer anderen im Raum anwesenden Person oder zu jemandem, der an die Tür geklopft hatte. Dann drehte er sich wieder um und drückte seine Zigarette in dem auf dem Fenstersims stehenden Aschenbecher aus. Die Geste schien übertrieben, wirkte irgendwie symbolisch, als wäre sie nur für eine andere Person gedacht.

Er lehnte sich gegen den Sims und schaute zurück ins Zimmer. Ich konnte erkennen, wie sich seine Lippen bewegten, sah aber immer noch nichts von seinem Gegenüber. Mein Blickwinkel umfaßte lediglich ein Viertel des Raumes. Wieder stellte ich mir die Frage, worauf das Teleskop gerichtet war. Warum Mompessons Fenster? Sollte das ein komplizierter Beweis von Lady Powerstocks Untreue sein? Traf das zu, dann war es, was mich anbelangte, reine Verschwendung; außerdem konnte sich Mompesson jederzeit in den dunklen, uneinsehbaren Rest des Zimmers zu seinem Gegenüber begeben. Die Wahrscheinlichkeit war groß, daß ich bald ein leeres Fenster betrachten konnte.

Als wollte er meine Gedanken bestätigen, stieß sich Mompesson vom Fenstersims ab und ging auf die Mitte des Raumes zu. Doch sein Gegenüber kam ihm entgegen, bevor er einige Schritte gemacht hatte – und es war nicht Lady Powerstock. In ein schwarzes Abendkleid gehüllt, tauchte Leonora in meinem Blickwinkel auf. Sie hatte genau gewußt, wann ich mich zum Observatorium begeben sollte, da sie geplant hatte, was ich zu sehen bekommen würde. Mompesson blieb rechts von ihr stehen und nahm ihren Arm, als wollte er sie wegführen, doch sie rührte sich nicht vom Fleck und schaute direkt zu mir hoch. Natürlich konnte sie mich nicht sehen, aber sie wußte, daß ich da stolperte die paar Stufen hinunter zur Tür, riß sie auf und rannte die Treppe hinab. Die Flucht war das einzige, was mir blieb.

Doch ich kam nicht weit. Gerade als ich am Fuße der Treppe in den Gang einbiegen wollte, traf ich auf Lady Powerstock. Ernst und kultiviert, wie es meines Erachtens ganz und gar nicht ihrer Natur entsprach, stand sie vor mir, in einem tiefausgeschnittenen, auf dekadente Weise würdevoll aussehenden Abendkleid. Ihr Halsband glitzerte so wie ihr metallisches Lächeln.

»Schon wieder auf der Flucht, Lieutenant Franklin?«

Der Drang zurückzuschlagen ließ mich alle Vorsicht vergessen. »Wer würde nicht flüchten – vor der Verderbtheit dieses Hauses?«

»Sind Sie sicher, daß Sie nicht nur Ihre eigene Unzulänglichkeit hinter diesem ermüdenden Moralgetue verstecken?«

»Ich verstehe Sie nicht. Ich verstehe keinen hier. Seid ihr beide glücklich, euch diesen Mann zu teilen – wie irgendeinen gemieteten Hengst?«

Sie runzelte die Stirn. »Beide? Was für... beide... meinen Sie?«

»Ich vermute, für Sie spielt es schon längst keine Rolle mehr. Aber warum müssen Sie Leonora in all das hineinziehen?«

»Leonora?«

»Tun Sie nicht so, als wüßten Sie nichts.«

Ihre Augen blitzten. »Was soll ich wissen?«

»Das ist doch sinnlos.« Ich schob mich an ihr vorbei. »Morgen früh reise ich ab. Es wird mir eine Erleichterung sein.«

»Niemand wird Sie aufhalten. Wir wollen Sie hier nicht.«

Ich ging weiter, bemühte mich um ein angemessenes Tempo. Als ich um die Ecke bog, empfand ich plötzlich Erleichterung, daß ihr Blick nicht länger auf meinem Rücken ruhte. Ich wünschte mir nichts weiter, als weit weg von ihr und ihrem Haus zu sein. Das, dachte ich, wäre schon genug.

Die Dämmerung vertiefte sich zur Dunkelheit, als ich die Auffahrt hinabging. Die Lichter des Hauses blieben hinter mir zurück. Ich eilte an den rauschenden Ulmen vorbei, froh, an der frischen, kalten Luft zu sein, in der ein Hauch von Regen die schlimmste Erniedrigung fortwusch.

Nur der Wind, der in den Blättern und Ästen seufzte, und ein früher, ferner Eulenschrei durchbrachen das Schweigen, das hinter dem Knirschen meiner Schritte auf dem Weg lag. Jetzt waren die Lichter von Meongate verschwunden. Für eine Weile befand ich mich nun in Sicherheit.

Als ich Droxford erreichte, war es dunkel geworden, doch in den Fenstern vom »White Horse« brannten Lichter, und fröhliche Stimmen drinnen versprachen mir den Trost, den ich mir erhofft hatte.

Während meines Aufenthaltes hier war ich schon ein paarmal in dem Gasthaus gewesen und wurde deshalb einigermaßen herzlich begrüßt. Ich bestellte einen Krug Ale und zog mich damit in ein ruhiges Eckchen zurück, in der Absicht, mich so zu betrinken, daß ich das dringend benötigte Vergessen fand. Von einem Stuhl am Fenster ertönte ein Ruf. Es war Thorley. Unsicher kam er auf mich zugeschwankt. Anscheinend hatte er schon einige Drinks zuviel.

»Konnten's nicht aushalten, genau wie ich, nehm' ich an«, sagte er mit schwerer Zunge.

»Was aushalten?«

»Komm schon, alter Junge. Hat er dich auch bei den Eiern?«

»Ich weiß nicht, wovon Sie sprechen.«

Er nahm einen kräftigen Schluck; es roch nach Whisky. »Ich mein' den verdammten Ami. Mompesson.« Er redete zu laut – ein Bauer an der Bar sog an seiner Tonpfeife und warf uns einen durchdringenden Blick zu. »Deshalb sind Sie doch hier, was? Um ihm aus dem Weg zu gehen?«

Ich beugte mich über den Tisch zu ihm hinüber. »Sprechen Sie leiser, Major. Sie sind betrunken.«

»Natürlich bin ich verflucht betrunken. Und ich werd' mich noch mehr betrinken. Wer würde das nicht tun? Ich dachte, dies hier sei ein sicherer Hafen. Dann taucht Mompesson mit seinem öligen Lächeln auf und bringt mich dazu, um Einsätze zu spielen, die ich mir nicht leisten kann. Jetzt will er meine Schuldscheine kassieren.«

»Tut mir leid, das zu hören.«

»Nicht so sehr wie mir.«

»Was wollen Sie tun?«

»Ich will vor eine medizinische Kommission. Im aktiven Dienst bin ich wenigstens außerhalb seiner Reichweite.«

»Das scheint mir eine ziemlich drastische Maßnahme zu sein.«

»So weit hat er mich getrieben. Deswegen wollte ich Sie anpumpen.«

»Tut mir leid, daß ich Ihnen nicht helfen konnte.«

»Egal.« Er legte eine Pause ein. »Was hat er gegen Sie in der Hand?«

»Nichts. Ich mag ihn einfach nicht, das ist alles.«

»Wie Sie wollen.«

So nüchtern wie jetzt oder so betrunken wie später, ich hatte weder in der einen noch in der anderen Verfassung die Absicht, Thorley das zu erzählen, was ich mir kaum selbst eingestehen wollte: daß die Powerstocks mich und möglicherweise auch Hallows zum Narren gemacht hatten. Jetzt wünschte ich mir nichts weiter, als eine möglichst große Entfernung zwischen sie und mich zu legen. In der Zwischenzeit jedoch schien es gar nicht so übel, gemeinsam mit Thorley einen zu heben. An dem, was geschehen war, trug er keine Schuld. Wir waren beide das Opfer unserer eigenen Schwächen geworden. Ich erkannte, daß ich kein bißchen besser war als er, ganz gleich, wieviel ich noch vor kurzem gegen ihn einzuwenden gefunden hatte. Beide waren wir hier von der Flutwelle eines Krieges angespült worden, den zu stoppen wir nicht die Macht besaßen. Jetzt schien es fast ein

Zufluchtsort für uns zu sein. Es gibt Zeiten – und dies war zweifellos eine solche –, in denen die Welt schrecklich und unerträglich ungerecht erscheint. Wären wir zwanzig Jahre früher – oder später – geboren worden, dann wären unsere Nerven, unser Charakter, ja unser Leben nicht auf diese Bewährungsprobe gestellt worden. Kommt die Stunde, so kommen auch die Männer. Doch was ist mit jenen, die der Stunde der Bewährung nicht gewachsen sind?

Und so halfen Thorley und ich einander in falscher Kameraderie über die Runden. Zwischen jämmerlichem Selbstmitleid und aufblitzender Verachtung für uns selbst hin und her schwankend, vergaßen und verwischten wir all die Wahrheiten, die uns besser erspart geblieben wären. Schließlich schlief er auf dem Stuhl mir gegenüber ein, und ich trank allein weiter. Bald würde uns der Wirt zum Gehen auffordern, und ich mußte dann Thorley den ganzen Weg nach Meongate zurückschleppen.

Es kam nicht so, wie ich es erwartet hatte. Ich erinnere mich, daß ich gegen zehn auf die Uhr hinter der Bar schaute und dann zu Thorley hinüberblickte, der sich nicht mehr rührte. Aber was dann weiter geschah, in welcher Reihenfolge und ob ich wachte oder träumte, das kann ich nicht mehr genau sagen. Selbst jetzt bin ich mir nicht sicher, wieviel sich in Wirklichkeit und wieviel sich in meiner Phantasie abspielte. Ein betrunkener Narr gibt einen schlechten Augenzeugen ab. Aber so ungefähr muß es sich abgespielt haben.

Ich beschloß, allein nach Meongate zurückzukehren, bevor man mich auffordern konnte, Thorley mitzunehmen. Ich nahm den Hinterausgang über den Hof, wo einige Pferde leise im Stall wieherten. Die kalte Nachtluft machte meinen Kopf nicht klarer. Meine Beine trugen mich kaum, und die Welt kreiste in einem bunten Wirbel vor meinen Augen. Ich stolperte in eine Ecke des Hofes und übergab mich. Das schien etwas zu helfen. Als ich mich umdrehte, um durch das Tor auf die Straße hinauszugehen, sah ich, wie jemand – eine dunkle, verschwommene Gestalt – vom Stall her quer über den Hof auf mich zukam. Ich beeilte mich, ihm auszuweichen.

In dieser Nacht schaffte ich es nicht zurück nach Meongate. Vermutlich hatte ich nicht die geringste Chance gehabt. Ich hätte im Gasthof bleiben und mir ein Zimmer nehmen sollen. Statt dessen überraschte mich anderswo der Schlaf; Träume wirbelten mit all der schwindelerregenden Macht, der geschlossene Augen nicht widerstehen können, um mich herum.

Ein kalter Regentropfen, der mich an der Wange traf, weckte mich. Kopf und Glieder schmerzten. Aus einem Heubett schaute ich in das verwaschene Grau eines heraufdämmernden Septembertages. Ich hatte die Nacht in einer Scheune verbracht und von allem nichts mehr mitbekommen, bis der Regen durchs undichte Dach getropft war.

Ich kämpfte mich hoch und stolperte ins Freie. Die Scheune stand in der Ecke eines Feldes. Auf der anderen Seite führte ein Tor zur Straße. Ich wußte, daß es bis Meongate nicht mehr weit war, hatte aber keine Ahnung, wie ich überhaupt bis hierher gekommen war. Ich dankte den Instinkten eines Betrunkenen und ging quer über das Feld auf das Tor zu. Es war eine rauhe Nacht gewesen, doch der Gedanke, daß ich nur noch meine paar Habseligkeiten packen und dann für immer von Meongate verschwinden konnte, tröstete mich. Zu dieser frühen Stunde würde wahrscheinlich niemand auf sein, der mein Kommen und Gehen beobachten konnte. Der Gedanke beschleunigte meine Schritte.

5

In Meongate war es alles andere als ruhig. Als ich die Auffahrt hinaufmarschierte, sah ich dicht vor dem Hauseingang einen dunklen Kombi und dahinter eine Limousine stehen. Ich kannte keinen der beiden Wagen. Auf der Seite des Kombis bemerkte ich ein Wappen und darunter, von Schlammspritzern halb verdeckt, die Aufschrift HAMPSHIRE CONSTABULARY. Dann entdeckte ich neben der offenen Eingangstür einen Polizisten. Ich kannte ihn; es war der ältere, freundliche Polizist, den ich schon mehrmals mit dem Fahrrad durchs Dorf hatte fahren sehen. Auch er erkannte mich.

»Mr. Franklin, nicht wahr?«

»Ja. Was führt Sie denn her?«

Er gab keine Antwort. »Der Inspector würde Sie gerne sehen. Kommen Sie bitte mit mir, Sir.«

Ich folgte ihm in die Eingangshalle. »Was ist denn los?«

»Das werden Sie noch früh genug erfahren.«

Wir gingen in das Frühstückszimmer, in dem sich ein weiterer Polizist und ein emsig beschäftigter Sergeant befanden. Von den Mitgliedern des Haushalts war nichts zu sehen. Über einen Tisch gebeugt, durchwühlte ein Mann, den ich nicht kannte, den Inhalt eines Leinensacks. Er hatte graue, bereits leicht schüttere, gelockte Haare, ein schinkenfarbiges Gesicht mit einer goldgerahmten Halbbrille, und er trug einen fadenscheinigen Tweedanzug unter einem schäbigen Regenmantel. Er wühlte mit großen, massigen Händen in dem Sack herum, während er asthmatisch schnaufte und gleichzeitig vor sich hin summte.

»Mr. Franklin ist aufgetaucht«, verkündete der Polizist.

Der Mann starrte mich einen Moment lang über den Rand seiner Brille an, bevor er nachlässig den Sack beiseite schob. »Kommen Sie, Mr. Franklin«, sagte er. »Setzen Sie sich.«

»Ich würde gern wissen, was hier los ist.«

»Möchten wir das nicht alle? Nehmen Sie zuerst mal Platz.«

Widerstrebend setzte ich mich auf den Stuhl, den mir der andere Polizist hinschob. »Wer sind Sie?«

»Shapland. Ich bin Kriminalinspektor. Wir untersuchen hier einen Mordfall. Deshalb war ich so darauf bedacht, daß Sie sich hinsetzen, für den Fall, daß es ein Schock für Sie ist.«

Ich starrte ihn ungläubig an. »Wer ist ermordet worden?«

Er begann seine Fingernägel zu studieren. »Ein amerikanischer Gentleman. Ralph Eugene Mompesson. Eine Art Geschäftsmann.« Er nahm etwas aus dem Sack und hielt es hoch. Es war ein amerikanischer Reisepaß. »Geboren in New Orleans, am 5. Mai 1879.« Er ließ den Paß auf den Tisch fallen. »Gestorben in Droxford, am 22. September 1916. Er hat einen weiten Weg zurückgelegt, bloß um hier ermordet zu werden. Merkwürdig, finden Sie nicht auch?«

Ich war so verwirrt, daß ich nur das eine Wort wiederholen konnte. »Merkwürdig?«

»Ja, ich glaube schon.« Er sinnierte über diesen Punkt nach. »Im tiefen Süden geboren, wo es überall nur Leidenschaft und Gewalt gibt. Und endet hier im verschlafenen Droxford – mit einer Kugel im Schädel.«

»Guter Gott.«

»Professionelle Arbeit, wenn ich das mal sagen darf. Man könnte es als militärische Präzision bezeichnen.«

»Wollen Sie damit andeuten...«

Er lächelte sein schläfriges Krämerlächeln.

»Sie waren mein Hauptverdächtiger, Mr. Franklin – bis zu Ihrer Rückkehr. Wo sind Sie die ganze Nacht gewesen?«

»Ich hab' zuviel im ›White Horse‹ getrunken. Hab' in einer Scheune meinen Rausch ausgeschlafen.«

»Mmm. Sie sehen aus, als würden Sie die Wahrheit sagen. Haben Sie was von Major Thorley gesehen?«

»Er war mit mir zusammen in der Kneipe. Aber wir haben die Kneipe nicht zusammen verlassen.«

»Zweifellos eine andere Scheune.« Er warf dem Polizisten, der mich hereingebracht hatte, einen Blick zu. »Erkundigen Sie sich im ›White Horse‹, ja, Bannister?« Mit schweren Schritten entfernte sich der Mann.

»Wo sind all die anderen?«

»Sie können sie sehen, wenn ich mit Ihnen fertig bin. Mochten Sie Mr. Mompesson?«

»Nein, könnte ich nicht behaupten. Aber...«

»Das war keine Fangfrage. Ich bin lediglich neugierig. Was tat er hier? Seine Lordschaft hat uns erklärt, warum es hier von jungen Offizieren nur so wimmelt. Aber ein amerikanischer Geschäftsmann – das heißt, falls er einer ist?«

»Er ist ein Freund der Familie.«

»Nun, das war eine Fangfrage. Ich wollte hören, ob Sie zugeben, daß er Lady Powerstocks... bevorzugter Mann war.«

»Sie sind verflucht unverschämt...«

Er hielt eine Hand hoch. »Entschuldigen Sie, Mr. Franklin. Ich habe mich nicht um diesen Fall gerissen. Jetzt hab' ich ihn am Hals, also erwarten Sie keine Nettigkeiten von mir. Genau wie Sie tue ich nur meine Pflicht für König und Vaterland. Ich bin vor drei Jahren in Pension gegangen, war mit diesem Geschäft fertig und wollte Gemüse anbauen. Dem Krieg hab' ich's zu verdanken, daß ich wieder im Dienst bin. Ironie des Schicksals, finden Sie nicht auch?«

»In welcher Beziehung?«

»Weil wir beide allein wegen des Krieges, wegen all dieses Getötes und Geschießes hier zusammen stehen und miteinander reden... Nichts weiter als ein zusätzlicher Toter, ein weiterer Schuß. Doch diesmal ist es anders. Diesmal nennen wir das Mord. Oder nicht? Bezeichnen Sie es als Mord?«

»Ich...«

Plötzlich erhob er sich von dem Stuhl. »Kommen Sie mit, und schauen Sie sich an, wo es passiert ist. Dann sagen Sie mir, was Sie davon halten.«

Gehorsam folgte ich ihm. Für einen derart großen Mann bewegte sich Shapland überraschend leicht und schnell. Wir gingen durch das unheimlich stille Haus und dann die Treppe hoch. Im Gehen sprach er weiter, mit einer geradezu pervers fröhlichen Stimme.

»Wurde in seinem Schlafzimmer ermordet, aber nicht im Schlaf. Angemessenes Schicksal, meinen Sie nicht?«

»Wann ist es passiert, Inspector?«

»Vergangene Nacht, so gegen elf Uhr. Nach dem Abendessen ist er auf sein Zimmer gegangen. Dort wurde er gefunden.«

Wir standen nun auf dem Treppenabsatz und gingen auf Mompessons Zimmer zu. Die Ungeheuerlichkeit dessen, was geschehen war, begann mir zu dämmern. Erst am Abend zuvor hatte ich vom Observatorium aus diesen Raum beobachtet. Was erwartete uns nun dort?

Ein weiterer Polizist stand neben Mompessons Zimmer. Die Tür war offen. Shapland ging wortlos an ihm vorbei und bedeutete mir mit einer Geste, ihm zu folgen.

»Man hat ihn dort drüben gefunden, beim Toilettentisch.« Er zeigte auf einen Fleck auf dem Teppich und die Kreidestriche, die in groben Umrissen einen Körper skizzierten. Das bunte Teppichmuster dämpfte das düstere Bild.

»Von wem wurde er... gefunden?«

»Das hängt davon ab, wem man Glauben schenkt. Angeblich von Lady Powerstock und deren Hausmädchen.«

»Gemeinsam?«

»Unwahrscheinlich, nicht wahr? Lady Powerstock behauptet, sie habe gerade ihr Bett gemacht, als sie ein Geräusch hörte. Möglicherweise ein Revolverschuß, möglicherweise auch nicht. Sie dachte, das Geräusch sei aus diesem Zimmer gekommen. Also holte sie ihr Mädchen, und sie gingen der Sache gemeinsam auf den Grund.«

»Aber Sie glauben ihr nicht?«

»Mitnichten. Ich glaube, sie hatte ein Rendezvous mit Mompesson und kam deshalb in das Zimmer. Sie sah den Toten und holte ihr Mädchen. Das Mädchen fürchtet offensichtlich um ihren Job, also werde ich diesen Punkt nicht allzusehr verfolgen. Aber ich bin überzeugt, Sie wissen, daß ich recht habe.«

»Wie kommen Sie auf die Idee, daß ich überhaupt irgendwas weiß?«

»Lady Powerstock war schnell mit einer Beschuldigung gegen Sie zur Hand, anstatt alles auf einen unbekannten Eindringling zu schieben. Ich vermute, es muß einen Grund für ihre Abneigung gegen Sie geben. Die eigentliche Frage ist, ob Sie abgebrüht genug sind, um hierher zurückzukehren, wohl wissend, was Sie vorfinden würden.«

»Aber ich wußte es nicht.«

Er beachtete meine Antwort nicht, sondern beugte sich, seine Brille festhaltend, über die Kreidestriche am Boden. »Das hier verschafft uns keine großen Erkenntnisse. Nach der Autopsie werden wir das Kaliber des Revolvers wissen. Übrigens, haben Sie nur die eine Waffe, die wir in Ihrem Zimmer gefunden haben?«

»Was zum Teufel meinen Sie...?«

»Sie ist nicht benützt worden. Das ist ein Punkt, der zu Ihren Gunsten spricht.«

»Ich brauche nichts, was zu meinen Gunsten spricht.«

»Und ob Sie das brauchen. Lady Powerstock sagt, sie habe Sie gestern abend kurz nach sieben Uhr auf der Treppe zum Observatorium auftauchen sehen. Geben Sie das zu?«

Ich überlegte schnell. »Nein.«

»Im Observatorium fanden wir das Teleskop, das auf dieses Fenster gerichtet war. Jemand hat Mompesson nachspioniert. Dieser Jemand hat ihn vielleicht später getötet. Können Sie beweisen, daß Sie nicht hier waren?«

»Natürlich nicht.«

Er schob sich dichter an die Kreidelinien heran. Ein müder alter Mann, der die Routineabläufe vollzog, ein Flüchtling vor dem

Krieg, genau wie ich. Doch seine Augen zeigten den Ausdruck eines Mannes, der zuviel menschliche Schwächen gesehen hatte, um sich noch von irgend jemandem täuschen zu lassen. »Mr. Franklin, was glauben Sie, wer Mompesson getötet hat?«

»Ich habe nicht die geringste Ahnung.«

»Aber Sie werden ihn nicht gerade vermissen, oder?«

»Nein.«

Er wandte sich ab und seufzte. »Ich glaub', das trifft auf jeden in diesem Haus zu. Das ist es, was mir so rätselhaft erscheint. Ein herzlich begrüßter Gast – aber allgemein verhaßt.«

»Kaum.«

»Ich denke doch. Ich glaube, das gilt sogar für Lady Powerstock. Es ist, als ob...« Er verstummte und blickte auf, als der Sergeant hereinkam.

»Bannister hat vom ›White Horse‹ aus angerufen, Sir. Sieht so aus, als hätte sich der Major letzte Nacht dort ein Zimmer genommen. Ist vor einer Stunde aufgebrochen, noch vor dem Frühstück. Sagte, er müsse nach London.«

»Wie?«

»Hat er nicht erwähnt, aber der Zug ist die einzige Möglichkeit. In Alton muß er umsteigen.«

Shapland holte seine Taschenuhr hervor und starrte sie an. »Dann rufen Sie den Bahnhof in Alton an, Mann. Vielleicht erwischen wir ihn dort.« Der Sergeant eilte davon. Plötzlich legte Shapland seinen ernsten Gesichtsausdruck an und grinste mich an. »Ist Thorley unser Übeltäter, Mr. Franklin?«

»Ich glaube nicht.«

»Wir haben zahlreiche Schuldscheine und geplatzte Schecks in Mompessons Besitz gefunden. Die meisten davon stammen von Thorley.«

»Selbst dann...«

»Wir werden sehen. Sie können jetzt gehen. Aber verlassen Sie das Haus nicht, ohne mir Bescheid zu geben.«

»Ich wollte heute abreisen.«

»Tatsächlich? Dann müssen Sie eben Ihre Pläne ändern.«

»Jawohl.« Ich wandte mich zur Tür.

»Übrigens, Mr. Franklin. Sie sagten vorhin, daß Sie und Thorley das ›White Horse‹ getrennt verlassen hätten. Jetzt sieht es so aus, als habe Thorley das Gasthaus überhaupt nicht verlassen.«

»Als ich ging, war er noch da. Ich nahm an...«

»Halt, halt. Annahmen sind gefährlich. Hüten Sie sich vor zu vielen Vermutungen. Wir sehen uns später.«

Ich versuchte wie selbstverständlich an dem Polizisten neben der Tür vorbeizugehen, ohne meine Gefühle zu verraten. Shapland hatte an meinen Nerven gezerrt. Doch da war er nicht der einzige. Mompesson war tot; ein einziger, wohlgezielter Schuß hatte sein ganzes prahlerisches Selbstvertrauen niedergestreckt. Doch wer hatte den Schuß abgegeben? Thorley? Ich hielt es kaum für möglich, und Shapland, so vermutete ich, ebenfalls nicht. Ich wußte, ich mußte unbedingt mit Leonora sprechen – aber ich wußte auch, daß ich vorsichtiger als je zuvor sein mußte.

Ich ging in den Salon. Charter döste am Feuer, als wüßte er nichts von den laufenden Mordermittlungen um ihn herum. Beim Geräusch meiner Schritte schlug er die Augen auf und blinzelte mir zu.

»Der junge Franklin«, sagte er, sich räuspernd. »Ich dachte, Sie seien vermißt gemeldet.«

Ich setzte mich auf den Stuhl ihm gegenüber. »Ich fürchte, ich habe mich letzte Nacht ziemlich betrunken und es dann nicht mehr nach Hause geschafft.«

»Ich dachte mir schon so was. Dieser Inspector hat es als Schuldeingeständnis gewertet. Sie haben doch von Mompesson gehört?«

»Ja. Sie scheinen es sehr ruhig hinzunehmen.«

»Gute Reise, würd' ich sagen.« Er lächelte. »Aber ich sag's nicht in Hörweite der Polizei.«

»Was würden Sie sagen, wenn ich Ihnen erzähle, daß ich's getan hab'?«

»Ich würde Ihnen die Hand schütteln.«

»Aber ich hab's nicht getan.«

»Egal. Irgend jemand war's. Das ist die Hauptsache. Übrigens, ich hab' Jepson doch noch geschlagen.«

»Charter, ein Mann ist ermordet worden. Wir müssen die Sache ernst nehmen.«

»Das überlasse ich den anderen.«

»Und wo sind die anderen?«

»In ihren verschiedenen Schlupflöchern.«

Ich erhob mich. »Wissen Sie, wo Leonora ist?«

»Macht einen Spaziergang, glaub' ich.«

»Entschuldigen Sie. Ich muß mit ihr reden.«

Ich glaube, er war schon wieder eingeschlafen, noch bevor ich die Tür erreicht hatte.

Ich ging zum Gewächshaus hinaus und sah sie auf der anderen Seite der Rasenfläche. Langsam und mit gesenktem Kopf spazierte sie den Weg entlang, vorbei an der Allee der Ahornbäume, die als Grenze zwischen Garten und Park gedacht war. Ich ging über den Rasen auf sie zu. Auf halbem Weg entdeckte sie mich und blieb stehen.

Ihre Augen spiegelten nicht den Verlust, obwohl man es fälschlicherweise hätte meinen können, sondern nur einen weiteren Rückzug, ein verschleiertes Zurückweichen vor jenen, die nicht verstanden – und zu denen ich auch gehörte.

»Warum sind Sie zurückgekommen?«

»Warum hätte ich nicht sollen?«

»Es war nicht meine Absicht, daß Sie so . . . gewalttätig reagieren.«

»Reagieren?«

»Auf das . . .« Sie wandte den Kopf ab. »Auf das, was Sie gesehen haben müssen.«

»Leonora, ich ging zu der von Ihnen angegebenen Zeit ins Observatorium. Sie wissen, was ich dort beobachtet habe. Aber das ist alles, was ich getan habe. Ich verließ anschließend das Haus, betrank mich – so albern es sich auch anhören mag – und kam erst heute morgen zurück.«

»Ich dachte...«

»Daß ich Mompesson getötet hätte?«

Sie sah mich voll an, und für einen Moment fiel der Schleier, mit dem sie ihre Worte umgeben hatte. »Ich wollte seinen Tod nicht provozieren. Ich mußte einfach nur jemandem zeigen, warum er... warum er gestoppt werden mußte.«

Was sie hier andeutete, war noch viel unglaublicher als das, was ich bis dahin angenommen hatte. »Sie meinen, Sie haben... nichts für ihn übrig gehabt?«

Sie schien schockiert. »Selbstverständlich nicht. Das war doch bestimmt offensichtlich. Wieviel... haben Sie gesehen?«

»Genug. Aber nicht genug, um deswegen einen Mann zu töten. Das hab' ich in letzter Zeit zu oft erlebt. Als Shapland es mir sagte, dachte ich, Sie seien es gewesen. Ich dachte, er habe Sie dazu getrieben. Niemand könnte es Ihnen verübeln.«

»Sie dachten, ich...« Sie brach ab. »Das ist lächerlich.«

»Nicht unbedingt.« Ich hielt ihren Blick fest und ließ ihn nicht mehr los. »Es ist das, was ich glauben wollte. Reue darüber, daß Sie sich je mit ihm eingelassen haben. Entsetzen über das, wozu er Sie aus irgendeinem Grund gezwungen hatte. Ich glaube, ich hätte Respekt vor Ihnen, wenn Sie es getan hätten.«

Sie wandte den Blick immer noch nicht ab. »Aber ich habe es nicht getan.«

»Dann... wollten Sie ihn wirklich heiraten?«

»Nein, das hätte ich niemals getan.«

»Aber Sie erwarten doch sein Kind?«

»Nein. Sie mögen genügend Gründe für diese Vermutung haben, aber es stimmt nicht. Ich bin schwanger, aber nicht von Ralph Mompesson.«

»Aber warum... warum ließen Sie ihn dann...?«

»Ich dachte, derjenige, der ihn getötet hat, wolle mir helfen. Ich dachte, deshalb hätten Sie es getan – um Johns willen.«

»Nicht nur wegen John.«

Endlich wich sie meinem Blick aus. »Vielleicht nicht. Aber wenn Sie sagen, Sie hätten ihn nicht getötet, dann muß ich alles neu überdenken. Vielleicht glauben Sie, Ihre Worte hätten mich beruhigt, aber in Wirklichkeit haben sie mich nur noch stärker beunruhigt. Ich brauche Zeit zum Nachdenken.«

Sie drehte sich um und wollte weitergehen, blieb aber stehen, als ich ihren Ellenbogen berührte. »Ich verstehe nichts von dem, was hier geschieht, Leonora. Sie schienen mich zu mögen, doch Sie haben Mompesson den Vorzug gegeben. Jetzt erklären Sie, daß Sie ihn niemals geheiratet hätten und daß Sie nicht sein Kind unter dem Herzen tragen. Was für eine Macht also hatte er über Sie? Wußte er, daß Sie schwanger waren? Ist es das? Drohte er, es publik zu machen?«

»Die Leute werden bald genug Bescheid wissen.«

»Ja, das werden sie. Doch was sonst könnte es gewesen sein?«

Sie sah mich an; in ihrem Gesicht las ich die Sehnsucht, mir die Wahrheit zu sagen, verhindert nur durch eine übergeordnete Notwendigkeit. »Sie müssen mich so beurteilen, wie es Ihnen richtig erscheint, Tom. Ich kann keine Ihrer Fragen beantworten, so gern ich es auch möchte. Ja, Ralph hat mich bedroht. Ich empfand nichts für ihn außer Furcht und Abscheu. Ich wollte seinen Tod nicht, doch jetzt tut es mir nicht leid. Wenn ich Ihnen nur sagen könnte, was für ein Mensch er war..., was er alles im Schilde führte. Es war... schrecklich.« Sie brach ab. »Aber ich kann es nicht. Wenn Sie ihn getötet hätten, dann wäre ich Ihnen die Wahrheit schuldig. Da Sie es nicht getan haben, kann ich es mir nicht leisten, Ihnen alles zu erzählen – ich wage es nicht.« Nach diesen Worten ging sie eilig auf die Rhododendronhecken zu. Ich folgte ihr nicht.

Ich ging zurück ins Haus auf mein Zimmer. Ich mußte allein sein, um – genau wie Leonora – nachdenken zu können. Ich schlich mich an dem Polizisten vorbei, der Mompessons Zimmer bewachte, und schloß die Tür vor all den Dingen, denen ich nicht länger entrinnen konnte.

Ich setzte mich ans Fenster, rauchte eine Zigarette, dachte an Hallows und beobachtete einen Abschleppwagen, den der Sergeant auf Mompessons Automobil zudirigierte. Bald würde alles, was an ihn und seine Prahlsucht erinnerte, aus unserem Dasein verschwunden sein.

Es klopfte an die Tür. Widerwillig öffnete ich. Angesichts der Umstände würde ich mich unnötig verdächtig machen, wenn ich es nicht tat. Es war jedoch nicht die Polizei.

Lady Powerstock schenkte mir ein glitzerndes Lächeln, das von den Ereignissen der Nacht anscheinend nicht gedämpft worden war. Ihr dunkelblaues Kleid schaffte es, einen Hauch von Sinnlichkeit in die düstere Stimmung zu bringen. In ihren Augen und ihrer Stimme deutete nichts darauf hin, daß das Ableben ihres Liebhabers ein Schock für sie gewesen war – ganz zu schweigen von Trauer.

»Ah, Lieutenant Franklin. Wie schön, daß Sie wieder zurück sind.«

Da sich der Polizist an Mompessons Tür in Hörweite befand, konnte ich nicht das sagen, was ich eigentlich wollte. Ihr Lächeln deutete an, daß ihr das durchaus bewußt war. »Ich hatte nicht die Absicht, wegzubleiben. Was hier passiert ist, war ein richtiger Schock für mich.«

»Es war für uns alle ein schwerer Schlag.«

Ich beschloß, sie mit ihren eigenen Waffen zu schlagen. »Ich nehme an, Ihr Mädchen war zur Tatzeit bei Ihnen.«

Ihr Lächeln wurde schmallippig. »Ja. Und wo waren Sie, Lieutenant..., zu der Zeit?«

Ich senkte die Stimme. »Nicht hier – wie Sie wissen. Ich habe ihn nicht umgebracht.«

»Nein, das glaube ich auch nicht. Ich glaube nicht, daß Sie dafür Manns genug sind. Und ich kann wohl beurteilen, wofür Ihre Männlichkeit ausreicht, nicht wahr?«

»Können Sie das?«

»Aber leider weiß das die Polizei nicht. Das ist Ihr Problem.«

»Lady Powerstock, was genau möchten Sie von mir?«

»Nichts. Jedenfalls nichts, was Sie mir bieten könnten. Mein Mann möchte Sie sprechen. Ich kann mir zwar nicht vorstellen, warum, aber ich versprach, es Ihnen auszurichten. Er ist in seinem Arbeitszimmer.«

»Danke, daß Sie mir Bescheid gesagt haben. Ich gehe hinunter.« Dann schloß ich die Tür, bevor sie noch etwas sagen konnte.

Ich konnte es Shapland nicht übelnehmen, daß er Meongate für einen merkwürdigen Haushalt hielt: Es traf zu. Die allgemeine Ruhe war kaum das, was man nach einem Mord erwarten konnte. Doch die Ruhe war – wie er wohl vermutete – trügerisch, in meinem Fall ebenso wie bei den anderen.

Doch es gab Ausnahmen. Als ich kurz darauf die Treppe hinabging, kam mir Cheriton entgegen. Er sah noch bleicher als sonst aus, und seine Hand auf dem Geländer zitterte deutlich erkennbar. Er hielt mich auf halber Höhe der Treppe auf und zog mich an die Wand unter ein großes, langweiliges Ölbild, das einen von Lord Powerstocks georgianischen Vorfahren zeigte.

»Franklin, Gott sei Dank sind Sie da.« Seine Stimme zitterte so wie seine Hand.

»Sie sind der erste, der sich über mein Auftauchen freut.«

»Was?« Ich merkte, daß er für Feinheiten nicht mehr aufnahmefähig war.

»Ich denke, die Polizei hatte mich als Hauptverdächtigen ins Auge gefaßt.«

Er packte meinen Arm. »Ich... ich verstehe nicht, was passiert ist, Franklin. Einer von uns..., jemand... hat ihn getötet.«

»So sieht es aus.«

»Aber... das ist schrecklich. Ich bin sicher, es muß da Verbindungen geben..., aber wie könnte...?«

»Verbindungen womit?«

Er schaute mich mit einem verzweifelten Aufflackern von Hoffnung an. »Könnten wir... irgendwohin gehen... und reden? Ich muß mit jemandem reden.«

»Tut mir leid. Ich bin auf dem Weg zu Lord Powerstock. Aber vielleicht... später.«

Die Hoffnung in seinem Gesicht schwand, und ich bedauerte, nicht mehr Zeit für ihn zu haben. »Oh..., verstehe. Schon gut, Franklin. Vielleicht... sehe ich Sie später.« Er stolperte die Treppe hoch. Es überraschte mich nicht, daß der Mord seine überreizten Nerven noch weiter strapaziert hatte.

Lord Powerstock wartete in seinem Arbeitszimmer auf mich. Das graue Licht des Tages verwischte die tiefen Linien in seinem ausdruckslosen Gesicht. Den Kopf hielt er stolz erhoben, doch seine Stirn war sorgenvoll gerunzelt; es schien, als müßte er krampfhaft jedes Gefühl unterdrücken, weil sonst sofort deutlich würde, daß er nur noch ein Wrack war. Seine Hand bewegte sich vage in einer grüßenden Geste. »Es ist nett von Ihnen, daß Sie gekommen sind, Franklin.«

»Nicht der Rede wert. Ich war entsetzt zu hören, was geschehen ist.«

»Nehmen Sie Platz. Wollen Sie einen Drink? Es ist dafür noch zu früh, ich weiß, aber angesichts der Umstände...«

Ich schenkte mir einen großen Whisky ein. »Ich hoffe, die Polizei ist nicht zu aufdringlich gewesen. Tut mir leid, daß ich nicht da war, um behilflich zu sein.«

»Unwichtig, unwichtig.« Er sprach langsam, als würde er jedes Wort mühsam aus dem Schlick seines Kummers ziehen – ein Kummer, zu dem Mompessons Tod seinen kleinen Teil beitrug. »Die Polizei hat... ihre Pflicht getan. Es ist kaum Ihre Schuld.«

Ich setzte mich ihm gegenüber. »Haben Sie irgendwelche Theorien entwickelt?«

Er begann seine Krawattennadel zu befingern. »Es wurde nichts gestohlen. Es gibt kein Anzeichen für ein gewaltsames Eindringen. Sie schließen daraus ..., daß Mompesson den Mörder kannte. Ich komme zum gleichen Schluß.«

»Das ist sehr beunruhigend.«

»Ein Mitglied des Haushalts ... Shapland hat es praktisch ausgesprochen. Da wir uns alle für die Nacht zurückgezogen hatten, kann es jeder von uns gewesen sein.«

»Ich glaube, er hat mich besonders verdächtigt.«

»Wenn ich das ebenfalls täte, hätte ich Sie nicht um dieses Gespräch gebeten. Doch Sie sind der Freund meines Sohnes, Franklin. Sie sind der einzige, an den ich mich wenden kann.«

Ich war verblüfft. »Bestimmt ...«

Er hielt eine Hand hoch. »Machen Sie sich nicht die Mühe zu protestieren. Es ist so. Man sagte mir, der Major werde vermißt. Sollte sich herausstellen, daß er Mompesson umgebracht hat – schön und gut. Wenn nicht, was dann?« Resigniert ließ er langsam die Hand sinken.

»Ich weiß nicht. Shapland kann nicht mit Sicherheit behaupten, daß der Mörder kein Fremder war.«

»Aber wir können das, nicht wahr? Sie wissen, wie es zwischen Mompesson und meiner Frau stand. Kommen Sie, machen Sie mir nichts vor – Sie sind ein sensibler Mensch. Und in letzter Zeit habe ich begonnen, mir Sorgen um Leonora zu machen. Ich glaube, Sie ebenfalls.«

In jeder Silbe klang mit, daß er es die ganze Zeit über gewußt hatte und daß er diese Familientragödie hätte verhindern können. Ich hatte gedacht, daß er zwar schuldig sei, von der ganzen Sache aber im Grunde nichts mitbekommen habe. Jetzt wußte ich, daß es noch viel schlimmer war. Dieses Exil in seinem Arbeitszimmer hatte er sich selbst auferlegt, um die Wahrheit vor der Tür zu halten. Die Welt hatte ihm seine erste Frau und seinen einzigen Sohn genommen und ihm nur die kümmerlichen Überreste seines guten Namens gelassen. Vor Olivias Drohung, ihm auch das noch zu nehmen, hatte er sich in die Zufluchtsstätte seiner finsteren Gedanken zurückgezogen. Doch wenn wirklich Not am Mann war, dann kannte ein Gentleman seine Pflicht und folgte ihrem Ruf. Genau das versuchte er jetzt zu tun.

»Lord Powerstock, wußten Sie, daß Mompesson beabsichtigte, um Leonoras Hand anzuhalten?«

»Ja, aber nicht von ihm, sondern von Charter. Anfangs konnte ich es nicht glauben.«

»Und später?«

»Erkannte ich, daß es durchaus sein konnte.«

Ich tastete mich zu der Schlußfolgerung vor, die ich seiner Meinung nach wahrscheinlich ziehen sollte. »Unter diesen Umständen muß es das richtige gewesen sein, Mompesson zu töten.«

Traurig schüttelte er den Kopf. »Das muß es tatsächlich. Allerdings nicht für mich. Ich habe ihn nicht umgebracht, obwohl ich mir jetzt, da er tot ist, wünschte, ich hätte den Mut dazu aufgebracht oder die Entschlossenheit, das zu tun, was notwendig gewesen wäre, um ihn loszuwerden. Schließlich fällt das unter meine Verantwortung. Aber nein, ich tat nichts. Sie auch nicht. Wir nehmen ihn als Vorwand, um bei all dem Unrecht, das um uns herum und in unserem Namen geschieht, nicht eingreifen zu müssen. Ich fürchte..., ich fürchte sehr, daß wir es einem anderen überlassen haben, das zu tun, was wir um Johns willen hätten tun müssen. Ich fürchte sehr... um Leonora.«

»Leonora?«

»Sie war das Ziel von Mompessons Ambitionen. Wir haben es ihr überlassen, einen Weg zu finden, ihm zu entgehen.«

»Hätte sie ihm nicht einfach eine Abfuhr erteilen können?«

Seine Miene wurde – falls möglich – noch düsterer, sein Zögern noch stärker. »Meine Frau hat mich mit gewissen Beweisen versorgt, daß Leonora nicht in der Lage war, einen Heiratsantrag zurückzuweisen.« Er schaute zu Boden. »Ich kann es nicht verstehen. Aber ich muß ihr wohl vergeben.«

Er wußte es also. Olivia hatte entdeckt, daß Leonora schwanger war, und keine Zeit verloren, ihrem Mann mit diesem Wissen einen Schlag zu versetzen. Unter diesen Umständen sah es für Leonora schlecht aus. Hin und her gerissen zwischen einer verabscheuungswürdigen Ehe und öffentlicher Schande könnte sie ihrem Gewissenskonflikt ein gewalttätiges Ende bereitet haben.

»Ich glaube, mit Ihnen wird sie reden, Franklin. Sprechen Sie mit ihr. Erzählen Sie mir, was Sie erfahren haben – ganz gleich, wie unerfreulich und widerwärtig es sein mag. Ich muß es wissen. Vor allem muß ich in der Lage sein, meine Pflicht gegenüber der Familie zu erfüllen. Verstehen Sie das?«

Ich glaubte zu verstehen. »Jawohl, Sir.« Ich erhob mich. »Ich werde mein Bestes tun.«

Er sagte nichts, fing jedoch meinen Blick noch einmal ein, als ich mich an der Tür umdrehte. Sein feierliches Nicken war als Zugeständnis gedacht – daß ich für ihn das tat, was getan werden mußte.

In der Eingangshalle ging es auf einen Schlag lebhaft zu. Der Sergeant eilte zur Tür, gefolgt von einem der Polizisten, der ein Bündel mit Mompessons Habseligkeiten und ein Gewirr von Notizen und Blättern schleppte. Shapland stand auf halber Höhe der Treppe und beobachtete alles. Er schnitt eine Grimasse in meine Richtung, die anscheinend ein Lächeln bedeuten sollte.

»Gute Nachrichten, Mr. Franklin«, dröhnte er. »Major Thorley ist in Alton aufgehalten worden. Wir fahren hin, um ihn zu befragen. Sie können also in Frieden hierbleiben – oder was immer das für ein Zustand sein mag, der hier herrscht. Bannister wird später noch mal vorbeischauen, aber Sie werden mich möglicherweise erst morgen wiedersehen. Ich muß einige Nachforschungen anstellen.« Mittlerweile hatte er den Fuß der Treppe erreicht.

»Ich hoffe, Sie haben damit Erfolg, Inspector.«

»Wir werden sehen.« Er wandte sich zur Tür. »Keine Sorge. Wir sehen uns wieder.«

Shapland war also verschwunden – wenn auch nicht für lange. Seiner Rückkehr harrend, stand das Leben auf Meongate still, während wir – die wir auf unterschiedliche Weise alle verdächtig waren – auf Neuigkeiten warteten: auf irgendeine Enthüllung, die uns von jeder Schuld entlasten würde.

An diesem Tag geschah nichts von alledem. Als wollten wir der Schuld entgehen, die drohend über uns hing, mieden wir jegliche Gesellschaft, blieben in unseren Zimmern, marschierten über den Rasen oder saßen geistesabwesend am Feuer. Unser gemeinsames Schweigen war wie eine Verschwörung mit dem Ziel, so zu tun, als wäre nichts geschehen.

Doch etwas war geschehen. Obwohl ich wirklich nicht um Mompesson trauerte, ließ sich der Schock, den sein Tod mit all seinen Folgen ausgelöst hatte, nicht verdrängen. Ich lag auf meinem Bett, während sich der Nachmittag mühsam dahinschleppte, und ging in meinem Kopf all die Möglichkeiten durch, die zu den nächtlichen Ereignissen geführt haben konnten. Ich klammerte mich an den Trost, daß viele Menschen außerhalb von Meongate vielleicht Grund hatten, Mompesson zu hassen. Einer von ihnen war möglicherweise im Schutze der Dunkelheit ins Haus geschlichen und hatte ihn ermordet. Erpressung – in jeglicher Form – schien seinem Charakter durchaus entsprochen zu haben; vielleicht war er dabei auf jemanden gestoßen, der sich nicht hatte einschüchtern lassen.

Am späten Nachmittag kehrte Bannister aus dem Dorf zurück. Er brachte keine Nachrichten aus Alton mit, sondern baute sich lediglich als Wache vor der Haustür auf, wobei unklar blieb, ob er die Bewohner bewachen oder Besucher abweisen sollte.

Von Mompessons Freunden oder Familie – falls er so etwas besaß – war nichts zu hören. Einmal fuhr ein schäbig gekleideter Mann vor, möglicherweise ein Reporter, der gleich wieder weggeschickt wurde. Ansonsten geschah auf eine unheimliche Weise gar nichts, so als wollte Shapland unsere Nerven auf die Folter spannen, als wartete er darauf, daß etwas – oder jemand – dem Druck nicht mehr gewachsen war und zerbrach.

Aus seiner Sicht konnte er keinem von uns trauen, das war mir klar. Thorley, ein verschuldeter Trunkenbold, der vom Ort des Verbrechens floh, war ein offensichtlicher Verdächtiger, doch über seine Aussagen konnte man nur Vermutungen anstellen. Cheriton würde, das schien absolut klar zu sein, beim Klang eines Schusses eine Meile weit davonrennen, ganz zu schweigen davon, daß er selbst einen Schuß abfeuern würde. Von den hier weilenden Offizieren – den Männern, die den Umgang mit einer Waffe am meisten gewöhnt waren – schien deshalb ich derjenige zu sein, der sich mit größter Wahrscheinlichkeit gegen Mompesson gewandt hatte. Die Tatsache, daß ich mich an nichts mehr erinnern konnte, nachdem ich das »White Horse« verlassen hatte, sprach gegen mich. Shapland konnte schließlich nicht wissen, daß ich zu einer solch entscheidenden Tat nicht fähig war.

Eines allerdings entzog sich meiner Kenntnis: Wieviel wußte Shapland – abgesehen von seinen intelligenten Vermutungen – von Mompessons Verbindung mit den Powerstocks? Mompessons Rolle als Olivias Liebhaber stand außer Frage, doch weshalb hätte Lord Powerstock nach so langer Zeit plötzlich eingreifen sollen? Falls er nicht eingegriffen hatte, war dann auf einmal bei Olivia eine langgehegte, verborgene Eifersucht durchgebrochen? Ihre Annäherungsversuche an mich waren fehlgeschlagen. Sie mochte mir ins Observatorium gefolgt sein und alles mit angesehen haben, mochte dann – in einem Wutanfall – Mompesson ermordet haben, weil sie ihn nicht allein für sich haben konnte. Doch wie mir nach meiner Erfahrung schien, war Vergnügen, nicht Besitz ihr Ziel.

Was mich wieder – wie sehr ich das auch zu verdrängen suchte – zu Lord Powerstocks Befürchtung brachte, Leonora könnte in ihrer Verzweiflung bis zum Mord getrieben worden sein. Sie hatte es abgestritten, doch was ich vom Observatorium aus gesehen hatte, war entweder schamlos und pervers – und sie war keines von beidem – oder sadistisch und unterwürfig. Ich wußte, daß das erste auf Mompesson zutraf; konnte das zweite auf Leonora zutreffen? Wenn ja, welchen Druck hatte er auf sie ausgeübt? Warum mußte sie seinen Forderungen nachgeben? Die Wahrheit in diesem Punkt mochte erklären, was mir bis jetzt entgangen war: Warum mußte jemand zu Mord Zuflucht nehmen, um Mompesson loszuwerden?

Ich mußte mit Leonora sprechen, mußte noch einen weiteren Versuch machen, sie davon zu überzeugen, daß Schweigen und Leugnen nicht ausreichten. Ich verließ mein Zimmer und ging hinunter in das Gewächshaus. Zu dieser Zeit nahm sie hier für gewöhnlich ihren Tee; heute jedoch nicht. Nur die Katze saß an ihrem gewohnten Platz.

Ich ging zurück. In der Halle traf ich auf Sally, das Hausmädchen, die ein Teetablett trug. Ich fragte sie, für wen es bestimmt sei.

»Miss Leonora, Sir. Ich hoffe, sie ißt etwas.«

»Geben Sie's mir«, sagte ich augenzwinkernd. »Ich bring's ihr hoch.« Sie zögerte. »Das geht schon in Ordnung. Ich werde sie auch überreden, etwas von dem Mürbekuchen zu essen – ich verspreche es.«

»Ich weiß nicht, ob ich das darf.«

»Diese Sache ist Ihnen ganz schön an die Nieren gegangen, kann ich mir vorstellen – wo Sie doch zuerst am Tatort waren.«

Sie errötete. Sie besaß ein zu schlichtes Gemüt, um Shapland oder mich überzeugen zu können, daß sie gemeinsam mit Lady Powerstock die Leiche entdeckt hatte, war aber gleichzeitig nicht so naiv, um das nicht selbst zu wissen. »Wie Sie meinen, Sir.«

»Warum also machen Sie sich nicht selber einen Tee, während ich das Tablett hochbringe?«

»Nun..., ein bißchen Ruhe würde mir sicher guttun.«

Ich lächelte. »Dann ab mit Ihnen.«

Sie war überrascht, mich anstatt Sally zu sehen – und gleichzeitig auch wieder nicht überrascht. Sie saß an einem kleinen Tisch am Erkerfenster und schrieb in ihr Tagebuch; vor ihr stand eine Vase mit Dahlien, durch das Fenster war der Park zu sehen.

»Hallo, Tom«, sagte sie schlicht und klappte das Tagebuch zu, als sie sich mir zuwandte.

»Ich bringe Ihnen den Tee.«

»Das sehe ich. Möchten Sie mir bei einer Tasse Tee Gesellschaft leisten?«

»Ich hoffte, daß Sie das sagen würden.« Ich stellte das Tablett auf einer Kommode neben der Tür ab. Vor mir an der Wand hing ein goldgerahmtes Foto einer Hochzeitsgesellschaft. Im Mittelpunkt erkannte ich Hallows und Leonora. »Ich denke, Sie wissen, daß es sich nicht um einen reinen Freundschaftsbesuch handelt.«

»Sie sind nur dann eingeladen, wenn es einer ist.« Ihr Gesicht wirkte entschlossen, aber nicht unfreundlich. Ich sah mich im Zimmer um und entdeckte all die hübschen Kleinigkeiten, die es für sie zu einer Zufluchtsstätte machten: die schlichte, aber bequeme Möblierung, ein aufgeschlagenes Buch hier, eine kunstvolle Stickerei dort, ein Landschaftsgemälde von Turner an der Wand und ein Klavier mit einem Notenständer. Außer dem Hochzeitsfoto deutete kaum etwas darauf hin, daß Hallows seine Zeit hier verbracht hatte, aber ich konnte mir durchaus vorstellen, wie er sich in einem der blumengemusterten Lehnsessel entspannte und seiner schönen Frau mit stiller Freude zusah, wie sie in ihr Tagebuch schrieb. In diesem Augenblick wünschte auch ich mir, es würde sich bloß um einen Freundschaftsbesuch handeln.

»Sie wissen, daß es damit allein nicht getan ist«, sagte ich und brachte ihr eine Tasse Tee hinüber. »Lord Powerstock macht sich Ihretwegen große Sorgen. Ich ebenfalls. Verstehen Sie, er kennt Ihren Zustand.«

Plötzlich wurde ihre Stimme eisig. »Sie hatten kein Recht, ihm das zu sagen. Er hätte es von mir erfahren – zum richtigen Zeitpunkt.«

»Gott ist mein Zeuge, Leonora, ich habe es ihm nicht gesagt. Ich glaube, Olivia muß es erraten haben.«

Sie wandte den Blick ab. »Natürlich.« Sie sah mich wieder an. »Tut mir leid. Zur Zeit verdächtige ich jeden.«

»Ich glaube, das tut auch Inspector Shapland. Und deshalb machen wir uns auch so große Sorgen um Sie.«

Sie lächelte. »Aus diesem Grund brauchen Sie sich nicht zu sorgen. Wer immer auch Ralph getötet hat, ich bin ihm dankbar. Aber ich war es nicht.«

Ich versuchte es mit einer Vermutung. »Der Vater des Kindes, das Sie tragen, und der Mörder von Mompesson – könnte es sich dabei um ein und dieselbe Person handeln?«

Die Intensität ihres Blickes schien mir befehlen zu wollen, ihr Glauben zu schenken. »Ich kann keine Ihrer Fragen beantworten, Tom.« Ich sollte also glauben, daß sie mir aus guten Gründen nichts sagen konnte. »Bitte lassen Sie mich in Ruhe, zumindest für eine Weile.«

»Wie Sie wünschen.« Mir schien keine Wahl zu bleiben. Ich ging auf die Tür zu.

»Sagen Sie Lord Powerstock, er solle sich keine Sorgen machen – jedenfalls nicht zu viele.«

»Wollen Sie ihm das nicht selbst sagen?«

»Meine Unfähigkeit, seine Fragen zu beantworten, würde ihn lediglich traurig stimmen.«

»Früher oder später werden Sie diese Fragen beantworten müssen.«

»Dann lieber später.«

»Morgen wird Shapland zurück sein – mit Thorleys Aussage und dem Ergebnis der Autopsie. Was werden Sie dann sagen?«

»Ich weiß es nicht.«

»Leonora...«

Ihre erhobene Hand brachte mich zum Schweigen. »Es hat keinen Sinn, Tom. Um unserer Freundschaft willen – um Johns willen, wenn Sie so wollen –, lassen Sie mir Zeit.«

Ich nickte in schweigendem Einverständnis und ging hinaus.

Der Nachmittag ging in den Abend über. Bannister erhielt einen Anruf aus Alton, verabschiedete sich dann und kündigte für morgen Shaplands Rückkehr an. Wir auf Meongate durften weiter vor uns hinbrüten.

Das Abendessen war eine verkrampfte, freudlose Angelegenheit. Leonora schloß sich uns nicht an, sondern ließ durch Sally ausrichten, daß sie auf ihrem Zimmer bleiben werde. Damit blieben noch fünf von uns übrig, um die Fassade eines gemeinsamen Mahles aufrechtzuerhalten. Lord Powerstock war so gefaßt und steinern wie William de Brinon, Ritter von Droxford, während Lady Powerstock ihre schwüle Erscheinung in düsteres Schweigen hüllte. Lediglich Cheriton mit seiner zitternden Stimme und seiner zitternden Hand zeigte etwas von den Spannungen, die herrschten. Der alte Charter schien dagegen fast immun; er speiste mit gutem Appetit, während die anderen nur pickten und nippten. Und nur er allein schien bereit – wenn auch lediglich versteckt und indirekt –, über das Geschehene zu sprechen.

»Es erscheint mir ziemlich schwachsinnig«, bemerkte er gegen Ende des Abendessens und strich sich einige Brösel aus dem Schnurrbart, »daß die Polizei einen sogenannten Mord untersucht, wenn gleichzeitig sämtliche Armeen Europas sich auf der anderen Seite des Kanals austoben.«

Cheriton hustete und stürzte ein Glas Wasser hinunter.

»Es überrascht mich ganz und gar nicht«, erwiderte Olivia, »daß dir der Unterschied entgeht.«

»Wie du weißt, meine Liebe«, er lächelte theatralisch, »entgehen mir die meisten Dinge . . . wie du zum Beispiel.«

»Aber nicht alle?« Ein bösartiger Unterton lag nun in ihren Sticheleien – und in Charters Gegenschlägen.

»Selbst blinde und taube alte Männer sehen und hören gewisse Dinge – wenn diese Dinge grell und laut genug sind.«

»Es ist beruhigend zu wissen, daß noch nicht all deine Sinne dahin sind.«

Lord Powerstock stellte sein Glas demonstrativ heftig auf dem Tisch ab, wie um damit einen Waffenstillstand zu erzwingen. Ich versuchte das Gespräch in andere Bahnen zu lenken.

»Angesichts dessen, was geschehen ist, Sir, sollten wir da nicht versuchen, das Haus besser zu sichern?«

»Ich habe Fergus angewiesen, sich zu vergewissern, daß alle Türen und Fensterläden geschlossen sind.«

Mit ihren Augen, in denen sich das Kerzenlicht spiegelte, fing Olivia meinen Blick ein. »Sie glauben also ernsthaft, Lieutenant, daß Ralph das Opfer eines Eindringlings wurde?«

Powerstock griff ein. »Ich hatte gehofft, wir könnten diese sinnlosen Spekulationen vermeiden. Wenn Inspector Shapland morgen früh zurückkommt, werden wir mehr erfahren. Könnten wir uns bis dahin mit einem gewissen Anstand benehmen?« Die anderen nickten zustimmend. »Ich werde wie gewöhnlich morgen in St. Mary's die Frühmesse besuchen. Bis dahin wünsche ich allen eine gute Nacht.«

Nach diesen Worten verließ er uns. Da ich keine Lust auf weitere Runden mit Olivia hatte und mir auch den ungehemmten Fluß von Charters unzusammenhängenden Gedanken nicht anhören wollte, zog ich mich ebenfalls zurück. Bis zum Morgen schien das Alleinsein der einzig erträgliche Zustand zu sein. Ich ging durch das Gewächshaus hinaus, um noch etwas frische Luft zu schnappen. Da die Gartentür als Beweis für Fergus' Wachsamkeit versperrt war, zog ich mich in Richtung meines Zimmers zurück.

In der Diele ging Cheriton neben dem Kamin zigarettenrauchend auf und ab. Ich wünschte ihm eine gute Nacht.

»Oh, Franklin«, sagte er, »könnte ich...?«

»Ja?«

Dann schien er es sich anders überlegt zu haben; mit einer abrupten, seltsam entschlossenen Bewegung warf er die Zigarette in den Kamin.

»Nein. Vergessen Sie's. Je weniger man sagt, desto besser, nicht wahr?«

»Durchaus möglich. Gute Nacht.«

Er antwortete nicht, sondern zeigte mir nur ein schwaches Lächeln. Sein Gesicht trug den zerknitterten Ausdruck eines Mannes, der sich seiner eigenen Gebrechlichkeit und Schwäche durchaus bewußt war. Einen derartigen Ausdruck hatte ich oft im Krieg gesehen, häufig sogar in meinem eigenen Spiegelbild. Vielleicht drehte ich mich deshalb nicht mehr um, als ich die Treppe hochstieg.

6

Für mich selbst überraschend schlief ich tief und fest, zumindest bis zur Morgendämmerung. Dann war ich hellwach, marschierte in meinem Zimmer auf und ab und starrte aus dem Fenster in das verwaschene Licht eines nebligen Morgens. Ich zog mich an und ging nach unten in der Absicht, ein bißchen frische Luft zu schnappen, bevor Shapland wieder da war und mit ihm die übelkeiterregende Erinnerung an Mompessons Tod.

Fergus war noch nicht auf, und so mußte ich selbst den Riegel an der Eingangstür zurückschieben, um hinauszukommen. Das Knirschen meiner Schuhe auf dem Kiesweg, in scharfem Kontrast zur Stille um mich herum, wurde mir unangenehm bewußt. Es war ein kalter Morgen mit Tau auf den Gräsern, doch mit dem Versprechen in der Luft, daß es ein warmer, strahlender

Tag werden würde. Ich mußte daran denken, wie ich im vergangenen Herbst nach der Schlacht von Loos in einen Unterstand getreten war, in dem Hallows' Bursche auf einem winzigen Ofen, den nur er in Gang halten konnte, Speck briet. Hallows stand an der mit Sandsäcken geschützten Tür, rauchte die erste Zigarette des Tages und suchte zu ergründen, welche Botschaft im Nebel des Morgens verborgen liegen könnte.

Ich wollte einen Bogen zum Garten schlagen, doch dann sah ich im Gras jenseits der Auffahrt in der taubedeckten Wiese Fußspuren, die zum Park führten, vom Haus weg und hinunter zum Obstgarten. Sie konnten noch nicht alt sein, sonst hätte sich neuer Tau gebildet. Wer mochte zu dieser Stunde wohl schon auf sein? Ich begann der Spur zu folgen.

Auf einer kleinen Kuppe im Park stand eine Ulme. Unter dem Gras zogen sich ihre dicken Wurzeln wie Rippen dahin. Dorthin führten die Fußspuren, und dort endeten sie auch. Als ich näher kam, sah ich, wer sie gemacht hatte. Cheriton saß am Fuße des Baumes, den Rücken an den Stamm gelehnt, eingezwängt zwischen zwei knorrige Wurzeln, und starrte mich und das Haus hinter mir an.

Ich hob grüßend eine Hand, doch er reagierte nicht. Ich schaute zurück zum Haus. Allmählich tauchte das efeuumrankte Gebäude aus dem Morgennebel auf, ein Anblick, der einen ins Träumen bringen konnte. Wieder hob ich die Hand und rief ihm zu: »Schöner Morgen, was?«

Er antwortete nicht. Als ich einen weiteren Schritt auf ihn zutrat, aus dem leichten Dunst in den Sonnenschein hinein, sah ich auch, warum.

Cheriton war tot. Die starrende Leere seiner Augen und die seltsame, steife Feierlichkeit seiner Haltung machten das mehr als deutlich. Das geronnene Blut auf seinem abgesackten Kinn und die Blutspritzer auf der Borke hinter seinem Kopf wären gar nicht mehr nötig gewesen, um festzustellen: Er war tot und hatte seinen Frieden gefunden. Die Beine hatte er gekreuzt wie ein Mann, der sich entspannen will. Seine rechte Hand, mit der er sich den Revolver in den Mund geschoben hatte, war über die Brust gerutscht, doch die Finger umklammerten immer noch Kolben und Abzug. Seine linke Hand, um einen Briefumschlag gekrallt, hing seitlich herab.

Ich beugte mich über ihn und drückte ihm die Augen zu. Das war das mindeste, was ich für ihn tun konnte. Ich empfand nicht viel mehr als beim Anblick all der anderen toten jungen Männer, die ich seit dem Frühjahr 1915 gesehen hatte. Auch von ihnen hatten sich einige selbst das Leben genommen. Doch ich fühlte eine Spur von Bedauern. Warum hatte ich für Cheriton nicht das bißchen Zeit übrig gehabt, um das er mich gebeten hatte – am Tag zuvor auf der Treppe? Später, als ich für ein Gespräch bereit gewesen war, hatte er nicht mehr gewollt, als hätte er mit Anbruch der Nacht einen Entschluß gefaßt. Und dieser Entschluß sah so aus: Er hatte den Zeitpunkt seines Todes selbst gewählt, ein Privileg, das ihm der Krieg nicht zugestanden hätte. Er hatte Trost bei dem Baum gesucht, hatte ihn aus der Erde, aus dem Staub, ja selbst aus dem blutigen Aschegeschmack in seinem Mund gesogen.

Ich zog den Umschlag aus seiner linken Hand. Er konnte nicht mehr als ein Blatt enthalten. Ich drehte ihn um. Auf der Vorderseite hatte er nur ein Wort, einen Namen geschrieben: *Olivia*.

Ich schob den Umschlag in meine Jackentasche. Dann holte ich ihn wieder hervor und starrte ihn an. Sollte ich ihn öffnen? Was hatte Cheriton ihr zu sagen? Und warum ausgerechnet ihr? Ich blickte auf die zusammengesunkene Gestalt und fragte mich, was ich nicht von ihm gewußt hatte. War auch er von Olivia zu Begierden verleitet worden, die er besser nicht kennengelernt hätte? Hatte er Mompesson getötet? Der Brief mochte es verraten, doch der Brief war an sie adressiert, und in seiner Gegenwart hatte ich nicht das Herz, seinen letzten Wunsch zu mißachten, indem ich den Brief öffnete. Ich steckte ihn wieder in meine Tasche und ging langsam zum Haus zurück.

Lediglich Fergus war auf. Ich trug ihm auf, Bannister im Polizeirevier anzurufen und dann Lord Powerstock zu informieren. Anschließend setzte ich mich ins Frühstückszimmer und wartete auf den Schock. Nicht den Schock über Cheritons Tod – dazu kannte ich ihn nicht gut genug –, sondern über meine Interpretation dieses Todes: das stillschweigende Eingeständnis, daß er den Mord an Mompesson begangen hatte. Damit war den polizeilichen Nachforschungen ein sauberes, wenn auch keineswegs glückliches Ende bereitet worden. Doch jetzt schon tauchten drängende Fragen auf, die eine Antwort forderten. Cheriton war kein Killer; deshalb war der Krieg so qualvoll für ihn gewesen. Falls sein Tod alle Geheimnisse löste, so war die Lösung nur im Abschiedsbrief zu finden. Und der Brief war nicht für mich bestimmt.

Charter kam herein, noch in Morgenmantel und Hausschuhen, das weiße Haar zerzaust, die Stimme rauh vom Schlaf. »Was ist passiert?« grollte er.

»Cheriton hat sich erschossen. Ich habe ihn auf dem Gelände gefunden.«

Charter sackte auf einen Stuhl. »Meine Güte.« Ein schmerzlicher Ausdruck huschte über sein Gesicht. »Armer Bursche. Hat sich selbst erschossen, sagten Sie?« Voller Trauer über die Jugend, die er nicht mehr verstand, schüttelte er seinen gewaltigen grauen Kopf.

»Ich habe Fergus gebeten, die Leiche mit einer Decke zuzudekken. Zweifellos wird die Polizei bald da sein.«

»Das ist eine sehr, sehr traurige Sache.«

»Ist Selbstmord schlimmer als Mord?«

»In diesem Fall, junger Mann, ja.«

»Ich vermute, die Polizei wird es als Lösung ihres Problems betrachten, wer Mompesson umgebracht hat.«

Charter verdrehte die Augen in Richtung Zimmerdecke. »Ganz sicher wird sie das tun. Aber Sie glauben nicht, daß Cheriton es getan hat, oder?«

»Nein. Ganz und gar nicht.«

»Ich muß mich anziehen.« Mühsam kam er vom Stuhl hoch und schlurfte zur Tür. »Wir unterhalten uns später.«

Als es an der Haustür läutete, nahm ich an, daß es Bannister sei, und ging in die Vorhalle. Lord Powerstock stand ernst und würdevoll am Fuß der Treppe, während Fergus öffnete.

»Es tut mir leid, Sir«, sagte ich.

»Nicht Ihre Schuld, Franklin. Auch nicht die Schuld irgendeines anderen. In gewisser Weise passend: ein Soldatentod. Man hat ihn über das Maß des Erträglichen hinaus getrieben, nehme ich an.«

»Wie meinen Sie das?«

»Mompesson, selbstverständlich.« Meine Zurückhaltung schien ihn leicht zu irritieren. »War es denn nicht so?«

»Ich weiß es nicht.«

Er knurrte etwas, ging dann zur Tür, wo Bannisters Stimme zu hören war. »Begleiten Sie mich, Constable. Ich zeige Ihnen, wo er liegt.«

Sie eilten davon. Ich stand allein in der Diele, fast an der gleichen Stelle, an der Cheriton am Abend zuvor gestanden hatte, und fragte mich, wie Powerstock plötzlich so entschlossen und so voller Gewißheit sein konnte. Die Frage beantwortete sich praktisch von selbst. Hier wurde ihm ein Ausweg geboten. Jetzt konnte er seinen Verdacht gegen Leonora fallenlassen, und er hatte diesen Ausweg mit allen Anzeichen der Erleichterung akzeptiert. Er würde Bannister zu Cheritons Leichnam begleiten, er würde das Kommando über seinen zerrütteten Haushalt übernehmen, er würde all die unheilvollen Omen einer düsteren Wahrheit vergessen, auf die er sich noch am Tag zuvor vorbereitet hatte. Das, so erkannte ich nun, war sein einziges Ziel.

Ich hatte nichts dagegen. Ich mußte etwas erledigen, bevor Shapland zurückkehrte. Ich eilte die Stufen hoch und steuerte geradewegs Lady Powerstocks Zimmer an.

Ich ging hinein, ohne eine Antwort auf mein Klopfen abzuwarten. Im Vorraum räumte Sally gerade das Frühstückstablett ab. Sie blickte überrascht auf. Aus dem Schlafzimmer dahinter hörte ich Olivias Stimme. »Wer ist da?«

»Lieutenant Franklin, Ma'am.«

Sie tauchte im Türrahmen auf, mit Nachthemd und Morgenrock bekleidet, alle Anzeichen üppiger Sinnlichkeit unterdrükkend; jetzt war sie ganz die würdevolle Dame der Gesellschaft, die gerade bei ihrer Morgentoilette gestört worden war. »Lassen sie uns allein, Sally.«

Das Mädchen nahm das Tablett und ging an mir vorbei hinaus. Ich schloß die Tür hinter ihr.

»Was wünschen Sie, Lieutenant?«

»Hat man Ihnen von Cheriton berichtet?«

»Natürlich.«

»Dann möchte ich von Ihnen wissen, warum er Ihnen das hinterlassen hat.« Ich holte den Brief aus meiner Tasche.

Ihre Augen weiteten sich, wenn auch nur für einen kurzen Moment. Dann kam wieder ihre gut eingeübte unbesorgte Miene zum Vorschein. »Ich kann es mir nicht vorstellen.«

»Er hat sich selbst erschossen, wissen Sie. Er hat sich einen Revolver in den Mund gesteckt und abgedrückt. In seiner Hand fand ich diesen Brief, an Sie adressiert.«

Die Details rührten sie nicht. »Wer sonst weiß noch davon?«

»Von dem Brief niemand.«

»Und Sie sind gekommen, um ihn mir zu geben?«

»Ich war hin und her gerissen, ob ich ihn sofort öffnen oder Ihnen die Chance einräumen sollte, mir zu sagen, was er enthält. Ich dachte, ich sei es Cheriton schuldig, letzteres zu tun.«

»Wie edel von Ihnen. Aber wie kommen Sie auf die Idee, ich könnte wissen, was drinsteht?«

»Alles, was ich von Ihnen weiß, deutet darauf hin, daß es so ist. Sie haben Cheriton dazu getrieben, nicht wahr?«

Langsam schlenderte sie zum Fenster, als würde sie über eine philosophische Erörterung nachdenken. »Manchmal frage ich mich, ob es der militärische Drill ist, der euch jungen Offizieren diese besondere Fähigkeit verleiht, anderen die Schuld an euren eigenen Handlungen in die Schuhe zu schieben.«

Ich versuchte ihren Sarkasmus zu ignorieren. »Lady Powerstock, zwei Männer sind gestorben. Sie waren an beiden Todesfällen beteiligt. Ich weiß, was Sie für Mompesson waren: seine Hure. Aber was bedeuteten Sie für Cheriton?«

Beleidigungen prallten ebenso an ihr ab wie Drohungen. »Ich kann nur vermuten, was in diesem Brief steht. Vielleicht hatte er sich in mich verliebt. Manchen Männern passiert das«, sie lächelte, »wie Sie wissen. Vielleicht wurde er, aus welchem Grund auch immer, auf Ralph eifersüchtig und tötete ihn. Dann überwältigten ihn seine Schuldgefühle, und er nahm sich das Leben. Wer kann das schon genau wissen?«

»Wir können es herausfinden – indem wir den Brief lesen.«

»Natürlich. Aber überlegen Sie: Vielleicht stehen auch ganz andere Dinge drin. Falls ich wirklich in intimer Beziehung zu Lieutenant Cheriton gestanden hätte, dann hat er vielleicht gewußt, was ich weiß... von Ihren amourösen Unzulänglichkeiten und Schlüssellochentdeckungen. Vielleicht hat er davon gewußt und es in dem Brief erwähnt.«

»Das ist absurd.«

»Tatsächlich? Nun, vielleicht haben Sie recht. Doch der Lieutenant Cheriton, den ich kannte, war ein Mann von großer Sensibilität. Ich erinnere mich, daß Sie einmal von der Verderbtheit in diesem Haus gesprochen haben. Und wenn er nun das gleiche festgestellt hätte, falls diese Beobachtung richtig war? Wenn er gesehen hätte, wie Sie am Freitag vom Observatorium aus spionierten?«

Das war ihr As; sie spielte es mit der Lässigkeit einer Meisterin ihres Fachs aus. »Das Observatorium? Woher wissen Sie...?«

»Aber, aber Lieutenant. Erst halten Sie meine Ansichten für

absurd, und dann halten Sie mich auch noch für beschränkt. Leonoras unkonventionelle Neigungen sind mir seit langem bekannt, und ich habe ihre Zügel freigegeben – falls ich es so formulieren darf –, seit ihr Mann sich freundlicherweise hat umbringen lassen. Doch ich kann nur vermuten, welche Auswirkungen das Wissen um ihre Praktiken auf einen schüchternen jungen Mann hatten, der sich selbst Hoffnungen auf die Hand einer attraktiven jungen Witwe gemacht hat.«

»Cheriton? Wie sollte er...?«

»Vielleicht wurde er darauf hingewiesen.« Sie lächelte. »Vielleicht dachte ich, er müßte es wissen. Möglicherweise steht in dem Brief, was er entdeckt hat. Und jeder, der ihn gelesen hat, weiß dann Bescheid.«

»Stimmt das? Haben Sie das wirklich getan?«

»Sobald der Brief geöffnet ist, kommt alles an die Öffentlichkeit. Die wunderschöne junge Witwe eines großartigen Gentleman, der für sein Land in den Tod gegangen ist, besudelt die Erinnerung an ihn durch ihre perverse Paarung mit einem amerikanischen Glücksritter – und ist obendrein noch schwanger. Das wäre ein gefundenes Fressen für die Presse. Und wie schaut es dann mit Ihnen und mit Leonora und mit meinem Mann aus? Was würde dann noch für Sie übrigbleiben?«

In diesem Augenblick vergaß ich, daß es unmöglich schien, daß Cheriton zuerst Mompesson und dann sich selbst getötet hatte. In diesem Augenblick hatte mich Olivia überzeugt. Sie riß den Brief aus meiner kraftlosen Hand und warf ihn in das flakkernde Kaminfeuer. Helle Flammen begannen an dem versiegelten Umschlag zu lecken. Gebannt beobachtete ich, wie die letzten Worte eines schweigsamen Mannes in Rauch aufgingen.

Wie benommen ging ich die Treppe hinunter und wußte nicht, was ich tun sollte, nachdem ich zugelassen hatte, daß Olivia den Brief verbrannte. Zum Glück blieb ich nicht mir selbst überlassen. Bannister wartete in der Diele.

»Ich habe Sie gesucht, Mr. Franklin. Der Inspector ist hier. Er möchte Sie sofort sehen.«

Wortlos folgte ich ihm ins Frühstückszimmer. Shapland saß zusammengesunken in einem der Lehnsessel und paffte beißende Rauchwolken aus einer großköpfigen Pfeife.

»Und so, Mr. Franklin«, sagte er, ohne aufzustehen, »sehen wir uns wieder. Ich hatte auch nicht vorgehabt, meinen Sonntagmorgen so zu verbringen.«

»Keiner von uns, könnte ich mir vorstellen.«

»Man sagte mir, Sie hätten den Toten entdeckt.«

»Das ist richtig.«

»Dann zeigen Sie mir mal, wie das abgelaufen ist.« Er kam aus dem Sessel hoch und schlurfte zur Diele. »Bei Mompessons Ermordung nicht anwesend – bei Cheritons Selbstmord der erste auf dem Schauplatz. Ich bin mir nicht sicher, ob ich Ihnen ein Kompliment wegen Ihres Zeitgefühls machen oder Mitgefühl wegen Ihres Pechs zeigen soll.«

»Weder das eine noch das andere ist notwendig.«

»Wenn Sie meinen.« An der Eingangstür trat Bannister beiseite, um uns hinauszulassen. »Haben Sie auch diesen Weg genommen?«

»Ja.« Wir traten hinaus, und ich blinzelte in die plötzliche Helligkeit. »Ich hatte nicht gut geschlafen und wollte vor dem Frühstück einen Spaziergang machen.«

Im hellen Sonnenschein des Tages sah Shapland zerknitterter und schäbiger aus denn je, doch er war immer noch hartnäckig und geschickt genug, um die meisten Täuschungsmanöver zu durchschauen. »Warum sind Sie hier hinausgegangen?«

»Seit dem Mord werden nachts alle Türen abgesperrt. An der Haustür brauchte ich nur den Riegel zurückzuschieben.«

Er nickte und warf einen Blick auf die Auffahrt. »Und warum gingen Sie quer durch den Park, anstatt sich an den Kiesweg zu halten?« Er bohrte seinen Absatz in den Kies. »Es sei denn, er knirschte zu laut für Ihre Zwecke.«

»Es stimmt, ich wollte niemanden stören – aber dahinter steckt nichts Unrechtes.«

»Lassen Sie mich beurteilen, was unrecht ist und was nicht, Mr. Franklin.«

Ich bemühte mich, ungerührt zu bleiben. »Sehr wohl. Wahrscheinlich wäre ich sowieso durch den Park gegangen, doch dann bemerkte ich die Fußspuren im Tau.«

»Wo?«

Ich ging zu der Stelle am Rande des Rasens. »Hier. Fußspuren führten vom Haus weg. Sie waren im Tau sehr deutlich zu erkennen, was bedeutete...«

»Daß sie erst kurz zuvor gemacht wurden, womöglich erst nach Anbruch der Morgendämmerung.« Er stellte sich neben mich ins Gras. »Sie folgten ihnen also?«

»Ja.«

»Warum?«

»Ich wunderte mich, daß außer mir noch jemand auf war – und war auch ein bißchen besorgt. Es hätte ein Eindringling sein können.«

»Unwahrscheinlich, da die Fußspuren ja vom Haus wegführten.«

»Ich nahm es jedenfalls an.«

»Lord Powerstocks Diener beharrt darauf, daß er letzte Nacht den Riegel an der Haustür vorgeschoben hat. Fanden Sie ihn so vor?«

»Ich glaube nicht. Ich glaube, er war bereits zurückgeschoben, aber sicher bin ich mir nicht.«

Er ging vor mir durch das Gras, und ich folgte ihm. »Falls es ein Eindringling gewesen wäre – oder auch kein Eindringling –, hätten Sie plötzlich ganz allein mit Mompessons Mörder sein können.« Er blieb stehen und schaute zu mir zurück. »Beunruhigt Sie das nicht?«

Ich blieb neben ihm stehen. »Nicht übermäßig. Ich denke nicht in derartigen Kategorien.«

»Vermutlich.« Wir gingen weiter, hielten genau auf die Ulme zu, wo ich Cheriton gefunden hatte. »Was also erwarteten Sie?«

»Irgend jemand, der auch nicht schlafen konnte. Das ist alles.«

»Hatte Lieutenant Cheriton einen gesunden Schlaf?«

»Invalide Offiziere haben selten einen gesunden Schlaf, Inspector. Da mein Zimmer zufällig neben dem von Cheriton liegt, weiß ich, daß er sehr unter Alpträumen litt.«

Shapland nickte. »Zweifellos.« Wir erreichten den Hügel und umrundeten den Baumstamm. Mit Erleichterung stellte ich fest, daß der Leichnam bereits entfernt worden war. »Und Sie haben ihn hier gefunden?«

»Ja.«

»Beschreiben Sie, wie Sie ihn fanden – wenn Sie mögen.«

»Sie haben doch bestimmt gesehen...«

»Ich möchte es aus Ihrem Munde hören, Mr. Franklin. Bitte.«

Also erzählte ich es ihm so detailliert wie möglich. Nur die Sache mit dem Brief ließ ich weg. Während ich redete, kauerte Shapland neben der Schnur, sog an seiner Pfeife und blickte gelegentlich zurück zum Haus. Als ich fertig war, schwieg er eine ganze Weile, klopfte dann seine Pfeife an einer Baumwurzel aus und richtete sich wieder auf.

»Der Zustand der Leiche, so wie ich sie gesehen habe – und wie Sie es mir beschrieben haben –, läßt keinen Zweifel daran, daß er Selbstmord begangen hat. Doch warum?«

»Wer kann das sagen?«

»Sie könnten wenigstens eine Vermutung äußern, Mr. Franklin. Lord Powerstock hat da nicht gezögert. Er wertet es als Eingeständnis des Mordes an Mompesson. Er berichtete mir, daß Cheriton häufig von Mompesson wegen seines Verhaltens im Krieg verspottet wurde. Seine Lordschaft meinte, daß Cheriton nur mit viel Glück als Rekonvaleszent hierher geschickt worden war, anstatt wegen Feigheit vor ein Kriegsgericht gestellt zu werden. Er glaubt, Mompesson habe Wind davon bekommen und es gegen Cheriton verwandt. Was glauben Sie?«

»Ich glaube, Lord Powerstock weiß darüber besser Bescheid als ich. Ich bin noch nicht so lange hier wie Cheriton. Und die Gründe, weshalb er hier war, sind mir nicht bekannt. Aber es hätte zu ihnen gepaßt – sowohl zu Cheriton als auch zu Mompesson.«

»Wie hätte Mompesson zu einer solchen Information gelangen können?«

»Vielleicht hat es ihm jemand erzählt.«

»Sie meinen damit Lady Powerstock?«

»Das haben Sie gesagt, Inspector. Ich meine gar nichts.«

Er wandte sich wieder der markierten Fläche am Fuße des Baumes zu. »Es löst natürlich alle Probleme, wenn man diesem armen Teufel den Mord an Mompesson in die Schuhe schiebt. Der Name Powerstock wird nicht in den Schmutz gezogen, ich kann wieder meiner Wege gehen, und wir vergessen alles. Für meinen Geschmack ist das alles ein bißchen zu bequem.«

»Sicherlich sollten Sie diese Lösung nicht allein aus diesem Grund ablehnen.«

»Das tue ich auch nicht. Aber mir fällt der Schluß auch nicht leicht, daß ein junger Mann mit zerrütteten Nerven, der dem Druck des Krieges nicht gewachsen war, die nötige Entschlossenheit aufbrachte, um Mompesson zu ermorden.«

»Vielleicht hat er einfach durchgedreht.«

»Vielleicht. Aber er hätte gute Nerven gebraucht, um ruhig in seinem Zimmer zu sitzen, bis der Tote gefunden wurde. Und davon habe ich nicht das geringste bemerkt, als ich ihn gestern befragte. Er schien zwar nervös, aber mehr wegen seiner Rückkehr nach Frankreich, nicht wegen meiner Nachforschungen. Wissen Sie, wann er den aktiven Dienst wieder aufnehmen sollte?«

»Er sagte mir, er müsse Ende des Monats vor die medizinische Kommission.«

»Und sah er der Sache gefaßt entgegen?«

»Ganz und gar nicht. Er wollte nicht zurück. Aber das will keiner von uns, das können Sie mir glauben.«

»Tue ich, tue ich.« Langsam schlenderte er die andere Seite des Hügels hinab, als wäre er mit diesem Ort nun fertig, und ich folgte ihm. »Ich werde Ihnen sagen, was mich beunruhigt, Mr. Franklin. Ein Selbstmord aus Angst vor einer Rückkehr zur Front entspricht genau meinen Erfahrungen. Lediglich der Zeitpunkt ist falsch. Warum kurz nach dem Mord? Ich mag keine Zufälle – sie machen mich nervös. Das stützt die Vorstellung, daß Cheriton der Mörder war, abgesehen davon, daß ich nicht glaube, daß so etwas seiner Natur entsprochen hätte. Sie etwa?«

»Ich weiß es nicht.«

»Ein Abschiedsbrief hätte mich überzeugt. Ein Geständnis von seiner eigenen Hand. Es überrascht mich, daß er nichts hinterlassen hat. Diese jungen, sensiblen Typen tun das für gewöhnlich. Aber Sie haben nichts gefunden?«

Ich bemühte mich, meine Stimme völlig ausdruckslos klingen zu lassen. »Nichts.«

»Das ist merkwürdig.« Schweigend gingen wir eine Weile nebeneinander her, zwischen den weit auseinanderstehenden Ulmen auf den Obstgarten zu. Dann fuhr er fort. »Besonders merkwürdig ist es angesichts der Position seiner linken Hand. Ist Ihnen das aufgefallen?« Lächelnd sah er mich an.

»Ich glaube nicht.«

»Die Hand ruhte direkt an seiner Seite. Und Finger und Daumen hielt er so«, mit seiner eigenen Hand ahmte er die Geste nach, »als hätte er zum Zeitpunkt seines Todes etwas festgehalten. Trotzdem haben Sie nichts gesehen.«

»Es war nichts da.«

»Außer eine andere Person hat es entfernt.«

»Es gab keine weiteren Spuren im Tau. Niemand sonst ist dort gewesen.«

Er lächelte mir zu. »Das glaube ich auch. Gehen wir zum Haus zurück?« Ohne eine Antwort abzuwarten, machte er sich auf den Weg. »Übrigens, Sie haben mich gar nicht gefragt?«

»Wonach?«

»Nach Thorley.«

»Ich dachte, Sie würden es mir schon erzählen – falls Sie die Absicht hatten.«

Er lachte so herzlich, daß ich ihm seine offensichtlich echte Erheiterung glauben konnte. »Sehr gut, sehr gut. Nun, wir erwischten ihn in Alton, und er bestätigte Ihre Aussagen, was den Freitag abend anbelangt, soweit ihm das möglich war. Dann ließen wir ihn laufen.«

»Einfach so?«

»Ich habe seine Adresse in London. Ich betrachtete ihn jedoch nicht als ernsthaften Verdächtigen. Er hatte eine Art Motiv, und er hatte zweifellos die Gelegenheit. Doch er hat nicht das, was man braucht, um einen Mann kaltblütig umbringen zu können. Genausowenig wie Cheriton.«

»Was braucht man dazu?«

Am Rande der Auffahrt blieb er stehen. »Man braucht das, was Sie haben, Mr. Franklin: nicht die heißblütige Wut des Kriegers oder die halbverrückte Raserei des Feiglings, sondern die beherrschte Aufgewühltheit eines Mannes, der mit sich uneins ist.«

Ich bemühte mich um eine undurchsichtige Miene. »Sie sind hinter dem falschen Mann her, Inspector.«

»Da mögen Sie recht haben. Ich habe zu meiner Zeit viele Fehler gemacht. Berufsrisiko. Wenn Sie meine ehrliche Meinung hören wollen, ich glaube, meine Vorgesetzten werden sich mit der Cheriton-Version zufriedengeben. Das ist eine saubere Lösung, mit der auch Lord Powerstock glücklich ist. Aber ich werde es ihnen nicht so leicht machen. Ich werde sie die Ungereimtheiten nicht vergessen lassen.«

»Als da wären?«

»Zum Beispiel das Kaliber von Cheritons Revolver: die übliche Armeewaffe. Die Autopsie jedoch beweist, daß Mompesson mit einer kleineren, leiseren Waffe erschossen wurde. Man könnte fast sagen, einer Damenpistole.«

»Was schließen Sie daraus?«

»Ich schließe daraus, daß Sie mehr wissen, als Sie eingestehen wollen, Mr. Franklin, und daß Sie womöglich jemanden schützen – vielleicht auch sich selbst. Ich nehme es Ihnen nicht übel, daß Sie den Verdacht auf Cheriton ruhen lassen. Schließlich kann es ihm nicht mehr schaden. Aber Sie dürfen nicht glauben, daß ich darauf hereinfalle – nicht mal für einen Moment.«

»Es gibt nichts, worauf man hereinfallen könnte.«

»Vielleicht nicht.« Er schien sich wieder in Bewegung setzen zu wollen, drehte sich dann jedoch um und sah mich an. »Da ist noch etwas, was mich verwirrt. Sie sagten, die Fußspuren in dem Tau hätten frisch ausgesehen.«

»Ja.«

»Aber Sie hörten keinen Schuß?«

»Zumindest nicht bewußt, obwohl es durchaus möglich ist, daß ich dadurch wach wurde. Immerhin war mein Fenster geschlossen, und er befand sich in einiger Entfernung vom Haus.«

»Sein Bett war unberührt, verstehen Sie.«

»Wollen Sie damit sagen, daß er die ganze Nacht hier draußen war?«

»Das wird uns die Autopsie verraten, doch es dürfte unwahrscheinlich sein. Die Leichenstarre hatte noch nicht eingesetzt, als ich den Toten sah.«

»Ich hatte den Eindruck, daß er noch nicht länger als eine halbe Stunde tot war. Das würde zum Tagesanbruch passen. Ich kann mir nicht vorstellen, daß er im Dunkeln hinausgegangen ist.«

»Nein, ich auch nicht. Was darauf hindeutet, daß niemand abgesehen von Ihnen – einen Abschiedsbrief hätte verschwinden lassen können.«

»Aber es war keiner da.«

Er nickte langsam, obwohl sein Gesichtsausdruck das Gegenteil besagte. »Nun, wir reden später noch mal drüber, da bin ich mir ganz sicher.« Dann schlurfte er quer über die Auffahrt und verschwand im Haus. Ich sah ihm nach und verfluchte mich insgeheim all der Lügen wegen, die ich aufgrund des einen Zugeständnisses an Olivias Drohungen gezwungen war zu erzählen. Shapland hatte mich gewarnt, daß er eine ausgesprochene Spürnase für Komplizenschaft in einem Verbrechen habe, und trotzdem war ich so weit gegangen, daß er aus den falschen Gründen recht bekommen hatte. Und jetzt hatte er sich auf meine Fährte gesetzt.

Wie beneidete ich Thorley doch an diesem langen, geradezu lächerlich sonnigen Sonntag, der sich hier auf Meongate endlos dehnte. Shapland hatte aus nur ihm bekannten Gründen Thorley laufenlassen, doch ich mußte bleiben, mußte geduldig warten, während mein Körper und mein Geist vor Rastlosigkeit fast überkochten. Vielleicht war das Shaplands Hoffnung: daß ich in einer plötzlichen Explosion der Anspannung die Wahrheit enthüllen würde, die ich seiner Meinung nach wußte. Er hatte ja keine Ahnung, daß für mich ebenso wie für ihn diese Wahrheit nur ein vager, ungewisser Schatten war, auf den ich nur aus den Augenwinkeln einen kurzen Blick werfen konnte und der sich mir sofort entzog, sobald ich genauer hinschauen wollte.

Ich wartete nicht, bis die Polizei verschwand, sondern brach zu einem langen Spaziergang in die Umgebung auf, da physische Erschöpfung so ungefähr der einzige Trost war, auf den ich hoffen konnte. Jede Hoffnung war dahin, jemals zu erfahren, was in Cheritons Brief gestanden hatte, aber ich konnte nicht aufhören, Vermutungen anzustellen. Es war die eigentliche Grausamkeit – das wurde mir jetzt klar –, die Olivia mir mit ihrer Überredungskunst, den Brief zu vernichten, angetan hatte. Ich war der einen Art von Verführung entgangen, nur um der anderen zu verfallen.

Erst am frühen Abend kehrte ich nach Meongate zurück. Eine unbehagliche Stille, die mir zu jeder anderen Zeit friedvoll erschienen wäre, lag über dem Anwesen. Weder von der Polizei noch von sonst einer Menschenseele war etwas zu sehen. Das Ticken der Uhr in der Diele nahm sich in dem starren Schweigen überlaut aus. Cheriton war nicht mehr da, um sich zu grämen und auf und ab zu marschieren, genausowenig wie Mompesson mit seinem Lächeln und seinem Geprahle. Aus dem Billardraum drang kein Klicken der Kugeln, das angezeigt hätte, daß Thorley sich da die Zeit vertrieb. Auf unterschiedliche Art und Weise waren sie alle verschwunden.

Ich wollte gerade auf mein Zimmer gehen, als ich ein leises Rascheln aus dem Frühstückszimmer hörte: Es war doch jemand da.

Ich ging hinein und entdeckte Leonora, die lesend in einer Ecke saß. Das Geräusch, das ich gehört hatte, war das Umblättern einer Buchseite gewesen. Sie blickte, ohne zu lächeln, auf und legte das Buch auf ein Beistelltischchen.

»Hallo, Tom«, sagte sie ernst.

»Als ich hereinkam, dachte ich, das ganze Haus sei verlassen.«

»Lord Powerstock war aus naheliegenden Gründen nicht fähig, zur Morgenmesse zu gehen, also hat er statt dessen die Abendandacht besucht. Olivia ist mitgegangen. Sie möchte nicht, daß er dort alleine gesehen wird. Charter habe ich seit heute morgen nicht mehr zu Gesicht bekommen. Sie auch nicht, jedenfalls bis jetzt nicht.«

»Ich hatte viel nachzudenken.«

Zum erstenmal blickte sie mich direkt an. »Das mit Lieutenant Cheriton tut mir furchtbar leid. Sich das Leben zu nehmen ..., es ist schrecklich.«

Langsam ging ich zur Vitrine und schenkte mir einen Scotch ein. »Ich bin mir nicht sicher, ob es schrecklich ist.«

»Wie meinen Sie das?«

Mit dem Scotch in der Hand setzte ich mich ihr gegenüber. »Wahrscheinlich wäre er sowieso getötet worden, wenn er zurück nach Frankreich gegangen wäre.«

»Das ist kaum...«

»Und als ich ihn fand, sah er irgendwie friedlicher aus als je zuvor.«

»Warum hat er das getan?«

»Vielleicht, weil er Mompesson getötet hatte.« Ich nahm einen Schluck Whisky. »Aber im Grunde glaube ich es nicht. Sie?«

»Nein.«

Ich wollte ihr erzählen, daß ich das einzige Beweisstück vernichtet hatte, das Cheriton hinterlassen hatte, doch statt dessen trank ich noch einen Schluck und redete mir ein, daß der Brief nie existiert habe. »Ich glaube, die Wahrheit wird niemals ans Licht kommen.«

»Vielleicht.«

Ich stellte das Glas ab und erhob mich von meinem Stuhl. »Leonora...« Ich kämpfte um die richtigen Worte.

»Ja?«

»Wie gut kannten Sie Cheriton?«

»Ich kannte ihn kaum. Er war sehr zurückhaltend, vielleicht zu sehr.«

»Es ist nur so, daß...« Als ich zu ihr hinabsah, fiel mein Blick auf den Titel des Buches, der mir vertraut war: »Betrachtungen über das Diözesankomitee für die Armenhilfe in Portsea«. Warum las sie unter diesen Umständen ausgerechnet dieses Buch? Ich starrte es verblüfft an.

»Stimmt etwas nicht?«

»Dieses Buch...«

»Sie kennen es?«

»Ja. Ich habe es in der Bibliothek gesehen. Aber...«

Sie wirkte merkwürdig defensiv. »Warum sollte ich es nicht lesen?«

Ich ging zurück zu meinem Stuhl. »Es spricht nichts dagegen. Nichts, außer...« Wie war es möglich, daß sie nach allem, was geschehen war, nach zwei toten Männern, nachdem der ganze

Haushalt in Aufruhr geraten war, ruhig hier sitzen und einen etwas eigenartigen Band über Sozialhilfe lesen konnte?

»Es tut mir leid, falls ich Sie enttäuscht habe.«

»Das haben Sie nicht. Sie verwirren mich. Dieses Buch ist Johns Mutter gewidmet, nicht wahr? Sie schrieb einen Teil davon. Doch es schien mehr als nur das dahinterzustecken. Olivia bezeichnete es als bequeme Fiktion. Was meinte sie damit?«

»Das heißt, daß sie etwas gegen die Erinnerung an Miriam hat.«

»Ja, das ist verständlich. Aber warum lesen Sie es jetzt? Ein Buch, das so wenig Bedeutung für die Gegenwart besitzt. Es erscheint... herzlos.«

»Denken Sie ruhig so, wenn Sie nicht anders können.«

»Außer... es hat noch eine Bedeutung.«

Sie schien etwas sagen zu wollen. In dem Zwielicht des heraufdämmernden Abends schien es mir, als wollte sie mir ein Geheimnis anvertrauen. Dann lenkte sie irgend etwas ab. Sie schaute abrupt zu der Glastür, die zum Gewächshaus führte; ihr scharfer Atemzug verriet mir, daß sich dort jemand befand.

Es war Shapland. Eine schäbige, um Entschuldigung bittende Gestalt mit hängenden Schultern stand im Türrahmen, in zwielichtige Schatten gehüllt. Ich sprang auf.

»Inspector...«

Er kratzte sich am Kopf und trat lächelnd in den Raum. »Tut mir leid, daß ich Sie störe. Ich bin hinten durch den Garten gekommen. Der Duft des Lavendels ist...«

»Ersparen Sie uns die Botanik, Inspector. Was wollen Sie?«

»Gehen Sie nicht so scharf mit mir ins Gericht, Mr. Franklin. Ich wollte nicht stören. Warum wollen wir Mrs. Hallows nicht ausreden lassen? Vielleicht ist es von Bedeutung für meine Ermittlungen.«

Leonora lächelte entwaffnend. »Es war nichts, Inspector, das kann ich Ihnen versichern. Wir sprachen lediglich über ein Buch, das wir beide gelesen haben.«

Shapland beugte sich vor und drehte das Buch um. Er runzelte die Stirn. »Portsea? Sie überraschen mich, Mrs. Hallows.«

»Wieso?«

»Nicht gerade eine erbauliche Lektüre für eine Dame. Vor vierzig Jahren habe ich dort als Polizist Dienst getan, noch bevor sich das Diözesankomitee dafür interessierte. Soviel ich weiß, hat sich dort die erste Lady Powerstock mit der Krankheit infiziert, an der sie dann gestorben ist – und ich muß sagen, es überrascht mich nicht.«

»Sie scheinen gut über meine Familie informiert zu sein.«

»Ich hab' einiges erfahren – allerdings nicht, warum in diesem Haus ein Mord und ein Selbstmord passiert sind. Also: Was für eine Bedeutung haben die guten Taten der ersten Lady Powerstock in Portsea für diesen Fall?«

»Wie ich Ihnen schon sagte – gar keine.«

An diesem Punkt mischte ich mich ein. »Inspector, was können wir für Sie tun? Es ist ziemlich spät für unangemeldete Besuche.«

Er grinste mich an. »Ich hoffte Mr. Gladwin anzutreffen. Er ist das einzige Mitglied des Haushalts, das ich noch nicht befragt habe.«

»Ich bezweifle, daß er Ihnen etwas sagen kann.«

»Nichtsdestoweniger.«

Leonora erhob sich abrupt und ging quer durchs Zimmer, um die Dienstbotenglocke zu drücken. »Ich nehme an, er wird in seinem Zimmer ruhen, Inspector. Ich lasse Sie hinaufführen.«

»Danke.«

»Ich hoffe, Sie vergessen nicht, daß er in fortgeschrittenem Alter ist.«

»Sind wir das nicht alle? Aber keine Sorge, Mrs. Hallows, ich werde ihn nicht lange belästigen. Wie Mr. Franklin schon sagte, ich erwarte nichts von ihm zu hören, was sich auf meine Schlußfolgerungen auswirken könnte.«

»Und welcher Art sind Ihre Schlußfolgerungen?«

»Offiziell bin ich geneigt, mich der Theorie anzuschließen, daß Cheriton zuerst Mompesson und dann sich selbst getötet hat. Inoffiziell glaube ich kein Wort davon. Aber da jeder möchte, daß ich mich dieser Lösung anschließe – wie könnte ich mich da diesem Wunsch verweigern?«

Fergus trat ein und begleitete dann Shapland hinauf zu Gladwins Zimmer. Mit spürbarer Erleichterung blickte ich ihm nach; falls es Leonora genauso ging, ließ sie sich nichts anmerken.

»Er denkt, ich hätte etwas mit der Sache zu tun«, sagte ich nach einer Weile.

»Das dachte ich anfangs auch.« Sie hatte erneut Platz genommen; ihr Gesicht trug jetzt wieder den gleichen Ausdruck abgeklärter Weisheit, der sich meinem Zugriff entzog.

»Aber jetzt nicht mehr?«

»Nein. Jetzt nicht mehr. Jetzt denke ich, daß Sie mir mißtrauen. Und ich kann es Ihnen nicht einmal übelnehmen.«

»Ich möchte nur helfen. Das wissen Sie. Alles, was Sie zu sein scheinen, alles, was ich für Sie empfinde, steht in völligem Widerspruch zu dem, was ich in diesem Haus gesehen habe.«

»Das ist mir klar. Ich wünschte, es wäre nicht so.«

»Dann hatte Shapland also recht? Finden wir uns alle mit Cheritons Schuld ab, um unsere eigene zu verbergen?«

»Tom, Sie müssen mir glauben, daß ich nicht die geringste Ahnung habe, was Lieutenant Cheriton in den Selbstmord getrieben hat.«

Ich mußte es ihr sagen. Ich schenkte mir einen weiteren Whisky ein. »Cheriton hinterließ eine Nachricht. Ich habe sie vernichtet, ohne sie zu lesen. Shapland weiß nichts davon.« Ich hatte sie dabei nicht angesehen, doch als ich ihr nun einen Blick zuwarf, war ihr Gesichtsausdruck unverändert.

»Oh, Tom, das hätten Sie nicht tun dürfen.«

»Ob Sie es glauben oder nicht, ich habe es für Sie getan. Ich dachte, der Brief könnte Beweise enthalten, die Sie mit Mompesson in Verbindung bringen.«

»Was brachte Sie auf diesen Gedanken?«

»Olivia...«

»Was hat sie damit zu tun?«

»Der Brief war an sie adressiert. Sie überredete mich, ihn ihr zur Vernichtung zu überlassen – zum Wohle aller.«

Langsam schüttelte sie den Kopf. »Sie hat Sie getäuscht. Es kann nur zu ihrem Vorteil gewesen sein.«

»Ich weiß. Doch sie überzeugte mich, daß Cheriton genausoviel gewußt hatte wie ich. Und ich durfte nicht zulassen, daß dieses Wissen Shapland in die Hände fiel. Ich fürchtete – das heißt, ich fürchte immer noch –, daß Cheriton das Observatorium vor oder nach mir besucht hat.«

»Wie hätte er das machen sollen? Er besaß keinen Schlüssel.«

»Genau das ist es. Als ich oben zu der von Ihnen angegebenen Zeit ankam, war die Tür nicht versperrt.«

Sie senkte den Blick. »O Gott.«

»Was ist? Was bedeutet das?«

»Das bedeutet, daß meine schlimmsten Befürchtungen wahr geworden sind – und ich weiß nicht, was ich tun soll.«

»Dann lassen Sie mich Ihnen helfen. Ich glaube, das wäre auch Johns Wunsch gewesen.«

Ein schwaches Lächeln umspielte ihre Lippen. »Ja, ich denke, Sie haben recht. Aber ich kann jetzt nicht reden. Der Inspector ist oben, und Olivia muß jeden Augenblick zurückkommen.«

»Wann dann?«

»Morgen. Wir machen eine Fahrt mit dem Einspänner, weg vom Haus. Dann werde ich Ihnen alles erzählen, soweit es mir möglich ist.«

»Gut.«

»Und jetzt werde ich auf mein Zimmer gehen. Ich möchte nicht hiersein, wenn Olivia zurückkehrt.« Sie stand auf. »Ich werde Fergus sagen, er solle um zehn den Einspänner bereithalten.«

»Ich freue mich darauf.«

»Ich bin mir nicht sicher, ob Sie das tun sollten.« Sie ging zur Tür. »Gute Nacht, Tom.«

Leise ging sie hinaus, schloß die Tür hinter sich, und ich blieb zurück, tief in Gedanken versunken, was es wohl war, was sie mir erst morgen erzählen konnte. Ich ging zum Tisch und griff nach dem Buch, das sie gelesen hatte. Es klappte an einer bestimmten Stelle auf; es war die Seite mit Miriam Powerstocks Beitrag.

»Not im Überfluß« war ziemlich genau das, was ich erwartet hatte: eine maßvolle, mitfühlende Bitte um Aufmerksamkeit für das materielle und seelische Wohlergehen der Menschen von Portsea, gehalten in einem sauberen, gepflegten Stil. Ich konnte mir leicht vorstellen, wie sehr Hallows die Mutter geachtet hatte, die solche Dinge schrieb und fühlte. »Es besteht die bedauerliche Tendenz, von dem elendsten, ältesten Viertel einer Hafenstadt kaum etwas anderes als Armut und Prostitution zu erwarten, genau jene Trunksucht und Erniedrigung, die wir tatsächlich dort vorfinden. Für diese selbstzufriedene Haltung haben dieser Essay und seine Verfasserin kein Verständnis. Zu lange haben wir diesen Fleck auf unserer weißen Weste toleriert. Zu lange haben wir das Elend und das Unglück jener ignoriert, deren Tragödie es ist, daß ihre ganze Welt aus den verkommenen Gassen und den von Krankheiten verseuchten Unterkünften Portseas besteht.«

Im gleichen Stil ging es weiter. Die verstorbene Lady Powerstock bewies mit ihrem Essay, daß sie die Menschen und die Orte, von denen sie schrieb, gut genug kannte, um ihre Schlußfolgerung zu rechtfertigen: Ohne die Achtung und die Hilfe der Reichen konnten die Bewohner dieser Gegend nicht hoffen, dem Elend und den Krankheiten, für die sie berüchtigt war, zu entrinnen. In aufrüttelnder Weise schrieb sie über barfüßige Kinder und zerlumpte, betrunkene Männer, über schorfige Huren und zechende Matrosen, über das Labyrinth der Kneipen und der baufälligen Behausungen. Es gehörte Mut dazu, all diese Örtlichkeiten aufzusuchen, und noch mehr Mut, all denen davon zu berichten, die nichts davon hören wollten. Doch wie ich und andere wußten, hatte sich ihr Mut nicht bezahlt gemacht. Lebendige Worte von einer Toten: Zu der Zeit bedeuteten sie mir kaum etwas – weil mir der Blick für das fehlte, was Leonora wirklich gelesen hatte.

Geräusche in der Diele machten mich auf Lord und Lady Powerstocks Rückkehr aufmerksam. Genau wie Leonora verspürte ich nicht den Wunsch, sie zu sehen, und so schlüpfte ich aus dem Zimmer und ging auf die Hintertreppe zu. Dabei bekam ich noch mit, wie Shapland Olivia seine Anwesenheit erklärte; offensichtlich war er mit Charter fertig.

In dieser Nacht schlief ich gut. Irgendwie erschien mir der Gedanke tröstend, daß mir Leonora nach diesen Wochen auf Meongate endlich die Wahrheit sagen würde. Mir blieb die Hoffnung, daß ich sie weiterhin respektieren könnte und meine Liebe eine Chance bekommen würde.

Ich frühstückte zusammen mit Charter, der ausnahmsweise einmal düstererer Stimmung war als ich und mit besorgter Miene an seinem Räucherhering pickte.

»Ich hoffe, der Inspector hat Ihnen gestern abend nicht zu sehr eingeheizt«, sagte ich, um ihn etwas aufzuheitern.

Normalerweise hätte er gelächelt; jetzt schüttelte er nur den Kopf. »Dazu braucht's schon mehr als diesen Burschen. Ich glaube, in Wirklichkeit war's wohl eher umgekehrt.«

»Mir kommen Sie ein bißchen... niedergeschlagen vor.«

»Ich mag es nicht, wenn junge Leute verschwendet werden, das ist alles. Es deprimiert mich.«

»Sie meinen Cheriton?«

»Natürlich.«

»Lord Powerstock scheint der Ansicht zu sein, daß damit die ganze Sache auf die bestmögliche Weise, die wir uns nur wünschen können, gelöst sei.«

»Edward ist ein braver Mann. Der Jammer ist bloß, daß er manchmal nicht ein bißchen mehr Phantasie hat.«

»Sie glauben also nicht...?«

Das Geräusch hastiger Schritte brachte mich zum Schweigen. Atemlos platzte Sally in das Zimmer.

»Was gibt's denn, Mädchen?« fragte Charter.

»Oh, Sir, ich mache mir Sorgen.« Sie schnappte nach Luft. »Ich habe ein Tablett in Miss Leonoras Zimmer gebracht – und sie war nicht da. Das Bett ist unberührt, wie alles andere auch. Aber... da war diese Nachricht, an einer Stelle, wo ich sie nicht übersehen konnte.« Sie hielt einen Umschlag hoch. »Er ist an Mr. Franklin adressiert.«

Ich erhob mich und nahm den Brief mit zitternder Hand entgegen. Eine düstere Vorahnung ergriff mich.

»Was steht drin, Mann?«

Ich riß den Umschlag auf, überflog kurz den Briefbogen und las dann laut vor: »Tom, es tut mir leid, daß ich unsere Verabredung nicht einhalte, aber angesichts der Umstände halte ich es für das beste. Es gibt gewisse Dinge, denen ich ins Auge sehen muß, und ich kann und darf die Verantwortung dafür nicht teilen, so gern ich es auch tun würde. Deswegen fahre ich heute morgen mit dem Frühzug weg. Bitte sagen Sie Charter und Lord Powerstock, sie möchten sich keine Sorgen machen. Ich hoffe, spätestens in einigen Tagen zurück zu sein. Bis dahin muß ich Sie um Geduld bitten. Leonora.«

Charter starrte mich ungläubig an. »Sie ist weg? Wohin?«

Ich wußte keine Antwort.

Als Lord Powerstock die Neuigkeit erfuhr, bat er mich in sein Arbeitszimmer. Zu meiner Überraschung befand sich Olivia bei ihm, die in königlicher Strenge über den Teppich schritt, während Powerstock zerknittert und verloren an seinem Schreibtisch saß.

Olivia ließ mir keine Zeit für ein paar allgemeine Worte.

»Was wissen Sie über dieses Verschwinden, Lieutenant?«

Ich war zu besorgt, um die Abneigung, die ich ihr gegenüber empfand, verbergen zu können. »Genausoviel wie Sie, Lady Powerstock – und genausowenig.«

Ihre Augen blitzten vor Wut; offensichtlich entsprach diese Wendung der Ereignisse nicht ihren Plänen. »Der Brief war für Sie bestimmt – und bezog sich auf eine Verabredung.«

»Wir wollten mit dem Einspänner ausfahren. Das war alles.«

»Was glauben Sie, was das für einen Eindruck macht – gerade als die Polizei sich zufriedengeben und keine weiteren Nachforschungen anstellen wollte?«

»Ich dachte, Leonoras Wohlergehen liege Ihnen mehr am Herzen als der schlechte Eindruck, den ihr Verschwinden hervorrufen könnte.«

»Was haben Sie uns zu sagen? Inspector Shapland erwähnte gestern abend, daß er Sie zusammen im Frühstückszimmer vorgefunden habe. Das heißt, Sie waren der letzte, der sie gesehen hat. Worüber haben Sie mit ihr gesprochen?«

»Über nichts von Bedeutung.« Verzweifelt wandte ich mich an ihren Mann. »Lord Powerstock – Ihnen muß doch klar sein, daß ich damit nichts zu tun habe.«

Er blickte mich erschöpft an. »Meine Frau befürchtet, ebenso wie ich, daß sich Leonora möglicherweise in ... medizinische Behandlung begeben hat.«

»Was?« Ich drehte mich wieder zu Olivia um.

»Müssen wir es Ihnen buchstabieren? Eine Abtreibung.«

»Das ist absurd.«

»Angesichts der Umstände würde ich sagen, daß es das einzig Vernünftige wäre. Aber sie ist vielleicht auch närrisch genug und geht um der Geheimhaltung willen zu einem Pfuscher.«

War das möglich? Olivia hatte das Messer noch einmal in meine Wunde gestoßen. »Das ist eine monströse Vermutung.«

»Möglich. Aber wir glauben, daß ihr das im Kopf herumspukt – genau wie Ihnen.«

»Mir?«

»Vielleicht hielten Sie es für ritterlich, ihr dabei behilflich zu sein und ihre Spuren zu verwischen.«

»Das ist lächerlich. Lord Powerstock...«

Doch sie mußte ihn zuvor schon überredet haben, sich auf ihre Seite zu stellen. »Ich bin zum Wohle von uns allen zu dem Schluß gelangt, mein Junge, daß Cheriton sich aus Reue über seine Mordtat erschossen hat, doch der Grund für seinen Selbstmord kann auch das Wissen gewesen sein, daß er verantwortlich für Leonoras... Zustand war. Schließlich darf man ja den Abschiedsbrief nicht vergessen.«

»Den Abschiedsbrief?«

»Natürlich hat mich Olivia von seiner Existenz in Kenntnis gesetzt.« Er warf mir ein kränkliches Lächeln zu. »Die Tatsache, daß er an Leonora adressiert war...«

»Leonora?« Ich schaute von einem zum anderen und erkannte sofort, daß jeder Widerspruch sinnlos war. Nun, da der Brief vernichtet war, konnte ich Powerstock auf keinen Fall mehr davon überzeugen, daß er an seine eigene Frau adressiert gewesen war. Da sie sich so frühzeitig – wenn auch unter falschen Voraussetzungen – ihrem Mann anvertraut hatte, war mir der Wind aus den Segeln genommen worden. Und Leonoras Flucht schien all ihre hinterhältigen Anspielungen zu bestätigen.

Noch während mir diese Gedanken durch den Kopf schossen, fuhr Powerstock auf seiner Linie weiter: »Sie sehen also, mein Junge, Sie müssen uns wirklich sagen, wohin sie gegangen ist. Wie sonst sollten wir ihr helfen?«

Meine Gedanken wirbelten weiter. Olivia wußte sehr wohl, daß ich keine Ahnung von Leonoras Aufenthaltsort hatte, also wollte sie Leonora gar nicht finden. Lediglich vor ihrem Ehemann spielte sie die Besorgte. Alles ergab nun auf schreckliche Art einen Sinn. »Ich habe keine Ahnung, wohin Leonora gegangen sein könnte, aber ich bin sicher, sie würde nicht einmal im Traum an das denken, was Sie angedeutet haben.«

Olivias Mund verzog sich zu einem höhnischen Lächeln. »Wir kennen sie etwas besser als Sie, Lieutenant.«

Ich versuchte zurückzuschlagen. »In diesem Fall würde ich vorschlagen, Sie informieren Inspector Shapland und lassen sie von ihm suchen.«

»Sie wissen ganz genau, daß wir das nicht können.«

»Warum nicht?«

Im Tonfall eines gramgebeugten Mannes mischte sich Powerstock ein. »Wenn die Polizei Leonoras Zustand entdeckt, könnte sie die ganze Situation vollkommen mißverstehen. Wir müssen den polizeilichen Ermittlungen ein Ende bereiten.«

»Dann müssen Sie Leonoras Entscheidung akzeptieren.«

»Gerade weil wir das getan haben«, sagte Olivia, »haben wir jetzt dieses Problem.«

»Wir verlangen doch nur«, fuhr Powerstock fort, »daß Sie uns gegenüber offen sind.«

»Ich bezweifle, daß es Ihnen gefallen würde, wenn ich offen wäre. Meine Empfehlung lautet nach wie vor: Gehen Sie zur Polizei.«

In einer falschen Geste der Besorgnis stellte sich Olivia an die Seite ihres Mannes. »Wenn Leonora etwas geschieht, Lieutenant, werden wir Sie dafür verantwortlich machen.«

»Dann werde ich Ihr Problem für Sie lösen. Wenn Leonora bis heute abend nicht zurückgekehrt ist, gehe ich selbst zur Polizei.«

»Das werden Sie nicht tun.«

Ich ging zur Tür. »Warten wir's ab.« Bevor Olivia zum Gegenschlag ausholen konnte, war ich draußen.

Es mochte wie ein Ultimatum geklungen haben. Wenn ja, dann galt dieses Ultimatum für mich genauso wie für Lord und Lady Powerstock. Durch Leonoras Verschwinden waren die Enthüllungen, die sie mir in Aussicht gestellt hatte, in weite Ferne gerückt. Mehr als alles andere sehnte ich die Wahrheit herbei. Jetzt mußte ich wissen, mußte verstehen, was geschehen war.

Ich verließ sogleich das Haus. Das ziellose Herumwandern dämpfte meinen Zorn, der sich in einer sinnlosen Aktion Luft zu machen drohte. Als ich mich an diesem Morgen dem Tor am Ende der Auffahrt näherte, sah ich einen Wagen mit Leinenverdeck am Straßenrand stehen. Es war das einzige Taxi in der Gegend, das vom alten Taylor von der Werkstatt in Droxford gefahren wurde. Eine schlanke Gestalt in schwarzem Mantel und Homburg – zu warm gekleidet für den milden Tag – kletterte heraus, zahlte und kam langsam durch das Tor auf mich zu, während das Taxi wieder fortfuhr.

»Guten Morgen«, sagte ich.

Er blieb abrupt stehen, als hätte er mich bis jetzt noch nicht gesehen. »Oh... ja, guten Morgen.« Er war ein kleiner Mann mit sanftem Gesicht und dem bleichen, bekümmerten Ausdruck eines Angestellten, der sich zu weit von seinem Büro entfernt hat.

»Kann ich Ihnen helfen?«

»Ist dies hier... Meongate?« Seine Stimme klang leise und zögernd.

»Ja.«

»Mein Name ist... Cheriton. George Cheriton.« Jetzt wußte ich natürlich, wer er war und was er hier wollte.

»Sie müssen Davids Vater sein.« Er nickte. »Mein Name ist Franklin, Mr. Cheriton.« Ich streckte ihm die Hand entgegen. »Ich darf Ihnen mein Beileid aussprechen. Ich kannte Ihren Sohn nur flüchtig, aber Sie müssen einen großen Verlust erlitten haben.«

Kraftlos gab er mir die Hand. »Es ist sehr freundlich von Ihnen, das zu sagen. Natürlich war es ein großer Schock. Es war nicht die Art und Weise, wie wir...« Seine Stimme verlor sich, erholte sich dann wieder. »Mrs. Cheriton hat es schwer getroffen. Ich bin gekommen, um Davids Sachen zu holen.«

»Ich bin sicher, Lord und Lady Powerstock werden Sie gern empfangen. Sie sind beide im Haus. Warum gehen Sie nicht hinauf?«

»Danke. Das werde ich.« Mit schlurfenden Schritten ging er an mir vorbei, und ich sah ihm nach, wie er sich qualvoll langsam die Auffahrt hochschleppte. Das, dachte ich, ist der wirkliche Preis von Cheritons Selbstmord: ein ältlicher, einfacher Mann, vor Verzweiflung wie betäubt. Der abgrundtiefe Kummer dieses Mannes rückte den Tod, der uns bis jetzt wenig bedeutet hatte, in ein neues Licht. Deshalb, so dachte ich, muß ich die Wahrheit herausfinden. Zumindest das bin ich ihm schuldig.

Ich brachte den Tag damit zu, ohne Ziel über die Hügel zu wandern, die sich westlich des Meontales auf Winchester zu erstrekken – eine Landschaft, die der Krieg verschont hatte, mit dicht belaubten Bäumen, die leise in der sanften Brise raschelten, mit Kaninchen in Kornfeldern und schnatternden Gänsen auf fernen Bauernhöfen. Der Konflikt hatte mir dieses Land entfremdet. – Dieser Konflikt, den ich nicht vergessen konnte und der mir auch an diesem friedlichen Nachmittag auf dem Rückweg nach Meongate nicht von der Seite wich.

Ich kam spät zurück, nachdem ich noch in ein Gasthaus in West Meon zum Abendessen eingekehrt war, weit genug von Droxford entfernt, um der Aufmerksamkeit der lokalen Klatschtanten zu entgehen. Wie ich gehofft hatte, war das Abendessen bereits vorbei; nur noch Charter saß am Feuer und strengte seine Augen an, um in einem ledergebundenen Buch zu lesen. Als ich eintrat, nahm er seinen Kneifer ab und spähte durch das Dämmerlicht des Raumes zu mir hinüber.

»Franklin! Wo haben Sie sich versteckt?«

»Ich war spazieren. Hab' es hier nicht ausgehalten. Ist Leonora zurückgekommen?«

Ich kannte die Antwort schon, noch bevor er den Mund aufmachte. »Nein. Hatten Sie es erwartet?«

Ich seufzte. »Nein. Nicht wirklich. Ich hatte es... gehofft.« Ich ließ mich in den Sessel ihm gegenüber fallen.

»Es geht nicht nur darum, mein Junge. Wohin ist sie gegangen? Das ist die Frage. Olivia scheint zu denken, Sie wüßten es.«

»Das spielt sie lediglich Lord Powerstock vor. Ich habe keine Ahnung, wo sie sein könnte. Wir wollten mit dem Einspänner ausfahren. Statt dessen – passierte es.«

»Was also sollen wir tun?«

»Ich meine, wir sollten zur Polizei gehen. Ich bin überzeugt davon, daß Shapland sie finden könnte.«

»Edward möchte davon nichts hören. Der Skandal, der fast schon beigelegt ist, würde erneut aufleben. Shapland ist heute hiergewesen und hat ihm mitgeteilt, daß er keine weiteren Nachforschungen empfehlen wird.«

»Ausgehend von der Annahme, daß Mompesson von Cheriton getötet wurde?«

»Darauf läuft's hinaus. Seinem Vater wird es das Herz brechen. Er ist heute angekommen, müssen Sie wissen.«

»Ich bin ihm begegnet, als ich gerade aufbrach. Und ich bin Ihrer Meinung: Es wird ihm das Herz brechen, falls das nicht bereits geschehen ist. Doch zuallererst müssen wir an Leonora denken. Wenn sie bis morgen nicht zurück ist, gehe ich zu Shapland.«

»Das sollten Sie tun, mein Junge. Ja, das sollten Sie. Im Augenblick aber sehen Sie so aus, als täte Ihnen ein bißchen Ruhe gut.«

Er hatte recht. Eine Müdigkeit, die weit über das rein Physische hinausging, kroch in mir hoch. Als ich mich erhob, um das Zimmer zu verlassen, schlug er sein Buch wieder auf. »Was lesen Sie da?« erkundigte ich mich. Das Buch war schlicht gebunden und trug keinen Titel.

»Das? Bloß ein paar eigene Niederschriften.«

»Tatsächlich?«

»Ja. In jüngeren Jahren führte ich ein Tagebuch. Einige Bücher ließ ich binden, als ich dachte, ich sei schon so alt, daß es sich nicht mehr lohnt, noch etwas aufzuschreiben.« Er zwinkerte mir zu. »Gelegentlich lese ich ganz gerne darin. Es ist erstaunlich, wieviel ein alter Bursche wie ich vergißt. Der Band hier umfaßt fünf Jahre in den 1860ern.«

»Was taten Sie damals?«

»Ich verbrachte meine Zeit dort, wohin auch immer die Geschäfte meines Vaters mich führten. Also praktisch überall, wo eine Fracht zu kriegen war – im Baltikum, im Mittelmeer, in der Karibik. Großartige Zeiten, großartige Zeiten.«

»Wenn ich nicht mehr so müde bin, würde ich gern mehr davon hören.«

Ich bin mir nicht sicher, ob ich es wirklich meinte. Dies war nicht der richtige Zeitpunkt – falls es den überhaupt gab –, um in Charters endlose Erinnerungen einzutauchen. Es überraschte mich lediglich, daß ich mich darauf konzentrieren konnte. Und so machte ich mich auf den Weg in mein Zimmer, ohne weiter darauf zu achten, was er mir vielleicht hätte erzählen wollen.

Am nächsten Morgen war keine Veränderung eingetreten. Die kühle, graue Gleichgültigkeit eines weiteren Tages hüllte das Haus ein. Von Leonora war nach wie vor nichts zu sehen.

Jetzt wußte ich, daß ich recht hatte: Wir konnten sie nicht länger ihren eigenen Ideen überlassen. Wohin immer sie gegangen war, warum immer sie gegangen war, wir mußten ihr folgen.

Ich beschloß, jeder weiteren Diskussion in dieser Angelegenheit aus dem Wege zu gehen, indem ich das Frühstück ausließ und statt dessen gleich zum Polizeirevier ins Dorf ging, um mit Shapland zu sprechen. Doch so einfach war das nicht. Als ich die Treppe herunterkam, wartete Olivia in der Diele auf mich. Mit verächtlicher Miene blätterte sie in der Morgenausgabe der *Times* herum. Sie wirkte katzenhafter denn je in ihrem orientalisch gemusterten Kleid und ihrer lässigen Pose; eine verborgene, sinnliche Drohung und ein flammender Blick blitzten mir entgegen.

»Lieutenant Franklin, es freut mich, daß Sie schon so früh auf sind. Haben Sie noch einmal über unser gestriges Gespräch nachgedacht?«

Ich antwortete erst, als ich am Fuße der Treppe auf gleicher Höhe mit ihr angekommen war. »Sie mögen Ihren Mann zum Narren halten können, aber nicht mich. Ich hätte Ihnen niemals Cheritons Brief überlassen dürfen.«

»Es war Ihre Entscheidung. Sie waren ebenfalls der Meinung, daß es das beste wäre.«

»Ich wußte nicht, welche Lügen Sie später darüber verbreiten würden.«

»Dann liegen Sie offensichtlich falsch. Ich habe Sie doch zum Narren gehalten.«

»Das ist jetzt vorbei. Ich durchschaue Sie. Zuvor konnte ich einfach nicht glauben, daß jemand so herzlos ist, wie Sie es zweifellos sind.«

»Wir müssen uns alle selber schützen.«

Nun, da mein Entschluß gefaßt war, wollte ich ihr nichts ersparen. »Das reicht nicht. Eines habe ich im Krieg gelernt: Wir müssen andere ebenso wie uns selbst schützen. Die Tatsache, daß Mompesson Ihr Geliebter war, ist für sich selbst betrachtet gar nicht so schlimm. Schlimm ist, daß Sie nichts für ihn empfunden haben – oder für Cheriton. Das ist schlimmer als Verachtung. Sie sind glücklich, die beiden Toten nun unter einer Fiktion verstecken zu können, auf die lediglich Lord Powerstock hereinfällt, der nichts weiter will, als die Fassade seines guten Namens zu bewahren. Und mehr ist es auch nicht: Fassade. Der Kern ist längst schon von Ihrer Verderbtheit aufgefressen worden.«

»Sagen Sie mir, Lieutenant, woher nehmen Sie wohl das Recht, so mit mir zu reden?«

»Aus verschiedenen Gründen. Da ist einmal der hinfällige alte Mann, der gestern kam, um Cheritons Habseligkeiten abzuholen. Und die Gemälde in der Bibliothek und in Ihrem Schlafzimmer. Das alles erinnert mich an meine Verpflichtung den Toten gegenüber – der eine Tote, dessen letzte Worte ich Sie zerstören ließ, und der andere, dessen letztes Bild ich zu spät verstand. Sie geben mir das Recht, so mit Ihnen zu sprechen.«

»Und was wollen Sie tun?«

»Ich werde Shapland aufsuchen und ihm alles sagen, was ich weiß. Alles, was ihm helfen kann, Leonora zu finden.«

»Natürlich kann ich Sie nicht daran hindern, aber ich glaube, ich sollte Sie warnen: Wenn Sie Shapland erst einmal in die Sache hineingezogen haben, wird es kein Ende mehr geben. Er wird alles ausgraben, was es auszugraben gibt – und nicht alles davon wird vorteilhaft für Sie sein.«

»Diesmal werden Sie mich nicht davon abbringen.«

»Für ihn wird es als Vorwand dienen, die Mordermittlungen erneut aufzunehmen.«

»Ich habe da nichts zu fürchten.«

»Wirklich nicht?« Mit leicht drohender Geste trat sie näher. »Wenn erst einmal feststeht, daß Ralph nicht von Cheriton umgebracht wurde, dann bleibt die Frage: Wer war es dann? Stellen Sie sich all die guten Gründe vor, die auf Leonora hindeuten. Und dann stellen Sie sich die Frage, ob es wirklich in ihrem Interesse ist, wenn Sie zur Polizei gehen.«

»Vielleicht versuchen Sie nur die Aufmerksamkeit von sich selbst abzulenken, Lady Powerstock. Stellen Sie sich all die guten Gründe vor, weshalb man meinen könnte, daß eine Verbindung zwischen Leonora und Mompesson Sie mit mörderischer Eifersucht erfüllen würde.«

Sie zuckte leicht zurück. »Die Armee hat Sie zu gut dressiert, Lieutenant. Sie denken nur in geraden Linien. Sie begreifen immer noch nicht. Keiner von uns weiß, was der andere weiß, mit einer Ausnahme: Wir wissen beide, daß wir gemeinsam stehen oder fallen. Wenn Sie versuchen, mich zu vernichten, dann mögen Sie Erfolg haben. Aber mit Sicherheit werden Sie dabei auch sich selbst vernichten. Das ist die Wahrheit, die Sie ja angeblich so sehnsüchtig erstreben.«

»Zu spät. Mein Entschluß steht fest.«

»Sie überschätzen Ihre eigene Entschlossenheit. Ich weiß, was für ein Wortverdreher und Zauderer Sie in Wirklichkeit sind. Schauen Sie sich das an.« Sie stieß mir die Zeitung entgegen, aufgeschlagen auf der Seite mit der Liste der Gefallenen. Mein Blick überflog die lange Kolonne der Namen der toten Offiziere: die tägliche Lieferung vergeblicher Opfer. »So können Sie ebenfalls problemlos enden. John hat es mit Leichtigkeit geschafft. Sie können hier ein großes Theater über einen Offizierskollegen machen, der hier anstatt in Frankreich gestorben ist, und dabei vielleicht unseren Namen in den Schmutz ziehen. Dann fahren Sie rüber und werden selbst getötet. Ist es das, was Sie wirklich wollen?«

»Ich bin mir der Trostlosigkeit meiner Perspektiven wohl bewußt, Lady Powerstock. Was ich jetzt will, ist die Wahrheit.«

»Das ist ein Luxus, den wir uns in Kriegszeiten kaum leisten können. Wenn Sie das erkennen könnten, wären Ihre Aussichten vielleicht gar nicht so düster.«

»Oh?«

»Lord Powerstock und ich haben einflußreiche Freunde im Kriegsministerium. Es wäre nicht schwierig, Sie auf einen Posten versetzen zu lassen, wo Ihre Überlebenschancen – ganz zu schweigen von den Beförderungschancen – wesentlich größer wären.«

Ich sah ihr in die Augen. »Als Gegenleistung für mein Schweigen?«

»Nichts weiter als eine kleine Gefälligkeit. John fühlte sich verpflichtet, seinem Regiment nach Frankreich zu folgen, und was hat es ihm eingebracht? Wollen Sie den gleichen Fehler begehen?«

»Ich habe bereits zu viele Fehler gemacht. Diesmal werde ich tun, was ich für richtig halte. Entschuldigen Sie mich.« Ich ging zur Tür. Ihre Andeutung, sie könnte mich erneut umstimmen, hatte mich so gereizt, daß ich momentan hart geblieben war, doch jetzt schon fühlte ich, daß sie nicht vollkommen unrecht hatte. Die Krallen ihrer Verdorbenheit hatten mich an einer empfindlichen Stelle gepackt: meinem Selbsterhaltungstrieb. Ich wollte außer Sicht sein, bevor sie die Krallen tiefer schlagen konnte.

»Sorgen Sie dafür, daß Sie wissen, was Sie tun und wohin Sie gehen, Lieutenant.«

Ich wußte es nicht, ich wußte es ganz und gar nicht. Aber ich ging weiter.

Das Polizeirevier in Droxford war ein solides, zweistöckiges, rotes Backsteingebäude in einer von der Hauptstraße des Dorfes abzweigenden Seitenstraße. Ich betrat den Vorraum und fand Shapland früher als erwartet. Er saß an einem niedrigen Schreibtisch hinter dem Tresen und blätterte einige in einem Schuhkarton gesammelte Papiere durch. Hinter ihm tickte die Wanduhr. Schaler Tabakduft hing in der Luft, vermischt mit dem Geruch von Möbelpolitur und altem Linoleum.

Beim Geräusch der quietschenden Tür blickte Shapland auf. »Ah, Mr. Franklin. Treten Sie ein.«

»Ich hoffte, Sie hier zu finden, Inspector.«

»Sie haben Glück. Hier bleibt mir nicht mehr viel zu tun, nachdem ja meine Ermittlungen beendet sind.«

»Beendet?«

»Hat man es Ihnen nicht gesagt? Der Polizeichef hat meinen Bericht gelesen. Man ist zu dem offiziellen Schluß gelangt, daß Cheriton Mompesson getötet und dann Selbstmord begangen hat. Natürlich bleibt das noch der gerichtlichen Untersuchung vorbehalten, die nächste Woche stattfindet. Genau am Dienstag, den dritten Oktober. Sie werden über Cheriton aussagen müssen. Ich fürchte, ich muß Sie bitten, bis dahin verfügbar zu bleiben.«

»Dieser offizielle Schluß – ist das Ihre Entscheidung?«

»Natürlich nicht. Doch der Polizeichef ist nicht geneigt, die

Angelegenheit aufgrund meiner unbewiesenen Vermutungen weiterhin zu verfolgen. Nicht, wenn ein Angehöriger des Hochadels in die Sache verwickelt ist.«

»Frustrierend für Sie, könnt' ich mir vorstellen.«

»Aber nicht die Spur.« Die Verbindungstür schwang auf, und Bannister trat mit einem Tablett ein. »Ah, das Frühstück. Wollen Sie auch was?«

»Nein, danke.«

Bannister stellte das Tablett auf dem Schreibtisch vor Shapland ab, der schnell ein Papier in Sicherheit brachte. Bannister warf mir einen einfältigen Blick zu und zog sich zurück. »Nicht mal einen Tee?«

»Ich glaube nicht.«

»Wie Sie wollen. George macht den Speck genau so, wie ich ihn mag – mit viel Fett.« Er schnappte sich ein Sandwich vom Teller und begann zu essen. »Sie haben doch nichts dagegen, daß ich...?«

»Aber nein.«

»Was also kann ich für Sie tun?«

»Ich wollte nur in Ruhe und unter vier Augen mit Ihnen sprechen.« Ich ging auf seine Seite des Tresens. »Sie sollen nicht denken, ich würde Ihnen ausweichen.«

»Ist mir nie in den Sinn gekommen.« Er kaute mit Begeisterung; ein kleines Fettbächlein lief ihm übers Kinn, aber er schien es nicht zu bemerken. »Ich glaube, Sie haben Mompesson umgebracht, und Sie wissen, daß ich recht habe – offensichtlich. Aber außer mir denkt das niemand, also nur keine Sorge. Sie sind aus dem Schneider. Diesen Papieren nach zu urteilen, stellt Mompesson keinen großen Verlust für die Menschheit dar...«

»Sind das seine Sachen?« Ich deutete auf den Schuhkarton.

»Ja. Das hatte er in Meongate dabei: Scheckbuch, Reisepaß, Bargeld, Schuldscheine, ein Adreßbuch mit verschiedenen Damen von Rang, dazu noch Briefe und allerlei Krimskrams. Nicht besonders viel. Und auch die Metropolitan Police hat nichts

Nennenswertes in seiner Londoner Wohnung gefunden. Die amerikanische Botschaft konnte keine Familie aufspüren. Ein ziemlich geheimnisvoller Mann. Er lebte recht gut, hatte beste Beziehungen, handelte erfolgreich mit Aktien, hatte selber eine Menge amerikanischer Eisenbahnaktien, bekam verzweifelte Briefe von verheirateten Damen und besaß den Nerv – oder die Voraussicht –, sie alle aufzuheben. Nein, er war wirklich kein liebenswerter Mensch.«

»Wenn alles so klar ist und die Ermittlungen abgeschlossen sind, warum sehen Sie dann seine Sachen durch?« Ich suchte immer noch nach einer Möglichkeit, ihm das zu sagen, was ich ihm wirklich mitteilen wollte, zögerte jedoch, solange es ging, diesen Schachzug hinaus.

»Weil lediglich in der offiziellen Version alles klar ist. Cheriton hätte keine Fliege, geschweige denn Mompesson töten können. Sie waren es – und ich möchte den Grund dafür wissen.« Seine Worte klangen keineswegs melodramatisch. Er hatte sein Sandwich aufgegessen. Jetzt lehnte er sich zurück und nahm einen Schluck Tee.

»Ich kann Ihnen nichts begründen, was ich nicht getan habe.«

»Dann versuchen Sie etwas anderes. Hier.« Er blätterte den Papierstoß durch, zog einen eingerissenen Fetzen hervor und schob ihn mir über den Schreibtisch zu. »Steckte im Briefmarkenfach von Mompessons Brieftasche. Bloß ein Zettel – aber was hat er zu bedeuten?«

Ich griff nach dem Zettel. Ein paar Zeilen waren auf billiges, liniertes, am unteren Rand zackig abgerissenes Papier geschrieben worden. »Seit 13. Juni: Zimmer über 7 Copenhagen Yard, hinter Charlotte Street.« Ich zuckte mit den Schultern.

»Es ist eine Adresse in Portsea.«

»Das sagt mir nichts, Inspector.« Doch das entsprach nicht ganz der Wahrheit. Meine Gedanken rasten, um irgendwelche Verbindungen herzustellen, die für mich aber nicht überprüfbar waren. Eine Adresse in Portsea, wo die erste Lady Powerstock in der Armenhilfe tätig gewesen war. Leonora hatte in der Nacht vor ihrem Verschwinden ihre Memoiren studiert. Eine Mompesson bekannte Adresse – seit dem 13. Juni. Es konnte weniger als nichts bedeuten, doch es war immerhin mehr, als ich zuvor in der Hand gehabt hatte.

»Eine Prostituierte, meiner Vermutung nach.«

»Damit könnten Sie recht haben.«

»Doch es ist nicht Mompessons Schrift.«

»Tatsächlich?«

»Das ist ein weiterer Widerspruch. Sie und Mrs. Hallows sprachen am Sonntagabend über Portsea, nicht wahr?«

»Flüchtig. Dort hat die erste Lady Powerstock...«

»Ich weiß. Doch das ist mehr als zehn Jahre her, und Portsmouth ist eine große Stadt. Also hat es nichts zu bedeuten, oder?«

»Sie sagen es, Inspector. Nicht das geringste.«

Er trank noch einen Schluck Tee. »Bis zur gerichtlichen Untersuchung habe ich noch die Chance, Sie zu erwischen, Mr. Franklin. Die Mordwaffe wird noch immer vermißt. Neue Beweise könnten den Polizeichef dazu bewegen, den Fall wieder aufzurollen. Einer dieser Zettel«, er deutete auf den Papierstoß, »könnte alles ändern.«

»Ich fürchte, ich kann Ihnen nicht helfen.«

»Warum also wollten Sie mich sprechen?«

»Einfach nur, um Ihnen das zu sagen. Ich würde Ihnen gern helfen, wenn ich könnte, aber ich kann nicht.«

Er runzelte die Stirn und starrte mich über den Rand seiner Tasse an. Seine Sturheit, auf die ich zuvor gebaut hatte, war mir jetzt nur noch unangenehm. Nun, da ich einen Hinweis hatte, dem ich folgen konnte, wollte ich ihn nur noch so schnell wie möglich loswerden.

»Ich muß weiter.«

»Der Gerichtsmediziner wird Ihnen noch ein offizielles Schreiben bezüglich der gerichtlichen Untersuchungen zustellen. Werden Sie dann noch auf Meongate sein?«

»Falls nicht, werde ich es Ihnen mitteilen.«

»Tun Sie das. Und falls Sie vor der Gerichtsuntersuchung noch mal ein bißchen plaudern möchten – sie wissen ja, wo Sie mich finden können.«

Doch ich war am Rande des Abgrunds zurückgewichen. Ich mußte mich nicht länger an Shapland wenden und hatte auch nicht mehr die Absicht. Zumindest hatte ich etwas, worauf ich mich stürzen konnte.

7

Ich begab mich schnurstracks zum Bahnhof und wartete auf den nächsten Zug. Hier, wo ich zuerst die Troikaglöckchen von Lucys Geschirr gehört und ahnungslos den ersten Schritt getan hatte, um in Meongates Privatkrieg verstrickt zu werden, hier begann ich endlich die Spur aufzunehmen, die ich bis dahin übersehen hatte. Ich war der einzige Fahrgast am Bahnsteig, der in der lastenden Stille wartete, während der leutselige alte Gepäckträger ein Wägelchen in den Schatten des Bahnhofsdaches schob. Nichts sonst bewegte sich, nichts rührte sich, nichts bestätigte das Gefühl, das ich dennoch empfand: Ich war nicht allein, war nicht frei von anderen, die hier ebenfalls ihre Reise begonnen hatten. Noch waren sie frei von mir.

Als der Zug pünktlich eintraf und ich einstieg, verstärkte sich das Gefühl noch. Der Zug dampfte Richtung Süden; seine schwankende Fahrt wurde in meinem Kopf zu einer Metapher für die widerwillige Annäherung an eine unangenehme Wahrheit. Ich teilte mir ein Abteil mit einem Jungen und dessen zimperlicher Gouvernante, die sich unablässig Mühe gab, ihn daran zu hindern, mich zu fragen, weshalb ich nicht in der Armee war. Ich trug Zivilkleidung, doch selbst ihre peinliche Verlegenheit rührte mich nicht, durchbrach nicht meine Stimmung einer ungewissen, fatalistischen Vertrautheit.

In Fareham stieg ich in einen anderen Zug um. Er war voll von großmäuligen Matrosen, die nach Portsmouth zurückkehrten. Erneut ließ ich mich von ihrer Stimmung nicht beeinflussen, sondern verharrte allein in meiner Welt bewegungslosen Aufruhrs. Während sie Zigaretten und laute Witze austauschten, trieben meine Gedanken dahin.

Portsmouth Hauptbahnhof: eine unübersehbare Menschenmenge unter dem hohen Dach, widerhallende Rufe und Pfiffe. Am Zeitungsstand erkundigte ich mich nach dem Weg zur Charlotte Street und erhielt Auskunft, begleitet von einem schiefen Blick. Draußen auf der Straße drängten sich Fahrzeuge und Menschen; Hupen ertönten, und aus einem mit einer Plane abgedeckten Krater in der Reihe der Gebäude gegenüber stiegen Staubwolken auf. »Zeppelinangriff letzte Nacht«, klärte mich eine Zeitung auf. »Das Ziel waren die Hafenanlagen – Fehlschlag.«

So gut es ging, wühlte ich mich durch das Gedränge und versuchte dann mein Glück in einer Nebenstraße. Ein Gewirr von Gassen und kleinen Plätzen tat sich vor mir auf, und ich drang in ein buntes Durcheinander von Marktbuden, kleinen Läden mit abblätternder Fassade und schmuddeligen Kneipen vor. Der Geruch von Fisch und schalem Hopfen hing in der Luft, in den Rinnsteinen stand dreckiges Wasser, und aus seinem Käfig in einer Tierhandlung kreischte mich ein Papagei an. Alles weit – meilenweit – von dem ländlichen Charme Meongates entfernt. Und doch gab es hier irgendeinen Verbindungsstrang.

Ich fragte noch einmal nach dem Weg und bekam mit dem Daumen die Richtung zum Copenhagen Yard gezeigt. Er lag am Ende einer gepflasterten Gasse. Ein Hund schnüffelte an einem Gully. Er bewegte sich nicht, als ich näher kam, sondern zeigte mir nur die Zähne und behielt mich im Auge. Fleckige Laken, bei denen sich das Waschen längst nicht mehr lohnte, hingen an einer Schnur quer über die Gasse. Dahinter öffnete sich der Hof nach rechts, wo sich mehrere Wohnungstreppen einen schmalen

Raum mit dem Anbau eines Holzhofes teilten. Ein schmutziges Kind ohne Schuhe starrte mich mit leerem Blick von einer Tür her an. Von den Stufen dahinter kam das Geräusch zweier undeutlicher, keifender Frauenstimmen: Es achtete nicht darauf.

»Was woll'n Sie, Mister?« sagte das Kind ausdruckslos.

»Ich suche das Zimmer Nummer sieben.«

Es deutete auf eine Tür im zweiten Stock über dem Holzhof, die man über eine gebrechliche, den Anbau überbrückende Treppe erreichen konnte. »Sie kling'n wie er.«

»Wer?«

»Der Kerl, der hier gewohnt hat.«

»Ist er jetzt da?«

»Weiß nich'.« Es drehte sich abrupt um und verschwand im Haus.

Ich nahm zwei Stufen gleichzeitig, trotz ihres unheilvollen Knarrens. Die Tür oben war schlicht und ohne jede Bezeichnung; die Farbe blätterte ab. Es gab keine Glocke, nicht einmal einen Briefkasten, nur ein Schlüsselloch und einen Riegel mit einem Vorhängeschloß daran, der mir sagte, daß sich niemand im Zimmer befand. Trotzdem klopfte ich mehrmals und stellte mich ganz oben auf das Treppengeländer, um einen Blick durchs Fenster zu werfen. Die dünnen Vorhänge waren zugezogen. Durch den Spalt konnte ich lediglich eine spärlich möblierte Küche erkennen.

»Was wollen Sie?« ertönte hinter mir eine Erwachsenenstimme. Ich wirbelte herum. Am Fuße der Treppe stand eine bullige Gestalt in Arbeitskleidung mit einer flachen Kappe; seine Schürze war mit Fett und Holzresten verschmiert.

»Ich suche den Bewohner des Zimmers Nummer sieben.«

»Das ist das Zimmer. Aber es gibt keinen Bewohner.«

Ich ging die Stufen hinunter auf ihn zu. »Sind Sie der Besitzer?«

Seine Schultern strafften sich. »Das kann man wohl sagen. Was suchen Sie?«

»Wie ich Ihnen schon erklärt habe – den Bewohner.«

»Das Zimmer steht leer.«

»Schon lange?«

»Kümmern Sie sich um Ihren eigenen Dreck. Erst schnüffelt die Polizei hier rum und dann Sie.«

»Was haben Sie ihr erzählt?«

»Dasselbe wie Ihnen. Hier wohnt niemand. Steht seit Monaten leer.«

»Vielleicht seit dem 13. Juni?«

»Vielleicht. Vielleicht auch nicht.«

»Kennen Sie einen Mann namens Mompesson?«

»Nie gehört von ihm.«

»Kaum zu glauben, daß in einer solchen Gegend ein Zimmer monatelang leerstehen sollte.«

Er verzog die Lippen. »Glauben Sie, was Sie wollen.«

Ich beschloß, eine Methode zu probieren, die der Polizei verschlossen war. Ich holte einen Sovereign aus meiner Tasche. »Ich will nichts weiter als ein paar Informationen. Wer hat zuletzt hier gewohnt?«

Er betrachtete die Münze auf meiner Handfläche. »Das Doppelte, und ich erzähle Ihnen was.«

»Was?«

»Einen Namen. Das ist alles.«

»Den Namen des Mieters?«

»Nicht direkt.«

Mir blieb keine Wahl. »Also gut.« Ich gab ihm den Sovereign und holte eine weitere Münze hervor.

»Dan Fletcher. Freund von mir. Seine Schwester hat die ›Mermaid‹ in der Nile Street.«

»Danke.« Ich gab ihm die andere Münze und marschierte los. Ein weiterer Name war alles, was ich brauchte – eine weitere Spur, der ich folgen konnte. Außerdem erinnerte mich der Name der Kneipe an irgend etwas. Während ich den Hof verließ, ging ich »Not im Überfluß«, Miriam Powerstocks postumen

Aufruf zur Tat, noch einmal in Gedanken durch, so gut er mir im Gedächtnis geblieben war. Jawohl, da hatte ich den Namen gelesen. »Die Polizeirazzia bei der Versammlung am 26. November 1904 im ›Mermaid Inn‹, gerechtfertigt mit der Begründung, es gebe staatsgefährdende Verbindungen mit Personal der Royal Navy, hat viel dazu beigetragen, das Vertrauen in die guten Absichten der Behörden zu unterminieren.«

Hinter einem flatternden, über die Gasse gespannten Laken wartete der Junge vom Holzhof auf mich. »'allo, Mister. Hat Ihnen Joss viel erzählt?«

»Worüber?«

»Über den Kerl vom obern Zimmer. Wiss'n schon.«

»Ein bißchen.« Ich wollte weitergehen.

»War nich' Dan Fletcher. Ich kenn' ihn.«

Ich drehte mich wieder um und beugte mich zu ihm hinab. »Wer war es dann?«

»Was is' 'n das wert?«

»Eine halbe Krone für seinen Namen.«

Er wischte sich mit seinem zerlumpten Ärmel über die Nase. »Kenn' seinen Namen nich'.«

»Was weißt du dann?«

»Mehr, als Joss Ihnen erzählt hat.«

»Sag's mir.«

»Der war nich' wie Dan Fletcher. Mehr wie Sie. Is vor 'n paar Monaten eingezog'n. Hab' nich' viel von ihm gesehn. Ging nachts aus. Hab 'n seit letzt'm Donnerstag nich' mehr gesehn.«

Ich gab ihm die halbe Krone. Er wandte sich einem offenen Hauseingang zu. »Wie meinst du das, er hat wie ich ausgesehen?«

Er blieb stehen und dachte einen Augenblick lang nach. »Halt wie Sie aussehen. Wie 'n Soldat.« Er verschwand.

Die Nile Street war nur ein paar Schritte entfernt, aber es dauerte einige Zeit, bis ich mich in dem Labyrinth der Gassen zurechtgefunden hatte. Das »Mermaid Inn« war ein Ecklokal, ein grüngekacheltes Bierhaus mit Rauchglasfenstern. Über dem Haupteingang hing ein Wappen mit den Worten BRICKWOOD CO.'S BRILLIANT ALES. Dahinter lag ein schwach erhellter höhlenartiger Raum. Es war noch nicht einmal Mittag. Ein paar traurige Gestalten starrten in ihre verschmierten Gläser, während eine breitgebaute Frau mit Schürze hinter der Bar stand und sie polierte. Es war bei weitem nicht so schlimm, wie ich es mir vorgestellt hatte, nicht so dreckig, nicht so feindselig. Jedenfalls jetzt noch nicht.

Die Frau hatte ein strenges Gesicht, die grauen Haare waren zurückgebunden. Früher hatte sie vielleicht mal recht gut ausgesehen; jetzt sah sie nur noch verhärmt aus.

»Ich suche Dan Fletcher.«

Sie stellte mir einen Drink hin. »Wer will was von ihm?«

»Mein Name ist Franklin. Er kennt mich nicht.«

»Warum suchen Sie ihn dann?«

»Es geht um das Zimmer im Copenhagen Yard.«

Sie hörte mit dem Polieren auf. »Warten Sie hier. Ich schau', ob er da ist.«

Sie verschwand. Ich schaute mich um: eine niedrige, vom Tabakrauch fleckige Decke, kahle Tische und Ecknischen, der verbissene, abwesende Blick der einsamen Trinker. Eine Frau war dabei. Sie hatte verfilzte Haare und trug ein enges Kleid. Ich wich ihrem Blick aus.

Die Wirtin kam durch eine Tür auf meiner Seite der Bar zurück. »Kommen Sie«, sagte sie. Ich folgte ihr in den Gang. »Es ist am anderen Ende.«

Ich ging weiter, während sie in die Bar zurückkehrte. Die Tür am Ende des Ganges stand einen Spalt offen. Ich klopfte und trat ein.

Der Raum war nicht das, was ich erwartet hatte. Er war zwar klein und wurde nur von einem auf den geschlossenen Hof hinausgehenden Fenster erhellt, doch er war makellos sauber. Es gab einige Teppiche, ein paar ausfransende Lehnsessel, ein Schreibpult am Fenster und mehrere gutgefüllte Bücherregale. Ein Käfig mit einem Wellensittich hing in einer Ecke, und auf dem Fenstersims blühten rote Geranien. Insgesamt wirkte das Zimmer recht gemütlich.

In einem der Sessel saß ein breitschultriger, hagerer Mann mit allmählich dünner werdendem grauen Haar. Er rauchte eine Pfeife und las ein Buch, eine seltsam rastlose, muskulöse Gestalt, die einen Widerspruch zu der ruhigen Atmosphäre des Zimmers bildete. Er stand nicht auf, als ich eintrat, sondern klappte lediglich sein Buch zu und sog an seiner Pfeife.

»Franklin – den Namen hat mir meine Schwester gesagt.«

»Richtig.«

»Ich kenne Sie nicht.« Sein Ton war vorsichtig, jedoch neutral; er hörte sich etwas kultivierter an als der Mann im Holzhof. »Was wollen Sie von mir?«

»Ich hörte, Sie könnten mir sagen, wer in dem Zimmer Nummer sieben im Copenhagen Yard wohnt.«

»Wie kommen Sie auf die Idee?«

»Ich hab' mich erkundigt.«

»Sind Sie von der Polizei?«

»Nein.«

»Warum interessiert Sie das dann?«

»Haben Sie von dem Mord vor noch nicht allzu langer Zeit in Meongate gehört, in der Nähe von Droxford? Ein Mann namens Mompesson.«

»Ich habe davon gelesen.«

»Kannten Sie den Mann?«

»Nein. Sie?« Er hatte eine direkte, offene Widerspenstigkeit an sich; er würde sich nicht einschüchtern lassen.

Ich schlenderte zum Fenster, um seinem steinernen Blick zu entgehen. »Flüchtig. Unter seinen Besitztümern befand sich eine Notiz mit der Adresse vom Copenhagen Yard. Und ein Datum: der 13. Juni.«

Er runzelte die Stirn. »Ich kann Ihnen nicht helfen, Mr. Franklin.«

»Aber Sie wissen, wer dort wohnt?«

»Das hab' ich nicht gesagt.«

»Als ich Ihrer Schwester gegenüber die Adresse erwähnte, hat sie mich sofort zu Ihnen gebracht.«

Er lächelte. »Sie wollte Ihnen behilflich sein. Das ist alles.«

Ich schaute durchs Fenster auf den Hof – eng zusammenstehende, gekalkte Wände, in einer Ecke leere Fässer. Durch das hochgeschobene Fenster drang der Duft von Geranien. »Meine Anhaltspunkte sind dürftig, Mr. Fletcher, das geb' ich zu. Aber ich weiß, daß hier etwas nicht stimmt. Die Polizei hat den Fall abgeheftet, aber...«

»Sie noch nicht?«

»Ich kann es nicht. Ich bin zu tief darin verwickelt.« Mein Blick richtete sich auf das Schreibpult, dessen Klappe offenstand; Bücher und Papiere waren ordentlich gestapelt, daneben standen ein viel benutzter Tintenlöscher und ein Tintenfaß. Ähnelt mehr einem Studierzimmer als einem Hinterzimmer einer Kneipe, dachte ich. »Ich habe einen toten Freund, verstehen Sie, dem ich etwas schuldig bin.«

»Diesem Mompesson?«

»Nein, einem anderen Mann. Ein Freund aus der Armee.« Eine goldene Taschenuhr auf dem Schreibpult diente als Briefbeschwerer. Ich folgte der Kette mit meinem Blick; sie schlängelte sich um den Löscher zu einem Foto, einem Sepiaminiaturdruck in einem ovalen Silberrahmen. »Er lebte auf Meongate, verstehen Sie. Sein Name war...« Das Foto zeigte eine dunkelhaarige Lady in einer hochgeschlossenen Spitzenbluse, deren Gesicht ich zuvor schon gesehen hatte, auf dem Hochzeitsporträt in Lord Powerstocks eigenem Arbeitszimmer. Ich nahm das Foto in die Hand und starrte es ungläubig an.

Ich hörte Fletcher nicht, doch plötzlich war er neben mir und riß mir das Bild aus der Hand. Er hielt sich nur mit Mühe auf den

Beinen. Der größte Teil seines Gewichts ruhte auf einem Stock, doch in seinem Blick lag keine Spur von Schwäche.

»Sein Name war Hallows. Dieses Foto zeigt seine Mutter.«

»Mag sein.«

»Es ist so. Vor ihrem Tod arbeitete sie in dieser Gegend hier. Sie schrieb sogar über diese Kneipe. Die Polizei löste hier vor zwölf Jahren eine Versammlung auf. Und Sie haben ihr Bild in Ihrem Schreibpult.«

»Sie wissen sehr viel, Mr. Franklin.«

Er täuschte sich. Ich wußte immer noch nicht genug. »Sie kannten Lady Powerstock, nicht wahr?«

»Ja.« Er stellte das Bild wieder an seinen Platz zurück und griff an mir vorbei, um den Deckel zu schließen. »Na und?«

»Und Mompesson?«

»Ich habe nie von ihm gehört. Ich war mit Lady Powerstock bekannt. Sie war eine großartige Frau. Doch sie ist seit elf Jahren tot. Ich habe mit ihrer Familie nichts zu tun.«

»Kannten Sie den verstorbenen Captain Hallows, ihren Sohn?«

»Nein.«

»Oder seine Frau, Leonora?«

»Nein.«

»Sie wird vermißt.«

»Was?«

»Frühzeitig gestern morgen hat sie Meongate verlassen und wurde seitdem nicht mehr gesehen. Sie ist ziemlich verstört seit dem Mord – und dem anschließenden Selbstmord. Ich mache mir Sorgen um sie.«

Er drehte sich um und hinkte zu seinem Sessel zurück. »Ich sagte es Ihnen bereits, Mr. Franklin, ich kann Ihnen nicht helfen.«

Ich folgte ihm. »Haben Sie sie gesehen? Ist sie hier gewesen?«

Ich konnte den Ausdruck auf seinem Gesicht nicht deuten, als er mich anblickte. »Was sollte sie mit mir zu tun haben?«

»Ich glaube doch. Ich glaube, es gibt einen Zusammenhang mit dem Foto von Lady Powerstock, das Sie aufbewahren. Die Art von Foto, das ein, sagen wir mal... Bewunderer besitzt.«

Er wandte sich um, als wollte er auf mich losgehen. An seinem funkelnden Blick und seinen angespannten Muskeln erkannte ich, daß er zornig war, sich aber immer noch beherrschte. »Passen Sie auf, was Sie sagen, junger Mann. Da Sie behaupten, eine verschwundene Lady zu suchen, nehme ich an, daß Ihre Unverschämtheit der Sorge um sie entspringt. Aber ich dulde nicht, daß von Miriam Powerstock abfällig und respektlos gesprochen wird. Das werde ich bei allem, was mir heilig ist, nicht zulassen.« Ich merkte, daß ich ins Schwarze getroffen hatte. »Lassen Sie sich von meinem Gehinke nicht täuschen. Mit vierzehn begann ich auf Schiffen zu arbeiten. Das macht einen Mann stark. Stark genug, um Ihnen den Arm zu brechen, wenn Sie es darauf anlegen.« Er packte meinen linken Unterarm und drückte ihn mit zermalmender Kraft zusammen. Ich stöhnte auf. »Verstehen Sie, was ich meine?« Dann ließ er mich wieder los.

»Ich hatte nicht die Absicht, über irgend jemanden respektlose Äußerungen zu machen«, sagte ich nach einem Moment. »Mrs. Hallows ist von zu Hause verschwunden. Ich bin entschlossen, alles zu tun, um sie zu finden.«

»Angenommen, sie ist hier gewesen. Angenommen, ich könnte Ihnen sagen, daß es ihr gutgeht. Würde Ihnen das reichen?«

»Wenn Sie wissen, wo sie ist...«

»Genau das ist es. Es würde Ihnen nicht reichen, nicht wahr?« Er ging zum Schreibpult. »Die Fragen würden kein Ende nehmen. Über mich, über Miriam, über all die Dinge, die Leute wie Sie einfach nicht ruhen lassen können.« Er drehte den Schlüssel im Schloß des Schreibpultes. »Deshalb lautet die Antwort auf Ihre Frage nein. Ich kenne keine Mrs. Hallows. Ich habe sie nie gesehen.«

»Ich weiß nicht, ob ich Ihnen glauben kann, Mr. Fletcher.«

Er schaute in den kleinen Hof hinaus. »Nun, das ist Ihr Problem, nicht wahr?«

»Wenn Sie irgendwas wissen, dann ist es Ihre Pflicht, mir das mitzuteilen.«

Er wandte sich zu mir um. »Erzählen Sie mir nichts von Pflicht. Dafür sind Sie zu jung, und ich bin zu alt. Ich kenne meine Pflicht – und die besteht nicht darin, Ihnen zu helfen.« Er hielt inne. »Sie halten Ihre Schulter steif. Ist das eine Kriegsverletzung?«

»Ja.«

»Dann sollten Sie es besser wissen und mir keinen Vortrag über Pflichterfüllung halten. Macht das, was in Frankreich geschieht, Sie nicht krank?«

»Woher wollen Sie wissen, was in Frankreich geschieht?«

»Ich lese Zeitungen. Aber im Gegensatz zu den meisten anderen Menschen kann ich zwischen den Zeilen lesen. Wenn Sie mit diesem Krieg zu tun haben, dann gehört Ihnen mein Mitgefühl – aber nicht mein Respekt.«

»Sie sind ein harter Mann, Mr. Fletcher.«

»Das Leben hat mich so gemacht. Ich dachte einst, ich könnte anderen helfen, ich dachte, gemeinsam könnten wir ein besseres Leben erreichen, einige der Privilegien, die Leute wie Sie genießen, für uns gewinnen. Doch das war, bevor das hier passierte.« Er schlug auf sein steifes rechtes Bein.

»Und bevor Miriam Powerstock starb?«

»Das geht Sie nichts an.«

»Was immer Sie von mir denken, verstehen Sie bitte, daß ich lediglich Mrs. Hallows helfen möchte. Es ist sehr wichtig, daß ich sie finde.«

»Warum?«

»Sie können es genausogut wissen. Sie erwartet ein Kind. Jetzt, da ihr Mann tot ist, bezweifle ich, daß sie weiß, was sie tut und daß man sie für ihre Handlungen verantwortlich machen kann.« Das stimmte nicht. Ich zweifelte vielleicht an Leonoras

Wort, aber keineswegs an ihrem klaren Kopf. Falls Fletcher ihr begegnet war, mußte ihm das ebenfalls klargeworden sein.

Es war klüger, über diesen Punkt nicht zu diskutieren. Er nickte langsam, als wollte er sich die Folgerungen aus meinen Worten deutlich vor Augen führen. »Das erklärt sicherlich Ihre Besorgnis, Mr. Franklin. Die Familie scheint die Vaterschaft in Frage zu stellen, nehme ich an.« Er dachte nach. »Außer...«

»Außer was?«

»Außer Captain Hallows ist schon länger tot, als seine Frau schwanger ist. Trifft das zu?«

»Jetzt ist es an mir zu sagen: Das geht Sie nichts an.«

Er kam auf mich zugehinkt. »Ihr Tonfall bestätigt es.«

»Vielleicht verstehen Sie jetzt endlich, warum ich sie finden muß, bevor sie irgend etwas... Unverantwortliches tut. Sie sollte sich nicht allein in solchen Gegenden aufhalten.«

»Diese Gegend ist mein Zuhause. Halten Sie Ihre Zunge im Zaum.«

»Sicherlich sehen Sie...«

»Was ich sehe, ist ein verhätschelter junger Mann, der sich in Dinge einmischt, die er nicht versteht. Im Gegensatz zu Lord Powerstock bin ich kein Mann von Besitz. Ich lebe stillschweigend geduldet unter dem Dach meiner Schwester. Doch meine Vergangenheit ist mein Besitz, den ich nicht beabsichtige aufzugeben, ganz gewiß nicht Ihretwegen. Ich weiß nichts von Ihren Freunden. Ich will nichts von ihnen wissen. Ich lernte die erste Lady Powerstock kennen, als sie hier in dieser Gegend arbeitete – vor langer Zeit. Das ist alles.«

»Das reicht mir nicht.«

»Mehr bekommen Sie nicht. Und jetzt gehen Sie wohl besser.«

Ich erkannte, daß jede Diskussion Zeitverschwendung war. Fletcher sah jetzt genau so aus, wie ich ihn seither in Erinnerung behalten habe: rauh und unerschütterlich, wie ein Felsblock in einem windgepeitschten Moor. Trotz meiner Sorge um Leonora und seiner unerbittlichen Feindseligkeit fühlte ich mich von dem Geheimnis, das ihn umgab, magisch angezogen. Ein grollender alter Dockarbeiter, bei dem Geist und Körper durch eine unglückselige Vergangenheit deformiert wurden? Doch ich erkannte, daß mehr hinter dem Mann steckte als nur das. Er war zu subtil, von zu überlegener Intelligenz, als daß dieses Bild ihm gerecht geworden wäre. Hinter den stolzen Linien seines Gesichts, seinen Büchern und dem behüteten Bild von Hallows' Mutter lag etwas verborgen, was mir sagte, ich hätte in ihm das fehlende Verbindungsglied zwischen dem, was ich von Powerstocks Haushalt wußte, und dem, was ich spürte und vermutete, gefunden. Dennoch hatte er recht. Ich verstand immer noch nicht.

Zornig verließ ich das »Mermaid Inn«. Ich konnte Fletcher nicht zwingen, mir irgend etwas zu erzählen, doch ich wußte – oder fühlte –, daß er mir alles Wissenswerte sagen konnte, wenn ich nur eine Möglichkeit fand, seine geschickt aufgebauten Verteidigungslinien zu durchbrechen. Ich ging in die nächste Kneipe, ein winziges Bierhaus im Schatten einer Dockmauer, vollgestopft mit Arbeitern, trank dort in einer ruhigen Ecke ein Bier und versuchte mir das Unerklärliche zu erklären.

Später ging ich – um keinen Deut klüger – zurück zum Bahnhof und rief in Meongate an. Fergus antwortete mir und bestätigte, daß immer noch keine Nachricht von Leonora gekommen sei. Ich sagte ihm, daß sich meine Rückkehr vielleicht verzögern werde. Ich hatte nicht die Absicht, Portsmouth zu verlassen, bevor ich mehr erfahren hatte, als Fletcher recht sein konnte.

Jetzt am Nachmittag war es ruhig auf den Straßen. Im Nieselregen suchte ich die Guildhall und fand im hinteren Teil die öffentliche Bibliothek. In dem düsteren Raum, in dem alte Männer in zerfransten Mänteln die angeschlagenen Zeitungsberichte mit den letzten Triumphen lasen, brachte mir ein Angestellter die Ausgaben der Ortszeitung vom November 1904.

Ich blätterte den Band durch bis zu dem von mir gesuchten

Datum: Montag, 28. November. Die Schlagzeile über einem Artikel auf der rechten Seite war nicht zu übersehen: ZWISCHENFALL IN EINER TAVERNE IN PORTSEA – POLIZEI HEBT KONSPIRATIVES TREFFEN AUS – 8 VERHAFTUNGEN. EIN POLIZIST VERLETZT. Ich überflog den Bericht.

»Dem schnellen Zugriff der Polizei ist es zu verdanken, daß am Samstagabend eine konspirative Versammlung im ›Mermaid Inn‹, Nile Street, in Portsea aufgelöst werden konnte und damit zugleich auch die aufrührerische Bewegung unter dem Werftpersonal Ihrer Majestät, die in dieser sogenannten Versammlung ihren Höhepunkt fand.

In letzter Zeit sind in dieser Gegend eine Anzahl von Gruppen entstanden, denen angeblich die Verbesserung der Lebensbedingungen in Portsea am Herzen liegt, Gruppen, die jedoch auch, wie erst jetzt deutlich wird, von revolutionären politischen Zielvorstellungen getrieben werden. Unzufriedene Mitglieder der Werftarbeitervereinigung und Arbeitslose haben es geschafft, sich die Unterstützung wohlmeinender philanthropischer Kreise mit besten Beziehungen für eine Kampagne zu sichern, die der Verbesserung der Lebens- und Arbeitsbedingungen in diesem Gebiet dienen soll. Daß sich hinter diesem offenbar anerkennenswerten Unterfangen gefährlichere politische Ziele versteckten, wurde anhand der Kontakte der Gruppen mit dem Personal der Royal Navy überdeutlich, von denen einige bei der Versammlung am Samstag anwesend waren, auf der einige aufrührerische Reden zu hören waren, die nur als Anstiftung zur Meuterei interpretiert werden konnten.

Allein dieser letzte Faktor verpflichtete die Polizei zum Eingreifen, was sie in exemplarischer Manier auch tat. Die Versammlung wurde mit einem Minimum an Gewaltanwendung aufgelöst, obwohl ein Polizist einen Messerschnitt im Gesicht erhielt und sich nun von dieser Verletzung im Krankenhaus erholt. Die Rädelsführer wurden alle verhaftet, unter ihnen auch Donald Machim, berüchtigt wegen der gewalttätigen Rolle, die er beim Streik von 1897/98 gespielt hatte, und Daniel Fletcher, der der Werftleitung als notorischer Unruhestifter schon lange ein Dorn im Auge war. Machim, Fletcher und drei andere wurden heute morgen unter der Anklage der Verschwörung, der Volksverhetzung und der Anstiftung zum Aufruhr dem Polizeirichter vorgeführt. Sie werden bis 5. Dezember in Untersuchungshaft bleiben.«

Das also war es. Miriam Powerstock hatte in einem Ton über die aufgelöste Versammlung geschrieben, der keinen Zweifel daran ließ, auf welcher Seite ihre Sympathien lagen. Und Daniel Fletcher, der noch elf Jahre nach ihrem Tod ihr Foto aufbewahrte, war am gleichen Tag verhaftet worden. Ich bat um die Zeitungsausgaben der folgenden Monate und sah sie durch, bis ich den Gerichtsreport fand. Am 23. Februar 1905 waren die fünf Angeklagten alle schuldig gesprochen und zu verschiedenen Strafen verurteilt worden: fünf Jahre für Machim, zwei für Fletcher, achtzehn Monate für die anderen. Und der Richter hatte vernichtende Worte für die philanthropischen Förderer der Verschwörer gefunden.

»Besonders deprimierend ist es, daß mehrere Mitglieder der Aristokratie derartigem Gesindel glaubten, sie wollten die Gesellschaft verbessern, wo doch ihr ganzes Sinnen und Trachten nur darauf angelegt war, diese Gesellschaft zu untergraben.«

Soweit zur Gerichtsverhandlung. Als der Richter seine Worte für die Nachwelt aufzeichnen ließ, trug Miriam Powerstock bereits das Virus in sich, das sie später tötete. Jetzt begann ich zu ahnen, was Fletcher so bitter gemacht hatte: ihr Tod in Meongate, ein Opfer – wie es aus seiner Sicht erscheinen mochte – für seine ruinierten Ideale, während er in der Gefängniszelle saß. Vielleicht saß er auch heute noch in der Gefängniszelle seiner Erinnerungen in einem Hinterzimmer einer Kneipe in Portsea.

Ich verließ die Bibliothek und trat hinaus in das graue Licht des späten Nachmittags. Auf der an der Guildhall vorbeiführenden

Straße herrschte reger Verkehr. Auf den Gehsteigen drängten sich Gestalten in Regenmänteln, die kaum etwas von dem Krieg wußten, aus dem ich zurückgekehrt war, und noch weniger von dem zwölf Jahre alten Drama, das mir im Kopf herumspukte.

Ich folgte einem Tunnel unter der Eisenbahn hindurch und gelangte in einen unerwartet ruhigen Park. Ich setzte mich auf eine Bank und beobachtete, wie sich die Dämmerung über die mit Rüstung beschäftigte Stadt senkte. Noch immer arbeiteten Kräne, und eine Sirene tutete in einer fernen Werft. Die feuchte Stille um mich herum reichte aus, um die einsamen, vor meinem geistigen Auge vorbeiziehenden Gestalten aufzusaugen. Ich blieb sitzen und wartete auf die Dunkelheit.

Die Nacht kam. Im Park herrschte pechschwarze Finsternis, da ja die Häuser der Stadt wegen möglicher Luftangriffe verdunkelt waren. Ich ging zurück zum Bahnhof und besuchte ein nahegelegenes Kino, in dem ich mir eine Wochenschau mit verwackelten Bildern von der Somme anschaute. Grelle Musik und bombastische Kommentare konnten – zumindest für mich – nicht die Wahrheit hinter dieser gestellten Farce verbergen: Man sah es an dem erzwungenen Lächeln in den müden Gesichtern der Männer, die nie wieder heimkehren würden.

Als ich das Kino verließ, war es spät genug für meinen Zweck. Ich folgte der gleichen Route wie zuvor zur Charlotte Street, in der nun die Kneipen brechend voll waren; Fackeln erhellten die Gesichter der lärmenden, betrunkenen Männer und der schäbigen Frauen. Eine mechanische Orgel steuerte ihre Geräusche zu den nächtlichen Exzessen bei.

Ich folgte der Gasse, die zum Copenhagen Yard führte. Der Lärm der Straße hinter mir wurde leiser, bis nur noch ein gelegentliches Kreischen und das Klirren von Glas meine Schritte übertönten. Der Regen hatte die gepflasterten Randsteine verschmiert; eine Katze fauchte und verschwand in einem Loch neben einer schmalen Tür. An diesem Ort war ich zuvor schon gewesen, doch die Nacht hatte alles verändert. Der Mantel der Dunkelheit hatte Armut und Elend in düstere Unheimlichkeit gehüllt.

Ich bog in den Hof. Diesmal wartete kein glotzender Junge auf mich, nur die kahlen, regennassen Wände und die schwarzen Fensterhöhlen starrten mich an. In unregelmäßigen Abständen tropfte Wasser aus einer abgesackten Dachrinne auf den Anbau. Sonst rührte sich nichts.

Ich ging hinüber zu der Holztreppe und lauschte. Immer noch nichts. Ich stieg die Treppe hinauf und suchte von oben den Hof ab: Er lag verlassen da.

Vom Park hatte ich einen Stein mitgebracht. Nun holte ich ihn mit meiner behandschuhten Hand aus der Tasche und schlug ihn gegen eine Scheibe des Küchenfensters. Ein scharfes Klirren zerriß die Stille. Doch es erfolgte keine Reaktion darauf. Ein derartiges Geräusch, vermutete ich, war hier nicht ungewöhnlich. Mit dem Stein stieß ich die lockeren Scherben der Scheibe beiseite, griff dann durch die Öffnung und schob den Riegel zurück. Ich drückte den Fensterrahmen hoch, bis das Fenster zur Hälfte geöffnet war, dann stieg ich auf das Geländer und quetschte mich über den Sims. Ein leises Scharren und Drücken, dann war ich durch und fiel auf blanke Holzbohlen; Glasscherben knirschten unter meinen Schuhen.

Ich zündete ein Streichholz an. Das Licht zeigte eine üble, bis auf einen Ofen und ein Ausgußbecken in der einen und einen Tisch in der anderen Ecke, kahle Küche. Doch ich hatte Glück: Auf dem Tisch stand ein Kerzenstummel auf einer Untertasse. Ich hielt das Streichholz an den schwindenden Docht. In dem flackernden Licht sah ich genau das, was zu erwarten gewesen war: eine öde, verlassene Mansarde. Sonst nichts.

Ich ging hinaus auf den Gang. Dort waren die Planken von einem Streifen Linoleum bedeckt. Zu meiner Rechten führten zwei weitere Türen zu leeren Zimmern. Links von mir führte der Gang zur Eingangstür. Und da zeigte mir das flackernde Licht eine helle Form am Boden – einen Brief. Ich bückte mich und hob ihn auf: ein dicker Pergamentumschlag, der zwischen all dem Staub und Mörtel vollkommen fehl am Platz schien. Ich hielt ihn hoch und las den Namen: *J. Willis, Esq.*

Das war alles. Oder doch nicht ganz. Ich kannte die präzise, elegante Handschrift. Sie gehörte Leonora. Ich eilte zurück in die Küche, stellte die Kerze wieder auf den Tisch und riß den Brief auf. Er enthielt ein einziges gefaltetes Blatt. In dem schwächer werdenden Licht las ich ihn. Er begann abrupt, ohne Anrede oder Begrüßung.

»Ich muß Sie sprechen. Es ist wichtiger, als ich mit Worten ausdrücken könnte. Wenn Sie diesen Brief erhalten, nehmen Sie bitte Kontakt auf. Ich war bei Mr. Fletcher; er weiß, wo ich zu finden bin. Leonora. 25. September.«

Ich starrte die knappe Nachricht an. Das Datum war der gestrige Tag – der Tag, an dem Leonora verschwunden war. Jetzt wußte ich mit Sicherheit, daß auch sie der Spur gefolgt war, die zu Fletcher und zu einer leeren Mansarde in Portsea führte. Es war eine Spur, deren Ende sie im Gegensatz zu mir jedoch kannte.

Metall klapperte gegen Metall. Jemand mußte ganz in der Nähe sein. Ich fuhr hoch und strengte all meine Sinne an. Ja, das war es wieder. Jemand hatte das Vorhängeschloß an der Eingangstür abgenommen und den Riegel zurückgeschoben, jemand, der am Kerzenschein erkannt haben mußte, daß ich hier drinnen war. Ich drückte die Kerze aus und schob den Brief in meine Tasche. In dem Moment – wenn für mich auch einen Moment zu spät – richtete sich von der Treppe auf der anderen Seite des Fensters der Lichtkegel einer Taschenlampe auf mich. Ich war entdeckt.

Flüchten oder Verstecken kam nicht mehr in Frage. Ich stürzte zur Tür, in der Hoffnung, daß die Tür einen Innenriegel besaß, den ich vorschieben konnte. Es war eine vergebliche Hoffnung. Einen Augenblick später krachte die Tür auf, und der blendende

Schein der Taschenlampe traf mich mitten in meiner panischen Bewegung.

»Bleiben Sie stehen, wo Sie sind!« Die Stimme klang befehlsgewohnt. Instinktiv gehorchte ich.

»Wer ist da?«

»Sie kennen mich.«

»Fletcher?«

Die Lampe erlosch. An seinem Umriß im Türrahmen erkannte ich, daß es tatsächlich Fletcher war. Ich konnte seine hängende rechte Schulter sehen, wo er sich auf den Stock stützte. »Was tun Sie hier, Mr. Franklin?«

Ich versuchte meine Schuldgefühle zu überspielen. »Die gleiche Frage könnte ich Ihnen stellen.«

»Kaum. Ich habe diese Räume von dem Besitzer des Holzhofs gemietet. Es ist also mein gutes Recht, hier zu sein.«

»Vorhin noch haben Sie jede Verbindung zu dieser Adresse geleugnet.«

»Aber Sie glaubten mir nicht.«

»Nein.«

»Wen sonst haben Sie denn erwartet, hier anzutreffen?«

»Vielleicht den wirklichen Bewohner. Vielleicht Mr. Willis.«

»Verstehe. Sie wissen also über Mr. Willis Bescheid, nicht wahr?«

»Ich weiß von seiner Existenz. Und daß Mrs. Hallows Kontakt mit ihm aufzunehmen versuchte – an dieser Adresse.«

»Woher wissen Sie das?«

»Jetzt sind Sie derjenige, der die Fragen stellt. Warum sollte ich Ihre Fragen bereitwilliger beantworten als Sie meine?«

Er grinste. Dieser Anflug von Humor überraschte mich; bis jetzt war er mir nur grimmig und unnachgiebig erschienen. »Es gibt viele Gründe, weshalb Sie mir antworten sollten, Mr. Franklin. Ein gewichtiger Grund ist, daß mir jetzt klar ist, daß Sie durch Schweigen allein nicht abzuschrecken sind. Es braucht schon etwas mehr, um Sie zufriedenzustellen.«

»Nur die Wahrheit.«

»Nur?« Wieder grinste er. »Warten Sie hier.« Er ging an mir vorbei. Dort knipste er seine Taschenlampe wieder an. Ich hörte, wie er eine Tür öffnete, mit etwas hantierte und dann ein Streichholz anriß. Das Zischen von Gas ertönte, und Licht flammte auf, als er die Lampe justierte.

Ich folgte ihm in das Zimmer, das in keinem besseren Zustand war als die Küche, mit blanken Bohlen und ohne jede Einrichtung bis auf ein niedriges Rollbett, eine primitive Ankleidekommode, auf der ein Emailkrug und eine Schüssel standen, einen zerfransten Lehnsessel und eine dünne Kokosmatte neben dem Bett. Fletcher ging zum Fenster und zog einen fleckigen Vorhang zu. Dann wandte er sich wieder mir zu.

»Was wissen Sie von Mr. Willis?« fragte er.

»Ich fand einen an ihn adressierten Brief – in Mrs. Hallows' Handschrift.«

»Und Sie haben ihn geöffnet?«

»Ja. Sie bittet ihn, Kontakt mit ihr aufzunehmen. Aber er wohnt hier nicht mehr, nicht wahr?«

»Einbrechen. Anderer Leute Briefe lesen. Das scheint mir nicht das passende Benehmen für einen Offizier und Gentleman.« Sein Sarkasmus war unverkennbar, aber recht gedämpft. Eine gewisse Müdigkeit schien sich trotz aller Feindseligkeit breitzumachen.

»Sie haben mir keine andere Wahl gelassen. Ich muß Leonora finden. Alles andere ist zweitrangig. Und Sie wissen, wo sie ist.«

»Tatsächlich?«

Ich ging quer durch das Zimmer auf ihn zu und gab ihm den zerknitterten Brief. Er überflog ihn kurz. »Haben Sie etwas dagegen, wenn ich mich setze, Mr. Franklin? Es gibt nur diesen einen Stuhl.«

»Bitte.« Ich sah, wie er leicht zusammenzuckte und seine Hand auf den rechten Oberschenkel preßte, als er den Stock beiseite legte. »Bereitet Ihnen das Bein Probleme?«

»Ziemlich. Vor allem, wenn ich völlig unnützerweise nachts raus muß.«

»Ein Unfall auf der Werft?«

»Kein Unfall. Aber lassen wir das. Sie glauben, dieser Brief beweise, daß ich Mrs. Hallows' Aufenthaltsort kenne.«

Ich setzte mich auf das Rollbett und sah ihn an. »Beweise interessieren mich nicht. Ich weiß, daß es so ist. Dieser Willis wohnte hier, vermutlich auf Ihre Einladung hin. Ich weiß nicht, warum Sie hier heimlich Räume anmieten, anstatt ihn in der ›Mermaid‹ unterzubringen. Es sei denn, er ist ein politischer Kumpel, mit dem Sie nicht gesehen werden möchten.«

»Politisch?«

»Vielleicht waren Sie zusammen im Gefängnis.«

»Auch das wissen Sie?«

»Ich habe einige Ausgaben der Lokalzeitung durchgesehen. Da wurde in allen Einzelheiten über die staatsgefährdende Versammlung in der ›Mermaid‹ im November 1904 berichtet. Ebenso von Ihrer anschließenden Verurteilung.«

»Wenn Sie hinter der Wahrheit her sind, dann werden Sie sie bestimmt nicht in einem lokalen Schmierblatt finden, das genau das schreibt, was die Admiralität sagt.«

»Warum sagen dann Sie mir nicht die Wahrheit?«

»Weil ich mit der Politik und der Illusion, man könne die Gesellschaft ändern, abgeschlossen habe. Weil ich mit der Vergangenheit fertig bin.«

»Trotzdem bewahren Sie noch Miriam Powerstocks Foto auf. Sie gehört zu Ihrer Vergangenheit, nicht wahr? Sie muß gestorben sein, während Sie im Gefängnis saßen.«

Endlich drangen meine Worte zu seinem verborgenen inneren Kern vor. »Ja, so war es.« Er schaute sich im Zimmer um, als müßte er eine Bestandsaufnahme der Trostlosigkeit unserer Umgebung machen. Irgendwo draußen zersplitterte eine Flasche. Ein Kreischen ertönte, dann herrschte wieder Stille. »Doch mein Schmerz ist meine Angelegenheit. Das geht Sie nichts an.«

»Ich fürchte doch. Leonora ist auf der Suche nach Willis. Ich bin zu der Schlußfolgerung gezwungen, daß er der Vater des Kindes ist, das sie bekommt. Sie kam zu Ihnen, um ihn zu finden. Warum? Ihre einzige Verbindung zu den Powerstocks ist Ihre Freundschaft mit der ersten Lady Powerstock. Also muß mehr als nur ein privater, vergessener Schmerz dahinterstecken. Ist es nicht so?«

Er nickte langsam. »Mrs. Hallows kam gestern auf der Suche nach Willis zu mir. Ich gab ihr diese Adresse, machte sie jedoch gleichzeitig darauf aufmerksam, daß er möglicherweise bereits abgereist ist. Wie Sie sehen, hatte ich recht. Als Sie mir von ihrer Schwangerschaft erzählten, nahm ich genau wie Sie an, daß Willis der Vater ist. Aus diesem Grund kam ich her, um irgendeine Spur von ihm zu finden. Ich fand nichts weiter als ein zerbrochenes Fenster – und Sie.«

»Wo ist sie? Sie schreibt in dem Brief, Sie wüßten es.«

»Ich weiß, wie man mit ihr Verbindung aufnehmen kann. Sie sagte es mir für den Fall, daß ich Willis eher als sie sehen würde. Sie müssen sich um ihr Wohlergehen keine Sorgen machen. Ich habe ihr versprochen, ihrer Familie nichts zu sagen, falls mich jemand darauf anspricht. Ich fühle mich an dieses Versprechen gebunden. Als Gentleman sollten Sie meine Haltung verstehen.«

»Ich bin kein Mitglied der Familie.«

»Das spielt keine Rolle. Sie gehören zur gleichen Klasse; deshalb sind Sie auch Gast auf Meongate. Ich schulde weder denen noch Ihnen was.«

»Gehört nicht auch Leonora zu dieser Klasse? Ihr jedoch scheinen Sie etwas zu schulden.«

Er beugte sich auf seinem Stuhl vor. »Sie sind ein kluger Mann, Mr. Franklin. Allerdings nicht so klug, wie Sie denken. Also beherzigen Sie meinen Rat: Lassen Sie die Sache auf sich beruhen. Sie haben von Schmerz gesprochen. Diese Jagd wird Ihnen nur Schmerz bringen. Das ist alles, was auf die Powerstocks wartet. Sie haben mich gefunden, aber das ist auch alles.«

»Ich sagte es Ihnen schon einmal. Ich stecke zu tief in der Sache drin, um jetzt aufzuhören.«

»Dann sagen Sie aber nicht, ich hätte Sie nicht gewarnt.«

»Das werde ich nicht. Aber wenn Sie mir schon nicht sagen wollen, wo Leonora ist, dann erzählen Sie mir wenigstens, was für ein Mann dieser Willis ist. Was Besonderes kann er wohl nicht sein, nach allem, was ich hier gesehen habe.«

»Sie meinen, er ist ihrer nicht würdig?«

»Ja.«

»Nun, wer wäre ihrer schon würdig?« Ein Lächeln umspielte seine Lippen. »Wenn Sie wirklich was über Willis erfahren wollen, dann werde ich es Ihnen sagen. Aber nicht hier. In diesem Zimmer«, er schaute sich um, »fühle ich mich nicht wohl. Es ist offensichtlich, daß er nicht zurückkommt. Gehen wir woandershin.«

»Wie Sie meinen.«

Er stemmte sich vom Stuhl hoch und löschte die Lampe. Schweigend gingen wir hinaus. Ich wartete ab, bis er das Vorhängeschloß an der Tür angebracht hatte, und folgte ihm dann in den Hof. Er keuchte vor Anstrengung, als wir am Fuße der Treppe angelangt waren, legte aber keine Pause ein, sondern bog in die Gasse.

»Gehen wir zurück zur ›Mermaid‹?« sagte ich.

»Nein. In ein anderes Pub, wo man mich nicht kennt. In der Menge kann man anonym sein, anonym und in Sicherheit.«

Wir bogen in eine Seitengasse ein, und bald darauf wußte ich nicht mehr, wo wir uns befanden. Es war ein schmaler, gepflasterter Weg, der hinter einem Gewirr von Terrassenhäusern vorbeiführte. Auf den glitschigen Pflastersteinen hatte Fletcher Schwierigkeiten mit seinem Stock. Trotzdem kamen wir flott voran.

Einmal schoß eine Ratte quer über den Weg, und Fletcher blieb abrupt stehen. Sein Blick suchte die groben Wände und die dunklen Räume dahinter ab.

»Stimmt was nicht?«

»Alles in Ordnung.« Er drehte sich nach mir um. »Woher haben Sie die Schulterwunde, Mr. Franklin?«

»Von der Somme mitgebracht.«

Er nickte. »Wie lange waren Sie draußen?«

»Etwas mehr als ein Jahr. Seit Frühling letzten Jahres. Lange genug.«

»Aber Sie gehen wieder rüber?«

»Selbstverständlich.«

»Warum?«

Eine merkwürdige Frage, unvorstellbar in anständigen Kreisen. Aus Fletchers Mund klang sie keineswegs seltsam. Doch ich hatte nicht die Absicht, ihm meine Zweifel an dem Krieg zu enthüllen. »Pflicht. Patriotismus. Der Krieg muß immer noch gewonnen werden.«

»Und das glauben Sie wirklich?«

»Ich glaube, daß es keine Alternative gibt.«

Er bewegte sich so plötzlich, daß ich gar nicht wußte, wie mir geschah, geschweige denn Zeit hatte, Widerstand zu leisten. Vom Gewicht von Fletchers Körper wurde ich gegen die Wand neben mir gepreßt; mein linker Arm war eingeklemmt, mein rechter Arm nach hinten verdreht. Seine Kraft war so erschrekkend, wie er behauptet hatte. Meine Schulterwunde schmerzte, als er den Armhebel verstärkte, und ich schrie auf. Ich hörte seinen Stock gegen den Rinnstein klappern, dann brachte mich das Aufblitzen einer Messerklinge vor meinen Augen zum Schweigen.

Einen Moment lang standen nur unser beider keuchender Atem und die Messerklinge an meinem Kinn zwischen uns. Ich vergaß den Schmerz in meiner Schulter; die ganze Absurdität, dem Tod an der Somme ein Schnippchen geschlagen zu haben, bloß um ihm in einer Gasse in Portsea zu begegnen, wurde mir bewußt.

Seine Stimme drang als rauhes Flüstern an mein Ohr. »Ich

könnte Sie jetzt töten, Franklin, mit der gleichen Leichtigkeit, mit der sie am Dock Fische ausnehmen. Ich könnte Sie töten und hier liegenlassen, und niemand würde es je erfahren.«

Die Ironie des Ganzen machte mich kühn. »Warum tun Sie's dann nicht? Ich kann nicht behaupten, ich sei nicht gewarnt worden.«

Sein Griff wurde fester. Die Messerklinge kam näher und näher. Ich schloß die Augen in Erwartung des Stoßes.

Dann war ich frei. Fletcher ließ mich los, und ich wäre beinahe nach vorn auf die Pflastersteine gestürzt. Ich sah zu ihm hin; er hatte sich umgedreht, schrie auf und schleuderte in plötzlicher Raserei das Messer in die Dunkelheit. Irgendwo ertönte ein Klappern. Dann schwankte er gegen die Wand, tastete nach seinem Stock, fand ihn und stemmte sich wieder hoch.

Es regnete. Ich erinnere mich, daß ich jetzt zum erstenmal das Schimmern der Steine bemerkte, spürte, wie sich der Regen mit dem Schweiß auf meinem Gesicht vermischte, sah, wie sich Fletcher mir zuwandte.

»Tut mir leid«, sagte er.

Ich war seltsam ruhig, seltsam ungerührt von der Nähe des Todes. »Warum haben Sie das getan?«

»Sie würden sich nicht aufhalten lassen, das haben Sie selbst gesagt. Es gab nur zwei Möglichkeiten: Sie zu töten oder Ihnen die Wahrheit zu sagen. Letzteres bedeutet, daß ich etwas in mir töten muß – eine Liebe, eine Erinnerung, eine Illusion. Also soll sie sterben.« Er trat einen Schritt auf mich zu und blieb stehen, als ich zurückwich. »Keine Angst. Ich besitze keine weiteren Waffen. Wir gehen jetzt zu dem Pub. Sie werden sich dort sicherer fühlen – genau wie ich.«

Ich hielt Abstand, als wir weitergingen. Langsam beruhigten sich meine Nerven. Ich sagte nichts. Diesmal übernahm Fletcher das Reden.

»Es wäre einfacher gewesen, wenn Sie wirklich das gemeint hätten, was Sie sagten. Aber das haben Sie nicht. Sie sind ebensowenig ein pflichtbewußter Patriot wie ich, obwohl Sie das zweifellos einmal waren, bevor Ihnen klar wurde, was es bedeutet. Für mich Gefängnis und ein lahmes Bein. Für Sie Krieg und eine kaputte Schulter. Wir haben so ziemlich das gleiche Los in der Lotterie gezogen, schätze ich.«

Schweigend gingen wir ein Stück weiter, dann begann er wieder zu sprechen. »Sie sagten, es gebe keine Alternative. Vielleicht haben Sie recht. Vielleicht war ich ein Narr, weil ich nach einer gesucht habe. Aber das Leben spielt einem manchen Streich, wie Sie noch feststellen werden. Es läßt nicht zu, daß man sensibel bleibt – jedenfalls nicht die ganze Zeit.«

Wir gelangten in eine schmale Straße, die sich an den hohen Werftmauern entlangzog. Wir gingen auf der anderen Seite. Fletcher schaute zu der Mauer hinüber.

»Da fing alles an«, sagte er nach einer Weile. »Seiner Majestät Royal-Navy-Werft – damals Ihrer Majestät. Es hätte nichts weiter als irgendein Job sein sollen, doch es wurde etwas viel, viel Schlimmeres.«

»Wie lange haben Sie dort gearbeitet?«

»Fast dreißig Jahre. Klingt nach einer langen Zeit, was? Im Rückblick kommt es mir manchmal so vor, als wäre die Zeit im Flug vergangen. Sieben Lehrjahre als Schiffszimmermann. Weitere fünf, um sich einen festen Platz zu sichern. Zum Schluß hätte ich es zum Vorarbeiter bringen können.«

»Aber es wurde nichts daraus?«

»Nein. Ich lernte Donald Machim kennen. Er kam von Clydeside runter, nachdem der Streik von 1898 zusammengebrochen war. Er war ein guter Facharbeiter, aber sie hatten wohl keine Ahnung, was sie sich da aufhalsten. Bald erkannte er, daß ich etwas besaß, mit dem er was anfangen konnte: nennen Sie es Intelligenz, Rastlosigkeit, wie Sie wollen. Ich las zuviel, um mein Leben lang einen respektvollen Dockie abzugeben, verstehen Sie. Und Machim war verblüfft, wie unterwürfig die Arbeiterschaft war. Die Gewerkschaften hatten niemals einen Fuß in die Werft bekommen, und die Admiralität wollte diese Isolation aufrechterhalten. Machim war entschlossen, dem ein Ende zu bereiten, und brachte mir bei, die Dinge aus seiner Perspektive zu sehen.«

Wir waren bereits an einigen Pubs vorbeigekommen, gingen aber immer noch die Straße entlang der Werftmauer weiter. Und Fletcher berichtete weiter von seiner Vergangenheit. »Portsea war damals noch schlimmer als jetzt; Krankheiten, Armut, Elend. Wenn man sechzig Stunden die Woche schuftete, blieb einem keine Zeit zum Nachdenken, doch Machin tat es trotzdem. Und was er dachte, hatte Sinn.

Seine Chance kam 1904. In jenem Herbst wurden eine Menge Männer entlassen, doch er hatte gehört, daß im darauffolgenden Jahr ein gewaltiges neues Schlachtschiff gebaut werden sollte. Also überlegte er sich, daß dies die beste Zeit für einen Streik wäre. Die Männer waren unzufrieden, und die Admiralität konnte sich auf keinen langen Kampf einlassen. Bloß kam es gar nicht erst dazu. Die Versammlung in der ›Mermaid‹ sollte der Anfang sein. Statt dessen wurde es das Ende. Im Publikum befanden sich einige Munitionstechniker der Marine – zumindest wurde das behauptet. Das lieferte der Polizei den Vorwand, die Versammlung aufzulösen und uns der Volksverhetzung anzuklagen.

Ich habe Machim nach der Gerichtsverhandlung nie wieder gesehen. Ich verbrachte zwei Jahre im Winchester-Gefängnis und kehrte dann nach Portsmouth zurück. Zu der Zeit herrschte auf der Werft Hochbetrieb; sie bauten Schlachtschiffe, um die Deutschen bekämpfen zu können. Ich war ein gezeichneter Mann; wo immer ich nach Arbeit fragte, wurde ich abgewiesen. Als der Zeitplan für die ›St. Vincent‹ nicht mehr eingehalten werden konnte, nahm man mich schließlich, doch es gab eine Menge Männer, die Jahre zuvor unter mir gearbeitet und ihren Groll gegen mich nicht vergessen hatten. Andere, die immer noch unter den Nachwirkungen der ›Mermaid‹-Versammlung zu leiden hatten, gaben mir die Schuld daran. Sie warteten nur auf eine günstige Gelegenheit. Sie kam in einer dunklen Nacht im Februar 1908. Ich war nach Beendigung meiner Schicht auf dem Weg zum Tor, als sie über mich herfielen. Ich erfuhr nie, wer sie waren. Sie warfen mich in das Dock Nummer 15, das zu der Zeit ohne Wasser war. Dabei holte ich mir meine Beinverletzung. So sorgten sie dafür, daß ich nie wieder in der Werft arbeiten konnte.«

»Eine ziemlich drastische Methode.«

»Das war es. Doch ich hatte eine Kardinalsünde begangen.« Er lächelte. »Ich hatte recht gehabt. Oder vielmehr Machim. Als die Arbeit am ersten Schlachtschiff begann, führte die Admiralität ein neues Bonussystem ein. Es war der reine Betrug. Für ihre harte Arbeit bekamen die Dockies nun weniger als je zuvor. Sie hätten auf uns hören sollen.«

Wir bogen abrupt von der neben der Werftmauer verlaufenden Straße in eine belebtere ein und steuerten ein hell erleuchtetes Bierhaus an.

»Dies ist die Prospect Row«, sagte Fletcher. »Sie werden viele unserer tapferen jungen Patrioten in Uniform in diesen Kneipen hier finden.« Die Bedeutung seiner Worte war klar: Schäbig gekleidete Mädchen lungerten in Eingängen herum, betrunkene Matrosen kamen und gingen. Wir eilten an ihnen vorbei auf das Pub zu.

»Das ›Fortune of War‹«, verkündete Fletcher. »Ein passender Name, wie Sie sehen.«

Wir kamen in einen scheunenartigen Raum mit niedriger Decke, vollgestopft mit lärmenden Gruppen von Matrosen und Soldaten. Ein Piano hämmerte ein Seemanns-Shanty herunter, und ein angeheiterter junger Soldat mit einem Mädchen im Schlepptau drückte sich an uns vorbei. Zu viel Gelächter, zu viel Alkohol, zu viel falscher, blecherner Jubel: Ich wußte, was auf die meisten der Männer wartete, und gönnte ihnen diesen kurzen Trost. Doch selbst ohne Fletchers hageren Schatten neben mir hätte ich mich nicht als Teil dieses Trubels fühlen können.

Eine Bardame trug ein Tablett mit leeren Gläsern an uns vorbei. Fletcher fing ihren Blick ein und bestellte etwas zu trinken. Wir setzten uns mit unseren Gläsern an einen Tisch in einer Nische, abseits vom schlimmsten Lärm und Rauch. Über uns an der Wand hing ein schwarzgerahmtes Porträt von Lord Kitchener, um uns herum brodelte die verzweifelte Ahnungslosigkeit vieler, die sein Schicksal teilen würden.

»Warum sind wie hier?« fragte ich.

»Ist eine beliebte Kneipe bei der kämpfenden Truppe: Matrosen, die auf ihr Schiff warten, Soldaten, die auf die Überfahrt warten. Ich wollte sehen, wie sehr Sie Teil von all dem sind. Die Antwort lautet: so gut wie gar nicht.«

»Sie wollten mir von Willis erzählen. Was hat er damit zu tun?«

»Sie werden es früh genug erfahren. Ich hab' noch nie zuvor auch nur den Versuch unternommen, einen Mann zu töten. Sie müssen begreifen, warum ich in Ihrem Fall beinahe eine Ausnahme gemacht hätte.«

»Also gut. Sie haben von Donald Machim gesprochen. Was ist mit Miriam Powerstock?«

»Da fängt es an, und da endet es auch. Das haben Sie bereits erraten. Ich lernte sie in Pater Dollings Pfarrhaus in der Clarence Street kennen. Am Trafalgar Day 1894. Ich ging oft in die von ihm geführte Turnhalle nebenan, hörte mir manchmal seine Vorträge an und stritt mit ihm über Politik. An diesem Sonntag lud er mich zum Tee vor der Abendandacht. Nicht etwa, daß ich mir seine Predigten angehört hätte, wie er sehr wohl wußte. Doch Dolling war ein guter Mann; er haßte die bequemen Konventionen. Deshalb haben sie ihn schließlich auch abserviert.

An diesem Tag kam auch Miriam zum Tee. Dolling hatte sie mit seiner Kirchengemeinde bekannt gemacht, nachdem er sie anläßlich einer Gartenparty bei dem Bischof von Winchester kennengelernt hatte. Ihr christlicher Glaube entsprach dem von Dolling: kompromißlos. Sie unterstützte ihn bei der Leitung der

Sonntagsschule. Sie versuchte damit, so erzählte sie mir, etwas zurückzugeben. Mir gegenüber erwähnte sie mit keinem Wort, was ihr Mann davon hielt, daß sie ihre Sonntage in Portsea verbrachte, aber ich möchte wetten, es gefiel ihm ganz und gar nicht.«

»Sie freundeten sich miteinander an?«

»Ja, das kann man sagen. Wir wurden Freunde. Anfangs hielt ich sie lediglich für eine weitere adlige Dame, die es schick fand, die Slums aufzusuchen. Doch nachdem man Dolling rausgeworfen hatte, änderte sie sich. Sie begann zu verstehen, was ich die ganze Zeit über gewußt hatte: daß es sehr viele Leute gab, die wünschten, daß Portsmouth so blieb, wie es war. Ihr eigener Ehemann, zum Beispiel. Er saß im Vorstand von Brickwood's, der Brauerei, der die ›Mermaid‹ gehört. Sitzt immer noch dort. Liegt eine gewisse Ironie darin, finden Sie nicht?«

»Wußte er, daß Sie seine Frau kannten?«

»Erst, als ich verhaftet wurde. Außerdem war ich nicht wirklich mit ihr bekannt, jedenfalls eine ganze Zeitlang nicht. Doch gegen Ende zu, kurz vor dem Ende... Man könnte sagen, ich liebte sie.«

Er verstummte. Durch das Gelächter und das klirrende Glas hinter uns klang sein Schweigen wie ein Echo auf die zerstörten Jahre. Er hatte sie geliebt. Und ich bezweifle nicht, daß auch sie ihn geliebt hatte.

»Das letztemal sah ich sie wenige Stunden vor der ›Mermaid‹-Versammlung im November 1904. Sie warnte mich davor, meinte, es sei ein Fehler. Sie traute Machim nicht. Sie hielt ihn für einen gefühllosen Revolutionär. Und sie glaubte nicht, daß die Behörden sich das gefallen lassen würden. Sie hatte in beiden Punkten recht. Ich hätte auf sie hören sollen. Ich wünschte, ich könnte jetzt auf sie hören.

Natürlich schrieb sie mir ins Gefängnis. Doch Powerstock ließ es nicht zu, daß sie mich besuchte. Außerdem war sie zu der Zeit bereits krank, was ich allerdings nicht wußte. Pocken. In irgendeiner stinkenden Wohnung hatte sie sich angesteckt, als sie Leuten helfen wollte, die nicht mal dankbar waren. Welch eine Verschwendung. Die Verschwendung eines Lebens. So wie bei mir, denke ich. Ihr Vater schrieb mir, daß sie tot sei. Sonst hätte ich es vielleicht nie erfahren.« Mit sichtlicher Anstrengung brach er ab, versuchte seine Gedanken zurück in die Gegenwart zu zwingen. »Doch Sie wollen ja was über Willis erfahren.«

»Ja, das möchte ich.«

»Franklin! Herr im Himmel, was tun Sie denn hier? Noch dazu in Zivilklamotten.« Eine Gestalt stolperte gegen meinen Stuhl und beugte sich schwankend über mich – ganz in Khaki, Glas in der einen, Zigarette in der anderen Hand, mit betrunkenem Gesichtsausdruck, eine Haarsträhne in der Stirn. Ich versuchte mich an ihn zu erinnern. »Dachte, es hätte Sie erwischt.« Er ließ sich auf einen leeren Stuhl neben mir sacken und knallte sein Glas auf den Tisch. »Wie geht's Ihrem Kumpel?«

Jetzt endlich erkannte ich ihn. Es war Marriott, ein Zugführer aus der Zeit, zu der ich erstmals zu dem Regiment in Frankreich gestoßen war. Er war noch vor Loos verwundet worden, einer dieser oberflächlichen, arroganten jungen Männer, die der Krieg einfach nicht zu berühren schien und deren Widerstandskraft auf Gedankenlosigkeit beruhte. Zögernd stellte ich ihn Fletcher vor; die beiden Männer musterten sich mißtrauisch.

»Ich wohn' in den Baracken ein Stück die Straße runter«, sagte Marriott, Fletcher dabei aus dem Gespräch ausschließend. »Ich wußte nicht, daß Sie in der Stadt sind.«

»Das bin ich auch nicht, zumindest nicht offiziell. Ich bin immer noch Rekonvaleszent. Im Juli kam ich mit einer Schulterwunde heim.«

»Pech. Möcht' wetten, Sie können's kaum erwarten, wieder rüberzukommen.«

»Gehen Sie wieder zurück?«

»Ja und nein. Ich würde natürlich gern wieder drüben sein, wenn's richtig dick kommt, doch die Führung scheint andere

Ideen zu haben.« Er schlug seinen Mantel zurück; auf seiner Uniformjacke war ein grüner Kragenspiegel zu sehen – der Spiegel der Nachrichtenoffiziere des Stabes. Ich krümmte mich innerlich bei dem Gedanken, daß Marriott bei Strategieüberlegungen mitreden konnte, aber ihn schienen solche Erwägungen nicht zu beunruhigen. »Erfahrung ist es, was sie jetzt im GHQ brauchen, schätze ich.« Ich nickte verständnisvoll. »Was meinen Sie, sind Sie bald wieder gesund?«

»Ich glaube schon.«

»Ich könnte mal mit dem Sanitätsoffizier sprechen, wenn Sie wollen. Wir können es uns nicht leisten, daß Jungs wie Sie untätig rumsitzen. Nicht jetzt, wo wir durchgebrochen sind.«

Fletcher mischte sich ein. »Wie meinen Sie das, Captain, ›durchgebrochen‹?«

Mit herablassendem Lächeln wandte Marriott sich ihm zu. »Lesen Sie keine Zeitungen?«

Fletchers Mund war ein schmaler Strich. »Ich schon. Aber lesen Sie welche?«

Marriott wurde ebenfalls ärgerlich. »Was sagten Sie doch gleich, womit Sie sich beschäftigen?«

»Ich warte, daß das Land endlich zur Vernunft kommt und erkennt, daß die Erreichung eines politisch fragwürdigen Ziels keine Tausende von Menschenleben wert ist. Damit meine ich das, was Sie als Sieg bezeichnen würden.«

Marriott funkelte mich an, als wäre ich für Fletchers Worte verantwortlich. »Sie bewegen sich in merkwürdiger Gesellschaft, Franklin. In was für einer Beziehung stehen Sie zu diesem Kerl?«

»Er ist ein Freund.« Die Worte kamen fast ungewollt, aber leicht und selbstverständlich über meine Lippen, als hätten sie nur darauf gewartet, ausgesprochen zu werden.

»Sie sollten sich Ihre Freunde sorgfältiger aussuchen.« Er dachte einen Moment nach, während ihn Fletcher ruhig musterte. »Aber Sie hatten ja schon immer einen Hang zu schlechten Bekanntschaften.«

»Was wollen Sie damit sagen?«

»Ich erinnere mich, daß Sie sich viel mit diesem Hallows rumgetrieben haben. Eine Schande fürs Regiment, mit all seinem defätistischen Gerede. Und was ist mit ihm passiert? Da kann man seine Lektion lernen ...« Er hatte gerade nach seinem Glas greifen wollen, als sich Fletcher über den Tisch beugte und seinen Unterarm packte.

»Falls es eine Lektion zu lernen gibt, dann ist sie pure Verschwendung für einen Narren, wie Sie einer sind.« Das Glas fiel klirrend auf den Tisch zurück und wäre beinahe umgekippt. Plötzlich stand ein weiterer Mann neben mir, ein junger, kräftig gebauter Armeeoffizier mit ernsthaftem Gesichtsausdruck.

»Alles in Ordnung, Junge?« sagte er zu Marriott.

Fletcher ließ Marriotts Arm los und erhob sich ungeschickt von seinem Stuhl. »Alles bestens«, murmelte er. Dann packte er seinen Stock, schob den Mann beiseite und ging zur Tür.

Ich wollte ihm folgen, doch Marriott stand abrupt auf und versperrte mir den Weg. Jetzt, wo Fletcher weg war, schien er sein Selbstvertrauen wiedergefunden zu haben. »Wie zum Teufel kommen Sie dazu, mit so einem Kerl ein Glas zu trinken, Franklin? Der Mann ist eine Art von Pazifist.«

»Geht Sie das was an?«

»Und ob mich das verdammt noch mal was angeht. Was weiß denn ich – vielleicht ist er ein deutscher Spion?«

»Seien Sie nicht albern.«

»Am liebsten würd' ich die Polizei holen.«

Marriotts Freund kam zu meiner Rettung. »Vergiß es, Junge. Wahrscheinlich war er bloß besoffen. Komm, trinken wir noch einen.«

Mit gespieltem Widerstreben strich sich Marriott über den Ärmel, nahm sein Glas und gab mir den Weg frei. »In Ordnung. Aber ich werde das nicht vergessen, Franklin. Ich denke, ich werde mal mit Ihrem Sanitätsoffizier über Sie sprechen.«

»Tun Sie das.« Ich beachtete ihn nicht weiter, sondern eilte zur Tür. Ein hereinstürmendes betrunkenes Trio behinderte mich, dann hatte ich endlich die Straße erreicht. Ich schaute nach beiden Seiten – von Fletcher keine Spur. Außer... ja, da stand er, neben einer Laterne in dem Weg, den wir gekommen waren. Als er mich sah, ging er, ohne auf mich zu warten, weiter, überquerte die nächste Straße und bog in eine Seitengasse ein.

Ich brauchte mich nicht zu beeilen; er wollte mich nicht abschütteln. Die Gasse führte zwischen zwei Lagerhäusern hindurch zu einem schmalen Kai. Dort erreichte ich ihn; er lehnte an einem Poller und starrte auf das ruhige Wasser hinaus. Die Nacht war windstill, aber immer noch feucht. Der Regen hatte sich in Nebel und Dunst verwandelt. Bis auf die jaulenden Nebelhörner eines fernen Schiffes im Hafen war es hier am Kai völlig ruhig. Als ich näher kam, schaute er auf und nickte mir zu.

»Warum so eine Szene?« fragte ich. »Es wäre nicht nötig gewesen.«

»Und ob es nötig war. Diese Sorte macht mich krank.«

»Gehöre ich nicht auch zu dieser Sorte?«

»Genausowenig wie Willis.«

»Willis?« Mir fiel ein, was der Junge im Copenhagen Yard gesagt hatte. »Ist Willis ebenfalls in der Armee?«

»Er ist ein Deserteur.«

Jetzt glaubte ich zu verstehen. »Sie mieteten also diese Räume an, um ihn zu schützen. Daher all die Geheimnistuerei. Aber warum? Was bedeutet er Ihnen?«

»Ich glaubte ihm noch etwas schuldig zu sein.«

»Und wie lernte er Leonora kennen? Die Powerstocks kennen ihn nicht.«

»Verstehen Sie denn immer noch nicht, Franklin? Willis war in Ihrem Regiment.«

»Ich habe nie von ihm gehört.«

»Doch, das haben Sie. Unter seinem richtigen Namen. Captain the Honourable John Hallows.«

Ich starrte ihn an, nicht so sehr ungläubig, sondern eher in ehrfurchtsvollem Staunen über meine eigene Reaktion. Hallows' Gesicht in dem großen Drehspiegel in Olivias Schlafzimmer war da und beobachtete mich ruhig vom Rande des Wassers aus, das in träger Spielerei gegen den Kai schlug. Er war nicht tot. Irgendwo lebte und atmete er immer noch und behielt seine Absichten für sich. Und irgendwo bohrte sich in das Gefühl meines Verlustes etwas viel Schlimmeres: Wenn er lebte, dann konnte er nicht der Mann sein, für den ich ihn gehalten hatte. Wenn er lebte, dann hatte er sich selbst herabgesetzt und mich mit ihm.

»Ich wollte es Ihnen nicht sagen«, fuhr Fletcher fort. »Ich glaube nicht, daß ich es sonst einer Menschenseele gesagt hätte. Ich wünschte, jemand wie Marriott hätte an Ihrer Stelle Nachforschungen angestellt.«

»Hallows ist am Leben.« Ich konnte nur den Gedanken laut aussprechen.

»Ja«, sagte Fletcher. »Hallows ist am Leben. Für seine Familie, sein Vaterland, sein Regiment ist er tot. Und doch ist er auf eine hartnäckige, unbequeme Weise lebendig.«

»Aber... wie?«

»Das kann ich Ihnen nicht sagen. Er kam im Juni zu mir, und ich erklärte mich einverstanden, für ihn unter falschem Namen diese Räume anzumieten. Er sagte, daß er desertiert sei, aber für tot gehalten werde; er brauchte Zeit, um nachzudenken, um allein zu sein. Die Zeit habe ich ihm verschafft. Es war nicht viel, was ich ihm geben konnte.«

»Warum kam er zu Ihnen?«

Fletcher lächelte. »Von all den Menschen ausgerechnet zu mir, meinen Sie? Das ist eine merkwürdige Sache. Er ging noch zur Schule, als Miriam starb, und ich dachte, er wisse nichts von mir. Aber anscheinend hatte sie sich ihm anvertraut, nachdem sie sich ja ihrem Mann nicht anvertrauen konnte. Es war ein Geheimnis, das er auf ewig für sich behalten wollte – und es auch getan hätte, wenn ihn der Krieg nicht zur Flucht getrieben hätte. Er war allein und völlig auf sich gestellt in dem Land, das einst seine Heimat gewesen war. Ich nehme an, er wandte sich an den einzigen anderen... Verbannten, den er kannte oder von dem er gehört hatte. Er muß sich ausgerechnet haben, daß ich ihn um seiner Mutter willen nicht abweisen würde. Von den Erzählungen seiner Mutter muß er gewußt haben, daß ich angesichts dieses Krieges Verständnis für eine Fahnenflucht haben würde. Und er hatte recht. Ich glaube, er war überrascht, daß ich noch lebte und immer noch in der ›Mermaid‹ wohnte, immer noch auf ihn wartete.«

»Auf ihn wartete?«

»Ja. Als er aus dem Nichts eintraf, als er mir erklärte, wer er war, als er mir voller Erleichterung gestand, was ihn zu mir geführt hatte, da erkannte ich, daß ich seit Miriams Tod auf ihn gewartet hatte. Elf Jahre lang hatte ich auf irgendeine Botschaft von ihr gewartet. Und dann plötzlich stand ihr Bote vor mir.«

Ich ging langsam zur Kaimauer und versuchte verzweifelt, Ordnung in meine Gedanken zu bringen. »Leonora hat alles gewußt. Sie ist von ihrem eigenen Mann schwanger, doch ihr Mann ist ja offiziell tot. Wie hat er Verbindung mit ihr aufgenommen, ohne daß es der Rest der Familie erfuhr?«

Fletchers Stimme ertönte hinter mir, während ich auf das trübe, schlammige Wasser hinausstarrte. »Ich weiß es nicht. Er behauptete, daß niemand außer mir wisse, daß er noch am Leben ist. Wenn es nicht so gewesen wäre, hätte ich größere Befürchtungen gehabt. So aber dachte ich, daß niemand nach einem Toten suchen würde. Trotzdem war Copenhagen Yard nur als vorübergehender Zufluchtsort gedacht. Ich riet ihm, Portsmouth zu verlassen, in den Norden zu gehen und in irgendeiner großen Stadt unterzutauchen. Sein Zuhause war zu nahe, als daß er ruhigen Gewissens hätte bleiben können. Jetzt glaube ich, daß er es genau so haben wollte. Er erzählte mir, der Krieg sei in seiner ganzen Schrecklichkeit unerträglich, und das ließ sich nur zu leicht glauben, doch jetzt denke ich, daß mehr dahintersteckte.

Jenseits der Schrecken des Krieges gab es einen weiteren Grund für seine Flucht.«

Schnell erkannte ich, um welchen Grund es sich dabei gehandelt haben könnte. »Wann haben Sie ihn das letztemal gesehen?«

»Am Freitag, dem Fünfzehnten. Einmal die Woche ging ich vorbei, um nach ihm zu sehen. Ich gab ihm erneut den Rat, Portsmouth zu verlassen. Er sagte, das werde er auf keinen Fall tun, aber ich glaubte ihm nicht. Als ich letzten Freitag da war, traf ich ihn nicht. Das war ungewöhnlich. Tagsüber ging er niemals aus. Aber ich dachte mir nicht viel dabei, bis ich in der Abendzeitung vom Samstag von dem Mord auf Meongate las.«

Jetzt also waren wir beim Punkt angekommen. »Sie glauben, Hallows hat es getan?«

»Ich weiß nur, daß ein Mann auf Meongate ermordet wurde und Hallows verschwunden ist. Ziehen Sie daraus Ihre eigenen Schlüsse.«

»Wenn die Polizei wüßte, daß Hallows lebt, wäre er ihr Hauptverdächtiger. Er könnte gute Gründe gehabt haben, Mompesson umzubringen. Und... da sind noch andere Dinge.«

»Gestern besuchte mich Hallows' Frau. Ich hatte keine Ahnung, daß sie von mir wußte, geschweige denn, daß Hallows Kontakt mit ihr aufgenommen hatte. Ich brachte ihre Besorgnis mit dem Mord in Verbindung. Ich sagte ihr, wo sie ihren Mann vielleicht finden könnte. Inzwischen wissen wir, daß sie zu spät kam. Und wir wissen auch, weshalb sie ihn unbedingt finden mußte. Vielleicht hatte sie ihm nicht gesagt, daß sie schwanger war. Vielleicht...«

Ich drehte mich um und sah ihn an. »Wohin ist sie? Wo kann ich sie finden?«

»Sie sagte, sie hoffe, bei einer Freundin auf der Isle of Wight bleiben zu können – einer Lehrerin. Ich habe ihre Adresse. Sie können sie gern haben. Vielleicht wissen Sie, weshalb sie nicht nach Meongate zurück will.«

»Ich denke schon. Man hätte sie gezwungen, den Namen des Vaters ihres Kindes zu nennen. Und den kann sie nicht sagen, wenn sie Hallows nicht verraten will.«

Er richtete sich auf und trat einen Schritt näher. »Ich wußte nicht, daß ich ein Geheimnis teilte. Was ich getan habe, tat ich natürlich nicht für Hallows oder dessen Frau. Es war für ... eine andere Person.«

»Für Miriam?«

»Um ihretwillen hätte ich Sie in der Gasse umgebracht.«

»Was hielt Sie auf?«

»Miriam. Sie hätte es nicht gewollt. Kein Geheimnis kann auf ewig bewahrt werden. Deswegen haben Sie mich in der Gruft meines Lebens aufgestöbert. Deswegen werden Sie Hallows finden. Nicht weil es einen Mord gegeben hat oder weil Sie wissen, wo Sie suchen müssen. Nein, Sie werden ihn finden, weil er sich irgendwann nicht mehr verstecken will. Das Untertauchen bietet keinen Trost, mein Freund. Auch die Enthüllung und Aufdeckung nicht, aber man kann sich wenigstens ehrlich und offen zeigen, man kann dem Feind ins Auge sehen, direkt und ohne zu zucken.«

»Wer ist der Feind?«

»Ich wollte, ich wüßte es. Eine Zeitlang dachte ich, Sie seien es. Aber jetzt sehe ich, daß Sie auch nur ein weiteres Opfer sind, genau wie ich. Wie Hallows.«

Beide Opfer. Das war unsere armselige Kameradschaft, unser Anteil an dem, was auch immer Hallows' Schicksal sein mochte. Schweigend gingen wir zur »Mermaid« zurück. Zuviel war schon gesagt worden, als daß noch weitere Worte nötig gewesen wären. Ich wühlte in meinen Erinnerungen; in all dem, was geschehen war, mußte irgendein Hinweis, irgendeine Erklärung verborgen sein. Hallows' Papiere waren bei einer Leiche im Niemandsland gefunden worden. Hatte er also seine Flucht geplant? Wenn ja, warum hatte er mich dann aufgefordert, nach seinem Tod nach Meongate zu gehen? Was für Gedanken mochten ihm durch den Kopf gegangen sein, während er auf diesem Rollbett im Copenhagen Yard gelegen hatte? Wann hatte er sich mit Leonora getroffen? Wenn es einen Hinweis gab, dann war er in meiner Sehnsucht nach Wahrheit zu suchen, in dem Drang, den Hallows mir eingepflanzt hatte. Wenn er geplant hatte, daß ich die Spur aufnahm, dann war ihm ihr Ende bereits bekannt, wo immer er nun auch darauf warten mochte, daß ich ihn fand.

In der »Mermaid« brachte uns Fletchers Schwester Bier und etwas zu essen ins Hinterzimmer. Nach den Ereignissen des Abends war ich hungrig und müde, aber nicht so müde, daß ich nicht Fletcher einiges über Hallows' Familienverhältnisse hätte erzählen können. Noch spät abends – im Pub war es längst still geworden – saßen wir und redeten über Mompesson, über die Macht, die er meiner Meinung nach über Leonora besitzen mußte, über die Rolle, die Hallows, wie ich befürchtete, bei seinem Tod gespielt hatte. Es war das mindeste, was ich Fletcher schuldete: einen Teil meines Wissens mit ihm zu teilen. Als ich fertig war, hatte sich bei mir die Gewißheit festgesetzt, daß Mompesson von Hallows umgebracht worden war. Er muß vorausgesehen haben, was ohne ihn seinem Heim und seiner Familie zustoßen würde, welches Unglück Mompesson über sie bringen würde, und er hatte es auf seine Weise gelöst.

Doch als ich am nächsten Morgen im oberen Zimmer des Gasthauses erwachte, wußte ich, daß das alles keinen Sinn ergab. Desertion und Mord würden Hallows' Familie viel schwerer treffen als sein Tod. Der Preis, der dafür bezahlt werden mußte, Mompessons Pläne zu vereiteln, war zu hoch.

Ich hatte mich entschlossen, mich sofort auf Leonoras Fährte zu setzen. Sie hatte auf einen Schmierzettel geschrieben, wo man sie finden konnte, und ihn bei Fletcher zurückgelassen: »c/o Miss Grace Fotheringham, East Dene College, Bonchurch, nahe Ventnor, Isle of Wight«. Mürrisch starrte ich den Zettel an, während Fletchers Schwester mir das Frühstück servierte.

»Sehr freundlich von Ihnen«, sagte ich, um das Schweigen zu brechen.

»Es ist freundlich von Dan«, erwiderte sie ohne Lächeln. »Er ist zu freundlich. Immer schon gewesen. Es ist ein Jammer mit ihm. Ich bin ihr nie begegnet«, ich wußte sofort, wen sie meinte, »aber das war der Anfang. Ihretwegen hat er alles verloren.«

»Dann kann er sich glücklich schätzen, eine Schwester wie Sie zu haben.«

»Mein Bill war tot, als Dan entlassen wurde. Die Brauerei hätte mir die Kneipe ohne einen Mann als Hilfe nicht gelassen. Ich hab' ihm keinen Gefallen getan. Aber eins will ich Ihnen sagen.« Sie beugte sich über mich. »Leute wie Sie bringen ihm nichts als Unglück. Lassen Sie ihn in Ruhe.«

Fletcher ging mit mir hinunter zum Hard, wo ich die Isle-of-Wight-Fähre nehmen wollte. Die Sonne kam durch, aber auch sie konnte den Anblick der öden Straßen von Portsea nicht verschönern. Wie immer ragte rechts von uns die Werftmauer auf.

»Ihre Schwester möchte, daß ich Sie in Ruhe lasse«, sagte ich, während wir das Haupttor passierten.

»Wir können nicht immer das haben, was wir wollen. Sie sollten das wissen.«

»Einem Deserteuer Unterschlupf zu gewähren ist ein ernstes Delikt, vor allem für jemanden mit einer Vorstrafe.«

»Wir gehen beide Risiken ein. Ich frage mich, ob Sie das ganze Ausmaß abschätzen können.«

»Ich glaube schon.«

»Ich vermute zum Beispiel, daß Sie keine Ahnung haben, daß wir verfolgt werden.« Ich wollte herumfahren, aber er hielt mich zurück. »Drehen Sie sich nicht um. Sie können mir ruhig glauben. Ich hab' ihn gesehen, als er sich heute morgen vor der ›Mermaid‹ rumtrieb. Wir sind auf Umwegen hierher gegangen, und er ist uns auf Schritt und Tritt gefolgt.«

»Wer ist er?«

»Ein Polizist, schätze ich. Haben Sie eine Ahnung, warum die Polizei hinter Ihnen her sein sollte?«

»Ich sagte Ihnen, Shapland ist kein Narr. Aber sind Sie auch ganz sicher?«

»Ja. Doch wir können auch noch einen Test machen.«

Wir gingen die Mole hinab zum Fährenponton. Dort kaufte ich mir eine Fahrkarte und wartete dann gemeinsam mit Fletcher auf einer Bank, von der aus wir eine gute Sicht auf die anderen Passagiere hatten. Fletcher nickte in Richtung eines untersetzten Mannes in einem Mantel, der in der Schlange stand.

»Das ist unser Mann. Wir werden folgendes machen. Er wird Anweisung haben, Ihnen zu folgen, nicht mir. Sie warten also bis zum letztmöglichen Moment, bevor Sie an Bord der Fähre gehen. Er wird natürlich dasselbe tun, um sicherzugehen, daß Sie ihm keinen Streich spielen. Aber ich werde ihn daran hindern, an Bord zu gehen.«

»Wie?«

»Das überlassen Sie mir. Und keine Sorge. Schlimmstenfalls kann er Sie verhaften.«

Als die Fährte kam – ein tuckernder, kompakter, kleiner Dampfer –, drängten die anderen Passagiere zur Gangway, doch ich hielt mich zurück, und der Mann im Mantel zögerte ebenfalls, genau wie Fletcher es vorausgesagt hatte. Er schien uns besorgte Blicke zuzuwerfen, schien erraten zu wollen, was wir wohl unternehmen würden. Nachdem die Passagiere an Bord gegangen waren, wurde Fracht verladen, doch wir drei standen immer noch an unserem Platz. Mittlerweile mußte der Mann wissen, daß wir ihn durchschaut hatten.

Als die Crew die Decksplanke einziehen wollte, zupfte mich Fletcher am Ärmel, und ich stürzte vorwärts. Die Fähre hatte bereits vom Ponton abgelegt, als ich an Bord sprang. Die Matrosen starrten mich an, doch ich tat so, als würden mich nur die Geschehnisse an Land interessieren.

Der Mann im Mantel hatte offensichtlich versucht, mir zu folgen. Er und Fletcher bildeten immer noch ein Knäuel; der andere Mann gestikulierte und schrie etwas, was ich beim Lärm der Maschine nicht verstehen konnte. Ein Gepäckträger eilte auf ihn zu, um ihn zu beruhigen, während Fletcher etwas sagte – womöglich eine Entschuldigung, und mit einem versteckten Lächeln zu mir herüberschaute. Die Fähre war nun schon ein gutes Stück entfernt und stampfte mit quirlendem Heckwasser auf die Hafenausfahrt zu. Für mich wäre Shapland vielleicht zu clever gewesen, aber nicht für Fletcher.

8

Im Solent wehte eine leichte Brise. Ich saß an Deck, schaute zurück nach Portsmouth und dann voraus auf die grüne Masse der Insel. Von Ryde aus fuhr ich mit dem Zug quer über die Insel nach Ventnor an der Südküste. Der Ort war vom Krieg aller Gäste beraubt worden, aber immer noch auf eine sanfte Art malerisch mit seinen weißen Gebäuden am Meer und zu Füßen eines steilen, bewaldeten Abhangs. Am Bahnhof erkundigte ich mich nach Bonchurch und verließ die Stadt in östlicher Richtung. Die Häuser wurden größer und standen nicht mehr so eng gedrängt: Ferienvillen und Parks mit dichtem Baumbestand.

Das Dorf Bonchurch war eine Ansammlung freundlicher Häuschen um einen von Trauerweiden gesäumten Teich herum. Im Postamt erklärte man mir, wie ich das East Dene College finden könnte. Am Ende eines gewundenen, von Rhododendronbüschen begrenzten Weges stand ein Schild: EAST DENE COLLEGE, AKADEMIE FÜR JUNGE DAMEN. Allerdings war keine dieser jungen Damen zu sehen, als ich mich näherte. Der Hof lag verlassen da, das graue Steingebäude stand schweigend unter schwankenden Bäumen. Als ich zum Eingang kam, tauchte eine Dame mit strengem Gesicht auf, klappte das Buch zu, in dem sie gelesen hatte, und warf mir einen scharfen Blick zu.

»Guten Morgen«, sagte ich. »Ich bin auf der Suche nach Miss Fotheringham.«

Der Blick wurde noch durchdringender. »Miss Fotheringham unterrichtet um diese Zeit. Worum geht es?«

»Bedaure. Es handelt sich um eine dringende Angelegenheit. Könnte ich sie nur für einen Moment sehen?«

»Ihr Name?«

Ich sagte ihr meinen Namen. Sie führte mich in die Eingangshalle und dirigierte mich in ein kleines Wartezimmer, von dessen Fenstern aus man die Zufahrt sehen konnte. Über dem Kamin hing ein Foto von Lehrerinnen und Studentinnen des College mit Datum vom September 1901, doch in der Namensliste war keine Spur von Miss Fotheringham zu finden. Drei Mädchen in knöchellangen weißen Kleidern schlenderten, Tennisschläger unterm Arm, am Fenster vorbei. Eines warf mir einen keineswegs verlegenen Blick zu.

Die Tür hinter mir öffnete sich, und ich drehte mich um. Eine Frau ungefähr in Leonoras Alter stand vor mir, genau wie die Mädchen ganz in Weiß gekleidet. Vielleicht hatte auch sie Tennis gespielt. Sie hatte dunkle Haare und Grübchen in den Wangen, die auf eine fröhliche Natur hindeuteten. Jetzt jedoch lächelte sie nicht.

»Ich bin Grace Fotheringham«, sagte sie. »Was kann ich für Sie tun, Mr. Franklin?«

»Es tut mir leid, daß ich ungelegen komme.«

»Es ist sicher nicht die richtige Zeit, doch ich hörte, es sei dringend.«

»Das ist es. Ich suche Leonora Hallows.«

Sie ging an mir vorbei und schaute zum Fenster hinaus. »Leonora hat mir von Ihnen erzählt, Mr. Franklin. Wie sind Sie an diese Adresse gelangt?«

»Spielt das eine Rolle? Kann ich sie sehen?«

»Sie braucht Ruhe. Sie möchte allein sein, fern von ihrer Familie.«

»Ich bin kein Familienmitglied. Und ich kann Ihnen gleich sagen, daß ich nicht gehen werde, ohne sie gesehen zu haben.«

Sie schaute mich einen Moment lang an, als suchte sie die Bestätigung für das, was ich eben gesagt hatte. Dann meinte sie leise: »Sie ist in meinem Sommerhaus im Dorf. Sea Thrift. In der Shore Road, gleich hinter der Post. Sie ist jetzt zu Hause.«

»Dann muß ich Sie nicht länger belästigen, Miss Fotheringham. Ich wünsche Ihnen einen guten Morgen.«

»Noch eins...« Ich blieb an der Tür stehen. »Leonora ist meine Freundin, Mr. Franklin. Ich möchte nicht, daß sie noch mehr Aufregung erfährt, als sie ohnehin schon hat.«

»Sagen Sie mir, wieviel hat sie Ihnen erzählt?«

»Wenn Sie damit fragen wollen, ob ich weiß, daß sie schwanger ist, dann lautet die Antwort ja.«

»Und die Identität des Vaters?«

»Das geht mich nichts an. Was die Leute hier angeht, so ist ihr Mann erst vor kurzem gefallen.«

»Sie sind eine wahre Freundin, Miss Fotheringham. Es freut mich, Ihre Bekanntschaft gemacht zu haben.« Ich meinte es auch so. Mir war klar, warum Leonora sich an sie gewandt hatte.

Ich ging zurück zur Post und bog dann in die Shore Road ein. Sea Thrift war ein kleines Steinhäuschen mit Strohdach hinter einem Mäuerchen mit wuchernder Hecke. Den Eingang bildete ein schmiedeeisernes Tor mit Bogen, das in die Mauer eingelassen war. Durch die Gitterstäbe konnte ich den gepflegten Garten mit dem kurzgeschnittenen Rasen und den leuchtenden Blumenrabatten unter dem Baldachin von Kirschbäumen und Lin den sehen. Unter dem Vordach des Hauses stand ein Korbstuhl; in einem lila Kleid räkelte sich dort Leonora in der späten Morgensonne. Nichts an ihrer Haltung deutete auf den Aufruhr hin, der in ihr toben mußte. Beim ersten Quietschen des Tores blickte sie auf. Neben ihrem Stuhl spitzte ein King-Charles-Spaniel die Ohren, bellte aber nicht.

»Guten Morgen«, sagte ich lahm. Dann bemerkte ich, daß sie mich erschrocken anschaute. »Tut mir leid. Hab' ich Sie überrascht?« Ich schloß das Tor hinter mir und betrat den Garten. Sie sagte immer noch nichts. Verlegen blieb ich vor ihr stehen. »Fletcher hat mir erzählt, wo Sie sind. Ich komme gerade von der Schule.«

»Ich dachte, ich könnte Mr. Fletcher vertrauen«, sagte sie endlich mit merkwürdig ausdruckslosem Gesicht.

»Das können Sie auch. Ihm blieb keine andere Wahl.«

»Wieviel wissen Sie?«

»Alles. Ich weiß, daß John lebt.« Ihr Gesicht zeigte immer noch keinen Ausdruck, doch ihr Atem stockte kurz. »Sie hätten es mir früher erzählen müssen.«

»Wie denn? Sie müssen doch wissen, was es bedeutet.«

»Können wir uns unterhalten? Darüber, was es bedeutet?«

»Es ist wohl notwendig.« Sie stand auf und lächelte zum erstenmal. »Es tut mir leid, Tom, daß ich Sie täuschen mußte. Ich hoffe, Sie denken nicht zu schlecht von mir.«

»Nein.« Ich bemühte mich ebenfalls um ein Lächeln, doch mein Gesicht blieb starr und steif. »Es gibt immer noch viele Dinge, die ich nicht verstehe.«

»Machen wir einen kleinen Spaziergang.« Sie brachte den Hund ins Haus und schloß die Verandatür hinter ihm. »Ich habe mit Swinburne schon einige Spaziergänge gemacht. Wie sein Namensvetter ist er nicht gerade berühmt für seine Energie.« Sie schloß das Tor hinter uns. Ein Pferdewagen mit einem rundlichen, rotwangigen Pfarrer kam uns entgegen. Grüßend hob er seine Peitsche.

»Ich glaube zu verstehen, was für ein Zufluchtsort das hier ist. Aber Sie können sich nicht ewig verstecken, Leonora.«

»Das habe ich auch nicht vor. Man hat bereits auf Meongate von mir gehört. Heute morgen müßten sie einen Brief bekommen haben. Sie wissen jetzt, daß es mir gutgeht, allerdings nicht, wo ich mich aufhalte.«

Hinter dem Postgebäude bogen wir ab. Der Metzger im Laden nebenan lüftete seinen Strohhut. Leonora lächelte ihm zu und sagte leise zu mir: »Wie Sie sehen, hat man mich hier bereits willkommen geheißen. Bonchurch ist eine kleine, freundliche Gemeinde, die meiner Notlage verständnisvoll gegenübersteht. Sie werden verstehen, daß ich wieder eine Ausgestoßene wäre, wenn die Wahrheit bekannt würde. Ich würde meiner Freundin Schande machen, die viel riskiert hat, indem sie mich aufnahm.«

»Das steht außer Frage. Aber haben Sie sich so auf Meongate gefühlt – als Ausgestoßene?«

»Absolut. Ich konnte dort nicht bleiben, aus einer ganzen Reihe von Gründen. Obwohl ich bedaure, daß ich auf diese Weise verschwunden bin. Hier bin ich im Augenblick sicher. Ich bin Graces Freundin, die der Krieg zur Witwe gemacht hat und die tragischerweise auch noch schwanger ist. Respektabel und plausibel. Aber was ist mit Ihnen? Wie haben Sie mich so schnell gefunden?«

Während wir einen abfallenden, immer beschwerlicher werdenden Weg auf die See zugingen, die nun hinter einigen Bäumen sichtbar wurde, erzählte ich ihr von den Ereignissen, die mich zu ihr geführt hatten. Nichts davon schien sie zu überraschen, vielleicht weil sie bereits vor mir diesen Weg gegangen war.

Mittlerweile befanden wir uns auf einem Pfad, der durch mit Gräsern und Büschen bewachsene Hügel führte, die vor langer Zeit durch einen Erdrutsch entstanden waren. Rechts von uns lag das Meer. Hinter uns waren jenseits der Felder die Dächer von East Dene deutlich sichtbar. Ich stellte mir vor, wie hinter irgendeinem hohen Schulfenster Miss Fotheringham mit zerstreuter Kultiviertheit Französisch unterrichtete, während sie sich fragte, wie es wohl ihrer Freundin ging.

»Ich habe nichts dagegen, daß Sie die Wahrheit kennen«, sagte Leonora. »Ich möchte, daß Sie das wissen. John hatte nicht das Recht, Sie zu betrügen, so wie er es getan hat. Nun, ich kann mich nicht für alles verantwortlich erklären, was er getan hat – oder möglicherweise getan hat. Ich verstehe ihn nicht mehr ganz und gar.«

»Aber Sie haben ihn gesehen. Sie wissen seit langem, daß er nicht tot ist.«

»Ja. Einen Monat ungefähr hielt ich ihn für tot. Die Nachricht aus Frankreich erreichte mich Anfang Mai. Es gab einen Gedenkgottesdienst in der Kirche. Sie schrieben mir, und ich antwortete ihnen. Und dann geschah es.

Es war ein Samstag, der 10. Juni. Mompesson verbrachte das Wochenende auf Meongate. Seit der Nachricht von Johns Tod kam er noch häufiger. Und mir war schon lange zuvor klargeworden, daß er ein Mitglied unserer Familie werden wollte. Und damit meine ich nicht als Olivias Liebhaber. Das war geschmacklos, aber nicht ungewöhnlich. Nein, er wollte Meongate, einen Zugriff auf den Titel, wenn er schon nicht den Titel selbst haben konnte. Als Witwe gab ich ein attraktives Objekt ab. Anfangs war meine Trauer zu groß, als daß ich es bemerkt oder mich darum gekümmert hätte. Schlimmstenfalls konnten seine Aufmerksamkeiten mich von meinem Kummer ablenken. Ich glaube, in dieser Zeit begann Olivia mich zu hassen; sie fürchtete, sie würde um einer jüngeren Frau willen abgeschoben werden. Im Grunde genommen bezweifle ich, daß er sie aufgegeben hätte, auch nach einer Heirat mit mir. Aber das spielt wohl keine Rolle. All das beachtete ich gar nicht, bis zu jener Nacht.«

Ich unterbrach ihren Redestrom. Plötzlich wollte ich alles gar nicht mehr so schnell erfahren. Sie hatte mir so lange so vieles vorenthalten, daß ich auf ihre Enthüllungen gar nicht vorbereitet war. »Warten Sie. All das habe ich nur erraten können. Sie sagten, Mompesson habe nach einer Möglichkeit gesucht, zur Familie zu gehören. Warum? Hinter was war er her?«

»Das kann auch ich nur vermuten. Er vertraute sich weder mir noch sonst jemandem an, doch seine eigene Familie besaß Ländereien und Vermögen in Louisiana, bevor sie durch den Bürgerkrieg alles verlor. War er vielleicht deshalb auf uns eifersüchtig, was meinen Sie? Er hatte Talent, Geld zu verdienen, aber Talent allein konnte ihm keinen sozialen Status verschaffen. War es das, was er von uns wollte?« Sie wandte sich ab und ging einige Schritte den Hang hinab. Ich verkürzte den Abstand zwischen uns nicht; ich spürte, daß er notwendig war, wenn sie mir erzählen sollte, was geschah.

»An diesem Samstag ging ich zeitig zu Bett. Das tat ich meistens, wenn Mompesson bei uns zu Besuch weilte. Die Anstrengung, ihm gegenüber höflich zu sein, erschöpfte mich. Ich schlief so schnell ein, wie ich es schon seit Wochen nicht mehr getan hatte.

Als ich erwachte, glaubte ich zu träumen. John war da, über mich gebeugt, und hielt mir mit einer Hand den Mund zu, um zu verhindern, daß ich aufschrie. Eine Illusion, ein Alptraum, was sonst? Doch dann begann er zu sprechen, und ich wußte, daß er tatsächlich zurückgekehrt war. Seine ersten Worte machten mir klar, daß sich etwas in ihm gewandelt hatte. Mein Ehemann, den ich für tot gehalten hatte, lebte, doch nicht als Ganzheit; er war nicht mehr das, was er einmal gewesen war.

›Ich bin kein Geist‹, sagte er, ›und es tut mir leid, daß du glauben mußtest, ich sei tot.‹ Er setzte sich aufs Bett und nahm seine Hand von meinem Mund. Ich schrie nicht auf, obwohl ich es vor lauter Freude am liebsten getan hätte. Ich dachte – soweit ich überhaupt einen klaren Gedanken fassen konnte –, daß irgendein absurder Fehler begangen worden war, den er nun richtigstellen konnte. Er erklärte mir, daß er heimlich in das Haus eingedrungen sei. Nur ich wüßte von seiner Anwesenheit und daß er noch lebte. So wollte er es haben. Für mich zählte in diesem Moment nur, daß mir mein Liebster wiedergegeben worden war. Als ich ihn im Arm hielt, war es wie ein Wunder.« Sie drehte sich um und schaute mich wieder an. »Können Sie sich vorstellen, was das für mich bedeutete, Tom?«

»Erzählte er Ihnen, was passiert war, wie er überlebt hatte?«

»Später. Ich hatte ein bißchen geschlafen. Als ich erwachte, stand er am Fenster, rauchte eine Zigarette und beobachtete den Anbruch der Morgendämmerung über dem Park. Jetzt sah ich ihn deutlicher als zuvor: grobe Kleidung, unrasiert, keine Uniform, kein Gepäck. Es war wie ein Schock für mich, als ich erkannte, daß er wie ein Flüchtling aussah. Und die Art und Weise, wie er mich anschaute – der Augenblick, bevor er merkte, daß ich wach war –, machte mir klar, daß etwas nicht stimmte.

›Ich muß dich wieder verlassen‹, sagte er. ›Offiziell muß ich tot bleiben.‹ Dann erzählte er es mir. Sein Tod war kein bizarres Mißverständnis, sondern eine Täuschung. Er war desertiert. Er sagte, er habe oft daran gedacht. Der Krieg sei eine häßliche, brutale Macht, die er nicht länger ertragen konnte. Als die Gelegenheit kam, hatte er sie ergriffen. Abgeschnitten im Niemandsland, hatte er seine Papiere einem toten Kameraden zugesteckt und sich vom Schlachtfeld gestohlen. Er wollte keine Details nennen, wollte nicht sagen, wo er die ganze Zeit über gewesen war. Er war zu mir gekommen in der Hoffnung, daß ich ihn irgendwie von den Schuldgefühlen erlösen könnte, die er empfand.

Doch ich konnte es nicht. In dem Moment, in dem er mich am dringendsten gebraucht hätte, ließ ich ihn im Stich. Ich liebe ihn, und er liebt mich. Ich war – und bin es immer noch – überglücklich, daß er nicht in Frankreich gestorben ist. Aber so einfach ist es eben nicht, oder? Lehnt ein Teil von Ihnen ihn nicht als Verräter ab? Würde ihn die ganze Welt nicht als Feigling verdammen, wenn sie wüßte, wie er den Tod betrogen hat?«

Was sie sagte, stimmte, und ich konnte es nur eingestehen. »John hat recht: Man dürfte nicht zulassen, daß der Krieg weitergeht. Doch solange er andauert, fordert er sein Recht. Es ist keine Feigheit, wenn man einen Ausweg sucht. Tatsächlich braucht es dazu eine besondere Art von Tapferkeit. Aber auch Sie haben recht: Die Welt würde eine solche Handlungsweise nicht verstehen.«

Sie seufzte. »Das habe ich ihm auch gesagt. Früher oder später würde man ihn entdecken und das, was dann mit ihm geschehen würde, wäre schlimmer, als ihn im Krieg zu verlieren, ganz gleich, wie schrecklich und sinnlos das sein mag.«

Ich dachte an die für Deserteure vorgesehene Bestrafung. »So ist es. Und so wird es bleiben.«

»Ich drängte ihn, zu seinem Regiment zurückzugehen. Dann hätte er vielleicht eine Chance, sich aus der Fahnenflucht herauszureden. Er sagte, er glaube nicht, daß es funktionieren würde; ganz gleich, was für eine Geschichte er erfand, sie würden ihm nicht glauben. Also stellte ich ihm die Frage, die ich am meisten fürchtete. Wenn er sich nicht stellte, wie konnten wir dann zusammenbleiben? Wenn er sich weiterhin versteckte, wie lange mußte ich dann noch so tun, als wäre er tot?«

Ich wartete darauf, daß sie weitersprach, aber sie tat es nicht. Das Rascheln des Grases in der leichten Brise verstärkte das Schweigen um uns herum nur noch. Sie schien einen kleinen Anstoß zu benötigen. »Wie lautete seine Antwort?«

Sie schüttelte den Kopf. »Er hatte keine. Er sagte, ihm sei klar, daß mein Vorschlag sinnvoll wäre, daß er sich das gleiche oft genug selbst gesagt habe. Und doch schien ihn etwas zurückzuhalten, etwas, was über reine Unentschlossenheit hinausging. Es war nicht so, als würde er zögern oder wäre einfach nur nervös oder hätte Angst. Ihn umgab eine Ruhe, eine Entrücktheit, die mich mehr als alles andere beunruhigte.

Es begann hell zu werden. Er konnte nicht riskieren, gesehen zu werden. Ich versuchte ihm das Versprechen abzunehmen, das zu tun, was ich ihm geraten hatte. Als das nicht klappte, wollte ich mit ihm ein neues Treffen ausmachen, doch er meinte nur, er könne für nichts garantieren außer für seine Liebe zu mir. Bevor er mich verließ, sprach er von Ihnen.«

»Was sagte er?«

»Natürlich hatte er zuvor oft genug von Ihnen erzählt, also war mir Ihr Name nicht neu. ›Franklin kommt dich möglicherweise besuchen‹, sagte er. ›Falls er überlebt. Falls er sich erinnert. Sag ihm auf keinen Fall die Wahrheit, aber hab' Vertrauen zu ihm. Er verdient es.‹ Er hatte recht.«

»Vielleicht. Aber ich war keinem von Ihnen beiden eine Hilfe.«

»Das liegt daran, daß John nur sich alleine helfen kann. Er verließ mich an jenem Sonntagmorgen, und ich habe ihn seitdem weder gesehen noch etwas von ihm gehört. Er verschwand zwischen den Bäumen im Park nach einem letzten Blick zurück, und ich betete, daß er sich nicht zu weit von mir entfernen möge. Ich war sicher, daß er sich trotz allem stellen würde. Statt dessen... nichts. Keine Nachricht, kein Wort von ihm. Für die Welt war und blieb er tot. Während die Tage vergingen, stieg die Spannung des Wartens. Manchmal glaubte ich, seine Rückkehr nur geträumt zu haben, doch dem war nicht so. Mein eigener Körper verriet mir das. Als ich erkannte, daß ich schwanger war, wurde mir sofort auch die Unmöglichkeit meiner Lage klar. Ich konnte Johns Geheimnis nicht bewahren, ohne den Anschein zu erwekken, ihn betrogen zu haben. Ich konnte den Glauben seiner Familie an ihn nicht aufrechterhalten, ohne ihren Glauben an mich zu zerstören. Und der eine Mann, den ich so nötig gehabt und mit dem ich mich hätte aussprechen können – der seine Meinung vielleicht aufgrund der neuen Situation geändert hätte –, war nicht zu finden.«

»Wie Sie sagen: eine unmögliche Lage.«

»Es sollte noch schlimmer kommen. Anfang August zeigte Mompesson seine Pläne. Er hatte mich oft zu einer Spazierfahrt eingeladen, und ich hatte ebensooft abgelehnt. Diesmal blieb mir keine Wahl. ›Ich möchte mit Ihnen über den angeblichen Tod Ihres Gatten sprechen‹, sagte er. ›Meinen Sie nicht, daß wir das ungestört tun sollten?‹ Mir lief es kalt über den Rücken. Er wußte Bescheid.

Er fuhr die Winchester Road hinaus und hielt in der Nähe des Golfplatzes. Dort klärte er mich auf. Er hatte gesehen, wie John an diesem Sonntagmorgen im Juni Meongate verlassen hatte. Er wußte, daß er lebte und daß ich es wußte. Jetzt hatte er seine Spur bis zu einer Adresse in Portsmouth verfolgt. Er wollte mir die Adresse nicht geben, ließ aber an einem keinen Zweifel: Wenn ich nicht tat, was er wollte, würde er zu den Behörden gehen. John würde ergriffen und als Deserteur erschossen werden. Das machte er mir überdeutlich klar.«

Sie wandte sich ab und blickte hinaus aufs Meer. »Was hatte ich für eine Wahl? Er bluffte nicht. Ich konnte John nicht warnen, weil ich nicht wußte, wo er sich aufhielt. Ich konnte mich niemandem anvertrauen. Ich war verpflichtet, auf die Bedingungen einzugehen, die Mompesson für sein Schweigen stellte. Sie waren schrecklicher, als ich mir vorgestellt hatte. Er wollte kein Geld. Er wollte mich. Sie kennen ja einige seiner Vorlieben – ich möchte nicht davon sprechen. Er wollte mich so benützen, wie er die Sklaven benutzt hätte, seinem Geburtsrecht entsprechend, das ihm von der Geschichte genommen worden war. Um Johns willen – aus keinem anderen Grund, das verspreche ich Ihnen – gab ich nach und ließ zu, daß...

Doch das war noch nicht das Schlimmste. Eine noch schwerere Strafe wartete auf mich. Er wollte mich heiraten. Es war absurd, gleichzeitig aber auch schrecklich verschlagen und raffiniert. Außer uns würde niemand wissen, daß es sich dabei um Bigamie handelte, solange wir das Geheimnis für uns behielten. Und wie hätte ich das Geheimnis verraten können? Wie hätte ich nicht zustimmen können? Als er entdeckte – durch Olivia, vermute ich –, daß ich schwanger war, zeigte er sich entzückt. Jeder würde annehmen, daß er der Vater war; dafür würde er schon sorgen. Die Heirat würde Lord Powerstock ebenso verletzen, wie sie Mompesson erfreute.

Tief in seinem Herzen begehrte er Meongate jedoch noch mehr als mich. Allmählich durchschaute ich seine Pläne. Die Heirat mit mir war erst der Anfang. Den Unschuldigen spielend, konnte er dann John bloßstellen und uns beide ruinieren. Ein derartiger Schlag würde Lord Powerstock umbringen, und für Mompesson wäre der Weg frei; er brauchte nur noch Olivia zu heiraten und könnte dann den Besitz und alle ersehnten Privilegien an sich reißen. Indem ich Johns Geheimnis bewahrte, leistete ich nur Mompessons Ambitionen Vorschub.«

»Es klingt alles nur zu einleuchtend.«

»Laufen wir noch ein Stückchen?« Sie ging voran, und ich folgte ihr langsam auf dem überwucherten Pfad. Drei Mädchen mit Schmetterlingsnetzen, anscheinend auf dem Weg nach East Dene, kamen uns entgegen und grüßten höflich. Als sie vorbei waren, fuhr Leonora fort: »Ich wußte nicht, was ich tun sollte. Es schien keinen Ausweg zu geben, niemand war da, an den ich mich hätte wenden können. Als Sie kamen, mit Ihrem ritterlichen Freundschaftsangebot, wurde alles nur noch schlimmer; es erinnerte mich nur an die Bitternis meiner Zwangslage. Ich hatte befürchtet, daß es genau so kommen würde, als Lord Powerstock sagte, er habe Ihren Namen auf einer von Lady Kilsyth in Umlauf gebrachten Liste erkannt, aber ich machte keinen Versuch, ihn davon abzuhalten, Sie einzuladen. Außerdem wurde die Zeit knapp. Bei Mompessons nächstem Besuch stellte er mir ein Ultimatum. Er setzte mir eine Frist bis zum vergangenen Freitag, mich ihm auszuliefern.« Sie schauderte sichtbar in der warmen Luft. »Darauf sollte dann die Verkündigung unserer Verlobung folgen.«

»Einen Teil davon habe ich mitbekommen. Ich hörte zufällig Ihr Gespräch mit ihm mit, verborgen hinter den Rhododendronbüschen.«

Sie blieb stehen und schaute mich an. »Aber Sie hatten keine Ahnung, was hinter unseren Worten steckte.«

»Ich ahnte nur, daß er irgendeine Art von Macht über Sie ausübte.«

Sie nickte und ging weiter. »Was ja auch zutraf. Ich glaube, es machte ihm Spaß, mir genug Zeit einzuräumen, alle Möglichkeiten zu bedenken.«

»Bevor er abreiste, brüstete er sich damit, daß Sie ihn heiraten würden.«

»Als Zeichen seines Selbstvertrauens und als Warnung für Sie. Nachdem er weg war, zerbrach ich mir den Kopf nach einem Ausweg. Meine einzige Hoffnung schien darin zu liegen, John zu erreichen. Ich wußte nur, daß er sich irgendwo in Portsmouth befand. Aber warum? Eine Marinestadt schien als Versteck für einen Deserteur nicht gerade geeignet. Ich dachte über alles nach, was er gesagt hatte, versuchte mich an jedes Wort zu erinnern. Nichts verriet mir, warum er an diesen Ort gegangen war. Dann fiel es mir plötzlich aus heiterem Himmel ein. Charter sagte zufällig etwas über Johns Mutter. Nichts Besonderes, aber es erinnerte mich an ihr Werk in Portsmouth. Es ergab keinen Sinn, aber es stellt Johns einzige Verbindung mit dieser Stadt dar. Ich beschloß nach Portsmouth zu gehen, auf der Suche nach einem Hinweis oder nach ihm.«

»Doch ich begegnete Ihnen an der Fähre und verdarb Ihre Pläne.«

»Nicht unbedingt. Ich hatte keine festen Pläne. Die Begegnung mit Ihnen machte mir erst bewußt, wie aussichtslos mein Unterfangen war. Ich hatte immer noch keine Ahnung, wo ich suchen sollte. Als wir nach Meongate zurückkehrten, hatte sich für mich nichts gebessert.«

Wir waren am Ende des Pfades angelangt. Er verschwand zwischen einigen Stechginsterbüschen, wo der Hang steil zum Rand der Klippe abfiel. Wir blieben stehen und sahen uns um. »Als ich Ihnen meinen albernen Antrag machte, blieb Ihnen keine andere Wahl, als ihn zurückzuweisen, das ist mir jetzt klar.«

Sie lächelte schwach. »Nein, ich hatte keine andere Wahl, Tom. Es tut mir leid. Gehen wir zurück?« Wir machten uns auf den Rückweg. »Ich wußte, daß die Zurückweisung endgültig klingen mußte, sonst würden Sie hartnäckig bleiben, was nur uns beiden weh getan hätte. Also sagte ich Ihnen, daß ich schwanger war, und ließ Sie den offensichtlichen Schluß ziehen, daß Mompesson dafür verantwortlich war. Das würden ja schließlich alle denken.

Doch damit war nichts gelöst. Ich mußte nach wie vor meine Verabredung an diesem Abend mit ihm einhalten, mit allem, was das mit sich brachte. Mir blieb weder Zeit noch Hoffnung. Und so schob ich Ihnen in meiner Verzweiflung die Nachricht zu. Ich ging ins Observatorium und richtete das Teleskop auf Mompessons Fenster. Ich hoffte, Sie würden hingehen und erkennen, daß ich sein Opfer, nicht seine Mätresse war. Ich hoffte, es würde Sie veranlassen, mich vor ihm zu retten.« Sie warf mir einen Seitenblick zu. »Aber ich fürchte, so hat es nicht ausgesehen.«

Ich fühlte mich von der schwachen Hoffnung beschämt, die sie in mich gesetzt hatte. »Für jemanden, der so vertrauenswürdig ist, wie John behauptet hatte, wäre es vielleicht genug gewesen. Aber ich muß zugeben, auf mich hat es nicht so gewirkt.«

»Als ich von Mompessons Tod hörte, glaubte ich, zu weit gegangen zu sein. Ich dachte, ich hätte Sie um meinetwillen zum Mord getrieben.«

»Eine derart edle Tat lag mir fern. Zu mehr als einer betrunkenen Nacht in einer Scheune hat es nicht gereicht.«

»Dann kam mir ein anderer Verdacht.«

»Daß John ihn getötet hatte?«

»Ja. Anfangs schien es absurd, aber wer sonst wäre noch in Frage gekommen? War das der eigentliche Zweck seiner Rückkehr – wollte er mich vor Mompesson schützen?«

»Ich bin sicher, daß er Mompesson als Bedrohung betrachtete.«

»Ich auch. Als Sie mir erzählten, das Observatorium sei unverschlossen gewesen, war ich mir sicher. Ich hatte es abgesperrt, nachdem ich das Teleskop justiert hatte. Es existierte nur noch ein weiterer Schlüssel, den ich zuletzt bei John gesehen hatte.«

»Warum hätte er ins Observatorium gehen sollen?«

»Weil er sich dort vor jeder Entdeckung sicher fühlen, weil er von dort aus das ganze Haus beobachten und Mompesson im Auge behalten konnte. Vielleicht sah er an diesem Abend etwas, was ihn schließlich davon überzeugte, daß Mompesson sterben mußte.« Vor mir tauchten Bilder auf, die John vielleicht auch gesehen hatte.

»Ich mußte ihn dringender denn je sprechen. Und endlich erriet ich auch, wohin er gegangen war. Ich las das Kapitel seiner Mutter im Bericht des Diözesankomitees und wußte, daß dies die Verbindung war. Sie hätten es ebenfalls beinahe erraten – bis uns Inspector Shapland störte. Es tut mir leid, daß ich Sie täuschen mußte, um meine Abreise zu sichern, aber ich konnte es mir nicht leisten, Ihnen irgendwelche Erklärungen abzugeben.«

»Das verstehe ich jetzt.«

»Ich suchte das ›Mermaid Inn‹ auf. Dort traf ich Mr. Fletcher. Als ich ihm meinen Namen sagte und daß ich wußte, daß John am Leben war, schien er mir gegenüber schwach zu werden. Er teilte mir mit, wo John gewohnt hatte, warnte mich aber gleichzeitig, daß es zu spät sei; John sei bereits abgereist. Und so war es auch. Ich hinterließ eine Nachricht in der Hoffnung, er würde zurückkehren.«

»Es sieht nicht danach aus.«

»Grace ist meine älteste Freundin. Sie ist der einzige Mensch, dem ich ein solches Geheimnis anvertrauen konnte. Und ich mußte es mit jemandem teilen. Also besuchte ich sie, und sie enttäuschte mich nicht.«

»Sie weiß alles?«

»Alles, was ich auch weiß. Für die Ohren der Nachbarschaft haben wir eine angemessene Geschichte erfunden. Das hat mir Ruhe und Frieden verschafft, zumindest für eine Weile.«

»Und John?«

»Ich kann ihm keinen Frieden bringen, wenn ich ihn nicht finde. Und wo soll ich ihn jetzt noch suchen?«

»Ja, wo?« Wo immer er auch hingegangen war, diesmal hatte

er keine Spuren hinterlassen, keine Fährte, der wir folgen konnten. »Wenn er zurückgekommen ist, um Sie vor Mompesson zu retten, dann hat er vollbracht, was er sich vorgenommen hatte.«

»Doch um welchen Preis?«

Ihre Worte hingen in der salzgetränkten Luft. Wir spazierten um die Dorfkirche, die sich hinter überwucherten Steinmauern duckte. Leonora bog vom Weg ab und trat durch das schmale Tor in den Kirchhof. Ich folgte ihr nicht in die Kirche und fühlte mich von ihren Gedanken, auf die sie keine Antwort fand, ausgeschlossen. Was hatte sie denn anderes getan, als ihrem Mann die Treue zu halten, wie es von der Kirche verlangt wurde? Doch man würde sie nicht verstehen, keine fromme Kirchengemeinde würde das verteidigen, was sie getan hatte. Ihr blieb nichts weiter als eine geheime Beichte.

Den Rücken dem Portal zugewandt, schaute ich über die uralten, schiefen Grabsteine und die dornige Hecke hinweg zum Meer. Ich machte mir Vorwürfe, von Zweifeln angenagt. Nie hätte ich glauben dürfen, was mir bei Leonora in Verbindung mit Mompesson so offensichtlich erschienen war; nie wäre das möglich gewesen, hätte ich nicht gewußt, was für Begierden Olivia in mir geweckt hatte. Ich hatte einen anderen Menschen so beurteilt, wie ich befürchtete, selbst beurteilt zu werden. Doch der Zweifel blieb; ein Schatten umgab das helle Licht von Leonoras Loyalität. Es ging um Hallows, so wie er gewesen war, von der ersten Begegnung bis zum letzten, versteckten Adieu. Ich hatte ihn im Stich gelassen, hatte versagt in dem Test, den er für mich aufgebaut und von dem ich nichts geahnt hatte. Bei welchem Test hatte er versagt?

»Ich glaube, ich möchte jetzt nach Hause.« Ich zuckte bei den Worten zusammen. Leonora war lautlos neben mir aufgetaucht.

»Ja, natürlich. Gehen wir zurück.« Wir verließen den Kirchhof. »Wenn Sie wirklich sicher sind, daß Sie das wollen.«

»Was könnte ich sonst tun?«

»Kommen Sie mit mir zurück nach Meongate. Ich habe das

Gefühl, Ihnen Unrecht getan zu haben. Wäre ich weniger mißtrauisch gewesen, dann wäre vieles vielleicht nicht passiert. Jetzt möchte ich es wiedergutmachen.«

»Geben Sie sich nicht die Schuld, Tom. Wir alle sind verantwortlich. Wenn John sich genötigt sah, Mompesson zu töten, dann deswegen, weil wir ihm keine andere Wahl ließen. Aber ich kann nicht mit Ihnen zurückkommen – nicht, wenn ich Johns Geheimnis bewahren will. Und es muß gewahrt bleiben, nicht wahr?«

»Ich hoffe, es wird möglich sein.«

»Erzählen Sie Lord Powerstock, daß Sie mich gefunden hätten, aber nicht, wie. Ich glaube nicht, daß er meine Gründe, hierzubleiben, in Frage stellt. Da ich ihm nicht die Wahrheit sagen kann, muß er das Schlimmste von mir annehmen.«

»Was ist mit Shapland?«

»Sagen Sie ihm so wenig wie möglich.«

»Er könnte Sie als Zeugin bei der Verhandlung zur Feststellung der Todesursache benennen.«

»Dazu hat er keinen Grund. Doch wenn er es tut – von mir aus.«

»Ihnen ist klar, daß man mit größter Wahrscheinlichkeit dem armen Cheriton die Schuld geben wird?«

»Ja. Aber haben wir eine Wahl?«

»Nein.« Ich schüttelte den Kopf. Wie hohl das klang. Es gab, wie Leonora gesagt hatte, keine andere Wahl; keine Wahl der Lügen, nachdem die Wahrheit einmal unterdrückt worden war; keinen Weg, der nicht ins Elend führen würde.

Vor uns verbreiterte sich der Weg und lief auf East Dene zu. Grace Fotheringham kam uns langsam entgegen. Besorgt schaute sie in unsere Richtung. »Alles in Ordnung?« rief sie.

»So gut es möglich ist«, erwiderte Leonora. Sie sah mich an, bevor sie fortfuhr: »Ich glaube, Mr. Franklin und ich haben alles gesagt, was zu sagen ist; nun kann er zufrieden abreisen.« Ich blieb zurück, als sie auf ihre Freundin zuging.

Niemand sprach in der nächsten Zeit, doch das Schweigen hatte etwas Endgültiges. Jetzt, wo sie nebeneinander standen, fühlte ich mich von ihrer Freundschaft ausgeschlossen, wurde wieder zu dem unerwünschten Fremden. Ich ging an ihnen vorbei den Weg hinunter, blieb dann stehen und blickte zu ihnen zurück. »Also dann adieu«, sagte ich. Noch während ich die Worte sprach, wußte ich, daß es genau das war: ein endgültiger Abschied. Ich würde Leonora nie wieder sehen.

»Leben Sie wohl, Tom«, sagte sie. Kein Lüftchen wehte mehr. Die sanfte Stille des frühen Nachmittags lag über dem Weg. Einen Moment lang fragte ich mich, wie diese Szene wohl auf einen neugierigen Passanten wirken mochte. Dann trat Leonora einen Schritt auf mich zu und küßte mich auf die Wange. »Gehen Sie mit meinem Segen«, sagte sie so leise, daß Miss Fotheringham es kaum gehört haben konnte.

Ich nahm ungeschickt ihre Hand, unsicher, wie sie die Geste deuten würde. Vielleicht als kleinen Hinweis auf die Nähe, die wir möglicherweise zusammen kennengelernt hätten? Eine Art Gemeinsamkeit, weil wir Johns Geheimnis teilten? Was immer auch dieser Moment bedeutete, er ging vorbei, und wir würden nie das füreinander werden, was vielleicht möglich gewesen wäre. Uns blieb nichts als ein Vorhang, der sich nicht geöffnet hatte.

Ich ließ ihre Hand los. Sie sah mich ernst an; ihre traurigen, offenen, grauen Augen drängten die Tränen zurück, die wir vielleicht geteilt hätten. Es gab nichts mehr zu sagen. Ich drehte mich um und ging die breiter werdende Straße zwischen den strohgedeckten Häuschen entlang. Ich wandte mich erst um, als ich das Postamt und die Abzweigung nach Sea Thrift erreicht hatte. Ich sah nur noch zwei undeutliche Gestalten, verwischt von der Entfernung und der wachsenden Entfremdung, die all das verkörperten, was ich immer noch nicht verstand.

Das Glöckchen an der Tür zur Post bimmelte, als eine Kundin auftauchte und den Zauber zerstörte: eine kräftige, ganz in

Schwarz gekleidete Lady, die einen Pekinesen auf dem Arm trug. Mit einem Schlag stand ich wieder auf dem Boden der alltäglichen Banalitäten. Ich ging weiter die Straße hinunter, und diesmal drehte ich mich nicht mehr um. Diesmal schloß sich der Vorhang.

Was sollte ich tun? Die Frage ging mir nicht aus dem Kopf, während der kleine Zug quer über die Insel ratterte, und hielt sich auch noch hartnäckig, als ich von der Reling der Fähre den Möwen nachstarrte. Jetzt, da ich Leonoras Geheimnis kannte, fühlte ich mich so hilflos wie sie; ich war Hallows durch Zuneigung und Loyalität verpflichtet, konnte aber weiterhin nur vermuten, welche Rolle er bei all den Geschehnissen gespielt hatte.

An den grauen Bordwänden der vor Anker liegenden Kriegsschiffe vorbei liefen wir in den Hafen von Portsmouth ein. Ich erhaschte einen flüchtigen Blick auf Nelsons »Victory«, ein zusammengeflicktes Überbleibsel eines anderen Krieges aus einer anderen Zeit. England hatte in meinem Krieg zu viel von seinen Soldaten erwartet, und ich wußte nicht mehr, was meine Pflicht war. Kaum hatte die Fähre angelegt, da machte ich mich auf den Weg zur »Mermaid«. Es gab kein anderes Ziel für mich.

Ich befand mich – früher als erwartet – wieder in dem Raum, in dem Fletcher mit seinen Geheimnissen hauste, zusammen mit dem Wellensittich und den Geranien auf dem Fenstersims. Das Schreibpult stand wieder offen und gab den Blick auf Miriams Foto frei. Fletcher entzündete seine Pfeife und schenkte mir ein Glas Rum ein. Geduldig und ungerührt hörte er sich meinen Bericht an.

»Glauben Sie, daß Sie die Gerichtsverhandlung in ihrem Sinn über die Runden bringen können?« Die Frage war simpel und direkt, weder Zweifel noch Skrupel schwangen darin mit.

»Wahrscheinlich, jetzt, wo Sie mir die Polizei vom Hals geschafft haben.«

»Hab' ich nicht. Man hat Sie hierher kommen sehen.«

»Aber die Polizei weiß nicht, wo ich gewesen bin. Selbst wenn sie es wüßte, würde es ihr nichts nützen. Wir könnten ihr nicht sagen, wo Hallows ist. Außerdem haben sie keinen Grund zu der Annahme, daß er noch am Leben ist. Und so muß es auch bleiben.«

»Für wie lange?«

»Zumindest bis die Gerichtsverhandlung vorbei ist. Danach... nun, ich weiß nicht. Was schlagen Sie vor, was wir tun sollten? Ihn ausliefern?«

»Nein. Aber Sie werden sich selbst gefragt haben: Wo ist er hin? Was tut er?«

»Ich weiß es nicht.« Das war der Kern des Mysteriums. Desertieren, um Leonora zu beschützen, auch wenn das den Mord an Mompesson beinhaltete, das konnte ich verstehen. Doch was kam danach? Sich für immer verstecken zu müssen war schlimmer als... Mein Blick wanderte zum Fenster. Was hatte Leonora gesagt? Von einer Ruhe, einer gewissen Entrücktheit hatte sie gesprochen, die er an den Tag gelegt hatte. Das war kein Zufall gewesen. Er hatte alles geplant, sogar daß ich nach Meongate kam. Schritt für Schritt hatten wir seine Pläne erfüllt. Doch zu welchem Zweck? Welche Absicht steckte dahinter?

»Ich sehe, Sie denken das gleiche wie ich.« Fletchers Worte rissen mich aus meinen Überlegungen. »Wenn er Mompesson getötet hat, um Leonora zu retten – wie kann er sich jetzt selbst retten? Und wenn er dazu nicht in der Lage ist, welche Auswirkungen hat das auf sie?«

»Er verliert so oder so. Wir alle tun das. Kehrt er zu ihr zurück, dann sieht er sich einer Anklage wegen Desertion gegenüber, vielleicht sogar einer Mordanklage. Kehrt er nicht zurück, was soll das alles dann für einen Sinn gehabt haben?«

»Ich glaube nicht, daß er zurückkommen oder sich weiterhin verstecken wird. Und Sie auch nicht.«

Fletcher war zum Kern meines Verdachts vorgestoßen. Plötzlich war mir kalt. »Nein. Nicht wirklich. Es ist genau so, wie Sie sagen.«

Keiner von uns sagte ein Wort. Wir waren am Ende unserer Überlegungen angelangt. Für Hallows – da waren wir uns beide sicher – führte kein Weg zurück. Im Grunde spielte es keine Rolle, ob er nun in einer scheußlichen Nacht im Niemandsland in Frankreich gestorben war oder später zu einem von ihm selbst bestimmten Zeitpunkt, nachdem er alles für die Menschen, die er liebte, getan hatte. Hier in diesem Hinterzimmer des »Mermaid Inn« wurde mir klar, wie sich Hallows fühlen mußte. Solange uns Mompessons Existenz bedroht hatte, war sein geheimes Untergrundleben gerechtfertigt gewesen. Jetzt, da es keinen Mompesson mehr gab, konnte er nur im Tod seine Ehre wiederfinden.

Fletcher ließ mich zur Hintertür hinaus, auf die Gasse hinter dem Hof. »Eins noch«, sagte er, während er den Riegel am Tor zurückschob. »Seit Sie gestern seinen Namen erwähnten, ist er mir nicht mehr aus dem Sinn gegangen: Inspector Shapland.«

»Was ist mit ihm?«

»Ich kenne ihn. Er ist bei Machims und meiner Verhandlung als Zeuge aufgetreten. Nichts Bedeutsames. Er hatte einige unserer Verbündeten aufgespürt. Hartnäckig und tüchtig. Ich dachte, er sei längst in Pension.«

»In Kriegszeiten reaktiviert worden, erzählte er mir.«

Fletcher nickte. »Dann paßt es. Wie Sie sagen, er ist kein Narr. Er wird sich an mich erinnern.«

»Deswegen hat er trotzdem nichts in der Hand.«

»Nein. Aber seien Sie auf der Hut. Besuchen Sie mich nicht wieder.«

Auf seine vorsichtige, leidenschaftslose Weise wollte er mir damit sagen, daß uns – trotz der Geheimnisse, die wir miteinander teilten – keine vertraute Beziehung verband. Nachdem ich ihm die Hand geschüttelt und er das Tor hinter mir geschlossen hatte, war unsere Bekanntschaft beendet. Die Vergangenheit zog sich in die Schatten des Schweigens zurück.

9

Ich erreichte Droxford in der Abenddämmerung und nahm mir ein Zimmer im »Station Hotel«. Es war ein Backsteingebäude, efeuumrankt, heruntergekommen und ohne Gäste, vom Dorf und von Meongate gleich weit entfernt.

Am nächsten Morgen konnte sich die Konfrontation nicht länger hinausschieben lassen. Während ich den üblichen Weg nach Meongate einschlug, erinnerte ich mich daran, wie mich erst vor wenigen Wochen Charter mit dem Einspänner abgeholt hatte. Dieser Tag hatte eine fast fröhliche Note gehabt. Jetzt war diese Stimmung für immer dahin.

Und auch Charter war nicht da, um mich an diesem Morgen zu begrüßen. Lediglich Fergus teilte mir mit seiner ausdruckslosen Miene mit, daß ich Lord Powerstock in seinem Arbeitszimmer finden würde.

Er schien nicht überrascht zu sein, mich zu sehen. Er könnte, dachte ich, die ganze Zeit während meiner Abwesenheit auf seinem Stuhl gesessen und diesen Gesichtsausdruck vorbereitet haben – einen Ausdruck, der nicht Mißbilligung, sondern ständige Enttäuschung verriet.

»Haben Sie sie gesehen?« fragte er mit einer Stimme, der jede Emotion fehlte. »Wir haben einen Brief bekommen.«

»Ich habe sie gesehen. Es geht ihr gut, aber sie möchte nicht zurückkehren.«

»So steht es auch in dem Brief. Und vielleicht ist es besser so.«

»Es wird gewiß einige Ihrer Probleme lösen.«

»Sie sind also nicht zur Polizei gegangen.«

»Nein, es war nicht notwendig. Ich habe sie auch ohne die Polizei gefunden.«

»Und was beabsichtigen Sie nun zu tun?«

»Ich beabsichtige, dieses Haus zu verlassen, Lord Powerstock. Bis zur Gerichtsverhandlung darf ich nicht abreisen. Doch sobald es möglich ist, werde ich mich aus Ihrem Leben entfernen.«

»Ich glaube, das dürfte das beste sein.« Seine Zurückhaltung verringerte die Bitterkeit keineswegs. Sein Familienstolz war von allen Seiten bedroht. Ich hatte nicht so gehandelt, wie er es gewünscht hatte. Dafür hätte ich genau so blind sein müssen, wie er sich gestellt hatte.

Ich blieb noch einen Moment vor ihm stehen. Eine Bemerkung lag mir auf der Zunge, eine flüchtige Anspielung darauf, wo ich gewesen war und was ich dort von der Frau vorgefunden hatte, die er einst angebetet und die er irgendwie nie wirklich kennengelernt hatte. Doch es war sinnlos, das konnte ich an seinen starren Gesichtszügen ablesen: Nichts von all dem würde er eingestehen. Ohne ein weiteres Wort drehte ich mich um und verließ den Raum.

Ich beabsichtigte, ohne große Umstände meine Sachen zu pakken und zu verschwinden. In der Diele schaute ich schnell noch die Post durch, um zu sehen, ob etwas für mich dabei war. Drei Briefe waren an mich adressiert, doch nur einer davon sah wichtig aus. Er war an jenem Morgen gekommen: ein dünner Umschlag vom Kriegsministerium. Ich riß ihn auf.

Marriott, so schien es, hatte Wort gehalten. Kurz und bündig wurde ich aufgefordert, am kommenden Montag vor der medizinischen Kommission in Aldershot zu erscheinen. Doch Marriott täuschte sich, falls er geglaubt hatte, mir damit einen Schlag versetzen zu können. Zum erstenmal erschien mir eine Rückkehr in den aktiven Dienst reizvoll.

Ich steckte den Brief ein, ging auf mein Zimmer und begann, eilig zu packen. Ich wollte so schnell wie möglich weg, jetzt, da ich mehr über die Menschen wußte, die auf Meongate lebten – oder gelebt hatten –, als mir lieb war. Ich ging ins Bad, um mich vor der Abreise noch zu waschen. Als ich das Gesicht vom

Waschbecken hob, spürte ich, daß sich jemand in dem Zimmer hinter mir befand.

Ich wirbelte herum und wischte mir mit dem Handtuch die Seife aus den Augen. Niemand war da, und ich verfluchte meine Nerven. Doch dann bewegte sich ein Schatten vor einem der Schlafzimmerfenster, ein dunkler, gleitender Fleck auf dem Muster des Teppichs. Ich hielt den Atem an und trat vor.

Olivia kam mir entgegen. Sie stand im Türrahmen und lächelte sanft, mit der für sie typischen Spur von Hohn. Sie trug ein cremefarbenes Kleid, unten weit, aber mit engem Oberteil; die Haare fielen ihr bis über die Schultern. Sie machte sich gar nicht die Mühe zu verbergen, daß sie sich ihrer eigenen Schönheit wohl bewußt war. So bot sie sich in dem gefilterten Sonnenlicht, das mit ihren dunklen Haaren spielte, meinen Blicken dar, damit ich – auch gegen meinen Willen – die üppigen Formen ihres Körpers bewundern konnte. Trotz allem spürte ich, auch für sie deutlich sichtbar, ihre physische Anziehungskraft.

»Wie ich sehe, sind Sie zurückgekehrt, Lieutenant.«

»Nur kurz. Ich ziehe sofort aus. Bis zur Gerichtsverhandlung werde ich im Dorf bleiben. Danach sehen Sie mich nicht mehr.«

»Wir bekamen einen Brief von Leonora, wie Sie sicherlich wissen. Ihre Adresse teilte sie uns nicht mit, aber der Brief war in Newport, Isle of Wight, abgestempelt. Ich erinnere mich, daß eine ihrer Brautjungfern dort lebt.«

»Sie können sie bestimmt aufspüren, wenn Sie wollen. Aber wollen Sie das?«

»Nein. Selbstverständlich nicht. Natürlich bin ich froh, sie los zu sein.« Sie merkte, daß mich ihre Offenheit verblüffte. »Hören wir doch auf, uns etwas vorzumachen. Da Sie ihr Exil anscheinend billigen und da Sie die Polizei offensichtlich nicht mit einem Sturzbach von Anschuldigungen überschüttet haben, nehme ich an, daß Sie wieder auf den Kurs zurückgekehrt sind, den wir vor Ihrer Abreise vorgeschlagen hatten. Sie haben also meine Warnung beherzigt.«

»Ich werde Ihnen keinen Ärger machen, Lady Powerstock. Ich bin mit Ihnen fertig. Ich will nichts weiter als weg von hier.«

»Um für Ihr Vaterland zu sterben? Wie edel.«

»Wenn Sie mich jetzt entschuldigen würden ...« Ich wollte an ihr vorbei, doch sie wich nicht zur Seite. Und ich konnte nach allem, was geschehen war, kaum Gewalt anwenden. Ich blieb stehen; auf eine sehr direkte Weise sah sie mich an, und ich weigerte mich, ihrem Blick auszuweichen. Wir standen so dicht zusammen, daß mir der Duft ihres Parfüms in die Nase stieg – dasselbe Parfüm, das sie schon einmal getragen und nun wieder aufgelegt hatte, um mich in Verlegenheit zu bringen.

»Sagen Sie, Lieutenant, was hat sie getan, um sich Ihr Schweigen zu sichern? Hat sie Ihnen mehr von dem angeboten, was Sie vom Observatorium aus zu sehen bekamen?«

Ich machte keine Bewegung, um sie zu schlagen. Das wäre einem Sieg ihrerseits gleichgekommen. Ich sagte nichts. Das war die einzig richtige Antwort auf ihre höhnischen Bemerkungen. Endlich hatte ich mich von ihr befreit, das wußte ich jetzt; ganz gleich, was sie sagte oder tat, ich würde nicht darauf eingehen. Diesmal würde ich einfach weggehen. Kein Mann konnte sie besiegen, das erkannte ich nun zum erstenmal in aller Deutlichkeit. Vielleicht hatte Bartholomew geglaubt, er könne sich sein junges, eigensinniges Modell gefügig machen, doch schließlich war er es, der dabei untergegangen war. Vielleicht hatte Lord Powerstock gedacht, sie würde seine letzten Jahre schmücken, doch sie hatte ihn in seinem eigenen Haus zum Gefangenen gemacht. Vielleicht hatte Mompesson geglaubt, er könne ein falsches Spiel mit ihr treiben, doch sie war noch verschlagener als er. Und Hallows? Fall er ihr entronnen war, dann nur, um zu sterben.

Endlich trat sie beiseite. »Sie sind ein Narr, Lieutenant«, sagte sie leise, als ich an ihr vorbeiging. Ihr Tonfall war von einer fast klinischen Sterilität, ohne jede Bosheit.

Ich dachte an Cheriton, der tot an einer Ulme gelehnt hatte, einen Brief an sie in der Hand. »Ich war ein Narr, das stimmt.« Ich griff nach meiner Jacke und meiner Reisetasche. »Aber jetzt nicht mehr.« Dann ging ich hinaus auf den Treppenabsatz. Sie folgte mir nicht.

Kurz darauf marschierte ich zum letztenmal die Auffahrt von Meongate hinab. Ich schaute nicht zurück. Olivia blickte mir sicher nach, und ich wollte kein Zeichen von Schwäche zeigen.

Im Hotel packte ich meine Sachen wieder aus und öffnete dann die anderen Briefe, die ich von Meongate mitgenommen hatte. Einer stammte vom Büro des Gerichtsmediziners; er enthielt wie erwartet die Vorladung zum Gerichtstermin am kommenden Dienstag um zehn Uhr. Der andere Brief stammte von einer Anwaltskanzlei in Winchester, Mayhew & Troke, die für Lord Powerstock in Verbindung mit dem Verfahren tätig war. Könnte ich vielleicht Mr. Mayhew die Ehre erweisen und ihn noch vor dem Wochenende in seinem Büro anrufen, um einige Aspekte des Falles zu klären? Ich fluchte leise vor mich hin: Vor der Gerichtsverhandlung konnte ich diese Familie einfach nicht loswerden. Widerstand war zwecklos, das wußte ich. Ich ging ins Dorf und rief vom Postamt aus Mayhews Nummer an. Der Angestellte, der mir antwortete, schlug zwei Uhr am nächsten Nachmittag vor. Ich erklärte mich einverstanden.

Zurück nahm ich den Weg an der Wassermühle vorbei. Dort, bei den wuchernden Brunnenkressen, ruhte ich mich etwas aus und sah zu, wie das Rad in trägen Kreisen das schäumende Wasser hochschaufelte, beobachtete seine prosaische, mechanische Schönheit in dem grauen Licht des späten Morgens und fragte mich dabei, ob Hallows den Meineid, den ich plante, wert war.

Ich weiß nicht, wie lange ich so stand, eingelullt von dem rhythmischen Rauschen des Wassers, doch plötzlich wurde der Zauber von einem brechenden Zweig gestört, der unter dem Fuß eines Menschen knickte. Ich wirbelte herum. Shapland lächelte mich mit offener Neugierde an. Er stützte sich auf einen Spazierstock, der nichts an dem Eindruck änderte, daß es sich hier um einen Stadtpolizisten handelte, der sich aufs Land verirrt hatte.

»Schön, daß Sie wieder zurück sind, Mr. Franklin. Ich war gerade im ›Station Hotel‹, um Sie zu sehen. Warum haben Sie Meongate verlassen?«

»Ich wollte nicht länger dessen Gastfreundschaft ausnützen. Ich hätte Droxford ganz verlassen, wenn nicht die Gerichtsverhandlung wäre.«

»Und wo waren Sie die letzten paar Tage?«

Ich zögerte, überzeugt davon, daß er die Antwort bereits kannte. »Hier und da.«

Er ging an mir vorbei und lehnte sich an den Zaun, der die Beete mit der Brunnenkresse umgab. »Sind Sie Cheritons Vater während seiner Anwesenheit hier begegnet?«

»Ja, flüchtig.«

»Es ist nur natürlich, daß er entsetzt war, aber es ist um so tragischer, daß er sich nun auch noch darum sorgen muß, daß zu der Schande des Selbstmords eine Mordanklage hinzukommt.« Er warf mir einen Blick über die Schulter zu. Diesmal lächelte er nicht. »Meinen Sie nicht auch?«

»Wir sind von Tragödien umgeben, Inspector.« Ich starrte ihn ausdruckslos an. Ich wußte, daß er mich bis Portsea hatte verfolgen lassen, wußte nun, worauf er mit seinem Gerede von einer Tragödie hinauswollte: daß Cheriton unser Sündenbock war, der sich nicht mehr wehren konnte. Doch um Hallows' willen – und vor allem um Leonoras willen – konnte ich nicht einen Funken der Scham eingestehen, die ich empfand.

»Ich gehe ein Stück mit Ihnen zurück.«

Er war kaum die Begleitung, die ich mir gewünscht hätte, aber ich konnte nichts dagegen einwenden. Wir gingen an der Mühle vorbei über eine Stiege, die zu einem Pfad neben dem Fluß führte, der das Mühlrad antrieb. Ich sagte nichts, doch Shapland ließ sich nicht beirren.

»Die Polizeiarbeit führt immer zu Tragödien, Mr. Franklin,

das können Sie sich denken. Ich hatte geglaubt, ich hätte das endlich hinter mir, aber das Leben spielt einem manchmal übel mit, finden Sie nicht auch?« Ich dachte daran, daß Fletcher dasselbe gesagt hatte, gab aber immer noch keine Antwort. »Zum Beispiel ist dies nicht mein erster Fall, in den die Powerstocks verwickelt sind. Vor zwölf Jahren hatte ich in Portsmouth am Rande mit einem Fall von Volksverhetzung zu tun – zur damaligen Zeit eine ziemliche Sensation. Es stellte sich heraus, daß es sich bei einem der Verschwörer um einen Freund der ersten Lady Powerstock handelte.« Er hielt inne, und ich wartete seinen nächsten Versuch ab, mir irgendwelche Informationen aus der Nase zu ziehen. »Aber das überrascht Sie wohl kaum, oder?«

»Bei Ihnen überrascht mich gar nichts mehr, Inspector. Ich bin sicher, daß Sie jede Windung des verbrecherischen Geistes kennen.«

»Aber wer redet denn von Verbrechen? Mein Thema war die Tragödie – das ist ganz und gar nicht dasselbe.«

»Ich glaube nicht, daß ich da einen großen Unterschied erkennen kann.«

»Dann lassen Sie es mich erklären. Lord Powerstocks erste Frau begibt sich in merkwürdige Gesellschaft und stirbt jung. Seine zweite Frau ist ihm untreu, und seine Schwiegertochter scheint ein ungesundes Interesse für denselben verrufenen Mann aufzubringen. Der Krieg raubt ihm seinen Sohn und Erben. Schließlich begeht ein junger Offizier auf seinem Grundstück Selbstmord. Das reicht, meine ich, für eine Tragödie.

Verbrechen dagegen ist eine wesentlich speziellere Sache. Spät am Abend des 22. September betritt jemand Ralph Mompessons Zimmer und erschießt ihn. Das ist Verbrechen, pur und simpel.«

Wir waren an einem Tor angelangt, das zum Hotel führte. Ich ging hindurch, doch Shapland folgte mir nicht. Er lehnte sich gegen die oberste Stange des Gatters und warf mir einen rätselhaften, prüfenden Blick zu.

»Meine Arbeit besteht natürlich in der Aufklärung von Verbrechen. Aber ich bin schon immer etwas vom direkten Kurs meiner Pflichten abgewichen.«

»Ist das klug?«

Er klopfte mit seinem Stock gegen die Stangen des Gatters. »Wahrscheinlich nicht. Das mag der Grund sein, weshalb ich nie einen höheren Rang erreicht habe.«

»Ich muß zum Hotel zurück. Begleiten Sie mich noch weiter?«

»Nein. Gehen Sie nur.«

»Dann wünsche ich Ihnen einen guten Tag, Inspector.«

Er sagte nichts. Ich hörte das Klopfen seines Stocks im Rhythmus meiner Schritte und spürte seinen Blick, den ganzen Weg entlang.

»Sehr freundlich von Ihnen, so kurzfristig zu kommen, Lieutenant. Ich weiß das zu schätzen«, sagte Mayhew, Lord Powerstocks Anwalt, ein leiser, sanfter Mann mit glatten Haaren und einem berufsmäßig ausdruckslosen Gesicht. Doch irgend etwas lag in seinen Augen, verhüllt zwar, aber doch bedrohlich, was darauf hindeutete, daß er die Dinge klarer sah, als seine leeren Floskeln vermuten ließen. »Die kürzlichen Todesfälle haben Seine Lordschaft ungemein bekümmert. Er hat mich gebeten, seine Interessen in der bevorstehenden Verhandlung zu wahren.« Der Raum war holzgetäfelt und mit Gesetzesbüchern gefüllt. Vom Fenster aus hatte man einen Blick auf die Kathedrale, deren Steine so grau wie der Tag waren. Mit klagendem Geschrei flatterten Tauben um jeden Mauervorsprung. »Diese Interessen, da bin ich mir sicher, decken sich mit den Ihren. Der natürliche Widerstand, einem Menschen, der sich das Leben genommen hat, ein Mordmotiv zu unterstellen, sollte uns nicht daran hindern, die beiden Ereignisse miteinander zu verknüpfen.« Mir war nicht so ganz klar, was er eigentlich sagen wollte, was sie über mein stillschweigendes Einverständnis hinaus von mir wollten.

»Ich hielt es deshalb für angebracht, eine Bestätigung Ihrerseits einzuholen, daß jede Aussage, die Sie vor Gericht machen, in Einklang mit dieser Schlußfolgerung steht.«

»Mr. Mayhew, Sie wissen genau, daß ich keinen Hinweis darauf geben kann, wer Mompesson getötet hat. Ich kann und werde nur das sagen, was ich mit meinen eigenen Augen gesehen habe.«

Er senkte den Kopf und machte eine beifällige Handbewegung. »Genau. Halten Sie sich an die Fakten, und gehen Sie auch damit sparsam um.« Er reichte mir ein Blatt Papier mit der maschinengeschriebenen Zusammenfassung meines Berichts, wie ich Cheritons Leiche gefunden hatte. »Umreißt das ungefähr, was Sie zu sagen beabsichtigen?«

Ich überflog den Text. »Ja.«

»Weder mehr noch weniger?«

»Richtig.«

»Noch eins.« Er beugte sich angespannt vor. »Die Polizei hat meines Wissens das Fehlen eines Abschiedsbriefes beanstandet.« Er lächelte flüchtig. »Sie sind sicher, daß ein derartiger Brief nie existiert hat, nicht wahr?«

Sein Blick war zu Boden gerichtet. Beinahe glaubte ich unter der Patina professioneller Diskretion einen Hauch von Abscheu zu entdecken, der sich gegen das richtete, was er im Dienst von Lord Powerstocks zerrüttetem Haushalt zu tun hatte. Was mochte er von all ihren Sünden wissen? »Es gab keinen Brief.«

»Ich brauche wohl kaum zu erwähnen, daß jeder gegenteilige Eindruck sich sehr nachteilig für alle Betroffenen auswirken würde.«

Ich war nach Winchester gekommen, um mich von leisen, ernsten Worten zum Meineid anstiften zu lassen, um diesem angeheuerten Anwalt die Versicherungen zu geben, die ich seinem Herrn – und seiner Herrin – vorenthalten hatte. Und den ganzen Weg bis zu den Stufen von Mayhew & Troke's Tudorhaus mit den kleinen Türmchen war mir das klar gewesen – und ich hatte keinen Widerstand geleistet. »In diesem Punkt besteht kein Anlaß zu irgendwelchen Befürchtungen.«

»Ausgezeichnet. Ausgezeichnet.« Doch in seiner Stimme lag keine Begeisterung. »Seine Lordschaft hat mich, wie Sie wohl bemerkt haben, Lieutenant, vollkommen ins Vertrauen gezogen. Die verständnisvolle Kenntnis seiner Privatangelegenheiten ist eine wesentliche Voraussetzung für das, was ich im Begriff bin zu sagen.« Er legte eine Pause ein, als wollte er mir eine Chance zum Widerspruch geben, doch ich sagte nichts. »Meiner Meinung nach besteht keinerlei Notwendigkeit, bei der Verhandlung die Situation zu erwähnen, in der sich Mrs. Hallows befindet. Oder was Sie dabei für eine Rolle gespielt haben.«

Ich fragte mich beiläufig, was für eine Geschichte ihm Olivia erzählt haben mochte, und wieviel davon Lord Powerstock selbst glaubte oder sich gezwungen hatte zu glauben. Und Mayhew? Es gehörte nicht zu seinem Geschäft, irgend etwas zu glauben.

Da ich immer noch nichts erwiderte, fuhr er fort: »Seine Lordschaft hat mir mitgeteilt, daß er sich nun mit der Tatsache vertraut gemacht hat, daß er nach Captain Hallows' Tod keinerlei Verantwortung mehr für Mrs. Hallows hat. Sie kann, wie bereits geschehen, ihre eigenen Wege gehen. Man sagte mir, diese Information könnte Sie interessieren.«

Bei Powerstocks Bemühungen, den drohenden Skandal zu vermeiden, war nun auch Leonora über Bord geworfen worden. Wie sehr Olivia seinen Blick auf die Ereignisse auch verzerrt haben mochte, dies war der Zuckerguß auf all diesen Verzerrungen: Sie würden Leonora in Ruhe lassen, wenn ich sie in Ruhe ließ. Und die Gerichtsverhandlung sollte als Beweis meines Einverständnisses dienen. »Mr. Mayhew, Sie können Seiner Lordschaft ausrichten, daß ich volles Verständnis für seine Position habe. Von mir hat er nichts zu befürchten.« Mayhews Augen wurden etwas größer: Furcht war ein unprofessioneller Begriff. »Und da wir uns in dieser Angelegenheit absolut einig sind, darf ich mich jetzt vielleicht verabschieden.«

Das Wochenende verbrachte ich im Haus meines Onkels in Berkshire. Ausnahmsweise einmal begrüßte ich die spröde Zurückhaltung, mit der ich empfangen wurde. Da Anthea als Krankenschwester in Frankreich tätig war, blieb ich mir meist selbst überlassen, was ziemlich genau meinen Wünschen entsprach. Selbst die lobenden Worte, die mein Onkel für die Verdammung des »Friedensgeredes« durch die *Times* fand, konnten mich nicht aufregen.

Am Montag morgen meldete ich mich in Aldershot für die medizinische Untersuchung. Ein Colonel und zwei gelangweilte Offiziere gingen flüchtig meinen Fall durch.

»Drei Monate seit Ihrer Verwundung, Lieutenant?«

»Jawohl, Sir.«

»Gründlich abgeheilt?«

»Jawohl, Sir.«

»Keine Einwendungen gegen eine Rückkehr in den aktiven Dienst?«

»Keine, Sir.«

»Ich habe erfahren, daß Sie in dieser Woche bei einer Gerichtsverhandlung als Zeuge aussagen müssen. Ein junger Bursche von den Wiltshires hat sich selbst erschossen.«

»So ist es, Sir.«

»Also gut, meine Herren«, sagte der Colonel, sich den beiden anderen Männern zuwendend, »ich glaube, wir sind uns einig, daß Lieutenant Franklin den Dienst wieder aufnehmen kann. Vielleicht erst mal drei Monate Dienst zu Hause?«

Ich wollte keine Großzügigkeit, ich wollte nur möglichst schnell all das hinter mir lassen, was mir die Heimatfront gebracht hatte. »Entschuldigen Sie, Sir, aber ich fühle mich wieder vollkommen gesund. Ich kann ohne jede weitere Verzögerung zurück an die Front.«

Der Colonel runzelte die Stirn. Wahrscheinlich gab ich nicht unbedingt das Bild eines Helden ab. »Na schön, Lieutenant.

Dienst in Frankreich.« Er begann ein Formular auszufüllen. »Melden Sie sich in einer Woche, von heute an gerechnet.«

»Danke, Sir.«

Eine Stunde später saß ich im Zug und wartete darauf, daß er den Bahnhof von Alton verließ. Wir waren bereits zu spät dran, aber ich hatte keine Eile. Endlich hatte eine asthmatische Lokomotive genügend Dampf angesammelt, und der Zug ruckte an. Im letzten Moment riß eine in Dampfwolken gehüllte Gestalt die Tür auf und sprang hinein. Der Mann schaute in mein Abteil, und ich wandte instinktiv den Blick ab. Es nützte nichts. Die Schiebetür glitt auf.

»Franklin! Man hat Sie also auch herbeizitiert.« Es war Thorley. Er warf seine Reisetasche in das Gepäcknetz und ließ sich schwer atmend auf den Sitz mir gegenüber fallen. »Mein Gott, ist das alles lästig.« Mein Anblick schien ihn nicht zu überraschen; er wirkte auch nicht mehr so geschwätzig wie früher.

»Sie sind zu der Gerichtsverhandlung geladen?«

Er nickte. »Kommt mir verdammt ungelegen. Man wird mich nach meiner Beurteilung von Cheritons Geisteszustand fragen. Doch wie beurteilt man ein Nichts?«

»Was ist mit Mompesson?«

»Darüber weiß ich gar nichts.« Er wurde rot und starrte zum Fenster hinaus. »Haben Sie eine Zigarette? Ich hatte keine Zeit mehr, welche zu kaufen.«

Ich gab ihm eine Zigarette und Feuer, während der Zug über ein paar Weichen ratterte und dann in südlicher Richtung von der Hauptlinie abbog. »Sie sind gut davongekommen, Major, glauben Sie mir, verglichen mit uns, die wir zu der Zeit anwesend waren.«

»Ich hab' es nicht gerade bedauert. Hat mich aus einer ziemlichen Klemme befreit, um ehrlich zu sein.«

»Ich weiß. Sie haben mir alles an diesem Abend im ›White Horse‹ erzählt.«

»Da hat sich mir die Zunge gelöst. Sollte nicht vorkommen, so was. Übrigens, wer war der Kerl, mit dem Sie abgehauen sind?«

»Wie bitte? Welcher Kerl?«

»Als ich in der Bar wieder zu mir kam, hatten Sie mich sitzenlassen. Also schaute ich nach draußen, gerade noch rechtzeitig, um Sie in einiger Entfernung davonschwanken zu sehen. Irgendein Kerl stützte Sie.«

Die vorbeifliegende Landschaft erstarrte. In dieser Nacht war jemand in dem Hof hinter der Kneipe gewesen, eine Person, die mit mir zusammen gegangen war. Doch am Morgen war ich allein gewesen. Ich sah unsere Gesichter – Thorleys und meins –, die sich in dem schmutzigen Fenster spiegelten. Und ich sah noch ein Gesicht, das knapp außerhalb meiner Reichweite in meiner Erinnerung herumspukte.

»Stimmt was nicht?«

»Ich erinnere mich an niemanden, Major. Soweit ich mich entsinnen kann, bin ich allein aufgebrochen.«

»Er war da – absolut unübersehbar.«

»Haben Sie das der Polizei gegenüber erwähnt?«

»Ich hab' ihr so wenig wie möglich gesagt. Warum sollte ich Ihnen Schwierigkeiten machen? Wir müssen in der Sache zusammenhalten.«

Und so wurde ein weiterer Pakt schweigend besiegelt. Unser Zug dampfte nach Süden auf Droxford zu, während ich mechanisch die Ereignisse auf Meongate durchging, die Thorley verpaßt hatte. Ich kämpfte um die Erinnerung an eine Nacht, die Thorley nur schwach illuminiert hatte. Als wir eine halbe Stunde später in Droxford ausstiegen, steuerte Thorley sofort das »White Horse« an, doch ich begleitete ihn nicht. Wir hatten in einem Punkt Einverständnis erzielt, aber das war auch schon alles.

Ich hatte Meongate absichtlich einige Tage lang gemieden, deshalb war es fast ein kleiner Schock für mich, wieder mit Lord und

Lady Powerstock in einem Raum zu sein. Diesmal jedoch war es der kleine, muffige Gerichtssaal im Droxford-Polizeirevier. Während der Kriegszeit war er kaum mehr gebraucht worden, doch jetzt wimmelte es hier von Gerichtsmedizinern, Angestellten, Polizisten, Geschworenen, Zeugen und Zuschauern.

Ganz hinten saßen ältere Dorfbewohner, die auf keinen Fall eine *cause célèbre* versäumen wollten, weiter vorn jene, die an dem Fall direkt interessiert waren. Ich wich Olivias Blick aus und setzte mich abseits von den anderen hin. Trotzdem mußte ich ständig zu ihnen hinüberschauen. Lord Powerstock saß kerzengerade und starrte vor sich hin. Mayhew beugte sich hinüber, um ein paar Worte mit ihm zu wechseln, obwohl es den Anschein hatte, daß allein Olivia redete. Shapland saß ganz vorn, flankiert von zwei Polizisten. Von Charter war nichts zu sehen.

Der Untersuchungsrichter war ein bulliger, ungeduldiger Mann. In Kriegszeiten erschien ihm vielleicht der Mord an einem Ausländer als recht unbedeutend. Auf alle Fälle eröffnete er das Verfahren sehr schnell.

Der Polizeiarzt lieferte eine klinische Zusammenfassung des Mordes. »Der Verstorbene wurde durch einen Revolverschuß aus nächster Nähe direkt hinter das rechte Ohr getötet. Dabei wurde das Kleinhirn beschädigt, was den sofortigen Tod zur Folge hatte. Das Kaliber der Kugel und die Eintrittsgeschwindigkeit deuten auf eine kleine, jedoch großkalibrige Waffe hin. Ich untersuchte die Leiche am Tatort kurz nach drei Uhr nachts am Sonntag, dem 23. September. Zu der Zeit hatte die Leichenstarre noch nicht eingesetzt. Eine vollständige Autopsie führte ich ungefähr sechs Stunden später durch. Alle Anzeichen deuten darauf hin, daß der Tod kurz vor der Entdeckung der Leiche um 23 Uhr 15 am Freitag, 22. September, eingetreten sein muß.«

Shapland lieferte einen gründlichen, wenn auch müde klingenden Bericht von den polizeilichen Ermittlungen. Man fragte ihn, was er über Mompessons Leben herausgefunden habe. »Sehr wenig, Sir. Er lebte allein in einem Apartment im zweiten

Stock in Wellington Court, am Rande der Knightsbridge in Westlondon. Er war offensichtlich ein Mann, der über einige Mittel verfügte. Er spekulierte erfolgreich am Aktienmarkt, verlieh mehr Geld, als er sich borgte, und war Teilbesitzer eines Rennstalls in Epsom. Er war eine recht bekannte Figur in der Londoner Gesellschaft, schien aber keine engen Freunde zu haben. Die Botschaft der Vereinigten Staaten konnte keine Verwandten aufspüren.«

»Sie sagten, er hatte keine Freunde, Inspector. Würden Sie sagen, daß er Feinde hatte?«

»Es würde mich nicht überraschen, Sir. In seinem Besitz befand sich eine Anzahl von Schuldscheinen, manche davon schon lange zurückliegend.«

»Wir überlassen es Ihnen, diese Angelegenheit zu verfolgen, Inspector. Haben Sie irgendeine Spur der Waffe entdeckt, wie sie uns heute morgen beschrieben wurde?«

»Nein, Sir. Ich untersuchte eine Anzahl von Sport- und Militärwaffen, die auf Meongate zu finden waren. Keine von ihnen war erst vor kurzem benutzt worden oder entsprach der Beschreibung.«

Der Untersuchungsrichter studierte seine Unterlagen. »Eine kleine, aber großkalibrige Waffe. Würde ein Laie das nicht ganz allgemein als Derringer bezeichnen?«

»Ich glaube schon, Sir.«

»Eine Waffe, die in den Vereinigten Staaten weiter verbreitet ist als in diesem Land?«

»Ich glaube schon, Sir.«

»Ich danke Ihnen, Inspector.«

Shapland warf mir einen unheilvollen Blick zu, als er den Zeugenstand verließ, als wollte er mich warnen, daß er keineswegs so wie der Untersuchungsrichter auf diese nach Amerika führende Spur hereinfallen würde.

Olivias Auftritt war, wie nicht anders zu erwarten, makellos. Sie betrat den Gerichtssaal in einer perfekten Imitation der Rolle einer bestürzten Gastgeberin. Sie hatte gegen 23 Uhr ein schußähnliches Geräusch gehört, hatte sich um Mr. Mompesson gesorgt, als er auf ihr Klopfen nicht reagierte, und hatte daraufhin ihr Mädchen geholt. Sie hatten das Zimmer betreten, und dann hatten sie jenen Anblick vor sich gehabt, der zu schrecklich gewesen war, um ihn hier noch einmal zu schildern.

»Lady Powerstock, darf ich Sie fragen, wie lange Sie den Verstorbenen kannten?«

»Etwas über ein Jahr. Mein Mann und ich haben ihn mehrfach auf Meongate zu Gast gehabt.«

»Hatten Sie jemals den Eindruck, daß er sich in irgendeiner Form bedroht fühlte?«

»Ganz und gar nicht. Mr. Mompesson war ein vollkommen unbeschwerter, sorgloser Mensch. Natürlich wußten wir nichts von seinen Geschäften. Er war lediglich ein erfrischender Gesellschafter und hat viel zur Aufheiterung meines Mannes beigetragen, der sehr darunter leidet, daß sein Sohn an der Front gefallen ist.«

»Die Polizei konnte keinen Hinweis auf einen Einbruch entdecken, Lady Powerstock. Schließt das Ihrer Meinung nach die Möglichkeit aus, daß es sich um einen Eindringling gehandelt haben könnte?«

»Aber keineswegs. Mein Mann hat – oder vielmehr *hatte* – nicht die Angewohnheit, nachts sämtliche Türen abzuschließen. Ein Eindringling hätte keine Schwierigkeiten gehabt, ins Haus zu gelangen.«

»Das mag sein. Lady Powerstock, ich danke Ihnen.« Die Gedanken des Untersuchungsrichters schienen mehr und mehr in jene Richtung zu wandern, die für uns alle wünschenswert war.

Und dann war ganz plötzlich die Verhandlung beendet. Es wurden keine weiteren Zeugen mehr aufgerufen. Der Untersuchungsrichter wandte sich an die Geschworenen. »Die Aufgabe dieses Gerichts, meine Damen und Herren, besteht darin, die Todesursache von Mr. Mompesson zu bestimmen. In diesem

Fall herrscht vollkommene Klarheit darüber, daß der Tote ermordet wurde, und ich empfehle Ihnen, ein diesbezügliches Urteil zu fällen. Dann liegt es an der Polizei, ihre Ermittlungen fortzusetzen und herauszufinden, wer den Mord begangen hat.«

Und so geschah es. Das Urteil lautete, daß Mompesson von einer oder mehreren unbekannten Personen ermordet worden war, worauf die Sitzung zur Mittagspause unterbrochen wurde. Der Untersuchungsrichter verließ den Saal, gefolgt von den Geschworenen und den restlichen Anwesenden. Thorley kam auf mich zu und lud mich ins »White Horse« ein. Ich lehnte ab. Sonst sprach niemand mit mir.

Eine Stunde später trat das Gericht erneut zusammen. Die gleichen Geschworenen wurden auf den nächsten Fall vereidigt: der Tod von David John Cheriton, Second Lieutenant, verursacht durch eine Schußwunde. Der gleiche blasse Pathologe präsentierte seine mit erschreckend leidenschaftsloser Stimme vorgetragenen Erkenntnisse. Diesmal wurde nur bestätigt, was ich ohnehin schon wußte. Und diesmal war ich der nächste Zeuge.

»Wieso wohnten Sie zu der Zeit in Meongate, Lieutenant Franklin?«

»Ich hatte in Frankreich bei den Kämpfen vom 1. Juli eine Schulterverwundung erlitten und befand mich hier auf Genesungsurlaub. Im Sommer erhielt ich eine Einladung nach Meongate. Lord Powerstock ist so großzügig, in Rekonvaleszenz befindliche Offiziere zu beherbergen.«

»Wann kamen Sie in Meongate an?«

»Anfang September.«

»Befand sich Lieutenant Cheriton zu der Zeit schon im Haus – auf der gleichen Basis?«

»Ja.«

»Von welcher Verletzung erholte er sich?«

»Das weiß ich nicht.«

»Hatte es den Anschein, als handelte es sich um eine physische Verletzung?«

»Nein.«

»Schien seine Krankheit dann mehr ein Nervenleiden zu sein?«

»Es gab dafür einige Hinweise. Aber ich bin der Angelegenheit nicht nachgegangen. Er vermied fast jeden Kontakt.«

»Zeigte er irgendeine bemerkenswerte Reaktion auf den Tod von Mr. Mompesson?«

»Ich hatte nicht die Gelegenheit, mit ihm darüber zu sprechen.«

»Beschreiben Sie jetzt bitte dem Gericht, was Sie nach Verlassen des Hauses am Sonntag, dem 24. September, entdeckten.«

Ich wiederholte meinen mittlerweile schon etwas abgedroschenen Bericht. Doch der Untersuchungsrichter gab sich damit nicht zufrieden: er zwang mich, aus einer Unterlassungssünde einen Meineid zu machen.

»Befand sich bei der Leiche sonst etwas, was einen Hinweis darauf hätte geben können, warum Lieutenant Cheriton eine derart drastische Tat begangen hat?«

»Ich habe die Leiche nicht durchsucht.«

»Und es war nichts zu sehen?«

»Nichts.«

Shapland machte seine Aussage, und dann wurde Lord Powerstock aufgerufen. Er bewegte sich noch langsamer als sonst zum Zeugenstand; er wirkte geschrumpft, war jetzt nur noch der bleiche Schatten eines stolzen Aristokraten.

»Wie lange, Mylord, war Lieutenant Cheriton Ihr Gast?«

»Seit Anfang August.«

»Kannten Sie die Umstände seiner Verletzung?«

»Man gab mir zu verstehen, daß er an einer Krankheit litt, die allgemein unter dem Begriff Schützengrabenneurose bekannt ist.«

»Genaueres wissen Sie nicht darüber?«

»Nähere Einzelheiten erfuhr ich erst, als mir Mr. Mompesson bei einem seiner Besuche gewisse Informationen zukommen ließ.«

»Was waren das für Informationen?«

»Mr. Mompesson hatte in London zufällig Lieutenant Cheritons Kompanieführer in Frankreich kennengelernt, der sich zu der Zeit auf Urlaub befand. Er erwähnte ihm gegenüber, daß Lieutenant Cheriton Gast in meinem Hause war. Der Offizier brachte seine Überraschung zum Ausdruck und erklärte, daß seiner Meinung nach Cheriton genügend Feigheit vor dem Feind an den Tag gelegt hatte, um vor ein Kriegsgericht gestellt zu werden, anstatt Genesungsurlaub zu erhalten. Mr. Mompesson meinte, ich sollte das wissen.«

»Reagierten Sie in irgendeiner Form auf diese Nachricht?«

»Nein. Meiner Meinung nach ging mich die Sache nichts an.«

»Unternahm Mr. Mompesson etwas?«

»Mit Gewißheit kann ich das nicht sagen. Doch es gab Hinweise darauf, daß er Lieutenant Cheriton diese Anschuldigung vorhielt. Ich erinnere mich, daß ich einmal zu den beiden stieß, als sie in eine hitzige Diskussion verstrickt waren, bei der es um das eben erwähnte Thema ging. Vielleicht sollte ich hinzufügen, daß Mr. Mompesson stolz darauf war, im Spanisch-amerikanischen Krieg von 1898 eine Tapferkeitsauszeichnung erhalten zu haben. Er war nicht der Mann, der Schwäche bei anderen tolerierte. Von diesem Zeitpunkt an schien sich Lieutenant Cheritons Geistesverfassung ständig zu verschlechtern.«

»Wann war das?«

»Ende August.«

»Und wie machte sich diese Verschlechterung bemerkbar?«

»Er zeigte sich sehr mürrisch, verweigerte jedes Gespräch. Ein nervöses Zittern der Hände.«

Danach kam Thorley.

»Wann kamen Sie auf Meongate an, Major?«

»Eine Woche nach Cheriton.«

»Was hatten Sie für einen Eindruck von ihm?«

»Ehrlich gesagt, ich dachte, er habe jeden Mumm verloren.«

»Bemerkten Sie irgendwelche Differenzen zwischen ihm und Mr. Mompesson?«

»Ja. Überraschte mich nicht gerade. Mompesson war ein frecher Bursche. Er spielte mit ihm wie eine Katze mit der Maus.«

»Wann verließen Sie Meongate?«

»Am 22. September.«

»Kurz vor dem Mord an Mr. Mompesson?«

»Ja. Merkwürdiger Zufall.«

»Warum reisten Sie ab?«

»Ich dachte, es sei an der Zeit, mich wieder in den Kampfanzug zu werfen. Zu viel Faulenzen ist nicht gut für die Moral.«

»Als Sie kurz darauf von Lieutenant Cheritons Tod erfuhren, waren Sie da nicht überrascht?«

»Könnte ich nicht sagen. Am Ende des Monats mußte er vor den medizinischen Untersuchungsausschuß. Ich glaube nicht, daß er den Gedanken ertragen konnte, wieder zurück an die Front zu müssen.«

»Brachten Sie seinen Tod in irgendeiner Form mit dem Tod von Mr. Mompesson in Verbindung?«

»Könnte ich nicht sagen. Wenn Cheriton den Nerv für so was gehabt hätte, dann hätte er sich schon längst zusammengerissen.«

Ein Armeearzt wurde vernommen, der bestätigte, daß bei Cheriton eine Neurasthenie diagnostiziert worden war. Anzeichen einer klinischen Depression hatte er keine gezeigt, aber schließlich hatte er ihn seit Beginn seines Aufenthaltes auf Meongate nicht mehr gesehen. Dann verlas der Untersuchungsrichter einen Brief von Cheritons kommandierendem Offizier in Frankreich.

»Lieutenant Cheriton war ein begeisterter, aber überempfindlicher Offizier. Wäre er robuster gewesen, dann hätte mich die Tatsache, daß er sich das Leben genommen hat, wesentlich mehr verblüfft und bestürzt. Am 23. Juni dieses Jahres wurde er als Neurastheniker eingestuft und drei Tage später nach Hause geschickt. Über die Umstände seiner Krankheit kann ich keine genauen Auskünfte geben. Captain Speight, der mit dem Fall vertrauter war, ist am 29. August gefallen.«

Dann wandte sich der Untersuchungsrichter an die Geschworenen und schilderte den Tatbestand als »einen klaren Fall von Selbstmord«. Er führte weiter aus, daß es Aufgabe der Polizei wäre, eine eventuelle Verbindung zwischen den beiden Todesfällen herzustellen, daß jedoch das Fehlen eines Abschiedsbriefes auf eine derartige Verbindung hindeute. Ohne sich zurückzuziehen, verkündete die Jury, daß »Cheriton sich selbst in einem Zustand geistiger Verwirrung getötet hatte«.

Diesmal hielt ich mich nicht lange auf. Ich eilte zum Ausgang, getrieben von dem Wunsch, den Powerstocks nicht mehr begegnen zu müssen. Doch Shapland, der sich mit dem für ihn typischen entwaffnenden Tempo bewegte, erwischte mich noch.

»So in Eile, Mr. Franklin?«

»Die Fälle sind abgeschlossen, Inspector«, sagte ich, während wir ins Freie traten. »Was wollen Sie von mir?«

»Sie haben doch den Untersuchungsrichter gehört: Die Ermittlungen der Polizei gehen weiter. Das heißt, daß ich auch weiterhin Fragen stellen werde.«

»Mir nicht.« Wir gingen auf die Straße hinaus. »Ich muß nächste Woche wieder zur Front.« Am Polizeirevier vorbei strebte ich der Hauptstraße zu. Er folgte mir nicht, und ich schaute nicht zurück.

Der erste Zug nach Alton fuhr um zehn Uhr acht. Ich war gegen sieben Uhr dreißig an diesem kalten, nebligen Morgen am Bahnhof. So wollte ich es: eine frühe Abreise, ein klarer Bruch, ein endgültiger Abschied. Es schien viel länger als einen Monat zurückzuliegen, seit ich aus dem Zug von Fareham gestiegen war.

Ich stellte meine Reisetasche neben einer Bank ab und setzte mich hin.

Mich fröstelte in der windstillen Luft. Ich zog meinen Mantelkragen hoch und zündete mir eine Zigarette an. Am Bahnhofsgebäude begann ein Glöckchen zu bimmeln. Der Zug würde gleich einfahren. Dann knallte die Tür zum Fahrkartenschalter, und eine Gestalt kam den Bahnsteig entlang auf mich zu.

Es war Charter Gladwin.

»Soso, mein Junge.« Er lächelte, nahm den Hut ab und setzte sich neben mich. »Sie machen sich auf den Weg, wie ich sehe.«

»Ich fürchte ja.«

»Ich nehme es Ihnen übel, daß Sie sich nicht von mir verabschiedet haben.«

»Tut mir leid. Ich dachte, ich würde Sie bei der Verhandlung sehen.«

»Und ich dachte, ich würde Sie nach Ihrer Rückkehr letzte Woche sehen. Ich wollte was Neues von Leonora hören.«

»Soviel ich weiß, hat sie Lord Powerstock geschrieben.«

»Das hat sie, aber das meinte ich nicht.« Nie zuvor hatte er so bärbeißig geklungen. Ich bedauerte aufrichtig, ihn enttäuscht zu haben; zu der Zeit hatte ich zuallerletzt daran gedacht, einem alten Mann Trost zu spenden.

»Es tut mir leid, Charter. Seit Mompessons Ermordung ... Es ist alles ziemlich schwierig gewesen.«

»Aber Sie haben sie gesehen?«

»Ja. Ich habe sie gesehen.«

Ein dumpfes, metallisches Klirren ertönte, als ein Signal hochgezogen wurde. Von Süden her drang durch die kalte Luft der schrille Pfiff eines Zuges. »Wohin geht's jetzt?«

»Zu meinem Onkel nach Berkshire. Nächste Woche nehme ich den aktiven Dienst wieder auf.«

»Sind Sie froh, Droxford zu verlassen?«

»Um ehrlich zu sein, ja. Aber ich werde Sie vermissen.«

Er lachte, fast sein altes, schallendes Gelächter. »Nett von Ihnen, das zu sagen. Aber ich glaube, wirklich vermissen Sie nur John.«

»Vielleicht.«

In einer Wolke aus Lärm und Dampf tauchte der Zug auf. Knirschend kam er zum Halten. »Haben Sie was dagegen, wenn ich mich Ihnen anschließe?«

»Sie reisen auch ab?«

»Nein. Aber ich fahre mit Ihnen bis Alton. Ich wollte Ihnen noch was sagen.«

Wir stiegen ein und machten es uns in einem Abteil bequem. Charter grinste mich wie irgendein zufriedener Reisender an. Der Pfiff ertönte, und der Zug verließ den Bahnhof.

»John wurde im goldenen Jubiläumsjahr der alten Königin geboren: 1887. Er war einen Monat alt, als die Dorfbewohner und Landarbeiter seinen Geburtstag und das Jubiläum feierten. Ich kam zu dem Anlaß von Yorkshire runter. Es war ein großer Tag. Er war ein hübscher, fröhlicher Junge, der geborene Anführer. Man wäre ihm bis ans Ende der Welt gefolgt. Doch selbst ich als sein Großvater erkannte die Gefahren.«

»Gefahren?«

»Ich fürchte, er hatte eine Last zu tragen, von der die meisten von uns verschont bleiben: Voraussicht. Er wußte, was geschehen würde. Deshalb umgab ihn stets ein Hauch von Trauer. Natürlich trauerte er, als Miriam starb, aber er schien nicht überrascht. Und der Krieg? Ich denke, er wußte, daß er kommen würde. Weder befürchtete er es, noch ahnte er es – er wußte es.

Er liebte Leonora, doch selbst sie konnte ihn nicht glücklich machen. Nichts konnte ihn glücklich machen. Sie konnte ihm lediglich eine Art Zufriedenheit schenken, das war alles. Die gleiche Zufriedenheit holte er sich beim Betrachten der Sterne durch sein Teleskop oder beim Segeln draußen in Langstone Harbour.

Ich hab' mich so durchs Leben geschlagen, ohne zu wissen, was als nächstes geschehen würde. Doch wenn ich es gewußt hätte? Was dann, eh? Können Sie sich vorstellen, wie das wäre?«

»Nein, Charter. Das kann niemand.«

Sein Blick richtete sich auf die vorbeifliegenden Felder. Er sog an seiner Pfeife. »Wie geht es Leonora? Und dem Fotheringham-Mädel?«

»Sie wissen Bescheid?«

»Ich weiß genug, um zu ahnen, wo sie steckt. Wenn ich sie wiedersehen will, werd' ich wohl eine Reise zur Insel antreten müssen.«

»Sie bat, allein gelassen zu werden.«

»Ich glaube nicht, daß sie mich damit meinte, oder? Abgesehen davon möchte ich in der Nähe sein . . . bei der Geburt meines Urenkelkindes.« Er lächelte dabei und blies einen Rauchkringel zum Gepäcknetz hoch. Und ich starrte ihn an und hörte sein kehliges Lachen, mit dem er sich über all meine kleinen Täuschungsmanöver lustig machte.

Die Sonne durchdrang allmählich den Nebel. Sie holte die geschwungene Linie der Hügel aus dem Dunst und ließ Charters weißes Haar aufleuchten. Er lächelte immer noch, wartete geduldig, daß ich die Bedeutung dessen erfaßte, was er gesagt hatte.

»Dachten Sie, ich wüßte es nicht? Alte Männer schlafen nicht gut. Ich wachte früh auf. Früh genug, um zu sehen, wer bei Anbruch der Morgendämmerung das Haus verließ. Ich weiß, daß er lebt – und Sie wissen es auch, könnt' ich mir vorstellen.«

»Wo ist er, Charter?«

»Ich habe keine Ahnung. Ich hoffte, Sie hätten ihn gefunden.«

»Die Spur wurde kalt. Er hatte einen Mann namens Fletcher in Portsea besucht.«

Charters Zähne knirschten auf dem Mundstück der Pfeife. »Er ist also zu Fletcher gegangen. Ich hätte es mir denken können.«

»Seitdem ist er verschwunden. Einen Tag vor Mompessons Ermordung hinterließ er seine letzte bekannte Adresse.«

»Was glauben Sie, wohin er ist?«

»Ich weiß es nicht. Ich habe keine Möglichkeit, ihn aufzuspüren. Ich bin mir nicht mal sicher, ob ich es will. Wenn ich seine Spur verfolgte, was würde ich dann finden? Und dann ist da noch was. Man kann nicht von den Toten wiederauferstehen, Charter. Ich glaube, daß er das begriffen hat.«

Der Zug hielt rüttelnd an der Station West Meon. Vom Bahnsteig drangen Poltergeräusche hoch. Abrupt erhob sich Charter von seinem Platz. »Ich denke, ich werde hier aussteigen.«

»Sie wollten doch bis Alton mitkommen.«

»Ich laufe von hier aus zurück. Wird mir guttun.« Ich folgte ihm auf den Gang hinaus. »Wir haben alles gesagt, was zu sagen war, nicht wahr?« Er stieß die Tür auf und kletterte hinab. Unten auf dem Bahnsteig drehte er sich noch einmal um und schaute zu mir hoch. »Also – passen Sie auf sich auf, junger Mann.«

Ich schloß die Tür und schob das Fenster hinunter. »Sie auch.«

»Ich hab' Ihnen nie von diesem Duell in St. Petersburg erzählt, oder?«

»Nein. Nie.«

»Nun, das hat Zeit.«

Der Zug ruckte an. Grüßend hob ich die Hand. Charter trat zurück und schwenkte seinen Hut. Als der Zug schneller wurde, glitt der Bahnsteig – und mit ihm Charter – unter mir weg. Das letzte, was ich von ihm sah, war seine etwas korpulente Silhouette vor dem immer kleiner werdenden Bahnhof; er schwenkte den Hut und bot aller Welt das Bild eines gütigen Onkels, der seinen Lieblingsneffen verabschiedet.

10

Und ich kehrte zum Krieg zurück. Wie eine gewaltige, schlummernde Bestie hatte er geduldig gewartet, mich wieder in seine Klauen zu kriegen. Und jetzt lieferte ich mich ihm freiwillig, fast erleichtert aus. Keine Anthea, die mich in Southampton verabschiedete, keine schockierenden Erlebnisse in Rouen. Ich wußte, wohin ich ging und was mich erwartete. Ich kehrte zum Dritten Bataillon zurück, in dem sich bis auf den Namen alles geändert hatte; es war immer noch in die Schlacht an der Somme verstrickt und hatte sich nun in der Nähe des Dorfes Courcelette verschanzt, drei Meilen östlich von dem Punkt, von dem ich vor Monaten aufgebrochen war. Drei Meilen – mit wie vielen Tausenden von Menschenleben waren sie bezahlt worden?

Anfang November stieß ich wieder zum Dritten Bataillon. Zu der Zeit tat nur noch das Oberkommando so, als machte die Somme-Offensive Fortschritte. Am 16. November wurde sie offiziell eingestellt, und wir durften den Winter in überfluteten oder gefrorenen Schützengräben verbringen.

Es gab nur wenige Gesichter, die ich kannte. Sergeant Warren, der mir im September geschrieben hatte, war im gleichen Monat gefallen, wahrscheinlich noch bevor ihn meine Antwort erreicht hatte. Colonel Romney war nach Ägypten versetzt worden. Lakes Nachfolger Finch war ein Alkoholiker mit zerrütteten Nerven. Was die Männer anbelangte, so waren die meisten neu, doch entweder aus Instinkt oder einer gewissen Kenntnis der Dinge heraus grimmiger und verschlossener als ihre Vorgänger. Unter dem grauen Himmel des winterlichen Frankreich hing die nackte Verzweiflung. Hoffnung war ein Fremdwort. Und mir war längst alles gleichgültig geworden.

Weihnachten nahte und ging vorüber. Ich lehnte ein Angebot für Heimaturlaub ab. Das Jahr 1917 begann öde und trostlos; es stand uns entmutigt vor, ausgesetzt auf den gefrorenen Schutzwällen eines sinnlosen, endlosen Krieges.

Ich dachte oft an Hallows und Leonora und all das, was auf Meongate geschehen war, doch ich schrieb keine Briefe und erhielt auch keine. Es schien mir so, als böte dieses Ödland hier irgendeine Art von Zuflucht, irgendeinen Trost, der in den nackten, kahlen Ruinen zu finden war.

Gerüchte tauchten auf, daß das Bataillon im Frühjahr Colonel

Romney folgen würde. Ich achtete nicht darauf. Frankreich, Ägypten oder das Ende der Welt – was spielte das schon für eine Rolle? Im Februar wurde ich zum First Lieutenant befördert, eine Belohnung dafür, so nahm ich an, daß ich noch am Leben war.

Im März stand wieder einmal ein langes Wochenende für mich an, und ich traf Vorbereitungen, es in Amiens zu verbringen. Cousine Anthea befand sich in der Gegend. Sie war gerade erst von England zurückgekehrt, und ich verabredete mich mit ihr in einem Café in der Nähe der Kathedrale. Es war ein kalter, grauer Nachmittag mit kleinen Schneeschauern. Ich war zuerst da, setzte mich an einen Ecktisch und bestellte mir einen Cognac.

Anthea platzte mit Verspätung herein, kam wie ein Wirbelwind angestürmt mit ihrer unzerstörbaren, an den Nerven zerrenden guten Laune. Sie war ein Bündel von Energie und Begeisterung, mit einem schulmädchenhaften Lachen und der uneingeschränkten Überzeugung, daß sich alles zum Besten wenden würde – für eine Krankenschwester wahrscheinlich eine Gottesgabe. Für meine düstere seelische Verfassung war es das pure Gift. Das Café war dunkel; die ältlichen Gäste mit ihren mürrischen Gesichtern saßen zeitungsraschelnd da und sprachen kaum etwas, eingehüllt in den Duft von Kaffee-Ersatz und schalem Knoblauch. Ich wollte nichts weiter als mich im Schatten dieser steifen Gesellschaft ausruhen, doch Anthea ließ das nicht zu.

»Ich kann nicht lange bleiben, Tom. Momentan stehen wir schwer unter Druck.«

Ich nickte. »Wie geht's dir?«

»Sehr gut«, sagte sie überschwenglich. »Mir ist's nie besser gegangen. Ich blühe auf bei harter Arbeit.«

»Wie war's in England?«

»Alle sind frohgemut. Es scheint nun sicher, daß sich die Amerikaner auf unsere Seite schlagen.«

»Das hab' ich auch gehört. Wie steht's um die Familie?«

»Bestens.«

»Gut.«

»Papa hat einen neuen Gärtner eingestellt. Er mußte Moffat gehen lassen. Er schaffte die schwere Arbeit einfach nicht mehr. Oh, übrigens«, und sie beugte sich über den Tisch, »Charlotte erwartet schon wieder ein Kind.«

Ich war momentan verwirrt. »Charlotte?«

»Deine Cousine, Dummkopf. In Keswick.«

»O ja, natürlich.«

»Wohntest du letzten Sommer nicht bei irgendwelchen Leuten namens Hallows?« fragte sie plötzlich.

»Äh... ja. Warum?«

»Die *Times* brachte an meinem letzten Tag zu Hause eine Todesanzeige. Mir kam der Name bekannt vor – und die Adresse.«

Mein Mund wurde plötzlich trocken. »Was für ein Name?«

»Sieh selbst. Ich habe die Anzeige ausgeschnitten. Ich dachte mir, daß es dich interessieren würde.« Sie griff in ihre Tasche und holte ein zusammengefaltetes Stück Papier hervor.

> HALLOWS: Am 19. März 1917 verschied in Frieden nach kurzer Krankheit im Ventnor Cottage Hospital, Isle of Wight, Leonora May Hallows (geborene Powell) von Meongate, Droxford, Hampshire, geliebte Witwe des gefallenen Captain the Hon. John Hallows, im Alter von 25 Jahren. Die Beerdigung findet am Freitag, 23. März, um 12 Uhr in der Parish Church, Bonchurch, Isle of Wight, statt.

Und so war sie gegangen, ihre zerbrechliche Schönheit dahingerafft wie eine Blume im Sturm. Kaum hatte ich es gelesen, da wußte ich, daß es so hatte kommen müssen. Ich hatte sie geliebt. Die Zeit würde erweisen, daß ich außer ihr nie wieder eine andere Frau lieben würde. Und doch hatte ich sie nur so kurze Zeit gekannt. Der erste Nachmittag auf Meongate – der letzte in Bonchurch. Weniger als einen Monat, so viel weniger als die lange Zeit, in der ich mich an sie erinnern würde.

Anthea war nicht mehr bei mir, als ich eine Stunde später – ernüchtert von dem Kummer, der sich auch mit noch so viel Alkohol nicht ertränken ließ – am Geländer einer der Somme-Brükken lehnte und vor meinem geistigen Auge wieder Leonoras Gesicht sah; ihr Blick ging an mir vorbei in eine Zukunft, die sie nie kennenlernen würde. Doch es war nicht nur die Trauer allein, die mir die Tränen in die Augen trieb. Da war auch ein Schuldgefühl, eine schmerzende Selbstanklage, die im Zentrum meines Verlustes pochte. Ich hätte sie retten müssen, hätte eine Möglichkeit finden müssen, sie zu schützen. Statt dessen hatte ich mich im Namen einer Liebe, die sie niemals erwidern konnte, meinem Selbstmitleid hingegeben – war weggegangen und hatte sie ihrem Schicksal überlassen.

Ich hämmerte auf das Gestein des Geländers, bis meine Hand schmerzte. Ich senkte den Kopf und weinte. Und dann war mir auf einmal alles klar. Für Leonora war es zu spät, doch um meiner Gefühle willen, die ich für sie empfand, wußte ich nun, was ich zu tun hatte. Ich hatte gedacht, ich hätte mich von ihnen befreit, war der Meinung gewesen, die Sinnlosigkeit des Krieges hätte mich immun gegen sie gemacht, doch jetzt wußte ich es: Ich mußte zurück.

Da die Beerdigung schon vorüber war, bestand kein Anlaß für eine solche Reise und noch weniger für Eile. Doch meine Gefühle sprachen eine andere Sprache. Da ich meinen fälligen Heimaturlaub abgelehnt hatte, wurde mir nun kurzfristig unter einem Vorwand Urlaub gewährt: kranke Eltern. Man sagte mir, daß sich das Bataillon in der ersten Aprilwoche nach Ägypten einschiffen würde. Ich würde entweder nachkommen oder mich einer anderen Einheit anschließen müssen. Mir war es egal. Gegen Ende der Woche war ich wieder in England.

An einem strahlenden Morgen – es war der 31. März – ging ich von Bonchurch hinunter nach Ventnor und gleich weiter zu Sea

Thrift. Auf mein Klopfen hin begann drinnen der Hund zu bellen. Dann öffnete Grace Fotheringham die Tür.

»Ich dachte, Sie würden eher kommen, Mr. Franklin.«

»Ich bin sofort gekommen, als ich davon hörte.«

»Möchten Sie nicht hereinkommen?«

Ich hatte das Haus zuvor noch nicht betreten. Es war so, wie ich es mir vorgestellt hatte: hell und luftig und auf eine feminine Weise reizend und nett. Die leichte Brise ließ die Vorhänge an den offenen Fenstern wehen.

Sie führte mich ins Wohnzimmer, wo sich Glastüren zum Garten hin öffneten. Der Hund beschnüffelte mißtrauisch meine Füße. »Sie werden wissen wollen, was geschehen ist.«

»Ja.«

Sie bot mir einen Platz an und setzte sich dann mir gegenüber. »Zuerst schien es nur eine einfache Erkältung zu sein, dann wurde eine Grippe daraus. Ihre Schwangerschaft komplizierte die Krankheit noch. Die Anstrengung der Geburt war dann zuviel für sie. Sie bekam eine Lungenentzündung und starb fünf Tage nach der Geburt.«

»Es tut mir leid.«

»Die Powerstocks wollten mit der Beerdigung nichts zu tun haben. Deshalb wurde sie hier begraben. Lediglich ein älterer Onkel kam – ein Mr. Gladwin. Ich glaube, ihre eigene Familie ist in Indien.«

»Und das Baby?«

»Es befindet sich noch immer im Krankenhaus. Frühgeburt, verstehen Sie. Aber es geht ihm schon besser. Ich rechne damit, daß ich es am Montag heimholen kann.«

»Sie wollen das Kind zu sich nehmen?«

»Was sonst? Ich bekam einen abscheulichen Brief von einem Mr. Mayhew, in dem klar zum Ausdruck gebracht wird, daß Lord Powerstock sich dem Kind gegenüber zu nichts verpflichtet fühlt. Ich kann es ja wohl kaum nach Indien schicken. Also werde ich mich um das Baby kümmern.«

»Haben Sie ihm schon einen Namen gegeben?«

»Ja. Den Namen seiner Mutter. Wie könnte es anders heißen!«

Ja, wie? Ich hätte jetzt die Meile zum Krankenhaus gehen und es sehen können, nehme ich an. Aber ich tat es nicht. Ich war auf der Suche nach einer anderen Leonora nach England gekommen. Also bedankte ich mich bei Miss Fotheringham und bereitete mich zum Aufbruch vor.

»Warum haben Sie mit Ihrem Besuch bei mir so lange gewartet?« fragte sie, als sie mich zur Tür brachte.

»Ich bin erst gestern in England angekommen.«

Sie runzelte die Stirn. »Ach was, das kann nicht sein. Der Küster erzählte mir, er habe vor zwei Tagen einen fremden Mann an ihrem Grab gesehen. Wer anders als Sie hätte das sein können? Die Beschreibung paßt haargenau auf Sie.«

Ich rannte den ganzen Weg den Hügel hoch zur Kirche. Sie war größer und beeindruckender als jene, die ich mit Leonora besucht hatte – ein strenges Monument viktorianischer Sittsamkeit, von Gittern und einer Aura gottesfürchtiger Rechtschaffenheit umgeben. Ich trat durch das Tor und blieb stehen, um wieder zu Atem zu kommen. Bunt verstreut standen Narzissen zwischen den Grabsteinen, Krähen krächzten in den kahlen Bäumen über mir, und die Brise trug mir den beißenden Geruch eines fernen Feuers zu. Jede der scharfen, sonnenbeschienenen Linien der Grabsteine und Äste leugnete das Mysterium, das, wie ich jetzt wußte, näher denn je war.

Es gab nur ein frisches Grab. Ein zurückgebliebener Kranz lag auf dem Erdhügel; die Inschrift auf der Karte hatte der letzte Regen verwaschen, die abgefallenen Blüten lagen verstreut im Gras. Ich hatte keine Blumen mitgebracht. Urplötzlich überkam mich eine tiefe Trauer, über meine eigene Unzulänglichkeit ebenso wie über diese endgültige Bestätigung, daß Leonora wirklich tot war.

Es gab nichts zu tun. Jetzt, da ich diesen Schluß gezogen hatte, den Weg zu diesem Ort der Ruhe hochgerannt war und das vorgefunden hatte, was zu erwarten gewesen war, fühlte ich mich betrogen – betrogen von meinem eigenen Drang zu glauben, daß es noch etwas jenseits von dem gab, was meine Augen sahen. Ich zog mich auf eine Bank unter einem Kirchenvorbau zurück, mit Blick auf Leonoras Grab, und setzte mich, um abzuwarten, daß die Enttäuschung abklang. Ich zündete mir eine Zigarette an und beobachtete ein neugieriges Eichhörnchen, das zwischen den Grabsteinen herumsprang. Aber es half alles nichts. Ich empfand nichts weiter als die kriechende Mattigkeit der Verzweiflung. Die zwei Jahre in einem sinnlosen Krieg hatten meine Energien aufgezehrt. Ich hätte, das war mir jetzt klar, in Frankreich bleiben oder nach Ägypten gehen und dem winkenden Finger des Todes ohne Widerstand folgen sollen. Statt dessen befand ich mich nun allein auf einem englischen Friedhof; der Frühling begann, und ich spürte nur die Müdigkeit eines Mannes, der schon zu lange gelebt hatte.

Ich schlief ein – eine Trance aus Sonnenschein und Einsamkeit und warmem Gestein. Der Körper, von keiner Entschlossenheit mehr getrieben, nahm sich sein Recht. Wie es bei völlig erschöpften Menschen häufig der Fall ist, schlief ich tief und traumlos, fast zufrieden.

Als ich erwachte, saß er neben mir. Ich hätte nicht sagen können, wie lange er schon dagewesen war oder was mich geweckt hatte. Vielleicht, so überlegte ich, war er schon immer dagewesen: ruhig, ironisch, unbeachtet. Er schien um viel mehr als nur ein Jahr gealtert. In seinen eintönigen Zivilkleidern wirkte er irgendwie kleiner; die Lüge, die er lebte, hatte Haut und Geist grau verfärbt. Ich sah ihn an. Ich kannte ihn, aber nur so, wie man den Bruder eines Freundes kennt: eine gewisse Familienähnlichkeit mit dem Mann, den ich zu kennen geglaubt hatte.

»Hallo, Tom.«

Ich sagte nichts. Ich wußte nicht, was ich hätte sagen können.

»Es tut gut, dich zu sehen – viel mehr, als du dir vorstellen kannst.«

Es war immer noch seine Stimme, seine ureigene Stimme wie in einem nicht dagegen aufbegehrenden Fremden.

»Ich hoffte, daß du kommen würdest.«

Jetzt machte ich den Mund auf. »Warum? Warum hast du es getan? Ich verstehe es nicht – nichts davon –, bis zum heutigen Tag nicht.«

»Verstehen ist vielleicht zuviel verlangt. Als der Moment gekommen war, wäre es vielleicht einfacher gewesen, es nicht zu tun. Doch es mußte sein. Glaubst du an das Schicksal, Tom?«

»Ich bin mir nicht sicher – nicht mehr sicher.«

»Ich wußte, wann es enden würde: 1914. Die Welt, ich meine, natürlich meine Welt. Als ich Leonora in jenem Frühling heiratete – vor drei Jahren –, spürte ich einen Drang zur Eile, als würde mir langsam und unmerklich das Leben, das ich bis dahin in Sicherheit gelebt hatte, unter den Füßen weggezogen, ein Riß tauchte auf, der sich irgendwann weit öffnen und mich verschlingen würde. Und so war es auch.

Es war nicht einfach so, daß ich mir keine Überlebenschancen vorstellen konnte. Ich *wußte*, daß ich keine Chance hatte. Dem Schicksal kann man kein Schnippchen schlagen, nicht wahr? Jedenfalls nicht für lange. Ich dachte an das, was nach meinem Tod geschehen würde, an Leonora, so ganz allein auf Meongate. Und als ich Mompesson kennenlernte, wußte ich sofort, was passieren würde. Denn er teilte es mir mit, zwar nicht so direkt, aber doch deutlich genug. Und ich glaubte ihm.

Deswegen machte ich mich auf, dem Schicksal zu entrinnen; ich wollte weg, und zwar zu einem von mir selbst bestimmten Zeitpunkt. Ist das Feigheit, frage ich mich? Oder nur Ungehorsam dem Schicksal gegenüber? Ich plante, es mit deinem Urlaub zu verbinden, weil ich mich von der Freundschaft zu dir nicht davon abbringen lassen wollte. Es tut mir leid.«

»Man erzählte mir, du seiest mit Box draußen gewesen, um das Kabel zu überprüfen. Keiner von euch sei zurückgekommen. Doch deine Papiere wurden später bei einer Leiche im Niemandsland entdeckt. Das war Box, ja?«

»Ich fürchte schon. Ich hatte beabsichtigt, mich einfach nur von ihm fortzustehlen, doch er lief einer feindlichen Patrouille in die Hände und wurde erschossen. Also kehrte ich um und tat, was ich noch für ihn tun konnte. Ich legte ihm meinen Mantel um, während wir in einem Granattrichter kauerten und die deutsche Artillerie aus allen Rohren schoß. Als es wieder ruhig wurde, war Box tot. Dann kam mir der Gedanke: Warum sollte ich nicht meine Papiere bei ihm lassen? Ich brauchte sie nicht mehr, und wenn man mich für ihn hielt – um so besser. Ich tat es. Dann ließ ich Box liegen und verschwand auf einer Route, die ich zuvor bereits erkundet hatte. Ich ging nach Süden, schlug mich dann an einer Stelle, wo starke Transportbewegungen waren, durch die Linien und kehrte im Bogen zu Hernus Bauernhof zurück. In einem Nebengebäude hatte ich etwas Geld und Kleidung versteckt, und so machte ich mich auf den Weg. Ich marschierte den ganzen nächsten Tag hindurch und erwischte gegen Abend in einem Ort namens Montdidier einen Zug nach Paris.

Mit Geld und anständiger Kleidung fiel es mir dort leicht, mich als Journalist auszugeben. Nachdem ich die richtigen Kontakte geknüpft hatte, erhielt ich einen ausgezeichneten gefälschten Paß auf den Namen Willis. Damit konnte ich bequem nach England zurückkehren. In der Heimat war es dann allerdings nicht mehr so einfach. Das Geld wurde knapp. Außerdem hatte ich nur Leonora wiedersehen wollen und darüber hinaus keine weiteren Pläne gemacht. Also begab ich mich im Schutze der Dunkelheit nach Meongate. Die Freude, wieder bei ihr sein zu können, war mehr als genug.

Doch nur für einen Augenblick. Dann erkannte ich, daß ich zu weit gegangen war: Ich konnte nicht wieder von den Toten auferstehen. Leonora versuchte mich zu überreden, mich zu stellen, doch das brachte ich nicht fertig. Es wäre nicht fair gewesen, sie mit einem Deserteur als Ehemann zu belasten. Also verschwand ich einfach nur – und versteckte mich.«

»Du bist zu Fletcher gegangen. Ich kenne auch den Grund dafür.«

Er lächelte grimmig und blickte zu Boden. »Du hast deine Sache gut gemacht, Tom. Ja, ich bin zu Fletcher gegangen, und er hat mir Unterschlupf geboten. Schon lange hatte ich den Mann kennenlernen wollen, der meiner Mutter so viel bedeutet hatte. Merkwürdig, daß ich es erst dann tat, als mir keine andere Wahl mehr blieb. Oder vielleicht auch nicht so merkwürdig. Vielleicht erkannte ich in ihm einen von der Menschheit ebenfalls Ausgestoßenen. Auf jeden Fall besorgte mir Fletcher ein Zimmer in Portsea. Ich kroch dort unter und fragte mich, was ich tun solle. Jedes Wochenende schlich ich um Meongate und belauerte das Haus vom Wald aus, um zu sehen, ob Mompesson zu Besuch war. Meistens war das der Fall. Eines Tages sah ich dich. Es war eine Erleichterung für mich zu wissen, daß du da warst. Ich hoffte, du würdest Leonora irgendwie beschützen. Nach dem ganzen Melodram meiner Flucht aus Frankreich konnte ich nichts tun, was sie nicht ruinieren oder ihr das Herz brechen würde.«

»Doch am 22. September – da hast du was getan, nicht wahr?«

Er blickte wieder auf. »Es konnte nicht so weitergehen. Fletcher empfahl mir eindringlich, Portsmouth zu verlassen, und er hatte recht: Ich konnte da nicht bleiben. An diesem Abend drang ich noch bei Tageslicht durch die Ställe in Meongate ein und schlich mich hoch ins Observatorium. Ich wußte, daß ich dort in Sicherheit sein würde.«

»Weil die Tür abgesperrt war. Du hattest den Schlüssel?«

Stirnrunzelnd schaute er mich an. »Schlüssel? Nein. Ich hatte keinen Schlüssel. Die Tür war nicht versperrt. Doch was ich an diesem Abend vom Observatorium aus beobachtete, ließ mich wünschen, sie wäre versperrt gewesen.«

»Was hast du gesehen?«

»Meine Frau... und Mompesson...« Abrupt erhob er sich von der Bank und trat einen Schritt vor. »Ich kann nicht darüber sprechen. Alles, was ich hatte beschützen wollen – weshalb ich zum Deserteur geworden war –, wurde mir in diesem Augenblick genommen. Seit diesem Moment war ich das, was ich heute bin: ein Mann, der so gut wie tot ist.«

»Was du beobachtet hast, war vielleicht in Wirklichkeit ganz anders, als es den Anschein hatte.«

Er fuhr zu mir herum. »Meinst du, das weiß ich nicht – jetzt? Doch zu der Zeit war es zuviel für mich. Ich floh aus dem Haus. Mittlerweile war es fast schon dunkel. Ich ging in die Kirche; sie war leer und still, und ich betete neben dem Grab von William de Brinon, doch ich erhielt keine Absolution. Selbst hier fühlte ich mich durch meinen Betrug ausgeschlossen. Als ich aufbrach, mich ständig im Dunkeln haltend, sah ich dich am Ende der Straße auf das Gasthaus zugehen. Ich brauchte dich, Tom, ich brauchte in diesem Moment deine Freundschaft. Endlich war ich bereit, jemandem die Wahrheit zu erzählen.

Ich wartete, daß du das Gasthaus wieder verlassen würdest. Als es endlich soweit war, zeigte ich mich, doch du erkanntest mich nicht. Du warst zu betrunken. Das war die letzte Ironie. Ich versuchte, dir die Wahrheit zu erzählen, als wir über die Felder schwankten, zurück nach Meongate, doch du verstandest kein Wort. Ich ließ dich schlafend in einer Scheune zurück. Ich dachte nicht, daß du dich erinnern würdest. Und wenn, dann würdest du es für einen Traum halten.«

»Es tut mir leid – sehr leid.«

»Das braucht es nicht. Wenn jemand die Schuld an dem, was geschehen ist, trägt, dann bin ich es – oder Mompesson.«

»Du mußt dich nicht schuldig fühlen, weil du ihn getötet hast.«

Hallows wandte sich ab und schaute zu Leonoras Grab hinüber. »Ich hab' ihn nicht getötet, Tom. Ich bin nicht wieder nach

Meongate zurückgekehrt. Ich ging durch die Nacht davon auf Petersfield zu und nahm am nächsten Morgen den ersten Zug nach London. Seitdem bin ich nicht mehr in Meongate gewesen.«

»Das ergibt keinen Sinn. Du mußt es gewesen sein.«

Er schüttelte den Kopf. »Nein. Ich war es nicht. Als ich an diesem Nachmittag ziellos durch die Straßen wanderte, sprang mir an einem Zeitungsstand die Schlagzeile vom *Evening Standard* entgegen: MORD AN EINEM AMERIKANER AUF EINEM LANDSITZ. Ich kaufte mir die Zeitung, da stand es. Ich wußte nicht, ob ich lachen oder weinen sollte. Mompesson war tot. Was ich hätte tun können – oder tun sollen –, hatte ein anderer für mich getan. Und endlich begriff ich, wie mein Schicksal mit dem von Mompesson verknüpft war. Wenn er tot war, mußte auch ich tot bleiben. Aus einem Fall von Desertion hätte ich mich vielleicht noch herausreden können, doch bei Mord gab es kein Entrinnen mehr. Selbst jetzt noch wartet ein ungeklärtes Verbrechen auf mich, sobald ich mich stelle. Ich sitze in der Falle, Tom, schlimmer als im Krieg. Mir bleibt nur die Wahl des Todes.«

Ich erhob mich und stellte mich neben ihn, damit ich sein Gesicht sehen konnte. Er hielt es weiterhin abgewandt. »Wann hast du erfahren, daß sie schwanger war?«

»Vor zehn Tagen. Auch von ihrem Tod erfuhr ich erst durch die Zeitung. Das ist der Preis, den man zahlen muß..., wenn man ein Fremder ist.« Seine Stimme wurde belegt. Er schaute zum Grab zurück. »Ich kam sofort her und ging ins Krankenhaus. Ich sagte, ich sei ihr Cousin. Sie erzählten mir, daß sie ein Kind zur Welt gebracht habe. Umgeben von Fremden, in der Rolle eines entfernten Verwandten, erfuhr ich plötzlich, daß ich Vater geworden war, ein Vater, der sein Kind nicht für sich beanspruchen durfte.« Er verstummte und fuhr nach einer kleinen Weile mit schwankender Stimme fort: »Jetzt endlich verstehe ich, was sie dazu gezwungen hat, das zu tun, was Mompesson von ihr verlangt hat, warum sie hierhergekommen ist, warum sie ihn getötet hat. Jetzt verstehe ich..., womit ich sie allein gelassen habe.«

»Wo bist du seit September gewesen?«

»Es ist besser, wenn du es nicht weißt. Es wäre besser gewesen, wenn du weiterhin geglaubt hättest, ich sei tot. Denn das bin ich oder sollte es zumindest sein. Aber du könntest mir erzählen, was du seitdem getan hast. Ich würde es gerne hören.«

Und so berichtete ich ihm von dem Krieg, zu dem ich zurückgekehrt war – der Krieg, der ohne ihn weitergegangen war. Wir schlenderten dabei langsam die Kieswege entlang, die sich zwischen den Gräbern dahinzogen. Der Himmel und der Tag wurden grau, ein Frösteln lag in der Luft.

»Wann wird es enden, Tom?«

»Wer weiß? Dieses Jahr, nächstes Jahr? In drei Jahren? Ich kann kein Ende absehen.«

»Was wirst du tun?«

»Zurück – nach Ägypten oder Frankreich. Es spielt kaum eine Rolle. Im Frühjahr kommt eine weitere Großoffensive. Ich rechne damit, sie zu überleben.«

»In gewisser Weise beneide ich dich. Ich wollte, ich könnte dem Tod unter besseren Bedingungen gegenüberstehen, mit einem Schuß Gleichmut.«

Ich schaffte es nicht, die Bitterkeit aus meiner Stimme herauszuhalten. »Hast du nicht all das auf dich genommen, um gerade das zu vermeiden?«

»Nicht wirklich. Ich wollte, ich könnte mich dir verständlich machen. Jede gewählte Möglichkeit mußte Not und Elend bringen oder den Tod – oder beides. Und jede Entscheidung mit Ausnahme von dieser – hätte Mompesson als Sieger gesehen.«

»Wäre das so schlimm gewesen?«

»Ich dachte schon. Jetzt bin ich mir nicht mehr so sicher. Was immer wir tun, schlägt auf andere zurück. Nachdem ich von dem Mord gelesen hatte, ging ich noch am gleichen Abend zu Mompessons Wohnung in Knightsbridge. Ein Polizist stand draußen, und einige Journalisten befragten einen Kommissar. Ich blieb auf der anderen Straßenseite stehen und beobachtete sie. Eine Frau stand ganz in meiner Nähe und starrte den Block hoch. Sie mochte so um die Dreißig sein und war elegant gekleidet. Ich warf ihr einen Blick zu. Sie weinte.«

»Wer war diese Frau?«

»Irgend jemand aus einer geheimen Kammer von Mompessons Leben. Was wußten wir schließlich schon von ihm? Ein Scharlatan, ein Spieler, ein Glücksritter. Er hatte sich meine Frau, mein Haus und meinen Namen in den Kopf gesetzt – und hätte alles bekommen. Ich war entschlossen, ihn daran zu hindern. Nur das allein schien wichtig zu sein.«

»Aber du hast ihn nicht aufgehalten. Das hat ein anderer für dich getan.«

»Was beweist, daß Mompesson recht hatte. Er sagte, die Engländer seien eine zu alte Rasse – verbraucht, fatalistisch, unentschlossen. In meinem Fall scheint er damit völlig richtig gelegen zu haben.«

Wir hatten einen Bogen geschlagen und standen nun wieder neben der Bank. Der Schock, Hallows nach all den Zweifeln und dem langen Suchen wiederzusehen, war gewichen und hatte einer betäubenden Enttäuschung Platz gemacht. Er war schließlich doch nur das, was ich seltsamerweise nicht in ihm hatte sehen wollen: ein schäbiger Flüchtling, getrieben vom Gefühl des eigenen Versagens. Nach all den Umständen und Kämpfen hatte er sich vor der Herausforderung gedrückt. Er war fortgegangen und hatte es einem anderen überlassen, Mompesson für ihn zu töten. Und nun strafte ein frisches Grab dieses eine Jahr seines gestohlenen Lebens Lügen.

Hallows seufzte und straffte die Schultern. »So sieht's aus, Tom. Schlimm, was? Ich bin in einer Pension in Niton abgestiegen, wo ich mich als Amateurpaläontologe mit schwacher Lunge ausgegeben habe. Insgeheim habe ich auf dich gewartet. In der Hoffnung, dich zu treffen, bin ich jeden Tag hier gewesen.«

»Warum mich?«

»Weil mir klar war, was dein Kommen bedeuten würde. Ich wußte, es hieß, du habest sie geliebt.«

Er hatte einen wunden Punkt berührt. »Und wenn? Ich hielt dich für tot, um Himmels willen. Ich habe nichts ...« Beim Gedanken an Olivia erstarb meine Stimme. »... nichts Unehrenhaftes getan.«

»Selbstverständlich nicht. Aber jetzt, da du um ihretwillen gekommen bist, würdest du etwas für dich, für uns beide tun lassen?«

»Was könntest du jetzt noch tun?«

»Nur eins. Du hast mir immer gesagt, du führtest ein leeres Leben. Du habest keine richtige Familie, keine wahren Freunde. Der Krieg sei für dich erträglich, weil dich zu Hause nichts erwarte.«

»Daran hat sich nichts geändert.«

»Aber du willst nicht sterben.«

»Natürlich nicht.«

»Ich schon.«

Ich starrte ihn an. Sein Gesicht war angespannt, aber unbewegt, ernst, vollkommen ruhig. »Was?«

»Für mich ist alles vorbei, Tom. Ich habe den Bogen überspannt. Leonora ist tot, und ich bin schuld daran. Ich desertierte, um sie zu beschützen, und habe es nur fertiggebracht, sie durch mein Kind zu töten. Ich konnte nicht mal Mompesson umbringen. Verstehst du, was ich meine?«

»Ich verstehe nur, daß du in einem Punkt recht hattest: Man kann seinem Schicksal nicht entgehen.«

»Ich schon. Ich kann es für dich tun.«

»Wie meinst du das?«

»Du könntest eine Versetzung in ein anderes Bataillon, vielleicht ein anderes Regiment durchbringen – in einem anderen Sektor. Das ginge doch, nicht wahr?«

»Ja. Aber wozu?«

»Wer würde dich dort kennen?«

»Niemand. Als ich im letzten Herbst zum dritten Bataillon zurückkehrte, kannte mich dort kaum noch einer. Die meisten waren tot.«

»Wir haben ungefähr die gleiche Größe. Ich könnte mir den Schnurrbart abrasieren. Niemand würde anzweifeln, daß ich du bin. Du hast sicherlich recht, was diese neue Frühjahrsoffensive anbelangt. Tausende werden sterben. Ich will mit ihnen sterben. Ich könnte das in deinem Namen tun. Du wärst frei, Tom. Du könntest das tun, wovon ich geträumt habe. Du könntest dem Krieg den Rücken kehren. Mr. John Willis aus London verfügt mittlerweile über ein ordentliches Bankkonto. Er taucht in keiner der offiziellen Listen auf, also kann ihn der Krieg nicht mehr in die Krallen kriegen. Er kann tun, was ihm gefällt. Wenn der Krieg endet, wird er immer noch am Leben sein. Du könntest dieser Willis sein. Was sagst du dazu?«

»Ich sage, du bist verrückt. Es würde niemals funktionieren.«

Seine Hand umklammerte plötzlich schmerzhaft meinen linken Arm. »Ich würde dafür sorgen, daß es funktioniert. Ich würde nicht zurückkommen, das verspreche ich dir. Ich bitte dich, an deiner Stelle sterben zu dürfen.«

Ich sah ihn an. In diesem Moment glaubte ich ihm. Er meinte es ernst. Und mein einziger Einwand entlarvte sich selbst. Es würde nie funktionieren – und wenn doch? Meine Reaktion schockierte mich: Ich geriet in Versuchung. Hier bot sich die Chance, das zu tun, was ihm nicht gelungen war: dem Krieg den Rücken zu kehren. Sich von der Vergangenheit abwenden und das erreichen, was das Leben einem nie bieten konnte: einen sauberen Bruch mit dem alten Leben, einen neuen Start. Schließlich hatte er recht. Wir hatten Leonora umgebracht, und in dem Krieg war kein Ende abzusehen. Als John Willis konnte ich mich völlig frei bewegen. Es war das einzige, was Hallows besaß, das einzige, was er nicht wollte. Ein Leben für ein Leben. Das Geschenk eines wahren Freundes.

»Wie lange würdest du brauchen, um deine Rückkehr in die Wege zu leiten?«

»Eine Woche höchstens.«

»Du würdest dich entweder in Southampton oder in Portsmouth einschiffen.«

»Mit ziemlicher Sicherheit.«

»Du könntest mir einen Brief an die Adresse der Post in Niton schreiben. Wenn ich weiß, wo und wann du an Bord gehst, könnte ich dort auf dich warten. Wir könnten uns fortschleichen...«

»Du brauchst das nicht in allen Einzelheiten auszuführen.«

»Du mußt es aber – in dem Brief.«

»Es wird keinen Brief geben. Ich mache das nicht.« Ich wandte mich von ihm ab. Auf der anderen Seite des Friedhofs stieg eine Krähe von Leonoras Grab hoch. Ich schloß die Augen und spürte die brennenden Tränen hinter den Lidern. Es war absurd, unvorstellbar, grotesk, und doch...

Hinter mir sagte Hallows: »Ich warte auf deinen Brief. Ich hoffe auf ihn. Er ist die einzige Hoffnung, die mir geblieben ist.«

Ich drehte mich um und sah ihn an. »Wenn du bis zum Wochenende nichts von mir gehört hast, vergiß es.«

»Gut.«

»Das ist alles, was ich jetzt sagen kann. Ich muß nachdenken.«

»Natürlich.«

»Dann adieu.«

Er hielt mir die Hand hin, aber ich nahm sie nicht. Das hätte nicht nur Zustimmung, sondern Komplizenschaft bedeutet. Während ich langsam den Weg hinunterging, fragte ich mich, ob ich ihn jemals wiedersehen würde. Am Tor drehte ich mich um. Er stand immer noch neben der Bank und schaute zu mir her, ein ferner, seltsamer Fremder, dessen Gesichtsausdruck nichts von seiner Verzweiflung verriet oder der Hoffnung, die er mir offenbart hatte. In einer feierlichen Abschiedsgeste hob er die Hand, und diesmal erwiderte ich den Gruß. Jetzt schon wußte ich, daß ich ihn wiedersehen würde. Doch in betont entschlossener Haltung ging ich davon, gestützt von meinem eigenen Unglauben.

Wie im Traum bewegte ich mich durch die nächsten Tage. Ich fuhr zurück nach Aldershot, nahm mir ein Zimmer in einem Hotel und begab mich dann eines Morgens in das Regimentshauptquartier, um das Unwiderrufliche zu tun. Meredith, ein geschmeidiger Verwalter von Transport und Truppenbewegungen, konnte nicht begreifen, warum ich unbedingt meinen Urlaub vorzeitig abbrechen wollte. Das Bataillon war wie erwartet mit dem Zug unterwegs nach Italien, um sich dort nach Ägypten einzuschiffen. Im Augenblick hatte er keine Versetzungen zu anderen Bataillonen anzubieten. Was andere Regimenter anbelangte, so würde er, falls ich darauf bestand, sehen, was er tun könne. Ich bestand darauf. Jetzt schon war es reine Selbsttäuschung, so zu tun, als könnte ich noch umkehren. Ich hätte meinen Urlaub verbringen und abwarten können, wohin man mich schickte. Doch ich hatte es nicht getan. Hallows' Angebot hatte sich in meine Seele geschlichen und dort die geheime Bereitschaft vorgefunden, auf seinen Vorschlag einzugehen.

Nach meinem ersten Besuch bei Meredith schlenderte ich zum Regimentssportplatz hinunter und sah einigen neuen Rekruten bei einem Rugbyspiel zu, in das sie all die verzweifelte Energie hineinsteckten, die sie später in Frankreich so dringend nötig haben würden. Was war es denn, so fragte ich mich, als ich die Seitenlinie entlangging, was Hallows mich bat aufzugeben? Die Kameradschaft des Soldatenlebens, die in Wirklichkeit nur aus Galgenhumor und der Verbundenheit der Verdammten bestand? Eine liebevolle Familie, die aus einem abwesenden Vater, einer toten Mutter und einem emotional zurückgebliebenen Onkel bestand? Selbst Cousine Anthea wäre kaum untröstlich. Hallows hatte die Fesseln seiner eigenen verwirrten Gefühle um mich geschlungen, die uns beide an ein frisches Grab in Bonchurch geführt hatten. Wenn ich der Versuchung widerstand, wer würde es mir danken? Es wäre nichts weiter als der eingefleischte Reflex einer zweifelhaften Erziehung – einer Erziehung, deren Ehrenkodex am Ende das gleiche sinnlose Opfer forderte.

Die paar Zuschauer jubelten auf. Ein Versuch war geglückt und ein Punktgewinn erzielt worden. Die Spieler schlugen sich gegenseitig auf den Rücken. Ich dachte an Lake, der im letzten Sommer vor meinen Augen niedergeschossen worden war; an Warren – der sture, auf zu Herzen gehende Weise treue Warren, tot, wie es viele Spieler auch bald sein würden; an Cheriton, von seinem eigenen Dämon oder von Olivia dazu getrieben, seinem Leben ein Ende zu machen. Langsam entfernte ich mich von dem Sportplatz; zum erstenmal war ich mir meines Entschlusses sicher.

Am nächsten Tag schaute ich erneut bei Meredith herein. Wenn ich es wirklich wünschte, könnte ich zu dem bei Ypern stationierten Northumbrian-Regiment stoßen, das momentan knapp an Offizieren war. Doch ich mußte innerhalb weniger Tage aufbrechen. Als würde ich einem anderen Mann zuhören, so stimmte ich mir, ohne zu zögern, zu. Noch am gleichen Morgen gab ich einen Brief an Hallows auf.

Wir trafen uns zur verabredeten Zeit am verabredeten Ort – Southampton Town Station, am Morgen des 10. April, einem kalten, klaren Frühlingstag. Der lange Truppentransportzug war in der Nacht zuvor aus dem Midlands gekommen, und ich stieg bei Tagesanbruch in Aldershot zu. Ich befand mich unter Fremden, von denen die meisten noch schliefen. Daran würde sich auch nichts ändern, bis der Zug die Docks erreichte. Niemand bemerkte, daß ich ausstieg, den Bahnsteig entlangging und zu einer fernen Fußgängerüberführung schaute, an deren Geländer eine einsame Gestalt lehnte und zum Zeichen, daß er mich gesehen hatte, eine Zigarette wegschnippte.

Wir trafen uns in einem verlassenen Bereich des Güterbahnhofs. Schweigend folgte ich Hallows zu einem leeren Arbeiterhäuschen. Hier tauschten wir die Kleidung. Minuten später tauchten wir wieder auf, verließen den Güterbahnhof und gingen eine schmale Straße entlang, vorbei an den Lagerhäusern, die den Bahnhof langführten. Rauchwolken stiegen über die schrägen Dächer, als der Truppentransportzug Dampf machte.

»Die SS ›Belvedere‹ im Empress Dock. Legt in einer Stunde ab. Von Le Havre fährst du mit dem Zug weiter nach Poperinge. Und dann nach Ypern. Morgen früh mußt du dich bei den 30th Northumbrians melden.«

»Verstehe.«

»Wie paßt die Uniform?«

»Ausgezeichnet. Wie steht's mit dem Anzug?«

»Gar nicht so übel.«

»In der Innentasche findest du den Schlüssel zu einer Wohnung in der Praed Street. Dort ist alles, was du brauchst.«

Wir gelangten an eine Kreuzung. Hallows muß gespürt haben, daß ich ihn hier verlassen wollte. Beide blieben wir stehen. »Du wirst mich nicht wiedersehen. Ist dir das klar?«

»Ich glaube schon.«

»Zu einer anderen Zeit, bei einem anderen Abschied hätten wir vielleicht gescherzt oder gelacht oder uns einfach nur unterhalten. Aber nicht heute. Nicht beim letztenmal.«

»Es tut mir leid. Es gibt so viel zu sagen, doch mir fehlen die Worte. Was sind wir, Hallows, du und ich?«

»Freunde, hoffe ich.«

»Viel mehr als nur Freunde, glaube ich.« Ich gab ihm die Hand, wandte mich dann ab, um zu gehen, blieb aber noch mal stehen. Ganz zum Schluß konnte ich meinem eigenen Gewissen doch nicht entrinnen. »Eines noch.«

»Ja?«

»Als du an diesem Abend im September in Meongate eingedrungen bist – wo warst du da noch, außer im Observatorium?«

»Nirgendwo. Ich bin direkt hoch, über die Hintertreppe. Ich wußte, daß ich auf dem Weg um die Zeit niemandem begegnen würde.«

»Und... Olivia hast du nicht gesehen?«

Er schüttelte den Kopf; ein Lächeln schien sich auf seinem Gesicht ausbreiten zu wollen, aber er unterdrückte es. Plötzlich fühlte ich, daß er mir gegenüber einen geheimen Vorteil hatte: Ich konnte nie ganz sicher sein, wieviel er wirklich wußte. »Nein, Tom. Ich habe Olivia nicht gesehen.«

»Und das Observatorium war nicht abgeschlossen?«

»Ich sagte es dir bereits. Nein. Ich besaß auch keine Schlüssel. Ist es wirklich so wichtig?«

»Nein. Aber was wir hier tun, ist wichtig. Jetzt noch könnten wir die Sache beenden, verstehst du. Wir könnten wieder in unsere jeweiligen Leben zurücktreten. Du mußt die Sache nicht durchstehen.«

»Ich kann jetzt nicht mehr umkehren und will es auch nicht. Laß es gut sein, Tom.«

Eine Putzfrau hatte die Türen einer Kneipe an der Ecke aufgestoßen und musterte uns, während sie die Stufen wischte. Irgendwo in der Nähe wurde ein Dampfhammer hustend und spuckend lebendig. Hallows lächelte, tippte an seine Kappe und ging quer über die Kreuzung davon. Ich sah ihm nach, wie er sich wortlos entfernte, die Straße hinunter auf die Docks zu. Ich beobachtete ihn, als wäre ich es, in meiner Uniform, meinen Seesack über der Schulter, eine kleiner werdende Gestalt, die langsam im Tagesverkehr untertauchte. Dann rückte der endlos lange Truppentransportzug an und schob sich zwischen uns, dort, wo die Geleise die Straße überquerten. Als er vorüber war und der träge Rauch sich aufgelöst hatte, da war auch Hallows verschwunden – verschwunden in ein Leben seiner Wahl, das meine Vergangenheit beinhaltete.

Das Verlustgefühl, das mich jetzt plötzlich durchströmte, diese scharfe, nagende Leere, die über mir zusammenschlug, als ich nun all dem, was er verkörpert hatte, den Rücken zuwandte, war gleichzeitig auch der Schock über die totale Ungewißheit. Der Freund, der mich hier zurückgelassen hatte, hatte mich auch mit sich genommen. Es war ein anderer Mann, der die kurvige Straße zu der Brücke über den Itchen entlangging, ein anderer Mann, der im Begriff stand, eine unberechtigte Zukunft für sich in Anspruch zu nehmen.

Es spielt keine Rolle, wo ich mich gerade aufhielt oder was ich gerade tat, als ich vier Monate später den längst erwarteten Eintrag in der Liste der Gefallenen las: »Im Kampf gefallen, am 16. August 1917: FRANKLIN, 1st Lieutenant Thomas Blaine, Alter 25 Jahre.« Hallows hatte sein Versprechen gehalten.

DRITTER TEIL

1

Wir waren zum Bishop's Palace zurückgekehrt, standen nun an der niedrigen Mauer, die den Wassergraben umgab, und betrachteten die gesprenkelten Reflexionen der Palastmauern und der Bäume, die sich im Wasser spiegelten. Willis hatte seine Geschichte beendet, doch meine Gedanken konnten sich nicht davon losreißen. Sollte ich nun glücklich sein, daß meine Eltern die anständigen, liebevollen Menschen waren, für die ich sie immer hatte halten wollen? Oder sollte ich traurig sein, daß das Schicksal ihnen das Leben genommen und mein eigenes über eine lange Zeit hinweg schwer behindert hatte? Ich wußte es nicht. Es gab keine Antwort darauf angesichts des grimmigen Zeugen, der hier neben mir stand; und auch das stille, leicht gekräuselte Wasser unter mir bot keinen Trost.

Willis hatte mir alle Fragen beantwortet, die mich in meiner Kindheit bedrängt hatten: die Identität der hübschen Dame, die Fragen nach dem Grab meiner Mutter, die vollständige Geschichte des Mordes auf Meongate. Er hatte mir einen richtigen Vater und eine treue Mutter wiedergegeben. Er hatte Olivias Lügen aufgedeckt. Und doch war es noch nicht genug.

Ich fühlte mich von seiner Erzählung irgendwie paralysiert, zu keiner vernünftigen Reaktion fähig. Ich hatte immer glauben wollen, daß Captain the Honourable John Hallows mein Vater war, und Willis hatte mir diese Gewißheit verschafft. Doch dafür war das Bild von ihm als reiner, unverdorbener Kriegsheld dahin. Ich hätte wissen müssen, daß man immer eine befleckte Seele vorfindet, wenn man den wirklichen Mann hinter einem gemeißelten, ehrenvollen Namen entdeckt. Und meine Mutter? Jetzt, da sie von Olivias Anschuldigungen freigesprochen war, hatte sie all meine Liebe verdient. Doch sie war nicht die hübsche Dame gewesen, der ich zum Abschied am Bahnhof von Droxford zugewinkt hatte.

»Payne erzählte mir, Sie seien auf Meongate aufgewachsen«, sagte Willis schließlich. »Ich verstehe nicht, wieso. Ich kann mir nicht vorstellen, daß Grace Fotheringham Sie je im Stich gelassen hätte. Wieso haben dann die Powerstocks Sie aufgenommen?«

Es stimmte: Der Stein hörte nie auf zu rollen. Willis hatte ein Geheimnis gelöst und ein anderes geschaffen. »Ich weiß es nicht«, erwiderte ich. »Ich habe so gut wie keine Erinnerung an Miss Fotheringham. Ich kann mich nur an die Zeit auf Meongate erinnern.«

»Sie wurde nie erwähnt?«

»Nie. Auch wurde mir nie gesagt, wo meine Mutter begraben liegt. Olivia sorgte dafür, daß die Schande meiner angeblichen Illegitimität nicht vergessen wurde.«

»Sie hat dafür gesorgt, daß die Sünde von keinem Menschen vergessen wurden – ihre eigenen natürlich ausgenommen.«

»Sie haben sie gehaßt?«

»Oh, ja. Doch mein Haß tat ihr nur gut. Sie zog das jederzeit der Gleichgültigkeit vor – sogar der Anbetung und Bewunderung, vermute ich. Sie war ...«

»Eine böse Frau?«

»Vielleicht. Aber Sie können sie besser beurteilen als ich.«

»Mich verbinden keine angenehmen Erinnerungen mit ihr, falls Sie das meinen.«

»Trotzdem hat sie Sie aufgenommen. Sie sorgte sogar nach dem Tod Ihres Großvaters für Sie.«

»Formal gesehen ja. Aber wenn Sie wüßten, was ich unter ihrer Herrschaft zu ertragen hatte und was für ein Leben ich führen mußte, dann wären Sie auch überzeugt davon, daß es nichts weiter als ein Akt der Grausamkeit ihrerseits war, daß sie mich aufgenommen hat.«

Er fuhr zu mir herum, von meiner letzten Bemerkung, so schien es, mehr aufgewühlt als von seiner eigenen Geschichte. »Ich würde gern mehr davon erfahren, Leonora.« Er richtete sich auf und blickte zum Wassergraben zurück. »Falls ich Sie Leonora nennen darf.«

»Natürlich.«

»Gut. Wenn Sie es ertragen können, darüber zu sprechen, dann würde ich gern Ihre Geschichte hören.«

Nur die Offenheit seines eigenen Berichts kann meine Bereitschaft, ja sogar meinen Wunsch erklären, ihm mein Leben zu schildern. Bis jetzt hatte ich mit Ausnahme von Tony niemandem so viel erzählt wie John Willis, diesem durchreisenden Fremden, an diesem Nachmittag in Wells. Ein Geheimnis verschwieg ich ihm natürlich ebenso wie meinem Mann: Ich erwähnte nichts von der Rolle, die ich bei Sidney Paynes Tod gespielt hatte. Ansonsten formten sich all der Kummer und all die Traumata meiner Jahre auf Meongate zu Worten, während wir einen Spaziergang machten und uns dabei unterhielten.

Als ich meine Geschichte beendet hatte, waren wir am Priory-Road-Bahnhof angelangt. Willis stand im Begriff, aufzubrechen. Er hatte seine Reisetasche aus dem »Red Lion« geholt und ging mit mir durch die dichtbevölkerten Straßen. Im Bahnhof selbst wimmelte es von Schulkindern, die im nachmittäglichen Sonnenschein herumtollten. Wir setzten uns am hinteren Ende des Bahnsteigs auf eine Bank und warteten auf den nächsten Zug nach Witham. Dort würde er auf die Hauptstrecke umsteigen, doch unglaublicherweise hatte ich gar nicht daran gedacht, ihn zu fragen, wo seine Reise enden würde.

Willis selbst war merkwürdig schweigsam. Er schien auf meine Geschichte ebensowenig eine Antwort zu wissen wie ich auf seine. Ich blickte ihn an, wie er aufrecht neben mir auf der Bank saß, und bemühte mich, die zwei Männer in ihm zu erkennen, die er verkörperte: den jungen, sensiblen, mutigen, verwirrten Offizier, der zu Kriegszeiten in die verräterische Strömung des Lebens auf Meongate gestürzt war – und den alten, hageren, anonymen Mann mit ausgefranstem Filzhut, der gegen die Gewohnheiten eingefleischter Einsamkeit ankämpfte, um der einzigen Tochter seines toten Freundes Gerechtigkeit widerfahren zu lassen.

»Meine Eltern waren für mich ebenfalls Fremde, Mr. Willis«, sagte ich nach einer Weile. »Es ist eine Strafe, als Waisenkind aufwachsen zu müssen. Ich hätte nie gedacht, daß ich einmal etwas über meine Eltern erfahren würde. Doch in gewissem Sinne haben Sie sie mir jetzt nahegebracht.«

»Nur Ihre Geschichte«, sagte er mit einer vom langen Schweigen heiseren Stimme. »Nur die Wahrheit, auf die ihre Tochter ein Anrecht hatte.«

»Warum haben Sie so lange gewartet?«

Seine Antwort wirkte merkwürdig defensiv. »Ohne diese Todesanzeige von Lady Powerstock hätte ich gar nicht gewußt, wie ich mit Ihnen hätte in Verbindung treten sollen.«

»Sie waren sicherlich der Meinung, Miss Fotheringham habe mich adoptiert.«

»Dann sagen wir einfach, diese Anzeige habe mein Gewissen angerührt – um so mehr, als Payne mir erzählte, Sie seien Olivias Mündel. Es ergab keinen Sinn. Auch jetzt ergibt es noch keinen. Es tut mir wirklich leid, daß ich Ihnen in diesem Punkt keine Klarheit verschaffen kann.«

»Das ist kaum Ihre Schuld.«

»Ihr Vater ist für mich gestorben, Leonora. Ich hätte mich darum kümmern können, daß seine Tochter ordentlich versorgt war. Ich nahm einfach an, daß ich das ruhig Grace überlassen könne.«

»Ich glaube nicht, daß Sie sich schuldig fühlen müssen. Ich

halte es Ihnen nicht vor, daß Sie das Angebot meines Vaters angenommen haben. Ich glaube, er war es Ihnen schuldig. Und ich bin froh, daß er seine Schuld bezahlte. Es war ein nobler Akt.«

Willis schluckte schwer. »Wir schuldeten uns gegenseitig mehr..., als ich mit Worten ausdrücken kann.«

»Glaubten Sie, was er Ihnen über den Mord an Mompesson erzählte? Daß er ihn nicht getötet habe?« Ich sprach damit eine geheime Hoffnung aus. Ich wollte glauben, daß mein Vater in Wirklichkeit doch seinen Feind umgebracht hatte.

Willis' Antwort war in dieser Hinsicht nicht vielversprechend. »Ja, ich habe es ihm geglaubt.«

»Vielleicht hat er es nur gesagt, damit es Ihnen leichter fällt, sein Angebot zu akzeptieren.«

»Es tut mir leid, Leonora. Er hat die Wahrheit gesagt.«

»Aber wenn er es nicht war, wer könnte es getan haben?«

»Das ist eine Frage, die ich nicht beantworten kann.« Er blickte auf. »Da kommt mein Zug.«

Ich hatte den nahenden Zug gar nicht bemerkt, und als er einfuhr, wurde mir zum erstenmal richtig klar, daß Willis im Begriff stand, mich zu verlassen. Mein Bote aus dem Nichts wollte in sein Element zurückkehren. »Sie haben mir nichts über das Leben erzählt, das Sie seit 1917 geführt haben«, sagte ich hastig. Ich spürte, daß es dafür bereits zu spät war.

»Da gibt es nichts zu erzählen«, erwiderte er. Der Zug hielt. Er erhob sich und griff nach seiner Reisetasche.

»Wohin werden Sie jetzt fahren?«

»Nach Hause. Falls man das so bezeichnen kann. Sie werden nicht mehr von mir hören.«

»Warum nicht? Ich würde Sie gern wiedersehen.«

»Jetzt, da Sie die Wahrheit kennen, begräbt man sie am besten wieder. Und mich mit ihr.« Er streckte seine Hand aus. Meine eigene Hand fühlte sich verloren in seiner großen Handfläche an. Er schüttelte sie einmal, nickte dann und stieg in den Zug. Ich trat vor und hielt die Tür hinter ihm auf.

»Es gibt noch so vieles, was ich Sie fragen möchte.«

»Und es gibt auch noch vieles, was ich Ihnen gern erzählen möchte«, erwiderte er, »aber ich habe genug gesagt. Zu Hause warten ein Mann und zwei Kinder auf Sie. Deren Glück ist wichtiger als meine müden Erinnerungen an traurige Zeiten.«

»Ich wollte, Sie könnten meine Familie kennenlernen.«

»Besser nicht. Ich an Ihrer Stelle würde sie nicht mit meiner Geschichte belasten. Auf Wiedersehen, Leonora. Gehen Sie heim. Seien Sie glücklich. Und vergessen Sie mich.«

»Wie könnte ich das?«

»Sie können es.«

Ich ließ die Tür los, und er knallte sie zu. Hinter mir ertönte ein Pfiff. Ich hob die Hand, und er tippte an seinen Hut. Dann setzte sich der Zug in Bewegung. Er beugte sich nicht aus dem Fenster; das letzte, was ich von ihm sah, war ein magerer Schatten in der schmutzigen Scheibe. Ich folgte ihm bis zum Ende des Bahnsteigs, dann verschwand er schnell aus meinem Blickfeld. Ich erinnerte mich an jenen anderen Zug – jenen anderen Abschied – vor mehr als dreißig Jahren, und als aus dem Schatten ein Pünktchen geworden war, erkannte ich, daß er mir zwar sehr viel anvertraut, es aber letzten Endes doch geschafft hatte, mir auszuweichen.

Was hatte er getan, und wo hatte er sich aufgehalten, seit er an jenem Aprilmorgen des Jahres 1917 von meinem Vater Abschied genommen hatte? Warum hatte er mit seinem Besuch bei mir bis jetzt gewartet? Hatte er erst Olivias Tod abwarten müssen? Wenn ja, stand das in irgendeiner Verbindung mit ihrem Entschluß, mich Grace Fotheringham wegzunehmen? Was hatte sie sich davon erhofft? Falls John Willis die Antworten darauf kannte, dann war es jetzt zu spät, sie ihm zu entlocken.

Bevor ich ging, erkundigte ich mich bei dem Mann am Schalter, was für Zugverbindungen von Witham aus bestanden.

»Die ganze Hauptlinie, Missus. Auf der einen Seite geht es bis nach Penzance. Auf der anderen bis London und drüber hinaus.«

»Der Mann, mit dem ich vorhin da war – Sie haben seine Rückfahrkarte geknipst. Haben Sie zufällig bemerkt, wohin er fährt?«

Doch er konnte sich nicht an Willis, geschweige denn seinen Zielort erinnern. »Wissen *Sie* es nicht?« fragte er. Nein, ich wußte es nicht.

Auf dem Heimweg wurde mir klar, wie absurd es klingen mußte, wenn ich Willis' Geschichte Tony erzählte und dann zugab, daß ich nicht nur seinen ersten Besuch geheimgehalten hatte, sondern auch nicht wußte, wie ich wieder mit ihm in Kontakt treten konnte. Ich besaß keinen einzigen Beweis, daß all das nicht nur meiner Phantasie entsprungen war.

Als ich in die Ash Lane einbog, kam mir plötzlich der Gedanke, daß Willis mit seinem Rat genau ins Schwarze getroffen hatte. In gewissem Sinne wollte ich nichts weiter als nach Hause und ihn vergessen. Wäre er zehn Jahre früher gekommen, wäre alles anders gewesen, doch jetzt kam mir die Wahrheit, die er mir gebracht hatte, in meinem ordentlichen, geregelten Leben irgendwie überflüssig vor. Meongate und alles, was dort geschehen war, lag so furchtbar weit zurück. Wenn ich Tony erzählte, daß ich kein uneheliches Kind war, würde er womöglich wieder die Frage meines Anspruchs auf Olivias Besitz aufwerfen, während ich nichts von Meongate wollte; kein Erbteil, wie geringfügig auch immer, sollte mich daran erinnern, daß ich der Frau, die mir meinen Vater hatte stehlen wollen, zur Dankbarkeit verpflichtet war. Mir reichte es zu wissen, daß ich tatsächlich Captain Hallows' Tochter war. Allerdings besaß ich keine Möglichkeit, es auch zu beweisen. Um andere davon zu überzeugen, hätte ich ihn sogar als Deserteur entlarven müssen. Doch dies war ein Geheimnis, das ich nur zu gern und mit Stolz für mich behielt.

Es war also einfacher, Tony nichts zu sagen, sicherer, niemandem mein neues Wissen anzuvertrauen. Acht Ehejahre hatten mich nicht völlig von den Heimlichtuereien meiner Jugend befreit. Ich handelte stets vorsichtig und behutsam.

Am nächsten Wochenende teilte ich Tony mit, daß ich gern einen Tag in London verbringen würde. Einkäufe in der Stadt waren für mich gelegentlich Feste, die er mir von Herzen gönnte. Am Mittwochmorgen, dem 10. Juni, setzte ich mich in den Zug.

Doch ich fuhr nicht nach London. In Westbury stieg ich nach Portsmouth ein. Dort nahm ich die Fähre zur Isle of Wight und fuhr dann mit dem Zug quer über die Insel nach Ventnor. Ich wiederholte praktisch Franklins Reise, die er vor siebenunddreißig Jahren gemacht hatte.

In Bonchurch fand ich das, was ich suchte: einen kleinen, schlichten, weißen Grabstein mit einer simplen Inschrift: LEONORA MAY HALLOWS, 1891–1917. Die Frage, die zu stellen Olivia mir verboten hatte, war endlich beantwortet. Ich füllte die Vase mit Wasser und stellte die Blumen hinein, die ich mitgebracht hatte.

Fast eine Stunde saß ich auf der Bank auf dem Friedhof und dachte darüber nach, ob ich dich eines Tages ans Grab deiner Großmutter führen sollte. Doch wie hätte ich das tun sollen? Wenn ich einen Teil von Willis' Geschichte enthüllte, dann mußte ich alles enthüllen. Und ich wußte jetzt schon, daß ich darauf nicht vorbereitet war. Also trauerte ich ganz allein um meine Mutter. Außerdem spürte ich tief in mir, daß ich die mir neu geschenkte Erinnerung an sie als mein ganz persönliches Geheimnis bewahren wollte. Einen Floristen in Ventnor beauftragte ich damit, stets frische Blumen in die Vase zu stellen. Seitdem habe ich diesen Auftrag jährlich neu bestätigt. Wenn wir jetzt Bonchurch besuchten, würden wir frische Blumen auf ihrem Grab finden. Und wir werden hinfahren – denn jetzt können wir es.

Ich wußte, daß ich noch andere Dinge in Bonchurch zu erledigen hatte, und verließ widerstrebend den Friedhof.

Sea Thrift war genau so, wie es mir beschrieben worden war. Nervös näherte ich mich dem Haus. Ich fragte mich, ob Grace

Fotheringham vielleicht immer noch hier lebte, ob jetzt womöglich der Moment gekommen war, in dem ich die hübsche Dame aus längst vergangenen Zeiten wiedersehen würde. Mein Wunsch ging nicht in Erfüllung. Ein mürrischer kleiner Mann öffnete die Tür. Er versicherte mir, daß ihm der Name Fotheringham gar nichts sagte. Meine Fragen schienen ihn zu irritieren.

»Sie lebte während des Ersten Weltkrieges hier«, sagte ich.

»Ich kann Ihnen nicht helfen. Meine Frau und ich haben dieses Haus vor sieben Jahren gekauft – von einem Mr. Buller.«

»Sie war Lehrerin.«

»Mr. Buller war Zahnarzt.«

»Im East Dene College.«

»Nie davon gehört.«

Ich erkundigte mich in der Post. Auch dort hatte der Name Fotheringham keine Bedeutung, doch wenigstens das College war bekannt.

»Wurde '39 geschlossen«, sagte der Mann am Schalter.

»Dann gibt es niemanden, der sich noch an die damaligen Lehrerinnen erinnern könnte?«

»Versuchen Sie es bei Miss Gill. Sie gehörte zum Lehrkörper. Lebt immer noch im Dorf.«

Er gab mir die Adresse – es war ein Häuschen mit schiefem Dach, oberhalb der Kirche in dem bewaldeten Hang versteckt. Miss Gill, eine stämmige, schnaufende, emsige Dame, empfing mich in ihrem Gewächshaus. Sie war damit beschäftigt, all die Singvögel in den Käfigen mit Samenkörnern zu versorgen.

»East Dene? Ja, ich habe dort mehr als dreißig Jahre lang unterrichtet.« Sie spähte um den Rand eines Käfigs herum.

»Sind Sie eins von unseren alten Mädchen? Wie war doch gleich Ihr Name?«

»Galloway. Nein, ich habe das College nie besucht. Ich bin auf der Suche nach einer Lehrerin, einer Miss Fotheringham. Sie hat während des Ersten Weltkriegs dort unterrichtet.«

»Fotheringham?« Sie rüttelte an den Gitterstäben eines Käfigs. »Reg dich nicht auf! Es ist genug für alle da. Fotheringham, sagten Sie? Ah ja – Grace Fotheringham.«

»Das ist sie.«

»Verschwand unter merkwürdigen Umständen, wenn ich mich recht entsinne.« Sie schnalzte den Vögeln mit der Zunge zu. »Tauchte einfach zu Beginn des Herbstsemesters nicht mehr auf. 1920 muß das gewesen sein.«

»Wissen Sie, warum sie aufgehört hat?«

»Ich habe nicht die geringste Ahnung. Ich hatte Besseres zu tun, als mich um solche Sachen zu kümmern. Aber sie war eindeutig... nun ja, nicht ganz richtig.«

»In welcher Beziehung?«

»Sie zog ein Waisenkind auf. Können Sie sich das vorstellen? Eine Frau in ihrer Position. Außergewöhnlich. Absolut außergewöhnlich.«

»Haben Sie eine Vorstellung, wohin sie gegangen sein könnte?«

»Nein. Ich glaube, wir waren alle froh, daß sie weg war.«

In Bonchurch konnte ich nichts mehr in Erfahrung bringen. Ich kehrte nach Portsmouth zurück und bat einen Taxifahrer, mich zum »Mermaid Inn« in der Nile Street zu bringen.

»In der Nile Street gibt's keine ›Mermaid‹.«

»Muß es aber.«

»Ich hab' noch nie was davon gehört.« Er beugte sich aus dem Fenster und brüllte zu seinem Kollegen im nächsten Taxi hinüber: »Hör mal, Reg, haste was von 'nem ›Mermaid Inn‹ in der Nile Street gehört?«

»Ja. Im Krieg ausgebombt. Wurde nie wieder aufgebaut.«

Also ließ ich mich statt dessen zur Brickwood's-Brauerei fahren, wo ich an einen Mr. Draycott verwiesen wurde, der das verläßlichste Gedächtnis für lange zurückliegende Mietverhältnisse haben sollte. Ich fand ihn in einem betriebsamen Büro oberhalb des Hofes.

»Die ›Mermaid‹? Ja, Ihre Information ist korrekt. Von einem deutschen ›Blitz‹ zerstört, im April 1941. Wir hätten den Laden nach dem Krieg wahrscheinlich sowieso dichtgemacht. Ging immer schlechter und ...«

»Ich interessiere mich für den Mieter.«

Er überlegte einen Moment, dann fiel es ihm wieder ein. »Nora Hobson. Sie führte das Lokal zusammen mit ihrem Bruder. Ein Bursche namens Fletcher. Wurden beide bei dem Bombenangriff getötet.«

Eine weitere Sackgasse. Ich ging zur Bibliothek und schaute genau wie Franklin die alten Lokalzeitungen durch. Alles war so, wie er es geschildert hatte. Ich fand sogar einen Bericht über die Gerichtsverhandlung zur Feststellung der Todesursache in den Fällen Mompesson und Cheriton. Doch jetzt, so schien es, waren nur noch Dokumente als Zeugen geblieben. Die Darsteller in dem Drama befanden sich außerhalb meiner Reichweite.

Den nächsten Schritt tat ich unter dem Deckmantel einer Einkaufstour nach Bristol. In Wirklichkeit fuhr ich nach Winchester und spürte den Auktionator auf, der den Verkauf von Meongate getätigt hatte. Wie scheußlich sie auch immer sein mochten, Olivias zwei Gemälde spielten eine Rolle in der Tragödie, der meine Eltern zum Opfer gefallen waren. Ich begann zu bedauern, daß ich sie zurückgewiesen hatte. Und dann war da noch das Buch, das Olivia mir weggenommen hatte, das Buch, mit dem ich Sidney Payne abgewehrt hatte. Willis' Geschichte hatte den Wunsch in mir aufsteigen lassen, es selbst zu lesen, ganz egal, ob es nun Blutflecken hatte oder nicht. Ich begann zu hoffen, daß Olivia es doch nicht vernichtet hatte.

Der Auktionator erinnerte sich noch gut an den Verkauf. Die Sache lag noch nicht lange zurück.

»Ich versuche einige Dinge aufzuspüren, die Sie verkauft haben, Mr. Woodward«, erklärte ich. »Zwei Gemälde von einem Künstler namens Bartholomew und ein Buch, einen Bericht über die Armut in Portsea zur Jahrhundertwende.«

»Ich glaube, ich weiß, was Sie meinen, was die Bilder anbelangt.« Er lächelte. »Zwei mittelalterliche Werke, die von einer ziemlichen Besessenheit zeugen.«

»Das sind sie.«

»Mal sehen.« Er blätterte eine dicke Kladde durch. »Ja, da haben wir sie. Zwei Ölgemälde von P. Bartholomew. Wurden für zwölf Guineen verkauft. Gar nicht so übel angesichts der Umstände.«

»Wer hat sie gekauft?«

Er zuckte mit den Schultern. »Jemand aus dem Publikum. Zahlte bar. Er war kein Händler. Daran würde ich mich erinnern.«

»Und das Buch?«

»Abgesehen von einigen viktorianischen Atlanten und Erstausgaben von Trollope, verkauften wir die gesamte Bibliothek im Block an einen örtlichen Buchhändler, Blackmore's in der Jewry Street.«

Mr. Blackmore erwies sich als sehr hilfsbereit. »War kein großartiges Geschäft, Mrs. Galloway. Ich hab' nicht viel davon verkauft. An das Buch, das Sie mir beschrieben haben, kann ich mich gar nicht erinnern. Aber Sie dürfen sich gern mal umschauen. Die Bücher sind jetzt ziemlich über die Regale verstreut, fürchte ich.« Ich machte mich an die Arbeit, aber vergeblich.

Als ich den Buchladen verließ, blieb mir nur noch eine Spur, die zu verfolgen sich lohnte. Im Polizeipräsidium sagte mir der zuständige Beamte alles, was er wußte, und das war nicht viel.

»Den Namen Shapland hab' ich noch nie gehört, Madam. Das ist allerdings nicht überraschend. Wenn er während des Ersten Weltkrieges pensioniert wurde, ist er mittlerweile wahrscheinlich längst tot, also könnte Ihnen nicht mal die Pensionskasse helfen. Wo, sagten Sie, war er stationiert?«

»Nicht einmal das weiß ich sicher. Wahrscheinlich Portsmouth.«

Er überlegte einen Moment. »Sie könnten George Pope mal fragen. Er war schon Sergeant in Pompey, da war Adam noch ein kleiner Junge. Wenn Shapland dort stationiert war, kann sich George bestimmt an ihn erinnern.«

Es schien der Mühe kaum wert zu sein, doch ich war entschlossen, jede Spur zu verfolgen, wie vage sie auch immer sein mochte. Zwei Wochen später mußte Tony geschäftlich für einige Tage nach Manchester. Ich nutzte die Gelegenheit, um nach Portmouth zu fahren. Zuvor hatte ich mich telefonisch vergewissert, daß Sergeant Pope an diesem Tag Dienst hatte, und er schien mich zu erwarten.

»Sie sind die Dame, die angerufen hat?« Er trug seine Uniform voller Stolz; er hatte das große, traurige Gesicht eines Mannes, der sein Leben lang mit Verbrechern zu tun gehabt hat, und blickte mich durchdringend an.

»Ja, die bin ich. Ich habe sehr darauf gehofft, mich mit Ihnen unterhalten zu können.«

»Heute muß mein Glückstag sein.« Sein plötzliches Lächeln war von einer liebenswerten Schüchternheit. »Was kann ich für Sie tun?«

»Ich versuchte, eine Spur von Inspector Shapland zu finden. Ich glaube, er tat hier Dienst. Man sagte mir, Sie könnten sich vielleicht an ihn erinnern.«

Er runzelte die Stirn. »Meinen Sie Arnie Shapland?«

»Ich kenne seinen Vornamen nicht. Er ging vor dem Ersten Weltkrieg in Pension und wurde während des Krieges reaktiviert.«

Sein gewaltiger grauer Schädel nickte in allmählicher Erinnerung. »Sie meinen wirklich Arnie Shapland. Er war hier Inspector, als ich bei der Polizei anfing. Ein knorriger alter...« Er konzentrierte sich wieder auf die Gegenwart. »Aber das ist einundvierzig Jahre her. Kurz vor dem Großen Krieg ging er in Pension. Warum interessiert sich eine junge Dame wie Sie für den alten Arnie? Er muß seit mehr als zwanzig Jahren tot sein.«

»Er untersuchte einen Fall, in den meine Familie verwickelt war. Der Fall wurde nie geklärt.«

»Was für ein Fall?«

»Ein Mordfall, auf Meongate, in der Nähe von Droxford, im Jahre 1916.«

»Der Meongate-Mord?« Er keckerte. »Komisch, daß Sie das wieder ans Tageslicht zerren. Ja, es war einer von Arnies Fällen. Sein letzter Fall. Direkt danach haben sie ihn wieder in den Ruhestand geschickt.«

»Er blieb also nicht bis Kriegsende im Dienst?«

»Nein. Der Fall lief nicht gut für ihn. Die Aristokratie war darin verwickelt.« Er stockte. »Ihre Familie, sagten Sie?«

»Ja, aber fahren Sie fort. Sie werden mich nicht kränken, das verspreche ich Ihnen.«

»Es ist nur so, daß er behauptete, den Fall gelöst zu haben. Er beharrte sogar darauf, möchte ich sagen. Und er blieb hartnäckig dabei, noch lange nachdem man ihn angewiesen hatte, den Fall ruhen zu lassen. Dann wurde er plötzlich entlassen, als ob...«

»Als ob ihn jemand zum Schweigen bringen wollte?«

Wieder zeigte Pope ein Lächeln. »Als machte er sich mit seinen Schlußfolgerungen nicht sonderlich beliebt. Wollen wir es mal so ausdrücken.«

»Und was für Schlußfolgerungen hatte er gezogen?«

»Ich war zu der Zeit ein junger, ungeschliffener Polizist. Arnie Shapland hat sich mir nicht anvertraut – und bestimmt auch keinem anderen.«

»Vielleicht seiner Familie?«

Er schüttelte den Kopf. »Das glaube ich nicht. Er war Junggeselle. Wohnte über dem Lebensmittelladen seiner Schwester in der Goldsmith Avenue. Ihr Sohn führt jetzt das Geschäft.«

Ich teilte Popes Skepsis, aber es bereitete keine große Mühe, quer durch die Stadt zu M. & F. Lupson, Lebensmittel und Feinkost, zu fahren und mein Glück zu versuchen.

Es war ein schäbiger, graubraun gestrichener Eckladen am

Ende einer Straße. Von der anderen Seite der Goldsmith Avenue drang das dumpfe, schwere Scheppern eines Güterbahnhofs herüber. Ansonsten war es in der Nachbarschaft merkwürdig still, als wären die Leute von dem schwülen Nachmittag wie betäubt. Drinnen im Laden herrschte eine erstarrte Düsternis. Ein dünner, nervös dreinschauender Mann wog und packte Tee ab.

»Mr. Lupson?«

»Äh... ja?« Er drehte sich um, ließ die Kelle in einen Teesack sinken, wischte sich die Hände an der Schürze ab und warf mir einen vorsichtigen Blick zu. »Kann ich Ihnen behilflich sein?«

»Ich glaube, Sie sind der Neffe von Arnold Shapland, dem Polizeiinspektor.«

Er runzelte die Stirn. »Nun... ja...«

»Er untersuchte 1916 den Meongate-Mord. Sagt Ihnen das etwas?«

»Meongate?« Er sprach langsam, synchron mit seinen Gedanken. »Meongate, sagten Sie?«

»Ja. Richtig. Ich weiß, es ist lange her, aber es handelte sich um eine Tragödie, deren Schatten immer noch über meiner Familie hängt. Soviel ich weiß, glaubte Ihr Onkel, den Fall gelöst zu haben, und wurde dann entlassen. Ich frage mich, ob er je irgendwas erwähnt hat.«

Lupsons Brille war ein gutes Stück die Nase hinabgerutscht. Jetzt schob er sie wieder hoch; seine Augen glänzten in plötzlicher Erregung. »Der Meongate-Mord. Sie wissen davon?«

»Meine Familie lebte auf Meongate.«

»Gut, gut. Also hatte Onkel Arnie doch recht. Es ist nur ein Jammer, daß Sie fünfundzwanzig Jahre zu spät kommen.«

»Wie meinen Sie das?«

Auf seinem verkniffenen Gesicht zeigte sich ein Lächeln – ein schiefes Grinsen. Ausdruck eines ungewohnten, seltenen Vergnügens. »Er sagte, wir hätten noch nicht das letzte von dem Fall gehört. Er sagte, am Ende würde sich erweisen, daß er recht gehabt hatte. Gut, gut. Wer sollte...« Plötzlich verschwand das

Lächeln von seinem Gesicht, und er preßte die Lippen zusammen. Einen Augenblick später verstand ich, warum. Eine Frau mit harten Zügen und straff zurückgekämmtem Haar hatte den Laden durch die Hintertür betreten. Mir drängte sich sofort der Eindruck auf, daß sie die Worte änderte, die sie hatte sagen wollen, als sie mich sah. Doch auch so lag kein Hauch von Freundlichkeit in ihrer Stimme.

»Maurice! Wenn du die Dame bedient hast, räumst du diese Biskuitschachteln um.« Und damit ging sie wieder hinaus.

Lupson beugte sich über den Tresen. »Ich kann jetzt nicht reden«, flüsterte er mir zu.

Auch ich flüsterte: »Ich werde Sie nicht lange aufhalten.«

»Darum geht's nicht. Ich möchte darüber sprechen, wirklich.« Er dachte kurz nach. »Ich mache später meine Runde mit dem Lieferwagen. Wenn Sie mögen, könnten wir uns treffen.«

»Von mir aus gern.«

»An diesem Ende vom South-Parade-Pier. Um halb fünf.«

Ich nickte zustimmend. Er richtete sich wieder auf; ich kam mir ein bißchen albern vor, als ich einen Beutel Tee kaufte.

Lupson war pünktlich. Ich stand um halb fünf neben dem Eingang zum Pier und schaute über die niedrige Mauer hinunter zum Strand, an dem einige wenige Badende der scharfen Brise trotzten, als sein stumpfnasiger, verrosteter Lieferwagen neben mir hielt. Nervös an einer Zigarette ziehend, kam er herausgeklettert.

»Nett von Ihnen, daß Sie gekommen sind«, sagte ich, bemüht, ihn etwas aufzulockern.

Ungeschickt zuckte er mit den Schultern. »Laufen wir ein Stück?«

Langsam gingen wir auf Southsea Common zu. Ich erzählte ihm nur das absolut Notwendige über meine Verbindung zum Meongate-Mord. Ich hoffte, das würde ihn etwas aus der Reserve locken.

»Mrs. Lupson haßte Onkel Arnie. Deshalb konnte ich vorhin auch nicht reden. Als wir heirateten, lebten wir mit meiner Mutter und ihm über dem Laden. Es war ganz schön eng. Sie vertrugen sich nicht. Mein Onkel und ich dagegen – das war was anderes. Ich stand ihm näher als meinem eigenen Papa. Als ich noch ein Junge war, erzählte er mir alles über den Meongate-Mord. Von anderen Fällen auch, aber davon am meisten. Er kam immer wieder darauf zu sprechen, so wie ein Hund zu seinem Knochen zurückkehrt. Er nahm mich auf Spaziergänge zum Milton Park mit oder runter zu seinem Schrebergarten und ging dabei den Fall wieder und wieder durch.«

»Wieso sagten Sie, ich käme fünfundzwanzig Jahre zu spät?«

»Weil er so lange tot ist. Er war immer der Meinung, wir würden noch mal was von dem Fall hören, verstehen Sie. Er ging davon aus, daß die Sache eines Tages wieder an die Oberfläche kommen und es sich dann zeigen würde, daß er recht gehabt hatte, recht in dem Punkt, wer der Mörder gewesen war. Seine Vorgesetzten hatten davon nichts wissen wollen. Sie wollten die ganze Angelegenheit unter den Teppich kehren. Als mein Onkel sich darauf nicht einließ, warfen sie ihn raus.«

»Ich dachte, er sei in Pension gegangen.«

»Er sah das anders. Oben in seinem kleinen Erkerzimmer brütete er endlos darüber. Wieder und wieder ging er mit mir den Fall durch.«

»Was für eine Theorie hatte er, Mr. Lupson? Es würde mich brennend interessieren.«

»Sie können es in seinen eigenen Worten lesen. In einem Brief an den Polizeichef protestierte er gegen die Schließung des Falles. Hat ihn mühsam mit der alten, klapprigen Maschine, die er in seinem Zimmer stehen hatte, getippt. Da sind alle Details aufgeführt. Ich habe Ihnen den Durchschlag mitgebracht, den er gemacht hat. Ich dachte, Sie würden es gerne lesen.«

Es war viel mehr, als ich mir erhofft hatte. Als wir wieder beim Lieferwagen angelangt waren, holte Lupson hinter dem Fahrersitz eine alte Aktentasche hervor, entnahm ihr ein Bündel Papiere und überreichte mir feierlich einen zerknitterten, dünnen Briefbogen. Dann lehnte er sich gegen die Kühlerhaube, steckte sich eine weitere Zigarette an und betrachtete die Umgebung, während ich den Brief seines Onkels las.

Er war in Form eines Memorandums gehalten, ohne Anschrift oder formellen Gruß.

VERTRAULICH

An: Polizeipräsidenten
von: A. W. Shapland, Det. Insp.
Datum: 13. November 1916
Betreff: Ermittlung im Meongate-Mord
Mir ist durchaus klar, daß Sie weitere Ausführungen von mir zu obengenanntem Thema nicht begrüßen werden, doch fühle ich mich verpflichtet, meine Meinung deutlich zum Ausdruck zu bringen, da der Report des städtischen Ordnungsdienstes schlicht unterstellt, daß die Ermittlungen in diesem Fall falsch geführt worden seien. Aus diesem Grund, so nehme ich an, wurde meine Reaktivierung so abrupt beendet, obwohl ich bis jetzt noch keine offizielle Erklärung dafür erhalten habe.

Falls man diesen Fall als abgeschlossen betrachten will, so muß dies auf der Grundlage geschehen, daß Cheriton zuerst Mompesson ermordete und dann Selbstmord beging. Das einzige Motiv für diese Tat findet sich in Lord Powerstocks Behauptung, Mompesson habe sich über Cheriton wegen dessen zweifelhaften Verhaltens im Krieg lustig gemacht. Gegen diese Erklärung gibt es drei grundsätzliche Einwände:

1. Warum wurde die Waffe, mit der Mompesson getötet wurde, nicht logischerweise bei Cheritons Besitztümern gefunden?

2. Falls Cheriton an einem Nervenleiden litt – wie bei der

Verhandlung ausgesagt wurde –, wie schaffte er es dann, einen derart kaltblütigen Mord zu planen und durchzuführen?

3. Falls Cheriton tatsächlich Mompesson tötete – um sich so gegen den Vorwurf der Feigheit zu wehren –, warum machte er das nicht klar in einem Abschiedsbrief? Ohne Abschiedsbrief verstärkte er doch nur die Annahme, daß er eine Rückkehr nach Frankreich nicht hätte ertragen können.

Ich halte es für äußerst wahrscheinlich, daß Cheriton doch einen Abschiedsbrief hinterlassen hat und daß dieser Brief bei seiner Leiche gefunden und vernichtet wurde, weil darin der Hinweis auf den wahren Mörder zu finden war. Nur Lieutenant Franklin war in der Lage, einen derartigen Brief verschwinden zu lassen. Ich bin überzeugt davon, daß er genau das getan hat, weil sein Name in dem Brief stand. Um das zu erhärten, möchte ich Ihre Aufmerksamkeit auf folgende Dinge lenken.

1. Unter Mompessons Besitztümern fand ich einen Zettel mit einem Datum (13. Juni) und einer Adresse in einem Slumviertel von Portsea. Später stellte sich heraus, daß es sich bei dieser Adresse um einige unbewohnte Räume oberhalb eines Holzhofes handelte. Mompesson hatte keine bekannte Verbindung nach Portsmouth, doch vielleicht erinnern Sie sich daran, daß die erste Lady Powerstock in den »Mermaid-Inn«-Fall von Volksverhetzung im Jahre 1904 verwickelt war. Einer der Angeklagten, ein radikaler Agitator namens Daniel Fletcher, zählte zu ihren Bekannten.

2. Bei seiner Befragung behauptete Franklin, er habe das »White Horse Inn« am Freitag, dem 22. September, gegen zehn Uhr abends allein verlassen, ungefähr eine Stunde bevor Mompesson ermordet wurde. Major Thorley andererseits sagte aus, daß er Franklin in Begleitung eines anderen Mannes gesehen hatte (den er allerdings nicht erkannte).

3. Als ich am Sonntag, dem 24. September, am frühen Abend Meongate betrat, überraschte ich Franklin und Mrs.

Hallows dabei, daß sie den veröffentlichten Bericht der ersten Lady Powerstock über deren barmherziges Werk in Portsea lasen und diskutierten.

4. Am gleichen Abend noch befragte ich Mr. Gladwin, den Vater der ersten Lady Powerstock, ob der verstorbene Captain Hallows wohl eher Daniel Fletchers Sohn als Lord Powerstocks Sohn gewesen sei und welches besondere Ereignis sich Mitte Juni dieses Jahres auf Meongate abgespielt habe. Er geriet in grundlose Erregung und verweigerte die Antwort auf diese Fragen.

5. Mrs. Hallows verließ Meongate frühzeitig am Montag, dem 25. September, und kehrte bis jetzt nicht zurück. Ich weiß, daß sie an diesem Morgen eine Fahrkarte am Bahnhof von Droxford nach Portsmouth gekauft hat. Ich glaube, sie wohnt auf der Isle of Wight; die Adresse dürfte Lord und Lady Powerstock bekannt sein. Ich habe gehört, sie hätten Ihnen eine Erklärung für diese plötzliche Abreise von Meongate gegeben; allerdings drang diese Erklärung nicht bis zu mir durch.

6. Als ich am Dienstagmorgen, dem 26. September, Franklin gegenüber zu erkennen gab, daß ich die Adresse in Portsea kannte, verließ er sofort Droxford. Er wurde beschattet und begab sich zuerst zu der vorgenannten Adresse in Portsea und anschließend zum »Mermaid Inn«, wo er übernachtete. Am nächsten Morgen, Mittwoch, dem 27. September, entwischte er unserem Beamten, als er an Bord einer Isle-of-Wight-Fähre ging. Am gleichen Abend noch kehrte er nach Droxford zurück.

Für die eben aufgezählten Fakten bietet sich nur eine einzige Schlußfolgerung an:

Captain Hallows ist nicht, wie gemeldet, im April in Frankreich gestorben, sondern desertiert und in sein Heimatland zurückgekehrt, wo er sich mit Hilfe und Unterstützung seiner Frau versteckte. Daniel Fletcher, sein wirklicher Vater, bot ihm vom 13. Juni an unter der Adresse in Portsea Unterschlupf. Irgendwann wurde Franklin in das Geheimnis eingeweiht. Ich kann nicht sagen, wie Mompesson das Täuschungsmanöver entdeckte, doch nachdem er Bescheid wußte, versuchte er, jemanden oder alle betroffenen Parteien zu erpressen. Franklin und Hallows trafen sich am Abend des 22. September vor dem »White Horse Inn« und vereinbarten, Mompesson zum Schweigen zu bringen. Einer von ihnen drang in Meongate ein und ermordete ihn. Vielleicht begingen sie die Tat auch gemeinsam. Cheriton beobachtete sie beim Verlassen von Mompessons Zimmer. Das war für seine Nerven zuviel. Anschließend stieß Mrs. Hallows in Portsea zu ihrem Mann, und gemeinsam flüchteten sie auf die Isle of Wight. Franklin, aufgeschreckt davon, daß ich ihr Versteck kannte, folgte ihnen, um sie zu warnen. Nachdem er die Frage ihrer Sicherheit zu seiner Zufriedenheit geklärt hatte, kehrte er zurück, um die Gerichtsverhandlung durchzustehen.

Ich bedaure sehr, meine Karriere mit einem ungelösten Fall beenden zu müssen, vor allem da ich sicher bin, daß dieser Fall hätte geklärt werden können, hätte man mir die Unterstützung zukommen lassen, auf die ich einen Anspruch zu haben glaube. Ich bestreite entschieden, daß meine Befragung von Lord und Lady Powerstock – oder eines anderen Zeugen – in Belästigung ausartete, und ich wünsche, daß schriftlich festgehalten wird, daß der Befehl, mit dem mir weitere Nachforschungen auf der Isle of Wight untersagt wurden, meine Ermittlungen stark beeinträchtigt hat.

Ich möchte Sie dringend ersuchen, den Fall erneut aufzurollen. Angesichts der Beweise, die ich Ihnen in diesem Memorandum vorgelegt habe, dürfte Ihnen meiner Meinung nach keine Alternative bleiben. Ich erwarte Ihre Entscheidung.

»Er bekam nie eine Antwort, Mrs. Galloway. Das war die letzte, schwerste Kränkung. Er hatte ihnen mehr als vierzig Jahre lang treue Dienste geleistet – und das war nun der Dank.«

Ja, er hatte ordentliche Arbeit geleistet. Er hatte die Spuren und Hinweise erkannt und sich mit logischen Schlußfolgerungen an die Lösung herangetastet. Beinahe hätte er ins Schwarze getroffen. Natürlich hatte Lord Powerstock genügend Freunde in den entsprechenden Ausschüssen, die sagen konnten: »Genug ist genug.« Natürlich kannte Olivia genügend Ohren, in die sie flüstern konnte: »Meine Stieftochter ist schwanger und hat unser Haus in Schimpf und Schande verlassen. Rufen Sie diesen Mann zurück.« Wer würde schon Shaplands verrückter Theorie glauben, daß ein Toter wieder aufgetaucht und alte Bindungen wieder zum Leben erwacht waren? Niemand. Als Antwort würde ihm nur die nackte, kahle Wand des offiziellen Schweigens entgegenstarren.

»Er sagte immer, wir würden von der Sache noch was hören. Er erklärte mir unzählige Male, daß sich eines Tages zeigen werde, daß er recht gehabt hatte. Sind Sie deswegen gekommen, damit ihm nach all den Jahren Gerechtigkeit widerfährt?«

Die Kraft seines Glaubens an sein Kindheitsidol ließ Lupons Gesicht aufleuchten. Ich konnte darin all die hartnäckige Bitterkeit eines toten Polizisten lesen, der seinen letzten Fall einfach nicht aufgeben konnte. Wie hätte ich seinem einsamen, linkischen Neffen sagen können, daß im Endeffekt alles umsonst gewesen war?

»Ja. Mr. Lupson, deshalb bin ich zu Ihnen gekommen. Ich kenne jetzt die ganze Geschichte. Ihr Onkel hatte auf der ganzen Linie recht.«

Das waren die Worte, die Lupson hören wollte. Mir diente Shaplands Protestbrief lediglich dazu, die letzten Zweifel an Willis' Geschichte zu beheben. Sie stimmte in allen Einzelheiten. Er und Shapland hatten sich durch das gleiche Labyrinth gekämpft und waren beide gleichermaßen unwissend am anderen Ende wieder aufgetaucht; keiner von ihnen wußte, was wirklich in der Nacht von Mompessons Ermordung auf Meongate geschehen war.

Wollte ich mehr erfahren, so mußte ich – das war mir klar – mit einem Mann reden, den ich gehofft hatte nie wiedersehen zu müssen: Mayhew. Wenn irgend jemand mir sagen konnte, was Olivia bewogen haben mochte, an Grace Fotheringhams Stelle zu treten und mich aufzuziehen, dann war das Mayhew. Am nächsten Tag rief ich in seinem alten Büro an. Nach einigen Ausflüchten bekam ich seine Privatadresse: ein Bungalow in New Forest. Noch am gleichen Nachmittag fuhr ich hin.

Mayhews Haus, in das er sich für seinen Ruhestand zurückgezogen hatte, lag in der Nähe von Cadnam am Ostrand des Waldes. Ich weiß nicht, was ich erwartet hatte, ganz gewiß aber keine neu erbaute Residenz mit Terrakottadach am Ende einer erst kürzlich geteerten Zufahrt. Eine Reihe von Pappeln schützte das Haus von hinten; auf dem Feld daneben grasten Pferde. Das war keineswegs der Ort, den ich mit einem graugekleideten, graugesichtigen Anwalt in Verbindung gebracht hätte. Auch hätte ich nicht erwartet, daß mir eine Mrs. Mayhew die Tür öffnen würde, die zwanzig Jahre jünger wirkte als ihr Mann. Sie meinte, sie habe mich für den Mann gehalten, der den Swimmingpool säubern sollte. Sie führte mich in den hinteren Teil des Gartens, in dem »Larry ein paar Rosen zu Tode schneidet«.

Er schien über meinen Besuch ebenso überrascht wie ich über seinen Anblick in Arbeitshosen und Kappe. Er schnitt an seinen Rosenzüchtungen herum, während neben ihm ein Dackel hechelte.

»Mrs. Galloway«, sagte er. »Mit Ihnen hätte ich am allerwenigsten ...«

»Es tut mir leid, so unangemeldet hereinzuplatzen«, sagte ich. »Ob ich wohl kurz mit Ihnen reden könnte?«

»Geht es um Lady Powerstocks Testament?«

»Nicht direkt.«

»Sie hätten mir schreiben können. Ich bin immer noch einmal die Woche im Büro.«

»Können wir uns jetzt unterhalten?«

»Wie Sie wünschen.«

Er führte mich zu einem Gartentisch in der Nähe des Swimmingpools, und wir setzten uns. Ich bekam keinen Tee angeboten, nichts deutete darauf hin, daß er in meinem Besuch etwas anderes sah als ein unwillkommenes Eindringen in seine Privatsphäre. Dementsprechend schenkte ich mir jede Einleitung.

»Was können Sie mir über Grace Fotheringham sagen?«

In seinem Gesicht war nicht die geringste Reaktion auf meine Frage zu erkennen. »Was wollen Sie wissen?«

»Die Umstände, die sie dazu brachten, mich meinen Großeltern zu übergeben.«

»Ich bin mir nicht sicher, ob ich Ihnen da behilflich sein kann.«

»Sie korrespondierten zur Zeit meiner Geburt mit Miss Fotheringham und teilten ihr mit, daß mein Großvater nichts mit mir zu tun haben wollte. War es nicht so?«

»Ich glaube, Sie haben das korrekt wiedergegeben.«

»Haben Sie ihr noch weitere Briefe geschrieben?«

»Noch einen, erinnere ich mich.«

»Aus welchem Grund?«

»Das war Anfang 1920. Lady Powerstock deutete an, daß sie wünsche, Sie von Miss Fotheringham zu übernehmen.«

»Warum?«

»Der Grund dafür war nicht Bestandteil meiner Instruktionen. Ich schrieb Miss Fotheringham und bat um ihr Einverständnis. Anfangs weigerte sie sich.«

»Nur anfangs?«

»Da sie nicht Ihr legaler Vormund war, hätte man sie zwingen können, doch das erwies sich nicht als notwendig.«

»Warum nicht?«

»Das weiß ich nicht. Lady Powerstock nahm die Angelegenheit persönlich in die Hand. Auf alle Fälle gab Miss Fotheringham nach, und Sie kamen nach Meongate.«

»Was wurde aus Miss Fotheringham?«

»Auch das ist mir nicht bekannt.«

»Im Sommer 1920 verließ sie plötzlich die Schule, in der sie unterrichtet hatte. Wissen Sie, warum?«

»Nein.«

»Ich weiß nicht, ob ich Ihnen glauben kann, Mr. Mayhew.«

Nicht einmal diese Beleidigung berührte ihn. »Das ist selbstverständlich Ihr gutes Recht.«

»Ich glaube, Sie wissen wesentlich mehr über die Angelegenheiten meiner Familie, als Sie je zugegeben haben.«

»Ein Familienanwalt, Mrs. Galloway, wird normalerweise nicht wegen seiner Indiskretionen geschätzt. Lord und Lady Powerstock nahmen viele Jahre lang meine Dienste in Anspruch. Ich habe stets das Vertrauen respektiert, das sie in mich setzten.«

»Und jetzt, da sie beide tot sind?«

»Als Lady Powerstocks Testamentsvollstrecker habe ich immer noch eine Verpflichtung ihr gegenüber.«

»Und ihrer Enkelin gegenüber nicht?«

»Jedenfalls nicht Ihnen gegenüber, Mrs. Galloway.«

Die feine Unterscheidung war auf unerfreuliche Weise deutlich. Sie signalisierte mir, daß ich nichts erreichen würde, wenn ich weiterbohrte. Schnell erhob ich mich. »Auf Wiedersehen, Mr. Mayhew.«

»Mrs. Galloway ...« Einen Moment lang betrachtete er mich forschend. »Dürfte ich fragen, wie Sie von Miss Fotheringham gehört haben?«

»Nein«, erwiderte ich mit boshaftem Lächeln. »Das dürfen Sie nicht.«

Als ich nach Wells zurückkehrte, erkannte ich, daß ich jede nur denkbare Spur verfolgt und nichts erfahren hatte, was Willis mir nicht bereits erzählt hatte. Mir schien keine andere Wahl zu bleiben, als aufzugeben.

Mit einem Gefühl der Endgültigkeit schrieb ich an die Imperial War Graves Commission und bat um Informationen über den Mann, der in Franklins Namen gestorben war. Ihre Antwort bestätigte das, was ich bereits wußte.

»First Lieutenant Thomas Blaine Franklin, Hampshire Light Infantry, starb am 16. August 1917 im Alter von 25 Jahren, zu der Zeit dem Northumbrian-Regiment zugeteilt. Nach dem Krieg war der Grabbetreuungsdienst der Armee nicht in der Lage, sein Grab zu lokalisieren, und so ist sein Name zu seinem Gedenken als Mahnmal für die Vermißten auf dem Tyne-Cot-Militärfriedhof in Belgien eingraviert.«

Ich bezweifelte zwar Willis' Worte nicht, aber es fiel mir schwer zu glauben, daß dieser Bericht mit einem fremden Namen wirklich den Tod meines Vaters schilderte und daß Franklin in Wirklichkeit überhaupt nicht tot war. Wie sollte ich das alles irgendeiner Menschenseele erklären, wenn ich es manchmal selbst nicht glauben konnte?

Ich fragte mich oft, ob Willis nicht eines Tages zurückkehren, am Sonntagnachmittag an die Tür klopfen und wieder in mein Leben treten würde. Aber er hatte das Gegenteil angekündigt, und die Zeit bewies, daß er sein Wort hielt. Ich hatte keine Möglichkeit, ihn aufzuspüren. Er war spurlos verschwunden. Gelegentlich und im Laufe der Jahre in zunehmendem Maße fragte ich mich, ob er wirklich bei mir gewesen war oder ob ich mir seinen Besuch nur eingebildet hatte. Es gab keinen Beweis, nichts Greifbares, was an ihn erinnert hätte. Dieser Gedanke allein hielt mich davon ab, mich Tony anzuvertrauen – oder dir alles zu erzählen, als du älter wurdest. Ich redete mir selbst ein, daß es sinnlos sei, immer wieder die Vergangenheit durchzukauen, und daß es reichte, daß ich die Wahrheit über meine Eltern erfahren hatte. Willis' Voraussage erwies sich als richtig. Zum Schluß vergaß ich ihn.

2

Als ich fünfzig war, besuchte Ronald die Universität, und du warst im Internat. Tony schuftete schwerer denn je wegen Jimmy Dares Krankheit und schien immer weniger Zeit zu Hause zu verbringen. Und so wurde nach zwanzig hektischen Jahren mein Leben allmählich langweilig und einsam. Als dann die Vergangenheit ihren nächsten Vorstoß in meine wohlorganisierte Welt machte, betrachtete ich das nicht mehr als Bedrohung meiner Sicherheit, sondern als willkommene Herausforderung.

Mitte Januar 1968 erhielt ich einen Brief einer Anwaltskanzlei aus Cornwall, Trevannon & Roach, Fore Street, Fowey. Ich hatte nie von ihr gehört, aber man schien da von mir gehört zu haben. Beim Frühstück las ich Tony den Brief laut vor.

»Liebe Mrs. Galloway. Wir sind als Testamentsvollstrecker für den Besitz des verstorbenen Mr. John Willis aus 13 Bull Hill, Fowey, tätig, der am 7. Januar verschied und Sie in seinem Testament als Erbin seines Hauses mitsamt Einrichtung benannte. Es wäre sehr freundlich von Ihnen, wenn Sie mit Mr. Gerald Trevannon Kontakt aufnehmen könnten, um die Übergabe des Besitzes zu besprechen.«

Sofort bereute ich, den Brief laut vorgelesen zu haben. Für mich war es ein Schock – und Tony konnte ich die ganze Sache unmöglich erklären. Wieso hatte Willis mir sein Haus hinterlassen? Unser einziges Treffen vor fünfzehn Jahren erklärte eine derartige Geste sicher nicht. Warum hatte er sich jahrelang vor mir versteckt, um mir jetzt diese unheimliche postume Botschaft zu schicken? War Fowey sein Bestimmungsort gewesen, als er damals in den Zug stieg und mich ohne einen Hinweis auf seinen Aufenthaltsort zurückließ – bis jetzt?

»Wer ist John Willis?« fragte Tony stirnrunzelnd.

Seine Worte unterbrachen meinen Gedankengang. Was sollte

ich sagen? Daß er ein Mensch war, dem ich einmal begegnet war, den ich aber meinem Mann gegenüber nie erwähnt hatte? Daß er ein Freund meines Vaters war, den ich nie kennengelernt hatte? Wenn mir genügend Zeit für eine Antwort geblieben wäre, hätte ich ihm in dem Moment vielleicht die Wahrheit erzählt – so komplex und unglaublich sie auch klingen mochte. Statt dessen flüchtete ich mich in eine Lüge.

»Ich weiß nicht. Der Name sagt mir nichts.«

»Aber er hat dir sein Haus vererbt.«

»Ich kann nichts dafür. Mir erscheint das genauso mysteriös wie dir.«

»Komm schon, Liebling. Leute vererben ihre Häuser nicht einfach an vollkommen Fremde.«

»Nun, in diesem Fall scheint das jemand getan zu haben.«

Es war deutlich zu erkennen, daß Tony mir nicht glaubte, doch es hätte ihm nicht ähnlich gesehen, das offen zu sagen. Statt dessen würde er im Vertrauen darauf, daß ich ihm irgendwann die Wahrheit sagte, geduldig warten. Ich konnte das an der dezenten, routinierten Weise erkennen, in der er den zweifelnden Ausdruck von seinem Gesicht vertrieb.

»Was wirst du also tun?« fragte er schließlich in neutralem Tonfall.

»Mit Mr. Trevannon in Verbindung treten, denke ich.«

»Gibt es einen Anhaltspunkt, wieviel das Haus wert ist?«

»Nein.«

Meine Antwort lieferte ihm ein sicheres Thema. »Fowey ist so eine Art Ferienort. Am richtigen Ort und an der richtigen Stelle könnte die Sache schon was wert sein.«

»Ja. Vielleicht.«

»Ich nehme an, du wirst hinfahren wollen.«

»Mir wird wohl keine andere Wahl bleiben.«

»Du weißt, ich kann jetzt nicht weg, so, wie's momentan aussieht.«

»Das geht schon in Ordnung. Ich fahre allein.«

Und genau das wollte ich ja auch. Wenn Tony nicht so beschäftigt gewesen wäre, hätte er womöglich darauf bestanden, mich zu begleiten, doch in Wirklichkeit waren wir wohl beide froh darüber, daß es nicht ging. Wir waren zufrieden, daß wir der Wahrheit noch ein bißchen aus dem Weg gehen konnten. Ich war noch nicht bereit, das zu teilen, was ich über Leben und Tod von John Willis in Erfahrung bringen konnte.

Am folgenden Montag fuhr ich nach Fowey. Es war Ende Januar, ein kalter, nasser, grauer Tag; der Winter hatte den Charme Cornwalls erstickt. Es war schon dunkel, als ich ankam. Ich nahm mir ein Zimmer im »Fowey Hotel« – verschachtelt, leer und von Stürmen umtost – und begann die Impulshandlung zu bedauern. Man hatte mir ein Zimmer mit Blick auf den Meeresarm gegeben, doch an diesem Abend konnte ich nichts weiter als ein paar vom Regen verwischte, trübe Lichter sehen.

Am nächsten Morgen hatte sich die Aussicht verändert. Der Himmel war klar, der Frost hatte den Rasen unter meinem Fenster erstarren lassen, und die Sonne ließ das Wasser blitzen und funkeln. Die Stadt lag unter mir, ein Gewirr schmaler Straßen und dichtgedrängter Dächer, aus deren Schornsteinen Rauchwolken aufstiegen. Draußen auf dem Meeresarm reckten sich kahle Masten wie junge Bäume aus der Menge der vor Anker liegenden Boote. Das Put-put einer langsam dahinstampfenden Fähre drang zu mir, durch die stille Luft noch verstärkt. Im Süden lag die endlose Fläche des Ozeans, im Norden zogen sich die Hänge eines bewaldeten Tales hin. Hier hatte John Willis sein Zuhause gefunden.

Ich war um zehn Uhr mit Mr. Trevannon verabredet. Er begrüßte mich in seinem Büro im ersten Stock über der lebhaften Hauptstraße der Stadt. Er eilte hin und her, brachte Kaffee und eine Kopie des Testaments. Er war jünger, als ich erwartet hatte, mit wirrem Haar und schlecht vorbereitet. Irgendwie verbreitete er eine Atmosphäre beruhigender Untüchtigkeit.

»Wie Sie sehen«, sagte er, während er sich über einen kleinen Elektroofen beugte und ihn eine Stufe höher schaltete, »ist das Testament ganz klar abgefaßt.«

»Wie ich sehe, hat er sich eine Feuerbestattung ausbedungen.«

»Ja.« Er schlug sich den Kopf an, als er sich vom Ofen aufrichtete. Das Büro mit der niedrigen Decke schien insgesamt viel zu klein für einen so großen Mann mit derart ungeschickten Bewegungen. »Tut mir leid, daß ich Sie nicht früher benachrichtigt habe. Wären Sie bei der Einäscherung gern dabeigewesen?« Mit einem Seufzer sank er hinter seinem Schreibtisch auf einen Stuhl.

»Vielleicht, aber es macht nichts. Und eine Hinterlassenschaft von tausend Pfund an den Earl Haig Appeal Fund.«

»Hmm. War er... ein alter Soldat?«

»Wie ich Ihnen bereits am Telefon sagte, Mr. Trevannon, ich habe Mr. Willis niemals kennengelernt. Die Erbschaft war ein richtiger Schock für mich.«

»Ah ja. Natürlich. Wie merkwürdig.«

»Ich hoffte, er habe vielleicht Ihnen gegenüber einige Erklärungen abgegeben.«

»Nun – nein, das hat er nicht. Wenn Sie auf das Datum achten, werden Sie feststellen, daß er das Testament im Jahre 1954 verfaßt hat. Der Trevannon, der es bezeugte, war mein Vater. Ich kann mich nicht erinnern, Mr. Willis je näher kennengelernt zu haben, obwohl ich ihn natürlich vom Sehen kannte. Er war so was wie eine lokale Persönlichkeit.«

»War er das? Wieso?«

»Oh, ich weiß nicht recht. Er war nicht besonders gesellig oder umgänglich. Andererseits...«

»Hier steht nichts von einem Haus. Es wird lediglich erwähnt, daß ich den Nachlaß des Besitzes erhalte.«

»Nach Abzug der Summe für den Haig Fund und der Rechnung des Leichenbestatters ist nur noch das Haus übriggeblieben. Mr. Willis war kein reicher Mann. Obwohl das Haus sicherlich...«

»Wann hat er es gekauft?«

»Die Dokumente befinden sich noch bei der Bank. Doch aus der Erinnerung heraus...«

Eine Sekretärin kam mit Kaffee und Biskuits herein. Sie beugte sich über den Schreibtisch und flüsterte Trevannon zu: »Mr. Cobb wartet unten.«

»Oh, Gott.« Er verzog das Gesicht. »Nun, sagen Sie, es werde nicht mehr lange dauern.« Sie zog sich zurück. »Wo war ich gleich stehengeblieben? Das Haus... wann er es gekauft hat? Anfang der fünfziger Jahre, glaube ich. Der Wert ist seitdem wahrscheinlich um einiges gestiegen.«

»Könnte... ich es sehen?«

»Selbstverständlich.« Er hob seine Tasse und trank einen Schluck.

»Haben Sie die Schlüssel?«

»Äh, wir haben da ein kleines Problem.« Er stellte die Tasse wieder ab, als wollte er die Schwierigkeiten hervorheben. »Genaugenommen habe ich keine Schlüssel. Das heißt, normalerweise hätte ich sie schon, aber in diesem Fall... Um es direkt zu sagen, Mrs. Galloway, da haben sich ein paar Leute eingenistet.«

»Besetzer?«

»O nein. Sie sind mit Mr. Willis' Zustimmung da, soweit ich weiß. Logiergäste, könnte man sagen.«

»Und die haben die Schlüssel?«

Er lächelte nervös. »Nun ja, klar. Natürlich habe ich ihnen die Lage geschildert. Sie wissen, daß Sie kommen.«

»In dem Fall sollte ich sie vielleicht nicht warten lassen.«

»Sie meinen, Sie wollen direkt hin? Gute Idee.« Wieder hob er die Tasse, überlegte es sich dann aber anders und stellte sie wieder ab. »Vielleicht sollte ich Ihnen einiges... äh... über sie erzählen. Sie sind nicht die Sorte Untermieter, die Sie oder ich aufnehmen würden.«

»Ich bin überzeugt davon, daß sie nicht beißen werden.«

»Nein ... nein, selbstverständlich nicht.« Endlich nahm er einen Schluck Kaffee. »Ich erkläre Ihnen noch den Weg. Bull Hill ist gerade um die Ecke. Nummer 13 ist am hinteren Ende.«

Bull Hill, eine Gasse, die man über eine Treppe hinter dem »Lugger Inn« erreichte, zog sich zwischen den Hausdächern der Fore Street auf der einen und einer hohen Steinmauer auf der anderen Seite hin. Jenseits der Dächer war der Meeresarm sichtbar, doch Bull Hill selbst strahlte eine geschützte, verborgene Wärme aus, getrennt von der Hektik der Stadt.

Irgendwann ging die Mauer links von mir in Häuserfronten über, die in den Hang oberhalb der Gasse gebaut waren, und dort, zwischen zwei strengen Gebäuden mit geschlossenen Fensterläden, fand ich mein merkwürdiges Erbe.

Nummer 13 war ein schmales, dreistöckiges Gebäude, das hinter einer niedrigen, zerbröckelnden Mauer aufragte. Es stand in einem verwilderten Garten, mit rosafarbenem Anstrich, Schieferdach und abblätternder Farbe. Die überdachte seitliche Eingangstür erreichte man über eine steile Treppe mit ausgetretenen Stufen. Oben am Treppenabsatz, wo die Sonne nicht mehr hinreichte, wurde es plötzlich kalt; der bittere, eisige Hauch des Winters. An der Tür bemerkte ich ein zusammengefaltetes Blatt Papier, das mit einer Nadel festgesteckt war. Ich klingelte, und als sich nichts rührte, probierte ich es mit dem Klopfer. Keine Reaktion. Ich kam mir ein bißchen albern vor, als ich das Papier entfaltete, auf dem nur drei Worte standen: »King of Prussia«. Dann versuchte ich es mit dem Türgriff. Die Tür war nicht verschlossen.

Eine merkwürdige Geruchsmischung strömte mir entgegen: Feuchtigkeit, Möbelpolitur, abgestandenes Essen, Katzen und noch etwas anderes, ein süßlicher Duft wie Weihrauch. Im Ausguß in der Küche stapelte sich schmutziges Geschirr. Darunter stand in einer Schale Katzenfutter. Die Küche ging nach hinten auf ein schattiges Gartenfleckchen hinaus, wo zwei Laken auf einer bewegungslosen Leine hingen. Vom großen Wohnzimmer vorne hatte man einen großartigen Blick über die Stadt und den Meeresarm. Die Wärme des Paraffinölofens hing noch in der Luft; die Scheiben waren beschlagen. Es gab ein ausgefranstes Ledersofa, einen zerkratzten, fleckigen, hölzernen Eßtisch und einige Bücherregale unter dem Fenster mit ungeordnetem Inhalt.

Ich kniete neben einem Bücherbord nieder und musterte die Buchrücken. Es war doch möglich – aber nein. Ich erkannte kein einziges Buch. Thriller vom Hammett und Chandler, ein paar Western von Zane Grey, viel Scott Fitzgerald, Gedichte von Sylvia Plath und Theaterstücke von Wesker – ganz und gar nicht das, was ich erwartet hatte.

»Hallo!« sagte eine Stimme hinter mir. Ich drehte mich um und sah ein schlankes Mädchen Anfang der Zwanzig mit ziemlich nichtssagendem Gesicht vor mir. Sie hatte lange, blonde Haare mit brünetten Wurzeln, trug einen übergroßen Kaftan über einem Hemd aus Käseleinen und enge, verwaschene Jeans. »Sie müssen Mrs. Galloway sein.« Ein Hauch von Cornwall drang durch die lässige Sprechweise.

»Ja. Stimmt. Tut mir leid, daß ich einfach so hereingeplatzt bin. Die Tür war nicht versperrt.«

»Das ist sie nie. Ich bin Zoë Telfer. Ich lebe hier.«

»Das dachte ich mir fast.« Ich streckte ihr die Hand entgegen, und sie ergriff sie ungeschickt, als wäre ihr die Geste nicht vertraut.

»Wir haben uns schon gefragt, wann Sie kommen würden. Tut mir leid, daß hier so eine Unordnung herrscht.«

»An der Tür fand ich eine reichlich seltsame Nachricht.«

Sie schüttelte einen Strickbeutel von der Schulter in einen Sessel und legte die Hände auf den noch warmen Ofen.

»Der ›King of Prussia‹ ist eine Kneipe. Das bedeutet, daß Lee dort ist. Sie müssen ihn knapp verpaßt haben.«

»Ein Jammer.«

Sie lachte, dann blinzelte sie mich an, als brauchte sie eine Brille. »Sie sind wirklich nicht das, was wir erwartet haben.«

»Nein?«

»Johnno hat nie von Ihnen gesprochen.«

Ich beschloß, ihr Wissen zu testen. »Sie hat er auch nie erwähnt.«

»Warum sollte er?«

»Warum nicht?«

Sie ging zum Fenster und steckte sich eine Zigarette an. Ich lehnte die angebotene Zigarette ab. »Was werden Sie mit dem Haus hier anfangen?«

»Ich dachte, wir könnten darüber reden. Vielleicht, wenn... Lee zurückkommt?«

Sie lachte wieder. Während sie die Zigarette rauchte und dabei aus dem Fenster schaute, fiel mir zum erstenmal auf, daß sie eigentlich schön war: langer Hals, hohe Backenknochen, große, leuchtende Augen – das alles mit der lässigen Achtlosigkeit eines verwahrlosten Kindes zur Schau gestellt.

»Wäre das möglich? Es hat keine Eile. Ich bleibe über Nacht im ›Fowey Hotel‹.«

Sie runzelte die Stirn und musterte mich dann plötzlich gespannt. »Mrs. Galloway«, ein weiterer Zug an der Zigarette, »haben Sie... Johnno etwas bedeutet?«

Ich war entschlossen, nichts zu verraten. »Muß ich wohl.«

»Wann waren Sie mit ihm zusammen?«

»Das letztemal sah ich ihn vor fünfzehn Jahren.«

Sie nickte nachdenklich. »Warum kommen Sie nicht heute abend zum Essen? Da treffen Sie dann auch Lee.«

Die Plötzlichkeit der Einladung ließ mich zurückzucken. »Nun..., also gut. Danke. Ich komme gern.« Mit einem Schlag wurde mir die Abnormität von all dem bewußt. Zoë Telfer war eigentlich ganz und gar nicht die Person, von der ich eine Einladung zum Abendessen erwartet oder akzeptiert hätte.

»Möchten Sie sich hier... etwas umschauen?«

»Sehr nett von Ihnen, aber ich möchte nicht aufdringlich erscheinen. Vielleicht... später.«

»Okay. Kommen Sie so gegen sieben.«

»Also dann bis sieben.« Ich wandte mich zum Gehen.

»Mrs. Galloway...« Ich blieb stehen und schaute zurück. Sie tat einen langen Zug, drückte dann die Zigarette in einem auf dem Bücherbord stehenden Aschenbecher aus. »Ich vermisse ihn, verstehen Sie. Es ist wirklich komisch. Ich hoffte, ich könnte mit Ihnen über ihn reden.« Sie sah mich mit ihren offenen Augen an, groß wie Untertassen.

»Um ehrlich zu sein, ich habe ihn nicht besonders gut gekannt.«

»Das scheint auf alle zuzutreffen. Und jetzt... ist es zu spät. Es kam so unerwartet.«

»Ein Herzanfall, sagte Mr. Trevannon.«

»Ja. Armer alter Johnno.«

»Wie ist es passiert?«

»Er stand immer sehr früh auf. An diesem Sonntag hatte er sich bis Mittag noch nicht gerührt, also brachte ich ihm eine Tasse Tee hoch. Zuerst dachte ich, er schlafe immer noch. Er muß sehr friedlich hinübergegangen sein. Der Doktor sagte, er habe es gar nicht gemerkt. Wie eine Uhr, die eines Tages einfach aufhört zu schlagen, denke ich.«

»Es freut mich, daß er keine Schmerzen erdulden mußte.«

»Ja, mich auch. Er war sehr gut zu uns. Hat uns aufgenommen und alles.«

»Wie lange wohnen Sie schon hier?«

»Etwas über ein Jahr. Wir sind kurz vor Weihnachten '66 eingezogen. Zuvor hat er allein gelebt.«

»Sie kannten ihn also noch nicht lange?«

»Nein. Nicht lange...« Ihr Blick glitt ab, als würde sie an mir vorbei auf etwas schauen, was gar nicht vorhanden war. Ich war mir nicht sicher, ob sie bemerkte, daß ich das Haus verließ.

Ich ging zum anderen Ende von Bull Hill, wo ich wieder auf die Fore Street stieß, und dann weiter auf Trevannons Büro zu. Die schmale Durchgangsstraße war vollgestopft mit Passanten und Lieferwagen. Um zwei alten Damen mit kleinen Einkaufswagen auszuweichen, trat ich in den Eingang einer Bäckerei und stand plötzlich neben einem großen Mann in einem Dufflecoat. Er hielt die dampfenden Reste einer Pastete vor sich, eingewickelt in fettundurchlässiges Papier. Es war Mr. Trevannon.

»Hallo«, sagte er und würgte einen großen Bissen runter. »Waren Sie schon im Haus?«

»Ja. Ich habe Miss Telfer kennengelernt.«

»Ihren Freund nicht?«

»Sie meinen Lee? Nein, er war nicht zu Hause.«

»Macht nichts. Bißchen ein merkwürdiger Typ. Amerikaner. Ich vermute, er will sich vor der Armee drücken. Komische Wahl für einen Mieter. Wirklich komisch das Ganze.«

»In welcher Beziehung?«

»Sehen Sie das da drüben?« Er zeigte auf den Laden gegenüber; eine Art Boutique, mit einer metallenen, kupferfarbenen Markise. Die Mittagssonne, die in schrägen Bahnen zwischen den Häusern hindurchfiel, knallte darauf. »Mr. Cobbs Frau ist behindert. Verstehen Sie. Sie wohnten über dieser Bäckerei. Er behauptet, sie könne nicht mehr so wie früher am Fenster sitzen und die Welt an sich vorüberziehen lassen – wegen dieser Markise. Außer es ist bewölkt.«

»Ich verstehe seine Ansicht.«

»Ich auch. Aber stellt diese Markise ein öffentliches Ärgernis dar? Das soll ich für ihn beweisen. Eine heikle Sache, wirklich heikel. Manche Leute würden behaupten, Lee Cormack stelle ein öffentliches Ärgernis dar. Ihr Mr. Willis war offensichtlich anderer Meinung.«

»Offensichtlich.«

»Wie ich schon sagte, es ist komisch. Er schien keine Freunde zu haben. Lebte allein, bis er die beiden aufnahm. Und hat Ihnen damit ein kleines Problem hinterlassen. Natürlich werden Sie die beiden auf die Straße setzen wollen.« Er betrachtete das letzte Fragment der Pastete und knüllte dann das Papier zusammen.

»Seine einzigen Freunde rausschmeißen, meinen Sie?«

»So kann man es auch sehen.« Er schaute die Straße auf und ab, anscheinend auf der Suche nach einem Abfalleimer. »Sie waren allerdings nicht seine einzigen Freunde. Da gibt es noch Eric Dunrich. Man sah sie oft zusammen.«

»Könnte ich Mr. Dunrich erreichen?«

»Warum nicht? Er wohnt auf der anderen Seite des Meeresarms in Polruan. Das Seaspray Cottage in der West Street. Gleich neben der Anlegestelle der Fähre. Kann Ihnen jeder sagen. Aber ich sollte Sie warnen: Er ist ein bißchen komisch. Was ich dauernd sage.«

Ich war mir zwar immer noch nicht im klaren darüber, was Mr. Trevannon mir ständig sagen wollte, überquerte jedoch den Meeresarm noch am gleichen Nachmittag mit einer winzigen Fähre. Die Luft blieb klar und strahlend; eine kalte Sonne ließ die weißgetünchten Häuserfronten des langsam hinter uns verschwindenden Fowey hell aufleuchten.

Auf der Seite von Polruan ging ich allein die Gangway hoch, während drei Hausfrauen mit Einkaufstaschen sich an mir vorbei auf die Fähre drängten. Auf der Mole saß ein tapferer Amateurkünstler im Windschatten eines flachen Gebäudes und betupfte seine Leinwand mit einem Pinsel, den er in seiner behandschuhten Hand hielt. Ich fragte ihn nach Seaspray Cottage.

»Gerade um die Ecke. Aber Sie werden dort niemanden antreffen.«

»Woher wissen Sie das?«

»Weil ich der einzige Bewohner bin.«

»Eric Dunrich?«

»Ja.« Grinsend zeigte er mir seine großen Zähne. Ich nahm ihn näher in Augenschein. Eine untersetzte, in einen Pullover gehüllte Gestalt, die halsstarrig auf einem Campingstuhl thronte. Das Bild auf der Staffelei vor ihm zeigte eine Art sture Formlosigkeit.

»Vielleicht haben Sie von mir gehört, Mr. Dunrich. Ich bin Leonora Galloway.«

»Mrs. Galloway!« Mit einer ungeschickten Bewegung sprang er von seinem Stuhl hoch, wobei er beinahe die Staffelei umgeworfen hätte, und schleuderte seine Kapuze zurück, unter der stacheliges, graues Haar zum Vorschein kam. »Entzückt, Ihre Bekanntschaft zu machen.« Er packte meine rechte Hand, doch anstatt sie zu schütteln, hielt er sie nur steif fest und verbeugte sich.

Ich lachte nervös. »Ich nehme an, Sie kannten Mr. John Willis.«

»Ja, ich kannte ihn.« Er grinste. »Und Sie, nehme ich an, sind seine Erbin. Würden Sie mir die Ehre erweisen und mich zum Tee in meine bescheidene Hütte begleiten? Dort könnten wir uns näher über unseren gemeinsamen, vielbetrauerten Freund unterhalten.«

Ich wußte nicht, ob ich ihn ernst nehmen sollte, nahm aber trotzdem seine Einladung an. Er ließ Stuhl, Staffelei und Leinwand stehen und nahm lediglich seine Pinsel und Farben in einem Beutel mit. Wir gingen eine schmale Straße zwischen still daliegenden Häuschen hoch, die seine schrille, pfeifende Stimme noch zu verstärken schienen.

»John hat nie von Ihnen gesprochen, doch es war offensichtlich, daß er Sie sehr schätzte. Ich fühle mich deshalb geehrt, daß Sie mich besuchen.«

Wir traten durch die grüngestrichene Tür seines winzigen Hauses, ein makellos sauberer, seltsam warmer Zufluchtsort mit vielen Topfpflanzen und Bücherregalen, die bis zur Decke reichten. Er ließ mich allein, um den Tee zu machen, doch seine Stimme drang gut verständlich aus der Küche.

»Von hier aus hab' ich keinen Blick aufs Meer, verstehen Sie, deshalb muß ich der Winterkälte trotzen, wenn ich es auf die Leinwand bannen will.«

»Malen Sie viel, Mr. Dunrich?«

»Unaufhörlich, Mrs. Galloway, unaufhörlich.«

»Aber hier hängt kein einziges Ihrer Bilder.«

Eine Durchreiche flog auf, und sein Kopf und seine Schultern waren zu sehen. »Das liegt daran, daß meine Bilder durchweg fürchterlich sind. Mein unaufhörliches Streben geht dahin, endlich mal ein Bild zu malen, das mir wirklich gefällt.« Aus dem Kessel hinter ihm stieg Dampf hoch. Kopf und Schultern verschwanden.

»Das ist eine bemerkenswert gewissenhafte Haltung.«

»Man muß sich selbst gegenüber treu bleiben. Ist das nicht das Wichtigste? John hat mich oft genug daran erinnert.« Plötzlich tauchte er in der Tür auf. Teekessel und Tassen klirrten auf einem Tablett. »Natürlich war er mir gegenüber im Vorteil, da er selbst ein talentierter Maler war. Trotzdem versteckte er seine Werke.« Er stellte das Tablett auf einen kleinen Tisch und bot mir einen Platz in einem Sessel an.

»Er hat auch gemalt?«

»Aber ja. Es handelte sich hier bei uns um ein gemeinsames Interesse, wenn auch kein gemeinsames Können. Das Talent besaß er allein.«

»Kannten Sie ihn lange?«

Er legte einen Zeigefinger gegen die Stirn. »Seit Sonntag, dem 18. November 1962. Etwas über fünf Jahre.«

»Woher wissen Sie das so genau?«

»Genauigkeit, Mrs. Galloway, ist eine Funktion der Bedeutung. Milch oder Zitrone?«

»Milch, bitte.« Er schenkte mir ein. »Ich habe das Haus besucht.«

»Ein bezaubernder Besitz, nicht wahr?«

»Ja. Vielleicht können Sie mir erklären, was mir anscheinend sonst niemand erklären kann. Warum hat er es mir vererbt?«

Dunrichs Tasse stoppte auf halbem Weg zwischen Untertasse und Mund. »Erklärungen setzen Verständnis voraus. Leider besitze ich davon zu wenig. John war mir ein guter, treuer Freund. Weitere Fragen hätten ein Eindringen in seine Privatsphäre bedeutet.«

»Ich glaube, ich an Ihrer Stelle wäre gekränkt, daß er alles einer Fremden vermacht und seinen Freunden hier nichts hinterlassen hat.«

»Oh, er hat mir etwas hinterlassen. Die Erinnerung an ihn.«

»Hätten Sie nicht gern ein konkretes Erinnerungsstück gehabt?«

»Sie bringen mich in eine schwierige Position, Mrs. Galloway. Tatsache ist, daß John mir genau das versprochen hat. Er saß da – in dem gleichen Sessel, in dem Sie jetzt sitzen – an dem Nachmittag, bevor er starb. Es war Dreikönigstag. Er sagte: ›Wenn ich nicht mehr bin...«

»Das sagte er an seinem letzten Nachmittag? Er sprach von seinem Tod?«

»Ein unheimlicher Zufall, meinen Sie? Keineswegs, würde ich sagen. John war so was wie ein Hellseher. Zumindest hatte ich das Gefühl. Jedenfalls sprach er davon – ein paar Stunden vor seinem Tod.«

»Wenn es in meiner Macht liegt, Mr. Dunrich, dann würde ich Ihnen gerne...«

Er hielt eine Hand hoch. »Zu spät, gnädige Frau. Was er beabsichtigte und wünschte, ist ins Gegenteil verkehrt worden.«

»Wie meinen Sie das?«

»Ich habe von Miss Telfer erfahren, daß sich das Gemälde, das er mir versprochen hatte, nicht mehr in seinem Besitz befand. Verkauft, müssen wir annehmen. Doch warum erwähnte er es dann? Er hatte nichts für Grausamkeit übrig, genausowenig wie für irgendwelche Scherze.«

»Dann muß sich da irgendein Irrtum eingeschlichen haben. Ich werde sehen, was ich herausfinden kann.«

»Bitte keinen Ärger meinetwegen. Wenn John die beiden jungen Leute für wert fand, unter seinem Dach zu wohnen, dann will ich nicht kleinlich die Konsequenzen in Frage stellen.«

»Wissen Sie, warum er sie aufgenommen hat?«

»Sie waren obdachlos. Außerdem gab es da noch, sagen wir mal, einen künstlerischen Zweck. Miss Telfer ermöglichte es ihm, eine Serie von Bildern zu vollenden. Ich hatte gedacht, dieser Prozeß bringe ihm die Zufriedenheit, die er mir einst geholfen hatte zu finden, doch das Gegenteil schien der Fall zu sein. Als ich ihn zum letztenmal sah, war er ein bekümmerter Mann. Ich wünschte, ich hätte mehr für ihn getan.« Dunrich war plötzlich düsterer Stimmung; seine überschäumende gute Laune war verschwunden. Mit einem dumpfen Klirren stellte er seine Tasse wieder ab.

»Gegen einen Herzanfall ist jeder machtlos.«

»Ja. Natürlich.« Er schien wieder ein bißchen aufzuleben. »Noch Tee?«

Später ging ich mit ihm zum Hafen zurück. Die Fähre wartete am anderen Ende des Anlegesteges. Ich bedankte mich für seine Gastfreundschaft und wollte an Bord gehen.

»Sie können jederzeit bei mir vorbeischauen, meine Dame. Ich entferne mich nie weit.«

»Eine Frage noch, Mr. Dunrich. Was passierte am 18. November 1962, daß Sie sich so genau an das Datum erinnern können?«

»Hab' ich das nicht erzählt? Das war der Tag, an dem ich mich vom St. Saviour's Point stürzen wollte. Da geht's tief runter, müssen Sie wissen.« Er grinste. »John hat's mir ausgeredet.« Ich starrte ihn verblüfft an. »Trödeln Sie nicht, Mrs. Galloway. Die Fähre will ablegen.«

Der Abend war still und frostig. Die Kirchturmuhr schlug mit bleierner Klarheit siebenmal, als ich die Stufen zum Bull Hill hochkletterte. Die Gasse lag verlassen da, pechschwarz und schweigend.

Zoë begrüßte mich nervös. Sie trug eine Bluse und einen langen Rock, höchstwahrscheinlich ein Versuch, sich nett zu kleiden. Sie führte mich ins Wohnzimmer, in dem der Paraffinofen eine stickige Wärme verbreitete, überdeckt vom Duft qualmender Räucherstäbchen. Vom Plattenspieler dröhnte die klagende Stimme von Bob Dylan.

Eine Gestalt erhob sich vom Sofa – groß, mager, sehnig, bekleidet mit Jeans und schwarzem Hemd. Eine Mähne dunklen, gelockten Haars fiel ihm bis auf die Schultern, sein Bart war wenige Tage alt. Weder lächelte er, noch streckte er eine Hand zur Begrüßung aus.

»Hi«, sagte er ruhig. »Ich bin Lee. Sie müssen unsere neue Vermieterin sein.«

»In gewissem Sinne ja. Ich bin Leonora Galloway. Es hat mich ziemlich überrascht, daß ich dieses Haus geerbt habe.« Ich spürte, wie meine Stimme an seinem hohläugig starrenden Blick abprallte. Eine Engländerin in mittleren Jahren mit einem längst aus der Mode gekommenen Akzent.

»Mögen Sie Dylan?«

Ich lächelte. »Kaum.«

»Dacht' ich mir. Fühlen sich nicht wohl bei dem Gedanken, daß sich die Zeiten wirklich ändern könnten, was?«

Zoë trat hinter mich. »Hör auf damit, Lee, ja?« Er zuckte mit seinen schmalen Schultern und schlurfte zum Plattenspieler, um ihn leiser zu stellen. »Möchten Sie was trinken, Mrs. Galloway?«

»Danke. Vielleicht einen Sherry.«

Lee kicherte höhnisch. »Keinen Sherry, Ma'am. Wie wär's mit einem Bier?«

Schließlich bekam ich gar nichts. Lee trank ein Dosenbier und rauchte selbstgedrehte Zigaretten. Er saß auf dem Teppich neben dem Ofen, als könne er gar nicht genug Wärme kriegen. Ich saß auf dem Sofa und versuchte, Konversation zu machen, während Zoë in der Küche beschäftigt war.

»Aus welchem Staat kommen Sie, Lee?«

»New Jersey.«

»Und was brachte Sie nach Cornwall?«

»Vietnam. Sie sehen keinen Patrioten vor sich. Ich bin hier, weil wir dort sind. Schockiert?«

»Nein.«

»O doch. Natürlich sind Sie das.«

»War Willis schockiert?«

Er schnaubte. »Woher soll ich das wissen? Er ging nicht gerade großzügig mit seinen Gefühlen um – oder sonst was.«

»Er hat Ihnen ein Zuhause gegeben.«

»Er gab Zoë ein Zuhause. Mir hat er ... Wohnraum gegeben.«

Zoë hatte eine Art Obsttorte gemacht. Dazu gab es eine Schüssel mit gebackenen Kartoffeln, das war die ganze Mahlzeit, die wir an dem Tisch in der Ecke des Raumes einnahmen. Eine dicke, rote Kerze warf ein flackerndes Licht auf Lees angespannte Gesichtszüge und ließ ihn noch hagerer aussehen. Bei Zoë war die Wirkung ganz anders. Ihre Augen, sanft strahlend und groß, betrachteten uns beide wie von einem fernen Plateau aus. Um uns herum jammerte Dylans Stimme.

»Hat er Ihnen nie von seiner Absicht erzählt, mir das Haus zu hinterlassen?«

»Nein«, sagte Zoë leise. »Er hat ja nicht mal Ihren Namen erwähnt.«

»Ich verstehe das nicht. Er hat sein Testament vor vierzehn Jahren aufgesetzt. Vielleicht hat er vergessen, was er damals festgelegt hatte.«

»Dieser Mann«, warf Lee nuschelnd ein, »hat nie auch nur eine einzige verdammte Sache vergessen.«

»Ich habe heute nachmittag Mr. Dunrich besucht. Er erzählte mir, daß Willis viel gemalt habe.«

»Ja«, sagte Zoë. »Das hat er.«

»Er berichtete mir von einem Gemälde. Willis hatte es ihm vage versprochen, und nun ist es irgendwie verschwunden.«

»Wenn Sie mit diesem Wurm reden«, sagte Lee, »dann kriegen Sie alle möglichen Sachen zu hören.«

»Sie mögen ihn nicht?«

Lee schaute finster drein, doch Zoë antwortete an seiner Stelle: »Johnno mochte ihn. Aber manchmal ist er ein bißchen... verwirrt.«

»Es gibt also keine Bilder?«

»Doch, es gibt Bilder. Johnno benützte das Dachgeschoß als eine Art Galerie. Es war sein... Lieblingsplätzchen.«

»Könnte ich sie sehen?«

Lee wollte einen Einwand vorbringen, doch Zoë schnitt ihm das Wort ab. »Selbstverständlich. Alles hier gehört jetzt Ihnen. Nach dem Essen bringe ich Sie hoch.«

»Das ist richtig, Ma'am«, sagte Lee. »Alles hier gehört jetzt Ihnen. Wir gehören zum Inventar, mit Leib und Seele.« Er lächelte trotzig.

Als Zoë mich später nach oben führte, blieb Lee unten beim Ofen, trank und rauchte und sang mit leiser Stimme Dylans Songs mit.

Die schmale Treppe führte zu zwei Schlafzimmern und einem Bad im ersten Stock. Durch einen Perlenvorhang hindurch erhaschte ich einen Blick auf eine Matratze und zerwühlte Decken. Eine weitere Treppe führte zu einem einzigen Raum im Dachgeschoß des Hauses. Nackte Bohlen, niedrige Fenster und in einer Ecke ein Teppichstreifen und ein schmales Bett, dazu noch ein Durcheinander aus Staffeleien, Stühlen und Schränken. Ich schaute mich um, betrachtete die verstreut herumstehenden Kisten und Bilder, letztere alle mit der Vorderseite zur Wand gestellt.

Und dann sah ich es. Eine Form am Fenster, von einem Laken verhüllt, zu klein, um eine Staffelei zu sein, und irgendwie vertraut. Ich ging hinüber und zog das Laken ab. Es war das Teleskop von Meongate. Ich hatte keinen Beweis, daß es wirklich dieses Teleskop war, nichts außer der Gewißheit, die ich empfand, als ich das polierte Messingrohr ansah, die zerkratzte Oberfläche und den gespreizten, von Farbe fleckigen Holzständer.

»Was ist los?« fragte Zoë hinter mir.

»Ich erkenne dieses Teleskop wieder. War Willis als Astronom tätig?«

Sie stand neben mir vor dem schwarzen, vorhanglosen Fenster. »Er war so vieles. So vieles.«

»Und die Bilder?«

»Sie sind hier.« Sie deutete auf die Stapel.

Ich ging hinüber und drehte eine Leinwand nach der anderen um. Lokale Szenerien: Meeres- und Flußlandschaften, Klippen, zerfallene Schlösser, verlassene Zinnminen. Wie Dunrich gesagt hatte – alle Bilder verrieten Talent. Doch die Themenwahl seiner Bilder war alles andere als bemerkenswert.

»Wenige Tage nach Johnnos Tod kam Eric her und schaute die Bilder durch.«

Ich schob die Leinwände wieder gegen die Wand und richtete mich auf. »Mr. Dunrich deutete an, Willis habe Sie aufgenommen, weil er Ihre Hilfe – Ihre, nicht Lees – zur Fertigstellung einer Bildserie brauchte. Stimmt das?«

»Draußen in Lankelly hatten wir einen Wohnwagen. Das war nur für den Sommer gedacht gewesen. Den Winter hätten wir da nicht verbringen können. Wir trafen Johnno ein paarmal im ›King of Prussia‹. Als er uns fragte, ob wir bei ihm einziehen wollten, waren wir nicht in der Lage abzulehnen. Und ich wollte auch gar nicht. Er verlangte keine Miete von uns. Er bat mich nur, meine Haare zu färben und mich anschauen zu dürfen.«

»Warum wollte er, daß Sie sich die Haare färben?«

»Er brauchte eine gewisse Ähnlichkeit, die er in seinen Bildern einfangen wollte.«

»Sie standen ihm Modell?«

»Ja.«

»Aber ich habe hier nur Landschaftsbilder gesehen. Wo sind die anderen, Zoë? Wohin sind sie verschwunden?«

»Sag nichts, Zoë!« Das war Lees Stimme, laut und gebieterisch. Er kam langsam die Stufen hochgestiegen, einen mürrischen, zornigen Ausdruck auf dem Gesicht. »Irgendwelche Fragen, Ma'am, haben Sie an mich zu richten. Doch eines kann ich Ihnen gleich sagen: Von mir bekommen Sie keine Antworten.« Er kam auf uns zu. »Das ist Ihr Haus, da haben Sie recht, wenn Sie uns also rauswerfen wollen...«

»Ich hab' nicht im Traum daran gedacht...«

»Wenn Sie das wollen – okay! Das ist Ihr gutes Recht. Doch was hier vorging, bevor Sie auftauchten, geht Sie nichts an. Sollten irgendwelche Bilder fehlen, dann deswegen, weil der alte Mann sie vor seinem Tod verkauft hat.«

»Aber ich habe Mr. Dunrich versprochen...«

»Sie haben gehört, was ich gesagt hab'. Das ist mein letztes Wort.«

Auch ich wurde ärgerlich. »Und das ist mein letztes Wort. Ich hatte nicht daran gedacht, Ihnen zu kündigen. Ich war mir nicht sicher, ob ich das Recht dazu hatte, aber jetzt bin ich mir sicher. Sie werden von mir über Mr. Trevannon hören. Ich bin überzeugt davon, er weiß, welcher Auszugstermin angemessen ist. Eine gute Nacht Ihnen beiden.«

Ich ließ sie stehen; nur ihr Schweigen folgte mir die Treppe hinab.

Am Morgen war mein Zorn verflogen, was allerdings nichts an meinem Entschluß änderte. Ich würde sie rauswerfen und das Haus so schnell wie möglich verkaufen. Falls Willis es mir hinterlassen hatte, weil er glaubte, meinem Vater noch etwas schuldig zu sein, verstieß das sicherlich nicht gegen seine Wünsche. Nagende Zweifel blieben jedoch. Das Teleskop konnte er nur bei der Meongate-Auktion erstanden haben. Warum hatte er mir bei seinem Besuch in Wells nichts davon erzählt? Was hatte er sonst noch gekauft?

Es hatte keinen Sinn. Ich konnte einen toten Mann nicht befragen. Ich kehrte von einem Spaziergang zum Readymoney Cove zurück, sicherer denn je, was ich unternehmen würde.

Im Hotel teilte mir der Mann am Empfang mit, daß eine Besucherin in der Lounge auf mich wartete. Es war Zoë. Sie saß an einem der Panoramafenster mit Blick auf den Meeresarm. Zwischen den Ledersofas und den Gummibäumen wirkte sie fehl am Platz, ein verletzliches Cornwall-Mädel, das sich in dieser Plüschumgebung alles andere als wohl fühlte.

»Hallo«, sagte ich. »Ich hätte nicht erwartet, Sie hier zu sehen.«

Mit bittenden, unschuldigen Augen blickte sie zu mir auf. »Ich wollte mich für gestern abend entschuldigen.«

Ich setzte mich neben sie. »Es ist nicht Ihre Schuld.«

»Teilweise doch.«

»Darf ich Ihnen einen Kaffee bestellen?«

»Nein. Nein danke. Nicht für mich.«

»Es ist sehr freundlich von Ihnen, daß Sie vorbeigeschaut haben. Aber ich glaube nicht, daß Sie mir meinen Entschluß ausreden können. Lee...«

»Ich bin gekommen, um Ihnen die Wahrheit zu sagen.« Sie senkte die Stimme. »Wir haben die anderen Bilder verkauft. Am Tag nach Johnnos Tod brachte Lee sie zu einem Typen in Plymouth, den er kennt. Um ehrlich zu sein, wir brauchten Geld. Aber da wußten wir noch nicht, daß Johnno das Haus und alles jemandem hinterlassen hatte, deswegen kam's uns nicht wie Diebstahl vor.«

»Das verstehe ich. Aber warum habt ihr nicht alle Bilder verkauft?«

»Der Rest war nichts wert. Verstehen Sie, die Bilder, die wir verkauften, waren nicht von Johnno, bis auf das letzte. Er malte das im Stil der anderen Bilder – im Stil eines anderen Malers.«

»Meinen Sie eine Fälschung?«

»Nicht direkt. Ich glaube nicht, daß er es als Werk dieses anderen Künstlers ausgeben wollte. Er tat nur...«

»Wer war der andere Künstler?«

»Ich hatte noch nie von ihm gehört. Aber Baz – das ist Lees Freund in Plymouth – meinte, sie seien ein bißchen was wert. Er sagte, sie seien von einem Maler namens Bartholomew.«

Also hatte er doch mehr als nur das Teleskop gekauft. »Wie viele Bilder waren es?«

»Insgesamt drei. Die beiden echten und das von Johnno. Es war nicht so wie seine anderen Arbeiten. Es war irgendwie... unheimlich. Für das Bild sollte ich ihm Modell stehen. Ich mußte mir die Haare färben und ein altmodisches Kleid tragen. Edwardianisches Zeitalter, schätze ich.«

»Malte er Sie, Zoë, oder jemanden, mit dem Sie eine gewisse Ähnlichkeit hatten?«

»Ich denke, Sie wissen, um wen es sich handelte. Es stimmte nicht, als ich sagte, er habe nie Ihren Namen erwähnt – jedenfalls nicht ganz. Ich erinnere mich, daß er nach Fertigstellung des Bildes zurücktrat, es betrachtete und etwas sagte. Es war nur ein Flüstern. Ich glaube nicht, daß er bemerkte, daß ich es gehört hatte.«

»Was sagte er?«

»Es war nur ein Name. ›Leonora.‹ Aber er meinte nicht Sie damit, oder?«

»Nein, er meinte nicht mich.«

Am gleichen Nachmittag fuhr ich nach Plymouth. Zoë hatte mir die Adresse gegeben: Barbican Fine Arts, Southside Street. Es war in der Nähe des Fischkais, eine enge Arkade mit einem von Dalí und Bosch inspirierten Schaukasten, der den ahnungslosen Besucher in ein höhlenartiges Studio im ersten Stock lockte, das mit Schleppnetzen und schädelartigen Muscheln vollgehängt war. Gespenstisch gefärbte Lichtkegel erhellten eine verwirrende Ansammlung von alten und neuen Bildern. Ich kam mir vollkommen fehl am Platze vor – und man muß es mir auch angesehen haben.

»Kann ich Ihnen behilflich sein?« Die Verkäuferin war abgemagert und mit einem Minirock bekleidet; sie zitterte in der Kälte und schniefte.

»Ich suche Mr. Basil Gates«, sagte ich.

»Sind Sie ein Freund von ihm?«

»Ich bin eine Bekannte von Lee Cormack. Ist Mr. Gates da?«

»Ich werde mal nachsehen.«

Ich blieb zurück, in die Betrachtung einer lebhaften Darstellung eines möglicherweise osteuropäischen Dorfes versunken. In jeder Hütte und jedem Schuppen war ein bestialischer Akt im Gange, sichtbar durch offene Türen oder Fenster: eine Art Adventskalender diverser Perversionen. Es war mit geübter Hand gemalt, und das machte es um so schlimmer.

»Eines meiner Werke«, sagte eine Stimme wie Honig hinter mir. »Gefällt es Ihnen?«

Ich drehte mich um. Der Fragesteller war ein großer, gertenschlanker Mann mit nordisch blonden Haaren. Er trug Jeans und einen Kittel; Perlen hingen um seinen Hals. Hinter kreisrunden Brillengläsern funkelten seine kleinen, hellen Augen mich an. Ein eleganter, gestutzter Bart fügte seiner bohemienhaften Haltung eine narzißtische Note hinzu. »Ich denke, es ist sehr gut gemalt«, sagte ich.

Er lächelte und zeigte dabei eine Reihe zerklüfteter, gelber Zähne. »Sie mögen es nicht. Das freut mich. Es ist nicht für Leute wie Sie gedacht.«

»Sie sind Mr. Gates?«

»Genau.«

»Soviel ich weiß, sind Sie ein Freund von Lee Cormack.«

»Sie kennen ihn, ja? Worum geht es?«

»Ich möchte gleich zur Sache kommen. Lee hat Ihnen drei Gemälde des spätviktorianischen Malers Philip Bartholomew verkauft.«

»Könnte sein.«

»Er hatte nicht das Recht, sie zu verkaufen. Sie gehören mir.«

»Davon weiß ich nichts.«

»Ich will Ihnen keinen Ärger machen. Zum Teil war auch meine Nachlässigkeit schuld daran. Ich versuche die Bilder lediglich wiederzubekommen. Haben Sie sie noch?«

Wieder lächelte er. »Bartholomew ist nicht unbedingt mein Fall. Wenn Sie sich umsehen, werden Sie merken, daß ich die Bilder nicht unbedingt behalten wollte.«

»Was haben Sie also mit ihnen gemacht?«

»Ich habe Kontakte. Manche Leute mögen so was. Auf diese Weise bin ich sie losgeworden.«

»Ich möchte die Bilder wiederhaben. Würden Sie mir den Namen Ihres Kontaktmannes sagen?«

Erneut dieses schiefe Grinsen. »Sie müssen meine Unkosten berücksichtigen.«

»Wieviel wollen Sie?«

»Betrachten Sie es als Beitrag zum Kampf um künstlerische Integrität.«

»Wieviel?«

»Das liegt bei Ihnen.«

Ich öffnete mein Portemonnaie. Mit schlanken, tastenden Fingern griff er zu und zog eine Fünf-Pfund-Note heraus. »Ich habe die Bilder nach London gebracht. Kenne da einen Typen, der eine Ausstellung mit diesem Zeug vorbereitet.«

»Sein Name?«

»Toby Raiment. Hat einen Laden in Camden Passage, Islington. Sagen Sie nicht, ich hätte Sie geschickt.«

Von der nächsten Telefonzelle aus rief ich die Auskunft an und erhielt Raiments Nummer. Doch der Mann, den ich an den Apparat bekam, »kümmerte sich nur um den Laden«. Er schlug vor, ich sollte am nächsten Morgen noch einmal anrufen.

Von meinem Zimmer im »Fowey Hotel« aus tat ich das auch. Mr. Raiment besaß eine dieser vollen Stimmen, die klingen, als würde ihr Besitzer ständig Sahnebonbons kauen.

»Bartholomew? Ja. Ich hatte drei Bilder in meiner großen Retrospektive vergessener spätviktorianischer Künstler. Sie läuft noch bis Ende Februar.«

»Sie sagten, Sie *hatten* – nicht *haben*?«

»Hab' eins verkauft. Sie sind sehr gefragt, müssen Sie wissen.«

»Könnte ich mal vorbeikommen und mir die beiden anderen Bilder ansehen?«

»Selbstverständlich. Soll ich sie für Sie beiseite legen?«

»Ja, bitte. Würde Ihnen Samstag vormittag passen?«

Er notierte sich meinen Namen, und wir machten eine feste Zeit aus.

Am späten Vormittag kletterte ich Bull Hill hoch, mir der Tatsache durchaus bewußt, daß es vielleicht das letztemal war. In der Gasse hallten nur meine eigenen Schritte wider. In der Ferne bellte ein Hund. Die Tür von Nummer 13 stand einen Spalt offen, also klopfte ich und trat ein.

»Hallo?«

Zoës Stimme kam aus dem Wohnzimmer. »Hier bin ich.«

Sie saß lesend mit untergeschlagenen Beinen auf dem Sofa. Zu ihren Füßen döste die Katze. Im Hintergrund spielte leise eine Platte von Simon and Garfunkel. Sie schaute auf, als ich eintrat. Ihr rechtes Auge war blau und schwarz verfärbt.

»Zoë! Was ist passiert?«

»Lee hat herausgefunden, daß ich bei Ihnen war – und warum. Das heißt, den Grund hab' ich ihm selbst gesagt.«

Ich ließ mich neben ihr auf dem Sofa nieder. »Sie armes Ding. Kann ich irgendwas für Sie tun?«

»Keine Sorge. Es wird nicht wieder passieren. Lee ist weg, verstehen Sie.«

»Weg?«

»Ich glaube nach London. Er hat Freunde bei der London School of Economics. Das lag schon seit längerer Zeit in der

Luft, noch bevor Johnno starb. Und jetzt – nun ja, er wollte keine peinlichen Fragen wegen der Bilder beantworten müssen, nehme ich an. Er kann es nicht riskieren, beim gegenwärtigen Stand der Dinge in die Staaten zurückgeschickt zu werden.«

»Es tut mir leid, daß es soweit gekommen ist. Wirklich.«

»Das muß es nicht. Ich schätze, es ist so am besten.«

»Möchten Sie allein hierbleiben? Das können Sie ohne weiteres. Ich würde niemals . . .«

»Nein. Das möchte ich nicht. Jetzt, wo Johnno nicht mehr ist, möchte ich wirklich nicht mehr bleiben. Meine Schwester und deren Mann haben ein Restaurant in Truro. Sie haben mich oft gebeten, ihnen zu helfen. Jetzt ist die Zeit gekommen, sie beim Wort zu nehmen.« Mit ihrem blauen Auge lächelte sie mich stolz an; einen Moment lang kam sie mir sehr wie meine eigene Tochter oder die Tochter irgendeiner Mutter vor. Sie hielt das Buch hoch, in dem sie gelesen hatte.

»Kennen Sie die Gedichte von Stevie Smith?«

»Ich glaube nicht.«

»Ich werde Ihnen ein Gedicht vorlesen. Es heißt ›Nicht winkend, sondern ertrinkend‹. Es erinnert mich stets an Johnno.

> Niemand hörte ihn, den toten Mann,
> Doch immer noch lag er klagend da:
> Ich war viel weiter draußen, als du dachtest,
> Ich habe nicht gewunken; ich bin ertrunken . . .

Ich trug das Bild, das das Gedicht geschildert hatte, noch im Kopf, als ich Bull Hill verließ, merkwürdig vertraute Bilder vom Ertrinken, die am Rande meines Bewußtseins lauerten wie ein oft benutzter Name, an den man sich plötzlich ärgerlicherweise nicht mehr erinnern kann.

> Ich war mein Leben lang viel zu weit draußen,
> Und ich habe nicht gewunken; ich bin ertrunken.

Nachdem sie Fowey verlassen hatte, schickte mir Zoë ungefähr ein Jahr lang in unregelmäßigen Abständen Postkarten. Auf der letzten Karte hieß es schlicht und einfach: »Wir sind jetzt schon eine ganze Weile glücklich.« Abgestempelt war die Karte in Dublin. Wenn ich an sie denke, dann nicht als Zoë Telfer, die ihren Weg in der Welt macht, sondern ich sehe sie vor mir, wie ich sie an jenem letzten Tag gesehen habe, mit zerschlagenem Gesicht Gedichte lesend, während das schwache Sonnenlicht, das in ihrem Haar spielte, deutlich machte, daß die Blondierung bald verschwunden sein würde und mit ihr eine Illusion – verschwunden wie eine andere Illusion zu einer anderen Zeit, auf immer und ewig.

Gegen Abend war ich wieder zu Hause. Tony hörte mit einer gewissen Erleichterung, daß Zoë ohne weitere Umstände ausziehen würde, und anerbot sich, den Verkauf des Hauses zu übernehmen. Was meine »Einkaufstour« nach London anbelangte, so schien er vollkommen ahnungslos.

Wahrscheinlich kennst du Camden Passage nicht, und ich bin seitdem auch nie mehr dort gewesen. An einem Tag mit Dauerregen schien es nichts weiter als eine unter den vielen verstopften Straßen, die von Londons Zentrum aus nach Nordosten führen. Der Taxifahrer setzte mich an der Ecke ab. Raiments Galerie war eingerahmt von einem Antiquitätengeschäft und einem italienischen Restaurant. Als ich eintrat, begann eine Glocke über der Tür wie verrückt zu bimmeln.

Schaukästen in der Mitte des Ladens zeigten von Hand eingefärbte Landkarten, Illustrationen aus *Punch* und eine Sammlung von Drucken. Die Wände waren mit Raiments »großer Retrospektive« behangen, bestehend aus einer mittelmäßigen Ansammlung von Familienporträts, Londoner Sonnenuntergängen und Teepartys unter freiem Himmel; dazwischen eingestreut gab es Hirschgeweihe und ausgestopfte Dachse zu sehen. Während ich diese Dinge mit wachsendem Abscheu musterte, teilte sich ein Vorhang hinten im Laden, und der Besitzer gesellte sich zu mir, ein großer, fleischiger Mann mit einer Mähne rötlichen Haares; Siegelringe, Messing- und Manschettenknöpfe blitzten in dem düsteren Raum auf. Ich stellte mich vor.

»Natürlich. Die Bartholomew-Dame. Kommen Sie.« Er führte mich hinter den Vorhang über ein paar Stufen in einen längeren, niedrigeren Raum, in dem Drucke in Hülle und Fülle herumlagen, neben leeren Rahmen und aufgespannten Leinwänden. Mit einer Geste des Triumphs wies er auf die rechte Wand.

Da hingen die beiden Gemälde, die ich als Erbstücke zurückgewiesen hatte – jene geschmacklosen Erinnerungsstücke an die künstlerische Phantasie Philip Bartholomews. Ich hätte es mir denken können, daß diese beiden nicht verkauft worden waren.

»Es tut mir leid«, sagte ich. »Mein Interesse galt dem dritten Bild.«

»Wie ich sehe, sind Sie sehr mit dem Werk vertraut.« Mr. Raiment klang verärgert.

»Ja, das bin ich. Sie haben alle drei Bilder von Basil Gates gekauft, dem Händler in Plymouth.«

»Ich verstehe wirklich nicht...«

»Es geht darum, daß sich die dritte Arbeit um das gleiche Thema drehte, sich aber doch deutlich von den anderen Arbeiten unterschied. Finden Sie nicht auch?«

»Möglich.«

»Könnten Sie mir sagen, wer das Bild gekauft hat?« Er lächelte und wollte gerade eine ablehnende Antwort geben, als ich ihn unterbrach. »Mr. Raiment, mir ist durchaus bewußt, daß ich Ihnen Ungelegenheiten bereitet habe. Das war keinesfalls meine Absicht. Wenn ich Ihnen in irgendeiner Form Ihre Unkosten erstatten dürfte...«

»Ich habe die Bilder aus dem Verkauf genommen. Möglicherweise haben Sie mich einen Kunden gekostet.«

»Das bezweifle ich. Sie nicht auch?«

Aus irgendeinem Grund besserte sich seine Stimmung. »Es ist

unwahrscheinlich, das gebe ich zu. Das dritte Bild war besser, als ich es von Bartholomew erwartet hätte.«

»Sind Sie sicher, daß es authentisch ist?«

Er deutete auf die Wände. »Meine Galerie, Madam, ist ein Schrein der Authentizität. Ich habe nichts zu verbergen. Nicht einmal«, er seufzte, »Namen und Adresse eines Kunden.« Er ging zu einem Aktenschrank in der Ecke und zog eine Schublade auf. »Der Käufer von dem Bartholomew hat sich das Bild zustellen lassen. Ich müßte hier noch einen Durchschlag der Bestellung haben. Ah, ja, da ist er ja.«

Mittlerweile stand ich neben ihm und blickte ihm über die Schulter. Den Namen auf dem Durchschlagpapier kannte ich.

Miss G. M. Fotheringham, 121 Catesby House, Dolphin Square, Pimlico, London SW1.

Am frühen Nachmittag ging ich am Embankment entlang. Der Regen hatte aufgehört, der Himmel war nur noch teilweise bewölkt, und es wehte ein scharfer Wind. Battersea Power Station ragte beruhigend auf der anderen Seite der Themse auf, während sich in meinem Rücken hinter dem Geländer und den gepflegten Gärten eine gewöhnliche, prosaische Fensterfront auftürmte, hinter der die Antworten verborgen waren, die ich seit meiner Kindheit gesucht hatte. Warum wartete ich? Warum zögerte ich? Meist kennen wir den Zeitpunkt nicht, wann das Leben uns seine größten Herausforderungen präsentiert, doch dies hier war anders. Das konnte man nicht als harmlosen Freundschaftsbesuch tarnen. Was ich jetzt erfahren würde, konnte nie wieder im Schatten des Vergessens versinken.

Ein Portier geleitete mich durch das perfekt beschilderte Labyrinth der Apartmentblocks. Fensterlose, mit Teppichboden ausgelegte Korridore führten an abweisenden Türen mit Spionen vorbei. Irgendwo summte ein Heizungssystem. Durch eine Tür drangen Pianoklänge: Jemand spielte Chopin.

Der Portier ließ mich vor der Tür mit der Nummer 121 stehen und ging davon. Ich wartete, bis er verschwunden war, dann klingelte ich und fragte mich, ob ich jetzt wohl gerade durch den Türspion beobachtet würde.

Die Tür öffnete sich. Die Frau vor mir war etwas größer als ich und wirkte trotz ihres Alters immer noch sportlich. Sie war keineswegs altmodisch gekleidet. Ihr graues Haar war schlicht, aber elegant frisiert; ihr Gesicht hatte Falten, war aber alles andere als verhärmt.

»Miss Fotheringham?«

»Ja.« Sie zeigte nichts von der Gebrechlichkeit, die man für gewöhnlich mit hohem Alter in Verbindung bringt. Ob es nun an ihrem Charakter oder den Anforderungen eines unabhängigen Lebens gelegen haben mochte, jedenfalls hatte sie sich eine robuste, stille Würde angeeignet, die beunruhigend und fesselnd zugleich wirkte.

»Ich bin ... Nun, Sie kennen mich nicht. Das heißt, in gewissem Sinne doch. Mein Name ist ...«

»Sag nichts. Ich weiß, wer du bist.« Sie lächelte, wobei sich die Grübchen in ihren Wangen noch vertieften, was wiederum die herausfordernde Direktheit ihres Blickes milderte. »Wäre deine Mutter noch am Leben, die Ähnlichkeit wäre unverkennbar. Hallo, Leonora. Ich habe lange darauf gewartet, dich wiederzusehen.«

Wir küßten uns nicht und versuchten auch nicht, die Kluft von annähernd fünfzig Jahren durch etwas anderes zu schließen als einen schlichten Händedruck. Und so hatte ich endlich meine hübsche Dame gefunden.

Wir saßen in ihrem Wohnzimmer mit Blick auf das Embankment und tranken unter dem Anschein völliger Normalität Tee. Ich schaute mich um, nahm aber kaum etwas von meiner Umgebung wahr, geschweige denn, daß ich den Geschmack des Tees beachtet hätte.

»Wie hast du mich gefunden?«

Ich beschrieb die Fährte, die mich zu ihr geführt hatte. Sie lauschte angespannt, so wie sie vielleicht früher als Lehrerin dem Referat einer Schülerin zugehört hatte.

»Ich war überrascht, als ich Bartholomews Bilder zum Verkauf angekündigt sah«, sagte sie schließlich, als ich mit meinem Bericht fertig war. »Deine Mutter hatte ihn oft erwähnt, also wollte ich mir die Sache mal ansehen. Irgendwie habe ich so halb und halb damit gerechnet, daß etwas in der Art geschieht, seit ich eines der Bilder kaufte.«

»Du hast damit gerechnet, daß es mich zu dir führt?«

»Nichts so Eindeutiges. Aber ich spürte, daß mit dem Kauf die Angelegenheit noch nicht beendet sein würde. Ich dachte, es würde mich wieder, wie indirekt auch immer, mit all den Leuten und Orten, die ich so weit hinter mir gelassen hatte, in Verbindung bringen.«

»Und warum hast du es gekauft?«

»Weil ich wußte, daß es nicht echt sein konnte. Denn es stellte meine Freundin dar, deine Mutter – und Bartholomew konnte ihr niemals begegnet sein.«

Bevor ich nach den Antworten auf all meine anderen Fragen suchte, mußte ich ein dringenderes Bedürfnis befriedigen. »Dürfte ich das Bild sehen?« fragte ich so ruhig wie möglich.

»Selbstverständlich.«

Sie führte mich über den kurzen Gang zum Schlafzimmer, stieß die Tür auf und trat beiseite, um mich hineinzulassen.

Das Bild hing an der gegenüberliegenden Wand, wo das Tageslicht voll darauf fiel und man alle Einzelheiten erkennen konnte. Der vergoldete Rahmen und die düsteren Farben erinnerten an Bartholomews Bilder, die auf Meongate gehangen hatten, und die Szene – ein Schlafgemach in einem Schloß – schien zumindest auf den ersten Blick identisch. Und doch lag etwas ganz anderes, etwas seltsam Trügerisches in der Ähnlichkeit von Stil und Thematik. Ich trat näher.

Und dann erkannte ich die wirkliche Bedeutung des dritten

Bartholomew. In der Erinnerung läßt sich nur schwer sagen, was mir zuerst auffiel. Es läßt sich kaum noch mit Sicherheit feststellen, wie schnell ich all die glasklaren Assoziationen erfaßte. Sie gaben sich selbst scharf getrennt voneinander zu erkennen, als wären sie zufrieden mit dem Wissen, daß sie mit Ausnahme einiger weniger für alle anderen nichts weiter waren als eine Mischung dick aufgetragener, imitierter Farben. Doch den wenigen, zu denen auch ich zählte, zeigte sich unter den Farbschichten die tiefere Bedeutung.

Es war nicht das Schlafgemach eines Schlosses. Die grauen Wände, die darauf hatten schließen lassen, waren tapeziert, die bodenlangen Vorhänge bestanden aus modernem Material. Auch der Blickwinkel war nicht der gleiche. Im Vordergrund sah man zwei Figuren im Schatten; sie tauchten nur als Silhouetten vor der einzigen Lichtquelle des Raumes auf. Sie waren so undeutlich gehalten, daß man sie nur anhand ihrer Umrisse und Haltung als den Mann und die Frau aus Bartholomews Gemälden identifizieren konnte. Die Frau lag seitlich auf dem Bett, den Rücken dem Licht zugewandt, der Winkel ihres erhobenen Ellenbogens deutete an, daß sie den Kopf in die Hand gestützt hatte, als wollte sie den über sie gebeugten Mann anschauen oder anlachen. Er schien gerade das Bett verlassen zu wollen, die Haltung seiner Arme und die Beugung seines Rückens verrieten Hast und Abscheu, vielleicht sogar die Panik eines Mannes, der überrascht worden war. Sein Gesicht war furchtsam dem Licht zugewandt, als verkörperte diese Lichtquelle seine schlimmsten Ängste.

Was gut sein mochte. Die Tür des Zimmers stand offen. An der Schwelle war eine Frau zu sehen, die einen silbernen Kerzenständer in der Hand hielt, dessen flackerndes Licht ihr Gesicht und ihre Kleidung erhellte. Das Spiel des Kerzenscheins auf dieser zentralen Figur stellte das eindrucksvollste künstlerische Charakteristikum des Gemäldes dar. Es fing sich in den dunkelblauen Falten ihres langen Kleides, in der blonden Krone ihres ungebändigten Haares, in den blassen, offenen Gesichtszügen. Es spiegelte sich in dem schmerzlichen Ausdruck ihrer großen Augen und dem schmalen Goldring an einem Finger ihrer linken Hand wider, die den Kerzenständer umklammerte. Es enthüllte genug, um anzudeuten, daß die Frau schwanger war. Es zeigte zuviel, um noch einen Zweifel daran zu lassen, um wen es sich bei der Frau handelte.

»Hat sie«, sagte ich schließlich, »wirklich Ähnlichkeit mit meiner Mutter?«

»Eine unheimliche Ähnlichkeit«, sagte Grace hinter mir. »Als ich das Bild sah, wußte ich, daß der Maler nur jemand sein konnte, der sie gut gekannt, vielleicht geliebt hatte. Ich dachte sofort an deinen Vater.«

Natürlich. Die Täuschung war klar. Willis hatte Bartholomews Bilderfolge auf seine Weise vollendet, hatte das ergänzt, was er einst meiner Mutter zugetraut hatte, indem er seine Angst – selbst dazu fähig gewesen zu sein – wieder hatte aufleben lassen. Doch für Grace Fotheringham, die bei weitem nicht so viel wußte wie ich, war Franklin schon lange tot; nur mein Vater konnte für das Porträt ihrer Freundin verantwortlich sein.

»Ich habe keine Ahnung, wann er das gemalt haben könnte«, sagte Grace. »Es wirkt nicht sonderlich alt.«

»Es wurde letztes Jahr gemalt«, murmelte ich.

»Letztes Jahr? Dann ist er noch...«

»Am Leben? Nein. Mein Vater starb vor vielen Jahren. Ich habe dir viel zu erzählen.«

Wir kehrten ins Wohnzimmer zurück, und ich erzählte ihr die Geschichte, die mir Willis vor fünfzehn Jahren berichtet hatte. Grace hörte schweigend und äußerst konzentriert zu. Sie hielt eine Art wachsame Distanz, als wollte sie meine Worte mit dem vergleichen, was sie bereits wußte. Als ich meine Geschichte beendete, wurde es draußen bereits dunkel.

In dem folgenden Schweigen ging Grace durch den Raum und schaltete die Wandbeleuchtung ein. Sie drehte die Heizung auf und zog die Vorhänge zu. Dann kam sie entschlossen auf mich zu, küßte mich auf die Stirn und lächelte zum erstenmal seit langer Zeit wieder. Die herzliche Wärme ihrer Seele tauchte plötzlich auf, als hätte sich eine Tür geöffnet, die aus einem winterlichen Haus in einen duftenden Frühlingsgarten führte.

»Gott sei Dank, Leonora«, sagte sie plötzlich. »Gott sei Dank, daß du mich gefunden hast.«

»Seit Willis – oder soll ich ihn Franklin nennen? – zu mir kam, bist du der erste Mensch, der seine Geschichte bestätigen kann.«

»Wir sind uns das erstemal auf genau die Weise begegnet, wie er es dir geschildert hat.«

»Und das letztemal?«

»Auch das hat er richtig wiedergegeben. Leonora hat sich – und mich – davon überzeugt, daß John sich das Leben genommen habe. Folglich war nach ihrem Tod Franklin der einzige Besucher, mit dem ich rechnete. Zuerst konnte ich nicht begreifen, weshalb er Sea Thrift so plötzlich verlassen hatte, doch als er nicht mehr zurückkehrte, begann ich über das nachzudenken, was er gesagt hatte – und erkannte, daß er nicht an Johns Tod glaubte. Ich ging zum Friedhof – doch da war niemand. Ich sagte mir, er müsse seinen Irrtum erkannt haben; wenn John lebte, hätte er seine Tochter nicht im Stich gelassen. Selbstmord schien die einzig denkbare Antwort, die einzig ehrenhafte Alternative zu der Notwendigkeit, sich irgendwann stellen zu müssen und als Deserteur verurteilt zu werden. Als ich einige Monate später in der Zeitung von Franklins Tod las, hatte ich keine Ahnung, daß ich in Wirklichkeit gerade von einer ehrenhaften Alternative las.«

»Aber trotzdem glaubtest du, mein Vater sei am Leben, als du den dritten Bartholomew sahst.«

»Es schien mir die einzig vorstellbare Erklärung. In gewissem Sinne hab' ich das Bild deswegen gekauft – um den Beweis verschwinden zu lassen. Ich bin froh, daß es gleichzeitig auch der Anlaß für ... unsere Wiedervereinigung war.«

»Mußte das so lange dauern, bis ich dich gefunden hatte?«

Ich versuchte jede Andeutung eines Vorwurfs oder einer Verurteilung aus meiner Stimme herauszuhalten, doch Grace beugte sich stirnrunzelnd vor, als hätte sie trotzdem etwas in der Art herausgehört. »Du mußt verstehen, Leonora, daß ich der Meinung war, du wissest nichts von mir. Und so wäre es ja auch gewesen, wenn Willis nicht...«

»Nein«, sagte ich. »Ich suche schon viel länger nach dir. Genaugenommen so lange, wie meine Erinnerung zurückreicht.«

Sie sah mich ungläubig an. »Wie kann das sein?«

Ich erzählte ihr von meiner frühesten Erinnerung, von dem merkwürdigen Abschied am Bahnhof von Droxford, der mir ganz verschwommen im Gedächtnis geblieben war.

Als ich fertig war, sagte sie: »Du erinnerst dich also daran. Wir hätten das nicht für möglich gehalten.«

»Wir?«

»Charter und ich. Du warst gerade drei.« Plötzlich begann sie zu weinen. Als sie ein weißes Taschentuch aus dem Ärmel ihrer wollenen Strickjacke zog, dachte ich instinktiv an das letztemal, als ich sie weinen gesehen hatte. Plötzlich erkannte ich, was ich gleich hätte tun sollen, als sie mir die Tür geöffnet hatte. Ich setzte mich neben sie auf das Sofa und nahm sie in die Arme, während sie ihre Tränen trocknete. »Verzeih mir«, sagte sie. »Es ist nur, daß ich dachte, du würdest es vergessen – du wärst glücklicher, wenn du es vergessen hättest.«

»Kaum. Meongate war nicht gerade der Ort meines Glücks.«

»Ja, das habe ich auch befürchtet.«

»Warum hast du mich dann gehen lassen? Ich habe mit Olivias Anwalt gesprochen. Er sagte, man hätte dich zwingen können – aber das sei gar nicht notwendig gewesen.«

»Ich wurde gezwungen – aber nicht durch das Gesetz. Olivia hat die Direktorin von East Dene überredet, mich zu entlassen. Ich habe nie erfahren, wie sie es geschafft hat. In der damaligen Zeit konnte man sich kaum gegen eine Entlassung wehren. Ich mußte einfach meine Sachen packen und verschwinden. Sea Thrift gehörte der Schule, und so stand ich plötzlich ohne Dach über dem Kopf und ohne Arbeit da. Unter diesen Umständen ...«

»Blieb dir nichts anderes übrig, als mich auszuliefern.«

»Ja, damit entschuldigte ich es vor mir, daß ich dich aufgab. Doch irgendeine Möglichkeit bleibt einem immer. Es tut mir leid, daß ich dich im Stich gelassen habe.«

»Das hast du nicht. Wenn Olivia entschlossen war, mich zurückzuholen, hättest du sie niemals aufhalten können. Was ich nicht begreife, ist, warum sie das überhaupt wollte.«

»Auch ich habe das nicht verstanden. Ich bin ihr nur einmal begegnet, und da war sie nicht geneigt, mir irgendwelche Erklärungen abzugeben. Sie machte auf mich den Eindruck einer Frau, die gewohnt ist, ihren Launen – auch ihren bösartigen Launen – sofort nachzugeben. Leonora hatte mir nichts Gutes von ihr erzählt. Und mein einziger Versuch, ihr zu trotzen, endete mit einem totalen Fehlschlag.«

»Was tatest du, nachdem du Bonchurch verlassen hattest?«

»Ich weiß nicht, was ich getan hätte – wäre Charter mir nicht zu Hilfe gekommen. Der gute alte Charter. Der einzige von Meongate, der bei Leonoras Beerdigung war. Er besuchte mich, kurz bevor ich Sea Thrift verlassen mußte, und borgte mir das Geld zur Gründung einer Privatschule in Yorkshire. Ihm habe ich es zu verdanken, daß ich mich durchschlagen konnte. Ihm habe ich es zu verdanken, daß ich dich noch einmal in Droxford sehen konnte.«

»Man sagte mir, er sei selbst nach Yorkshire gezogen.«

»Ja. Er hatte sich zu offen gegen Olivia gestellt, um auf Meongate bleiben zu können. Daß er mir half, brachte das Faß zum Überlaufen. Er kaufte sich ein kleines Häuschen in Robin Hood's Bay in der Nähe von Whitby, seinem Heimatort. Ich habe ihn dort oft besucht. Er starb 1924, noch bevor ich anfangen konnte, ihm das Darlehen zurückzuzahlen. Er war ein sehr liebenswerter Mensch. Ich vermisse ihn noch immer.

Vor zehn Jahren gab ich meinen Beruf als Lehrerin auf und zog in diese kleine Wohnung. Ich führe ein ruhiges Leben – aber ich bin nicht unglücklich dabei. Ich hätte nie erwartet, wieder Kontakt mit deiner Familie zu bekommen, bis ich vor zwei Wochen Mr. Raiments Annonce las und seine Galerie besuchte. Aber ich hätte auch nie erwartet, den dritten Bartholomew zu entdecken.«

Wieder gingen wir das Bild anschauen. Künstliches Licht schien sein Geheimnis nur noch zu verstärken, die Schatten zu vertiefen und die vom Kerzenschein erhellte Gestalt meiner Mutter hervorzuheben. Mir fielen die Worte ein, die Willis gesagt und die Zoë gehört hatte, als er erst vor wenigen Monaten das Bild fertigstellte: Er hatte Leonora zurückgeholt. Aber wozu? Um die Finsternis zu vertreiben, die ihn zu verschlingen drohte? Um die Schuld zu entdecken, die er fühlte? Falls Olivia genau wie auf den beiden anderen Bildern die Frau auf dem Bett war – wer war dann der Mann? Bartholomew? Mompesson? Oder Willis selbst? In der gelassenen, ernsten Schönheit des Gesichtes meiner Mutter war keine Antwort zu finden.

Als ich an diesem Abend in Bath Spa aus dem Zug stieg, fühlte ich mich müde, gleichzeitig aber auch beschwingt. Hatte Willis' Gemälde auch längst vergangene Trauer wiederaufleben lassen, so hatte es mir doch jetzt in der Gegenwart Glück gebracht. Ich hatte die hübsche Dame aus meiner Kindheit wiederentdeckt. Grace hatte sich bereit erklärt, mich bald schon in Wells zu besuchen, und ich überlegte angestrengt, wieviel – oder wie wenig – ich Tony von ihr erzählen sollte. Deshalb war ich auch mehr als überrascht, als ich ihn am Bahnhof stehen sah. Doch da war er, küßte mich pflichtgetreu und schob mich zum Wagen.

»Woher wußtest du, mit welchem Zug ich kommen würde?« sagte ich.

»Ich wußte es nicht. Ich warte seit sechs hier.«

»Das wäre doch nicht nötig gewesen.«

Er ließ den Wagen an. »O doch, das war es. Ich weiß, du

denkst, ich sei ein blinder, unsensibler Tölpel – was gelegentlich durchaus zutreffen mag –, aber du irrst dich, wenn du meinst, ich hätte nichts von dem mitbekommen, was während dieser Woche alles passiert ist.«

»Worauf willst du hinaus?«

»Ein geheimnisvoller Wohltäter. Mieter, die sich eingenistet haben. Ein überhasteter Ausflug nach London. Warum sagst du mir nicht, was das alles soll? Und erzähl mir nicht, Mr. Willis sei dir nie zuvor begegnet.«

Tonys Zeitgefühl war wie immer makellos. Das war eine seiner größten Gaben. Dazu gehörte, glaube ich, auch seine typisch englische Art – sein ziemlich altmodischer, zugeknöpfter, ironischer Stil, mit dem er die stärksten Emotionen bewältigen konnte. Er war zu klug, um in dem Moment eine Erklärung zu verlangen, in dem ich nichts weiter zu bieten hatte als die durchsichtige Ausrede, Willis sei mir vollkommen fremd. Er hatte abgewartet, als ich aus Fowey zurückkam, noch ganz in Gedanken versunken. Und nun hatte er irgendwie erraten, daß seine Zeit gekommen war.

Wir aßen in einem ländlichen Hotel südlich von Bath zu Abend und verbrachten schließlich auch die Nacht dort. Ich erzählte ihm Willis' Geschichte und versuchte, so gut es ging, zu erklären, warum ich ihm die Wahrheit so lange vorenthalten hatte. Ich beschrieb meine Erlebnisse in Fowey und was Grace Fotheringham zu mir gesagt hatte. Und später, als ich zwischen Mitternacht und Morgendämmerung sicher in seinen Armen ruhte, sagte ich ihm das, was ich ihm hätte sagen sollen, als er mich damals, dreiundzwanzig Jahre zuvor, bat, ihn zu heiraten.

»Jetzt verstehst du«, murmelte ich am Ende, »warum du vielleicht auf den Dorfklatsch hättest hören sollen.«

»Blödsinn«, erwiderte er und küßte mich. »Ich wußte immer, daß du von einem Geheimnis umgeben warst. Das machte dich anders als die anderen. Deswegen hab' ich mich auch in dich verliebt.«

»Hättest du mich geheiratet, wenn du gewußt hättest, daß ich die Tochter eines Deserteurs bin?«

»Du weißt genau, daß ich es getan hätte.«

»Und wenn du gewußt hättest, daß ich für Paynes Tod verantwortlich war?«

»Auch dann. *Falls* du verantwortlich warst.«

»Warum betonst du *falls*?«

»Frag dich selber, warum Olivia dich nicht verraten hat, als ich um deine Hand anhielt. Du wirst doch nicht glauben, daß sie aus lauter Zuneigung zu dir schwieg.«

»Ich habe nie begriffen, weshalb sie nichts gesagt hat. Aber ich bin ihr immer dankbar gewesen.«

»Damit kannst du aufhören.«

»Warum? Sie hat doch nichts gesagt, oder?«

»Nein. Damals nicht.«

»Wie meinst du das – damals nicht?«

»Ich meine, daß sie es mir später gesagt hat.«

Ich schoß im Bett in die Höhe und starrte ihn an. »Du wußtest es?«

Er lächelte entwaffnend. »Was es zu wissen gab – ja.«

»Seit wann?«

»Anfang 1953, als sie im Sterben lag. Ich fuhr allein zu ihr, erinnerst du dich? Nun, das war der Zeitpunkt, den Olivia sich aussuchte, um es mir zu erzählen.«

»Du hast es nie erwähnt.«

»Vielleicht begreifst du jetzt, daß es keine Rolle spielte. Ich wußte, daß du es mir irgendwann selbst erzählen würdest. Es machte mir nichts aus zu warten. Außerdem war mir eines klar: Wenn Olivia die Anschuldigung gegen dich so lange zurückgehalten hatte, dann würde ich nur ihren Absichten entsprechend handeln, wenn ich dich damit konfrontierte. Jetzt, da du mir alles erzählt hast, erkenne ich, daß ich recht hatte.«

Fünfzehn Jahre lang hatte ich also nach Gründen gesucht, die dafür sprachen, daß ich meinem Mann nichts von einer Sache erzählte, die er schon längst wußte. Ich hatte es ihm überlassen, seine Liebe zu mir gegen Olivias schlimmste Behauptungen zu stellen. Ich hatte ihn für gleichgültig und abgestumpft gehalten, wo er in Wirklichkeit geduldig und sensibel gewesen war. Ich hatte mich dumm und albern benommen. »Was hat sie gesagt?« fragte ich ihn schließlich. Es war an der Zeit, das Schlimmste zu hören.

»Als ich ankam, teilte mir Schwester Buss mit, daß Olivia den ganzen Tag ungewöhnlich munter gewesen sei und es kaum erwarten könne, mich zu sehen. Ich ging allein in ihr Zimmer hoch. Sie hatte ihr Bett am Fenster stehen, von wo aus sie dieses Gemälde ihres ersten Ehemannes betrachten konnte. Sie war von Schals und Medizinen und Essensresten umgeben. Der Ort ließ mich frösteln.

Als ich eintrat und sie da so still und zerfurcht liegen sah, dachte ich schon, sie sei tot. Dann schlug sie die Augen auf und blickte mich an. Brennende, bittere Augen. Sie sagte, ich solle mich hinsetzen und ihr einen Whisky einschenken. Ich gehorchte. Selbst im Angesicht des Todes hatte sie sich noch diese Befehlsgewalt bewahrt. Dann begann sie, unterbrochen von kleinen Whiskyschlucken, zu reden, drängend und flüssig – zumindest am Anfang. Wie Schwester Buss schon gesagt hatte, war sie geradezu unnatürlich munter und aufgekratzt. Der Grund dafür war ihr Drang zu reden. Sie hatte mich nur aus einem einzigen Anlaß kommen lassen – ich sollte mir anhören, was sie zu sagen hatte.«

3

Dies ist das schlimmste Jahr meines ganzen Lebens gewesen. Begraben in einem leeren Haus und nur diese alte Vettel von einer Krankenschwester als Gesellschaft. Nachts klappern die Fenster, und der Regen klirrt dagegen wie Nadeln gegen Glas. Hier liege ich nun, alt und krank und dem Tode nahe, nur noch eine leere Hülle. Hier ist nichts mehr, um das Sie mich beneiden oder das Sie bewundern könnten. Jedenfalls glauben Sie das.

Wie geht's Leonora? Wie geht's dem Ritter auf seinem weißen Roß, der sie ins ewige Glück entführt hat? Sie sitzen vor mir, lächeln höflich und erkundigen sich, wie's mir geht, aber es interessiert Sie gar nicht. In Wirklichkeit wollen Sie nur wissen, wann ich sterbe. Das ist es doch, nicht wahr? Wann werden diese schäbigen Überreste einer Frau Ihnen endlich den Gefallen tun, diese ihre Vortäuschung von einem Leben aufzugeben?

Wenn ich die Kraft dazu hätte, würde ich Ihnen ins Gesicht lachen. Es hat mal eine Zeit gegeben, da hätte ich Sie um meinen kleinen Finger wickeln können, eine Zeit, in der Sie für mich Spielzeug gewesen wären. Jawohl. Lächeln Sie nur, wenn Sie mögen. Ich sehe, wie Ihr Mund vor Abscheu zittert. Der Gedanke erscheint Ihnen abstoßend. Damals wäre das anders gewesen. Bei allen war es so.

Alle Männer und die meisten Frauen sind Narren. Meine Mutter, die sich einem italienischen Tanzlehrer hingab und für ihre Mühe mich bekam, war eine Närrin. Ich jedoch habe aus den Fehlern anderer gelernt. Ich habe mich sogenannten Künstlern nicht nackt als Modell dargeboten, weil die Bezahlung so gut war. O nein. Da steckte mehr dahinter. Ich war klüger als dieses ganze Pack, aber sie hätten es mir nicht gedankt, wenn ich es sie hätte fühlen lassen. Sie wollten meinen Körper mieten. Er war superb – und ist es immer noch in Philips albernem Bild. Er erkannte erst, daß ich ihn zum Narren gehalten hatte, als es zu spät war. Er durfte sich an mir satt sehen. Er konnte mich bitten, mich für ihn hinzusetzen oder hinzulegen, und ich tat es. Ich posierte für ihn in jeder Position – und einige davon waren nicht zum Malen bestimmt. Er tat so, als würde er die Proportionen studieren, ein paar Zentimeter von meinen Brüsten entfernt, und merkte, wie mein Blick zu der Ausbuchtung in seiner Hose wanderte. Aber er durfte mich nicht berühren.

Angewidert? Ich möchte darauf wetten. Ich sehe, daß Sie den Blick abwenden, aber ich sehe auch den dünnen Schweißfilm auf Ihrer Oberlippe. Nur zu, schauen Sie sich das Gemälde an. Ich war ein herrlicher Anblick, nicht wahr?

Er heiratete mich, weil er mich einfach anfassen mußte. Aber kaum hatte er mich geheiratet, da konnte er es nicht ertragen. Dafür sorgte ich schon. Ich betrog ihn, selbstverständlich mit anderen Künstlern, aber auf die großartigste – und obszönste – Weise mit seiner eigenen Schwester. Das vernichtete ihn, so wie es auch beabsichtigt gewesen war. Sie ist es, zu der ich auf dem Bild schaue. Zumindest glaube ich, daß er es so gemeint hat. Es war wohl das beste für uns alle, daß er die Bilderfolge nicht beendete. Ich denke, er war betrunken, als er auf der Fähre über Bord fiel. Was anderes hätte gar nicht zu ihm gepaßt. Ich wartete in unserer Kabine auf ihn. Vielleicht konnte er mir nicht gegenübertreten. Ich gab erst am Morgen Alarm. Etwas, was vielleicht mal er gewesen war, wurde drei Wochen später an die Küste der Normandie gespült. Ich glaube, seine Schwester identifizierte ihn. Sie zeigte sich angemessen bekümmert.

Die begehrenswerte junge Witwe eines bekannten Künstlers: gar keine so üble Wandlung. Und mein Ruf war viel besser als der von Philip. Lizzie Kilsyth stellte mich auf einer ihrer Soirées Edward vor. Zu der Zeit befand er sich in fürchterlicher Trauerstimmung, war aber doch noch in der Lage, meine Schönheit als wünschenswerte Erwerbung zu erkennen. Er betrachtete mich wie eine Wedgwood-Vase: elegant, teuer und eine vernünftige Investition. In seinen Adern floß Wasser: Leidenschaft war für ihn ein Fremdwort. Ich hatte nichts dagegen. Er machte aus mir Lady Powerstock und ließ mir die Freiheit, mir überall mein Vergnügen zu suchen.

Woran lag es, daß ich mich zu meinem eigenen Stiefsohn hingezogen fühlte? Es gab ganz offensichtliche Faktoren: seine Jugend, sein blendendes Aussehen – aber vor allem natürlich, weil es verboten war. Er bemerkte, wie ich ihn ansah. Ich hatte nichts dagegen. Ich deutete an – nur ganz vage, ein Wort hie und da, ausgelegt wie ein Stück Glas, das die Sonne reflektiert –, daß ich tatsächlich die Frau auf dem Gemälde sei und unter gewissen Umständen ihm gehören könnte.

Ich spreche von Leonoras Vater. Auch tote alte Männer waren einmal jung und gutaussehend und kraftvoll und verletzlich. Sagte ich tot? Tun wir noch eine Weile so, als wäre er tot. Damals war er nicht tot – zumindest reagierte er auf meine Andeutungen recht lebhaft. Nur das war wichtig. Er spionierte mir vom Observatorium aus nach, falls man das Spionieren nennen konnte. Ich achtete darauf, mich vor dem Fenster auszuziehen, wo er mich durch das Teleskop sehen konnte. Ich zog mich langsam aus, posierte, dachte dabei, welche Qualen sein Geist und sein Körper erdulden mußten, während er mich beobachtete.

Dann trat Leonora Powell sittsam und spröde in sein Leben – und er war für mich verloren. Er war in Versuchung geraten, das wußten wir beide. Später, als ich seiner Frau davon erzählte, weigerte sie sich, mir zu glauben. Ich glaube wirklich, sie konnte sich so was gar nicht vorstellen. Aber John hat es nie vergessen, da bin ich mir sicher. Als er in den Krieg mußte, begann ich allmählich Leonora für ihre Reinheit und Loyalität zu hassen. Ich unterzog diese beiden Eigenschaften einer Prüfung – und fand sie geradezu übelkeitserregend unerschütterlich.

In meinem Leben habe ich immer nur mich geliebt. Das trifft auch auf andere Leute zu, die es allerdings niemals zugeben würden. Die es zugeben, verdienen meinen Respekt. Vermutlich war es das, was Ralph Mompesson vom Rest abgehoben hat. Das und die Tatsache, daß er als Mann doppelt soviel wert war wie der Ehrenwerte John Hallows. Er versteckte seine Begierden nicht. Wir lernten ihn bei einer Wohltätigkeitsveranstaltung kennen, ungefähr zu der Zeit, zu der Edward beschloß, seiner patriotischen Seele etwas Gutes zu tun, indem er genesende Offiziere aufnahm, von denen ich einige genoß. In der Regel waren sie zu schuldbewußt, um mich richtig genießen zu können.

Wenden Sie ruhig den Blick ab, Captain Galloway, wenn Ihnen danach zumute ist. Damit können Sie niemanden täuschen. Damals hätten auch Sie mich angebetet, dafür hätte ich schon gesorgt. Vielleicht hätten Sie sich in mich verliebt, wie dieser junge Idiot Cheriton. Er hat sich erschossen, müssen Sie wissen, hat sich mit einem Revolver das Gehirn aus dem Schädel gejagt. Und warum? Weil er Angst hatte, in den Krieg zurückzukehren? Oh, nein. Das wäre viel zu vernünftig gewesen. Er hat sich erschossen, weil ich ihm sagte, Ralph sei mein Geliebter gewesen. Können Sie sich das vorstellen? Er hinterließ sogar einen Abschiedsbrief, den zum Glück niemand las. Die Dummheit Ihres Geschlechts überrascht manchmal sogar mich.

Doch Ralph war anders, das muß ich zugeben. Ein Mann für die Frauen, könnte man sagen. Der Plan, den er entwickelt hatte, um Meongate an sich zu reißen, hätte funktioniert, doch ich hätte davon mehr profitiert als er. Der Plan besaß eine prahlerische, überlegene Eleganz: Er hätte funktioniert. Wir wußten, daß John nicht in Frankreich gefallen war und daß Leonoras von ihm verursachte Schwangerschaft dazu benutzt werden konnte, um sie beide und Edward zu vernichten. Wir wären ihre gemeinsamen Erben gewesen. Herr und Herrin von Meongate. Dann hätte ich nicht meine letzten Tage mit billigem Whisky in einem alten Haus verbringen müssen. Schenken Sie mir noch was ein. Und nehmen Sie sich selbst einen Schluck. Sie sehen aus, als hätten Sie's nötig.

Jemand ermordete Ralph, der wußte, was geschehen würde, wenn Ralph nicht aufgehalten wurde, und der ihn – und mich – überlistete. Doch nur in gewissem Sinne. Es war ein Pyrrhussieg. Die Polizei wußte nicht, wo sie suchen sollte, doch ich kannte den Mörder. Nur ein Mann war verzweifelt genug, um eine derartige Tat zu vollbringen: der Ehrenwerte John Hallows. Er kannte meine Gedanken besser als die meisten anderen. Ich muß zugeben, es war ziemlich clever von ihm, aber natürlich auch sehr närrisch. Indem er Ralph tötete, sorgte er dafür, daß er nie mehr zurückkommen konnte und sich für den Rest seines Lebens verstecken mußte.

Als Ihr Bataillon im Frühjahr 1944 bei uns kampierte, hatte ich in Ihnen sofort Leonoras fahrenden Ritter erkannt. Ich beobachtete eure erste Begegnung vom oberen Fenster aus. Und all die anderen Male? Glauben Sie wirklich, ich bemerkte nicht, was da ablief? All diese Briefe via Postamt? Ich wußte Bescheid. Ich wußte alles. Also blieb mir viel Zeit zum Überlegen, bis Sie endlich um ihre Hand anhielten. Ich hätte Ihnen genug erzählen können, um Sie abzuschrecken. Geben Sie sich da nur keinen Irrtümern hin. Statt dessen sagte ich nichts. Ich ließ Sie heiraten. Ich ließ es zu, daß Sie Kinder bekamen. Und jetzt werde ich Ihnen erzählen, was Sie da geheiratet haben.

Leonoras Mutter ging weg und starb freundlicherweise bei der Geburt. Bis zum Ende bewahrte sie ihre heilige Haltung der Selbstaufopferung. Ihre Freundin Miss Fotheringham, die Schullehrerin, anerbot sich, das Kind aufzuziehen. Ich hätte das zulassen können, aber ich wollte nicht. Anfangs leistete sie Widerstand, so mußte ich sie in Mißkredit bringen. Ihre Direktorin glaubte nur zu gerne, daß ich über Briefe verfügte, aus denen hervorging, daß Miss Fotheringham und die Mutter des Kindes eine unnatürliche Beziehung miteinander gehabt hatten. Um jeden Skandal zu vermeiden, wurde Miss Fotheringham fristlos entlassen; das Kind kam zu mir.

Sie täuschen Gleichgültigkeit vor, aber ich sehe, daß Sie gern alles erfahren möchten. Warum ich das Kind haben wollte? Warum? Weil der Krieg vorbei war und mein mörderischer Stiefsohn vielleicht so mutig war, wieder aufzutauchen. Zur Erinnerung an seine Frau würde er seine Tochter haben wollen. Er war viel zu anständig, um sie vergessen zu können. Wenn er sie suchte, mußte er zu mir kommen. Und dann würde ich ihm keine Gnade gewähren.

Warum kam er nicht? Er hatte mir getrotzt, aber ich besaß das einzige, was ihm noch etwas bedeutete: Leonora. Sie litt an seiner Stelle. Das leugne ich nicht. Doch er tauchte immer noch nicht auf. Jetzt ist es zu spät. Ein obskurer Selbstmord? Möglich. Und doch, und doch ... Manchmal träume ich, er sei immer noch da oben im Observatorium und schaue mich an, schaue mich immerzu an. Glauben Sie, daß er irgendwo da draußen ist? Es spielt keine Rolle mehr. Ich habe in jedem Falle gewonnen. Er hat nichts, gar nichts.

Nach Edwards Tod erfuhr ich von seinem Buchhalter, daß er während des Krieges auf Ralphs Rat hin umfangreiche Investitionen in amerikanischen Aktien getätigt hatte. Damals war das ein guter Rat. Aber seit 1929 waren die Aktien praktisch wertlos. Ich sah mich plötzlich in der Zwangslage, einen reichen Mann heiraten zu müssen. Sidney Payne, verstehen Sie, war eine brutale Notwendigkeit. Als er bankrott war, verlor unsere Beziehung diese Notwendigkeit, und für Brutalität hatte ich nichts übrig. Es war mein Vorschlag, daß er sich bei Leonora seine Befriedigung holte.

Vielleicht haben Sie gehört, daß mein dritter Mann durch einen Sturz ums Leben gekommen sei. Das stimmt. Er war betrunken und erregt, weil ich ihn gerade mit Leonora im Bett erwischt hatte. Fragen Sie sie selbst. Sie wird Ihnen sagen, daß er sie angegriffen und daß sie ihn mit einem schweren Buch in Notwehr niedergeschlagen hat. Der Schlag mag den Sturz verursacht haben, aber sie schwieg aus Furcht, für seinen Tod verantwortlich gemacht zu werden. Der Beweis in Form des blutbefleckten Buches befindet sich in meinem Besitz. Das alles ist die Wahrheit. Sie können das Buch sehen, wenn Sie wollen. Aber nicht jetzt. Später. Falls sie allerdings keinen Widerstand geleistet hat, würde die Sache ganz anders aussehen, nicht wahr? Sagen Sie, ist es der Whisky oder etwas anderes, was Ihnen die Röte ins Gesicht treibt?

Übrigens, ich habe das Haus Walter Payne vermacht. Er hat mir erzählt, was für Pläne er damit hat. Irgendeinen Unsinn mit einem Country Club. Klingt entsetzlich. Falls Sie das Testament anfechten wollen, gebe ich Ihnen den guten Rat, es sich noch einmal zu überlegen. Mayhew kann beweisen, daß Leonora kein eheliches Kind ist; außerdem glaubt sie das sowieso. Natürlich könnten Sie ihr die Wahrheit sagen, falls Sie das für richtig halten. Ich überlasse es Ihnen.

Warum ist es so dunkel? Es kann doch noch nicht Abend sein? Noch nicht. Rufen Sie Buss. Nein. Tun Sie es besser nicht.

Einmal war ich bei einer Hellseherin. Sie sagte, er sei noch am Leben. Aber was wissen die schon? Würde er noch leben, dann hätte er mich aufgesucht, nicht wahr?

Der Komet war wie ein flammender Drachen. Philip war mal in China, müssen Sie wissen. Drachen tanzen dort in den Straßen.

John sprach über seine Bahn und was ihn zurückgebracht habe. Ich hatte ein Licht in meinem Fenster brennen lassen. Ich deutete darauf und sagte, mir sei gar nicht klar gewesen, daß er mich vom Observatorium aus beobachten könnte – falls es ihn interessierte. Es war nicht kalt. Es war eine milde Nacht, aber er zitterte am ganzen Leib.

Sie haben mich oft beobachtet. Das war die Macht, die ich über sie hatte. Starke junge Männer mit Künstlerhänden. Ganz und gar nicht wie Ralph. Als er mich das erstemal nahm, war es nicht besser als eine Vergewaltigung.

Philip hinterließ das Bild, damit ich keine ruhige Minute mehr haben sollte. Aber ich machte mir seinen Geist untertan – viele Male. Warum ist er nicht gekommen? Im letzten Sommer, einmal . . . Ich dachte fast . . . Er hat nichts gewonnen. Nichts, hören Sie?

Ich las, daß Franklin in Passchendaele gefallen wäre. Genausogut hätte er sich einen Revolver an die Schläfe setzen können. Der Narr.

Er hat Ralph überlistet, aber nicht mich. Doch wie? Wie konnte Ralph das zulassen? Miriams Buch liegt in der Schublade. Das ist ihr Geheimnis. Das ist Ihre Antwort.

4

»Als es vorbei war, schickte ich Buss los, um den Arzt anzurufen. Sie drückte Olivia die Augen zu, doch ich spürte, daß sie mich durch die geschlossenen Lider hindurch beobachtete. Das Buch befand sich in der Schublade, wie sie gesagt hatte. Es hatte keinen Blutfleck. Ich glaube, das war mir zuvor auch schon klar gewesen.«

Jetzt verstand ich Olivia zum erstenmal. Vielleicht hatte sie – falls das Wort irgendeine Bedeutung für sie besaß – Ralph Mompesson geliebt. Sonst hatte sie stets ihren Willen durchsetzen können, doch der Mord an Mompesson zerstörte ihre Ambitionen und damit all das, was sie gemeinsam hätten erreichen können. Dafür machte sie meinen Vater verantwortlich. Ihrem Wunsch nach Rache entsprechend hatte sie mich nach Meongate geholt. Ich wußte nun, weshalb ihre Versuche, meinen Vater aus seinem Versteck zu locken, von Anfang an fehlschlagen mußten. Ich wußte nun, weshalb ich die Hauptlast ihrer frustrierten Rache zu tragen hatte. Endlich wußte ich, welcher Fluch auf meiner Kindheit gelegen hatte.

»Sie war eine hoffnungslos böse und verschlagene Frau«, sagte Tony. »Selbst kurz vor ihrem Tod noch war sie mehr damit beschäftigt, mich glauben zu machen, du habest Paynes Annäherungsversuchen nachgegeben, anstatt ihren Frieden mit der Welt zu machen, die zu verlassen sie im Begriffe stand.«

»Ich habe den Blutfleck nie gesehen, Tony. Sie sagte mir, es sei Blut an dem Buch, und ich glaubte ihr. Wenn ich jetzt darüber nachdenke, glaube ich nicht, daß ich überhaupt die Kraft hatte, ihn blutig zu schlagen. Wenn du ihrem Vorschlag gefolgt wärst und mich gefragt hättest...«

»Deine Antwort hätte dich scheinbar belastet. Natürlich war es das, worauf sie hoffte. Doch sie hatte mir zuviel Haß gezeigt, als daß ich ihr auch nur ein Wort geglaubt hätte. Deshalb habe ich dir gegenüber nichts erwähnt. Es war der einzige Weg, ihr zu trotzen.«

»Was hast du mit dem Buch gemacht?«

»Es ist zu Hause, in dem Koffer, in dem ich meine alte Uniform aufbewahre. Ich hätte es vernichten können, aber das wäre wohl auch ein Sieg für sie gewesen. Also bewahrte ich es gut versteckt für den Tag auf, an dem du mir all das erzählen würdest, was du mir jetzt erzählt hast.«

Ironie über Ironie. Ich hatte befürchtet, Mayhew meine dieses Buch, als er von Olivias Hinterlassenschaft für mich sprach, das Buch, das ich in Winchester gesucht hatte – dieses Buch hatte die ganze Zeit in meinem eigenen Haus gelegen. Tony hatte mein Geheimnis besser als ich gekannt. Ich hätte mir denken können, daß es bei Paynes Tod keine Rolle gespielt hatte, daß Olivia dies nur behauptete, um ein Druckmittel gegen mich in der Hand zu haben. Hätte sie mich nicht so fest in ihrem Würgegriff gehalten, ich hätte es erraten müssen. Sie hatte mich vernichten wollen, und es wäre ihr auch beinahe gelungen, wäre Tony nicht ein besserer Mann gewesen, als ich verdient hatte. Sein langes, vertrauensvolles Schweigen hatte ihre Niederlage besiegelt.

Während ich noch über seine Enthüllungen nachdachte, begann ich den kühlen, vorsichtig abwägenden Verstand meines geduldigen, bescheidenen Gatten immer mehr zu schätzen. »Tony Galloway«, sagte ich, »in all diesen Jahren hast du genau gewußt, was in meinem Kopf vorgeht – und nie was gesagt?«

»Wie ich dir bereits erklärt habe: Ich wartete darauf, daß du dich mir anvertrauen würdest.«

»Du wußtest, daß Olivia mich enterbt hatte. Diese schockierte Empörung vor mir war reine Schauspielerei. Und du wußtest genau, daß ich das Testament nicht anfechten würde.«

»Stimmt«, sagte er lächelnd.

»Was dachtest du, als du von dem Haus in Fowey hörtest?«

»Ich dachte, Willis sei dein Vater. Angesichts von Olivias

hartnäckiger Behauptung, daß er nicht im Krieg gefallen sei, erschien das nur logisch.«

»Aber selbst da hast du nichts gesagt?«

»Ich wollte nichts erzwingen, weil ich hoffte, daß du nach deinem Besuch dort in der Lage seiest, mir aus eigenem Antrieb die Wahrheit zu sagen. Und so war es ja auch. Obwohl sich nun die Wahrheit etwas anders darstellt, als Olivia mich glauben machen wollte. In gewissem Sinne hat sich damit alles zum Besseren gewandt.«

Am nächsten Morgen spazierten wir nach dem Frühstück durch den Hotelgarten. Es war ein klarer, kalter Tag. Wir genossen die durch unsere Enthüllungen neu entstandene Vertrautheit.

»Als ich 1944 an unserem ersten Morgen Meongate sah«, meinte Tony, »hatte ich das Gefühl, daß mich das Schicksal und nicht irgendeine militärische Logistik hierhergeführt hatte. Als ich dich im Obstgarten sah, das Mädchen, über das man im Dorf hinter vorgehaltener Hand sprach, spürte ich es erneut: Du warst meine Zukunft. Vielleicht erschien es mir deshalb später richtig, dir nichts von dem zu sagen, was ich wußte.«

»Und nun, Tony? Was ist jetzt das richtige? Was erzählen wir unseren Kindern?«

»Das mußt du entscheiden.«

Und wieder entschied ich, daß ihr nichts erfahren solltet. Ich rechtfertigte mein Schweigen mit dem Argument, daß ihr die in die Sache verwickelten Personen nicht kanntet und mit der wirren Geschichte einer vergangenen Generation nichts anfangen könntet. Ihr wart zu jung, zu sehr mit euch selbst und der Gegenwart beschäftigt. Doch nichts von alledem war der wahre Grund. In Wirklichkeit ging es darum, daß ich mich Tony neu verbunden fühlte, seit er meine Vergangenheit mit mir teilte. Ich fürchtete, unsere neu entdeckte Beziehung zueinander könnte wieder an Intensität verlieren, wenn wir mein Geheimnis mit anderen teilten.

Deswegen wurde dir Grace Fotheringham lediglich als eine ehemalige Lehrerin vorgestellt, die mir sehr sympathisch war. Deswegen legte ich für gewöhnlich ihre Besuche bei mir so, daß du nicht zu Hause warst.

Der erste dieser Besuche fand kurz vor Ostern 1968 statt, einige Wochen nachdem ich sie in London besucht hatte. Ich hatte ihr bereits in einem Brief die schmutzige Wahrheit darüber mitgeteilt, wie Olivia sie aus East Dene hinausgeekelt hatte. Sie hatte die Nachricht mit philosophischem Gleichmut hingenommen. Als ich ihr jetzt alles erzählte, was mir Tony berichtet hatte, schien sie immer noch von Olivias Bösartigkeit ungerührt zu sein, schien immer noch ein merkwürdiges Mitgefühl für die Frau aufzubringen, die sie in den Ruin zu treiben versucht hatte. Bald entdeckte ich den Grund dafür: In einem sehr wesentlichen, bedeutsamen Punkt hatte sie über Olivia triumphiert.

»Arme Frau«, sagte sie, schüttelte den Kopf und schaute zum Fenster hinaus in den Garten auf die schwankenden Köpfe der Narzissen. »Arme, dumme Frau.«

»Grace!« rief ich. »Wie kannst du nur so großzügig sein?«

»Weil sie alles aus Rache getan hat, und Rache ist der schlimmste Zuchtmeister. Ich habe stets Mitleid mit jenen, die sich davon beherrschen lassen. Das alles klingt so, als wäre sie zum Schluß davon verschlungen worden.«

Während wir im Wintergarten Tee tranken, hatte ich das Gefühl, daß von allen Opfern Olivias allein Grace Fotheringham vollkommen unbeschadet davongekommen war; nun sprach sie von Olivia mit dem Mitgefühl eines Menschen, der stets der Überlegene gewesen war. Natürlich hätte es auch die schulmeisterliche Art einer angeborenen Güte sein können, das war mir klar, doch ich spürte, daß mehr dahintersteckte.

»Es liegt eine gewisse Ironie darin«, fuhr sie fort, »daß sie all die Jahre darauf gewartet hat, daß dein Vater wieder auftauchen würde, wo wir doch jetzt wissen, daß dieses Warten aussichtslos war.«

»Glaubst du, daß sie wenigstens in einem Punkt ins Schwarze getroffen hat?« fragte ich. »Ich meine, daß mein Vater Ralph Mompesson getötet hat? Ich weiß, daß er es Franklin gegenüber abgestritten hat, aber vielleicht hatte er nur die Gefühle seines Freundes schonen wollen.«

Grace betrachtete mich angespannt. »Das möchtest du gern glauben, nicht wahr? Deine Mutter hat es geglaubt, und ich hab' es geglaubt – bis zu einem gewissen Zeitpunkt.«

»Bis ich die Willis-Geschichte erzählte?«

»Nein.« Für einen Moment wandte sie den Blick ab. »Nein, Leonora. Ich weiß seit langem, wer Ralph Mompesson getötet hat. Siehst du, Olivia versuchte mich zu ruinieren, das ist wahr, so wie ihr Geliebter deine Familie in den Ruin treiben wollte, aber ein Mann war zu clever für die beiden, ein Mann, der mir zu Hilfe kam, so wie er deiner Mutter zu Hilfe gekommen war. Der Mann war Charter Gladwin.«

»Charter?«

»Ja. Wie ich dir schon sagte, gab er mir das Kapital zur Gründung von Marston College. Ich habe ihn fast jeden zweiten Sonntag in seinem Häuschen in der Nähe von Robin Hood's Bay besucht. Es stand in den Feldern nahe der Spitze der Klippen, schrecklich ungeschützt im Winter. Immer hörte man das Meer und die Möwen und wie der Wind im Schornstein rauschte, zu jeder Jahreszeit, doch innen war es hübsch und gemütlich, vollgestopft mit Charters Erinnerungsstücken an ein langes Leben. Ich freute mich auf meine Besuche bei ihm; für mich war es eine Zufluchtsstätte. Ich kann mich jetzt noch an den Duft der brennenden Scheite im Kamin erinnern und den scharfen Geruch der Makrelen, die er grillte.

An einem Sonntag sprachen wir über deine Mutter, nachdem er mich zu einem Glas Rum überredet hatte. Das war eines unserer Lieblingsthemen – eine gemeinsame Freundin. Dabei sagte ich ziemlich genau das, was du eben gesagt hast. Und ob Charter, der ja zu der Zeit auf Meongate gelebt hatte, glaubte, daß Leonora recht mit ihrer Annahme gehabt hatte, daß Mompesson von John getötet worden war.

›O nein‹, erwiderte er, ›John hat ihn nicht getötet.‹

›Wie können Sie sich da so sicher sein?‹ fragte ich.

›Das ist ganz einfach, meine Liebe‹, sagte er. ›Ich bin mir deswegen so sicher, weil ich ihn selbst umgebracht habe!‹ Er lächelte. ›Ja, Sie können es ruhig wissen. Ich habe Ralph Mompesson wegen seiner Untaten erschossen.‹

Ich war entsetzt, wie du dir bestimmt vorstellen kannst. Mord wäre die allerletzte Handlung gewesen, die ich mit dem lieben alten Charter in Verbindung gebracht hätte. Doch als Charter mir beschrieb, wie er Mompesson getötet hatte, hörte es sich wie die natürlichste Sache der Welt an.«

5

Ich sah Mr. Ralph Eugene Mompesson das erstemal im Sommer 1915, als Olivia ihn auf Meongate empfing. Ich wählte meine Worte vorsichtig, weil ich mir sicher war, daß er in London schon seit ein paar Monaten mit Olivia ins Bett gegangen war. Nicht, daß es mich gestört hätte. Wenn Edward nicht soviel Verstand besaß, um zu erkennen, daß diese Frau keinen Vergleich mit meiner Miriam aushielt, dann war das sein Problem. Leben und leben lassen, das war mein Motto. Ich konnte selbst nicht gerade eine moralisch makellose Jugend für mich in Anspruch nehmen, und schließlich soll man nicht mit Steinen werfen, wenn man im Glashaus sitzt.

Bis zur Nachricht von Johns Tod in Frankreich Ende April 1916 sah ich in Mompesson nichts weiter als den Mann, den sich Olivia hielt, damit er sie auf eine Art und Weise befriedigte, zu der ihr Ehemann niemals fähig gewesen wäre. Und somit konnte ich ihn ganz bequem ignorieren. All das änderte sich, als ich merkte, daß er es auf Leonora abgesehen hatte. Ich beobachtete ihn und sie, als sie an diesem Abend Klavier spielte, und mir gefiel ganz und gar nicht, was ich in seinen Augen lesen konnte. Ich hatte gesehen, wie er über den Rasen marschiert war, seine stinkenden Zigarren geraucht und dabei das Haus angeschaut hatte, als wüßte er, daß es eines Tages ihm gehören würde. Und ich wußte, daß ich ihm früher oder später entgegentreten mußte.

Mein Alter war mein Vorteil. Er sorgte dafür, daß er mich nicht als Gefahr betrachtete. Vielleicht hätte er sich mehr für meine Vergangenheit interessieren sollen. Dann hätte er gewußt, daß mir seine Heimat nicht fremd war. 1863 hatte ich die Unionsblockade der Südstaaten durchbrochen. Die Risiken waren beträchtlich, aber der Profit, den man mit einer Ladung Baumwolle in Liverpool erzielen konnte, war die Sache wert. Mit diesen Heldentaten schaffte ich mir eine ganze Anzahl Feinde – und einen aufrechten Freund: Wesley Maitland, damals ein ums Überleben kämpfender Landbesitzer aus Georgia und später ein prominenter Senator. Ich schrieb meinem alten, mittlerweile pensionierten Freund und bat ihn, alles auszugraben, was er über Mompesson finden konnte – seine Vergangenheit und seine Gegenwart. Ich wollte wissen, warum er nach England gekommen war und was er hinter sich zurückgelassen hatte. Bevor ich gegen ihn vorging, wollte ich das Gelände erkunden.

Wegen des Krieges war die Verbindung mit den Vereinigten Staaten im Jahre 1916 allen möglichen Komplikationen unterworfen. Ich wußte, die Antwort konnte Wochen, vielleicht sogar Monate dauern. In der Zwischenzeit mußte ich dafür sorgen, daß Mompesson keinen Verdacht schöpfte und nicht auf die Idee kam, ich könnte in seiner Vergangenheit herumschnüffeln. Also pflegte ich meinen Ruf als harmloser, alter Trottel und wartete so geduldig, wie es mir möglich war, meine Zeit ab.

Alte Männer schlafen nicht gut, vor allem, wenn ihnen etwas im Kopf herumgeht. Ich war meist schon vor Anbruch der Morgendämmerung wach, und so bekam ich am Sonntag, dem 11. Juni, mit, daß mein Enkel gar nicht tot war. Ich hörte, wie sich weiter unten im Gang eine Tür schloß. Es klang, als wäre es Leonora. Doch die Schritte, die aus dieser Richtung kamen und an meiner Tür vorbeigingen, waren nicht die ihren. Es waren eindeutig männliche Schritte. Wenn ich länger darüber nachgedacht hätte, wäre mir die Idee, es könnte Mompesson sein, als unsinnig erschienen, aber mir blieb nicht die Zeit zum Nachdenken. Ich ging zur Tür und machte sie vorsichtig einen Spalt auf, gerade noch rechtzeitig, um eine männliche Gestalt um die Ecke des Ganges biegen zu sehen. Es war nicht Mompesson. Es war mein Enkel John, von den Toten wiederauferstanden. Ich hätte ihn beinahe angerufen, doch die Worte blieben mir im Hals stekken. Dann war er verschwunden.

Ich wollte meinen eigenen Augen nicht trauen, und so holte ich den Schlüssel und ging hoch ins Observatorium. Von hier aus hatte man einen Blick über den ganzen Besitz. Falls John wirklich hier war, würde ich ihn mit Sicherheit von diesem Aussichtspunkt aus sehen. Die Sonne ging gerade erst auf, aber es war bereits hell genug, um die einsame Gestalt zu erkennen, die sich durch den Park davonstahl. Ein Irrtum war nicht möglich: Es war John. Er drehte sich einmal um, dann verschwand er zwischen den Bäumen.

Aus den Augenwinkeln sah ich ein Rauchwölkchen aus dem Fenster eines der Gästezimmer unter mir aufsteigen. Die Sonne schien auf die hochgeschobene Fensterscheibe, und dahinter erkannte ich niemand anderen als Mompesson, der da im Morgenrock stand und eine Zigarre rauchte; er lächelte vor sich hin und starrte gebannt auf die Stelle, wo John gerade verschwunden war. Mompesson wußte also auch Bescheid – und dieses Wissen verschaffte ihm die Macht über Leonora, um die er wahrscheinlich gebetet hatte. John hatte seinem Feind die Waffe in die Hand gegeben, die dieser benötigte, indem er der Versuchung nachgegeben und seine Frau besucht hatte.

Anfangs rechnete ich damit, daß Mompesson John als Deserteur anzeigen würde. Gott weiß, ich hätte nichts tun können, um ihn daran zu hindern – mit Ausnahme des einen Schrittes, der mir bis dahin noch nicht in den Sinn gekommen war. Doch nichts geschah. Es war, als hätte ich alles nur geträumt. Nichts an Leonoras Benehmen ließ darauf schließen, daß sie keine Witwe war. Mompesson legte seine Karten noch nicht auf den Tisch. Ich schloß daraus, daß er weitere Beweise sammeln wollte, bevor er etwas unternahm. Solange ihm die noch fehlten, waren wir sicher.

Anfang September kam Franklin nach Meongate. Als Johns Freund war er, ohne es zu wissen, ebensosehr Feind wie Verbündeter. Aus reiner, irregeleiteter Loyalität heraus – und einer wachsenden Zuneigung zu Leonora, vermute ich – drohte er auf die Wahrheit zu stoßen. Ich wünschte, ich hätte ihm gegenüber offener sein können, aber das durfte ich nicht. Um Leonoras und Johns willen mußte ich mit der Sache allein fertig werden.

Am Freitag morgen, dem 22. September, hörte ich endlich von Maitland. Sein Brief war sechs Wochen unterwegs gewesen. Der Inhalt war schlimmer, als ich erwartet hatte.

»Ich hoffe, diese Information wird Dir etwas nützen«, schrieb er. »An sie heranzukommen hat mich fast soviel gekostet wie unser Weizengeschäft damals 1863. Soweit ich das beurteilen kann, ist Ralph Mompesson die Sorte Mann, der Dein Geld nimmt, Dir in den Rücken schießt und die Ware dann noch einmal verkauft.

Was er Dir von sich erzählt hat, stimmt soweit. Vor dem Bürgerkrieg besaß seine Familie viel Land in Louisiana, doch sein Vater mußte alles für ein Butterbrot an einen Yankeeabenteurer verkaufen. Wie es aussieht, war der junge Ralph weder ein Held noch ein Narr. Er diente während des Krieges mit Spanien kurz in der Armee und ging dann nach Norden. Er verdiente ein Vermögen bei der Northern-Pacific-Panik von 1901. Danach schaute er nicht mehr zurück. Er hatte seine Finger in jedem Eisenbahnschwindel – und davon gab es genug, das kannst Du mir glauben. Doch er hatte unter Roosevelt in Kuba gedient, und solange Teddy Präsident war, konnte ihm niemand an den Kragen. Es war eine schlimme Nachricht für unseren Freund, als Roosevelt 1908 sein Amt aufgab. Die Bundespolizei begann sich um seine Geschäfte zu kümmern, und ich bin sicher, daß sie ihn am Ende ins Gefängnis gesteckt hätten.

Tatsächlich jedoch war es der Selbstmord einer reichen Erbin aus Massachusetts im Sommer des Jahres 1913, der ihn schließlich straucheln ließ. Sie waren damals verlobt, und durch sie war Mompesson im Begriff, das Reveson-Bankvermögen in die Finger zu kriegen. Es muß ein schwerer Schlag für ihn gewesen sein, als sie sich das Leben nahm. Sie hinterließ einen Abschiedsbrief, in dem ein paar sehr unfreundliche Dinge über ihn standen. Nichts, was das Gesetz zum Eingreifen hätte bringen können, doch in gewissem Sinne für ihn noch schlimmer. Brutalität, Perversionen, Sadismus – solche Sachen. Der alte Reveson wollte das alles nicht an die Öffentlichkeit bringen, aber er wollte Mompesson loswerden, also zahlte er ihm die Schiffsreise nach Europa und strich ihn aus seinem Gedächtnis. Und Mompesson dachte sich womöglich, daß es an der Zeit wäre abzuhauen. Deinen Worten nach zu schließen, hat er drüben wieder von vorn angefangen.«

Als ich mich an diesem Morgen zum Frühstück niedersetzte, schwirrten all die Sachen durch meinen alten Kopf, die Maitland mir geschrieben hatte. Ein Schurke, ein Betrüger – und Schlimmeres. Mompesson mußte aufgehalten werden, soviel stand fest. Doch wie?

Während ich diese Überlegungen anstellte, gesellte sich Franklin zu mir, niedergedrückt von seinen eigenen Problemen. Er erinnerte mich daran, daß Mompesson heute abend wieder für das Wochenende zu uns stoßen würde, obwohl ich bei Gott eine derartige Erinnerung nicht nötig gehabt hätte. Dann versetzte er mir einen Schlag, der mich bis in die Grundfesten erschütterte.

»Ich habe es von ihm selbst gehört«, sagte er. »Er will Leonora heiraten.«

Ich bemühte mich, darüber zu lachen, doch nun war mir das ganze Ausmaß von Mompessons Verschlagenheit klar. Um John zu schützen, mußte Leonora einer bigamistischen Ehe zustimmen. Mompesson konnte das Verbrechen jederzeit aufdecken und sich selbst dabei als unschuldiges Opfer darstellen, während er gleichzeitig seinen Anteil an dem Ehevermögen beanspruchen konnte. Ich fragte mich, ob Olivia seine Pläne kannte und billigte, obwohl es im Grunde keine Rolle spielte, was sie dachte. Was zählte, waren einzig und allein Mompessons Absichten.

Bei einem Spaziergang am Nachmittag ging ich meine Möglichkeiten durch. Sie waren geradezu jämmerlich gering. Ich klammerte mich an die Hoffnung, daß sich Franklin geirrt hatte. Doch das war nur eine sehr schwache Hoffnung.

Dann sah ich Leonora die Auffahrt hoch auf mich zukommen. Sie machte einen erregten Eindruck. Wo immer sie gewesen war, es hatte ihr nicht gutgetan. Selbst für meine alten Augen war deutlich erkennbar, daß sie geweint hatte.

»Hallo, Charter«, sagte sie. »Kein Lächeln? Bist selbst du deprimiert?«

Ich legte den Arm um sie und führte sie zum Haus. »Nur bei dem Gedanken, daß du unglücklich bist.«

»So schlimm ist es nicht«, erwiderte sie tapfer lächelnd.

»Wenn du in irgendwelchen Schwierigkeiten steckst...«

»Nein, nein. Es gibt keine Schwierigkeiten – nichts, worüber du dir Sorgen machen müßtest.«

»Ich mache mir wegen Mompesson Sorgen. Ich glaube, er hat eine Auge auf dich geworfen.«

»Was für ein Unsinn!«

»Wenn du meinst. Kann ich dann davon ausgehen, daß du ihm eine ganz klare Absage erteilst, falls er die Frechheit besitzt, dich um deine Hand zu bitten?«

Sie blieb stehen und musterte mich intensiv. »Was bringt dich zu einer solchen Frage?«

»Nichts als müßige Neugierde, meine Liebe.«

»Wieso glaubst du, ich könnte einen derartigen Antrag annehmen?«

»Ich denke, du hättest vielleicht deine Gründe.«

Sie drückte meine Hand. »Es ist gut, daß du das sagst.« Sie begann zu zittern. »Ich muß jetzt ins Haus. Es wird kalt hier draußen.« Sie löste sich von meinem Arm und ging auf das Haus zu. Ich sah ihr nach; jetzt wußte ich, was ich zu tun hatte. Sie hatte meine Frage nicht beantwortet, aber ich hatte trotzdem meine Information.

Die Stunde vor dem Abendessen verbrachte ich in meinem Zimmer. Aus dem alten Schrankkoffer holte ich den Derringer, den ich 1863 in Savannah gekauft hatte, als ich glaubte, ihn nötig zu haben. Jetzt hatte ich ihn wirklich nötig. Ich reinigte, überprüfte und lud ihn. Dann ging ich hinunter zum Abendessen, lächelte Mompesson auf der anderen Seite des Tisches freundlich zu und schätzte meine Chancen ab, ihn überraschen zu können.

Er ging als letzter hoch und ließ mich schlafend am Feuer zurück – zumindest nahm er das an. Ein paar Minuten später folgte ich ihm nach oben. Ich holte den Revolver, steckte ihn in meine Tasche und machte mich auf den Weg zu seinem Zimmer. Ich wußte, daß weder Thorley noch Franklin zurück waren; von den nahegelegenen Räumen war nur Cheritons Zimmer belegt.

Ohne anzuklopfen, ging ich hinein. Mompesson stand mit dem Rücken zu mir neben der Ankleide und löste gerade seine Manschettenknöpfe. Er drehte sich nicht um, als er sagte: »Sie sind früh dran. Sie möchten doch nicht für übereifrig gehalten werden, Lady – oder?« Dann wandte er sich um und sah mich. »Was zum Teufel wollen Sie?«

Ich sagte es ihm. »Ich will, daß Sie aus diesem Haus verschwinden – daß Sie für immer meine Familie in Ruhe lassen. Heute nacht noch möcht' ich Sie hier nicht mehr sehen.«

Er lachte – was mich nicht überraschte. »Geh zurück ans Feuer, Alter, bevor sie dich ins Altersheim stecken.« Er drehte sich wieder um.

Auf der Kommode neben mir lag ein Handtuch. Ich wickelte es um meine Hand, während ich den Derringer aus der Tasche zog und auf ihn zuging. Ich wußte, daß ich aus kurzer Entfernung schießen mußte: Meine Augen waren schon zu schlecht für einen Schuß aus größerer Distanz. Mir war klar, daß ich es bedauern würde, wenn ich ihm auch nur die geringste Chance gab, mich zu überwältigen.

»Immer noch hier?« sagte er, mich aus den Augenwinkeln bemerkend.

»Das Problem ist, daß Sie immer noch hier sind. Ich weiß, was Sie getan haben, seit Sie in diesem Haus sind, und ich bin entschlossen, dem ein Ende zu bereiten.«

»Zum Teufel mit Ihnen«, fing er an. Das war der Moment, als ich abdrückte. Es war ein sauberer Schuß. Er war auf der Stelle tot; auf seinem Gesicht lag wie festgefroren ein Ausdruck ungläubigen Erstaunens. Er war ein cleverer Mann gewesen, der nur einen Fehler gemacht hatte, zu glauben, er könne mich wie einen Narren behandeln. Aber den Narren zu spielen und ein Narr zu sein sind zwei vollkommen verschiedene Dinge. Ich glaube nicht, daß er das noch mitbekam.

Als ich das Zimmer verließ, lag das Haus still und ruhig da. Nichts und niemand hatte sich gerührt. Zumindest erschien es mir so. Als ich dann über den Gang zurückschlich, sah ich ihn. Totenblaß stand Cheriton im Türrahmen seines Zimmers, die Augen weit aufgerissen und zitternd. Er starrte mich an, als könnte er nicht glauben, was er da sah. Ob er das blutbefleckte, leicht angesengte Handtuch bemerkte, das ich zusammengeknüllt in der Hand trug, weiß ich nicht.

»Ich... ich dachte, ich hätte... etwas gehört«, stammelte er. »Wie... wie ein Schuß.«

»Ich habe nichts gehört«, erwiderte ich. »Vielleicht haben Sie geträumt.«

»Vielleicht. Ich träume viel... zur Zeit.«

»Ich rate Ihnen, junger Mann, gehen Sie wieder ins Bett.«

Ohne weitere Einwände schlich er wieder in sein Zimmer. Auch ich ging zurück in mein Zimmer, säuberte den Revolver, versteckte ihn unter den Dielenbrettern und verbrannte das Handtuch im Kamin. Ich war gerade ins Bett geklettert, als Fergus an meine Tür klopfte und Alarm schlug. Olivia hatte Mompesson gefunden – wie ich es erwartet hatte. Ihre Behauptung, einen Schuß gehört zu haben, war eine Lüge, mit der sie erklären wollte, wieso sie in das Zimmer gegangen war. Was Sally anbelangt, so mache ich ihr keinen Vorwurf, daß sie die Aussage ihrer Herrin bestätigte. Sie mußte sich schließlich um ihren Lebensunterhalt sorgen.

Am nächsten Tag sagte ich nichts zu Cheriton. Ich hoffte, er halte die Begegnung mit mir für einen Traum, falls er sich überhaupt daran erinnerte. Jetzt denke ich, daß er wahrscheinlich wirklich geglaubt hat, geträumt zu haben, so wie er viele Dinge, die in diesem Haus geschehen waren, für einen Traum gehalten haben muß. Ich muß einen Teil der Schuld an seinem Selbstmord auf mich nehmen. Wir alle haben ihn im Stich gelassen. Es war eine üble Sache.

So übel, daß ich sogar den Gedanken in Erwägung zog, zur Polizei zu gehen und ein Geständnis abzulegen. Der Mann, den sie auf den Fall angesetzt hatten – ein Bursche namens Shapland –, verhörte mich zwei Tage danach. Cheritons Tod hatte mich ganz schön mitgenommen. Ich wollte nicht, daß man ihn für Mompessons Tod verantwortlich machte, eine Schlußfolgerung, auf die sich Edward und Olivia nur zu begierig stürzten, und so entschloß ich mich, reinen Tisch zu machen und Shapland alle Fakten zu unterbreiten.

Es kam nie dazu, einzig und allein wegen der sturen Unverschämtheit des Kerls. Ich weiß nicht, an was für einer wilden Theorie er gerade bastelte, doch er zerrte Miriams Tod und die alte Geschichte, sie hätte in irgendeiner Verbindung mit einem Gewerkschaftsagitator namens Fletcher gestanden, mit hinein. Er besaß die umwerfende Frechheit, mich zu fragen, ob ich es für möglich hielte, daß Fletcher und nicht Lord Powerstock Johns Vater sei.

Als unmittelbare Reaktion darauf wollte ich den Kerl rauswerfen, doch dann stellte er eine weitere Frage. Was für ein bedeutsames Ereignis hatte sich Mitte Juni auf Meongate abgespielt? Mir lief es kalt über den Rücken. Damit konnte nur eine Sache gemeint sein. Er wußte oder ahnte, daß John nicht tot war. Auf einmal wurde Inspector Shapland zu einem gefährlichen Mann. Ein Geständnis kam nicht in Frage, da es ihn zur vollständigen Wahrheit führen konnte. Ich sagte ihm, für mich sei es längst Schlafenszeit, und zeigte ihm die Tür.

Ich war mächtig erleichtert, als Cheriton bei der Gerichtsverhandlung nicht als Mörder genannt wurde. Das beruhigte mein Gewissen doch sehr. Jetzt konnte ich nichts weiter tun, als den Mund zu halten und darauf zu vertrauen, daß sich alles zum Guten wenden würde. Was natürlich nicht der Fall war. Leonora starb. Franklin wurde getötet, und John blieb in seinem Versteck. Ich habe mich seitdem oft gefragt, wo er sein könnte, aber ich werde es wohl nie erfahren. Ich kann ihm nicht mehr helfen. Wenigstens habe ich die Freude, daß ich Ihnen helfen konnte.

Wenn ich das alles noch einmal vor mir hätte, würde ich wieder nicht zögern, Mompesson umzubringen. Sie waren Leonoras Freundin. Sie werden verstehen, daß ich es für sie getan habe. Sie brauchte eine helfende Hand – ich gab ihr meine. In meinem Alter spielt das Risiko, gehängt zu werden, keine so große Rolle mehr. Und ich wußte, daß es nur die eine Möglichkeit gab, mit Mompesson fertig zu werden. Ich hatte früher schon mit dieser Sorte zu tun gehabt, verstehen Sie. Er erinnerte mich an einen russischen Adligen, dem ich im Winter 1861 in St. Petersburg begegnet war. Auch ihn mußte ich schließlich töten. Hab' ich Ihnen je davon erzählt?

6

»Selbst wenn ich Charter nicht in so vieler Hinsicht verpflichtet gewesen wäre, hätte ich sein Geheimnis bewahrt. Als er im folgenden Jahr starb, entdeckte ich den Derringer unter seinen Besitztümern und warf ihn über die Klippen, bevor er Neugierde erregen konnte. Ich bewunderte Charter für das, was er für Leonora getan hatte. Ich dachte oft an all die jüngeren, besser geeigneten Männer auf Meongate, die ihr hätten zu Hilfe kommen können, und daß nur der alte Charter den Mut und den Verstand gehabt hatte, das zu tun, was notwendig war. Falls du je glaubst, dein Vater hätte dich im Stich gelassen, solltest du daran denken, daß dies auf deinen Urgroßvater eindeutig nicht zutrifft.«

Das also war Charters Sieg über Olivia. Sie hatte ihr Leben – und einen Teil des meinen – damit verschwendet, den Mann zu suchen, der ihrer Meinung nach ihren Geliebten getötet hatte: ein lächerliches Schicksal für einen Menschen, der so stolz darauf war, für Gefühle völlig unempfänglich zu sein. Der Haß hatte ihr eine Falle gestellt, zu der die Liebe niemals in der Lage gewesen wäre. Mit all ihren tückischen Vorstellungen war sie der Wahrheit nicht ein einziges Mal nahegekommen. Der Mann mit dem weißen Backenbart und der grollenden Stimme, der mich vor vielen Jahren am Bahnhof von Droxford in den Armen gehalten hatte, war ihr entkommen und hatte in seinem Häuschen am Meer bis zu seiner letzten Stunde über sie gelacht. Der dicke, alte Mann, den sie für einen Narren gehalten hatte, war für sie alle zu clever gewesen.

»Es tut mir leid, falls ich dir eine Illusion zerstört habe«, sagte Grace. »Hast du dir so sehr gewünscht, dein Vater hätte Mompesson getötet?«

»Ich glaube schon«, erwiderte ich. »Es schien irgendwie ... alles andere wiedergutzumachen.«

»Du wirfst ihm vor, daß er dich im Stich gelassen hat?«

»Ja, zumindest etwas in mir tat das, als Willis mir zum erstenmal erzählte, er sei nicht gefallen, wie ich immer angenommen hatte. Aber jetzt nicht mehr. Jetzt mache ich niemandem mehr Vorwürfe. Es reicht, die Wahrheit zu wissen.«

Als wollte ich beweisen, daß mich die Wahrheit nicht länger verletzen konnte, bat ich Tony, uns drei am nächsten Tag nach Meongate zu fahren. Es war eine Herausforderung, wenn du so willst, ein bewußter Akt, um all das zu bannen, was dieser Ort einst für mich bedeutet hatte – und es schien zu funktionieren. Es war die gleiche Jahreszeit, zu der Tony und ich uns kennengelernt hatten. Grace war seit der Hochzeit meiner Eltern nicht mehr hier gewesen.

Droxford hatte sich weniger verändert, als ich erwartet hatte. Wir hielten beim »White Horse« und fuhren dann an dem nicht mehr in Betrieb befindlichen Bahnhof vorbei den Weg nach Meongate entlang.

Natürlich war der jetzige Bere Country Club einst mein Zuhause gewesen, doch als wir an der Bar – im ehemaligen Frühstückszimmer – saßen und auf das Grün des Golfplatzes schauten, konnte ich mich des Gefühls nicht erwehren, daß Meongate für immer verschwunden war, daß die letzten bedrückenden Erinnerungen verblaßten. In dem Schlafzimmer, in dem Mompesson erschossen worden war, wurde nun Bridge gespielt, in der Bibliothek, in der Bartholomews Bild gehangen hatte, wurden nun Komiteesitzungen abgehalten, und in dem ehemaligen Obstgarten, in dem ich an einem fernen Frühlingsmorgen Tony zum erstenmal gesehen hatte, wurde Golf gespielt. Ich war froh, daß ich diesen Ort noch einmal besucht hatte, froh, daß er von all meinen Erinnerungen befreit worden war.

Als der Kellner unsere Sandwiches brachte, fragte ihn Tony, ob Walter Payne noch immer der Eigentümer des Clubs sei.

»Jawohl, Sir, obwohl wir ihn hier kaum noch sehen. Er lebt jetzt auf den Kanalinseln. Aus Steuergründen, glaube ich.«

»Natürlich«, sagte Tony mit wehmütigem Blick in meine Richtung.

»Er ist allerdings immer noch Clubpräsident. Sind Sie ein Bekannter von ihm?«

»Meine Frau hat ihn gekannt«, er deutete auf mich, »vor langer Zeit.«

»Als dies hier noch ein Privathaus war«, fügte ich hinzu.

»Dann werden Ihnen eine Menge Veränderungen aufgefallen sein, nehme ich an.«

»Nur zum Besseren.«

»Sagen Sie«, meinte der Kellner mit Verschwörerstimme und beugte sich über den Tisch, »erinnern Sie sich noch an den Mord hier? Es heißt, ein reicher Amerikaner sei umgebracht worden.«

»Ich glaube schon«, sagte ich gleichmütig. »Doch das passierte vor meiner Geburt.«

»Wurde nie aufgeklärt, hab' ich gehört.« Er zwinkerte. »Das sind die besten.«

»Sie sagen es«, entgegnete ich und schaute zu Grace hinüber. »Die allerbesten.«

EPILOG

Ein anderer Tag, ein anderer Ort. Und doch war es das gleiche, in der Erinnerung und in der Bedeutung. Eine vollkommen flache, vor Hitze wie betäubte grüne Ebene unter dem wolkenlos blauen Dom des Himmels. Dies ist das belgische Hinterland an einem warmen, stillen Nachmittag Anfang Oktober, eingehüllt in einen derart ruhigen Frieden, wie ihn nur Jahrhunderte des Krieges nach sich ziehen können. Hier, an einer schmalen Abzweigung von der von Zonnebeke nach Passendale führenden Straße, flankiert von hohen Maisfeldern und friedlich wiederkäuendem Vieh auf den Weiden, findet Leonoras Geschichte ihr Ende – und gleichzeitig ihren Anfang. Hierher hat sie ihre Tochter zum Schluß all ihrer Geständnisse gebracht, um ein letztes Portal der Seele ihres Vaters zu öffnen.

An diesem Morgen erst waren Leonora und Penelope Galloway von Paris kommend mit dem Zug in Lille eingetroffen. Sie hatten einen Wagen gemietet und waren über die belgische Grenze nach Norden gefahren, über Straßen, die an den weißen Oasen der reichlich gesäten Kriegsgräber vorbeiführten, nach Ieper – ein neuer Name für die alte, von Granaten zerstörte Stadt Ypern. Sie nahmen den Weg die Stadtmauer entlang bis zum Menin-Tor, ohne sich die Zeit zu gönnen, die andere große Tafel mit den Namen der vermißten Toten zu besuchen, und fuhren dann gleich weiter durch Zonnebeke auf Passendale zu. Von dem Schlamm und den Verstümmelungen, die mit dem alten Namen

Passchendaele verbunden waren, sahen sie kein Anzeichen, hörten sie kein Flüstern in der hellen, klaren Luft.

Jetzt sind sie angekommen. Eine Straßenbiegung, dann tauchen rechts eine lange Steinmauer und ein Delta weißer Grabsteine auf leicht abfallendem Grund auf. Schneller als erwartet liegt ihr Ziel vor ihnen.

Penelope steuert den Wagen an den Straßenrand und lauscht dem Schweigen, das dem ersterbenden Motor folgt. Sie klettern hinaus in die windlose Stille der leeren Landschaft und schauen über die Straße auf die Felder eines friedlichen Flandern. Hinter ihnen warten die Grabsteine des Tyne-Cot-Militärfriedhofs in unschuldigem Durcheinander.

Die beiden Frauen bleiben einen Moment lang unter dem steigenden Friedhofstor stehen und schauen den Hauptweg hinauf, der sich zwischen den Gräbern bis zu dem großen Opferkreuz hinzieht, das auf einer Pyramide weißer Steine glänzt. Dann dreht sich Leonora wortlos um und öffnet die kleine Metalltür, die in die rechte Torsäule eingelassen ist. Innen sind die Registerbände des Friedhofs untergebracht, praktisch identisch mit jenen, die sie in Thiepval durchgesehen haben. Nachdem sie den richtigen Band gefunden hat, beginnt sie die zerknitterten Seiten umzublättern.

Penelope wartet nicht, bis ihre Mutter den gesuchten Eintrag gefunden hat. Es reicht ihr zu wissen, daß ihr Großvater hier unter dem Namen eines anderen Mannes ein passenderes Gedenken gefunden hat als unter dem irrtümlichen Report seines Todes. Allein betritt sie den Friedhof und geht zwischen den Gräbern entlang; das Gras ist vom Sprengen feucht. Sie hat gelesen, daß hier 11908 Männer begraben liegen, die zwischen August 1917 und November 1918 in der Frontausbuchtung von Ypern gefallen sind. Hier ist es allein die Unmenge der Grabsteine, schneeweiß, liebevoll gepflegt, von Büschen und Rosen gesäumt, die einen ebenso großen Schock auslöst wie die endlose Namensliste der Vermißten von Thiepval.

Am Ende des breiten Weges bleibt sie unter dem Kreuz stehen und blickt zu ihrer Mutter zurück, die ihr langsam nachkommt. Anfangs von Leonoras Bericht verblüfft und später von ehrfürchtigem Staunen erfaßt, steigt nun in Penelope ein leiser Zorn auf, daß die tragische Familiengeschichte ihr so lange vorenthalten geblieben ist. Sie hätte Grace Fotheringham viel mehr Beachtung geschenkt, wenn sie gewußt hätte, wer sie wirklich ist. Sie hätte Meongate und Bonchurch besucht. Sie wäre früher an diese Orte gekommen. Sie weiß, es ist sinnlos, sich zu beklagen, doch es erscheint ihr nicht recht, daß sie all diese Jahre warten mußte.

Leonora, etwas außer Atem, lächelt ihrer Tochter zu, als sie sie erreicht hat. »Ich habe die Eintragung gefunden«, sagt sie. »Das Register zeigt, daß er am 16. August 1917 gefallen ist, bei dem Angriff auf Langmark.«

»Liegt er hier begraben?«

»Es könnte sein. Viele der Gräber sind nie identifiziert worden. Aber es ist wahrscheinlicher, daß er wie so viele andere auch auf dem Schlachtfeld liegt.«

Tyne Cot hat selbst die Form eines gigantischen Grabsteins. Die Gräber vor dem großen Kreuz sind in dichten Reihen von Rechtecken angeordnet; die dahinterliegenden erstrecken sich über eine Terrasse unterhalb des abschließenden Bogens des steinernen Denkmals für die Vermißten. Auf Steinpaneelen sind hier die Namen von 34888 Männern aufgelistet, deren Grab unbekannt ist. Und hier, in der Liste des Northumbrian-Regiments, dem er angehörte, finden die beiden Frauen den Namen, den sie suchen. Lieutenant T. B. Franklin. Obwohl Penelope zwischen den Buchstaben auf dem Stein einen anderen Namen zu lesen scheint. Sie kann ihre Gedanken nicht mehr für sich behalten, sieht ihre Mutter an und sagt: »Warum hast du es mir nicht schon früher erzählt?«

Leonora erwidert ihren Blick voller Liebe. »Ich habe dir all meine Gründe genannt, Penelope. Die guten und die schlechten, die vielleicht andeutungsweise edlen und die eindeutig selbstsüchtigen.«

»Irgendwie, Mutter, reichen sie alle zusammen nicht aus.«

»Ich habe befürchtet, daß du das sagen würdest.«

»Warum?«

»Weil ich es oft genug selbst dachte. Irgend etwas hielt mich stets zurück, etwas, was über angeborene Vorsicht und den Wunsch, es als ein Geheimnis zwischen deinem Vater und mir zu bewahren, hinausging. Ich habe diesen Instinkt nie ganz verstanden, aber ich habe ihm immer gehorcht.«

»Und warum hast du dein Schweigen jetzt gebrochen?«

»Weil ich jetzt weiß, was ich früher immer nur fühlte. Deshalb sind wir hergekommen. Dies ist der letzte Strang meiner Geschichte.«

Die beiden Frauen setzen sich auf eine Bank und blicken über die Grabsteine hinweg zu dem fernen, unsichtbaren Meer. Leonoras Geschichte hat sie bereits viel, viel weiter getragen als nur die 116 Kilometer von Thiepval nach Tyne Cot. Doch ein Schritt muß noch getan werden, wie Penelope gleich erfahren soll.

Grace hätte ihre letzten Jahre auch lieber an einem anderen Ort als in einer Privatklinik verbracht. Zum Glück bekam sie es kaum noch mit. Ich hätte sie öfter besuchen sollen, aber sie zog sich in zunehmendem Maße in ihre Vergangenheit zurück; manchmal erkannte sie mich gar nicht mehr, manchmal hielt sie mich für meine Mutter. Zum Schluß suchte ich nach Vorwänden, um nicht gehen zu müssen, und begriff endlich, was sie mir einst gesagt hatte: daß nur wenige das Glück hatten, ihr Alter in dem glanzvollen Stil eines Charter Gladwin zu genießen.

Im Gegensatz zu Graces langsamem Siechtum starb Tony mit erschreckender Plötzlichkeit. Das vertrieb meine alte Freundin völlig aus meinen Gedanken. Als ich im Sommer von ihrem Tod erfuhr, fühlte ich mich zuerst erleichtert und dann schuldig, weil ich sie so lange vernachlässigt hatte.

Mir wäre nie der Gedanke gekommen, daß Grace mich in ihrem Testament berücksichtigen könnte. Ihr gesamtes Kapital war für Pflegekosten verwandt worden, doch ihr Mobiliar wurde eingelagert, als sie Dolphin Square verließ. Sie hinterließ mir Willis' Gemälde, den dritten Bartholomew, der uns vor fast zwanzig Jahren wieder zusammengeführt hatte.

Um ehrlich zu sein, ich nahm diese kleine Erbschaft gar nicht richtig wahr, bis eines Tages der Lieferwagen auftauchte. Fahrer und Beifahrer trugen ihre Fracht in die Diele, lehnten sie gegen die Wand, gaben mir den Lieferschein und verschwanden. Ich kniete nieder und löste langsam die Verpackung.

Und dann kam das Gesicht meiner Mutter zum Vorschein, heller strahlend denn je in dem Kerzenschein, inmitten der Schatten und düsteren Figuren dieser zwielichtigen Szene. Es war nicht nur die Bewunderung einer Tochter, der es leicht begreiflich war, warum sie geliebt worden war. Heiter und selbstbewußt, so trat sie in Willis' Fortführung von Bartholomews Thema als eine Figur auf, die dem Zugriff aller entrückt war. Vielleicht war genau das Willis' Absicht gewesen: In ihrer Schönheit sollte sich die Dummheit all jener widerspiegeln, die in Olivias Falle gegangen waren.

Noch während ich in der Diele kniete, wurde mir plötzlich klar, was ich mit Willis' Gemälde tun sollte. Im Haus hätte es mich nur deprimiert, und Willis selbst hatte es Eric Dunrich versprochen. Deshalb, so entschied ich, wollte ich es in Eric Dunrichs Hände geben.

Vom regelmäßigen Austausch von Weihnachtskarten her wußte ich, daß Dunrich immer noch im Seaspray Cottage, Polruan, wohnte, zusammen mit einer Unmenge fröhlicher, schlechter Bilder. Ich schrieb ihm einen Brief, schlug ein Besuchsdatum vor und erhielt als Antwort eine Postkarte mit seiner krakeligen Handschrift. »Der Künstler wird seine fruchtlosen Bemühungen zu Ehren dieses Anlasses einstellen. Bin entzückt und fühle mich geschmeichelt. E. D.«

Heute vor drei Wochen brach ich noch in der Morgendämmerung auf, mein Geschenk auf dem Rücksitz des Wagens verstaut. Der Frühnebel wich einem strahlenden Tag. Es war einer dieser seltenen, einzigartigen Tage, wie sie nur der Frühling oder der Herbst mit all ihrem Wankelmut hervorbringen können, wenn die Elemente sich verbünden, um die englische Landschaft mit strahlender Schönheit zu überziehen. Vielleicht lag es daran, vielleicht an meinem anhaltenden Kummer, daß ich auf jeder Meile in Richtung Cornwall bedeutsame Omen zu entdecken glaubte. Wo immer auch ihr Ursprung liegen mochte – nachdem ich die Nebenstraßen südlich von Liskeard erreicht hatte und einen gelegentlichen Blick auf die See erhaschte, die hin und wieder zwischen den Feldern und Wiesen auftauchte, verstärkten sich diese Omen und rückten näher an mich heran.

Dunrich hatte Wort gehalten und malte trotz des herrlichen Wetters nicht an der Hafenmauer von Polruan. Er saß am Fenster, als ich mich Seaspray Cottage näherte, sprang auf und winkte mir zu. Die Tür flog auf, und er begrüßte mich mit seinem zähnefletschenden Grinsen.

»Ein schöner Tag für eine schöne Lady«, rief er. »Es bereitet mir natürlich das größte Vergnügen, Sie wiederzusehen.« Er nahm meine Hand und verbeugte sich ungeschickt. Sein grausames Stachelhaar war weiß, sein Gesicht schmaler geworden, doch ansonsten war er so koboldhaft und lebendig, wie ich ihn in Erinnerung gehabt hatte.

»Ich habe ein Geschenk für Sie, Mr. Dunrich.«

»Für mich?« Seine Augen glänzten in kindlicher Freude.

»Aber Sie müssen mir helfen, es auszuladen. Mein Wagen steht gleich vorn auf der Straße.«

So kam es, daß Dunrich selbst den dritten Bartholomew in sein Haus trug und ihn auf dem Tisch in seinem winzigen Wohnzimmer auspackte. Falls er den Inhalt bereits erraten hatte, verriet sein überraschter Gesichtsausdruck nichts davon.

»Johns letztes Bild«, krähte er und beugte sich dicht über die Leinwand. »Verloren, dachte ich. Für immer verloren. Jetzt aber, *mirabile dictu*, ist es wieder aufgetaucht, um mich zu entzücken.«

Beim Lunch erklärte ich ihm, wie das Bild in meinen Besitz gelangt war, sagte aber nichts von seiner tieferen Symbolik. Er drängte mich auch nicht. Trotz der Schärfe seines Verstandes war er ein Mann ohne jede Neugierde. Eric Dunrich war anscheinend völlig damit zufrieden, das Bild betrachten zu können, das ihm einst versprochen worden war. Vielleicht, so dachte ich, war es diese Sicherheit, die Willis so sympathisch an ihm gefunden hatte, seine Fähigkeit, nie da nachzuforschen, wo Nachforschungen nicht willkommen waren.

Nach dem Lunch schlug er einen Spaziergang vor und führte mich den Weg hoch zu der Landzunge oberhalb des Meeresarmes, wo sich ein unbesetzter Ausguck der Küstenwache und die zerbröckelnde Mauer einer alten Befestigung an den felsigen Gipfel über der steil abfallenden Klippe klammerten. Tief unten polierte die schäumende Gischt die Felsen, doch weiter draußen präsentierte sich die See so still und friedlich wie der Tag selbst. Eine einsame Gestalt im Heck eines Fischerbootes hob grüßend die Hand, als ich winkte. Die Sonnenstrahlen funkelten und glitzerten im Kielwasser des Bootes. Möwen segelten durch die Luft. Alles strahlte eine warme, von einer leichten Brise gefächelte Zufriedenheit aus.

Dunrich ließ sich auf der einen Planke einer groben Bank nieder, die von zwei kleinen Pfeilern der zerstörten Mauer gestützt wurde. Ich setzte mich neben ihn, schloß die Augen und ließ die Wärme der Sonne in meine Haut eindringen.

»Ein herrliches Fleckchen«, sagte ich. »Kommen Sie oft her?«

»Ich hoffte, daß Ihnen die Aussicht gefallen würde, meine Liebe«, erwiderte er. »Nein, ich komme nur selten her. An diesem Plätzchen haften für mich viele Erinnerungen.« Ich schlug die Augen auf und sah, daß er lächelte. »Hier bin ich John Willis zum erstenmal begegnet. Das Wiederauftauchen des Bildes erinnert mich an all das, was er für mich getan hat. Nicht, daß ich es je vergessen könnte. An dieser Stelle hat er mir das Leben gerettet, vor vierundzwanzig Jahren.«

Er seufzte und schaute hinauf aufs Meer, als wäre damit alles gesagt. Doch diesmal wartete keine Fähre auf mich. »Was war damals geschehen?« fragte ich ruhig.

Ich wußte, daß er es mir erzählen würde. Er hatte mich an diesen Ort geführt, weil wir beide seine Geschichte hören wollten und sie nur hier erzählt werden konnte. Nur da, in diesem Moment, konnte ich alles verstehen, so wie du es jetzt verstehen kannst.

»John konnte mir nicht beibringen, so gut zu malen wie er selbst. Ich fürchte, das ist kein übertragbares Talent. Doch eine Kunst lehrte er mich – die Kunst, mit eigenen Unzulänglichkeiten zu leben. Hätte ich diese Gabe schon in jüngeren Jahren besessen, dann wäre mir das Leben vielleicht nicht so schwer erschienen, gleichzeitig aber hätte ich ihn auch nie kennengelernt – oder Sie. Drum lassen Sie sich versichern, ich klage nicht über die Last, die ich zu tragen hatte.

Ich glaube, ich hatte sogar mich selbst davon überzeugt, daß ich die Berufung zum Priester in mir trug. Als ich entdeckte, daß es sich in Wirklichkeit nur um eine sinnliche Sucht zu den Formen und Ritualen der Anbetung handelte, hätte ich das Priestergewand sofort ablegen sollen. Statt dessen ließ ich mich von meinem eigenen Glauben in die Falle locken. Warum sollte ich etwas aufgeben, was ich so leicht simulieren konnte? Die Antwort darauf, fürchte ich, trifft den Kern meiner Sucht.

Ich will mich kurz fassen. Ich war Chorleiter an einer Kirchenschule; eines Tages wurde ich unter der Anschuldigung verhaftet, einen Akt der Unzucht mit einem Chorknaben begangen zu haben. Verhaftet und anschließend verurteilt. Es spielt keine Rolle, daß die Beschuldigung falsch war, da ich ohne Zweifel in

Versuchung geraten war. Ich war weder richtig schuldig noch richtig unschuldig. Zwei Jahre Gefängnis mögen als harte Strafe erscheinen, aber ich kann nicht behaupten, daß sie absolut ungerechtfertigt waren.

Was ich nicht erkannte, war die Tatsache, daß meine Strafe nicht mit der Entlassung endete. Sie trat lediglich in eine subtilere Phase ein. Ich kam nach Polruan, weil es weit entfernt von meinem Zuhause war und weil ich hier als Kind einmal glückliche Ferien verbracht hatte. Es schien der ideale Zufluchtsort zu sein. Doch der geflügelte Bote des Skandals holte mich schnell ein. Ich wurde zu einem Gezeichneten, von allen verachtet. Selbst wenn die Nachbarn nicht hinter meinem Rücken flüsterten oder ihre Kinder vor mir warnten, bildete ich es mir ein.

Am Sonntag, dem 18. November 1962, beschloß ich einen dramatischen Abgang aus diesem Tal der Tränen. Es war ein windiger, regnerischer Tag. Als ich am Spätnachmittag direkt hier am Rande der Klippe stand, während der Sturm an meiner Kleidung zerrte und die Gischt mir ins Gesicht spritzte, wußte ich, daß es nur einen Schritt, einen kleinen Schritt brauchte, und die Wogen da unten würden mich in ihre Arme schließen und davontragen. Der Ausguck der Küstenwache war nicht bemannt. Das Licht verblaßte allmählich. Bei einem solchen Wetter würde niemand unterwegs sein. Niemand würde mich sehen – oder sich um mich kümmern, wenn er mich sah. An diesem Tag gab ich der Versuchung nach. Am Rande des Abgrunds stehend, trat ich einen Schritt vor.

John saß da, wo wir jetzt sitzen. Im Regen und der beginnenden Dämmerung hatte ich ihn nicht bemerkt. Er hatte mich schweigend beobachtet, während ich am Rande der Klippe gestanden und den Mut zum Sprung gesammelt hatte. Er muß sich über meine Absichten gewundert, muß bis zum letzten Moment angenommen haben, daß ich mich nicht wirklich in den Abgrund stürzen wollte.

Als ich zum Sprung ansetzte, packte er mich und riß mich zurück. Wir stürzten seitlich zu Boden, auf abschüssiges Terrain mit Felsblöcken und Farnkräutern, an denen man sich festklammern konnte. Trotzdem hätte ich ihn beinahe mit in die Tiefe gerissen, doch er besaß die Kraft von zehn Männern. Er zerrte mich wieder hoch, wo wir keuchend liegenblieben, während der Regen in Sturzbächen auf uns niederprasselte. Meine Kleidung war zerrissen, meine Hände bluteten, mein Gesicht war von Schweiß und Regen getränkt. Ich begann zu weinen. Er schleppte mich zu dieser Bank und flößte mir etwas Whisky aus einem Taschenflakon ein. Dann ließ er mich erst einmal wieder zu Atem und zu Verstand kommen.

Ich sah ihn an. Er war älter als ich, seinem Aussehen nach zu urteilen genauso heruntergekommen oder verzweifelt wie ich, doch in seinen Augen lag ein Glitzern, das einige als wahnsinnig, andere als leidenschaftliche Liebe zum Leben bezeichnet hätten. Allein seine Energie beschämte mich.

›Sie sind Eric Dunrich, nicht wahr?‹ sagte er.

›Ja.‹

›Ich habe den Klatsch der Leute über Sie gehört. Ich nehme an, Sie wissen, was über Sie geredet wird. Sind Sie deshalb hier?‹

›Ja. Der Tod schien eine Art Lösung zu sein.‹

›Das ist er nie, mein Freund. Der Tod stellt nichts weiter als eine Niederlage dar. Warum wollen Sie sich selbst eine Niederlage bereiten?‹

›Das habe ich bereits getan. Haben Sie nicht gehört, was die Leute sagen?‹

›Das ließ sich kaum vermeiden. Aber glauben Sie wirklich ernsthaft, daß es in diesem Dorf – mich eingeschlossen – einen einzigen Menschen gibt, der nicht ein Geheimnis zu verbergen hat, das mindestens genauso beschämend ist wie das, was Sie angeblich getan haben sollen? Was Sie fürchteten, ist nicht die Wahrheit über Ihre eigene Person, sondern die Vorurteile der anderen. Sie sind wertlos, glauben Sie mir. Akzeptieren Sie das Angebot einer Freundschaft. Fangen Sie von vorn an.‹

Ich sagte nichts. Es war ein Schock für mich, wie anfällig ich für seine Worte war. Was war denn mein eiserner Entschluß noch wert, wenn er mit einer derartigen Leichtigkeit von jedem Fremden untergraben werden konnte? Es war lachhaft.

Nach einer kurzen Pause sprach er weiter, ernster als zuvor. ›Wenn Sie es unbedingt hinter sich bringen wollen, werde ich kein zweites Mal mehr eingreifen. Doch wenn Sie sich dagegen entscheiden, tun Sie mir ebenso wie sich selbst einen Gefallen.‹

Was ich dann sagte, geschah ebenso aus einer gewissen Verlegenheit über meine eigene Schwäche heraus wie aus erwachendem Zorn darüber, daß meine große Geste sich als völliger Fehlschlag erwiesen hatte. ›Warum sollte mich das kümmern?‹

›Weil mir das schon einmal passiert ist‹, entgegnete er. ›Ich bot einst einem Freund eine sichere Möglichkeit, sich vor dem Tod zu retten – und er lehnte ab. Dadurch, daß ich Sie jetzt eben zurückhielt, habe ich uns beiden eine zweite Chance verschafft.‹

Ich starrte ihn ungläubig an. ›Ist das bei Ihnen zur Gewohnheit geworden?‹

›Nein, keineswegs‹, erwiderte er. ›Der Mann, auf den ich mich beziehe, hat viel durch meine Schuld gelitten. Ich bot ihm das einzige, was ich besaß; mein Leben für seins. Ich bot ihm an, für ihn zu sterben. Doch er weigerte sich. Ich habe nie aufgehört, mir auszumalen, was wohl geschehen wäre, wenn er meinen Vorschlag angenommen hätte. Aber er nahm ihn nicht an. Er drehte sich um und ging davon, seinem Tod entgegen. Es blieb, was es immer gewesen war: ein Traum, eine Illusion. Eine Lüge, die ich anderen und mir selbst erzählte. Um meinetwillen und um Ihretwillen, weisen Sie mich kein zweites Mal ab.‹

Wie Sie sehen, war seine Bitte erfolgreich. Wir hörten unsere gegenseitigen Beichten, Mrs. Galloway, damals und später. Der Priester ohne geistliches Gewand und der Sünder ohne Absolution: ein nettes Paar, finden Sie nicht auch?

Urteile nicht, auf daß du nicht verurteilt wirst? Soll der, der ohne Sünde ist... und so weiter? Nichts davon ist ausreichend, vermute ich. Und? Er wäre für seinen Freund gestorben, doch sein Freund war ein zu guter Freund, um das zuzulassen. Ich weiß, daß er mit einer Lüge zu Ihnen gekommen ist, mit der Geschichte eines anderen Mannes, einer Tragödie, die sich nur am Rande von der seinen unterscheidet, und doch möchte ich Sie bitten, nicht zu schlecht von ihm zu denken. Seine Irrtümer wurden nicht aus Feigheit, sondern aus Liebe geboren. Er wollte Ihnen nur die Erinnerung an einen Vater vermitteln, auf den Sie stolz sein können. Das ist kein unwürdiger Wunsch. Alles, was er Ihnen erzählte, entsprach der Wahrheit, bis auf diesen einen Punkt.

Er malte den dritten Bartholomew, weil er den schlimmsten Dingen in sich und den besten Zügen der Frau, die er liebte, offen ins Gesicht sehen wollte. Doch was er schuf, übertraf seine ursprüngliche Absicht. Deshalb wünschte ich mir das Bild so sehr. Nun, da Sie es mir gegeben haben, konnte ich nicht anders, als den Pakt des Schweigens mit meinem vor langer Zeit verschiedenen Freund zu brechen.«

Als ich an diesem Abend von Polruan nach Hause fuhr, stellte ich den Wagen auf halber Strecke nach Dartmoor am Straßenrand ab und stieg aus, um den Sonnenuntergang zu beobachten: ein verblassendes rotes Band am westlichen Horizont, irgendwo jenseits von Cornwall. Im Moor kam Wind auf, zupfte an Stechginster und Farnkraut und nahm die Wärme des Tages mit sich, doch ich hatte es nicht eilig, zum Wagen zurückzukehren. Im Geiste war ich immer noch bei Eric Dunrichs Abschiedsworten, die er mir gesagt hatte, als ich vor einer Stunde Seaspray Cottage verlassen hatte.

»Sie haben es nun auch gesehen, nicht wahr?« sagte er. »Sie haben es in ihrem Gesicht gesehen. Sie hat ihm verziehen, Mrs. Galloway. Ich bin froh darüber. Nicht nur, weil er mein Freund war, sondern weil er der beste Mensch war, den ich je gekannt habe.«

Tyne Cot liegt still und schweigend in der größten Mittagshitze. Die Masse der Grabsteine unterwerfen sich gehorsam den Anliegen der Toten und den Vorspiegelungen der Lebenden. In all der endlosen Erstarrtheit der toten Namen bewegen sich lediglich zwei Gestalten langsam den Weg hinab auf das Friedhofstor und die dahinterliegende Straße nach Passendale zu.

Leonora Galloway hat ihre Geschichte zu Ende gebracht. Sie hat ihren Frieden mit der Vergangenheit gemacht und der Gegenwart das gegeben, was sie ihr schuldig war. Sie geht aufrecht, fast stolz, als sie den Friedhof verlassen und sich dem Wagen nähern. Im Gegensatz dazu wirkt ihre Tochter Penelope niedergedrückt wie von zuviel Wissen; ihr Gesicht ist sehr nachdenklich. Sie schließt die Wagentür auf, setzt sich hinter das Steuer, beugt sich hinüber, um ihrer Mutter die Beifahrertür zu öffnen, und läßt den Motor an.

Bevor sie einsteigt, wirft Leonora einen letzten Blick zurück zum Friedhof. Sie weiß, daß die Sonne auf dem Denkmal zuoberst den Namen eines der Vermißten in Schatten taucht, während weit im Süden in Thiepval ein anderer Name seinen Platz an einer erhabenen Säule beansprucht. Zwei Namen für die gleiche Lüge – falls eine vergebene Lüge noch Lüge genannt werden kann. Hier also endet ihre Suche. Und wo hat sie begonnen? Bis zum heutigen Tag erinnert sie sich nur zu gut daran: am Bahnhof von Droxford, vor vielen, vielen Jahren. Doch jetzt kristallisiert sich zum erstenmal in ihrem Kopf ein weiteres Fragment dieser Erinnerung heraus.

Ein Waldweg, im Sommer eine schattige Route zurück nach Meongate. Charter trug sie auf seinen Schultern. Sie zog am Stroh seines Hutes. Das sonnige Gras zwischen den Ästen und Zweigen war so grün wie der getrimmte Rasen von Tyne Cot, die Schatten der hängenden Zweige so tief wie die Schatten zwischen den Säulen von Thiepval. Er hatte sie zum Lachen gebracht. Den Grund dafür weiß sie nicht mehr, aber für diesen einen kurzen Moment hatte er sie nach der Trauer des Abschieds glücklich gemacht. Am Rande des Waldes, beim Steig, der nach Meongate hinabführte, setzte er sie auf das Geländer, lehnte sich neben sie und verschnaufte, während er sich die Stirn abwischte. Er mußte etwas gesagt haben, was sie erheitert hatte, obwohl sie sich nur an das Lachen erinnern kann – an sein und an ihr Lachen.

Leonora steigt in den Wagen und schlägt die Tür zu. Sie muß einen Zug erreichen, sie hat ein Haus, in das sie zurückzukehren hat, sie muß sich wieder der Gegenwart widmen – und sie muß ein vor langer Zeit gegebenes Versprechen halten.

»Was ist das für ein Gefühl, Mutter?« fragt Penelope im Anfahren. »Das Wissen, daß er dich letzten Endes doch getäuscht hat?«

Leonoras Aufmerksamkeit konzentriert sich auf etwas anderes. Als sie antwortet, ist es keine Antwort auf die Worte ihrer Tochter, sondern auf die Worte ihres Urgroßvaters. »Das will ich.«

»Was willst du?«

»Glücklich sein.«

Wenn deine Blicke über die dichtgedrängte
Menge gleiten und du ein Gesicht entdecken solltest,
Das du einst liebtest.
Es ist ein Spuk. Keiner trägt das Gesicht,
Das du kanntest.
Der große Tod hat auf ewig alles sein gemacht.